BASTEI LÜBBE

BASTEI LÜBBE DIANA WYNNE JONES IM TASCHENBUCH-PROGRAMM:

20 368 Plötzlich war da wilder Zauber
20 378 Eine Frage der Balance

Diana Wynne Jones

Eine Frage der Balance

Roman

Ins Deutsche übertragen
von Eva Bauche-Eppers

BASTEI
LÜBBE

BASTEI LÜBBE TASCHENBUCH
Band 20 378

Erste Auflage: Februar 2000

Originaltitel: Deep Secret
Lektorat: Martina Sahler / Stefan Bauer
Titelbild: Keith Parkinson
www.keithparkinson.com
Umschlaggestaltung: Quadro-Grafik, Bensberg
Satz: Fotosatz Steckstor, Rösrath
Druck und Verarbeitung: 49174
Groupe Hérissey, Évreux, Frankreich
Printed in France
ISBN 3-404-20378-X

Sie finden uns im Internet unter
http: / / www.luebbe.de

Der Preis dieses Bandes versteht sich einschließlich der gesetzlichen Mehrwertsteuer

Im Jahre I.K. 3413 wurden die folgenden Schriften unter größter Geheimhaltung aus dem Besitz von Magid Rupert Venables übernommen und auf persönlichen Wunsch des Kaisers in das neue Archiv in Iforion verbracht.

Kapitel 1

Ich kann ebensogut mit einigen von unseren Großen Geheimnissen beginnen, weil dieser Bericht für den Uneingeweihten sonst nicht leicht zu verstehen sein wird.

Im gesamten Multiversum ist das Symbol für Unendlichkeit oder Ewigkeit eine liegende Acht. Nicht zufällig, repräsentiert sie doch exakt die zwiefältige Natur der Welten im Bann eines zum Möbiusschen Band verschlungenen, also endlosen Spiralnebels. Man sagt, ihre Zahl sei unendlich und daß täglich mehr hinzukommen. Doch es heißt auch, Kaiser Koryfos der Große habe – wie, das vermag niemand zu erklären – durch seine Eroberungen von Minderwärts nach Mehrwärts diesen Schwarm von Welten geschaffen.

Jedem steht es frei, sich die ihm genehme Theorie auszusuchen, je nachdem, ob einem das Konzept sich unendlich vermehrender Welten zusagt oder man ihre Zahl für stabil halten möchte. Ich persönlich habe bisher keine Entscheidung getroffen.

Zwei Tatsachen allerdings sind unumstößlich: eine Hälfte dieser Acht aus Planeten ist magisch negativ oder Minderwärts und die andere Hälfte magisch positiv oder Mehrwärts; und das Reich Koryfos', auf dem Kreuzungspunkt in der Mitte gelegen, führt bis heute die Lemniskate als kaiserliches Wappen.

Dieses Symbol ist allerorten im Reich zu finden; man sieht es noch häufiger als Standbilder von Koryfos dem Großen. Ich muß es wissen. Vor ungefähr einem Jahr wurde ich in die Reichshauptstadt Iforion gerufen, um einer Gerichtsverhandlung beizuwohnen. Einige sehr alte Gesetze verlangten die Anwesenheit eines Magids – andererseits bin ich sicher, daß man gut ohne mich ausgekommen wäre, und ich hätte gern verzichtet. Das Kaiserreich Koryfos ist mir von meiner gesamten Klientel am wenigsten lieb, doch es wird nun einmal traditionell vom jüngsten Magid von der Erde betreut, und genau den Status hatte ich zu der Zeit inne. Außerdem war ich müde. Ich war erst tags zuvor aus Amerika zurückgekommen, wo ich es fast im Alleingang geschafft hatte, die richtigen Leute zur Aufnahme von Friedensverhandlungen sowohl das ehemalige Jugoslawien als auch Nordirland betreffend zu bewegen. Doch all mein Stolz und meine Freude darüber verpufften, als ich die Vorladung entdeckte. Seufzend legte ich die vorgeschriebenen purpurnen Bänder und elfenbeinfarbenen Brokatgewänder an und ging, um meinen Platz im Gericht einzunehmen.

Mein erster mürrischer, vom Jetlag beeinflußter Gedanke war: Weshalb benutzen sie nicht einen der schöneren Räume? Einige Flügel des weitläufigen kaiserlichen Palastes wurden vor mehr als tausend Jahren errichtet, und manche der alten Säle und Hallen sind wahrhaft prachtvoll. Diese Verhandlung jedoch fand in einem Raum der jüngeren Bauphase statt, ausgestattet mit einer streng nach Holzlasur riechenden Vertäfelung, kahl und kastenförmig und ohne Flair. Und die hölzernen Bänke waren die reinsten Folterinstrumente. Die Lemniskate – grell golden bemaltes Hochrelief – bohrte sich in meine Schultern, gleißte an den Wänden und an dem für Seine Majestät bestimmten ausladenden Holzsessel. Ich erinnere mich, daß ich gereizt den Blick auf die Statue des Koryfos' in der Ecke richtete. Sie war ebenfalls neu und aufdringlich vergoldet, doch eins konnte man nicht leugnen: Der alte Knabe hatte Persönlichkeit. Obwohl die Statuen immer die gleichen sind und immer idealisiert, wußte man sofort, es handelte sich um das Abbild eines wirklichen Menschen. Er hielt den Kopf leicht zur Seite geneigt, ein wenig wie Alexander der Große, und trug ein vages, vorsichtiges Lächeln zur Schau, das ausdrückte: »Ich höre, was du sagst, aber ich werde trotzdem tun, was ich für richtig halte.« Man sah auf den ersten Blick, daß er stur wie der Teufel gewesen sein mußte.

Ich weiß, daß ich mich gerade fragte, womit Koryfos

die ihm entgegengebrachte Verehrung verdient haben mochte – immerhin ist er seit fast zweitausend Jahren tot, und während seiner Herrschaft war er meistens unterwegs, auf Eroberungszügen irgendwo; ungeachtet dessen gelten die zwanzig Jahre seiner Regierung als das ›Goldene Zeitalter‹ –, als der amtierende Kaiser den Raum betrat und wir uns zur Begrüßung erheben mußten. Dieser Nachfahre des großen Koryfos war ein gänzlich anderer Typ, schmächtig, unscheinbar und sauertöpfisch. Man fragt sich, wie es möglich ist, daß gekrönte Häupter immer die schönsten Frauen gleich mehrerer Welten heiraten, und heraus kommt jemand wie Timos IX., dem man auf der Straße keinen zweiten Blick gönnen würde. Eine halbe Portion eben, kurzsichtig und komplexbeladen. Timos IX. war einer der sehr wenigen Menschen in Koryfos, die eine Brille tragen mußten. Das machte mich befangen, als ich aufstand. Ich war die einzige andere Person im Raum mit Brille – als wollte ich den Eindruck erwecken, dem Herrscher ebenbürtig zu sein. In vieler Hinsicht *ist* ein Magid jedem Herrscher ebenbürtig, aber bei diesem speziellen Anlaß war ich ein bloßer Zuschauer, per Gesetz zur Anwesenheit verpflichtet, einzig, um zu bestätigen, ob oder ob nicht der Angeklagte gegen das Gesetz verstoßen hatte, wie ihm zur Last gelegt, und auch das erst, nachdem man zu einem Urteil gelangt war.

Dies wurde mir – mit anderen juristischen Fakten – in ermüdender Ausführlichkeit während der Vorreden zur Kenntnis gebracht, nachdem wir alle wieder Platz genommen hatten und der Gefangene hereingeführt worden war. Es handelte sich um einen sympathisch aussehenden jungen Mann im Alter von vielleicht einundzwanzig Jahren, namens Timotheo. Er sah nicht aus wie ein Gesetzesbrecher. Ich muß gestehen, daß ich nur einmal aufhorchte, als gesagt wurde, Timotheo sei ein Deckname und daß aus obskuren juristischen Gründen sein wirklicher Name geheim bleiben müsse. Davon abgesehen, konnte ich mein schläfriges Hirn nicht zwingen, dem Vortrag zu folgen. Statt dessen wanderten meinen Gedanken erneut zu Koryfos dem Großen. Mir schien es, daß er im Reich die Stelle einer Religion besetzte. Diese elende Gegend besaß Religionen im Überfluß, ein ganzes Kuriositätenkabinett von mehr oder minder göttlichen Wesen, aber deren Anbetung erfolgte nach der Regel: »Jedem das seine«. Zum Beispiel hatte Timos IX. sich vor ungefähr fünfzehn Jahren dem Kult einer ganz besonders unliebenswürdigen Göttin verschrieben, die in einem Busch auf dem Grab eines toten Anbeters hauste und ihren Anhängern einen freudlosen Moralkodex aufzwang – vielleicht eine Erklärung für des Kaisers verhärmtes und griesgrämiges Aussehen. Doch niemand sonst am Hof hatte sich bewogen gefühlt, den Glauben des Kaisers anzunehmen. Koryfos war es, der alle vereinte. An diesem Punkt wurde ich aus meinen müßigen Gedankengängen gerissen. Der Kaiser höchstselbst verlas in umständlichem Juristenjargon die Anklagen gegen den jungen Mann. Aller Verklausulierungen entkleidet, war sie haarsträubend, selbst für koryfonische Verhältnisse. Der sogenannte Timotheo war des Kaisers ältester Sohn. Das Gesetz, das er angeblich gebrochen hatte, besagte, daß kein Sproß des Kaisers, gleich von welcher seiner Gemahlinnen zur Rechten oder zur Linken oder Erwählten Gespielinnen, je wissen durfte, wer seine oder ihre Eltern waren. Darauf, es herauszufinden, stand der Tod. Auch der Tod für jeden, der einen Kaiserlichen Sproß bei den Nachforschungen unterstützte.

Anschließend richtete der Kaiser an Timotheo die Frage, ob er gegen dieses Gesetz verstoßen habe.

Timotheo hatte ganz offensichtlich von diesem Gesetz ebenso wenig gewußt wie ich; seine bestürzte und zornige Miene spiegelte, was ich fühlte. Am liebsten hätte ich applaudiert, als er trocken antwortete: »Sire, wenn ich vorher nicht dagegen verstoßen hätte, dann spätestens jetzt, als Ihr mir meine Herkunft enthüllt habt.«

»Aber habt Ihr das Gesetz gebrochen?« wiederholte Seine Majestät beharrlich.

»Ja.«

Trick siebzehn, dachte ich aufgebracht. Was für eine Farce!

Aber keineswegs lustig, denn Timotheo war ebenso intelligent wie sympathisch. Er hätte einen um vieles besseren Herrscher abgegeben als sein Vater. Offenbar hatte es einigen Scharfsinns bedurft, die Wahrheit über seine Herkunft herauszufinden. Er war als eines von vier Ziehkindern im Haus eines Landedelmanns aufgewachsen, und im Verlauf der Befragung wurde deutlich, daß seine ›Geschwister‹ und der Edelmann ihm geholfen haben mußten. Timotheo aber bestand darauf, daß er allein die Detektivarbeit geleistet und das Geheimnis gelüftet hatte. Dann hatte er den Fehler begangen, um Bestätigung an seine Mutter zu schreiben, eine von des Kaisers Gemahlinnen zur Linken.

»Ist dir nicht der Gedanke gekommen, daß, sobald deine Identität bekannt war, Unsere Feinde dich hätten entführen können, um Uns zu bedrohen?« fragte ihn der Kaiser.

»Ich hatte nicht die Absicht, damit hausieren zu gehen«, antwortete Timotheo. »Außerdem kann ich auf mich selbst aufpassen.«

»Dann hattest du die Absicht, Anspruch auf den Thron zu erheben!«

»Nein«, protestierte der junge Mann. »Es gefiel mir einfach nicht, keine Ahnung zu haben, wer ich bin. Ich glaube, ich habe das Recht, die Wahrheit zu kennen.«

»Dieses Recht hast du nicht. Deine Worte sind ein Geständnis – alle hier Anwesenden haben aus deinem eigenen Mund vernommen, wie du dich des Hochverrats schuldig bekannt hast.« Sichtlich zufrieden hob der Kaiser den Blick zu mir auf meiner erhöhten, unbequemen Bank. »Das Gesetz ist das Gesetz«, sagte er. »Bezeugt, Magid, daß dieser Mann gegen Unser Kaiserliches Gebot verstoßen hat.« Ich neigte bestätigend den Kopf. Es war mir zuwider, mit ihm zu sprechen.

Danach gab es ein großes Palaver, als weitere Notabeln sich, von ihren Staatsgewändern umraschelt, erhoben und gleichfalls Zeugnis ablegten. Die ganze Veranstaltung wurde zu einem pompösen Aufmarsch. Ich saß da und überlegte, wann der günstigste Moment wäre, Jung-Timotheo verschwinden zu lassen, und ich gebe meiner durch die anstrengende Reise und die Zeitverschiebung bedingten Benommenheit die Schuld, daß ich nicht sofort gehandelt habe. Sechs Männer waren inzwischen an dem Delinquenten vorbeigeschritten und hatten das weiße Futter ihrer leuchtend rosafarbenen Umhänge gegen ihn geschwenkt, während sie das Todesurteil aussprachen. Es war, als würde man von einem Beet Petunien verurteilt. Wer sollte das ernst nehmen!

Nach meiner Schätzung war die beste Zeit zu handeln, wenn man Timotheo in seine Zelle zurückbrachte. Er war von einem Trupp Elitesoldaten hereingeführt worden, einen Magus als zusätzliche Sicherheitsmaßnahme im Gefolge, und ich nahm an, daß man glaubte, durch diese massive Abschirmung käme niemand an ihn heran. Also wartete ich ab.

Und dann war es zu spät. Die Petunien kehrten an ihre Plätze zurück. Der Kaiser sagte in beiläufigem Ton: »Das Urteil kann nun vollstreckt werden.« Er hob eine ringblitzende Hand. Bei einem der Ringe muß es sich um eine ihrer Strahlenwaffen gehandelt haben, im Miniaturformat. Timotheo sank mit einem leisen Stöhnen zu Boden, und Blut lief aus seinem Mund.

Es war so schnell geschehen, daß ich hoffte, es sei ein Trick. Für mich war unvorstellbar, daß ein Herrscher, und sei es dieser koryfonische Sauertopf, nicht den Wunsch haben sollte, das Leben seines ältesten Sohnes zu schonen. Während ich die Stufen hinunterlief und an die Seite des Gestürzten eilte, war ich immer noch überzeugt, es sei alles eine Täuschung, um die Feinde des

Kaisers glauben zu machen, Timotheo sei tot. Doch es war kein Trick. Ich berührte den Jungen. Er fühlte sich noch warm an, lebenswarm, aber meine tastenden Finger sagten mir, daß die Seele den Körper verlassen hatte.

Mich hielt es nicht länger dort; ich machte mich auf, um schnellstens eine Protestnote an die geeignete Adresse zu richten.

Ich war voller Zorn, sowohl auf mich selbst wie auf Timos IX. Auf dem Weg nach Hause schalt ich mich wegen meiner Dummheit, ausgerechnet in Koryfos Mitleid oder auch nur Respekt vor dem Recht auf Leben zu erwarten. Und ich hatte reichlich Zeit, mich zu verfluchen. Die Erde liegt Minderwärts von Koryfos; man kann sich die Reise also vorstellen wie eine beschwerliche Wanderung bergauf. Ich mußte mich in den Räumen zwischen den Welten von Sprosse zu Sprosse hangeln, und als ich schließlich mein Haus erreichte, haßte ich nicht nur das Kaiserreich, sondern auch die albernen, hinderlichen Kleider, die es mich zu tragen zwang. Gerade als ich sie mir im Wohnzimmer vom Leib reißen wollte, klingelte das Telefon.

Ich hatte keinen anderen Wunsch, als mich mit einer frisch gebrühten Tasse Kaffee auf dem Sofa niederzulassen und dann die Großmeisterin anzurufen, um eine formelle Beschwerde gegen den Herrscher von Koryfos einzureichen. Fluchend nahm ich ab.

»Ja, *was*?«

Am anderen Ende meldete sich mein älterer Bruder Will. »Schlechten Tag gehabt?« erkundigte er sich.

»Kann man sagen. Koryfos.«

»Dann glaube ich dir. Ich bin heilfroh, daß ich mich nicht mehr darum kümmern muß.« Will ist ebenfalls ein Magid. »Und was ich dir zu sagen habe, wird auch nicht zu deiner Erheiterung beitragen, fürchte ich. Ich rufe aus Stan Churnings Haus an. Er ist krank. Er möchte dich sehen.«

»O Gott! Warum kommt ein Unglück niemals allein?«

»Keine Ahnung, aber es ist so. Man sollte es zu einem Großen Geheimnis erklären. Ich denke, Stan liegt im Sterben, Rupert. Er ist jedenfalls davon überzeugt. Wir haben auch Si zu unterrichten versucht, aber er ist nicht erreichbar. Wie schnell kannst du hier sein?«

»In einer halben Stunde.« Stan wohnt außerhalb von Newmarket. Weavers End, wo ich lebe, liegt gleich hinter Cambridge.

»Gut. Dann kann ich bei ihm bleiben, bis du kommst.« Sollte heißen: ihn solange am Leben halten, wenn nötig. Falls Stan wirklich im Sterben lag, würde er noch die letzten Dinge regeln und mir die Magid-Angelegenheiten übergeben wollen. »Bis dann also«, sagte Will und legte auf.

Trotz allem nahm ich mir die Zeit, Kaffee aufzugießen und die Großmeisterin per Fax davon in Kenntnis zu setzen, daß ich die Absicht hatte, mich bei der Hohen Kammer über das Kaiserreich zu beschweren. Die Großmeisterin lebte etliche Welten Minderwärts, und normalerweise bereitete es mir große Mühe, ein Fax dorthin zu senden. Diesmal war es ein Kinderspiel: fünf wütende, deutliche Sätze in null Komma nichts.

Ich war zu beschäftigt, um an Stan zu denken, doch als ich in meinen Wagen stieg, wanderten meine Gedanken zu ihm. Unter normalen Umständen ist mir das Einsteigen in mein Auto ein kleines Fest, besonders, wenn ich eine Zeitlang weggewesen bin. Es ist ein herrliches Auto – das Auto, von dem ich schon als Junge geträumt hatte. Gewöhnlich halte ich einen Moment inne, um mir bewußt zu machen, wie gut es ist, daß ich genug Geld verdiene, um mir einen solchen Wagen leisten zu können. Nicht an dem Tag. Ich stieg einfach ein und fuhr los, goß mir unterwegs Kaffee aus der Thermosflasche in einen Becher und dachte an Stan.

Stan hatte als Mentor erst Will, dann unseren Bruder Simon und schließlich mich in den Zirkel der Magids eingeführt. Er lehrte mich das meiste von dem, was ich heute weiß. Ich war nicht sicher, ob ich wußte, was ich ohne ihn tun würde, und betete, daß er oder Will sich geirrt hatten, und er nicht im Sterben lag. Aber ein Magid zu sein bedeutet unter anderem auch, sich in solchen Dingen nicht zu irren.

»Verdammt!« Dauernd mußte ich blinzeln, weil mir die Augen feucht wurden, und ich fuhr, ohne die Straßen bewußt wahrzunehmen, bis ich die grasbewachsene Einfahrt zu Stans Bungalow entlangholperte.

Ein häßlicher Kasten. Ein Schandfleck. Er sah aus wie ein großer Quader Stiltonkäse mitten auf dem flachen Heideland. Wir pflegten Stan damit zu necken, in was für einer architektonischen Platitüde er hauste, doch er antwortete immer nur, er sei ganz zufrieden dort. Leute, die mich kannten, und besonders Leute, die unsere ganze Familie kannten, wunderten sich, was wir an einem verkrachten Ex-Jockey wie Stan fanden. Sie fragten, wie wir es über uns brachten, ständig bei ihm in seiner schäbigen Baracke zu hocken.

Die Antwort ist, daß alle Magids ein Doppelleben führen. Wir müssen unseren Lebensunterhalt verdienen wie jeder andere. Stan war Fachmann, was Rennpferde anging, und beriet Scheichs und andere reiche Männer auf diesem Gebiet. Ich selbst bin Designer von Computersoftware, Spiele hauptsächlich.

Ich parkte meinen Wagen neben Wills Vehikel. In der Abenddämmerung und im Gegenlicht könnte man es für einen Landrover halten. An hellen Tagen wendet man den Blick ab und denkt, man wäre einer optischen Täuschung erlegen. Als ich mich daran vorbeischob, öffnete Will die flaschengrüne Haustür.

»Gutes Timing«, sagte er. »Ich muß jetzt weg und die Ziegen melken. Er ist im linken Vorderzimmer.«

»Ist er . . .?«

»Ja.« Will nickte. »Ich habe ihm Lebwohl gesagt. Schade, daß Si nicht aufzutreiben ist. Er steckt irgendwo Mehrwärts, und ich kann ihn auch über Dritte nicht erreichen. Stan hat ihm einen Brief geschrieben. Laß mich wissen, wie's gelaufen ist, ja?« Er ging ernst an mir vorbei und stieg in sein absonderliches Gefährt.

Ich betrat den Bungalow. Stan lag in seiner ganzen Länge von einem Meter dreiundfünfzig auf einem schmalen Bett am Fenster.

Seine leicht gekrümmten Reiterbeine steckten in Jeans von Kindergröße, und eine Socke hatte eine dünne Stelle am großen Zeh. Auf den ersten Blick hätte man nicht gedacht, daß es besonders schlimm um ihn stand, sich vielleicht nur gewundert, daß er nicht auf war und mit irgend etwas beschäftigt. Doch wenn man in sein Gesicht schaute, sah man, wie sich die Haut merkwürdig straff über die Knochen spannte, und seine Augen unter der hohen Stirn traten vor wie die einer Katze, glänzend und fiebrig.

»Was hat dich aufgehalten, Rupert?« witzelte er, ein wenig kurzatmig. »Will hat dich vor gut fünf Minuten angerufen.«

»Koryfos«, antwortete ich. »Ich mußte eine Beschwerde an die Großmeisterin schicken.«

»Schon wieder«, stöhnte er. »Sie bekommt Beschwerden von jedem Magid, der auch nur entfernt mit der Bande zu tun hatte. Machtmißbrauch. Verstoß gegen die Menschenrechte. Bestechungsversuche. Allgemeine Verderbtheit. Ich glaube immer, sie packt sie alle in einen Ordner mit dem Etikett K.I., den sie dann auf Nimmerwiederfinden verlegt.«

»Kann ich dir irgend etwas bringen?«

»Hätte nicht viel Zweck. Mir bleibt noch eine Stunde oder so – nicht genug Zeit, um etwas zu verdauen –, aber einen Schluck Wasser wüßte ich zu schätzen.«

Ich holte ihm ein Glas Wasser aus der Küche und stützte ihn, während er trank. Er war sehr schwach, und er verströmte diesen *Geruch*. Der Geruch ist nicht zu beschreiben, doch er haftet nur den Todkranken an, und wenn man ihn einmal geatmet hat, vergißt man ihn nie wieder. Ich kenne ihn von meinem Großvater. »Soll ich den Arzt anrufen?«

»Noch nicht.« Er ließ sich schweratmend zurücksinken. »Erst haben wir noch einiges zu besprechen.«

»Laß dir Zeit«, sagte ich.

»Mach keine dummen Scherze. Also gut, fangen wir an. Rupert, du bist Juniormagid der Erde, deshalb fällt dir die Aufgabe zu, meinen Nachfolger zu finden und zu fördern – aber das hast du gewußt, hoffe ich.«

Ich nickte. Die Zahl der Magids ist immer konstant. Wir bemühen uns, die durch Todesfälle entstandenen Lücken so schnell wie möglich zu füllen, weil es viel für uns zu tun gibt. Aus dem Grund hatte Stan seinerzeit mich und auch meine Brüder unter seine Fittiche genommen.

Drei Magids waren nacheinander innerhalb von sechs Monaten gestorben, lange bevor Will über die nötige Kompetenz verfügte. Davor war Stan fast zehn Jahre lang der Juniormagid dieser Welt gewesen. Wie ich zu Will gesagt hatte, ein Unglück kommt selten allein.

»Nun, dazu habe ich dir einige Dinge zu sagen«, fuhr Stan fort. »Erstens, ich habe für dich eine Kandidatenliste zusammengestellt. Du findest sie in der linken oberen Schublade meines Schreibtischs da drüben, wo auch mein Testament liegt. Sei so gut und nimm sie an dich, bevor jemand anders sie sieht.«

»Wie? Jetzt?«

»Warum *nicht* jetzt?«

Aberglaube, dachte ich, während ich an den Schreibtisch trat. Ich wollte mich nicht benehmen, als wäre Stan bereits tot, während er noch lebte. Doch ich öffnete die Schublade und nahm die zusammengefaltete Liste heraus. »Sie ist ziemlich kurz.«

»Du kannst Namen hinzufügen, die dir geeignet erscheinen. Aber sieh dir erst meine Vorschläge an. Ich habe den ganzen letzten Monat damit verbracht, ein paar gute, starke Kandidaten für dich auszusuchen. Zwei von ihnen sind sogar schon einmal Magids gewesen, in einem früheren Leben.«

»Ist das eine besondere Empfehlung?« fragte ich. Stan war fasziniert von der Idee der Wiedergeburt, meines Erachtens seine größte Schwäche. Blauäugig glaubte er alles, was Leute ihm über das Thema Reinkarnation erzählten. Nie schien ihm aufzufallen, daß keiner, der behauptete, schon einmal gelebt zu haben, sich je an ein *normales* Dasein erinnerte. Immer waren es Könige, Königinnen und Hohepriesterinnen.

Er grinste, wodurch sein Gesicht noch mehr Ähnlichkeit mit einem Totenschädel bekam; er kannte meine Einstellung zu seinem Steckenpferd. »Nun ja, wenn sie danach gestrebt haben, wiedergeboren zu werden, ist das ein Zeichen von Ehrgeiz. Aber der Vorteil ist natürlich, daß sie den größten Teil des Wissens von Anfang an im Unterbewußtsein gespeichert haben und sich nur erinnern müssen, und gewöhnlich bringen sie eine besonders große magische Begabung mit. Doch alle auf meiner Liste sind vielversprechende Talente. Die besten ungeschulten in der Welt.« Er machte eine Pause, das Atmen fiel ihm zusehends schwerer. »Und nimm dir Zeit, um sie zu beobachten«, sagte er. »Ich weiß, es soll schnell gehen, aber lieber nichts überstürzen. Tu, was ich getan habe: Ich ließ *dich* fast ein ganzes Jahr in Ruhe. Hauptsächlich, weil ich nicht glauben konnte, daß drei Brüder aus derselben Familie alle das Zeug zum Magid haben sollten. Dann dachte ich: Warum nicht? Schließlich gibt es diese Sache mit der Vererbung. Aber ich habe dir nie erzählt, was mich in deinem Fall letztendlich überzeugt hat, oder?«

»Meine offensichtliche Überlegenheit?«

Er kicherte in sich hinein. »Mitnichten, vielmehr die Tatsache, daß du in mindestens zwei vorherigen Leben schon ein Magid gewesen bist.«

Unter normalen Umständen wäre ich zutiefst beleidigt gewesen. »Niemals«, sagte ich steif, »wirklich *niemals* habe ich mich auch nur andeutungsweise an ein früheres Leben erinnert oder dir gegenüber diesbezüglich etwas erwähnt.«

»Es gibt andere Möglichkeiten, so etwas herauszufinden«, versetzte Stan selbstzufrieden.

Ich ging nicht weiter darauf ein, dies war nicht der Zeitpunkt für Grundsatzdebatten. »In Ordnung«, sagte ich. »Ich werde jeden auf der Liste sorgfältig auf seine Eignung hin überprüfen.«

»Und entscheide dich nicht unbedingt für den, der sich am bereitwilligsten zeigt. Teste sie auf Herz und Nieren. Und wenn du soweit bist, deine Wahl zu treffen, richte es ein, daß sie dich bei einem möglichst wichtigen Auftrag begleiten, bevor du anfängst, sie zu unterweisen. Beobachte ihre Reaktionen – wie ich es bei dir im Fall der Mehrwelt-Pornografie getan habe und bei Will im Fall der Ölkrise.«

»Was war es bei Simon?« fragte ich. Niemand hatte es mir je erzählt.

»Ein Fehler meinerseits«, gab Stan zu. »Jemand betrieb unter dem Deckmantel einer Ehevermittlung einen schwunghaften Sklavenhandel, schleuste Mädchen von Minderwärts über die Erde als Zwischenstation weiter nach Koryfos. Ich ließ Simon die Polizeikräfte sehen, die das Kaiserreich geschickt hatte, um mit mir zu beraten. Die Hälfte von ihnen waren Kentauren. Keine Chance, sie als unentdeckten Indianerstamm vom Amazonas auszugeben. Danach mußte ich ihn als Magid einschreiben lassen – er hatte zuviel gesehen. Zum Glück für mich hat er sich gut herausgemacht. Aber keine Sorge, daß dir ein solcher Patzer unterläuft.«

»Das will ich nicht hoffen!«

»Nein, garantiert nicht. Denn sobald es danach aussieht, werde ich einschreiten.«

»Äh ...« Ich suchte nach Worten, um ihn schonend an die traurige Wahrheit zu erinnern.

»Ich werde in der Nähe sein und dich im Auge behalten«, sagte er. »Ich habe entsprechende Vorkehrungen getroffen. Ein Magid kann auch körperlos funktionieren, und genau das habe ich vor zu tun, bis du alles auf die Reihe gebracht hast.«

Ich sagte – ungläubig, aber sicherheitshalber in scherzendem Ton: »Du traust mir also nicht zu, daß ich allein zurechtkomme?«

»Ich traue dir. Aber du bist erst seit knapp zwei Jahren ein Magid. Und früher war es für alle neuen Magids üblich, einen körperlosen Berater zu haben – so steht es in den Aufzeichnungen vermerkt. Also habe ich die Hohe Kammer gefragt, ob ich bleiben könnte und ein Auge auf dich haben, und sie schienen es vernünftig zu finden. Also werde ich in deiner Nähe sein. Verlaß dich drauf.« Er seufzte und schaute in eine Ferne irgendwo jenseits der abblätternden weißen Zimmerdecke.

Ich seufzte ebenfalls und dachte: Mach dir nichts vor, Stan. Du willst dich einfach nicht für immer verabschieden. Und ich will es auch nicht.

»Um ehrlich zu sein«, sagte Stan, »ich ertrage es nicht, schon gehen zu müssen. Ich bin erst neunundachtzig. Das ist kein Alter für einen Magid.«

Ich hatte ihn auf kaum mehr als sechzig geschätzt und sagte ihm das.

»O ja«, antwortete er. »Ich habe mich gut gehalten, wie die meisten von uns. Dann wird dir eines Tages verkündet: ›Das war's, Junge. Morgen heißt es Abschied nehmen‹, und man weiß, daran gibt es nichts zu rütteln. Man hat mir Zeit gegeben bis Sonnenuntergang.«

Unwillkürlich schaute ich aus dem Fenster. Wir hatten November, die Schatten wurden bereits länger.

»Kurz vorher kannst du den Arzt anrufen«, sagte Stan und dann eine ganze Weile nichts mehr. Ich ließ ihn noch etwas Wasser trinken, holte mir einen zweiten Becher Kaffee und wartete. Einige Zeit später begann er wieder zu sprechen, sinnend diesmal, rückschauend.

»Ich habe unsere Welt durch eine Vielzahl von Veränderungen geführt. Ich habe geholfen, eine Menge politischen Müll wegzuräumen, der sich in diesem Jahrhundert aufgehäuft hatte. Wir haben klar Schiff gemacht für die Veränderungen, die das nächste bringen wird. Aber weißt du, am meisten freue ich mich darüber, daß es uns gelungen ist, unsere Welt Richtung Mehrwärts zu bugsieren. Langsam. Vorsichtig. In meiner Kindheit dachte kein Mensch daran, daß es andere Universen geben könnte, ganz zu schweigen von *Reisen* dorthin. Doch heute schreiben Menschen Bücher darüber, man spricht von Zauberei und früheren Leben, und niemand hält einen deswegen für verrückt. Und ich glaube, ich habe das bewirkt. *Ich.* Ich habe uns auf den Weg gebracht, zurück dorthin, wo wir hingehören. Die Erde ist eine der ältesten Welten, weißt du – natürlich weißt du das –, und wir sollten noch viel weiter Mehrwärts kommen.«

»Ich weiß.« Beklommen sah ich den Schatten meines Wagens über seinen büscheligen Rasen kriechen.

»Arbeite daran, diesen Prozeß fortzuführen.«

Unnötig, mich zu ermahnen; diese Aufgabe ist einer der Gründe dafür, daß es uns gibt.

Später, im Zimmer wurde es dämmrig, sagte Stan plötzlich: »Das Heimweh hat mich hierher zurückgetrieben, weißt du.«

»Wie meinst du das?«

»Gleich nachdem ich als Magid bestätigt worden war, bin ich ziemlich weit nach Mehrwärts gegangen«, erklärte er. Seine Stimme wurde immer schwächer. »Ich habe mir meinen Aufgabenbereich ausgesucht, etwa so, wie Simon sich seinen ausgesucht hat. Bei mir waren die Kentauren der Grund. Ich hatte immer ein Faible für Kentauren und wollte unbedingt mit ihnen arbeiten. Sobald ich herausfand, daß es weiter Mehrwärts auf jeder zweiten Welt Kentauren gibt, hielt mich nichts mehr. Ich war sicher, ich würde nie mehr zurückkehren. Kentauren brauchen in ihrer Umgebung einen gewissen Prozentsatz an Magie, um existieren zu können – aber das weißt du natürlich –, und hier sind sie ausgestorben, als wir immer weiter gen Minderwärts drifteten. Drei Jahre lang war ich wunschlos glücklich, arbeitete mit Kentauren, studierte sie. Ich glaube, es gibt nichts, was ich über Kentauren und ihre Lebensweise nicht weiß. Dann bekam ich Heimweh. Einfach so. Ich kann dir nicht sagen, wonach. Nichts Spezielles. *Da* war eben nicht *hier*. Es roch anders. Der Wind wehte anders. Das grüne Gras war nicht *richtig* grün. Banalitäten, Kleinigkeiten, zum Beispiel schmeckte das Wasser zu rein. Also kam ich zurück.«

»Um als Jockey zu arbeiten?«

»Der bestmögliche Kompromiß.« Nach einer langen Pause fügte er hinzu: »Ich möchte als Kentaur wiedergeboren werden. Hoffe, ich kann das arrangieren.« Dann, nach einer noch längeren Pause: »Du rufst jetzt besser den Arzt an.«

Das Telefon hing in der Küche, und die Nummer des Arztes stand säuberlich auf einem Zettel. Ich weiß noch, daß ich dachte, während ich die Ziffern eintippte, wie ungerecht das Schicksal gegenüber Timotheo war. Ich mußte einer der wenigen Menschen sein, die seinen Tod bedauerten, und doch galt all meine Trauer Stan. Schon im nächsten Moment hatte ich Timotheo wieder vergessen. Stan hatte seine Angelegenheiten vorbildlich geordnet. Der Arzt nahm zu meiner Überraschung den Anruf persönlich entgegen und versprach, in zehn Minuten zur Stelle zu sein. Ich legte auf und kehrte ins Vorderzimmer zurück. »Stan?«

Kein Antwort, kein Laut. Im Todeskampf war er halb vom Bett gerutscht, ich legte ihn behutsam wieder hin. Er hatte allein sterben wollen.

»Stan?« fragte ich noch einmal in das stille, leere Zimmer hinein.

Nichts. Ich hörte nichts, ich fühlte nichts.

»So viel also zur Idee der körperlosen Existenz«, sagte ich laut. Doch wieder blieb ich ohne Antwort.

Kapitel 2

Erst kurz vor Weihnachten, als die meisten der großen und kleinen Dinge im Zusammenhang mit Stans Tod geregelt waren, kam ich dazu, einen bewußten Blick auf die Kandidatenliste zu werfen, die er mir gegeben hatte. Sie enthielt fünf Namen, zwei davon weiblich. An den Adressen ließ sich erkennen, daß eine der Frauen Britin war, die andere Amerikanerin. Die Männer kamen aus Großbritannien, Holland und – ich mußte meinen Atlas hervorholen – Kroatien. Seufzend bemühte ich mich um etwas Begeisterung bei der Aussicht auf die Reiserei hierhin und dorthin, um mich der Reihe nach unter verschiedenen erfundenen Vorwänden mit allen zu treffen. Wenigstens sprachen drei von ihnen meine Sprache, wahrscheinlich ein Grund, mich glücklich zu schätzen. Stan hatte außerdem die Geburtsdaten eingetragen, nur nicht für den Kroaten. Meine Landsmännin und der Holländer waren beide jung, sie zwanzig, er vierundzwanzig. Ein Punkt zu ihren Gunsten. Die anderen beiden waren um die vierzig, was ich mit einem mulmigen Gefühl registrierte. Ich hatte gerade erst meinen sechsundzwanzigsten Geburtstag hinter mir, und die Vorstellung, einen soviel älteren Schüler zu haben, fand ich beängstigend.

Doch getreulich machte ich mich auf, sie alle zu finden.

Ich möchte nicht näher auf die Frustrationen dieser Suche eingehen. Mit Unterbrechungen, einmal durch meinen Nachbarn – von ihm später mehr –, zum anderen durch den verständlichen Wunsch meiner Mutter, wenigstens einen ihrer Söhne über Weihnachten bei sich zu haben, war ich sechs Wochen lang mit Divinationen, Reisen und Sammeln von Informationen beschäftigt. Ich flog nach Amsterdam, um den Holländer, Kornelius Punt, zu suchen und erfuhr, er habe irgendein Stipendium gewonnen, welches ihn in die Lage versetzte zu reisen. Wie sich herausstellte, hatte er weidlich Gebrauch davon gemacht. Ich fuhr nach Avignon, wo man zuletzt von ihm gehört hatte, und stellte fest, daß er nach Rom weitergereist war, dann nach Athen, dann nach Jerusalem. Nach entnervenden vier Tagen Kampf mit dem griechischen und italienischen Fernsprechnetz fand ich bei meiner Heimkehr ein Telegramm von einem Magid vor, der Israel besuchte und mich wissen ließ, Punt sei nach Australien geflogen. Ich gab auf und beschloß abzuwarten, bis es ihn wieder in die Heimat zog. Bald danach spürten meine amerikanischen Gewährsleute die ältere der beiden Frauen auf, Tansy-Ann Fisk. Gerade als ich Vorbereitungen für den Flug nach Ohio traf, schickten sämtliche Informanten Eilbotschaften, ich könne mir die Mühe sparen. Fisk hatte sich in eine Art Sanatorium ausschließlich für Frauen zurückgezogen, wo Männer keinen Zutritt hatten. Als ich diese Klinik im Magidregister nachschlug, las ich mit bösen Ahnungen den Vermerk: ›Fragwürdig, dubiose Esoterik‹. Nun ja, vielleicht war sie im guten Glauben dorthin gegangen, für eine einfache Regenerationskur. Mir blieb nichts anderes übrig als zu warten, bis sie wieder zum Vorschein kam. Der Brite, Mervin Thurless, war ebenso schwer ausfindig zu machen. Schließlich stellte sich heraus, daß er sich auf einer Vorlesungsreise durch Japan befand. Was den Kroaten anging, Gabrelisovic, so muß ich wohl niemanden daran erinnern, daß es in dieser Weltengegend einen Krieg gegeben hatte. Meine Quellen bei der NATO verliehen der Befürchtung Ausdruck, daß er zu den vielen gehören könnte, die in den Wirren spurlos verschwunden waren.

Mit einiger Erleichterung machte ich mich auf die Jagd nach der jungen Britin. Wenigstens lebten wir beide in demselben Land. Mehr noch, sie war jünger als ich und besaß, nach Stans Liste, das bedeutendste ungeschulte magische Talent von allen. Sie war meine heimliche Wunschkandidatin. Ich gestattete mir sogar äußerst erfreuliche Visionen von ihr als einer hübschen und intelligenten jungen Frau, die zu unterweisen das reine Vergnügen war. Ich sah sie an meinen Lippen hängen. Ich konnte es kaum erwarten, sie kennenzulernen.

Ich konnte auch sie nicht finden.

Ihre Familiengeschichte hatte es in sich. Die Adresse auf der Liste war die einer Tante – die Schwester ihres Vaters –, wohnhaft in Bristol, wo Maree Mallory anscheinend studierte. Ich stand auf der Türschwelle dieser Tante, im strömenden Regen, während sich links und rechts Kinder in nassen Anoraks an mir vorbeidrängelten. Nicht lange, und die Blagen bildeten ein krakeelendes, streitendes Knäuel hinter der Tante, die versuchte, mir über den Radau hinweg verständlich zu machen, daß Maree zu ihrer Mutter nach London zurückgefahren wäre, das arme Kind, ob ich das nicht wüßte? Eltern geschieden. Trauriger Fall. Ich brüllte, ob ich vielleicht die Adresse in London …? Sie schrie, sie hätte sie nicht parat, aber wenn es mir nichts ausmachte zu warten, wollte sie ihre Schwägerin anrufen und fragen. Also harrte ich weitere fünf Minuten im Regen aus und beobachtete über die sich balgenden lieben Kleinen hinweg, wie die Tante weiter hinten im Flur ins Telefon sprach. Endlich kam sie zurück und schrie mir eine nur halb verständliche Adresse zu, die ich notierte, weiter verfälscht durch feuchtes Papier und Regentropfenkleckse. Am nächsten Tag fuhr ich nach London. Natürlich regnete es wieder.

Die Adresse führte mich nach South London. Soweit stimmten die Angaben. Doch als ich schließlich am Ziel war, hieß es nicht Rain Kitten, wie ich aufgeschrieben hatte, sondern Grain Kitchen. Es war ein Bioladen. Die Dame hinter einer verglasten Auslage von unglaublich vielen verschiedenen Bohnensorten, sah groß und schlank aus in ihrem weißen Overall. Unter dem weißen Tuch um ihren Kopf schaute jugendlich blondes Haar hervor. Sie wirkte so jung und attraktiv, daß ich einen Moment lang hoffte, sie sei Maree Mallory, doch beim

Näherkommen sah ich, daß sie älter war, über vierzig. Vielleicht die Mutter. Meine verwischten Notizen sagten mir, in dem Fall wäre sie eine Mrs. Buttle, doch auf dem Schild über der Ladentür hatte ich INHABER L & M NUTTAL gelesen. Ich beschloß, eine direkte Anrede tunlichst zu vermeiden, und sagte höflich, ich wäre auf der Suche nach Maree Mallory.

Sie musterte mich mit auf eine abschätzende Art, die mich einigermaßen beunruhigte. »Ich denke nicht daran, Ihnen zu helfen«, verkündete sie endlich.

»Darf ich fragen, weshalb nicht?«

»Sie haben eine zu hohe Meinung von sich selbst. Stinkvornehmer Akzent, blitzblanke Schuhe, piekfeiner Trenchcoat, jedes Haar an seinem Platz – oh, ich kann sehen, weshalb Sie das arme Mädel fallengelassen haben wie eine heiße Kartoffel. Sie war nicht gut genug für einen wie Sie, stimmt's? Oder hat Ihnen nicht gepaßt, wie sie Ihre Hemden bügelt?«

Ich war einen Moment sprachlos. Mein Gesicht brannte. Zwar stimmt es, daß ich mich gern elegant kleide, aber es lag mir auf der Zunge einzuwenden, daß ich meine Hemden grundsätzlich selber bügele. Lächerlich. Ich holte tief Atem und sagte: »Mrs. – äh – Buttle – Nuttal? – ich versichere Ihnen, ich habe Ihre Tochter ganz und gar nicht fallengelassen wie ›eine heiße Kartoffel‹!«

»Weshalb hat sie es mir dann unter Tränen erzählt? Maree lügt nicht. Und weshalb kommen Sie zu mir gekrochen? Ihnen ist klargeworden, daß Sie sich ein Juwel haben durch die Finger schlüpfen lassen, ist es nicht so?«

»Mrs. Buttle ...«

»Nuttal. Männer mit seidenen Halstüchern statt Krawatte habe ich nie ausstehen können. Was ist auszusetzen an einem ordentlichen Schlips? Wenn meine Tochter Sie mir vorgestellt hätte, gleich zu Anfang, hätte ich sie gewarnt. Traue keinem Mann mit seidenem Halstuch, hätte ich gesagt. Und einem Trench mit so vielen kleinen

Taschen und Knöpfen. An der Kleidung erkennt man den Menschen!«

»Mrs. Nuttal!« Ich merkte entsetzt, daß meine Stimme überschnappte. *»Ich habe Ihre Tochter nie im Leben gesehen!«*

Sie zog ungläubig die Augenbrauen in die Höhe. »Ja, was wollen Sie dann hier und tropfen mir den Fußboden voll?«

»Ich bin hergekommen«, sagte ich, »weil ich versuche, Ihre Tochter zu finden, Maree Mallory, in Verbindung mit – mit einer Erbschaftsangelegenheit, bei der sie möglicherweise eine der Begünstigten ist.« Nicht besonders originell, aber ich war so durcheinander, daß mir all die ausgeklügelten Geschichten, die ich mir tags zuvor auf der Fahrt nach Bristol ausgedacht hatte, nicht mehr einfallen wollten.

Mrs. Nuttal schien beeindruckt zu sein, und nun war sie es, die rot wurde. Sie schlug die Hände vor den Mund. »Ach du meine Güte! Dann sind Sie nicht dieser Robbie?«

»Mein Name ist Rupert Venables, Madam«, belehrte ich sie förmlich. Rache ist süß.

»Meine Güte!« wiederholte sie. Ich glaubte, nun hätte ich sie so weit, klein beizugeben und ihre Tochter aus einer Wohnung oben oder sonst woher zum Vorschein zu bringen. Weit gefehlt. »Beweisen Sie's« verlangte sie, als ihre Hautfarbe sich weder normalisiert hatte.

Meine Visitenkarte kommentierte sie mit: »Jeder kann sich so was drucken lassen«, also zeigte ich ihr meinen Führerschein, eine Kreditkarte und mein Scheckbuch. Sie studierte jedes einzelne Beweisstück sorgfältig.

»Meinen Reisepaß habe ich leider nicht dabei«, bemerkte ich spitz.

Die Ironie verpuffte wirkungslos, sie meinte nur: »Eigentlich besteht gar kein so großer Unterschied zwischen ›Rupert‹ und ›Robbie‹.«

»Ein himmelweiter Unterschied!« protestierte ich.

Sie griff wieder nach meiner Visitenkarte und betrachtete sie mit gerunzelter Stirn. »Hier steht: Designer von Computersoftware. Das sind Sie von Beruf?«

Ich nickte.

»Und dieser Robbie studiert angeblich Tiermedizin. Das *ist* ein Unterschied. Aber warum sind Sie kein Rechtsanwalt, wenn es sich um eine Erbschaft handelt?«

»Weil ich der Testamentsvollstrecker bin. Der Verstorbene, Stanley Churning, hat mich beauftragt, seinen Letzten Willen auszuführen. Mrs. Nuttal, auch wenn ich Ihr Mißtrauen lobenswert finde, ich wäre dankbar, wenn Sie mir erlauben würden, mit Maree zu sprechen.«

»Ich nehme an, ich muß Ihnen glauben«, sagte sie widerwillig. »Aber Maree ist nicht hier.«

Mir sank der Mut. »Und wo ist sie?«

»Sie ist zu ihrem Vater gefahren, als sich herausstellte, daß er Krebs hat. Sie wollte unbedingt. Ich kann nichts dafür, daß sie nicht hier ist.«

»Würde es Ihnen etwas ausmachen, mir ihre Adresse zu geben?«

Und ob es ihr etwas ausmachte. Sie war mißtrauisch. Ich bewunderte ihren Instinkt, obwohl ich Mühe hatte, nicht mit den Zähnen zu knirschen. Endlich sagte sie: »Nun ja, wenn es sich um eine Erbschaft handelt ...«, und rückte mit einer Adresse heraus, nördlich von Ealing.

Es war eine Fahrt von mehreren Stunden. Als ich ankam, fand ich das Haus leer und die Fenster im Erdgeschoß mit Bretterläden verrammelt. Eine Nachbarin antwortete auf meine Erkundigung, der Eigentümer wäre im Krankenhaus – weit weg, sie konnte sich nicht erinnern, wo –, und die Tochter hätte das Haus abgeschlossen und sich seither nicht wieder sehen lassen.

Kochend vor Wut, machte ich mich auf die Heimfahrt. Auf der M 25 ging nichts mehr. Ich versuchte, auf Landstraßen auszuweichen, und natürlich gab es alle fünfhundert Meter eine Baustelle. Endlich in meiner Einfahrt angelangt, stieg ich aus und schlug die Wagentür zu, daß es krachte. Im Haus pfefferte ich den Mantel in die Ecke, riß ein Glas aus dem Schrank, stapfte in mein picobello aufgeräumtes Wohnzimmer, goß mir einen Dreifachen ein und ließ mich aufs Sofa fallen. Nach dem ersten Schluck kam mir ein Gedanke. Fluchend riß ich mir das Tuch vom Hals und warf es in den Kamin.

»Verdammt, wenn ich geahnt hätte, was deine großartige Liste für ein Alptraum ist, Stan«, sagte ich. »Wenn ich es geahnt hätte! Aber ich habe die Nase voll, ich werfe den Kram hin. Schluß! Ende!«

»Warum? Was ist denn los, Söhnchen?« fragte Stan.

Meine Hand mit dem Whiskyglas erstarrte auf halbem Weg zum Mund. »Stan?«

»Hier bin ich, Rupert«, antwortete die wohlbekannte, immer etwas heisere Stimme wie aus großer Ferne und irgendwie kleinlaut aus der Richtung meines Panoramafensters. »Tut mir leid, daß es etwas länger gedauert hat. Es ist – nun ja, das mit dem Wiederkommen ist nicht so einfach, wie ich gedacht hatte. Es ist anders, als man es sich vorstellt. Man muß Bedingungen erfüllen. Ich mußte mein Ersuchen sowohl den Meistern des Karmas vorlegen als auch der Hohen Kammer, und die Meister des Karmas sind ein schwerer Brocken. Nicht alle von ihnen sind Menschen. Ich kann dir nicht verübeln, daß du so miesepetrig aussiehst. Wo liegt das Problem?«

Wenn Stan zu irgendeinem anderen Zeitpunkt aufgetaucht wäre, hätte ich es wahrscheinlich nicht so ohne weiteres akzeptiert. Die Vorstellung, daß er mich als Geist umschwebte, jagte mir eine Gänsehaut über den Rücken, obwohl ich innerlich kochte. Aber ich war so wütend, daß ich den Rest Whisky hinunterkippte und ihm dann sagte, wo das Problem lag. »Und alles ist deine verdammte Schuld!« schleuderte ich zum guten Schluß in seine angenommene Richtung.

»Na na, immer mit der Ruhe«, sagte seine ferne, körperlose Stimme in demselben Ton, in dem er zu Lebzeiten zickige Pferde zu beruhigen pflegte. »Es ist *nicht* meine Schuld. Ein neuer Magid muß gefunden werden, und du zäumst den Gaul vom Schwanz her auf.«

»Ach ja? Das heißt im Klartext?«

»Das war schon immer eine Angewohnheit von dir«, belehrte er mich. »Etwas anpacken, als wärst du ein gewöhnlicher Mensch, dem nur gewöhnliche Mittel zur Verfügung stehen. Du verfügst über enorme Kräfte, Söhnchen. Nutze sie. Such deine Kandidaten mit den Methoden eines Magids.«

»Aha. Na gut. Aber erst nach einer rechtschaffenen Mahlzeit, einem zweiten Doppelten und einem Liter Kaffee. Erinnerst du dich in deinem derzeitigen Zustand an die Bedürfnisse des Körpers? Kannst du so lange warten, bis ich sie befriedigt habe?«

»Sie haben mir ein Jahr gegeben, die Mächte *Da Oben*«, meinte er. »Wenn du bis dahin fertig sein kannst ...«

Das war der Stan, den ich kannte. Ich mußte lachen und fühlte mich gleich besser.

Eine Stunde später zog ich meine Jacke aus und wollte sie, der Macht der Gewohnheit folgend, ordentlich über den Stuhl hängen, aber plötzlich fiel mir Mrs. Nuttal ein, und ich warf sie dorthin, wo schon das Halstuch gelandet war. Dann krempelte ich die Ärmel auf und ging ans Werk, überwacht von Stan, der mit ferner Stimme gelegentlich Tips und Anregungen beisteuerte. Es wurde ein langer Abend. Und ein wenig erfolgreicher. Thurless erwog, sich für immer in Japan niederzulassen. Kornelius Punt hatte beschlossen, nach Neuseeland weiterzureisen. Der Kroate und Maree Mallory waren nach wie vor unauffindbar.

»Keineswegs verwunderlich«, kommentierte Stan, »falls sie nicht gefunden werden wollen. Sie sind die beiden mit dem wirklich großen Talent.«

»Und Mrs. Fisk hat wahrscheinlich einen Nervenzusammenbruch«, fügte ich hinzu.

»Auch das nicht verwunderlich. Die Strafe dafür,

anders zu sein. Uns wäre es womöglich ebenso ergangen, dir und mir, wenn man uns nicht als tauglich für die Gemeinschaft der Magids befunden hätte.«

»Höchstens was dich angeht«, schnappte ich. Meine Laune war nach diesen neuerlichen Rückschlägen wieder ziemlich biestig geworden. »Ich für meinen Teil betrachte mich als eine stabile Persönlichkeit.«

»Ach ja? Typischer Fall von Verdrängung, aber denk dran, ich kannte dich schon als Schuljungen. Diese Maree ... Ich bin wie du der Meinung, daß sie die aussichtsreichste Kandidatin ist. Du solltest versuchen, ihren Vater aufzuspüren – er wird dir sagen können, wo sie steckt. Es heißt, Väter und Töchter haben ein besonders enges Verhältnis zueinander.«

Wie sich herausstellte, war sein Rat ausgezeichnet. Eine Woche später fuhr ich zu einem Krankenhaus in Kent und sprach mit einem ausgemergelten, zusammengesunkenen kleinen Mann im Rollstuhl, der bereits den größten Teil seiner Haare verloren hatte. Man konnte sehen, daß er bis vor kurzem ein dicker kleiner Mann mit einem Zwinkern im Auge gewesen war. Ich spürte den Tumor in ihm. Bösartig. Die Ärzte hatten ihm nicht viel helfen können. Er tat mir unendlich leid. Ich versetzte dem Krebs einen scharfen Stoß und befahl ihm zu verschwinden. Der kleine Mann krümmte sich ächzend zusammen.

»Autsch!« sagte er. »Erst Maree, jetzt Sie. Was haben Sie getan?«

»Dem Tumor befohlen, er solle verschwinden. Sie sollten das ihrem ungebetenen Gast ebenfalls nahelegen, aber Sie scheinen ihn widerstandslos angenommen zu haben, nicht wahr?«

»Wissen Sie, genau das hat Maree auch gesagt! Wahrscheinlich stimmt es, ich habe ihn angenommen – er fühlt sich an wie ein Teil von mir. Ich kann es nicht richtig erklären. Was *sollte* ich denn tun?«

»Dem Ding klarmachen, daß es unerwünscht ist, ein

Fremdkörper. Sie wollen es nicht in sich haben. Mir scheint, Sie haben noch nicht zu Ende gebracht, was Sie in Ihrem Leben erreichen wollten.«

»Allerdings nicht.« Er schüttelte traurig den Kopf. »Erst kam die Scheidung und nun das. Ich bin nicht wie mein Bruder, wissen Sie, ein Buch nach dem anderen – ich habe nur das eine vorzuweisen. Ich hätte gern noch meine Erfindung zum Patent angemeldet, aber, nun ja ...«

»Dann tun Sie's«, sagte ich. »Übrigens, wo befindet Maree sich zur Zeit?«

»In Bristol.«

»Aber da war ich und habe mit ihrer Tante gesprochen und ...«

»Diesmal ist sie bei ihrer anderen Tante, weiter die Straße hinauf. Ich habe sie gezwungen zurückzugehen, Liebeskummer oder nicht, Geld oder kein Geld. Sie will Tierärztin werden, wissen Sie, und so ein Studium kann man nicht einfach mittendrin abbrechen.«

»Darüber weiß ich leider nicht Bescheid. Dann könnte ich sie also über die Universität erreichen?«

»Oder über ihre Tante«, sagte er. »Teds Frau. Janine. Gräßliche Person. Kann mir offen gesagt nicht vorstellen, weshalb mein Bruder sie glaubte heiraten zu müssen. Er hat einen noch größeren Fehler gemacht als ich, aber im Gegensatz zu mir hat er ihn nicht korrigiert – dem Jungen zuliebe, nehme ich an.« Er gab mir die Adresse, zu meinem Ärger in derselben Straße wie das Haus, in dem ich bereits gewesen war, und fragte dann angstvoll: »Es stimmt doch nicht wirklich, daß ich diesen Tumor loswerden kann, indem ich es *denke*, oder?«

»Sehr viele Tumore sprechen auf eine solche Therapie an.«

»Ich habe kein Talent zum positiven Denken«, sagte er kläglich.

Bevor ich ging, tat ich für Derek Mallory, was ich tun konnte. Es hatte keinen Zweck, gegen den Krebs anzugehen, wenn er selbst sich nicht dagegen wehrte, also beeinflußte ich statt dessen ein paar Zentren in seinem Gehirn, um ihm zu einer etwas optimistischeren Einstellung zu verhelfen. Ich nehme an, er fühlte jeden Stoß. Sein Gesicht verzog sich wie das eines Babys, und ich fürchtete, er würde anfangen zu weinen, aber nein, er versuchte zu lächeln.

»Das hat geholfen!« sagte er. »Das hat wirklich geholfen! Eigentlich bin ich sehr für diesen Psychokram, wirklich. Ich habe oft mit Maree darüber diskutiert. Sie hat das Zeug dazu, aber sie will nicht. Macht sich nur lustig und wird zynisch. Ihr fehlt der Glaube, daran liegt's.«

Also fuhr ich wieder nach Bristol, aber erst eine Woche später. Ich hatte meinen Beruf sträflich vernachlässigt und eine Menge aufzuarbeiten. Eigentlich war ich zuversichtlich, daß ich meine Termine würde einhalten können, leicht sogar, doch als ich mich gerade mit den letzten und vertracktesten Probleme beschäftigte, meldete mein Faxgerät sich mit dem speziellen Dreiklang, der eine Nachricht mit Bezug auf Magid-Angelegenheiten ankündigte. Ich nahm das Blatt und las:

Iforion 10/02/3413 11.00 Uhr
DRINGEND
Kaiser bei Attentat getötet.
Kommt schnellstens zu einer
Konferenz Palast, Iforion.
Diese Nachricht auf Befehl des
Amtierenden Regenten,
Generalkommandant Dakros

»O Gott!« sagte ich. »Hurra!« Das war meine erste Reaktion. Dieses Scheusal Timos IX. hatte es verdient, und nicht allein wegen Timotheo. Ich hoffte, der Attentäter hatte ihm vorher weh getan. Ordentlich. Dann holte der Verstand mich wieder ein, und ich sagte: »Scheiße. Kein Thronfolger.« Ich überlegte weiter und fügte hinzu:

»Was erwartet man von mir? Ich bin ihr Magid, nicht ihr Kindermädchen.«

»Sag ihnen, sie sollen allein zurechtkommen«, schlug Stan vor. Offenbar hatte er das Fax über meine Schulter hinweg gelesen.

Ich faxte zurück, ich käme morgen.

Koryfos antwortete:

Iforion 10/02/14 11.04 Uhr
DRINGEND
Sofortiges Kommen unerläßlich.
Dakros

Ich faxte:

Warum? Ich habe hier zu tun.

Dakros (wer immer er sein mochte) antwortete:

Wir haben die Komplizen
des Attentäters. Gefahr
von Rebellion/Chaos.
Brauchen Euch, um den
nächsten Kaiser zu finden.
Große Probleme hier,
die nur ein Magid lösen kann.
Bitte,
Dakros

Dieses ›Bitte‹ war es, vor dem ich kapitulierte. Der Mann war ein General und Amtierender Regent und sagte Bitte wie ein kleiner Junge. Ich faxte, ich wäre unterwegs, und da es mir die Art von Problem zu sein schien, dessen Lösung einige Zeit in Anspruch nimmt, packte ich vorsichtshalber eine kleine Reisetasche. Zweifellos hätte man mir mit Wasch- und Nachtzeug ausgeholfen, aber in Koryfos schlief man in einem Hemd wie ein Krankenhauskittel mit Bändern, was ich nicht ausstehen kann, und ihre Rasierapparate waren eine Katastrophe! Während ich packte, konnte ich Stan über mir schweben fühlen und daß es ihn drängte, etwas zu sagen.

»Heraus damit.«

»Laß dich nicht von Koryfos vereinnahmen, ja?«

»Keine Gefahr. Ich empfinde keinerlei Sympathie für Land oder Bewohner. Warum?«

»Weil eine Art Direktive sie betreffend existiert – nicht so stark wie eine Absicht, mehr eine Empfehlung: das koryfonische Kaiserreich nach seiner eigenen Fasson zum Teufel gehen zu lassen.«

»Mit meinem Segen. Was für eine Direktive ist es? Ein Großes Geheimnis, das du vergessen hast, mir zu enthüllen, oder was?«

»Nein, ich habe es aufgeschnappt, nachdem ich – während ich – während ich da drüben war und mit den Meistern des Karmas verhandelte und so weiter«, gestand er. »Zu guter Letzt mußte ich sogar noch höher gehen. Es kam von sehr weit oben. Die *Da Oben* wollen, daß das Imperium sich selbst überlassen wird.«

»Keine Einwände.« Ich warf mein Waschzeug in die Tasche, zog den Reißverschluß zu und ging die Treppe hinunter. »Kommst du mit nach Iforion?«

Ein bedrücktes Schweigen begleitete mich nach unten ins Wohnzimmer, dann bekannte die Stimme meines Spiritus rector kleinlaut: »Dazu bin ich wahrscheinlich nicht in der Lage, Söhnchen. Ich fürchte, mein Wirkungsradius beschränkt sich auf die Erde. Vielleicht ist es mir nicht einmal möglich, dein Haus zu verlassen.«

»Wie langweilig für dich.«

»Es gibt kein Gesetz, welches besagt, daß das Leben – ich meine das Leben danach – interessant zu sein hat«, sagte er melancholisch.

Ich machte mich auf den Weg nach Iforion und ließ ihn traurig spukend im Wohnzimmer zurück. Es war eine

Reise in Etappen, von Sprosse zu Sprosse, mit dem unvermeidlichen Eindruck, eine Figur auf einem Schachbrett zu sein, die von einem Feld zum anderen rückt – oder gerückt wird? –, aber hangab, da ich mich gen Mehrwärts bewegte. Ich dachte, daß Lewis Carroll recht gehabt hatte in *Alice im Wunderland*. Niemand hat es mir je bestätigt, aber ich habe immer vermutet, daß Carroll ein Magid gewesen ist. Geschichten zu schreiben wie seine *Alice*-Bücher ist ein wirksames Mittel der Beeinflussung, und darum geht es bei uns Magids: subtile Beeinflussung.

Kapitel 3

Wie all die Male zuvor war mein Ankunftspunkt in Iforion eine kleine Kammer im Palast, das Magid-Tor, aber zum erstenmal stand ich halb blind und nach Atem ringend in einer Wolke aus Staub – beißendem, altem Ziegelstaub. Prompt begannen meine Augen zu tränen, und meine Nase lief. Ich zog mein Taschentuch heraus, um es bestimmungsgemäß zu benutzen, dann änderte ich meine Absicht und hielt es mir als Atemschutz vor Mund und Nase. Als ich meine Tasche abstellte, drängten zwei Soldaten in den winzigen Raum.

»Eskorte, um Euch zu General Dakros zu bringen, Herr«, meldete einer mit staubheiserer Stimme.

Die beiden waren für mich eine Überraschung und nicht nur, weil sie so plötzlich aus den Staubschleiern auftauchten. Es waren ein Mann und eine Frau, beide jünger als ich. Ihre Uniform war die einer minderprivilegierten Einheit, blau und grau, wie ich sie bisher nur in der Ferne wahrgenommen hatte, wenn es darum ging, das Volk im Zaum zu halten, die einfachen Untertanen Seiner Kaiserlichen Majestät, die ihrem Herrscher bis auf Rufweite (wahrscheinlicher nur *fast* bis auf Rufweite) nahekommen durften. Beide wirkten todmüde, man sah es an ihren Bewegungen, den blassen Gesichtern und den dunklen Ringen unter den Augen. Der Mann hatte einen mehrere Tage alten Stoppelbart, das Haar der Frau war von graurotem Staub zu einer struppigen Mähne verklebt.

»Habt die Güte, Euch dicht bei uns zu halten, Herr«, sagte sie, ebenso heiser wie ihr Kamerad. »Teile des Gebäudes sind stark einsturzgefährdet.«

Ich verstand, was sie meinte, als wir uns in dem Ziegelstaubnebel auf den Weg machten. Schon nach wenigen Schritten bogen wir abrupt in einen Seitengang ein, einen niedrigen Flur mit Steinfußboden, in dem ich noch nie gewesen war. Als ich über die Schulter nach dem Korridor ausschaute, den ich gewöhnlich entlangging, erhaschte ich einen Blick auf freien Himmel zwischen verbogenen und geborstenen Trägern. Irgendwo stürzten laut krachend schwere Brocken Mauerwerk herab. Beim erstenmal zuckte ich zusammen, aber meine Begleiter blieben ungerührt. Offenbar passierte es dauernd, und sie hatten sich daran gewöhnt.

»Wurde der Palast bombardiert?« fragte ich krächzend.

»Große Bombe im Thronsaal«, antwortete der Mann.

»Hat mittendrin ein Riesenloch gerissen und sämtliche Stabschefs und den gesamten Rat ins Jenseits befördert«, ergänzte die Frau.

Er: »Und alle Kaiserlichen Gemahlinnen. Und beim Einsturz der Amtsstuben wurden viele wichtige Beamte erschlagen.«

Sie: »Auch eine Menge Soldaten.«

Ihr Kamerad nickte düster. »Die Leibgarde war im Thronsaal angetreten. Fast alle unter den Trümmern begraben.«

Nicht zu vergessen Seine Kaiserliche Hoheit, dachte ich. Bingo! Exzellentes Timing, wer immer du warst. Die oberen Zehntausend des Imperiums eliminiert – alle auf einen Streich. Es reizte mich zum Lachen und jagte mir gleichzeitig einen kalten Schauer über den Rücken. Ich setzte hinter meinem Taschentuch eine angemessene Trauermiene auf und stelzte vorsichtig hinter den beiden Uniformen her. Sogar in diesem halbwegs sicheren Korridor hatten sich hier und da die Steinplatten des Fußbodens gehoben, und an manchen Stellen senkte sich die Decke. Wo das der Fall war, schoben wir uns dicht an der Wand entlang.

Endlich, nach einem langen Marsch reich an Umwegen, standen wir unter dem Türbogen einer großen Eingangshalle mit Kuppeldach. Eine Art Notbeleuchtung verwandelte die in der Luft hängenden Staubschleier in eine bläuliche Milchsuppe. Oder lag es an meiner Brille? Ich nahm sie ab, und während ich mit meinem staubigen

Taschentuch die Gläser putzte, beobachtete ich, wie meine Eskorte sich aufraffte, Haltung anzunehmen, und gutwillig, aber einigermaßen kraftlos salutierte. Einstimmig heiser meldeten sie: »Magid Venables ist eingetroffen, Herr General.«

Irgendwo in der milchigen Helligkeit äußerte eine Tenorstimme: »Gott sei Dank!« Eine zweite Person hustete bellend, und die tiefe Stimme eines dritten sagte: »Großartig. Bringt ihn her!«

Ich setzte die Brille wieder auf und trat weiter in die Halle hinein. In Anbetracht dessen, was mir von meiner Eskorte berichtet worden war, hätte ich von der Zusammensetzung der Interimsregierung nicht überrascht sein dürfen. Aber ich war es. Da saßen die drei in verschiedenen Haltungen der Erschöpfung um einen Tisch, auf dem sich Akten und andere Dinge türmten. Die Tenorstimme gehörte einem Zauberer oder Magier oder wie immer man unsereins in Koryfos nennt, der jünger aussah, als ich war. Seine Augen waren vom Staub dermaßen gerötet, daß ich erst dachte, sie bluteten. Sein linker Arm schien verletzt zu sein, und er hatte den geckenhaften kurzen Umhang, den das Reich seinen Jüngern der Magie vorschrieb, praktisch denkend zur Schlinge umfunktioniert. Die in Gold gestickte Lemniskate glitzerte an seinem Ellenbogen. Das Husten stammte von einer Frau, trotz des mit Ruß und Ziegelstaub beschmierten Gesichts als recht attraktiv zu erkennen und ziemlich eigenwillig gekleidet in gestreifte Schnürbundhosen und ein mit Saphiren und Perlen besticktes, blusenähnliches Oberteil. An der Identität des Dritten im Bunde konnte es keinerlei Zweifel geben. General Dakros trug die Uniform der Truppenteile Zweiter Klasse in Blau und Grau – soweit ich es erkennen konnte. Sie war zerrissen und schmutzig und voller Brandlöcher. Wie der Gefreite hatte auch er seit dem Unglück keine Zeit gefunden, sich zu rasieren, und sein Kinn schimmerte blauschwarz, passend zu seinem kurzgeschnittenen, krausen schwarzen

Haar. Als Angehöriger einer der dunkelhäutigeren Völkerschaften des Reichs war ihm eine Karriere in der Elitetruppe oder die Beförderung auf einen hohen Regierungsposten verwehrt geblieben, und wiewohl er dieser Tatsache sein Leben verdankte, hatte sie ihm gleichzeitig die undankbare Pflicht aufgebürdet, ein Kaiserreich zu regieren. Sein Gesicht mit den eingesunkenen Schläfen und verkrampften Wangenmuskeln war das eines Menschen, der glaubt, in einem Alptraum gefangen zu sein, doch seine Augen, bemerkte ich erleichtert, als er mich forschend musterte, hatten einen ruhigen, klaren Blick. Er war älter als wir anderen, aber jung für einen General, woraus ich schloß, daß ich es mit einem fähigen Mann zu tun hatte.

Fast sofort wandte er sich wieder ab. Aus einem zweiten Eingang an der gegenüberliegenden Seite der Halle tauchten mehrere Gestalten auf und näherten sich in der Haltung diskreter Dringlichkeit. Zwei legten Faxe auf den Tisch, ein dritter, im Gold und Königsblau der Leibgarde, doch nicht weniger mitgenommen als alle anderen, beugte sich respektvoll vor und flüsterte dem General etwas ins Ohr. Dieser Respekt beruhigte mich, daran ließ sich erkennen, daß Dakros Autorität besaß. Es handelte sich um eine offenbar wichtige Nachricht über ein erobertes Weltentor. Währenddessen schaute ich mir das Chaos auf dem Tisch an: Stapel staubiger Faxe, mehrere tragbare Militärcomputer, ein Gedanken-Sprache-Empfänger (ich hätte nichts dagegen gehabt, selbst einen zu besitzen) und mehr leere Kaffeebecher aus Plastik, als ich zählen konnte. Der Gardesoldat ging, und Dakros wandte sich wieder mir zu. Mittlerweile hustete ich fast ebenso schlimm wie die hübsche junge Hofdame. Ich sagte: »General, Ihr müßt evakuieren, bevor die Leute hier reif für ein Lungensanatorium sind!«

»Ich weiß«, antwortete er. »Gerade hat es wieder einen Einsturz gegeben. Wir werden gehen, sobald Ihr uns geholfen habt, unser Problem zu lösen.«

»Es ist im Thronsaal, im Tresor«, erklärte die Hofdame.

Der junge Zauberer fügte mit nervösem Stolz hinzu: »Ich tue, was ich kann, um alles zusammenzuhalten.«

Nicht übertrieben, wie ich merkte, als ich meine Sinne in die Höhe richtete. Da hingen tonnenschwere Steinmassen, und es brachte ihn fast um, sie abzustützen. Ich tat mein Möglichstes, um ihm zu helfen. Stan hätte mein Verhalten vielleicht kritisiert, aber das kümmerte mich nicht. Der gesamte, bis in seine Grundfesten erschütterte Bau schien dem Einsturz nahe zu sein. Der junge Zauberer dankte mir mit einem verzerrten Lächeln, als ich seine Stützen mit meinen verstärkte.

»Dann sollten wir uns beeilen«, meinte ich. »Wo geht es zum Thronsaal?«

Der General erhob sich steif. Er war ein stattlicher, hochgewachsener Mann, auch wenn er jetzt vor Müdigkeit die Schultern hängen ließ. »Kommt mit, wir zeigen Euch den Weg.« Als die anderen beiden ebenfalls aufstanden, schien er sich auf die Etikette zu besinnen. »Vergebung, Magid. Dies ist Juniormagus Jeffros, und dies ist die Kaiserliche Gemahlin zur Linken, Prinzessin Alexandra. Sie hat als einzige von den Gemahlinnen des Kaisers die Explosion überlebt.«

Die Prinzessin warf mir ein beschämtes Lächeln zu, als wäre sie mit dem Finger im Marmeladentopf ertappt worden oder etwas Ähnliches. Vielleicht fühlte man sich schuldig als Überlebender, wenn Personen von viel höherem Rang umgekommen waren. Magus Jeffros jedenfalls stand das schlechte Gewissen ins Gesicht geschrieben. Während wir einen langen Korridor entlangeilten, schüttete er mir sein Herz aus: »Ich saß einfach mitten in den Trümmern. Sämtliche Seniormagi ringsum waren tot. Ich fühle mich schrecklich. Eine Laune des Schicksals, daß ausgerechnet ich verschont geblieben bin.«

Der Gang mündete in eine Art Schlucht, die sich zu einem strahlend blauen Himmel öffnete. Links und rechts ragte geborstenes Mauerwerk in die Höhe, von dem sich Trümmerteile zu lösen drohten. Hastig erweiterte ich mein magisches Gerüst. Dann schaute ich mich genauer um und erkannte – mit Mühe – den kaiserlichen Thronsaal, hauptsächlich an den Überresten des altehrwürdigen Mosaikfußbodens, bestreut mit losgesprengten kleinen bunten Stein- und Glaswürfeln. Die Ruine des Hochsitzes befand sich an der gegenüberliegenden Schmalseite. Ein geschwärzter Trichter gähnte im Podest an der Stelle, wo der Thron gestanden hatte; sonst war nichts zu sehen. Ich stieß einen Pfiff aus. Wenn überhaupt, mußten sie den Kaiser und seinen Stab in Einzelteilen aufgesammelt haben.

»Wie um alles in der Welt seid Ihr da heil herausgekommen?« fragte ich die Prinzessin halblaut.

»Ich war auf der Toilette«, antwortete sie ebenso leise. Der Trotz in ihrer Stimme klang schon ein wenig abgenutzt. Armes Mädel, dachte ich. Wer weiß, wie oft sie vor wessen Ohren dieses Geständnis schon hatte wiederholen müssen.

»Hier bitte nicht sprechen«, mahnte Jeffros flüsternd.

»Und nicht im Gleichschritt gehen«, fügte der General hinzu.

Er selbst suchte sich vorsichtig einen Weg in die Mitte der sonnenhellen Schlucht und ging mit leichten, schnellen Schritten zum Hochsitz. Wir anderen folgten ihm, traten auf kahlen Estrich, wo einst kostbare Musivarbeiten aus Halbedelsteinen gewesen waren. Grus und Glassplitter knirschten unter unseren Füßen, Mosaiksteinchen rollten davon. Über der Szene hing das Murren und Grollen in den Mauern, es rieselte und prasselte, und Staub wölkte auf, wenn gerissene Wandteile sich gegeneinander verschoben. Ich fand diese latente Bedrohung nervenzermürbend. Doch auf halber Strecke drängte etwas noch Schlimmeres in mein Bewußtsein – der Gestank von – nun, Kloake, Müllkippe, Schlachthaus und Schießpulver, überlagert von einem deutlichen

Geruch nach Ozon. Ich mußte hinter meinem Taschentuch mehrmals schlucken. Ozon? Ozon ist häufig eine Nacherscheinung von Magie. Ich forschte mit meinem magischen Gespür in die Runde, soweit ich es ertragen konnte. Ja, die Bombe, die die Zerstörung angerichtet hatte, war durch Magie gesteuert und ausgelöst worden. Der Attentäter mußte einer von des Kaisers Seniormagi gewesen sein, der seinen eigenen Tod in Kauf genommen hatte. Ein tapferer Mann. Oder ein verzweifelter.

Wir bestiegen das Podium neben dem Trichter, wo der Gestank fast unerträglich war, und ich entdeckte, daß es über dem hinteren Teil der Plattform ein Dach gab und dahinter eine Wand, die fast unbeschädigt geblieben zu sein schien. Obwohl das Dach sich nach unten wölbte und knarrte und Staub auf uns niederrieselte, ergab mein sofortiges, ängstliches Forschen, daß dieser Teil des Palastes ungemein solide gebaut war, verstärkt mit Trägern, Granit und Magie. Gut. Wir konnten uns ein wenig entspannen. Hätte der Thron des Kaisers nur knapp einen Meter weiter zurück gestanden, hätte er sich jetzt auch entspannen können.

Es war dunkel hier hinten. Alles, was ich erkennen konnte, war eine schwarze Öffnung und eine schief in den Angeln hängende, massive Tür. Jeffros berührte mit der unverletzten Hand einen Stab, der aufrecht in einem Riß des Podiums klemmte. Er flammte auf wie eine Fackel, und das Licht eilte eine Reihe solcher Stäbe entlang in die Dunkelheit hinter der Tür, wo ich die Umrisse irgendwelcher Geräte erspähen konnte. Jetzt war auch zu sehen, daß die Tür in handbreiten Wellen eingedrückt war, als hätte sie auf dem Grund des Ozeans gelegen.

Wow! dachte ich.

Meine drei Gefährten stiegen bereits über die Schwelle hinweg und betraten den gepanzerten Raum dahinter. Ich beeilte mich, ihnen zu folgen. Drinnen war es still und sicher und fast staubfrei. Ich konnte mein Taschentuch vom Gesicht nehmen und benutzte es, um meine wieder blind gewordenen Brillengläser zu putzen. Danach konnte ich mir die Reihen der Monitore, Keyboards und Computer genauer betrachten, mit deren Hilfe der Kaiser die elf Welten, die sich als Gürtel um die Taille der Unendlichkeit schlangen, kontrolliert hatte.

»Wir werden diesen ganzen Kram in die Luft jagen müssen, bevor wir uns zurückziehen«, erklärte der General düster, »damit sich nicht jemand einschleicht und daran herumspielt. Dieser hier scheint derjenige welche zu sein. Er will nicht zulassen, daß Jeffros seinen Verwendungszweck herausfindet.«

»Und mir hat man erzählt, daß der Kaiser Informationen über die Thronfolge getrennt von allem anderen aufbewahrt«, fügte Prinzessin Alexandra hinzu.

Ich rutschte auf die rote Lederbank vor dem Computer, auf den der General deutete. Dank eines Sicherheitsakkus begann er bereitwillig zu booten. »Und was genau ist das Problem?« fragte ich, während die Systemdaten über den Monitor flimmerten. »Er hat mir soeben mitgeteilt, daß er in keiner Weise beschädigt ist.«

»So weit sind wir auch gekommen«, bemerkte der General mit einem Anflug von Sarkasmus.

»Ich wollte ihn nicht weitermachen lassen«, sagte Jeffros. Er sah angespannt und elend aus. »Ihr werdet feststellen, daß er magische Schutzvorrichtungen besitzt.«

Ich hatte sie schon bemerkt, aber besonders beeindruckend erschienen sie mir nicht. Ich knipste sie aus und tippte den Befehl ein, Namen und Aufenthaltsort der Kinder von Timos IX. anzuzeigen. Nichts. Ich ersetzte ›KINDER‹ durch ›ERBEN‹. Wieder nichts. In Erinnerung an diese Farce von einer Gerichtsverhandlung letzten November tippte ich ›TIMOTHEO‹. Und erhielt eine Antwort.

SOHN GEBOREN 3392. DECKNAME TIMOTHEO GELÖSCHT 3412

»*Gelöscht*!« sagte ich. »Nett formuliert. Wie hieß er wirklich?«

»Wissen wir nicht«, sagte der General.

Nun, wenigstens schien dies der Computer zu sein, der die gesuchten Informationen in seinen Eingeweiden barg. »Dann nennt mir die Decknamen der anderen Kinder und die genaue Anzahl.«

»Auch damit können wir nicht dienen«, gestand der General. »Wir sind nicht einmal sicher, ob überhaupt welche existieren.«

»O doch, es gab bestimmt welche«, widersprach die Prinzessin. »Es kursierten Gerüchte über mindestens fünf.«

Ich schwang auf der roten Bank zu ihnen herum. »Ich habe vor zwei Jahren ein Fax bekommen, als ich gerade Magid für das Reich geworden war. Es meldete, die ... hm ... Erwählte Gespielin Jaleila hätte eine Tochter geboren. Das wäre zumindest ein Kind.«

»Falschmeldung«, sagte der General, und die Prinzessin ergänzte: »Zu dem Zeitpunkt war die arme Jaleila schon seit vierzehn Jahren tot.« Der General bedachte mich mit einem mehr als nur gelinde sarkastischen Blick. »Nun erkennt Ihr allmählich das volle Ausmaß unseres Problems, nicht wahr, Magid?«

In der Tat. Mein Mienenspiel muß äußerst beredt gewesen sein. Jeffros, damit beschäftigt, zwischen den Stäben Drähte zu spannen, blickte zu mir auf. »Dieses Kaiserreich«, sagte er, »wurde errichtet auf Brettern aus Illusion über einer wahrhaften Schlangengrube. Ihr braucht es uns nicht zu sagen, Magid. Der Kaiser hat in seiner Angst, von den Brettern heruntergestoßen zu werden, noch viel mehr getan, als nur seine Kinder zu verstecken.«

»Er hat sie sogar vor sich selbst versteckt und falsche Bulletins über neue Geburten herausgegeben.« Dakros schlug mit der Hand durch die Luft. »Spar dir das Moralisieren, Jeffros. Folgendes ist unser momentanes Problem: Dank Prinzessin Alexandra sind wir ziemlich sicher, daß tatsächlich mehrere Thronanwärter vorhanden sind. Die Frage ist: könnt Ihr sie finden, Magid?«

Ich blickte ihm offen in das von Erschöpfung gezeichnete Gesicht. »Habt Ihr ernsthaft den Wunsch? Sie zu finden, meine ich. Da sie keine Ahnung haben, wer sie sind und Ihr sie auch nicht kennt, wäre es nicht besser, mit einem neuen Herrscher ganz von vorne anzufangen? Ihr selbst scheint Euch bereits recht gut eingearbeitet zu ...«

Mit jedem Wort, das ich sagte, war er zorniger geworden, und jetzt unterbrach er mich heftig. »Große und kleine *Götter*, Magid! Denkt Ihr, ich habe Lust, für den Rest meines Lebens in diesem Sumpf herumzuwaten? Ich will nach Thalangia heimkehren und mein Gut bewirtschaften. Aber ich kenne meine Pflicht. Ich will das Imperium in geordnetem Zustand hinterlassen, mit dem rechtmäßigen Erben auf dem Thron. Nichts anderes versuche ich hier zu tun!«

»Schon gut, schon gut.« Ich winkte ab. »Die Frage mußte gestellt werden. Bleibt zu hoffen, daß dieser rechtmäßige Nachkomme eine mehrfach beglaubigte Geburtsurkunde vorweisen kann oder ein Muttermal, eine Tätowierung oder etwas in der Art, sonst wird ihm oder ihr ewig das Odium der Unrechtmäßigkeit anhaften. Gibt es«, wandte ich mich an Prinzessin Alexandra, »irgendein Kennzeichen bei der Geburt?«

»Das kann ich nicht sagen.«

»Dann nehme ich an, Ihr selbst seid nicht die Mutter eines potentiellen Erben?«

Selbst in dem unnatürlichen, flackernden Licht der Stäbe sah ich, wie sie errötete, und sie rang in einer unwillkürlichen Gebärde der Verzweiflung die Hände. Dakros machte eine Bewegung, als wollte er mich schlagen, doch er beherrschte sich, und sie antwortete würdevoll: »Mir ist diese Ehre nie zuteil geworden, Magid. Mein Eindruck war, daß Seine Kaiserliche Majestät nicht viel für Frauen übrig hatte.«

»Und sich für unsterblich hielt«, sagte ich verdrossen.

»Er war erst neunundfünfzig.«

»Verflucht, das wird ja immer besser! Könnt Ihr überhaupt irgendetwas an Informationen beisteuern?«

»Nur Gerüchte, wie schon gesagt«, antwortete sie.

Ich schämte mich. Sie war höflich, und sie versuchte zu helfen, und was tat ich? Wurde immer ruppiger und grantiger. Zu meiner Verteidigung kann ich nur anführen, daß Koryfos ein Ort ist, der unweigerlich meine schlechtesten Seiten zum Vorschein bringt, und in dem staubigen Raum wurde es noch schlimmer, bedrängt von der Vorstellung tonnenschweren Mauerwerks über unseren Köpfen, gehalten nur von einem seidenen Faden aus Magie und prekärer Statik.

»Ich hörte von mindestens zwei Töchtern«, sagte Prinzessin Alexandra. »Und es könnten noch zwei Söhne existieren, außer dem einen, der kürzlich hingerichtet wurde. Es wäre möglich, daß Jaleila vor ihrem Tod einen Sohn zur Welt brachte, aber damals war ich noch nicht Gemahlin zur Linken, also kann ich es nicht mit Gewißheit behaupten.«

»Vielen Dank, Prinzessin.« Ich drehte mich wieder zu dem Computer herum. Neben mir kroch Jeffros über den Boden, um einen Draht an dem Computertisch zu befestigen, unbeholfen und mit nur einer brauchbaren Hand. Auch er beschämte mich. Er traf Vorkehrungen, um alles hier in die Luft zu jagen, sobald ich der Maschine brauchbare Fakten entlockt hatte, und ich tat nichts weiter, als meine Gereiztheit an dem General und der Prinzessin auszulassen. Höchste Zeit, daß ich mich auch nützlich machte.

Ich gab einen Befehl nach dem anderen ein – ohne Erfolg. Auf dem Bildschirm immer wieder nur die Nachricht, Timotheo wäre gelöscht. Ich schnitt dem Monitor eine Grimasse. Selbst ein paranoider Wirrkopf wie Timos IX. mußte eine Situation wie diese vorhergesehen haben. Es mußte einen logischen Weg geben, seinen Erben zu lokalisieren und zu identifizieren. Sogar wenn er geglaubt hatte, der Ratgeber oder Magus, der in das

Geheimnis eingeweiht war, würde ihn überleben, mußte er nach aller Vernunft trotzdem für alle Fälle Vorsorge getroffen haben.

Angespornt von einem neuerlichen bedrohlichen Knirschen der Decke, versuchte ich einen Umweg. Aha. Eine neue Botschaft.

KORREKTES PASSWORT EINGEBEN ODER ES ERFOLGT BESTRAFUNG.

Ich versuchte es mit der Lemniskate, aber das war zu offensichtlich, dann mit ›KORYFOS‹, weil gerade eben jemand von ihm gesprochen hatte. Zilch.

Prinzessin Alexandra hatte Koryfos erwähnt, im Zusammenhang mit der Sage, daß Koryfos der Große zurückkehren werde und wieder die Herrschaft übernehmen, an dem Tag, an dem der kaiserliche Palast einstürzte.

Während ich ›TIMOS‹ versuchte, hörte ich den General sagen: »Albernes Märchen.«

»Er ist noch nicht vollständig eingestürzt«, gab Jeffros zu bedenken.

Derweil schnurrte der Computer und produzierte eine neue Nachricht:

DREI PASSWORTE UNRICHTIG. BESTRAFUNG ERFOLGT.

Das unheilverkündende Murren und Grollen schwoll an.

»Ich brauche eine Speicherdiskette«, sagte ich. »Mehrere. Wir müssen raus hier. Schnell.« Noch während ich sprach, fühlte ich die magischen Gerüste dort oben aus den Fugen geraten. Eine Sicherheitsvorrichtung. Wenn ein Unbefugter den Computer befragte, brach alles über ihm zusammen. Den guten Timos scherte es nicht. Er wußte, wenn das geschah, war er bereits tot. Von allen gemeinen, selbstsüchtigen ... »Schnell!« wiederholte ich.

Prinzessin Alexandra reichte mir einen Kasten mit Disketten. Also war sie mehr als nur ein hübsches Lärvchen, aber zu der Einsicht gelangte ich ohnehin allmählich.

Von der anderen Seite hielt mir der General noch zwei weitere hin. Ich schob eine ins Laufwerk und befahl der Maschine, die Festplatte zu kopieren.

»Glaubt Ihr, das tut sie?« erkundigte sich Dakros zweifelnd.

»Nein. Aber ich werde sie dazu zwingen!«

Nur selten habe ich so konzentriert und schnell gearbeitet wie in den folgenden Minuten. Mit einer mentalen Hand sozusagen hielt ich die zerbröckelnde Magie über unseren Köpfen zusammen. Mit der anderen und allem, was mir sonst zu Gebote stand, zwang ich den störrischen Computer, den gesamten Inhalt der Festplatte à tempo auf eine Diskette nach der anderen zu kopieren. Vier waren fertig, als ich spürte, daß der Augenblick gekommen war. Ich ließ die fünfte Diskette im Laufwerk und sprang auf.

»Raus jetzt! Nichts wie weg hier!«

Es bedurfte keiner näheren Erklärung. Der General setzte sich als erster in Bewegung. Im Laufen brüllte er in sein Com: »Gebäude räumen! Das Dach kommt herunter!«

Jeffros und ich nahmen Prinzessin Alexandra links und rechts am Arm und stürzten hinter ihm her. Wir preschten über den zerstörten Mosaikfußboden, während beiderseits von uns Steinlawinen im Zeitlupentempo ins Rutschen kamen, und bogen in einen Korridor ein, der scheinbar kein Ende nehmen wollte. Schon nach der Hälfte des Wegs keuchte ich, viel schlimmer als die Prinzessin, und war zu sehr damit beschäftigt, Atem in meine Lungen zu pumpen, als daß ich Kraft übrig gehabt hätte, um auch nur zu versuchen, die Katastrophe aufzuhalten. Ich mobilisierte alle Kräfte, um mit den anderen gleichauf zu bleiben, während Wände und Boden des Ganges unter dem Krachen stürzender Mauern erbebten, gelobte hoch und heilig, mehr für meine Kondition zu tun, falls ich dies hier überlebte, und rannte und rannte.

Wir stürmten auf eine Stufenterrasse hinaus, die zu

einem riesengroßen Hof führte. Längs der ganzen Terrasse kamen weitere Gestalten in ramponierten Uniformen aus Türöffnungen geschossen und liefen wie wir die breiten, flachen Stufen hinunter und zur Mitte des Hofs.

Neben der Statue von Koryfos dem Großen blieb der General stehen, die anderen scharten sich in einer losen Gruppe um ihn, nicht mehr als ein paar hundert – erstaunlich wenig Menschen, um ein Imperium an der Kandare zu halten.

Mein Gesichtsausdruck verriet offenbar, was ich dachte. »Der Kaiser hatte vor kurzem Einsparungen beim Militär beschlossen«, meinte der General säuerlich und richtete dann seine ungeteilte Aufmerksamkeit auf den Palast.

Ich war nicht fähig zu sprechen. Meine Brust schmerzte bei jedem Atemzug. Ich konnte nur nach Luft ringend dastehen und zuschauen, wie dieses stolze Gebäude Stück für Stück in sich zusammenstürzte. Jeffros, der aussah, als fühlte er sich noch erheblich schlechter als ich, warf mir einen Blick zu, der ausdrückte *Warum nicht?*, und schnippte mit den Fingern. Eine dumpfe Explosion irgendwo mitten in dem Inferno, und die seitlich hervorpuffenden Staubfontänen waren plötzlich von orangefarbenen Feuerschein durchwabert.

»O wie furchtbar!« rief Prinzessin Alexandra.

Als das Gebäude sich majestätisch niedersinkend zu einem rauchenden Trümmerfeld ausbreitete, legte der General den Arm um sie. »Ihr werdet ein neues Leben finden, Prinzessin«, hörte ich ihn durch das Getöse sagen, und ich war ziemlich sicher, wenn General Dakros nach getreuer Pflichterfüllung schließlich heimkehrte nach Thalangia – wo immer das liegen mochte –, würde er es nicht allein tun.

Ich weiß nicht mehr, wie lange wir auf den Palast starrten. Wir alle schienen abwarten zu wollen, daß die Seitenflügel, jeder gekrönt von imposanten Zinnen, ebenfalls einstürzten, und es dauerte ziemlich lange.

Letzte Nachzügler kamen von dorther in den Hof geflüchtet, so daß wir zu guter Letzt eine ziemlich große Menge fröstelnder, staubiger Heimatloser waren, die verstört den Untergang des Sitzes der Regierung begafften, von der wir geglaubt hatten, sie würde noch Jahrtausende überdauern. Ich weiß, ich war ebenso erschüttert wie alle anderen. Das Kaiserreich, das ich mit so viel inniger Freude gehaßt hatte, existierte einfach nicht mehr.

Nach und nach kam ich wieder zu Atem. Als nur noch meine Beine zitterten und meine Brust weh tat und die Ruine vor uns zur Ruhe gekommen zu sein schien, wandte ich mich General Dakros zu und reichte ihm zwei der vier Disketten.

»Hier bitte«, brachte ich nach zweimaligem Räuspern heraus, heiser wie eine Krähe. »Eine, um damit zu arbeiten, und eine als Backup. Warnt jeden, der sich damit beschäftigt, daß er einen Magiekundigen zur Seite haben sollte. Das Programm ist unter Garantie so konfiguriert, daß es sich selbst löscht, wenn man versucht, es woanders laufen zu lassen als auf *dem* Computer.« Ich wies mit dem schmutzigen Daumen auf das Trümmerfeld. »Ich habe getan, was ich konnte, aber geht auf Nummer Sicher, wenn Ihr versucht, es zu starten.«

Um die Wahrheit zu sagen, war ich ziemlich besorgt, was das anging. Ich hatte die vier Disketten mit allen Schutzzaubern umgeben, die mir nur einfielen, doch ich kannte die Methoden des Kaisers nicht gut genug, um zu wissen, wovor genau es sie zu schützen galt.

»Und was habt Ihr vor?« fragte Dakros.

»Ich werde die anderen beiden Disketten mit nach Hause nehmen und dort mit ihnen arbeiten. Seid so gut und haltet mich Eurerseits auf dem laufenden, über jede Kleinigkeit, die ihr herausfindet. Ihr verfügt über Ortskenntnisse und privilegierte Informationen, die mir fehlen. Ich werde natürlich Euch per Fax unterrichten, sobald ich auf etwas stoße.«

Er schaute erst mich mit hochgezogenen Brauen an, dann vielsagend auf das Trümmerfeld. Ach ja, das Faxgerät, zu dem ich eine Direktverbindung hatte, lag irgendwo dort begraben. Genau wie meine Reisetasche.

»Ich rufe Euch an«, berichtigte ich mich. »Gebt mir Eure Com-Nummer, und ich gebe sie in meinen Faxrufspeicher.«

Er gab mir die Nummer. »Aber wie gelangt Ihr nach Hause? Das Magid-Tor ist zerstört.«

»Das Tor zu benutzen war nur Brauchtumspflege. Ich kann von überall zurückkehren.«

Er sah dermaßen erstaunt und respektvoll aus, daß ich mich fast schämte, als hätte ich geprahlt – nun ja, hatte ich auch, ein wenig. Es gibt schon einige Orte, wo es *nicht* funktioniert. Aber von hier aus war es kein Problem. »Ich höre bald von Euch, hoffe ich.« Dann ging ich quer über den Hof und begann den Aufstieg Richtung Minderwärts nach Hause.

Kapitel 4

Zu Hause steckte ich die beiden Disketten in durch Magie verstärkte Plastikhüllen und schloß sie in eine Schublade ein. Das erledigte ich, bevor ich ins Bad ging und ungefähr zwei Pfund Ziegelstaub aushustete. Danach nahm ich eine Dusche und zog frische Kleider an. Anschließend fühlte ich mich etwas besser, aber immer noch zu aufgewühlt, um mich an die Arbeit zu machen. Ich beschloß, statt dessen meine schmutzigen Sachen in die Reinigung zu bringen und auf dem Rückweg einen neuen Rasierapparat zu kaufen. Gerade als ich das Haus verlassen wollte, ertönte aus dem Wohnzimmer laute Klaviermusik.

Ich öffnete die Tür. Die Diabelli-Variationen schlugen mir wie Donnerhall entgegen. »Kann mich gar nicht erinnern, den CD-Player angelassen zu haben«, sagte ich vor mich hin und ging zur Stereoanlage, um ihn abzustellen.

»Hast du auch nicht.« Stans körperlose Stimme klang etwas verschämt. »Die CD lag drin, und ich merkte, daß ich das Gerät durch Gedankenkraft anstellen konnte. Es ist die Art intellektueller Musik, die mich in meinem derzeitigen Zustand anspricht. Ich kann sie leiser machen, wenn du möchtest.«

»Schon gut. Ich will gerade weggehen. Amüsier dich ruhig, bis ich wiederkomme.«

Bei meiner Rückkehr lief die CD immer noch. Sie endete und fing von vorn an, während ich mir in der Küche etwas zu essen zusammensuchte. Eine halbe Stunde ertrug ich es, dann ging ich wieder hinein. »Soll ich dir was anderes einlegen?«

»Nein, nein«, wehrte Stan ab. »Diese Musik ist genau richtig. Aber ich werde sie leiser stellen, während du mir erzählst, was passiert ist.«

Die Diabelli-Variationen verebbten zu einem leisen Geklimper im Hintergrund, Erwartung lag in der Luft. Kein Zweifel, daß Stan sich langweilte. Bisher war mir nie der Gedanke gekommen, daß ein Gespenst sich langweilen könnte – aber warum eigentlich nicht? »Im Thronsaal ist eine Bombe hochgegangen«, sagte ich, setzte mich hin und erzählte ihm die ganze Geschichte.

»Diese Disketten werden sich löschen«, verkündete er spontan, als ich geendet hatte. »Falls Nachkommen da sind, wird keiner sie mehr finden können, und das war's. Nächstes Jahr werden sich sechs Usurpatoren gegenseitig an die Gurgel fahren, und dann bricht die ganze Chose auseinander.«

»Vielleicht«, gab ich zu, »aber ich bin verpflichtet zu helfen – auch wenn ich sicher sein kann, dabei einen Computer zu ruinieren.«

»Aber bitte in deiner Freizeit. Vergiß nicht, deine eigentliche Aufgabe besteht darin, einen Magid zu finden, der meine Nachfolge antritt. Du solltest morgen nach Bristol fahren.«

»Nein. Nicht während ein spannendes Computerproblem hier der Lösung harrt. Ich könnte an nichts anderes denken.«

Ich wollte nicht sagen, daß ich die fruchtlose Magidsuche satt hatte bis obenhin; mir war jeder Grund recht, um mich zu drücken. Stan protestierte. Wir diskutierten bis zum Ende der Diabelli-Variationen. Als sie wieder von vorn anfingen, sagte ich, um ihn zu beschwichtigen: »Na gut. Ich schreibe den vieren, von denen wir den Aufenthaltsort kennen, einen Brief und bitte sie, sich mit mir in Verbindung zu setzen. Kannst du damit leben?«

»Gibt es ein Leben vor dem Tode?« antwortete Stan philosophisch. »Gut. Was willst du ihnen schreiben?«

»Je nachdem. Thurless ist Schriftsteller, solche Leute kriegen Post von Bewunderern. Mallory ist Studentin, also chronisch knapp bei Kasse. Ihrer Mutter habe ich schon die Geschichte von der Erbschaft aufgetischt – am besten bleibe ich dabei. Madame Fisk kommt mir vor wie jemand, der an einer neuen Wunderkur interessiert sein könnte, und Kornelius Punt . . .«

Der Quell meiner Inspiration versiegte.

»Er ist weit gereist. Frag ihn, ob er Interesse daran hat, einen Reiseführer zu schreiben«, schlug Stan vor.

»Bravourös!« Weil ich wußte, er würde keine Ruhe geben, bis ich meine Worte in die Tat umgesetzt hatte, verfaßte ich die Briefe gleich an Ort und Stelle, und ich war recht zufrieden mit mir. Ungeachtet der Tatsache, daß ich nie ein Buch von Thurless auch nur gesehen hatte, erging ich mich in lyrischen Lobpreisungen seines Stils. Mallory schrieb ich, sie hätte 100 £ geerbt – so viel konnte ich mir nach meiner Schätzung gerade eben leisten. Für Tansy-Ann Fisk war ich der Freund eines Freundes eines Freundes, der gehört hatte, sie wäre in der Klinik, und ihr von den Mirakeln der Stanley-Diät berichten wollte. Kornelius Punt stellte ich mich als kleiner Verleger vor, auf der Suche nach interessanten Projekten.

»Was ist diese Stanley-Diät?« wollte Stan wissen.

»Luft und Liebe, genau wie du.«

»Dachte ich mir. Nur weiter so. Mach dich lustig über mich, nur keine übertriebene Rücksichtnahme.«

Ich brachte die Briefe zur Post. Dann endlich durfte ich mich mit Stans Erlaubnis den Koryfos-Disketten widmen. Darüber vergingen die nächsten drei Tage.

Ich nahm mir eine der Disketten vor und studierte sie unter Zuhilfenahme aller einem Magid zu Gebote stehenden und auf diesen Fall anwendbaren Methoden. Als ich glaubte, genug über die Eigenschaften des Programms und die darin implantierten Knallfrösche herausgefunden zu haben, räumte ich meinen ältesten Computer leer und trimmte ihn auf Koryfos-Format. Ein schönes Stück Arbeit. Koryfos benutzte Disketten einer anderen Form und Kapazität, eine andere Spannung und eine rationellere Programmiertechnik. Ich mußte Metall und Plastik meines armen alten Amstrad aufweichen, neu modellieren und dann in der passenden Form erstarren lassen. Ich mußte einen Adapter konstruieren. Dann mußte ich ihn, so genau wie möglich, nach dem Muster des Computers konfigurieren, von dem ich die Diskette kopiert hatte. Das war die härteste Nuß. Ich darf mit Überzeugung behaupten, daß nur ein Magid es bewerkstelligen konnte. Zu Stan sagte ich: »Ein Glück, daß ich mit so was Übung habe. Vielleicht ist es Schummelei, aber ich nehme auch beim normalen Programmieren oft Magie zur Hilfe. Hast du bei deinen Pferden von Magie Gebrauch gemacht?«

Keine Antwort. In meinem Wohnzimmer setzten erneut die Diabelli-Variationen ein.

Eigentlich brauchte ich keine Bestätigung. Ein Magid zu sein beeinflußt unweigerlich alle Bereiche des Lebens, manchmal so unauffällig, daß es einem vorkommt wie Intuition. Ein anderes Mal, wenn man versucht, ein Problem zu lösen, scheint es ohne magische Hilfe kein Weiterkommen zu geben, und man macht ohne Rücksicht auf Verluste davon Gebrauch, wie ich bei diesem Programm.

Am Ende des ersten Tages war ich bereit für einen Probelauf. Ich schob die Koryfos-Diskette ins Laufwerk und befahl ihr, auf die Festplatte zu kopieren. Sie widerstand all meinen Überredungsversuchen, auch dann noch, als ich behutsam die Schutzvorrichtungen entfernte. Ich seufzte, setzte die Schutzvorrichtungen wieder in Kraft und befahl ihr, die Dateien anzuzeigen. Nichts. Ich nahm Zuflucht zu elektronischer Gewalt – ein Fehler.

Der Absturz erfolgte derart rasant, daß einiges im Innenleben des Amstrad zu schmelzen begann. Flämmchen spielten über das Gehäuse und nur im letzten Moment gelang es mir, wenigstens den Adapter zu retten, so blieb es mir erspart, noch einen basteln zu müssen. Ich fluchte. Ich mußte mich beeilen, die geschmolzenen und verschmorten Überreste zu untersuchen, und natürlich waren sie noch heiß – kein Vergnügen. Wie sich herausstellte, waren nicht weniger als drei magische Knallfrösche in das Programm integriert gewesen; es gab zwei große Fehler in meinem Versuch, Koryfos-Software zu imitieren, und einige mehr in meiner Adaption des unglückseligen Amstrad. Den restlichen Abend verbrachte ich damit, fieberhaft Pfade zu rekonstruieren.

»Was hat dieser Narr Timos sich dabei bloß gedacht?« beschwerte ich mich bei Stan über die Fortissimi aus dem CD-Player hinweg. »Es kommt einem fast vor, als hätte er gesagt: ›Ich kann nicht Kaiser sein, wenn ich tot bin, also sorge ich dafür, daß es auch kein anderer ist.‹«

»Vielleicht hat er das«, meinte Stan. »Aber einige von den Würdenträgern, die mit ihm in die Luft geflogen sind, müssen es gewußt haben. Vielleicht hat er sich auf sie verlassen. Unwichtig. Nicht dein Bier.«

»Die Menschen sind wichtig.« Ich sah das angespannte, übernächtigte Gesicht von General Dakros vor mir. »Da ist ein einfacher, ehrlicher Mann, der versucht, sich der Aufgabe gewachsen zu zeigen, die das Schicksal ihm aufgebürdet hat. Da sind Millionen von anderen einfachen Menschen, die vielleicht zwischen die Mühlsteine geraten, wenn der Adel aus den anderen zehn Reichen Morgenluft wittert und gegen Dakros ins Feld zieht. Es wird einen entsetzlichen Bürgerkrieg geben. Vielleicht hat er schon angefangen.«

»Nicht sentimental werden. Entweder die Usurpatoren gewinnen, oder dein General Dakros findet Gefallen an der Macht und reißt sich den Thron unter den Nagel. Das kommt vor.«

In dieser Nacht im Bett mußte ich mir eingestehen, daß er recht hatte. Aber es reizte mich auch, das *Problem* zu lösen.

Am nächsten Morgen erhielt ich einen Brief von Maree Mallory. Die finanzschwache Studentin hatte mit nächster Post geantwortet.

> Sehr geehrter Mr. Venables,
> ich gebe gern zu, daß ich 100 Pfund gut gebrauchen könnte.
> Ich werde bis Juli unter dieser Adresse

erreichbar sein, also können Sie das Geld jederzeit schicken.
Aber machte es Ihnen etwas aus, mir zu erklären, wem ich diese Erbschaft verdanke? Ich bin ein adoptiertes Kind. Ich weiß nichts über meine richtige Familie, und ich dachte, sie wüßten auch nichts von mir.
Freundliche Grüße
M. Mallory

»Ein kunstloser und ziemlich mißtrauischer Brief«, sagte ich zu Stan.

»Ja. Man bekommt einen guten Eindruck von ihr. Du würdest sie jetzt erkennen, wenn sie auf der anderen Straßenseite geht.«

Er hatte recht. Der Brief atmete Persönlichkeit. Das Papier stammte eindeutig aus dem Besitz des Onkels, entweder geborgt oder stibitzt; der Text unter dem Briefkopf in gotischen Lettern: *Ted Mallory, Autor von ›Dämonen ohne Zahl‹* war einem Nadeldrucker der ersten Stunde abgerungen worden, der an Tintenmangel krankte. Ja, insgesamt verriet dieser Brief eine starke Persönlichkeit.

»Ärgerlich, daß sie ein Adoptivkind ist.« Ich nagte an der Unterlippe. »Wer, um Himmels willen, könnte ihr das Geld vererbt haben?«

»Ich«, sagte Stan. »Erzähl ihr, ich hätte Ahnenforschung betrieben und geglaubt, ich sei ihr Onkel. Ich hatte ziemlich lebenslustige Brüder, also könnte es sogar stimmen.«

Ich schickte der starken Persönlichkeit eine höfliche Nachricht, daß ich ihr in Kürze das Geld bei einem persönlichen Besuch übergeben und seine Herkunft erklären würde, und setzte an meinem zweitältesten Computer, einem Toshiba, den ich seit einem Jahr kaum angerührt hatte, meine Bemühungen zur Lösung des Koryfos-Mysteriums fort.

Es war harte, konzentrierte Kleinarbeit, noch dazu unter dem Druck zu wissen, daß ich nur noch diese eine Diskette zur Verfügung hatte. Ich wünschte inzwischen, ich hätte die beiden anderen nicht Dakros gegeben. Um die Wahrheit zu sagen, gegen Ende des Tages war ich entnervt genug, seine Com-Nummer anzurufen und ihn zu bitten, mir eine davon zu überlassen. Die Antwort kam prompt, ein lakonisches Fax:

»Beide Disketten geschmolzen.«

Verdammt! Und mir stand wahrhaftig nicht der Sinn danach, noch einen Computer zu ruinieren. Aber was blieb mir anderes übrig, als das Beste zu hoffen und die zweite Diskette einzuschieben.

VIRUS ENTDECKT, meldete der Toshiba.

Schnell zog ich die Diskette wieder heraus, doch wenigstens befand ich mich auf vertrautem Boden. Ich schüttelte den Kopf über Timos' Verfolgungswahn und machte mich daran, den Virus zu entschärfen. Es handelte sich um ein magisches Implantat, und die Arbeit daran ähnelte dem Aufzupfen alter Spitze.

»Kein Abendessen heute?« erkundigte Stan sich eine Weile später.

Ich blickte auf und merkte, es war dunkel geworden, früh zwar, denn es war noch früh im Jahr, aber Zeit für eine Pause. Ich machte mir eine Tasse Kaffee, während ich überlegte, was ich essen könnte. Als ich das nächstemal aufschaute, saß ich wieder vor dem Toshiba. Es war nach Mitternacht. Aber der Virus war verschwunden, als ich die Diskette testete.

»Du bist besessen von diesem Koryfos«, tadelte Stan.

»Berichtigung: Ich bin besessen von einem Computerproblem. Man hat nicht alle Tage mit einem magischen Virus zu tun.«

An diesem Tag gelang es mir tatsächlich, das Programm zu überreden, daß es auf die Festplatte kopierte und den Inhalt anzeigte. Das war eine Erleichterung, weil ich nun eigene Disketten formatieren und Backups machen konnte. Doch ein echter Erfolg war es nicht. Alles, was ich auf den Schirm bekam, war die Meldung, Timotheo wäre gelöscht sowie die stereotype Aufforderung KENNWORT EINGEBEN. Demütigend, denn immerhin war ich schon hinter den Kulissen gewesen, sozusagen, um den Virus unschädlich zu machen, und hätte in der Lage sein sollen, das Kennwort zu umgehen. Doch wenn ich es versuchte, bekam ich überhaupt nichts mehr. Und ich wagte nicht, nach Magid-Art den Zugang zu erzwingen, aus Angst vor einem neuerlichen Absturz.

Stan hörte mich fluchen und kam in mein Arbeitszimmer gedriftet.

»Dann gib ihm ein Kennwort!« sagte er. »Und wenn du einen Moment Zeit hast, könntest du die CD für mich wechseln?«

»Was ist los mit Diabelli? Kennst du ihn auswendig?«

»Jeden Ton. Beethoven ist mir jetzt wie ein Freund.«

Ich verurteilte ihn zu einem Sampler mit Chorälen, zur Abwechslung, und wählte noch einmal Dakros an. Antwort erhielt ich von Magus Jeffron:

> »Im Kaiserreich verwendet man allgemein Kennworte mit sieben Buchstaben. Wir haben nicht viele ausprobiert, weil die Disketten bei jeder dritten Fehleingabe geschmolzen sind. Aber Prinzessin Alexandra vermutet, das Wort könne aus einem Kinderreim stammen.«

Ein Kinderreim? Nun, ich war bereits zu der Erkenntnis gelangt, daß Prinzessin Alexandra mehr zu bieten hatte als rein äußerliche Vorzüge, und ihre Vermutung entbehrte nicht der Wahrscheinlichkeit, immerhin ging es hier um Kinder. Die im Kaiserreich gebräuchlichen Kinderreime unterschieden sich nicht sehr von denen auf der Erde, gehören sie doch zu den Dingen, für deren Verbreitung wir Magids verantwortlich zeichnen.

Aber ein Wort mit sieben Buchstaben, in irgendeiner der vierzehn im Reich gesprochenen Sprachen – das war schlimmer als Scrabble! Trotzdem war ich frohen Mutes, als ich einen meiner anderen Computer darauf programmierte, sämtliche Möglichkeiten durchzuprobieren. Ich war nur verwundert darüber, daß Timos IX. gewußt haben sollte, daß es so etwas wie Kinderreime gab.

In diesem Moment schlug einer von Stans Chorälen dröhnend an mein Ohr: »In Babylon, der hochgebauten Stadt ...«

Es durchfuhr mich wie ein elektrischer Schlag. Babylon ist eins der Großen Geheimnisse der Magids, doch abgesehen davon kommt es auch in einem Kinderreim vor. Ich setzte mich an den Toshiba und tippte ›BABYLON‹.

Bingo!

Weltkarten begannen sich auf dem Schirm zu entfalten, in der Art von Isobaren, eine nach der anderen, eine Welt nach der anderen, wie die Hälfte der Unendlichkeit. Ich lehnte mich zurück und betrachtete sie und fragte mich, was Timos bewogen haben mochte, dieses spezielle Wort zu wählen, aus diesem speziellen Kinderlied. Babylon war nie ein Ort in seinem Reich gewesen. Nach einer Weile erschien ein Band aus animierten Grafiken: Menschen und Kentauren, die im Profil vor den Karten vorüberzogen. Sie hatten das Aussehen von wirklichen Personen, aus Fotografien entnommen, und es handelte sich um verschiedene Individuen, doch es war schwer zu sagen, ob sie eine besondere Bedeutung hatten oder einfach nur darauf hinweisen sollten, daß das Programm jetzt ordnungsgemäß lief. Endlich war das Intro zu Ende, der Schirm wurde dunkel, dann erschien die Aufforderung:

EINGEBEN ›KNARROS‹.

Ich tippte ›KNARROS‹.

NUN EINGEBEN NAMEN MEINER GOTTHEIT.

Ich wirbelte zu dem Computer herum, der mein gesammeltes Wissen über Koryfos enthielt, obwohl ich wußte, es war in jedem Fall zu spät. »Stan!« schrie ich. »Stan, wie ist der Name dieser vermaledeiten Göttin, die der Kaiser angebetet hat?«

»Kann mich nicht entsinnen«, rief er zurück, umjauchzt von Händels Hallelujah. »Irgendein verdammter Zungenbrecher.«

Mein Gedächtnis lieferte die Information – Aglaia-Ualaia – genau im selben Moment, als die Diskette sich löschte.

»Und das ist der Mann, der den Namen jedes Rennpferds aus dem Jahr 1935 auswendig weiß!« sagte ich »Na ja, wenigstens habe ich Backups.«

Also die ganze Prozedur noch mal von vorn. Am frühen Abend war ich wieder soweit, diesmal mit einer Liste diverser anderer Gottheiten, Heroen und sonstiger historischer Persönlichkeiten bewaffnet – für den Fall der Fälle; mittlerweile hatte ich einen gesunden Respekt vor Timos' Paranoia. Doch es schien, daß der Name der Göttin sein letzter Trumpf gewesen war. Ich tippte ›KNARROS‹ und anschließend ›AGLAIA-UALAIA‹, und eine Liste erschien.

KNARROS CODEWELT LIXOS

WEIBL.,	GEB. 3390	CODENAME NATHALIA
WEIBL.,	GEB. 3390	CODENAME PHYSILLA
WEIBL.,	GEB. 3400	CODENAME ANANTE
MÄNNL.,	GEB. 3401	CODENAME EKLOS
MÄNNL.,	GEB. 3402	CODENAME MAGRAKES

PLUS ZWEI MÄNNL. KENTAUREN GEB. 3394 und 3396

CODEWELT BABYLON
WEIBL., GEB. 3393 CODENAME TIMOAEA
MÄNNL., GEB. 3399 CODENAME JELLIERO

Zu jedem der Namen gehörte ein Batzen von Buchstaben, Ziffern und Symbolen – für mich ein Buch mit sieben Siegeln, aber vermutlich Koryfos' Version von Blutgruppen oder genetischen Codes. Den beiden Listen folgte der Hinweis:

> KNARROS GEWÄHRT ZUGRIFF AUF INFORMATIONEN BEZÜGL. IDENTITÄT UND AUTHENTIZITÄT VON ERBEN NUR BEVOLLMÄCHTIGTEM ABGESANDTEN NACH ERBRACHTEM BEWEIS FÜR DEN TOD VON TIMOS IX.

»Geschafft!« sagte ich mit Inbrunst und öffnete zur Feier des Tages eine Flasche Wein, bevor ich mich daranmachte, Dakros auf seiner Com-Nummer zu erreichen. Nach all der Übung der letzten Tage war es ein leichtes, ihn in mein Telefon einzuspleißen. Nach einer halben Stunde erreichte mich seine Stimme durch die knisternden Störgeräusche, sie klang weit weg und todmüde.

»Zwei Gruppen«, berichtete ich, »auf Welten mit Codenamen.« Ich las ihm den Bildschirm vor.

Seine Reaktion war alles andere als überschwenglich. »Wer ist dieser Knarros?«

»Irgendein Wächter, denke ich mir. Möglicherweise meldet er sich, wenn er hört . . .«

»Bis jetzt hat er es nicht für nötig befunden, das zu tun. Und was für Welten verbergen sich hinter Lixos und Babylon?«

»Ihr könntet den Imperialen Secret Service darauf ansetzen«, schlug ich vor.

»Könnte ich, wenn sie nicht allesamt eine Bande hirnloser Gauner wären«, entgegnete er. »Die meisten von ihnen haben wir gestern abend exekutiert. Versuchter Staatsstreich. Und«, er kam wieder auf die offensichtliche Hauptschwierigkeit, »mir gefällt nicht, wie alles von diesem Knarros abzuhängen scheint. Nur über ihn führt der Weg zu dem ältesten Sohn, auch wenn er auf einer anderen Welt leben sollte. Wenn er nun ein Halunke ist oder jemand ihn abmurkst?«

»Gebt die Schuld der Kurzsichtigkeit Eures verstorbenen Herrschers«, sagte ich.

»Wie auch immer, mir gefällt das alles nicht.«

»Mir ebensowenig.« Die Tatsache, daß das Kennwort ausgerechnet Babylon gewesen war, beunruhigte mich aus irgendeinem Grund. »Ich habe Jeffros die Liste gefaxt, soll er ein paar Leute daransetzen. Und gebt Bescheid, wenn ihr Hilfe braucht.«

»Die werden wir garantiert brauchen bei dieser idiotischen Geheimniskrämerei!«

Ich legte auf und seufzte. »Er wird von mir verlangen, Babylon für ihn zu finden. Ich sehe es kommen.«

»Das kannst du nicht tun!« sagte Stan scharf.

Oha! »Ich glaube, wir reden über zwei verschiedene Dinge, geschätzter Mentor«, erwiderte ich in ähnlichem Ton. »Oder wenigstens hoffe ich das. Könntest du die Musik leiser stellen? Ich habe Kopfschmerzen.«

Kapitel 5

Die Fahrt nach Bristol am folgenden Tag trat ich mit einem Begleiter an. Ich hatte eigentlich nicht vorgehabt, so bald zu fahren, trotz Stans Genörgel; ich fand, ich hatte mir einen faulen Tag verdient. Doch mein Nachbar klingelte, als ich nach dem zweiten Glas Wein gerade feststellte, daß meine Kopfschmerzen verschwunden waren.

Andrew Connick ist ein seltsamer Zeitgenosse, ein Erfinder. Anders jedoch als der unglückliche Derek Mallory, hat Andrew es geschafft, seine Hirngespinste in Realität umzusetzen, und er besitzt mehrere Dutzend Patente, allesamt für äußerst nützliche Gerätschaften. Mein bevorzugter Kaffeetopf gehört dazu; Andrew gab ihn mir zum Testen. Wie ich, lebt er allein – in einem der zwei anderen Häuser in Weaver's End, größer und luxuriöser als meins. Es hat einen großen Garten mit Teich, um den ich Andrew oft beneide, bis ich an das Graben und Jäten und Rasenmähen denke, zu dem er sich bequemen muß. Das dritte Haus beherbergt die Familie Gibbs: Mrs. Gibbs ist meine Zugehfrau, ihre Tochter putzt bei Andrew. Mrs. Gibbs erzählt mir, ihre Tochter sagt, Andrew Connick sei ein sehr seltsamer Mensch. Und ich glaube ihr, obwohl ich überzeugt bin, Miss Gibbs erzählt Andrew, daß ihre Mutter sagt, Rupert Venables sei ebenfalls ziemlich merkwürdig.

Er stand also vor meiner Tür und sah aus, als wüßte er nicht genau, weshalb er eigentlich gekommen war. »Hallo, Andrew«, begrüßte ich ihn. »Komm rein.« Ich nahm an, Stan würde so schlau sein und den Mund halten, obwohl Chorgesang mich umtoste.

»Nein, danke, ich kann nicht bleiben«, antwortete er in seiner bedächtigen, nordischen Art. Wenn ich ernsthaft raten müßte, würde ich sagen, er ist Schotte, aber mit dieser lichten Mittsommernachtsblässe, dem länglichen, markanten Schädel und großrahmigen Körperbau, besitzt er für mich all jene Attribute, die ich mit Skandinaviern in Verbindung bringe. Ich bin etwas kleiner als einen Meter achtzig, und er ragte über mir auf, ein befangener Riese. »Nein, danke, ich kann nicht bleiben«, wiederholte er. »Ich bin nur gekommen, um dich zu fragen, ob du mich morgen wohin fahren kannst.«

»Ist dein Auto wieder in der Werkstatt?« Ich spürte, wie meine Kopfschmerzen wiederzukehren drohten. Die beiden letzten Male, als Andrews Wagen ihm den Dienst aufgekündigt hatte, hatte ich ihn und wechselnde Ersatzteile zwischen hier und Cambridge hin- und herkutschiert, und nach Ely und Huntingdon und St. Neots, ganz zu schweigen von Peterborough und King's Lynn. Sechshundert Meilen waren dabei zusammengekommen.

»Aye.« Er nickte. »Rührt sich nicht vom Fleck.«

Mein Innerstes rebellierte dagegen, erneut als Chauffeur verpflichtet zu werden. Ich hatte einen Ruhetag verdient. »Tut mir leid«, sagte ich. »Morgen bin ich nicht hier. Ich will nach Bristol.«

Er schwieg, seine großen hellen Augen schauten über meinen Kopf hinweg in eine unbestimmte Ferne. Nach einer Weile sagte er, wie aus langem Sinnen erwacht: »Dann komme ich mit nach Bristol.«

Wenn ich gesagt hätte, Carlisle, Edinborough oder Canterbury, wäre er auch mitgefahren, egal wohin. »Eine ziemlich lange Fahrt«, machte ich einen letzten Versuch, das Unvermeidliche abzuwenden. »Ich will früh los.«

Auch das wurde gründlich erwogen. »Ich kann um sechs Uhr fertig sein.«

»Heiliger Strohsack, *so* früh nun auch wieder nicht.« Ich gab mich geschlagen. »Einigen wir uns auf halb neun, okay?«

»Ich werde da sein«, sagte er und ging.

Also mußte ich wohl oder übel nach Bristol fahren. »Kommst du mit?« fragte ich Stan. »Oder hast du Angst, Andrew zu erschrecken?«

Es folgte eine von Stans melancholischen Pausen, dann

meinte er: »Ich glaube nicht, daß ich es *kann,* Söhnchen. Wie es scheint, ist mein Aktionsradius auf dieses Haus beschränkt.«

»Bist du sicher? Hast du's ausprobiert?«

»Ich komme nur bis zum Gartentor. Und bis zum Schuppen hinter dem Haus, kein Stück weiter.«

Statt daß er mir leid tat, wurde ich ärgerlich; die letzten paar Tage hatten an meiner Geduld gezehrt. »Was nützt es, einen unsichtbaren Berater zu haben, wenn du mich nicht begleiten kannst?« beschwerte ich mich. »Ich hätte Wert darauf gelegt, deine Meinung über dieses Mädchen zu hören.«

»Vielleicht solltest du endlich lernen, auf eigenen Füßen zu stehen«, antwortete seine Stimme. »Mir scheint, das ist, was die *Da Oben* von dir erwarten.«

Ich wußte, ich hatte seine Gefühle verletzt. Er sprach an diesem Abend kein Wort mehr mit mir und auch nicht am nächsten Morgen, nicht einmal, als ich ihm einen schwebenden Stapel CDs herrichtete, von denen jede einzelne mit dem *geis* belegt war, auf Befehl in den CD Player hinein- oder herauszufliegen. Ich war stolz auf meine Leistung und fand außerdem, ich hätte eine gute Tat vollbracht, die offensichtlich NICHT GEWÜRDIGT WURDE! Also war ich meinerseits beleidigt. Ich ging in frostigem Schweigen hinaus zu meinem Wagen, wo Andrew bereits wartete.

Andrew ist im Grunde genommen ein guter Beifahrer. Er fühlt sich nicht bemüßigt, Konversation zu machen, schimpft nicht über andere Verkehrsteilnehmer und läßt sich nicht zu nervösen Kommentaren über meine – rasante – Fahrweise hinreißen. Er sitzt einfach da. Andererseits wirkt genau das auf die Dauer irritierend. Als wir ungefähr zwei Drittel der M 25 hinter uns hatten, fühlte ich zum erstenmal das dringende Bedürfnis, das Schweigen zu brechen, und fragte ihn nach seiner neusten Erfindung. Er gab Auskunft, in seiner täuschend bedächtigen und nachdenklichen Art, die das Gerät – er nannte es eine ›Varioknarre‹ – so genau beschrieb, daß ich Zeichnungen davon anfertigen und es selbst zum Patent hätte anmelden können. Dann verstummte er wieder.

Ein Stück die M 4 hinunter, fing das Schweigen wieder an, mich nervös zu machen, aber ich hatte das Gefühl, nun wäre ich an der Reihe, ihm etwas zu erzählen. Normalerweise berichte ich ihm auf unseren gemeinsamen Fahrten von Softwareproblemen, auf die ich gestoßen bin. Sehr oft hat er mich auf den richtigen Weg gebracht, einfach mit einer seiner überlegten, suchenden Fragen. Diesmal jedoch berührten meine Schwierigkeiten ein Großes Geheimnis, über das ich nicht sprechen durfte. Oder doch? In einer Minderwärts gelegenen Welt wie der unseren wird niemand auf die Idee kommen, daß man über ein auseinanderbrechendes Imperium drei Universen weit weg redet.

»Hör mal«, sagte ich, »was würdest du denken, wenn du merkst, ein Kennwort, das du brauchst, um in das Programm von jemandem hineinzukommen, ist eine Art geheimes Codewort, das dem Autor dieses Programms eigentlich nicht hätte einfallen dürfen? Ich meine, angenommen, das Wort wäre etwas Albernes, wie Humpty-Dumpty für ein sehr ernsthaftes Programm – sagen wir, Genetik –, und du wüßtest, Humpty-Dumpty gehört in Wirklichkeit zu etwas ebenso Wichtigem – sagen wir, geheime militärische Informationen. Was würdest du davon halten? Würdest du glauben, es sei Zufall?«

Andrew meinte sinnend: »Ich habe gelernt, daß es so etwas wie Zufall nicht gibt.«

Das hatte ich auch gelernt, und zwar als Magid, was dem Satz ein besonderes Gewicht verlieh, doch als ich ihn jetzt aus Andrews Mund hörte, glaubte ich, er habe nur eine Platitüde geäußert. Ich war enttäuscht.

Er sagte: »Besteht die Möglichkeit, daß der Benutzer des Kennworts sich in das andere geheime Programm hineingehackt hat?«

»Nun, möglich ist fast alles, aber es wäre im höchsten Maße unwahrscheinlich.«

»Wenn es so unwahrscheinlich ist, dann würde ich sagen, du mußt in die Vergangenheit zurückgehen, bis zu einem Punkt, wo das Kennwort jemandem bekannt war, der es an beide Parteien weitergab – ein Lehrer zum Beispiel, der Humpty-Dumpty im Unterricht behandelte, und beide lernten es von ihm. Und dieser Lehrer vermittelte ihnen vielleicht auch das Gefühl, diese Worte wären irgendwie bedeutsam – aber das ist sekundär.«

»Hm.« Beim Weiterfahren verarbeitete ich diesen Gedanken. Waren irgendwann in ferner Vergangenheit Magid-Geheimnisse im koryfonischen Kaiserreich Allgemeingut gewesen? Heutzutage wahren wir unsere Geheimnisse sorgfältig, hier wie dort. Es gibt einige Dinge, für die selbst Mehrwärts gelegene Welten noch nicht bereit sind. Doch es existieren immer Hinweise, Spuren von Wissen aus Vergangenheit und Zukunft, von Magids hinterlassen, damit man sie aufgreift, wenn die Zeit reif ist. In diese Kategorie gehörte Babylon. Ich glaube, was mich daran so beunruhigte, war die Tatsache, daß ausgerechnet Timos IX. dieses Wort ausgewählt und in einem für ihn besonders wichtigen Zusammenhang benutzt hatte.

An diesem Punkt gelang es Andrew, wie schon oft, mich zu überraschen, indem er nachdenklich äußerte: »Es gibt nur sehr selten ein wirkliches Geheimnis.«

»Richtig.« Ich nickte. »Die Dinge kommen an den Tag. Man denke nur an König Midas und seine Eselsohren.«

Von da an herrschte Schweigen, bis wir in Bristol ankamen und Andrew mich bat, bei den Nails abgesetzt zu werden. Auf dem Weg dorthin verfranzte ich mich, und es war Mittag oder später, als ich ihn endlich an der gewünschten Stelle aussteigen ließ. »Wann willst du abgeholt werden?«

»Hm.« Er überlegte. Dann erschien auf seinem Gesicht das Lächeln, das mir immer wieder zu Bewußtsein brachte, er war nicht der geistesabwesende Hans Guck-in-die-Luft, für den man ihn leicht halten konnte. Es veränderte sein schwermütiges, neurotisch wirkendes Gesicht, so daß man den scharfen Verstand dahinter erkannte. »Ich finde schon eine Möglichkeit, nach Hause zu kommen«, meinte er. »Ich weiß nicht, wie lange ich hier zu tun haben werde.«

Das war eine Erleichterung; es hieß, ich konnte über meine Zeit verfügen. Ich entdeckte ein vielversprechendes italienisches Restaurant und gönnte mir ein gutes, ausgiebiges Mittagessen. Später war ich froh, mich ein wenig verwöhnt zu haben, denn der Rest des Tages war blanke Frustration – typisch für die Jagd nach Mallory. Auch wenn ich bis heute nicht weiß, wie sie es angestellt hat, ich bin sicher, es war alles ihr Werk.

Es fing damit an, daß ich mich nicht erinnern konnte, wo ich meinen Wagen geparkt hatte. Als ich ihn schließlich wiederfand, steckte ein Strafzettel hinter dem Scheibenwischer. Auf dem Weg zu Mallorys neuer Adresse verfuhr ich mich zum zweitenmal an diesem Tag, und das, obwohl ich schon einmal in der Straße gewesen war. Endlich angekommen, konnte ich erst nach langem Umherirren einen Parkplatz finden, und es war nach fünfzehn Uhr, als ich schließlich auf den Klingelknopf des hohen, frisch verputzten Regencyhauses drückte.

Die Frau, die mir öffnete, war ebenso tiptop angemalt wie das Haus. Wahrscheinlich hätte sie gut ausgesehen, auf eine dunkle, zigeunerhafte Art, hätte sie nicht des Guten zuviel getan. Unter dem Make-up zeigte ihr Gesicht die Spuren asketischer Diät. Ihr dunkles Haar war mit bronzefarbenen Strähnchen aufgepeppt, der kompromißlos schlanke Körper wurde durch einen engen schwarzen Rock und einen Designerpullover zur Geltung gebracht. Dieser Pullover faszinierte mich. Es war einer von denen mit einer paillettenbesticken Satinapplikation frei nach Augenmaß an einer Schulter. Ein sinnloseres Gebilde war kaum vorstellbar. Ich betrachtete es dermaßen gebannt, daß ich einen Moment brauchte, um zu merken, daß die Frau nicht Maree Mallory sein konnte. Sie war mindestens Mitte Dreißig.

Offenbar dauerte es ihr zu lange, bis ich mich äußerte. Sie tippte mit einem perfekt manikürten und rotlackierten Fingernagel an den Türrahmen und fragte ungeduldig: »Ja, bitte?«

»Entschuldigen Sie die Störung«, sagte ich. »Ich bin gekommen, weil ich mit Maree Mallory sprechen möchte. Wegen einer Erbschaft.«

Als ich den Namen »Maree« aussprach, versteinerte ihre Miene. Kein Zweifel, daß sie Maree haßte, und dadurch, daß ich sie erwähnte, hatte nun auch ich ihre Sympathie verscherzt.

»Ich fürchte, meine Nichte hat soeben das Haus verlassen.« Man sah ihr an, daß sie sich freute, mich enttäuschen zu können.

»Haben Sie eine Ahnung, wann sie zurückkommen wird?«

»Nicht die geringste«, gab sie mit unüberhörbarer Genugtuung Auskunft. »Wenn es meiner Nichte einfällt, irgendwelche Ausflüge zu unternehmen, kann man nur raten, wann es ihr belieben wird, wieder nach Hause zu kommen.« Dann fügte sie hinzu, in einem Ton, als handelte es sich um eine Tragödie größeren Ausmaßes: »Und sie hat meinen Sohn Nick mitgenommen.« Ihr Benehmen ließ vermuten, Maree habe ihr den Säugling aus den Armen gerissen.

»Tut mir leid, das zu hören«, antwortete ich auf beides. »Wissen Sie vielleicht, wohin sie wollte?«

»Ich weiß nur« – jetzt war es die reine Schadenfreude – »daß sie fast im selben Moment weggefahren ist, als Sie geklingelt haben.«

Ihre Schadenfreude war berechtigt. Es ist doppelt ärgerlich zu erfahren, daß man jemanden nur um Haaresbreite verpaßt hat. Für den normalen Menschen jedenfalls, für einen Magid ist es nicht ganz so schlimm. »Vielen Dank«, sagte ich bescheiden. »Vielleicht können Sie Ihrer Nichte ausrichten, daß ich nach ihr gefragt habe.« Ich reichte ihr eine Geschäftskarte. Aus der Art, wie sie danach griff, konnte ich schließen, daß die Karte, sobald sich die Tür geschlossen hatte, ritsch-ratsch im Papierkorb landen würde. Ich warf einen letzten faszinierten Blick auf die Applikation an ihrer Schulter – das Stück Satin hatte zwei perlenbestickte Tentakel, die sich hungrig nach ihrer rechten Brust streckten – und ging.

Janine, dachte ich. Das muß Janine gewesen sein. Der arme kranke Mr. Mallory hatte hundert Prozent recht gehabt, sie als Hexe zu bezeichnen.

Dann verbannte ich sie aus meinen Gedanken, auch ihren Pullover, und nahm den Brief heraus, den Maree Mallory mir geschrieben hatte. Jedermann hinterläßt Spuren seiner selbst in der Luft, wohin er auch geht. Dieses Fluidum hält sich zehn Minuten lang deutlich und kann auch danach noch weitere zwanzig Minuten lang verfolgt werden – oder länger, falls es sich um jemanden mit starker Persönlichkeit handelt. Briefe bewahren das Fluidum des Schreibers manchmal fünfzig Jahre lang, und der von MM hatte ihre Persönlichkeit aufgesogen wie Löschpapier. Ich brauchte nichts weiter tun, als ihn mit in der Nähe merkbaren Spuren zu vergleichen.

Ein Stück die Straße hinauf wurde ich fündig – ihr Fluidum vermischt mit stinkendem, blauem Qualm von einem Auto, das dringend einen Ölwechsel nötig hatte. Ich erinnere mich, daß ich anfangs – irregeleitet – dieses Fluidum durchaus sympathisch fand. Es vermittelte einen Eindruck von Tapferkeit, Kampfeslust und sogar Humor – als ob Mallory sich von ihrem Pech in letzter Zeit nicht unterkriegen ließe und guten Mut bewahrte. Und Janine hatte nicht übertrieben: Das Mädchen war an einem Ende aus der Straße hinausgefahren, als ich am anderen Ende einbog. Ich war – heilige Einfalt! – hoch erfreut, kehrte eilends zu meinem Wagen zurück und nahm die Verfolgung auf.

Eine halbe Stunde folgte ich den Spuren: durch breite und schmale Straßen, unter anderen Straßen hindurch, über Brücken, bergab und dann so steil bergauf, daß mir einmal der Motor ausging, und entlang gewundener Nebenstraßen in grünen Parks. Ich sah Reihenhäuser im Regency-Stil, rosafarbene, neogotische Hochhäuser, moderne Büroblocks, kopfsteingepflasterte Wohnstraßen, Brunels Eisenschiff und die M32. Dem neben mir auf dem Beifahrersitz ausgebreiteten Stadtplan entnahm ich mit wachsender Verzweiflung, daß ich mittlerweile jeden Teil der Stadt nördlich des Hafens besichtigt hatte und das, ohne auch nur in Rufweite des Wagens, den ich verfolgte, gekommen zu sein. Immer noch kannte ich weder Typ noch Marke, geschweige denn, daß ich gewußt hätte, was im Kopf dieses Mädchens vor sich ging – doch aus dem beißenden Ölgestank, der in den schmaleren Straßen hing, glaubte ich, folgern zu können, daß es sich um ein ziemlich altes Vehikel handelte.

Unbewiesene Schlußfolgerungen sind eine riskante Sache, man sollte sich an das Fluidum halten. Die Straße führte steil zum Flußufer hinunter, und vor mir entdeckte ich einen kleinen, vergammelten Morris, am Steuer eine Frau und ein Kindersitz im Fond. Aha! Ich hängte mich an und sandte der Fahrerin telepathische Botschaften, sie solle halten, wir müßten miteinander sprechen.

Keine Reaktion. Ich verfolgte den Morris über zwei Flußschleifen hinweg bis in den Mahlstrom eines Kreisverkehrs. Immer war er drei Wagen vor mir, und die Fahrerin weigerte sich stur, auf meine telepathischen Bitten zu reagieren. Meine Frustration wuchs mit jedem Meter. Ich hätte aufgegeben, nur daß sie mir schon zum Greifen nahe war!

Dann bog der braune Morris plötzlich in eine Seitenstraße ein, und ich erkannte, ich hatte mich von meinem eigenen Wunschdenken verführen lassen. Von Mallorys

Aura war weit und breit nichts mehr zu spüren, ich mußte sie in dem Moment verloren haben, als ich sie in dem Morris vermutete.

Es war zum Mäusemelken. Ich beschloß, aufzugeben und nach Hause zu fahren. Dann aber dachte ich an Stans mokante Kommentare, die ich würde über mich ergehen lassen müssen. Nein, das Naheliegende war, zum Haus der Tante zurückzufahren und dort darauf zu warten, daß Mallory auftauchte. Gesagt, getan, doch natürlich hatte ich schon nach der nächsten Abzweigung wieder die Orientierung verloren.

Ich kämpfte mich durch den einsetzenden Feierabendverkehr, hielt Ausschau nach einer Brücke, aber keine Brücke war zu sehen. Statt dessen fand ich mich zu meiner Verwunderung plötzlich auf einer fast ländlichen Straße wieder, die steil bergauf führte. Der Verkehr war schrecklich.

Es ging nur im Schneckentempo vorwärts, so daß ich reichlich Zeit hatte, das schluchtähnliche Flußtal des Avon zu betrachten, an dessen Rand ich entlangfuhr, und die Skyline von Bristol auf der anderen Seite.

Jetzt reicht's, dachte ich. Ich fahre nach Hause. Und fand mich damit ab, möglicherweise einen Umweg über Wales machen zu müssen.

Doch in diesem Moment kam der Verkehr vorn wieder in Fluß, das Stadtpanorama verschwand hinter Bäumen, und ein Schild neben der Straße sagte mir, ich könne nach rechts abbiegen und über die Mautbrücke nach Bristol hineinfahren. Dankbar folgte ich dem Hinweis. Die Mautbrücke entpuppte sich als schwindelerregende Hängekonstruktion, die sich zwischen pseudoägyptischen Pylonen hüben und drüben über das Flußtal schwang. Ich steckte Münzen in einen Schlitz und fuhr mit einem flauen Gefühl in der Magengrube weiter. Ein paar hundert Fuß tief unter mir glitzerte der Fluß – ein trübes Rinnsal – im Sonnenschein.

Irgendein Idiot hatte dicht hinter der Brücke sein Auto

mitten auf der Straße abgestellt. Um ein Haar hätte ich es gerammt.

Ich vollführte eine Vollbremsung; Reifenquietschen verriet mir, daß die Fahrer hinter mir in der Schlange das gleiche taten. Nicht nur, daß der Wagen die Fahrbahn blockierte, die sperrangelweit offene Fahrertür machte ein Vorbeifahren unmöglich. Es gab auch keinen Spielraum für ein Manöver der kühnen, kurzentschlossenen Art, denn die Fahrbahnen waren durch einen Grat aus Beton getrennt, der verhindern sollte, daß man beim Einfädeln auf die falsche Spur geriet. Auf der anderen Seite hatte sich bereits ein Stau gebildet, die Autofahrer hingen aus den Fenstern und gafften, und ihre Mienen verrieten mir, daß meine erste Vermutung, es handele sich um einen Unfall, falsch gewesen war. Man hatte diesen Wagen absichtlich als Verkehrshindernis stehengelassen. Dann sah ich die Fahrerin.

Sie tanzte. Tanzte neben ihrem Auto auf dem Bürgersteig, eine kleine, unattraktive Person mit Brille und einer Figur wie ein Sack mit einem Strick um die Mitte. Und sie schwofte mit Hingabe. Sie ging in die Hocke, sie hüpfte, sie drehte sich im Kreis. Ihr langer Schlabberrock flatterte, das strähnige Haar flog, die Brille drohte von ihrer kaum vorhandenen Nase zu rutschen. Ihr Partner war ein Junge im Teenageralter, brünett und bemerkenswert gutaussehend, größer als sie, und er wirkte, als machte er nur deshalb gute Miene zum bösen Spiel, weil sie gedroht hatte, sonst nicht weiterzufahren. Ich sprach ihn frei. Was sie anging ...

Ich drückte den Daumen auf die Hupe und ließ ihn dort. Eine weitere Stimme im allgemeinen Hupkonzert.

Das Mädchen hörte auf herumzuwirbeln, aber nur, um in die Knie zu gehen und die Finger – bestückt mit Nägeln, für die sie von Rechts wegen einen Waffenschein gebraucht hätte – in Richtung der Straße zu schnippen. Es war eine Geste grenzenloser Verachtung. Der Junge tat es ihr nach, wenn auch mit erheblich weniger Überzeugung. Ich konnte sehen, daß beide dabei etwas sangen oder skandierten. Dann begann sie seelenruhig mit der nächsten Tanznummer. Ich war wütend genug, um das Blöken meiner Hupe mit einem Ausbruch von Magie zu verstärken. Sie tönte wie ein Fanfarenstoß. Hinter mir staute der Verkehr sich von einem Ende der Brücke bis zum anderen, und das Wutgebrüll des blechernen Lindwurms hallte im Flußtal wider.

Der Junge konnte nicht mehr so tun, als wäre nichts Besonderes. Ich hatte den Eindruck, daß er sich zunehmend albern vorkam, aber die Frau tanzte ungerührt weiter, und er imitierte gehorsam ihre Bewegungen. Sie vollführten ein weiteres Schnipp-schnipp-schnipp mit den Fingern, diesmal in Richtung des felsigen Ufers, und fuhren fort mit ihren Kapriolen. Ich verlor die Geduld.

Ich nahm den Daumen von der Hupe, stellte den Motor ab, steckte den Schlüssel ein und stieg aus. Beim nächsten Fingerschnippen erreichte ich den Wagen des Mädchens. Der Zündschlüssel steckte. Es juckte mich, die Tür einfach zuzuschlagen, nur hätten wir dann alle warten müssen, bis es ihr irgendwann gelang, das Schloß zu knacken. Ich umrundete die Kühlerhaube des Wagens und trat zu dem seltsamen Paar auf dem Bürgersteig.

»Glück, Glück, Glück«, skandierten sie. Schnipp, schnipp, schnipp.

»Würde es euch etwas ausmachen, euren Sabbat irgendwo anders abzuhalten?« fragte ich. Mir lag noch viel mehr auf der Zunge, aber bis dahin war ich gekommen, als ihre Aura mir entgegenschlug. Sie war Mallory. Natürlich! Sie hatte mich die ganze Zeit an der Nase herumgeführt.

Sie blieb stehen. Sie wandte sich mir zu und sah mich an, als wäre ich soeben aus der Kanalisation hervorgekrochen. Dann legte sie unsäglich geringschätzig einen ihrer krallenähnlichen Fingernägel an den Steg ihrer Brille und musterte mich noch einmal von oben bis unten.

Das Spiel können auch zwei spielen. Ich nahm das linke Glas zwischen Daumen und Zeigefinger und gab ihr einen Blick gleichen Kalibers zurück. »Maree Mallory, nehme ich an«, sagte ich von oben herab, bevor sie Luft geholt hatte, um loszulegen.

»Hauen Sie ab!« sprach sie aus, was sie mir von Anfang an hatte entgegenschleudern wollen, nur daß ich ihr zuvorgekommen war. Sie hatte eine unangenehm laute, grämliche Stimme mit einem integrierten Schluchzer. Dann registrierte sie – verspätet –, was ich gesagt hatte. »Auch wenn Sie anscheinend wissen, wer ich bin«, sie funkelte mich durch ihre Brillengläser herausfordernd an, »ich kenne *Sie* nicht, und ich lege auch gar keinen Wert darauf.« Der Junge hinter ihr – Nick Mallory, natürlich, und keineswegs ein Säugling, wie Janines Verhalten hatte vermuten lassen – sah aus, als würde er sich am liebsten unter ihrem Auto verstecken.

Ich glaube, dieser Schluchzer in ihrer Stimme war der Tropfen, der das Faß zum Überlaufen brachte. Jedenfalls wurde ich fuchsteufelswild. »Rupert Venables«, sagte ich barsch. »Ich habe Ihnen geschrieben.« Ich nahm die Hand von der Brille und zog die Brieftasche heraus. »Ich habe in der ganzen Stadt nach Ihnen gesucht, um Ihnen diese vermaledeite Erbschaft auszuhändigen. Hier bitte.« Ich hielt ihr die aufgefächerten Zehnpfundnoten hin, die ich vorbereitet hatte, um meiner Geschichte Glaubwürdigkeit zu verleihen.

Sie machte ein verdutztes Gesicht. Und wie ich gehofft hatte, konnte sie gar nicht anders, als nach dem Geld greifen. Mit gereizter Pedanterie zählte ich ihr die Noten in die Hand, eine nach der anderen, zu Johlen, Pfiffen und Beifallsrufen von den Autofahrern auf der anderen Seite und sogar einigen aus der Schlange hinter uns, die nun entweder aus den Seitenfenstern hingen oder aufgebracht neben ihren Wagen standen. Mallorys Gesicht verfärbte sich zu einem zornigen Dunkelrot, ihre Kinnmuskeln spannten sich, und ihre Hand zuckte, als wollte sie die Scheine von sich schleudern, aber das Geld bedeutete ihr zuviel. Sie konnte sich nicht davon trennen.

»Und zehn«, sagte ich, »macht zusammen einhundert. Wenn Sie jetzt die Güte haben würden, in Ihr verdammtes Auto zu steigen und die Straße freizumachen.«

Sie antwortete nicht, sondern marschierte hocherhobenen Hauptes zu ihrer offenen Tür, begleitet von erneutem Johlen und Pfeifen. Vetter Nick schob sich mit der Geschwindigkeit eines frühen Stummfilms auf den Beifahrersitz und stellte sich unsichtbar.

»War's den Preis denn wert?« rief der Fahrer des Autos hinter mir, als ich zu meinem eigenen Wagen zurückging.

Ich hätte ihm gern geantwortet, es wäre allerdings 100 £ wert, endlich von Maree Mallory und ihrem Clan erlöst zu sein, aber wie sollte ich ihm erklären weshalb, also zuckte ich nur die Schultern und lächelte und setzte mich hinter das Lenkrad, während Mallory mit einem Satz anfuhr und eingehüllt in eine Wolke aus blauem öligem Qualm davonröhrte. Ihr Auto war nicht halb so alt und klapprig wie der braune Morris, nur machte sie sich anscheinend nicht die Mühe, es zu pflegen.

Ich war froh, auf dem Rückweg keinen Beifahrer zu haben; ich konnte nach Herzenslust fluchen. Als ich zu Hause ankam, kochte ich immer noch.

»Was ist los?« fragte Stan aus dem dunklen Wohnzimmer über die gnadenlose Brillanz einer Bachschen Fuge hinweg.

»Mallory!« Ich schlug mit der Faust auf den Lichtschalter. »Wenn irgend jemand dieses Mädchen zum Magid machen will, dann nur über meine Leiche! Sie ist – unbeschreiblich. Und potthäßlich noch dazu. Nicht zu erwähnen, daß sie völlig übergeschnappt ist.« Aufgebracht schilderte ich ihm die Erlebnisse meines Tages.

»Hm. Hat sie denn irgendwelches Talent erkennen lassen?«

»Säckeweise. Jedenfalls genug, um mich den ganzen Tag auf Abstand zu halten. Und mir kann der Abstand gar nicht groß genug sein. Ich will nichts mit jemandem zu tun haben, der sein Talent dazu benutzt, den Feierabendverkehr zum Erliegen zu bringen, um auf der Straße einen Veitstanz aufzuführen. Und sich nicht einmal schämt! Wenigstens ihr halbwüchsiger Cousin hatte so viel Anstand, auszusehen, als sei es ihm peinlich.«

»Sieh's von der positiven Seite«, meinte Stan tröstend. »Diese Mallory besitzt nicht die für einen Magid nötige Disziplin. Einen Kandidaten kannst du also zu den Akten legen und hast jetzt den Kopf frei für die anderen vier.«

»Herrliche Aussichten«, schnaubte ich, stürmte in die Küche und riß die Kühlschranktür auf. »Und wie soll ich Leute testen, wenn sie über den ganzen Globus verstreut sind? Japan, Neuseeland, Bosnien, Ohio – herrliche Aussichten!«

Stan war mir offensichtlich gefolgt, seine Stimme sagte dicht hinter mir: »Darüber habe ich nachgedacht. Sobald du etwas gegessen und dich abgeregt hast, erzähle ich dir, was mir eingefallen ist.«

Kapitel 6

Ich brauchte ungefähr zwei Stunden, um mich zu beruhigen. Erst mußte ich auf dem Pfad der Selbsterkenntnis so weit kommen, mir einzugestehen, daß ich mir selbst diese Enttäuschung eingebrockt hatte. Nicht nur hatte ich gehofft, Mallory würde sich als geeignet für die Aufnahme in den Zirkel der Magids erweisen, sondern ich hatte mir auf der Basis ihrer Persönlichkeitsaura das Bild eines tapferen kleinen Mädchens gemacht, von Schicksalsschlägen gebeutelt. Eltern geschieden, vom Herzallerliebsten verstoßen, sie hatte kein Geld und mußte bei einer gehässigen Tante wohnen, und zu allem Überfluß siechte ihr Vater (Adoptivvater, vermutete ich) an Krebs dahin. Ich war gewillt gewesen, das arme Kind nach allen Regeln der Kunst zu bedauern, doch all meine noblen Gefühle verpufften, als ich diese groteske, sackförmige Gestalt am Straßenrand herumhampeln sah. Und nach der Art, wie sie mich erst ignoriert und dann gemustert hatte, wäre ich am liebsten zu diesem ihrem Ex-Freund gegangen, um ihm die Hand zu schütteln und ihn zu beglückwünschen: ihm sei viel erspart geblieben. Er war sie los, ich war sie los – mit 100 £ war das nicht zu teuer bezahlt.

»Jetzt bereit, mit mir zu sprechen?« fragte Stan.

»Ja.«

»Was du tun solltest«, sagte er, »ist, all deine Kandidaten an einem Ort zu versammeln und sie auf ihre Eignung zu testen. Habe ich recht?«

Ich hatte brütend dagesessen, das Kinn auf der Brust, jetzt richtete ich mich auf. »Aber wie?«

»Die extreme Methode«, man hörte den belehrend erhobenen Zeigefinger aus seiner körperlosen Stimme heraus. »Manipulation der Schicksalsbahnen. Bring sie zu dir.«

»Ist das erlaubt?« Ich hatte angenommen, von dieser Methode dürfte man nur in Notfällen Gebrauch machen. Jede Maßnahme, die jemandes persönliches Leben berührte, ohne dessen Erlaubnis, durfte nur bei Vorliegen besonderer Umstände als letztmögliches Mittel in Erwägung gezogen werden.

»Allerdings, im Zusammenhang mit der Wahl eines neuen Magids ist es erlaubt. Das ist der springende Punkt. Im Grunde genommen tut man es ohnehin, zwangsläufig, wenn man jemanden anwirbt.«

»Also gut, aber nicht heute nacht«, sagte ich.

Was Stan vorschlug, war eine ziemlich mühselige Prozedur. Meiner Meinung nach ist es gut, daß die Methode so viel Arbeit erfordert, oder Magids – und andere Menschen – könnten sich versucht fühlen, aus trivialen Gründen zu diesem Mittel zu greifen. Leichtfertiger Mißbrauch könnte mehr als eine Welt ins Chaos stürzen – oder auch den Magid ins Verderben, wenn er nicht größte Sorgfalt walten läßt und die nötigen Vorsichtsmaßnahmen trifft. Wenn man nicht aufpaßt, kann es passieren, daß man unversehens die eigenen Schicksalsbahnen mit denen der Leute, die man beeinflussen will, verwoben findet. Ein Magid soll unabhängig sein. Zu der Initiation als Magid gehört unter anderem, daß die persönlichen Lebenslinien von denen des restlichen Universums isoliert werden. Ein ziemlich einsames Dasein, um die Wahrheit zu sagen.

Wie auch immer, ich wußte, es würde Tage dauern, und ich wollte nicht gestört werden. Am nächsten Tag erledigte ich all meine normalen Verpflichtungen (leicht verspätet – Mallorys Schuld) und trennte anschließend meine Telefone von den Leitungen dieser Welt und aller anderen. Ich schaltete alle Computer ab, inklusive des für Magid-Belange reservierten, und hängte das Äquivalent eines ›Bitte nicht stören‹-Schildes an letzteren.

Wenig erfreut stellte ich fest, daß während der Nacht mehrere Faxe von General Dakros eingegangen waren. Das erste verkündete triumphierend, seine Experten hätten die genetischen Codes in den zwei Listen entschlüsselt; somit wäre man in der Lage, die Erben, sobald sie gefunden waren, zweifelsfrei zu identifizieren. Das zweite sagte: noch immer kein Hinweis auf Knarros, das dritte, daß Jeffros glaubte, Knarros wäre durch Magie vor Entdeckung geschützt. Das vierte schließlich forderte mich kurz und bündig auf, zu kommen und Knarros für sie aufzuspüren.

Ich antwortete – ebenfalls kurz und bündig –, ich sähe nicht ein, weshalb sie mit der Geheimniskrämerei ihres Imperators seligen Angedenkens weitermachen wollten und riet ihnen, mit Hilfe der Medien nach Knarros zu suchen. Dann zog ich den Stecker heraus.

»Siehst du?« sagte ich zu Stan. »Kein bißchen sentimental.«

Dann suchte ich mir einen Globus, Stecknadeln und Baumwollfäden und machte mich ans Werk. Die erste Aufgabe bestand darin, in diesem Land einen Punkt zu finden, der für eine Zusammenführung meiner vier Kandidaten geeignet war. Weil es sich hier um Arbeit mit Schicksalsbahnen handelte, mußte der Ort ein Nodus der Macht sein (auf den Britischen Inseln existieren solche Nodi in erstaunlich großer Zahl), und die Entfernungen zwischen diesem Ort und jedem der vier Kandidaten mußte mathematischen Gesetzen genügen. Außerdem mußte es ein Ort sein, der für alle vier eine gewisse logische Anziehungskraft besaß. Obwohl sie durch eine Reihe bewirkter Zufälle an den betreffenden Ort geführt werden würden, durfte ich die Gesetze der Wahrscheinlichkeit nicht überstrapazieren, damit die drei, die ich am Ende nicht auswählte, keinen Verdacht schöpften.

Aus diesem Grund schloß ich alle exponierten Nodi aus, wie Stonehenge und die meisten Burgen oder dieses versteckte Tal in Derbyshire, und richtete mein Augenmerk auf Städte und Landhotels mit Konferenzräumen.

Bald saß ich zwischen Stapeln von Reiseführern und Informationsbroschüren und pendelte zwischen diesem und jenem Globus und den auf dem Boden ausgebreiteten Bezirkslandkarten hin und her. Ich brauchte einen mundanen, alltäglich scheinenden Nodus. Stan war mir bei der Suche eine große Hilfe. Sein Beruf als Jockey hatte ihn kreuz und quer durch das ganze Land geführt, zu Rennbahnen in den entlegensten Winkeln, und er kannte Hotels und Nodi, von denen ich nie gehört hatte.

Ich persönlich hatte gehofft, sie alle in London zusammenzuführen, aber das vertrug sich nicht mit den numerologischen Bedingungen. Ärgerlicherweise hätte es gepaßt, wäre Mallory noch dabei gewesen. Mallory – bei dem Gedanken an sie kam mir die Galle hoch. Wie hatte sie es *wagen* können, mich derart an der Nase herumzuführen! Wie konnte sie es wagen, sich immer noch als störendes Element in meine Pläne zu mischen, obwohl ich sie von der Liste gestrichen hatte!

Stan holte mich von der Palme herunter, indem er vorschlug, wir sollten einige Nodi in den Midlands prüfen. Ich dachte an Nottingham, aber wieder sprachen die Zahlen dagegen.

»Schade«, meinte auch Stan. »Nottingham ist ein Ort, wo früher oder später jeder einmal landet. Aus den verschiedensten Gründen, und genau das brauchen wir – einen Ort, der für jeden etwas bietet. Konzerte, Konferenzen, eine Rennbahn ...«

»Es gibt auch Gründe, Birmingham zu besuchen«, sagte ich, »aber der Nodus dort ist nur so groß wie ein Stecknadelkopf. Was ist mit Stratford-on-Avon?«

»Zu viele Touristen. Und Wigan?«

Wigan war numerologisch ungünstig. Nach stundenlangem Diskutieren und Messen und Stöbern in Broschüren einigten wir uns auf ein mittelgroßes Städtchen namens Wantchester. Wir kannten es beide. Stan sagte, wegen der Rennbahn gäbe es dort mindestens zwei gute Hotels. Laut Stadtführer hatte Wantchester außerdem Räumlichkeiten für Tagungen zu bieten und eine Fabrik für Handfeuerwaffen, beides neu seit Stan oder auch ich dort gewesen waren. Stan erinnerte sich an Wantchester als ein hübsches, verschlafenes Städtchen. Meine Erinnerungen stammten aus Kindertagen, als die ganze Familie dort den Sommerurlaub verbrachte, und am unvergeßlichsten war mir der Fluß geblieben. Man hatte einen Angelwettbewerb für Kinder ausgerichtet, und da ich zu der Zeit ein begeisterter Angler war – ich muß ungefähr neun Jahre alt gewesen sein –, meldete ich mich sofort an. Ich angelte den ganzen Tag, ohne etwas zu fangen. Als ich gerade zum xten Mal die Schnur aus dem Geäst einer Weide herausfingerte, tauchte mein Bruder Will auf, der ebenfalls sein Glück versuchen wollte. Es ging ihm gegen den Strich, auf irgendeinem Gebiet von seinen jüngeren Brüdern übertrumpft zu werden.

Der Aufseher muß ausgesprochen guter Laune gewesen sein, er gab Will ein paar Instruktionen und ging seiner Wege. Will, auch hier erfolgreich, wie fast immer und überall, hatte fast sofort einen kapitalen Fisch an der Angel – *meiner* Angel – und brachte ihn mit perfektem Schwung ans Ufer. Dann wurde es dramatisch, denn Will konnte sich nicht überwinden, ihn zu töten, und ich ebensowenig. Der Fisch zappelte wie verrückt im Gras herum. Wir riefen nach dem Aufseher, aber der war außer Hörweite, und wir mußten allein irgendwie mit der Situation fertig werden. Mit vereinten Kräften gelang es uns, den Fisch vom Haken zu lösen, dann warfen wir ihn in den Fluß zurück, wo er auf der Seite liegend, mit schwach zuckenden Flossen an der Oberfläche trieb. Man sah, daß er sterben würde. Will, obgleich schon fast dreizehn, brach in Tränen aus. Auch ich fühlte mich gräßlich. Ich bemühte mich, den Fisch wieder aus dem Wasser zu holen, konnte ihn aber nicht erwischen. So standen die Dinge, als unser Bruder Simon vorbeigeschlendert kam. Simon verabscheut es, Lebewesen zu töten, deshalb war er der Veranstaltung ferngeblieben. Als er uns sah, Will tränenüberströmt und mich kreidebleich und bibbernd, watete er schnurstracks in den Fluß hinaus, griff sich den Fisch und schlug ihn mit dem Kopf gegen einen Stein. »Da«, sagte er und ging weiter. Meine

Begeisterung für den Angelsport war nach diesem Vorfall erloschen. Will versuchte es nie wieder.

Als ich später zurückdachte, erschienen mir diese Erinnerungen an Wantchester einigermaßen unheilverkündend. Vielleicht war mir schon nicht ganz wohl, als wir die Wahl trafen, aber ich achtete nicht darauf, weil ich die Sucherei satt hatte. Wantchester erfüllte unsere Kriterien. Stan und ich kannten den Ort. Das genügte.

»Wantchester also«, sagten wir.

Der nächste Schritt war natürlich, hinzufahren und den Ort abzuchecken. »Ich wünschte, du könntest mitkommen«, sagte ich zu Stan.

»Du brauchst doch wohl keine Hilfe bei einer Stadtbesichtigung«, antwortete er. Seine Stimme klang indigniert. Ich merkte allmählich, daß Stan jedesmal einschnappte, wenn ich irgendwo ohne ihn hinging, also ließ ich die Sache auf sich beruhen.

Am nächsten Tag fuhr ich nach Wantchester und stellte fest, daß es dort immer noch recht nett war, trotz eines Systems von Einbahnstraßen und dem kalten Februarwind. Ich machte sogar einen Spaziergang am Fluß entlang, um der alten Zeiten willen. Da standen die Weiden, winterlich kahl, und braunes Wasser strudelte unter der Brücke hindurch, genau wie damals, aber der Uferweg aus meinen Jugenderinnerungen endete heute an der neuerbauten Fabrik. Also kehrte ich in den Ort zurück und lenkte meine Schritte zu dem großen Hotel, das ich an der anderen Seite des Marktplatzes gesehen hatte. An das Hotel konnte ich mich vage erinnern, obwohl wir in einer Pension gewohnt hatten, aber viel deutlicher hatte sich mir der Marktplatz eingeprägt, mehr eine sehr breite Straße, der tatsächlich seinem Namen entsprechend genutzt wurde. Zu meinem Entzücken war auch an diesem Tag der Platz – die Straße – voller Buden, und auf dem ganzen Weg zum Hotel schaute ich links und rechts auf Keramik, Obst und Kleidung, fast genauso wie als kleiner Junge.

Das Hotel hieß, zu meiner Bestürzung, Hotel Babylon.

Es gibt keine Zufälle, dachte ich und trat durch das Glasportal ins Foyer. Es war groß und in jeder Hinsicht gedämpft und das Interieur eine seltsame Mischung aus Moderne und Kleinstadttradition. Überall begegneten einem Spiegel, und die Dame hinter der Rezeption war Ausländerin, aber im Restaurant mit gutbürgerlicher Speisekarte saß die Landbevölkerung, die wegen des Pferdemarkts gekommen war, und die Bedienung sprach mit dem Akzent der Gegend. Während ich zwischen den Spiegeln Hühnchen und Champignonpastete aß, merkte ich, daß das Gebäude exakt auf dem Nodus stand. Immer besser. Nach dem Essen erkundigte ich mich, ob es möglich sei, für die Ostertage ein Zimmer zu reservieren. Stan und ich hatten uns auf Ostern geeignet, weil das ein magisch bedeutungsvoller Zeitnodus ist.

Von der Empfangsdame war keine vernünftige Auskunft zu bekommen, deshalb verlangte ich den Direktor zu sprechen. Der Mann hieß Alfred Douglas, aber das war nicht seine Schuld. Osterwochenende? fragte er. Es täte ihm sehr leid, doch für diesen Zeitraum wären sämtliche Zimmer für die Teilnehmer eines Kongresses reserviert.

Fast wäre ich gegangen. Vielleicht hätte ich es tun sollen – auf jeden Fall wäre alles ganz anders gekommen. Ich war kurz davor, Wantchester abzuschreiben und mein Glück mit einem anderen Ort zu versuchen, als mir einfiel zu fragen, was für ein Kongreß – in der Erwartung zu hören, es handle sich um Freimaurer, Sozialarbeiter oder eine Art Schulung von Firmenangehörigen.

Ein Konvent von Bücherfreunden, erklärte Mr. Alfred Douglas. Science Fiction und Fantasy – oder vielleicht lautete die korrekte Bezeichnung spekulative Fiktion. Diese Art Literatur jedenfalls, Sir.

Zufälle gibt es nicht, dachte ich staunend. Mervin Thurless war Science-fiction-Autor. Den Informationen meiner amerikanischen Gewährsleute zufolge hatte Fisk einmal ein Seminar über das Schreiben von SF abgehalten. Ich wußte nicht, wie Punt und Gabrelisovic zu dem Genre standen, aber wenigstens die Hälfte meiner Kandidaten paßte ins Bild. Für zwei von ihnen war es die natürlichste Sache der Welt, diesen Kongreß in Wantchester zu besuchen.

»Aber das ist genau, wonach ich gesucht habe!« sagte ich.

Bei genauerem Nachfragen erfuhr ich, daß der Veranstalter dem Hotel volle Belegung für fünf Tage garantierte und die Buchung für die Teilnehmer erledigte. Mr. Alfred Douglas war gern bereit, mir Namen und Adresse und Telefonnummer des Mannes zu geben, an den man sich wenden mußte. Er hieß Rick Corrie. Ich rief ihn vom Hotel aus an. Er war sehr liebenswürdig. Mir gefiel schon seine Stimme, als er sich mit »PhantasmaCon, Hotelreservierung« meldete. Es entspann sich eine sehr angenehme Unterhaltung, in deren Verlauf sich herausstellte, daß Corrie wie ich in einem Büro zu Hause mit Computern arbeitete. Selbstverständlich könne ich an dem Kongreß teilnehmen, sagte er und nannte eine bescheidene Gebühr, für die er sich im nächsten Atemzug entschuldigte: Es schien, daß die Summe sich nach Weihnachten erhöht hatte. Er werde, sagte er, mir das Informationsmaterial und die Anmeldeformulare schicken und legte mir ans Herz, mich mit der Rücksendung zu beeilen, weil das Hotel schon weitgehend ausgebucht sei.

Ich gab ihm meine Adresse. »Und was, wenn alle Zimmer vergeben sind, bis Sie meinen Antrag haben?« fragte ich.

»Oh, wir versuchen, jeden unterzubringen«, antwortete er wohlgemut. »Viele Fans schlafen auf dem Boden – verraten Sie Alfred Douglas nichts davon –, aber ich habe das Station Hotel in der Hinterhand, zur Sicherheit, falls es doch einen Überhang gibt. Aber man sollte natürlich im Babylon wohnen, wenn irgend möglich. Dort spielt sich das ganze Geschehen ab.«

Ich versprach ihm, meine Anmeldung mit nächster Post zurückzuschicken und legte auf. Vor der Abreise nahm ich noch einige Feinabstimmungen vor, um sicherzustellen, daß meine vier Kandidaten ebenfalls im Babylon logieren würden. Dabei überkam mich aus heiterem Himmel – vielleicht eine Assoziation, ausgelöst durch den Gedanken an einen postwendend zurückgesandten Brief – wieder der Zorn auf Mallory, weshalb ich anschließend noch einige Justierungen durchführte, um ganz sicher zu sein, daß sie sich in keiner wie auch immer gearteten Weise in meine Pläne einschleichen konnte. Dann fuhr ich nach Hause, durchaus zufrieden mit meinem Tagewerk.

Es folgte eine Zeit intensiver Kleinarbeit, um die Schicksalsbahnen in genau die gewünschte Richtung zu lenken. Die Außenwelt drang nur einmal bis zu mir vor, in der Form eines wohlgefüllten DIN-A4-Umschlags von Rick Corrie.

Als ich ihn öffnete, wünschte ich mir, Fisk oder Punt oder Thurless hätten ähnlich prompt geantwortet (um die Wahrheit zu sagen, von keinem der drei erhielt ich je eine Antwort: entweder gingen meine Briefe unterwegs verloren, oder sie weckten kein sonderliches Interesse), und empfand wieder diesen unvernünftigen Zorn auf Mallory. So stark war das Gefühl, daß meine Hände regelrecht zitterten, als ich mir die von Corrie geschickten Schriftstücke näher anschaute.

Die versprochenen Anmeldeformulare, natürlich. Das für den Hotelaufenthalt war nicht weiter bemerkenswert – außer, daß ich gebeten wurde anzugeben, ob oder ob nicht ich zum Frühstück Pilze à la Farmer Maggot haben wollte –, aber das Formular für den eigentlichen Kongreß steckte voller Merkwürdigkeiten. Ich las: »Fans, die am Kostümwettbewerb teilnehmen wollen, vorher angeben, ob in dem Bereich Tier, Humanoid oder Sonstige. Wir haben dieses Jahr drei Gruppen.« Und weiter unten: »Beiträge für Phantasma Cuisine müssen bei der Ankunft genehmigt werden; die Hoteldirektion bittet, die Herstellung von grünem Schleim in den Zimmern zu unterlassen.« Und ganz unten: »Wir bedauern, Feuerwerk u.ä. verbieten zu müssen, aber nach den Vorfällen im letzten Jahr sind die Prämien für die Versicherung zu sehr gestiegen.«

Während ich mich fragte, was im letzten Jahr passiert sein mochte, nahm ich mir das Faltblatt *Fortschrittsbericht III* und starrte darauf. Offenbar sprach mein Gesicht Bände, denn Stan wollte wissen, was los sei.

»›Hobbits melden sich wie gewöhnlich bei Gandalf im Ops Room‹«, las ich ihm vor. »›Esoterica mit dem Master Mage findet in einem noch zu bestimmenden Universum statt ... Filking* wird dieses Jahr in Home Universe abgehalten ... Der von Wendy Willow organisierte Autoren-Workshop entwickelt sich vielversprechend, doch es gibt Gerüchte, daß noch ein weiterer geplant ist. Wir halten euch auf dem laufenden ... Bumpkin hat sich bereit erklärt, die Abt. *Games & Games Workshop* zu leiten ... Keine Beschwerden über Betrügerei im Tarot-Seminar, bitte. Unsere neue Kartomantin ist eine echte Sensitive ... Noch Plätze frei im Basar; melden bei Eisenstein ... Für die Sicherheit verantwortlich zeichnen HitlerEnterprises, und alle Schwerter sind bis Sonntag bei ihnen zu hinterlegen ...‹ Stan, was sind das für Leute?«

»Ganz gewöhnliche Menschen, die Spaß haben wollen, denke ich«, antwortete er. »Niemand ist hundertprozentig normal, wenn man genau hinsieht. Aber eins steht fest – das künstlerische Potential bei ihnen ist gleich

* Filking – Nach zuverlässigen Angaben aus dem amerikanischen Fandom handelt es sich dabei um eine altehrwürdige Tradition bei Fantasy und SF Cons, die darin besteht, daß man zu bekannten Melodien neue Texte erfindet, die im Zusammenhang mit dem Thema des Cons stehen. Offenbar hat es irgendwann einmal im Programmheft eines solchen Cons einen Tippfehler gegeben – statt *folk* songs *filk* songs – und das hat den Leuten so gut gefallen, daß es dabei geblieben ist. Anm. d. Übers.

Null.« Er hatte recht. Die Broschüre zierten undeutliche Abbildungen von Magiern, Hexen und mit wenig mehr als dem Familiengeschmeide bekleideten jungen Damen. Alle waren ausgesprochen stümperhaft gezeichnet.

»Nun ja«, meinte ich und schickte Mr. Corrie einen Scheck.

Eine Woche später erhielt ich meine Quittung und die Bestätigung, daß ich nun offiziell Teilnehmer des PhantasmaCons sei, mit einem auf meinen Namen reservierten Zimmer im Hotel Babylon als Beweis.

Von diesem kleinen Intermezzo abgesehen war ich, wie schon gesagt, konzentriert bei der Arbeit, sowohl im Haus als auch in dem Schuppen hinten im Hof. Der Schuppen ist einer der Gründe, weshalb ich das Haus gekauft habe. Er ist groß und hell, und einer der Vorbesitzer hatte bereits einen schönen glatten Dielenboden gelegt. Ich stattete ihn mit Heizung aus. Dieser Fußboden ist wunderbar geeignet, um Symbole und Figuren zu zeichnen. Für die Arbeit mit Schicksalsbahnen braucht man unter anderem eine doppelte Ewigkeitsspirale, die verteufelt schwierig zu zeichnen ist. Nicht lange nachdem Corries Umschlag gekommen war, rutschte ich in meinen ältesten Kleidern auf dem Boden des Schuppens herum und hantierte mit Kreide und Wischlappen, zeichnete, löschte aus, verbesserte, hob einmal zufällig den Kopf und sah Andrew in der Tür stehen.

Er gab mit keiner Miene zu erkennen, ob er sich über meine seltsame Beschäftigung wunderte, sondern meinte in seiner geistesabwesenden Art: »Ich wollte nur fragen, wann du einmal Zeit hast, mich zu fahren.«

Ich hatte vergessen, daß sein Wagen in Reparatur war. Ergeben stand ich auf, klopfte mir den Staub von den Knien und verbrachte den Rest des Tages damit, ihn durch die Gegend zu chauffieren. Irgendwann unterwegs – entweder auf der Fahrt nach Cambridge oder Huntingdon oder zurück – äußerte ich beiläufig: »Ich zeichne mir beim Programmieren gern ein Schema auf.

Es ist hilfreich, einmal die Zusammenhänge bildlich vor Augen zu haben.«

Er darauf: »Mir kommen die besten Ideen, wenn ich spazierengehe.«

Noch einmal gutgegangen. Doch als ich am nächsten Tag meine Arbeit wieder aufnahm, umgab ich zur Vorsicht den Schuppen, das Haus, den Hof und auch den kleinen Vorgarten mit massiven magischen Barrieren. In der Überzeugung, nun nicht mehr gestört zu werden, fuhr ich fort mit meinen Kreidegraffiti.

Gegen Abend war ich soweit, die Spirale zu beschreiten. Dazu bedarf es ungeheurer Konzentration, zumal ich die Schicksalsbahnen von vier Menschen mit mir zog – nicht zu reden von meiner eigenen –, und man kann großen Schaden anrichten im Leben dieser vier Menschen und aufgrund der Komplexität des Gewebes auch dem Rest der Welt, wenn man einen Fehler macht. Ich bewegte mich einen Fuß vor den anderen setzend die Kreidelinien entlang, mit ausgestreckten Armen, um die Welt im Gleichgewicht zu halten, als ich einmal kurz aufschaute und eine Gestalt auf dem Bogen am anderen Ende stehen sah.

Ich konnte meinen Besucher nicht erkennen, er stand als Silhouette, gesichtslos in der Flut aus orangefarbenen Sonnenlicht, das durch das obere Fenster strömte. Kreidestaub und Staub aus der Scheune fingen das Licht ein und hüllten ihn in eine unwirkliche Aura. Er wirkte gewaltig.

Sie kennen das Gefühl, wenn der Magen plötzlich mit einem Ruck in den Keller fällt und man sich hohl und schutzlos fühlt. So ging es mir. Aber ich konnte nicht stehenbleiben, das wäre erst recht gefährlich gewesen. Mein erster Gedanke war: Zum Glück ist es nicht Mallory! Zugetraut hätte ich's ihr. Dann dachte ich, es könnte Stan sein, sichtbar gemacht von den Staubschwaden. Aber die Gestalt war zu groß. Es dauerte einige Minuten, bis ich eine Stelle erreichte, wo das Sonnenlicht ihn aus meinem

Blickwinkel gesehen von der Seite traf. Da erkannte ich Andrew. Er stand einfach da und schaute, anscheinend völlig geistesabwesend, aber ich konnte seinen Blick auf mir spüren.

»Du dürftest nicht hier sein«, sagte ich, sobald ich mir ein Nachlassen der Konzentration erlauben konnte.

Er lächelte, und wie immer ließ dieses Lächeln ihn schlagartig hellwach und bewußt erscheinen – zu meiner größten Beunruhigung. Doch offenbar befand er sich trotzdem in einer Art Trancezustand, ich spürte es, als ich näherkam. Da er auf meinen Kreidelinien stand, mußte ich ihn bei den Oberarmen nehmen und beiseite schieben. Er bewegte sich wie ein Zombie und blieb genau auf dem Fleck stehen, wo ich ihn hingestellt hatte. Ich wanderte die Windungen am oberen Bogen ab und hoffte das Beste, doch als ich mich schließlich umdrehte und zu meinem Ausgangspunkt blickte, stellte ich fest, daß Andrew, während ich nicht auf ihn geachtet hatte, ebenfalls gewandert war und jetzt auf dem Bogen am unteren Ende stand. Dort schien ihm die Sonne golden in das leere, ernste Gesicht.

Verdammt! Ich mußte die Tatsache akzeptieren, daß Andrew sich irgendwie in den Schicksalsbahnen verheddert hatte, die ich manipulierte. Er selbst ahnte natürlich nichts davon. Wahrscheinlich hatte er sich eine Tasse Zucker borgen wollen oder was weiß ich, und war im falschen Moment gekommen. Als ich die Beschwörung beendet hatte, führte ich ihn in der Abenddämmerung über den Hof und schob ihn durch das Tor.

Er kam zu sich, sobald er meine Barrieren passiert hatte. »Danke«, sagte er, als hätte ich ihm den Zucker gegeben. »Bis zum nächstenmal.« Und ging an der Hecke entlang zu seinem eigenen Haus.

»Sieh's von der positiven Seite«, meinte Stan, als ich ihm davon berichtete. »Es war nicht Mallory.«

»Verschone mich! Aber was glaubst du, habe ich ihm angetan?«

»Wer weiß. Ich habe nie von einem ähnlichen Vorfall gehört, aber vielleicht wurde nur nicht darüber gesprochen. Es kann nicht allzu schlimm sein. Hoffe ich. Wahrscheinlich läuft es darauf hinaus, daß unser Andrew den dringenden Wunsch verspürt, sich bei Gandalf im Ops Room als Hobbit zu melden.«

»Dein Wort in Gottes Ohr!« sagte ich.

Kapitel 7

Aus Maree Mallorys
Verzeichnis ›Dornenhexe‹,
Auszüge aus verschiedenen Dateien.

[1]

OK. Also habe ich mich Janine gegenüber schlecht benommen. Wie gewöhnlich.

Janine paßt es nicht, daß ich bei ihnen wohnen soll. Sie war so giftig, daß ich zu ihr sagte: »Versuch du doch mal, mit deiner Schwägerin unter einem Dach zu wohnen! Versuch du, Arbeiten zu schreiben, die für dein Examen wichtig sind, wenn siebzehn Blagen durchs Haus toben!« Meine Tante Irene hat fünf eigene Kinder, plus zwei von ihrem neuen Ehegespons, aber sie findet das Leben zu wenig aufregend, wenn nicht jedes wenigstens noch einen Freund bei sich zu Gast hat, über Nacht, jede Nacht. Glücklicherweise war die letzte gute Tat von meinem kleinen dicken Paps, bevor sie ihn zur Chemotherapie karrten – außer mir sein Auto zu schenken –, daß er mit seinem Bruder Ted redete und ihm das Versprechen abnahm, mir bei sich Kost und Logis zu gewähren. Also schlug ich Janine vor, sich bei Onkel Ted zu beschweren.

Sie sagte: »Was stimmt nicht mit den Quartieren der Universität?«

»Kein Platz«, antwortete ich. »Ich hatte eine Wohnung, aber sie wurde, ohne mich zu fragen, an jemand anderen vermietet.«

Das entsprach nicht ganz der Wahrheit, aber wie es wirklich gewesen war, gedachte ich Janine nicht auf die Nase zu binden. Robbie wohnte mit mir in den zwei Zimmern (die Mietkaution hatte meinen gesamten Rest Geld verschlungen), und dann ließ er eiskalt seine neue Flamme Davina statt meiner einziehen. Oder vielleicht hat er mir angeboten, auf dem Sofa zu schlafen, ich weiß es nicht genau, weil ich zu wütend war, um ihm zuzuhören. Ich flüchtete zu Mom nach London und schwor, nie wieder zurückzukehren. Und mir war es ernst damit, bis Paps mich umstimmte. Er überredete mich, mein Studium fortzusetzen, und ich verbrachte einen gloriosen Monat in Tante Irenes Haus. Dann sagte ich noch einmal zu Paps: »Nie wieder!«, weshalb er mit Onkel Ted redete.

Janine bedachte mich mit einem dolchspitzen Blick. Aber sie hütet sich, offen gegen Onkel Teds Entscheidungen zu protestieren. Wenn sie es täte, müßte sie befürchten, daß er merkt, wie sie ihn manipuliert. Sie wird sich Zeit lassen und abwarten und Onkel Ted nach und nach zu der Einsicht bringen, daß ich unausstehlich bin. Also tat sie, was sie immer tut, wenn sie nervös ist, weil sie ihren Willen nicht durchsetzen kann: energisch die Pulloverärmel herunterziehen, so daß ihre goldenen Armreifen klingeln. Zupf, zupf. Das tadellos frisierte Haar zurückwerfen. Dann ein Abgang mit Stil, klack-klack-klack, um die bedauernswerten Mädchen anzurufen, die in ihrer Boutique oben in Clifton arbeiten. Sie müssen von jeher als Blitzableiter herhalten: Wenn Madame schlechte Laune hat, wird die eine oder andere wegen irgendeiner Kleinigkeit gefeuert. Als ich mit einem Armvoll meiner Sachen nach oben ging, hörte ich sie ins Telefon sagen: »Sie muß gehen. Ich habe die Nase voll von ihr.« Diese gräßlichen Pullover, die sie immer trägt, stammen aus dem Laden. Einer, den ich besonders scheußlich finde, ist ausgerechnet der, den sie am Tag meines Einzugs trug – er sieht aus, als hätte man Reispudding über eine Schulter gekleckert. Nick sagt, er haßt den mit den bronzefarbenen gebackenen Bohnen am meisten.

Und Janine glaubt, ich würde Nick verderben. Oder ihr seine Liebe stehlen oder so was. Dabei kann man das gar nicht. Niemand könnte es. *Nichts* kann Nick beeinflussen, außer er will es so. Nick ist süß und freundlich und ein Egoist reinsten Wassers. Als ich bei Tante Irene wohnte, nur ein paar Häuser weiter die Straße hinunter, geruhte Vetter Nick nicht ein einziges Mal, mich zu besuchen. Irgendwann während des Hin und Hers zwischen dem Auto und meinem Zimmer fragte ich ihn warum.

»Das Haus ist voller Kinder!« antwortete er, überrascht, daß ich mir das nicht denken konnte. Nick selbst, sollte ich vielleicht erwähnen, ist stolze vierzehn Jahre alt. Er schaute mit den Händen in den Taschen zu, wie ich Kartons und Tüten aus dem Kofferraum holte. »Du hast einen Computer«, bemerkte er. »Meiner ist ein Laptop. Was ist deiner?«

»Alt und klapprig und inkompatibel mit so gut wie allem und jedem – genau wie ich.«

Er hob ihn tatsächlich auf und trug ihn für mich nach oben ins Dachgeschoß, wo seine Mutter mich einquartiert hatte. Ich glaube, er erwies mir eine Ehre – entweder das, oder er fürchtete, ich könnte ihn fallenlassen. Er hat keine hohe Meinung von Frauen (kein Wunder, bei einer Mutter wie Janine). Dann kam er wieder herunter und betrachtete den Wagen. »Ganz nett«, meinte er.

»Er gehört meinem Vater«, erklärte ich. »Oder gehörte. Er hat gesagt, er gehört mir, sobald ich meine Fahrprüfung bestanden habe.«

»Und wann hast du?«

»Verrat's nicht, aber die Prüfung ist erst am Montag.«

»Aber wie bist du dann nach Bristol gekommen?«

»Na, wie wohl! Gefahren natürlich.«

»Aber ... Ganz allein?«

»Klar.«

Ich konnte sehen, daß es mir gelungen war, Vetter Nick zu beeindrucken. Man muß jemanden wie Nick möglichst klein halten, oder es kommt unweigerlich so weit, daß man seine Socken wäscht, während er barfuß über einen wegspaziert. (Robbie war genauso, nur habe ich es nicht geschafft, ihn lange genug zu beeindrucken.) Nick hat seine Eltern genau da, wo er sie haben will. Ich war entzückt und hocherfreut, als ich herausfand, daß Janine tatsächlich Nicks Socken mit der Hand wäscht, weil er behauptet, er bekäme sonst wunde Füße! Onkel Ted drückt ihm mehr oder weniger jedesmal, wenn sie sich auf der Treppe begegnen, einen mittleren Schein in die Hand. Und Nick hat das ganze Souterrain des Hauses für sich. Seine Eltern müssen anklopfen, bevor sie hereinkommen. Ehrlich. Er zeigte mir sein Reich, nachdem ich all meine Habseligkeiten nach oben geschafft hatte. Noch eine Auszeichnung. Dieses Souterrain war die reinste Luxus-Suite. Pflaumenblaue Auslegware! Und seine Stereoanlage! *Neid!*

»Ich habe den Teppich selbst ausgesucht«, verkündete er.

»Wunderschöne Sargtuchfarbe«, meinte ich. »Wie ein Bischofsornat mit einem Hauch Schimmel. Man könnte gläserweise Schwarzes Johannisbeergelee hier verkleckern und würde es nicht merken.«

Nick lachte. »Warum bist du immer so negativ?«

»Pech in der Liebe«, antwortete ich. »Frag bloß nicht! Ich werde gefährlich.«

»Aber du bist immer gefährlich«, sagte Nick. »Deshalb mag ich dich.«

Ja, Nick und ich kommen gut miteinander aus. Vielleicht ist das der Grund, weshalb Janine mich nicht leiden kann. Scheint's ist es uns gelungen, das Band unserer Freundschaft genau an der Stelle wieder zu knüpfen, wo es zerriß, als meine Eltern sich scheiden ließen und nach London zogen. Diese Freundschaft reicht zurück bis in die Zeit, als Janine meine Mutter bezahlte, damit sie auf Nick aufpaßte. Das Problem war, Mum hat nichts übrig für Wickelkinder (obwohl sie ziemlich gut mit Teenagern umzugehen versteht, wie ich bezeugen kann), und sie pflegte Nick an mich abzuschieben, sobald ich aus der Schule nach Hause kam. Einige meiner frühesten Erinnerungen sind die an uns beide, wie ich mich recke, um den Griff von Nicks plumpem, hohem Sportkarren zu fassen und ihn den Hügel zu den Downs hinaufzuschieben. Nach dem langen, anstrengenden Weg dort angekommen, nahm ich ihn heraus, und wir setzten uns ins Gras und dachten uns Geschichten aus. Meinen ersten richtig häßlichen Streit mit Janine hatte ich, als sie merkte, daß Nick lieber bei mir bleiben wollte, als mit ihr irgendwohin zu gehen. Sie warf mir vor, ich würde Nick Hirngespinste in den Kopf setzen. Ich wandte ein, Nick würde das meiste davon selbst erfinden. Sie sagte, durch mich könnte er nicht Realität und Phantasie auseinanderhalten. Und ich sagte, doch, das könne er durchaus, denn er wüßte, daß er sich mit ihr zusammen nur langweilen würde.

Wahrscheinlich hilft es bei der Wiederbelebung der alten Freundschaft, daß Nick immer noch derselbe bemerkenswert hübsche Knabe ist wie damals, als ich ihn im Kinderwagen spazierenfuhr und alte Damen mich anhielten und sagten, was für ein süßes kleines Brüderchen ich hätte (und ich protestierte: »Er ist nicht mein Bruder, er ist mein *Vetter.*«). Nur, daß er heute ungefähr einen Meter größer ist und ich den Kopf zurücklegen muß, um ihm ins Gesicht zu schauen. Nick sagt, ich hätte mich auch nicht verändert. Er hat recht. Ich habe mit zwölf Jahren aufgehört zu wachsen. Und immer noch dasselbe runde Gesicht, wie ein schlecht gezeichnetes Herz auf der Valentinskarte eine Zweitkläßlers, und meine Nase ist auch nicht weitergewachsen, deshalb rutscht auch meine Brille immer noch wie früher. Derselbe Haarschopf undefinierbarer Farbe, derselbe Mangel an Figur. Außerdem habe ich, während ich bei Mum war, meinen Liebeskummer mit Essen zu bekämpfen versucht (ich dummes Huhn bildete mir ein, kalorienreduzierte Produkte wären dazu da, um zu *verhindern*, daß Leute dick werden), deshalb bin ich jetzt nicht mehr nur pummelig, sondern richtig FETT. Ich habe eben noch einmal in den Spiegel geschaut und frage mich, was Robbie je an mir gefunden hat . . .

[2]

... mir gesagt, ich hätte die Fahrprüfung nicht bestanden. Kann ich vielleicht etwas dafür, daß Bristol so verwirrend ist? Es ist ungerecht von ihm, mich durchfallen zu lassen, nur weil ich die Orientierung verloren habe – oder lag es daran, daß ich rückwärts die Totterdown hinuntergerollt bin (ich glaube, die Steigung dort ist 15%), weil ich mich irgendwie nicht mehr erinnern konnte, wie Anfahren am Berg geht? Jetzt muß ich einen Monat warten, bevor ich die Prüfung wiederholen kann. Pah!

Noch gehörig in Rage, stürmte ich in das Sekretariat der Fakultät Veterinärmedizin und verkündete, ich wolle zum Fach Philosophie wechseln. Sie sagten, ich stünde doch sehr gut und ob ich das ernst meinte. Ich sagte ja. Wenn sie sich einbildeten, ich würde hierbleiben und zusehen, wie Robbie Payne Davina Frostick anhimmelt, wären sie schief gewickelt. Sie sagten, das wäre kein vernünftiger Grund, das Studienfach zu wechseln. Ich sagte, es sei der einzig vernünftige. Sie wiegten die Köpfe und blätterten und tuschelten und meinten schließlich, es ginge frühestens nach Ostern oder vielleicht auch erst im Herbst, und sie hofften wahrscheinlich, bis dahin hätte ich meine Meinung wieder geändert.

VON WEGEN. Während ich mich um Vater kümmerte, hatte ich mir die Fingernägel wachsen lassen. Jetzt gelobe ich, daß ich sie ein ganzes Jahr lang nicht schneiden werde. Man kann mich nicht zwingen, mit zehn Zentimeter langen Krallen Tiere zu verarzten. Ätsch.

FRUST! Der Antrag für die Wiederholung der Führerscheinprüfung hat mich fast meine ganze restliche Barschaft gekostet. Ich mußte Onkel Ted sagen, ich würde alle sechs Monate mein Kostgeld bezahlen. Er war einverstanden. Er ist sowieso ziemlich reich, und Janine besteht nur aus Geld.

Aber Gott, die zwei sind so *langweilig*!

Ich kann verstehen, daß Nick sich jeden Abend in sein

unterirdisches Reich verkrümelt. Bevor ich begriff, daß niemand etwas dagegen hatte, wenn ich unter dem Vorwand, zu arbeiten, ebenfalls früh Gute Nacht wünschte, verbrachte ich ein paar endlose Abende nach dem Essen mit ihnen zusammen im Wohnzimmer. (Apropos Essen. Janine kocht nicht, muß man wissen. Ihr Gefrierschrank ist voll mit portionsweise abgepackten sogenannten Schlankheitsmenüs. Nick und Onkel Ted essen sie mit zwanzig Zentimeter hohen Bergen wiederaufbereiteter Kartoffeln. Janine und ich essen sie einfach. Jede Nacht liege ich mit knurrendem Magen wach, aber es muß sich einfach lohnen!) Sie gehen niemals aus. Anscheinend ist Onkel Ted irgendwann einmal mitten in der Welsh National Opera die Idee zu einem Buch gekommen, und sie mußten sofort nach Hause fahren, damit er das erste Kapitel schreiben konnte. Janine haßt es, Geld für nichts auszugeben, also bleiben sie jetzt immer zu Hause. Auch der Fernseher wird nur ganz selten angestellt, weil er Onkel Teds Gedankengänge stört.

Da saßen wir also. Nun könnte man denken, daß ein weltbekannter Schriftsteller wie Onkel Ted ein interessanter Gesprächspartner sein müßte, zumindest würde man annehmen, daß er von den Heimtücken seiner neuesten Dämonen erzählt (kein anderer kann sich Dämonen ausdenken wie Onkel Ted; sie sind herrlich gruselig). Aber Pustekuchen. Er redet grundsätzlich nicht über seine Arbeit und über nichts, was damit zusammenhängt.

Am zweiten Abend fragte ich ihn nach dem Grund. Janine schaute mich an, als hätte ich erwähnt, der Papst wäre neuerdings Voodooanhänger. Onkel Ted antwortete, das Gerede würde er sich für Auftritte in der Öffentlichkeit aufheben. »Schreiben ist ein Job wie jeder andere«, sagte er. »Ich möchte aus dem Büro nach Hause kommen und die Beine hochlegen, bildlich gesprochen.« (Er arbeitet natürlich zu Hause.)

»Tja, das ist ein Standpunkt«, sagte ich. In Wirklichkeit

war ich entsetzt. Nichts, was mit der Phantasie zu tun hat, sollte einfach ein »Job« sein. Meine Meinung von Onkel Ted, den ich immer ziemlich gern gehabt hatte und bewunderte, sauste ungebremst bis fast auf Null hinunter.

Und die deprimierende Talfahrt ging weiter, ruckweise und holpernd wie mit einem Schlitten auf einem sehr flachen Hang, weil Onkel Ted anfing, über das Haus zu sprechen. Und über Geld. Voller Genugtuung erzählte er mir, mit welchem Buch er welche Renovierungsarbeiten oder Umbauten finanziert hatte. Und Janine nickte enthusiastisch und erinnerte ihn, daß Nicks Souterrain mit *The Curse on the Cottage* bezahlt worden war, und er nannte die nach Maß angefertigen Bücherschränke per *Surrender, You Devil,* und beide erklärten mir, daß sie sich nach *Shadowfall* einen Innenarchitekten leisten konnten, um das Wohnzimmer aufzumöbeln. Ich fand, das war eine schreckliche Art, den Wert eines Buches zu bemessen. Für mich war ein Buch ein Kunstwerk.

»Aber die Fenster haben wir in allen Räumen gelassen wie sie waren«, schloß Onkel Ted. »Wir durften nichts ändern.«

Die Fensterscheiben in diesem Haus hatten mich schon immer fasziniert, von Kind an. Das Glas ist wellig und bucklig. Wenn man nach vorn hinausschaut – besonders an Abenden –, sieht man da draußen eine Art Wall aus Häusern und Bäumen, gespickt mit erleuchteten Fensterquadraten, die fließen und zerfließen, als würden sie sich gerade in etwas anderes verwandeln. Aus manchen Blickwinkeln recken und blähen sich die Häuser zu grotesken Gebilden, und man könnte wirklich glauben, sie durchliefen eine Reihe verschiedener Dimensionen. Die Aussicht an der Rückseite ist ebenso beeindruckend – dort bietet sich einem ein marineblaues Panorama der Stadt vor blassem Abendrot. Und wenn die Straßenlampen angehen, erscheinen sie wie Gucklöcher zum orangefarbenen Himmel. Alles schwimmt und schlägt Wellen, und man hat die Illusion, bis zu einem magischen, fremden Ort jenseits der Stadt zu schauen.

Ich ahnte, Onkel Ted würde all die Magie zerstören, indem er etwas Banales über seine Fenster sagte, und ich wünschte mir verzweifelt, er möge es nicht tun. Fast *betete* ich, er möge es nicht tun. Aber er tat es. Er sagte: »Es ist Notglas aus dem Zweiten Weltkrieg, mußt du wissen. Als Hitler die Docks bombardierte, zerbrachen in diesem Haus durch die Druckwellen der Explosionen sämtliche Fensterscheiben und mußten ersetzt werden. Also lassen wir die Fenster wie sie sind. Das Glas ist historisch. Und das Haus gewinnt durch sie nicht unerheblich an Wert.«

Ist es zu fassen? Er schreibt Fantasy. Er besitzt Fenster zu anderen Dimensionen. Und woran denkt er? Wieviel *Geld* sie wert sind.

Ja, ich weiß, ich bin undankbar und schrecklich. Sie lassen mich bei sich wohnen. Aber trotzdem ...

Nick wenigstens hat die Besonderheit der Fenster erkannt. Er sagt, sie erlauben einem den Blick in ein alternatives Universum namens Bristolia. Und da er in gewisser Weise ebenso praktisch denkt wie sein Vater, hat er Pläne von Bristolia angefertigt, für ein Fantasy-Rollenspiel ...

[3]

... scheußliche Zeit. Der Gedanke an Robbie tut immer noch schrecklich weh. Ich gehe zu den Vorlesungen, aber ich kriege nicht viel mit. Liebeskummer vergeht, heißt es. Andere kommen darüber hinweg. Schließlich ist es doch schon *Monate* her. Scheinbar bin ich nicht wie andere Leute. Ich weiß nicht, wie ich bin. Das ist das Schlimme, wenn man adoptiert ist und nicht weiß, wer seine richtigen Eltern sind. Sie vererben einem irgendwelche Eigenheiten, von denen man nichts weiß und auf die man nicht vorbereitet ist, und plötzlich kommen sie an die

Oberfläche und packen einen. Man ist für sich selbst unberechenbar.

Und ich habe fast kein Geld mehr ...

[4]

Es geschehen noch Zeichen und Wunder! Ich habe einen Brief von jemandem namens Rupert Venables bekommen. Ich nehme an, er ist Rechtsanwalt. Nur ein Rechtsanwalt kann so einen Namen haben. Er schreibt, ein entfernter Verwandter hätte mir die Summe von 100 £ hinterlassen. Her damit!

Das war mein erster, überglücklicher Gedanke. Dann setzte Janine mir einen Dämpfer auf, indem sie zuckersüß fragte: »Was für ein entfernter Verwandter, Liebes? Von deiner Mutter? Deinem Vater? Oder dir selbst?«

Und Onkel Ted warf ein: »Wie ist die Adresse von diesem Anwalt? Das könnte ein Anhaltspunkt sein.«

Onkel Ted, praktisch wie immer. Der Absender von diesem Venables ist Weaver's End, Cambridgeshire. Mums Familie ist ausnahmslos in South London ansässig, die von Paps in Bristol. Und Todesfälle hat es in der Verwandtschaft in letzter Zeit nicht gegeben, soweit wir wissen; sogar mein armer kleiner Daddybär klammert sich noch ans Leben, draußen in Kent. Somit bleiben nur echte, wirkliche Verwandte von mir, denen es auf geheimnisvollen Wegen gelungen sein könnte, mich aufzuspüren. Ich muß zugeben, ich war ein bißchen aufgeregt, bis Nick verkündete, das Ganze sei ein ausgemachter Schwindel.

Er äußerte seine Meinung eine Stunde, nachdem es für uns andere aufgehört hatte, ein Gesprächsthema zu sein. So lange braucht Nick morgens, um sich von einem Zombie in sein normales Selbst zu verwandeln. Er machte die Augen auf, sammelte seine Schulsachen ein und nahm sich den Brief, um ihn auf dem Weg zur Hintertür einer unerbittlichen Prüfung zu unterziehen. »Im

Absender steht nichts von Rechtsanwalt. Im Brief steht nicht, wer dir das Geld vermacht hat. Da will dich jemand verschaukeln.« Er warf mir den Brief zu, der aber zu Boden flatterte, bevor ich ihn fangen konnte, und ging hinaus.

Schwindel oder nicht, das Geld konnte ich gebrauchen. Das schrieb ich auch diesem Rechtsanwalt. Und ich bat ihn, mir Näheres mitzuteilen.

Heute schrieb er zurück, er werde kommen und mir das Geld persönlich aushändigen. Doch er schrieb nicht wann und nicht, wem ich die Erbschaft verdanke. Ich glaube nicht ein Wort von der ganzen Sache. Nick hat recht. Es ist ein Schwindel.

[5]

... und sagte, ich hätte bestanden! Ich war inzwischen so felsenfest überzeugt davon, wieder durchgefallen zu sein, daß ich ihm nicht glaubte und ihn bat, es zu wiederholen. Also wiederholte er es, und es waren dieselben Worte wie beim erstenmal.

Sind Führerscheinprüfer gewöhnt, daß man sie abküßt? Dieser ertrug es mit stoischer Gelassenheit, dann stieg er aus dem Wagen und floh. Ich riß die »L«-Plaketten herunter, sprang wieder ins Auto und brauste davon. Ungefähr eine Sekunde lang fühlte ich mich schuldig, weil ich Robbies Freund Val einfach am Straßenrand stehenließ, aber er hatte nur für ungefähr hundert Meter neben mir gesessen, die Strecke zwischen seiner Wohnung und dem Prüfungszentrum. Außerdem, vermittelte Val mir das Gefühl, daß er glaubte, weil Robbie mich abserviert hat, könnte er mich jetzt übernehmen, und er soll ruhig wissen, daß er auf dem Holzweg ist. Ich hielt mit quietschenden Reifen vor Onkel Teds Haus und parkte in zweiter Reihe. Nick hatte aus irgendeinem Grund schulfrei, und ich wollte, daß er die frohe Kunde als erster vernahm.

Leider war Janine auch da. Ich glaube, sie führt ihre Boutique ausschließlich durch das Telefon. Onkel Ted hatte an diesem Tag in London zu tun, deshalb war sie nach Hause geeilt, um dafür zu sorgen, daß Nick »etwas in den Magen bekam«, obwohl sie selbst nie zu Mittag ißt – ein leuchtendes Beispiel aufopfernder Mutterliebe. (Um ehrlich zu sein, wenn Nick sich selbst etwas kocht, pflegt er die Küche mit Spagettigirlanden zu dekorieren, so daß ich Janines Logik in diesem Fall nachvollziehen kann.)

Sie war mit Nick in der Küche, als ich hereinplatzte, und ihre Begrüßungsworte lauteten: »Liebes, wie schade, du bist wieder durchgefallen.« Auf ihre unnachahmliche Art hatte sie es geschafft, daß meine Freude in Gereiztheit umschlug.

»Nein, ich habe bestanden«, schnappte ich.

»*Ausgezeichnet*!« sagte Nick. »Jetzt können wir eine Rundfahrt durch Bristolia machen.«

Ich darauf: »Von mir aus kann's losgehen«, aber Janine legte mir die Hand auf den Arm und sagte: »Arme Maree. Sie ist bestimmt müde nach der Anspannung und Konzentration. Du darfst sie nicht drängen, Nick.«

Aha! In Wirklichkeit war Janine also hier, um zu verhindern, daß ihr Sohn sich zu mir ins Auto setzte und sein Leben riskierte. »Müde? Von wegen müde!« brauste ich auf. »Ich fühle mich großartig!« So ganz stimmte das nicht mehr, Janine hatte mir die Laune gründlich verdorben. »Du glaubst nur, daß Nick mit mir am Steuer nicht sicher ist.«

»Das habe ich nicht gesagt, Maree. Aber ich weiß, daß ich erst richtig fahren lernte, *nachdem* ich meinen Führerschein hatte.«

»Das sagen alle, aber bei mir ist es anders. Ich habe vorher geübt und dir den Spaß verdorben.«

»Maree, Liebes, ich weiß, daß es dir Freude macht, gegen den Strom zu schwimmen, aber glaub mir, du bist nicht anders als wir alle. Autos sind gefährlich.«

Nun, wir argumentierten, Janine zuckersüß und sonnig, während ich immer größere Lust bekam, ihr die Augen auszukratzen. Das ist Janines Masche. Sie setzt ihre Gegner gekonnt ins Unrecht und verliert nie die Beherrschung. Lächelt nur engelhaft, während der andere vor Wut fast platzt. Nick schwieg und schaute zu. Und im entscheidenden Moment warf er ein: »Du weißt, sie fährt diesen Wagen schon seit Ewigkeiten, Mom. Maree, wenn aus der Bristolia-Tour nichts wird, unternehme ich was zusammen mit Fred Holbein.«

»Nein, nein, es geht gleich los. Ich komme schon.«

»Nick, ich verbiete dir, mit ihr wegzufahren«, sagte Janine.

Er schenkte ihr ein herzerwärmendes, unschuldiges Lächeln und marschierte geradewegs hinaus zum Wagen. Das war's. Master Nick hatte beschlossen, daß er mir Bristolia zeigen wollte, und das Weibervolk beugte sich seinen Wünschen. Um ehrlich zu sein, ich fühlte mich geschmeichelt, daß er erstens keine Bedenken hatte, sich meinen Fahrkünsten anzuvertrauen, und zweitens offenbar nicht befürchtete, daß ich über sein Bristolia-Spiel lachen könnte. Meine Laune besserte sich umgehend. »Wohin?« fragte ich.

Nick entfaltete einen großen, sorgfältig kolorierten Stadtplan. »Ich denke, wir beginnen mit dem Garten der Ungeheuer und der Burg des Vogts der Grünen Ödlande«, sagte er ernsthaft.

Also fuhr ich ihn zum Zoo und dann an dem großen roten neogotischen Schulgebäude dort vorbei. Anschließend ging es nach Durdham Down und weiter nach Westbury-on-Trym und zurück nach Redland. Danach verlor ich die Übersicht. Nick hatte andere Namen für alles, und zu jedem Ort gehörte eine abenteuerliche Geschichte samt historischen Daten. Er erklärte mir ganz genau, wie viele Meilen in Bristolia wir für jede Meile in der Stadt zurückgelegt hatten. Ich gab mir Mühe, ein mitdenkendes Interesse zu bekunden, aber Paps' Auto machte Zicken. Vielleicht glaubte es, was Nick sagte, daß wir bis zum Zoo siebenhundert Meilen zurückgelegt hätten, denn danach begann es röchelnde Geräusche von sich zu geben und zu stottern, sobald es bergauf ging. Ich war vollauf damit beschäftigt, es in Gang zu halten, aber Nick erklärte mir mit ungeminderter Begeisterung die Details seiner Phantasiewelt, obwohl einige meiner Kommentare ziemlich vage und sogar sarkastisch ausfielen. Ich glaube, er merkte es gar nicht. Ehrlich gesagt, ich war ziemlich gerührt, weil wir solche Spiele zu spielen pflegten (nur in kleinerem Rahmen), als ich vierzehn war und Nick acht. Und ich wäre lieber gestorben, als seine Gefühle zu verletzen.

Wir fuhren die steile Straße zum Zentrum hinunter und hatten gemäß Nicks Berechnungen mittlerweile zweitausend Bristolia-Meilen zurückgelegt, als er plötzlich sagte: »Moment mal. Ich glaube, wir werden verfolgt.«

Fast hätte ich gesagt: »Gehört das zum Spiel?«, doch bevor ich es aussprechen konnte, überkam mich das Gefühl, daß er recht hatte. Frag mich keiner, wieso. Ich wußte, jemand war hinter uns, suchte uns und war entschlossen, uns zu finden. Kein schönes Gefühl. Vielleicht hatte Janine jemanden auf uns angesetzt, um dafür zu sorgen, daß ich keine Gelegenheit bekam, ihren Nick umzubringen. Ich fragte: »Was sollen wir tun?«

»Fahr weiter Richtung Biflumenia – ich meine, Bedminster«, ordnete Nick an, »dann sage ich dir, wie es weitergeht.«

Allmählich setzte der Feierabendverkehr ein. Es war sehr nützlich, jemanden wie Nick bei sich zu haben, der die Stadt kannte wie seine Westentasche und als Lotse fungierte. Für eine angespannte Viertelstunde war das Bristolia-Spiel vergessen, während wir den Hügel am jenseitigen Flußufer hinauffuhren, auf einem anderen Weg wieder hinunter und in die Zufahrt zur Hängebrücke einbogen. Das beklemmende Gefühl, einen Verfolger im Genick zu haben, verschwand irgendwann unterwegs. Nick lehnte sich aufatmend zurück.

»Bestens. Wir haben ihn abgehängt. Jetzt befinden wir uns in Altera Bristolia, wo die meisten Kundigen der Magie leben.«

»Meinetwegen, aber ich wünschte, wir müßten nicht über die Hängebrücke!« jammerte ich.

»Keine Sorge, ich habe Kleingeld dabei für die Maut.«

»Das ist es nicht! Ich sehe sie immer in meinen Alpträumen!« Mir war ganz und gar nicht wohl bei dem Gedanken, über die Brücke fahren zu müssen, und überhaupt fühlte ich mich wieder deprimiert. Janines Schuld. Sie hatte dafür gesorgt, daß meine Hochstimmung nach der bestandenen Prüfung nicht lange anhielt, und mich in die graue Wirklichkeit zurückgeholt, und auch wenn ich meine Trübsal während der aufregenden Tour durch das exotische Bristolia für eine Weile fast vergessen hatte, war sie doch immer noch da, so schwer und bedrückend wie immer.

»Ich hoffte, es wäre mir gelungen, dich ein wenig aufzuheitern«, meinte Nick.

»Das geht nicht so einfach. Ich leide an gebrochenem Herzen. Und da ist mein Vater – ganz zu schweigen von den Träumen.«

An sich ist es nicht verwunderlich, daß Nick die Sache mit den Träumen mißverstand – die Clifton Suspension Bridge ist berühmt für ihre Anziehungskraft auf Selbstmörder. »Du meinst, du träumst davon, runterzuspringen?« fragte er.

»Nein.« Ich schüttelte den Kopf. »Viel verrückter als das.«

»Erzähl!«

Also erzählte ich ihm von den Alpträumen, über die ich noch nie mit jemandem gesprochen hatte. Kaum, daß ich sie mir selbst eingestehe, abgesehen davon, daß ich diesen Ordner »Dornenhexe« nenne, nur um zu zeigen, daß ich mir ihrer bewußt bin. Sie sind zu schrecklich.

Begleitet sind sie von einem furchtbaren Gefühl der Angst und Hilflosigkeit. Ich habe diese Träume jetzt seit mehr als drei Jahren, seit wir nach London gezogen sind und Mum und Paps sich scheiden ließen, und ich frage mich, ob ich womöglich den Verstand verliere. Jedenfalls war ich überzeugt, daß Nick sich an die Stirn tippen würde. Aber gemeinsam in einem Auto zu fahren, erzeugt eine vertrauliche Atmosphäre, die mitteilsam macht – eine Art mobile Psychocouch –, und nachdem Nick und ich beide das Gefühl gehabt hatten, verfolgt zu werden, kam es mir ohnehin vor, als wären wir in Gedanken miteinander verbunden.

Also. In den Träumen befinde ich mich immer am innerstädtischen Ende der Brücke, und ich gehe den steilen Pfad an der Uferböschung entlang und finde mich auf einem weiten, mondbeschienenen Hochmoor wieder. Obwohl ich den Mond nicht sehe, weiß ich, es ist Mondlicht. Ich gehe weiter, bis ich zu einem anderen Pfad komme. In manchen Nächten kann ich die Willenskraft aufbringen und mich weigern, diesem Pfad zu folgen. Dann werde ich bestraft. Ich verlaufe mich, irre durch gräßliche Sümpfe, und wenn ich aufwache, fühle ich mich unglaublich verängstigt und schuldig. Wenn ich nachgebe (oder nicht die Kraft aufbringe, mich zu sträuben) und dem Weg folge, gelange ich immer zu einer Art Horizont, wo der Himmel an die Ebene stößt, und in der Mitte steht ein einzelner schwarzer Dornbusch. Dieser Busch ist eine alte Frau.

Erklären kann ich es nicht. Sie ist keine Gestalt aus Strauchwerk. Sie ist nicht der Himmel, den man durch die Zweige sieht. Sie ist auch nicht *in* dem Busch. Aber in meinem Traum weiß ich, der Busch ist gleichzeitig eine hagere, strenge alte Frau, wahrscheinlich eine Göttin. Ich kann sie nicht leiden. Sie verabscheut mich. Und sie hat mich zu sich gerufen, um mir das klarzumachen.

»Erwarte nicht, je Glück oder Erfolg zu haben«, sagt sie, »bis du nicht diese aggressive Lebenseinstellung aufgegeben hast. Das ist undamenhaft. Eine Dame sollte anmutig die Hände im Schoß falten und andere handeln lassen.« Sie sagt immer solche Dinge, aber in letzter Zeit hat sie auch noch Robbie in ihr Repertoire aufgenommen. Erst galt es, die Unmoral zu geißeln, weil ich mit ihm zusammenlebte, und nun, wo das vorbei zu sein scheint, predigt sie: »Es ist ungebührlich für eine Dame, sich nach einem Mann zu verzehren. Du wirst kein Glück und nichts Wertvolles in deinem Leben erlangen, wenn du nicht dein Studium aufgibst und einen netten, normalen jungen Mann heiratest.«

»Und erzähl mir bloß nicht, das wäre die Stimme meines Unterbewußtseins!« warnte ich Nick.

»Nein, bestimmt nicht. Es ist überhaupt nicht die Art, wie du denkst oder sprichst«, meinte er entschieden. »Ich glaube, sie ist eine Hexe.«

»Ich nenne sie auch Dornenhexe«, gestand ich. Was ich bisher nicht bemerkt hatte, weil ich abgelenkt gewesen war, fiel mir nun allmählich auf: daß Paps' Auto unheimliche Mühe hatte, den Hang hinaufzukommen. Es wurde immer langsamer, der Motor pochte merkwürdig. Als ich in den Rückspiegel schaute – hatte ich auch seit geraumer Zeit nicht mehr getan –, sah ich eine lange Reihe Autos, die nolens volens hinter uns her zockelten. Die von Hecken gesäumte Straße war zugenebelt von blauen Auspuffgasen. »O Gott!« sagte ich. »Was ist los? Wir haben eine Panne!«

»Du könntest versuchen, in einen anderen Gang zu schalten«, schlug Nick vor.

Heiliger Strohsack! Hastig schaltete ich vom vierten Gang zurück in den zweiten, und wir bekamen Flügel. Mit einem befreiten Aufheulen sauste der Wagen um die letzten Biegungen und die Rampe zur Brücke entlang. Nick zog eine Handvoll Münzen hervor und fütterte den Automaten.

»Ein günstiges Omen. Du bringst mir vielleicht Glück«, sagte ich, während wir über die Brücke tuckerten.

»Darüber habe ich nachgedacht«, meinte Nick. »Wir müssen die Macht dieses Traums brechen. Zum Beispiel mit dem ...«

Ich wußte, was jetzt kam. Einstimmig riefen wir: »... Alle-Guten-Geister-Tanz!«

Gleich hinter der Brücke hielt ich den Wagen an. Wir sprangen hinaus und liefen zum Fußweg. Den Alle-Guten-Geister-Tanz hatten wir als Kinder oft getanzt (und ernsthaft geglaubt, daß er wirkte), aber wir waren beide etwas aus der Übung. Ich fand mich ziemlich schnell wieder hinein; Nick mußte erst seine Befangenheit überwinden, aber nach dem dritten Fingerschnipp-schnipp-schnippen kamen wir richtig in Fahrt, begleitet vom Hupkonzert der Autofahrer.

»Nicht darauf achten«, schnaufte ich. Schnipp, schnipp, schnipp. »Glück, Glück, Glück«, skandierten wir. »Brich die Macht des bösen Traums. Glück, Glück, Glück!«

Das Hupengeplärr schien lauter zu werden, aber ich glaubte, deutlich zu spüren, daß der Tanz wirkte, und Nick sagte, er spüre es auch, also tanzten wir einfach weiter. Dann plötzlich schien dem Fahrer des Autos hinter meinem der Geduldsfaden zu reißen. Er stieg aus und kam auf uns zu.

»Haltet euren Hexensabbat anderswo ab!« schimpfte er. Oha, der war geladen! Ich richtete den *Blick* auf ihn. Ich richtete den *Blick* auf seinen großen silbernen Schlitten und dann wieder auf ihn. Ein Lackaffe wie aus dem Bilderbuch. Er hatte einen länglichen Kopf mit ganz, ganz glattem Haar, trug eine goldgefaßte Brille, einen weißen, todschicken Mackintosh und einen *Anzug*, um Himmels willen! Und statt einer Krawatte hatte er so ein vornehmes, seidenes Halstuch um. Ein Geschäftsmann, dachte ich. Wegen uns kommt er jetzt zu spät zu einer unheimlich wichtigen Besprechung. Ich schaute Nick an, um zu sehen, was er dachte, aber Nick kann eine echte Ratte sein. Er war damit beschäftigt, aus jeder Pore

Schuldbewußtsein auszuschwitzen. Ich war's nicht, Sir! Sie hat mich dazu gebracht, Herr Wachtmeister! Das Weib hat mich in Versuchung geführt, und ich habe von dem Apfel gegessen, o Herr! Ich hatte verdammte Lust, ihm eine herunterzuhauen, dem Jammerlappen!

Also trug ich meinen Kampf allein aus, wie gewöhnlich, und schob mit dem gestreckten Finger die Brille hoch, um den Feind mit einem richtig bösen Blick in die Flucht zu schlagen. Leider war er aus härterem Holz geschnitzt, als er aussah. Er rückte das linke Brillenglas vor das linke Auge und gab mir den bösen Blick postwendend zurück. Doppelt und dreifach.

Dann wollte ich ihn mit einer vernichtenden Bemerkung treffen, aber der Fatzke kam mir zuvor. »Ich bin Rupert Venables«, blafft er mich an. »Ich habe den ganzen Nachmittag nach Ihnen gesucht, um Ihnen das hier zu geben.« Und er nimmt hundert Pfund aus der Brieftasche und zählt sie mir in die Hand.

Ich war so verdattert, daß ich gar nicht dazu kam zu fragen, woher er denn wußte, daß ich die war, die er suchte. Dann waren da noch die anderen Autofahrer. Wie es aussah, stauten sie sich zu Hunderten auf beiden Fahrbahnen, und alle glotzten. Als sie das Geld sahen, fingen sie an zu johlen, und ich glaube kaum, daß sie dachten, der Fatzke bezahlte mich dafür, daß ich das Auto aus dem Weg schaffte. O Mann, ich war WÜTEND! Und Nick sah aus, als würde er am liebsten im Erdboden versinken, als er den Namen hörte und das Geld sah, und nicht daran zu denken, daß er sich vielleicht bemüßigt gefühlt hätte, mir beizuspringen! Wir stiegen in Paps' Auto und ich fuhr los, mit viel zuviel Gas und ruppiger Kupplung.

Nach einer Weile sagte ich – zähneknirschend: »Ich hoffe um unser beider willen, daß mir dieser Fatzke nie wieder über den Weg läuft. Dann passiert ein *Mord*!«

Nick meinte nur: »Aber der Alle-Gute-Geister-Tanz hat gewirkt.«

»Was soll das heißen, du Wurm?«

»Du hast hundert Pfund gekriegt, ohne irgendwelche Verpflichtungen.«

»Wahrscheinlich sind es Blüten.«

»Was wirst du dir von dem Geld kaufen?«

»Darüber muß ich erst nachdenken – gebrauchen könnte ich so gut wie alles.« Irgendwie macht Geld doch glücklich, jedenfalls bin ich seither nur noch halb so deprimiert gewesen wie sonst.

Kapitel 8

Rupert Venables für das Archiv in Iforion

Sobald die verschiedenen Schicksalsbahnen sich in die gewünschte Richtung entwickelten, war es nicht mehr nötig, daß ich mich so intensiv mit ihnen befaßte. Ich entfernte die Blockaden von meinem Kommunikationssystem. Sofort klingelte das Telefon, der Anrufbeantworter meldete blinkend einen vollen Speicher, zwei Computer zeigten an: POSTEINGANG, und das Faxgerät spuckte ein Blatt nach dem anderen aus.

»Wie schön, gebraucht zu werden«, bemerkte ich zu Stan.

Ungefähr die Hälfte aller Nachrichten waren Anforderungen oder Nachfragen von den Software- und Spieleherstellern, für die ich arbeite. Zwei aufgezeichnete Anrufe stammten von Magids aus anderen Teilen der Welt, die wissen wollten, weshalb ich zugelassen hatte, daß die Rinderseuche so weit um sich griff. Ich fluchte. Von der Entwicklung hatte ich nichts mitbekommen, und jetzt war es zu spät, um noch viel tun zu können. Der aktuelle Anruf kam von einer Bekannten in Cambridge, die wissen wollte, weshalb man von mir seit Weihnachten nichts mehr gesehen oder gehört hatte. Ich sagte ihr, ein alter Freund wäre gestorben und hätte mir eine Menge unerledigter Angelegenheiten hinterlassen.

»Schon gut. Gib nur mir die Schuld«, grummelte die Stimme eben dieses alten Freundes hinter mir.

Der Briefkasten des einen Computers enthielt gewöhnliche E-Mails. Sie konnten warten. Ich wandte mich dem anderen zu, der für Magid-Angelegenheiten reserviert ist und nicht warten konnte. Manchmal vergehen Monate, ohne daß Magid mit Magid kommuniziert, aber wenn sie kommunizieren, besteht immer ein dringender Nachholbedarf.

Die erste E-Mail stammte von meinem Bruder Will. WAS IST LOS? THULE ÜBERSCHWEMMT MIT FLÜCHTLINGEN AUS DEN KORYFOS-WELTEN.

Die nächste kam von der Will entgegengesetzten Seite des Universums, Absenderin war ein weiblicher Magid namens Zinka: WEISST DU, DAß KORYFOS NR.10 & 12 – D.H. ERATH U.TELTH – IHRE UNABHÄNGIGKEIT ERKLÄRT HABEN UND VOR MEINER HAUSTÜR MIT DEN SÄBELN RASSELN? Die dritte Nachricht hatte fast denselben Inhalt, nur ging es um die koryfonischen Welten Neun und Sieben. Die vierte kam von meinem Bruder Simon: HIER KURSIEREN GERÜCHTE, DASS DAS KORYFONISCHE IMPERIUM UNTERGEHT. IST DIESE ENTWICKLUNG *BESTIMMT*? WENN NICHT, BRAUCHST DU HILFE? *BESTIMMT* ODER NICHT, SCHEINT MIR ZIEMLICH HART FÜR DIE MENSCHEN DORT ZU SEIN.

Ich wandte mich an Stan: »Nun, ist es bestimmt?«

»Wahrscheinlich.«

Verdrossen blätterte ich die Faxe durch. Zwei Drittel stammten von General Dakros. Wie für ihn typisch, erwähnte er nichts von Kriegen oder daß Welten sich vom Imperium abspalteten. In seinen Augen waren das Militärangelegenheiten, für einen Magid nicht relevant. Die ersten Faxe berichteten triumphierend, er glaube, Knarros auf der Spur zu sein – habe ihn gefunden –, durch Knarros habe er nun eine Verbindung zu den Erben auf Babylon. Das sechste Fax meldete, er habe zwei weitere Männer gefunden, die behaupteten, Knarros zu sein, und die Zahl der mutmaßlichen Erben hätte sich verdreifacht. Das war nur der Anfang. Während ich anderweitig zu tun gehabt hatte, waren Thronfolger schockweise aufgetaucht, dazu etliche Dutzend Knarrosse. Das letzte Fax meldete:

Ich habe den Kreis eingeengt auf acht Männer, die möglicherweise Knarros sein könnten. Das Kaiserreich würde Eure Hilfe in dieser Angelegenheit zu schätzen wissen.

»Was denkst du, soll ich tun?« fragte ich Stan.

»Söhnchen, meine Aufgabe ist es, dich bei der Auswahl eines neuen Magids zu beraten, weiter nichts«, antwortete er. »Was denkst du denn?«

»Ich ... denke ...«, sagte ich langsam und horchte dabei in mich hinein, auf meine innere Stimme, »daß das Kaiserreich zerfällt, wie es von Anfang an bestimmt war, und aus diesem Grund wird es immer dem jüngsten Magid zur Betreuung übergeben. Er oder sie wird Fehler machen. Ich hätte diesen armen Burschen Timotheo retten können – schon gut, passiert ist passiert; ich werde mir deswegen nicht länger an die Brust schlagen. Aber nach Beispielen aus der Geschichte dieser Welt zu urteilen, gibt es, wenn ein großes Reich untergeht, gewöhnlich ein oder zwei letzte Herrscher, die entweder zu jung oder zu schwach sind, um ... um ...«

»Um den Prozeß zu beschleunigen?«

»Genau. Also nehme ich an, es ist meine Aufgabe, einen Knarros zu finden – *irgend*einen Knarros –, damit ein schwacher Herrscher den wackelnden Thron von Koryfos besteigt. Stan, dieser Aspekt der Arbeit eines Magids gefällt mir überhaupt nicht.«

»Ich weiß«, sagte er. »Ich habe auch ein paar schmutzige Dinge getan.«

Ich setzte mich mit Dakros in Verbindung, und er nannte als Treffpunkt eine weit draußen gelegene Vorstadt Iforions. Ich sollte einfach auf der Straße warten, jemand werde mich in Empfang nehmen.

Und wie!

Ich trat hinaus auf eine zugige, von Trümmern übersäte Straße zwischen zwei Reihen kleiner Häuser, und etwas pfiff an meinem Kopf vorbei und schlug hinter mir in eine niedrige Ziegelsteinmauer. Was immer es war, es verfehlte mich nur, weil ich schon beim ersten Schritt über die Trümmer stolperte und mir den Knöchel verknackste. Trotzdem war ich wie der Blitz in dem Garten hinter der Mauer, duckte mich und schaute zu, wie die Gegenseite das Feuer erwiderte. In dem Haus neben meinem Zufluchtsort jaulte eines der seltsamen koryfonischen Strahlengewehre. Auf einem Dach gegenüber taumelte ein brennendes Bündel mit ausgestreckten Armen, aber ohne Beine, hinter einem Schornstein hervor und stürzte außer Sicht. Der Gestank von verbranntem Fleisch wehte zu mir her. Mir wurde schlecht. Ich *weiß*, solche Dinge geschehen andauernd in meiner Welt – in fast allen Welten –, aber trotzdem fühlte ich mich elend und erschüttert und deprimiert. Außerdem fragte ich mich bang, welche Seite meine Seite war.

General Dakros beantwortete mir diese Frage, als er aus der Tür des Nachbarhauses gestürzt kam. »Lebt Ihr noch, Magid?« rief er. Ohne das hätte ich ihn vermutlich gar nicht erkannt, in einem dicken Pelzmantel mit Kapuze, der garantiert nicht Teil der regulären Armeebekleidung war.

Sein Auftritt als Balu der Bär nötigte mir trotz allem ein Lächeln ab. Ich rollte mich auf die Knie und rief zurück, alles sei in Ordnung.

»Tut mir leid«, entschuldigte er sich. »Dieses Problem mit den Heckenschützen haben wir noch nicht in den Griff bekommen.« Mit seiner Hilfe kletterte ich über die Mauer und humpelte ins Haus. Im Innern herrschte scheußlicher Brandgeruch. Ich dachte erst, es wäre der tote Heckenschütze, bis Dakros mich in eins der rückwärtigen Zimmer geführt hatte. Die Häuser an dieser Straße zogen sich einen Hügel entlang, durch die Fenster an der Rückseite hatte man einen unverbaubaren Ausblick über die Stadt. Gehabt. Jetzt bot sich dem Betrachter ein Panorama aus ziehenden Rauchschwaden, Hochhäusern mit schwarzen Fensterhöhlen, zwei zerstörten

Brücken und einer gravitätisch emporwachsenden Rauchsäule mit einem brennenden Turm in der Mitte. In den dicken Qualmwülsten loderten leuchtend rote Flammenbanner. »Aufstände in der Stadt«, erklärte Dakros, während er die Pelzkapuze zurückschob. Er hatte Gewicht verloren und sah viel erschöpfter und gehetzter aus als bei unserer letzten Begegnung. »Den ärmeren Klassen gefällt nicht, wie die Preise steigen.« Er fuhr sich mit beiden Händen durch sein krauses schwarzes Haar, das merklich dünner geworden war. »Ich kann es selbst nicht verstehen«, fuhr er fort. »Das Geld verliert rapide an Wert. Ich mußte eine Preisliste herausgeben, was Grundnahrungsmittel kosten dürfen, Brot und so weiter, mit Strafen für Wucher, aber es hat nichts genützt. Waren verschwinden über Nacht. Manches wird scheinbar unter der Hand verkauft oder eingetauscht, aber ich begreife nicht, was dahintersteckt.«

Er tat mir aufrichtig leid. Diese Entwicklung mochte bestimmt sein, aber Dakros war derjenige, der an vorderster Front damit fertig werden mußte. »Inflation ist eine Folge politischer Unsicherheit«, meinte ich. »Der Kaiser sorgte für Stabilität, wenn auch nur dadurch, daß er alles Wertvolle konsumierte, das er in die Finger kriegen konnte.«

»Dann sollten wir möglichst schnell einen neuen Kaiser finden!« sagte er mit Nachdruck. »Ich bin diese Hochstapler leid, Magid. Habt Ihr gewußt, daß es mehr als Tausend gewesen sind?«

»Was habt Ihr mit ihnen gemacht?«

Die Verwunderung über meine Frage stand ihm ins Gesicht geschrieben.

»Sie hingerichtet natürlich.«

»Keine gute Idee.«

»Sie haben sich des Hochverrats und der Hochstapelei schuldig gemacht.« Er zuckte die Schultern. »So etwas kann man nicht durchgehen lassen.«

»Wahrscheinlich nicht, aber es gibt auch andere Möglichkeiten. Apropos, wo sind diese Leute, die behaupten, Knarros zu sein?«

»Im Nebenzimmer, unter Bewachung. Ich werde sie einen nach dem anderen hereinbringen lassen, und Ihr könnt sie hier drin überprüfen. Recht so?«

Die gute alte soldatische Geradlinigkeit, dachte ich ergeben. Kein Wunder, daß hier alles in die Brüche ging. Nun ja, ich war froh, daß ich nicht in der Gegend herumreisen mußte, um die Anwärter zu befragen. Die Gefahr, dabei erschossen zu werden, war einfach zu hoch. Und mein Knöchel tat immer noch weh, und vom Hinfallen beide Knie. »Fangen wir an«, sagte ich.

Ich will mich nicht über die acht Gespräche mit acht dem Tode geweihten Männern auslassen. Sie waren alle in mittleren Jahren und wirkten auf den ersten Blick durchaus seriös. Man hatte den Eindruck, irgendwann in ihrem Leben mußten sie in einen Spiegel geschaut und gedacht haben, ich sehe aus wie jemand, dem der Kaiser sein Vertrauen schenken würde. Einer war mehr oder weniger in Lumpen gekleidet, einer trug die Soutane des Wanderpredigers, und bei einem dritten handelte es sich dem Anschein nach um einen Angehörigen des niederen Adels. Zwei waren Lehrer. Weiß der Himmel, was diese beiden bewogen hatte, sich auf ein solches Unternehmen einzulassen, außer es war der besagte Blick in den Spiegel gewesen – und der Gedanke, daß man die Jugend des Landes in ihre Obhut gab, weshalb also nicht die Sprößlinge des Kaisers? Die anderen drei waren ein Kaufmann, ein Bauer, ein Poet, und einer wie der andere nicht ganz richtig im Oberstübchen. Ebenso der Priester, wie ich nach einer Weile herausfand. Der Knarros in Lumpen war ein schlauer Betrüger, der Edelmann ein unverfrorener. Die meisten von ihnen reagierten verwirrt oder ausweichend, wenn ich nach ihren angeblichen Schützlingen fragte, nur der Edelmann erzählte beredt von ›des Kaisers fünf vielversprechenden Söhnen‹.

Es bedurfte keiner besonders tiefschürfenden Magid-

Arbeit, um festzustellen, daß es sich bei ihnen allen um Hochstapler handelte. Und das schlimmste war, daß ich mich nicht überwinden konnte, einen von ihnen als echt zu verkaufen. Ich schaute in Dakros' verhärmtes Gesicht. Ich schaute dem Poeten nach, als man ihn wegführte. Ich *konnte* ihm das nicht antun. Zum Teufel mit dem Imperium. Zum Teufel mit dem, was bestimmt war. Dakros verdiente Aufrichtigkeit.

»Bedaure«, sagte ich, als die Tür sich hinter den Bewachern des Poeten geschlossen hatte, »keiner von denen ist Knarros. Aber Ihr würdet Euch und dem Imperium einen Gefallen tun, wenn Ihr sie in einem Schauprozeß verurteilt. Zieht sie vor aller Augen zur Rechenschaft. Beweist den Verrückten, daß sie verrückt sind. Dann werft die, die wissen, was sie tun, ins Gefängnis und steckt die anderen in eine Anstalt.«

In den Wind geredet. Dakros war nicht zu solcher Denkweise erzogen worden. Er fuhr sich wieder durch das schütter werdende Haar und klagte: »Ich bin es leid, drastische Maßnahmen ergreifen zu müssen.« Damit wollte er nicht sagen, daß er meine Vorschläge in Erwägung zog, sondern daß er die drastischen Maßnahmen ergreifen würde und daß er genug davon hatte. Ich glaube, er ließ nur deshalb nicht umgehend ein Erschießungskommando im Garten antreten, weil er annahm, ich könnte mich brüskiert fühlen. Er fügte hinzu: »Versteht mich recht, ich sage Euch das nur, weil ich es sonst niemandem sagen kann. Die ganze Sache ist mir zuwider. Ich frage mich, weshalb ausgerechnet ich mich damit herumschlagen muß, und ich will, daß wieder Ruhe und Ordnung einkehren.«

»Verstehe. Ist Prinzessin Alexandra nicht bei Euch?«

»Bei allen Göttern, *nein*! Ich habe sie nach Thalangia geschickt. Wenigstens gibt es dort keine Kämpfe. Ich wünschte, ich wäre auch dort.«

Ich glaubte ihm, da er – ganz Kavalier – die einzige Person, die ihm eine Vertraute gewesen wäre, dorthin geschickt hatte. »Ist es weit bis nach Thalangia?« erkundigte ich mich und dachte dabei, wenn ich ihm riete, sich ebenfalls dorthin zu verfügen und das Imperium vor die Hunde gehen zu lassen, ob er darauf eingehen würde. Es war schwer, jemanden zu sehen, der so unter Druck stand, ohne daß man automatisch den Wunsch verspürte, ihm zu helfen.

»Weit? Es liegt zwei Welten Mehrwärts von hier. Und Ihr könnt sicher sein, daß ich meine besten Truppen abgestellt habe, um das dortige Weltentor zu bewachen. Diese Tore sind so verdammt verwundbar. Das Telth-Tor war binnen Sekunden gesprengt.« Auf meinen fragenden Blick hin fügte er hinzu: »Ich stamme von dort – aus Thalangia. Gemäß der Politik des Imperiums durfte kein Militärangehöriger in seiner Heimatwelt dienen. Ich wurde hierher versetzt. Aber ich würde morgen nach Hause zurückkehren, nur weiß ich verflucht genau, daß auch in Thalangia der Teufel los wäre, wenn niemand mehr an der Spitze steht, um das Reich zusammenzuhalten.«

»Da habt Ihr allerdings recht.« Dann, als letzten Versuch, die Dinge in die Richtung zu lenken, die bestimmt war, sagte ich: »Ihr könntet das Problem lösen, indem Ihr selbst den Thron besteigt. Was hindert Euch?«

Er bedachte mich mit einem langen, ausdruckslosen Blick. Es war fast ein Blick des Hasses. »Ich fühle mich nicht im mindesten versucht, Magid. Es gibt Männer auf Telth und Annergam, aus viel besserer Familie als ich, die dort die Macht übernommen haben, aber sie reden nicht von einer Thronbesteigung, und sie wagen es nicht, sich den Titel Kaiser anzumaßen. Sie wissen es. Ich weiß es. Ich fühle mich nicht versucht.«

»Schon gut«, sagte ich niedergeschlagen. »Schon gut. Dann bleibt Euch nichts anderes übrig, als weiter nach Knarros zu suchen.«

Er stieß einen abgrundtiefen Seufzer aus. »Ich weiß. Noch acht Tote mehr.«

»Acht weitere arme Narren sind tot«, berichtete ich Stan nach meiner Rückkehr ins traute Heim mit einem schwarzen, ausgefransten Loch in einem Hosenbein und rußverschmierten Händen.

»Sieben von ihnen hätten sowieso dran glauben müssen«, sagte er. »Du kennst die Bräuche im Imperium.« In dieser Woche hörte er Scarlatti, Sonaten für Cembalo. Während meiner Arbeit an den Schicksalsbahnen war es Bach gewesen. Nun eben Scarlatti. Pingelpingelping. Domenico Scarlatti hat der Nachwelt mehr als fünfhundert Sonaten für Cembalo hinterlassen. Ich besaß davon nur eine kleine Auswahl, also ging ich gleich am Nachmittag los und kaufte drei weitere CDs – reine Selbstverteidigung, damit ich mir nicht ständig dasselbe pingel-Pingelping anhören mußte, während ich mir noch einmal Timos' Diskette vornahm.

Ich hoffte, irgendwo verborgen Informationen über diesen mysteriösen Knarros zu finden. Der Kaiser hatte sich überwunden, diese verschlüsselten Aufzeichnungen anzufertigen; in Anbetracht seines Verfolgungswahns mußte es ihm vorgekommen sein, als riefe er die Fakten vom Dach des Palastes in die Welt hinaus. Also weshalb nicht noch einen Schritt weitergehen und der Diskette *alles* anvertrauen? Selbst er mußte sich im klaren darüber gewesen sein, daß er möglicherweise nicht verfügbar sein würde, um das Programm zu erklären. Ich spekulierte auf hinter den Listen verborgene Daten, denn auf der Diskette war noch reichlich Speicherplatz frei. Und genau das war es, was ich fand – freier Speicherplatz. Die vorhandenen Daten waren als Schleife programmiert; man wurde automatisch immer wieder an den Anfang zurückgeführt. *Babylon,* dachte ich unbehaglich. Erst kamen die Grafiken mit den wie Isobaren angeordneten Welten und fließenden Übergängen von einer Konstellation zur anderen und danach, diese überlagernd, die teilanimierten Abbilder von Männern und Frauen und Kentauren beiderlei Geschlechts.

Alle zeigten dem Betrachter ihr Profil, und wie bereits gesagt, hatte es den Anschein, als wären Bilder aus Fotografien wirklicher Personen herauskopiert worden. Ich hielt sie der Reihe nach an und studierte jede einzelne, doch hinterher war ich nicht klüger als zuvor. Als einzige Besonderheit fiel mir auf, daß zwei der Gestalten – eine Menschenfrau und ein junger weiblicher Kentaur mit auffallend ähnlichen Zügen – zweimal auftauchten, doch nur, weil der Programmierer geschlampt und sie aus Versehen sowohl am Anfang als auch am Ende eingefügt hatte. Das Mädchen und die Kentaurenfrau hatten beide die fleischigen, gebogenen Nasen und mandelförmigen Augen, die man von griechischen Vasen kennt, aber das verriet mir auch nichts, außer vielleicht, daß man das individuelle Bild einem bestimmten Schönheitsideal angeglichen hatte. Merkwürdig übrigens, sich vorzustellen, daß das koryfonische Kaiserreich bereits in voller Blüte stand, als Kreta und Hellas noch jung waren. Wirklich höchste Zeit, daß es von der Bühne abtrat.

Anschließend holte ich mir die Welten eine nach der anderen auf den Schirm und sichtete mit akribischer Sorgfalt die jeweiligen Informationen in meiner Magid-Datenbank. Sie waren ebenfalls als Schleife programmiert, die jedesmal mit einer vom Zufallsgenerator bestimmten anderen Welt begann und dann durch das Imperium und einundvierzig Nachbarwelten sowohl Minder- als auch Mehrwärts führte. Abgesehen davon, daß ich nebenbei die koryfonischen Isobare für die Erde herausfand, war auch dieser Versuch ein Schlag ins Wasser.

»Ich geb's auf!« sagte ich zu Stan.

»Ich denke, so ist es auch gewünscht«, antwortete er. *Pingelpingelping*.

Diese ganze Koryfos-Affäre versetzte mich in eine so pessimistische Stimmung, daß ich überrascht war, als meine Schicksalsbahnen wunderschön zu konvergieren begannen. Diese erfreuliche Entwicklung setzte sich die ganze zweite Märzhälfte hindurch fort, genau nach Plan. Wenigstens etwas hatte ich richtig gemacht! dachte ich, nachdem aufgrund des Eingreifens der NATO die Situation im ehemaligen Jugoslawien sich zu beruhigen begann und mein kroatischer Kandidat aus der Versenkung auftauchte. Genauer gesagt, hatte er zur Mannschaft eines Geschützstandes in den Bergen dort gehört. Kornelius Punt kehrte in die Niederlande heim. Fisk kam aus ihrem Refugium (oder Sanatorium oder was immer) hervor und schien die Absicht zu haben, demnächst nach Großbritannien zu reisen, und eine Woche vor Ostern landete auch mein letzter britischer Kandidat aus Tokio kommend wieder auf heimatlichem Boden. Als Rick Corrie oder einer seiner Mitarbeiter mir ein Bündel Informationen über den jüngsten Stand der Vorbereitungen für den PhantasmaCon schickte, fing ich an zu glauben, ich hätte besser gearbeitet als gedacht. Mervin Thurless' Name stand im Programm mit dem Zusatz: »... wird uns hoffentlich einen Besuch abstatten«. Das übrige Material war zu absurd für mich, aber ich hoffte, wenn ich erst mitten im Geschehen war, würden sich die Schleier lüften. Nur eins sprang mir noch ins Auge: Die Ankündigung, der Ehrengast stünde nun fest, es wäre »der weltberühmte Autor Ted Mallory, der Großmeister des schwarzen Humors«. Aus irgendeinem Grund machte der Name mich nicht stutzig. Ich fuhr nach Cambridge und kaufte mir ein Taschenbuch von ihm, *Shadowfall*, über dem ich mehrere Male einnickte.

Zu der Zeit beschäftigte mich eine Vorahnung, die mir sagte, es wäre günstig, wenn ich Stan in Wantchester bei mir hätte – aber Stan konnte mein Haus nicht verlassen. Wir testeten seinen Aktionsradius.

An der Vordertür kam er nur bis zur Schwelle; durch die Hintertür konnte er hinaus, aber nur einen halben Meter weit und nicht einmal bis zum Schuppen. Längs der Seiten des Hauses wurde er früher oder später durch die Fenster wieder hineingesaugt.

Es kam der Tag, an dem Mrs. Gibbs mich bei ihrem Eintreffen dabei ertappte, wie ich mich aus dem Schlafzimmerfenster beugte und ins Leere rief: »Stan, wo bist du jetzt?« Auch wenn sie die gekrächzte Antwort: »Ganz dicht bei deinem Auto. Ich will grade – o verflixt!« nicht hörte, beschlossen wir, die Experimente einzustellen.

»Das ist idiotisch«, sagte ich, als wir von Mrs. Gibbs in einem von hygienischen Fichtennadel- und Zitronendüften durchwaberten Haus wieder uns selbst überlassen worden waren. »Die Hohe Kammer hat dich eigens zurückgeschickt, um mir zu helfen, deinen Nachfolger auszuwählen, und dann machen sie es dir unmöglich, genau das zu tun! Glaubst du, du könntest noch einmal um Audienz nachsuchen und sie höflich auf diesen Widerspruch aufmerksam machen?«

»Ich könnte es *versuchen*«, antwortete er zögernd. »Aber sie denken nicht in diesen menschlichen Begriffen. Soweit es sie betrifft, haben sie mir begrenzten Urlaub gewährt, und damit hat sich's.«

»Geh hin und erklär's ihnen. Ich *weiß*, daß ich dich brauchen werde.«

»Präkog?«

»Absolut.« Ich hatte nicht den geringsten Zweifel.

»Also gut, aber ich sage dir gleich, es könnte sein, daß ich längere Zeit abwesend sein werde. Unter Umständen muß die Genehmigung von Ganz Oben eingeholt werden, und außerdem läuft außerhalb des Kontinuums die Zeit anders.«

Danach dauerte es nicht mehr lange, bis er weg war. Er verschwand nicht plötzlich, von einer Minute auf die andere – es war ein allmähliches Verblassen. Im Lauf des Nachmittags klang der Scarlatti aus wie eine ablaufende Spieluhr, und eine schleichende Leere erfüllte das Haus.

Für den Rest des Tages genoß ich das Gefühl des Ungestörtseins. Endlich nicht mehr damit rechnen müssen, daß mir bei allem, was ich tat, ein unsichtbarer Mitbewohner über die Schulter spähte. Endlich nicht mehr diese schweigende Mißbilligung meiner Arbeit für Koryfos spüren. Und kein Scarlatti mehr!

Am nächste Tag bemühte ich mich, das gleiche Gefühl der Erleichterung zu empfinden, und redete mir sogar ein, es zu genießen. Am Tag darauf, dem Mittwoch vor dem Kongreß, war ich nicht fähig, irgend etwas zu tun. Ich sagte mir, ich wäre nervös wegen dieser seltsamen Veranstaltung, bei der ich eine für das Schicksal von Welten entscheidende Wahl treffen sollte, aber daran lag es nicht. Stan fehlte mir. Am Donnerstagmorgen beim Frühstück fühlte ich mich hundeelend. Mir schien, daß ich Stan endgültig verloren hatte, ein für allemal, durch meine eigene Uneinsichtigkeit. Die Dort Oben mögen es nicht, wenn man versucht, ihre Entscheidungen nachzubessern (was uns Magids nie hindert, es trotzdem zu tun ...). In den meisten Fällen bekommt man zur Antwort: »Wenn es euch nicht paßt, seht zu wie ihr fertig werdet«, und sie zeigen einem die kalte Schulter. Ich schlug die Zeitung auf, aber ich konnte mich nicht konzentrieren.

Die Hintertür ging auf. Ein eisiger Windstoß fegte in die Küche.

Ich fuhr herum. Gott weiß, was ich erwartete – Stan in etwas greifbarerer Gestalt wahrscheinlich –, und ich hoffe, mein freudiges Begrüßungslächeln erlosch nicht allzu plötzlich, als ich Andrew erkannte. Er stand in der offenen Tür und sah wieder aus wie in Trance. Verdammt, aber damit war zu rechnen gewesen. Andrew hatte sich durch einen unglücklichen Zufall im Geflecht der anderen Schicksalsbahnen verfangen. Es war unvermeidlich gewesen, daß er auftauchte.

»Tut mir leid, Rupert, aber ich muß dich noch einmal bitten, mich zu fahren«, sagte er.

»Mir tut es auch leid, Andrew«, antwortete ich. »Es geht nicht. Ich verreise heute noch und komme erst Dienstag wieder. Aber komm rein und trink eine Tasse Kaffee.«

Andrew tat einen Schritt nach vorn, blieb stehen. »Ich kann fertig sein, wann immer du willst. Wohin fährst du diesmal?«

»Wantchester. Zu einer – Konferenz. Besonderer Art.«

Andrew bekam diesen nach innen gekehrten Blick, als müsse er Teile seines Gehirns konsultieren, die so weit entfernt waren, daß es einige Zeit brauchte, sie zu erreichen. Dann lächelte er und sah wieder aus wie ein intelligenter Mensch. »Ich komme mit nach Wantchester«, verkündete er. »Danke.«

»Andrew« – nicht zu fassen! – »es handelt sich um ein Treffen von Liebhabern von Fantasyliteratur, *und* man muß sich vorher anmelden.«

»Scheint mir gar nicht dein Fall zu sein«, bemerkte er. »Meiner ist es auch nicht. Aber ich habe Lust, mir Wantchester anzusehen. Du kannst mich einfach mitten im Ort absetzen. Ich werde dir nicht im Weg sein.«

Was blieb mir übrig? »Ich wollte gegen halb eins losfahren.«

»Ich werde da sein«, versprach er, ging hinaus und machte die Tür hinter sich zu. Endlich, denn es war ein ungewöhnlich kalter Frühling, der April hatte mit Schnee begonnen. Ich schenkte mir Kaffee nach, der merklich abgekühlt war, trotz Andrews patentierter Warmhaltekanne, und gestattete mir ein, zwei private Bemerkungen über den Erfinder, während ich trank.

Stans Stimme ließ sich vernehmen: »Dumm von ihm, den Kaffee abzulehnen. Er riecht köstlich. Ich würde liebend gern eine Tasse trinken.«

»Stan! Sie haben erlaubt, daß du mich begleitest!«

»Unter Vorbehalt, Rupert, unter Vorbehalt. Ich darf mitkommen, aber ich werde an deinen Wagen gefesselt sein wie hier an dein Haus. Wenn du mit mir reden willst, wirst du dich zu mir ins Auto setzen müssen.«

»Warum? Was fürchten die, daß du tun könntest?« fragte ich. »Spuken?«

»Das ist es nicht, Söhnchen. Wantchester ist einer der

wirklich starken Nodi, und sie wollen nicht mehr Unruhe verursachen als unbedingt nötig. Sie sind ohnehin ziemlich nervös, weil du ausgerechnet diesen Ort ausgesucht hast. Sie sagen, dir könnte alles um die Ohren fliegen, wenn du nicht aufpaßt. Ich habe eine gehörige Standpauke über mich ergehen lassen müssen, weil ich dich nicht daran gehindert habe. Sie sagten, es wäre meine Pflicht gewesen, dich an deine Geschichtskenntnisse zu erinnern – *Das römische Erbe in Großbritannien* –, und ich sagte, wie denn, wenn ich auch nicht daran gedacht habe. Es war«, schloß er grämlich, »kein sehr angenehmes Gepräch.«

Natürlich, ich hätte daran denken müssen! Bei Orten, deren Namen mit -chester enden, handelt es sich um ehemalige römische Siedlungen. Und die Römer pflegten diese wann immer möglich, auf Nodi zu errichten. Für sie bedeutete es, die Kraftquelle des Landes anzuzapfen, das sie eroberten. Römische Landvermesser wurden von Auguren beraten, die mindestens ebenso gut imstande waren, einen Nodus zu lokalisieren wie jeder Magid. Ich habe immer vermutet, daß ihr oberster Augur ein Magid gewesen sein könnte, so treffsicher war er. Und wenn sie die Wahl hatten zwischen einem Platz mit einem schwachen Nodus und einem Platz mit einem starken, kann man wetten, daß sie sich für den letzteren entschieden.

»Wie auch immer«, sagte ich, »jetzt ist es zu spät. Wir müssen eben vorsichtig sein. Überspielen wir deinen Scarlatti auf Kassetten, dann kannst du im Auto wenigstens Musik hören.«

Kapitel 9

Maree Mallorys Ordner ›Dornenhexe‹, weitere Auszüge.

[1]

Seit zwei Wochen nicht mehr von der Dornenhexe geträumt.

Die Geldscheine waren echt. Sie haben mir dazu gedient, mein äußeres Ich auf Vordermann zu bringen. Ich ließ mir die Haare schneiden und kaufte etwas zum Anziehen. Einige meiner alten Klamotten waren so unmöglich, daß ich sie nicht einmal zur Kleiderkammer bringen wollte, bis Nick sagte, er fände es nicht richtig, Kleidung wegzuwerfen, es gäbe immer Menschen, denen es noch schlechter ginge als mir. Also weshalb die Sachen nicht zusammen mit Zeug von ihm, aus dem er herausgewachsen war, in einen Beutel tun und abgeben? Nachher war ich froh, daß ich auf ihn gehört hatte. Ich fand in der Kleiderkammer eine wirklich gute Lederjacke für nur fünf Pfund! Wahrscheinlich war sie den meisten Leuten zu klein gewesen, aber mir steht sie gut. Und ich habe meine alte Brille behalten, als Ersatz, obwohl ich damit kaum noch etwas sehen kann, seit ich die neue trage. Mir war gar nicht aufgefallen, daß meine Sehstärke sich in den letzten Jahren verändert hatte!

[2]

Onkel Ted erfüllt das Haus mit einer Atmosphäre aus Verdruß und Unentschlossenheit. Soweit ich verstanden habe, geht es darum, daß er zu irgendeiner Konferenz eingeladen wurde – letztes Jahr, sagt er, als der Termin noch in nebulöser Ferne lag und, wer weiß, die Welt untergehen konnte, bevor ein so unwahrscheinliches Jahr wie 1996 in die Realität eintrat. Und jetzt muß er nächste Woche hin und will nicht. Mindestens einmal pro Tag fällt ihm ein neuer Grund ein, um sich zu drücken. »Ich werde anrufen und ihnen sagen, daß Maree Meningitis hat«, war seine neueste Idee.

»Sei nicht albern, Liebling«, sagte Janine. Sie sagt das jedesmal. »Du bist der Ehrengast. Du würdest die Leute furchtbar enttäuschen, wenn du jetzt absagst.« Janine ist sehr erpicht darauf, daß er hinfährt, weil sie sich in seinem Glanz sonnen will. Und sie hat sich schon neue Garderobe zugelegt. Nick will, daß er fährt, weil er dann sturmfreie Bude hat, um seine Rollenspiel-Freunde einzuladen. Ich bin als einzige neutral.

»Die werden langsam neurotisch und rufen dauernd an, damit ich meine Teilnahme bestätige, aber wenn Maree krank ist, *kann* ich natürlich nicht hinfahren«, erwiderte Onkel Ted.

»Ich weigere mich, Meningitis vorzutäuschen«, sagte ich.

Onkel Ted warf die Arme in die Luft. »Aber ihr versteht das nicht«, heulte er. »Es ist eine Störung! Eine Ablenkung! Ich brauche mein geregeltes Leben, sonst kann ich nicht arbeiten! Und wenn ich einen Vortrag halten muß *Wie schreibe ich einen erfolgreichen Roman,* glaube ich den Quatsch schließlich selbst und bringe keinen vernünftigen Satz mehr zu Papier!«

»Du hast immer viel Spaß auf Cons, wenn du erst einmal da bist«, beschwichtigte Janine. »Du triffst viele Leute. Du verkaufst eine Menge Bücher.«

An diesem Punkt mußte ich weg, zu einer Vorlesung (Robbie geht niemals zu Vorlesungen, weil da nur geredet wird, also bestand keine Gefahr, ihm zu begegnen), und als ich abends zurückkam, wieder einmal ziemlich deprimiert, hatte Janine gewonnen. Allerdings nicht auf ganzer Linie. Onkel Ted hatte zugestimmt, den Con zu besuchen, unter der Bedingung, daß man ihn mit einem Wochenende Golf in Schottland entschädigte. Das fällt offenbar nicht unter Störungen seines geregelten Lebens.

Janine ist ebenfalls eine begeisterte Golferin, also fuhren sie beide los und ließen Nick in meiner Obhut zurück – ›versuchsweise‹. Normalerweise verfrachten sie ihren Herrn Sohn, wenn sie wegfahren, zu irgendwelchen von Janines Freunden, aber jetzt haben sie ja mich als Kindermädchen. Genau wie damals. Janine hat eine Liste mit Anweisungen an das Merkbrett in der Küche gepinnt. Schönen Gruß an Aschenbrödel.

[3]

Natürlich ging alles schief.

Erstens kann ich nicht kochen und selbst wenn, bei sieben Kostgängern ziehe ich eine Grenze, also übernahm Nick das Ressort Verpflegung. Er ignorierte Janines Listen und Janines Tiefkühlmenüs und kochte zentnerweise Spaghetti. Zweitens, beschloß Nick einen Probelauf für das Kongreß-Wochenende zu veranstalten, und lud all seine Freunde ein. Drittens, sie langweilten sich bei ihrem Rollenspiel und veranstalteten statt dessen eine spontane Fete. Im Wohnzimmer, denn Nick dachte nicht daran, sich *seine* gute Stube verschandeln zu lassen.

Ich kann euch sagen, es wurde eine rauschende Ballnacht! Die Bande veranstaltete einen schlimmeren Radau als alles, wovor ich aus Tante Irenes Haus geflüchtet war; Tante Irenes Blagen sind wenigstens noch nicht süchtig nach Popmusik. Wer hätte gedacht, daß mir mein Aufenthalt da einmal als vergleichsweise ruhig und beschaulich erscheinen würde! Und viertens und schlimmstens: das Wetter in Schottland war lausig, weshalb Janine und Onkel Ted schon am nächsten Tag zurückkehrten.

Sie kamen ungefähr eine Stunde, nachdem mein Geduldsfaden gerissen und ich nach unten gestürmt war, um ein Donnerwetter loszulassen. Ich meine, genug ist *genug*. Nicht mal bei Unifeten geben die Leute sich so hemmungslos die Kanne wie diese halbgaren Früchtchen.

Ich stand auf der Treppe und spie Gift und Galle, während große starke Jungs diensteifrig umherliefen, mit leeren Flaschen, Teppichreiniger, Kehrblechen voller Scherben, Schlafsäcken, Desinfektionsmittel und den Möbelstücken, die sie woandershin geräumt hatten. Ich rätsele immer noch, wie es mir gelungen ist, sie derart einzuschüchtern.

Sie waren alle zwei Köpfe größer als ich. Aber ich war *wütend*. Ich wußte, man würde mir die Schuld für alles geben, dabei hatte Nick mir *versprochen*, daß so etwas nicht passieren würde. Und heiliger Strohsack, es war ein phänomenaler Saustall gewesen. Das ganze Haus roch nach schwitzender Pubertät – Putzmittel, Schnaps und Raumspray belegten abgeschlagen den zweiten Platz. Ich TOBTE.

Und biß mir auf die Zunge, als ich Janine und Onkel Ted im Flur stehen sah.

Ich war überzeugt, sie würden mich jetzt und auf der Stelle aus dem Haus werfen. Vor meinem inneren Auge sah ich mich, in eine Decke gewickelt wie die anderen Obdachlosen Bristols, frierend in einem Ladeneingang hocken und nicht einmal ein Hund, um das Mitleid von Passanten zu erwecken ... Dann aber merkte ich, daß – o Wunder! – die Schalen des Zorns nicht über mein Haupt ausgegossen wurden.

Nicks Freunde wurden mitleidlos hinausgeworfen – aber sie hatten alle ein Zuhause, also halb so schlimm –, und ich mußte Nick helfen, den Rest einer Schweinerei aufzuräumen, die ich nicht angerichtet hatte, aber das war auch halb so schlimm, und Nick war es, den Onkel Ted sich zur Brust nahm. Ich hatte nie geahnt, was für einen ausgeprägten Gerechtigkeitssinn Onkel Ted besitzt. Janine versuchte ein- oder zweimal, sich vor Nick zu stellen und mir die Schuld zuzuschieben, bis sie die mit Spaghetti drapierte Küche sah und Nicks persönlichen Stil erkannte. Sofort hieß es: »Arme Maree«, und »Maree ist einer solchen Verantwortung noch nicht gewachsen!« Und dann half sie Onkel Ted, Nick die Leviten zu lesen.

Ich war dermaßen heilfroh, immer noch ein Dach über dem Kopf zu haben, daß ich die ungerechte Beurteilung widerspruchslos hinnahm. Als ob Janine meinen Auftritt als Furie auf der Treppe nicht mitbekommen hätte. Dank meines entschlossenen Eingreifens war bei ihrer Ankunft das Schlimmste schon vorbei gewesen.

Nick war ungefähr vierundzwanzig Stunden lang persona non grata, was sich zum einen darin äußerte, daß Janine und Onkel Ted alles, was er tat, bissig kritisierten – ein Psychoterror, dem Nick nach Belieben aus dem Weg gehen konnte, indem er sich in seine Privatgemächer verzog –, doch außerdem rechnete Onkel Ted mit grimmiger Akribie aus, wieviel von seinem Whisky Nick und seine Freunde konsumiert hatten, und verlangte Entschädigung. Weiß der Himmel, dieser Teil der Bestrafung traf Nick am härtesten. Er mußte zwei CDs verkaufen, um den Stoff zu bezahlen, und hatte fast Tränen in den Augen!

Ich ging der ganzen Familie nach Möglichkeit aus dem Weg. Deshalb traf es mich völlig unvorbereitet, als ich am Montagabend erfuhr, daß ich doch nicht ganz ungeschoren davonkommen sollte. Nick und ich wurden beide dazu verdonnert, über Ostern mit Onkel Ted zu dieser komischen Veranstaltung zu fahren. Wie kann man so ungerecht sein! So kleinlich! Janine ist schuld. Sie bleibt bei ihrer Meinung, daß ich nicht fähig bin, auf Nick aufzupassen. Man traut mir nicht einmal zu, das leere Haus zu hüten, während sie weg sind. Als hätte ich *meine* Freunde eingeladen! Und Onkel Ted sagt: »Nick hat gezeigt, daß er noch nicht reif genug ist, um an der langen Leine zu laufen. Er wird mit nach Wantchester kommen, wo ich ihn im Auge behalten kann. Und du, Maree, du kommst mit, um zu verhindern, daß unser Herr Sohn über die Stränge schlägt, während ich meine Show abziehen muß.«

Ich protestierte, worauf Janine sagte: »Wirklich, Liebes, du hast einiges gutzumachen, meinst du nicht?«

Onkel Ted verkündete kategorisch: »Keine Diskussion. Janine hat angerufen und für euch beide reserviert. Du kommst mit und sorgst dafür, daß Nick sich gut benimmt, Maree, oder du mußt dir eine andere Unterkunft suchen. Basta!«

Verdammt! Dabei hatte ich gehofft, über Ostern ein bißchen Geld zu verdienen – wenigstens so viel, um meinen kleinen dicken Paps im Krankenhaus besuchen zu können. Und ich wüßte gern, ob Onkel Ted – weil es ihm stinkt, zu diesem Kongreß fahren zu müssen – auch uns leiden sehen will, oder ob Janine diejenige ist, der es Freude macht, mich zur Verfügung zu haben, gelangweilt, ohne einen Pfennig Geld und als Gesellschafterin für Nick. Ihre selbstgefällige Miene, als Onkel Ted sein Machtwort sprach ... Ich vermute, sie will die Grande Dame spielen und nicht ihre Zeit damit vergeuden aufzupassen, daß Nick seine morgendliche Zombie-Phase überlebt.

Und noch einmal verdammt! In der Nacht kam die Dornenhexe wieder. Sie forderte mich auf, mein Bewußtsein zu erforschen und herauszufinden, weshalb ich nicht in der Lage bin, mich im normalen Leben zurechtzufinden. Ganz schön dreist, nenne ich so was. Selbst in einem Busch hocken und anderen Leuten einreden, sie wären Versager.

[4]

SEMESTERFERIEN! Vielleicht habe ich zu einer philosophischeren Einstellung gefunden, wenn es wieder losgeht. Robbie ...

... Manchmal kann Onkel Ted wirklich vernünftig sein. Die letzten Tage hat er in tiefes Elend versunken in seinem Arbeitszimmer gesessen, um seine Rede zu schreiben, die er nächsten Sonntag auf dem Con halten soll: *Definition der Kunst für die Masse,* wie er sie betitelt. In Abständen taucht er auf, greift sich denjenigen von uns, der gerade in der Nähe ist, und verlangt, daß man ihm dieses Wort nennt, das ihm partout nicht einfallen will, oder ihm einen Witz erzählt, *irgendeinen* Witz.

Janine zuckt bloß die Schultern. Nick liefert Witze. Ich bin scheinbar so gut darin, zu erraten, was Onkel Ted gerade sucht, daß er angefangen hat, mich seine peripatetische Enzyklopädie zu nennen. Nicht gerade die schmeichelhafteste Berufsbezeichnung. Nach seinem letzten Überfall – »Maree, verdammt noch mal, dieses Sternbild mit dem Gürtel und dem Schwert ... ein Bursche, der auf einem Delfin geritten ist ... du weißt schon«, darauf ich: »Orion« –, blieb er auf dem Weg zurück ins Arbeitszimmer stehen und schrieb sich ›Orion‹ auf den Handrücken, um es nicht wieder zu vergessen. Dann sagte er: »Maree, hast du Geld?«

»Nein«, mußte ich gestehen. Die hundert Pfund sind aufgebraucht, und um nichts in der Welt würde ich Robbie bitten, mir zurückzuzahlen, was ich für die Wohnung ausgegeben habe. »Nicht bis zum nächsten Semester«, fügte ich hastig hinzu, weil mir einfiel, daß ich Onkel Ted meinen Obolus für Unterkunft und Verpflegung schulde. Es war keine richtige Lüge. Vielleicht kommt ja noch irgendein Fatzke daher und schenkt mit hundert Pfund. Wer weiß?

»Dann brauchst du was für den Con«, meinte er. »Es kann da ziemlich teuer werden.« Und er gab mir sein Bündel Scheine. Als ich nachzählte, waren es fünfundsiebzig Dollar; alles aus seiner Gesäßtasche. Dann fuhr er fort – ich fiel beinahe in Ohnmacht –: »Und ich zahle dir das Benzin für Hin- und Rückfahrt. Immerhin ist es meine Schuld, daß du mitkommen mußt.« Dann verschwand er »Orion, Orion«, murmelnd wieder in seiner Klause, bevor ich auch nur ein Dankeschön herausgebracht hatte.

Nun ja. Armer Onkel Ted. Er ist derart aufgeregt

wegen seiner Rede, daß er mir Nicks kleine Eskapade verziehen zu haben scheint. Er hat auch Nick verziehen. Sohnemann bekommt wieder sein üppiges Taschengeld. Ich werde mir eine Jeans zum Wechseln kaufen, damit ich die waschen kann, die ich anhabe.

[5]

Armer Onkel Ted. Am Donnerstag – ich habe mit diesem Eintrag angefangen, als es noch Donnerstag war, mittlerweile ist Freitag – war er blaß und zitterte und mußte dauernd aufs Klo laufen. Er war nicht imstande zu packen – na ja, er versuchte zu packen, aber es blieb bei einem Pullover und einem halben Pyjama, und Janine mußte für ihn weitermachen. Er ließ die Mappe mit seiner Rede auf dem Schreibtisch liegen und wollte ohne sie abfahren. Janine hatte so viel mit ihm zu tun, daß sie erleichtert zu sein schien, als ich sagte, ich würde nicht mit ihnen fahren, sondern in Paps' Wagen nachkommen. (Ich verriet nicht, daß Onkel Ted das Benzin bezahlt hatte.) Nick verkündete prompt, er käme mit mir. Ich vermute, Vetter Nick spekulierte darauf, wir würden uns absetzen oder zu Hause bleiben, doch einmal abgesehen davon, daß ich Onkel Ted versprochen hatte, AUFMERKSAM seiner Rede zu lauschen und am Schluß kräftig zu applaudieren, war ich neugierig geworden. Ich wollte wissen, was für eine Veranstaltung das war, die ihm solchen Schrecken einflößte.

Inzwischen weiß ich Bescheid. So ziemlich.

Nick und ich fuhren ungefähr eine Stunde nach seinen Eltern los. Die Verzögerung kam daher, daß ich erst meine gesamte weltliche Habe in Paps' Auto lud. Nick wollte wissen, weshalb.

»Andere Leute haben Schmusedecken«, erklärte ich ihm. »Ich polstere meine Existenzangst mit allem, was mir gehört.« In Wahrheit verfolgt mich die Ahnung – aber das braucht er nicht zu wissen –, daß ich nach

Ostern obdachlos sein werde. Nein, schlimmer als das: Es ist ein Gefühl, daß die Welt dann untergehen wird und daß ich all meine Besitztümer stets mit mir führen sollte, damit ich, wenn ich nach Armageddon in irgendeiner Höhle sitze, wenigstens meinen Computer und meinen Veterinärkoffer bei mir habe (beides äußerst nützlich unter solchen Umständen). Ich weiß nicht, woher dieses Gefühl kommt. Die Träume von der Dornenhexe vielleicht. Es ist nicht mein Vater. Ich habe ihn angerufen, und er beteuert, daß es ihm gutgeht (nur weiß ich, er sagt das, damit ich mir keine Sorgen mache). Es ist einfach so, daß diese trostlose Überzeugung sich auf mich gesenkt hat wie eine regnerische Woche. Ich habe sogar Mum deswegen angerufen. Sie war ihr übliches heiteres Selbst.

»Kind«, sagte sie, »du solltest diese Vorahnung ernst nehmen. Die Gabe liegt bei uns in der Familie. Meine Mutter sah den Tag und die Stunde ihres Todes voraus, und sie war noch bei bester Gesundheit, als sie mir davon erzählte.«

Kochendheißen Dank, Mum.

Was soll's. Ich schlug den Kofferraumdeckel zu, und Nick bemerkte, als er einstieg: »Ich werde nichts sagen. Mein Vater hat mir das Versprechen abgenommen, dich nicht aufzuregen.«

»Was soll das heißen, mich nicht aufregen?« Der Wagen startete mit aufheulendem Motor und einem Satz nach vorn – das passiert mir immer, wenn ich irgendwie gereizt bin.

»Er meint die Art, wie wir gewöhnlich miteinander umgehen – er nennt das Dominanzgerangel«, erklärte Nick seelenruhig. »Er versteht nicht, daß ich mich wehren muß, damit du mich nicht unterbutterst.«

»Oh, verschone mich!« Erst nach der Hälfte der Strecke hatte ich diesen Brocken verdaut. Onkel Ted meinte es bestimmt gut, und ich wußte, er hatte gestern mit Nick ein Gespräch unter vier Augen geführt. Aber ich wollte gar nicht wissen, was dabei über mich gesagt worden war, erst recht nicht, weil der hinterhältige kleine Teufel es mit Absicht ausplauderte, damit ich wütend wurde und nicht die ganze Fahrt über schwermütig hinter dem Lenkrad hockte. Überraschung, Vetter Nick. Ein Mensch kann wütend *und* schwermütig sein. Zur Zeit ist das meine Dauerstimmung. Und ich *hasse* es, manipuliert zu werden.

Die Ankunft in Wantchester war nicht geeignet, meine Laune zu verbessern. Nick holte die Karte hervor, die Onkel Ted von den Organisatoren erhalten und Janine nach dem Frühstück für uns kopiert hatte, und sagte: »Hier ist es. Hotel Babylon, genau in der Stadtmitte. Nicht zu verfehlen. Warum, glaubst du, heißt es Babylon? Fernsehshow? Rotglühender Feuerofen? Hängende Gärten? An der nächsten Kreuzung geradeaus.«

»Was sind eigentlich hängende Gärten?« fragte ich und nahm die Straße, auf die er zeigte. »Ich muß dabei immer an reihenweise Galgen in einem Park denken.«

»Und ich an schwebende Bäume – die erste rechts.«

»Die würden uns auffallen«, ich bog ab, »auch so ein qualmender Feuerofen. Oder ein schmuddeliger hoher Turm, der in hundert Sprachen sendet. Turm von Babel. Das war auch in Babylon, oder nicht?«

Zehn Minuten später erblickten wir es beide – ein großes Schild HOTEL BABYLON über den Hausdächern, aber Wantchester hat ein radikaleres System von Einbahnstraßen als jeder andere Ort, den ich kenne, und wir fuhren in einiger Entfernung daran vorbei. Nach einer Weile sahen wir das Schild wieder, als wir diesmal auf der anderen Seite daran vorbeigeschleust wurden. Doch es gab kein Hinkommen. Wir sahen die Kathedrale, ein Einkaufszentrum, das Rathaus und den Fluß. Wir überquerten den Fluß, weil die Schilder es befahlen, und als nächstes irrten wir über einen großen Platz voller langer gläserner Arkaden wie Tunnels ins Nirgendwo, den Nick verspätet als Whinmore-Busbahnhof identifizierte. Viel zu spät, denn schon war ich gezwungen, den Rückzug anzutreten, Nase an Nase mit einem Doppeldecker, dessen Fahrer definitiv nicht erfreut war, uns in seinem Revier vorzufinden.

Ich fuhr an eine Bushaltestelle, um mich von diesem Abenteuer zu erholen. Von dort hatten wir einen guten Blick auf das Hotel Babylon, ungefähr hundert Meter weit entfernt hinter den gläsernen Arkaden. Ich sah nur einen einzigen Weg, dort hinzugelangen, nämlich quer über den Busbahnhof, bei Gefahr einer weiteren Konfrontation mit einem Doppeldecker.

»Als würde es Barrieren gegen uns errichten«, sagte ich. »Es ist wie ein böser Zauber. Vielleicht sollte ich es mit Umkehrung versuchen und gegen die Einbahnstraßen fahren.«

»Man würde dich verhaften.« Nick war wunschlos glücklich. Er hatte in der Zwischenzeit einen Stadtplan von Wantchester auf seinen Laptop gezaubert und trug die Orte ein, wo wir gewesen waren. Der Busbahnhof, stellte ich bei einem Seitenblick fest, war zum ›Gläsernen Labyrinth der Ungeheuer‹ geworden.

»Nick, tust du mir das mit Absicht an?« fragte ich drohend.

»Wie kannst du so etwas glauben. An der nächsten Ampelkreuzung links.«

Da ein Bus in die Haltebucht wollte, die wir blockierten, fuhr ich weiter. Danach kam es mir wirklich vor, als ob irgendeine Macht versuchte, uns von dem Hotel fernzuhalten. Ich setzte Nick von meinem Eindruck in Kenntnis, nachdem wir ungeplant eine kleine Fabrik besucht hatten und nun eine flotte Rundfahrt durch die Vororte unternahmen. Wir waren fast aus dem Stadtgebiet heraus; an einer Seite wurde die Straße von freiem Feld und kahlen Bäumen gesäumt.

Nick grinste. »Dann sagen wir den Zauber, um den Zauber aufzuheben.«

Natürlich fingen wir beide sofort an zu singen·

»Wie weit ist der Weg nach Babylon?
Zwanzig Meilen mal drei und zehn mehr.
Komm' ich dorthin bei Kerzenschein?
Ja, und auch wieder her.«

Es half. Ich fühlte mich viel besser, wendete in einer Einfahrt, und wir fuhren von der anderen Seite wieder nach Wantchester hinein. In meinem Innern brodelte eine schwer zu beschreibende Mixtur aus Lachen und Elend und Ärger. Ich sagte: »Und zu allem Überfluß habe ich auch wieder diese Träume von der Dornenhexe!«

»Warum hast du nichts davon gesagt?« rief Nick aus. »Wir hätten zu Hause im Garten den Alle-Guten-Geister-Tanz tanzen können. Jetzt müssen wir es tun, sobald wir irgendwo einen Platz zum Anhalten finden.«

»Meinst du?«

»Allerdings. Und ob.« Auf eine übermütige, leicht verrückte Weise wußten wir beide, daß es tatsächlich so war.

Nur Sekunden später bogen wir um eine Ecke und sahen das Hotel Babylon am Ende einer langen, breiten Straße vor uns liegen.

»Der Zauber hat gewirkt«, triumphierte Nick.

»Höchste Zeit. Es wird bald dunkel, und ich habe keine Ahnung, ob die Scheinwerfer funktionieren. Jetzt zaubere mir noch einen Parkplatz her, und wir können tanzen.«

»Hokuspokus fidibus.« Nick klappte seelenruhig seinen Laptop zu.

Und tatsächlich, da war ein Tor in der Mauer neben dem Hotel und ein Schild, das besagte: HOTELPARKPLATZ – NUR FÜR GÄSTE. Ich steuerte darauf zu und sagte: »Weshalb, zum Teufel, hast du immer so viel Glück, Nick? Das ist schlecht für deine Charakterbildung. Und es ist nicht gerecht. Ich habe, seit ich denken kann, immer nur Pech.«

»Gute-Geister-Tanz«, verkündete Nick und öffnete die Beifahrertür.

Also hielt ich den Wagen gleich hinter der Durchfahrt an, stieg ebenfalls aus, und wir begannen auf der Stelle zu tanzen. Diesmal klappte alles viel besser als bei dem ersten Versuch nach langer Zeit in Bristol; synchron die Schrittfolgen, bei jedem Stop schnipp, schnipp, schnipp und dreimal Glück, Glück, Glück. Meine Fingernägel sind inzwischen lange gelbe Dolche, so machte das Schnippen erst richtig Spaß.

Eins kam mir komisch vor. Der Parkplatz war ziemlich voll. Während ich mich beim Tanzen drehte, sah ich Janines Wagen unmittelbar neben dem Hotelgebäude stehen. Sie und Onkel Ted hatten wahrscheinlich längst eingecheckt, doch bei mindestens der Hälfte der anderen Fahrzeuge waren Leute damit beschäftigt, alles mögliche Zeug auszuladen – Koffer, Gitarren, Videoequipment –, und die meisten schenkten uns kaum einen Blick. Aus dem alten Camper schräg neben uns förderten drei langhaarige Gestalten mit Baby ungerührt Taschen, Bündel und ein Reisebettchen zutage, ohne uns zu beachten. Man hatte den Eindruck, sie sahen alle Tage viel merkwürdigere Dinge als unseren Gute-Geister-Tanz.

Ich fand das sehr inspirierend. »Glück, Glück, GLÜCK«, sangen Nick und ich lauthals und wirbelten herum wie die Derwische. Zugegeben, ich hörte ein Auto hupen, aber ich dachte wirklich, es wäre draußen auf der Straße – war es auch, mehr oder weniger, genaugenommen stand es halb auf dem Parkplatz und kam nicht weiter, weil Paps' Wagen die Durchfahrt blockierte. Wie auch immer, ich bezog das Hupen nicht auf mich, bis der Fahrer plötzlich vor uns stand und mich mit einer dünnen Tenorstimme ankeifte.

»Schaff diesen Haufen Schrott aus dem Weg, du blöde Kuh!«

Er hatte ein kleines, spitzes Ziegenbärtchen. Sein Gesicht war puterrot und seine Nase ebenfalls spitz und vor Wut eingekniffen, so daß sich an den Seiten weiße Flecken bildeten.

Niemand nennt mich ungestraft eine blöde Kuh. Selbst Robbie hat es nur einmal versucht. Ich schnippte ihm in sein puterrotes Gesicht, und dann wandte ich mich ab, um mir sein Auto anzuschauen.

Was für ein häßliches altes Vehikel, rostig von oben bis unten, und es versperrte die Einfahrt. Ich sah einen anderen Wagen dahinter mit wütender Rasanz zurücksetzen. Paps' Auto dagegen – gut, es stand im Weg, und es sieht dieser Tage ein bißchen ungepflegt aus, aber nicht halb so vergammelt wie *seine* Karre.

»Mit Dank zurück«, sagte ich. »Doppelt und dreifach.«

»Aus dem WEG!« heulte Ziegenbart. »Ich bin Gast bei diesem Kongreß!«

»Ich ebenfalls«, antwortete ich. »Zur Buße meiner Sünden.«

»Ich bin Mervin Thurless!«

»Dann brauchen Sie eine Namensänderung. Da kann ich Ihnen leider nicht helfen.«

Er sagte wieder etwas von blöder Kuh. Ich seufzte. »Noch einmal, guter Mann, und ich werde Ihr wächsernes Ebenbild mit Nadeln spicken, falls mir nicht noch was Besseres einfällt. Ich würde es jetzt gleich tun und noch eine Malediktion spendieren, nur leide ich an gebrochenem Herzen und habe nicht die Energie dazu. Und jetzt gehen Sie *mir* aus dem Weg!« Ich drängte mich an ihm vorbei, stieg in mein treues Auto und fuhr hoheitsvoll in die Parklücke, in der Nick stand und winkte. Typisch Nick, dieses prompte Verschwinden beim ersten Anzeichen von Ärger. Er wies mich mit weit ausholenden Gebärden ein, um davon abzulenken, daß ihm Lachtränen über das Gesicht liefen.

»Wie kommt es, daß jedesmal so was passiert, wenn wir den Gute-Geister-Tanz tanzen?« fragte ich ihn.

»Der hier hat vergessen, dich zu bezahlen«, gluckste er.

»Ja, aber die Konfrontation war erheblich befriedigender. Diesmal bin ich auch zu Wort gekommen.«

Wie sich herausstellte, war meine Parklücke die letzte gewesen. Tüchtiger Vetter Nick. Dem puterroten Mr. Thurless blieb nichts anderes übrig, als rückwärts aus der Durchfahrt zu setzen und sich anderswo eine Bleibe für seine Rostlaube zu suchen. Ich beobachtete ihn unter einem Arm hindurch, während ich die Taschen mit unseren Klamotten aus dem Kofferraum holte, und empfand ein inniges Vergnügen.

Kapitel 10

Aus Maree Mallorys
Ordner ›Dornenhexe‹,
Datei 23

Wir betraten eine große Halle voller Koffer und Getümmel. Leute in Jeans und T-Shirts liefen durcheinander, riefen Sachen wie: »Sag Rocker, er soll sofort im Ops Room antraben!« oder: »Hat Jedda die verdammten Dateien immer noch nicht kopiert?« oder einfach: »Slime Monster!« und fielen sich gegenseitig um den Hals, Männlein wie Weiblein.

»Sieh an, sieh an«, meinte ich zu Nick. »Dann haben sie den Turm zu Babel wirklich hier gebaut.«

Wir bahnten uns einen Weg durch das Chaos zur Rezeption. Ich stieg gerade über den letzten Gepäckstapel hinweg, als ich Nick zu der gestreßten Empfangsdame hinter dem Tresen sagen hörte: »Wir sind Nick und Maree Mallory. Für uns müßten Zimmer reserviert sein.«

Während Nick sprach, brüllte im Hintergrund jemand: »Die Prägemaschine ist wieder kaputt!« Möglich, daß die Frau ihn deshalb nicht richtig verstand.

Auf ihrem adretten kleinen Anstecker stand Odile, und sie trug eine konstant sorgenvolle Miene zur Schau. Sie tippte etwas in ihren Computer. »Tut mir leid«, informierte sie uns dann mit ausländischem Akzent. »Das Zimmer ist bereits belegt.«

»Unmöglich!« versuchte ich, den Lärm zu übertönen. »Außerdem war es nicht ein Zimmer, sondern zwei.«

Odile, die Stirn noch ein wenig mehr gerunzelt, drückte wieder ein paar Tasten. »Mr.und Mrs. Mallory«, sagte sie. »Ein Doppelzimmer, belegt. Das ist alles, was ich unter diesem Namen im Computer habe. Kein Doppelzimmer mehr frei, tut mir leid.«

»Wir sind nicht Mr. und Mrs. Mallory«, versuchte Nick zu erklären, und ich machte die Verwirrung noch schlimmer, indem ich hinzufügte: »Wir sind Vetter und Kusine. Die Mallorys aus dem Doppelzimmer sind seine Eltern. *Wir* möchten jeder ein Einzelzimmer.«

»Tut mir leid«, wiederholte Odile in singendem Tonfall. »Alle Zimmer sind für Teilnehmer des Kongresses reserviert.«

Ganz offenbar hatte sie kein Wort von dem, was wir sagten, begriffen. Trotzdem versuchten wir, mit ihr zu reden wie mit einem vernünftigen Menschen. »Das wissen wir«, sagten wir einstimmig, und Nick erklärte, langsam und mit erhobener Stimme: »Zwei von den Zimmern sind für *uns* reserviert.«

Kein Flackern von Verständnis in Odiles Blick. Sie klimperte auf ihrer Tastatur. »Ein Doppelzimmer für Mr. und Mrs. Mallory von der Kongreßleitung gebucht, die Gäste sind im Hause. Bedaure!«

In unserer wachsenden Verzweiflung beugten wir uns unwillkürlich immer weiter über den Tresen, als könnte räumliche Nähe uns helfen, die Kluft in der Verständigung zu überwinden. Nick sagte: »Bitte, schauen Sie uns an. Sehen wir aus wie ein Ehepaar?«

Odile schenkte ihm einen leeren Blick. Wer weiß, wo sie herkommt, heiraten die Menschen möglicherweise in Nicks Alter. »So steht es im Computer.«

Ich versuchte mein Glück. »Odile, schauen Sie bei *Einzel*zimmern unter dem Namen Mallory nach, ja? Bitte tun Sie uns den Gefallen.«

Ohne die geringste Veränderung ihrer nichtssagend-sorgenvollen Miene, wandte Odile sich wieder ihrer Tastatur zu. Die Spannung wurde unerträglich. Wir wandten uns beide halb ab, und Nick flüsterte: »Ich wette, sie ist ein Roboter.«

Ich flüsterte zurück: »Oder eine Androidin.« Um nicht wieder Odile ansehen zu müssen, schaute ich mich im Foyer um und stellte fest, daß die Decke ein Mosaik aus Spiegeln war, großen und kleinen. Das ganze Menschengewimmel wurde dort reflektiert; kopfunter drängelten sich die Massen, quirlten zwischen Kofferbergen und nach unten wachsenden Palmen. Da waren wieder die drei mit dem Baby, das sie von einem zum anderen weiterreichten, um irgendeinen Bekannten zu umarmen, den sie gerade getroffen hatten. Ich sah auch Nick und mich, von einem Spiegel zum anderen wandernd, wenn ich den Kopf drehte – ein hoch aufgeschossener dunkelhaariger Junge und ein zu kurz geratenes Mädchen, das überraschenderweise aussieht wie ein normales menschliches Wesen. Der Anblick verursachte mir ein seltsames Kribbeln im Magen, als würde mir dort oben die Zukunft gezeigt. Plötzlich kam mir ein banger Gedanke. »Nick!« In den Spiegeln konnte ich sehen, wie er verstohlen die drei mit dem Baby beobachtete und herauszufinden versuchte, wer von ihnen Mann beziehungsweise Frau war. Schwer zu sagen. Zwei von ihnen konnten beides sein. Ich bohrte meinen längsten Fingernagel in seinen Ellenbogen. »Nick, wer hat unsere Zimmer reserviert? Janine oder Onkel Ted?«

»Wieso? Mum ist es gewesen.«

Plötzlich geschah das Unerwartete. Wir beide sahen in der Spiegeldecke, wie ein Schimmer von Intelligenz Odiles Miene belebte, und wandten uns ihr hoffnungsvoll zu. »Mallory«, sagte sie. »Der Computer meldet ein EZ, gebucht auf den Namen Nick Mallory.«

Hatte ich's nicht geahnt! Liebe Janine!

»Schauen Sie noch einmal nach«, forderte Nick Odile auf. »Es müßte auch noch ein Zimmer für Maree Mallory reserviert sein.«

Das Licht auf ihren Zügen erlosch wieder, aber sie tippte auf ihrer Tastatur herum. Plötzlich konnte ich nicht mehr hinsehen; mir war nach Heulen zumute. Ich meine, ich weiß, daß Janine mich haßt, aber es so unverblümt demonstriert zu bekommen, war fast zuviel – und der Gedanke, den ganzen Weg nach Bristol zurückfahren zu müssen, im Dunkeln, war entschieden zuviel. Ich richtete den Blick zur Decke, wo der Mann, den die drei mit dem Baby der Reihe nach umarmt hatten, sich jetzt kopfunter durch das Foyer bewegte und links und rechts Leute begrüßte. Mit seinem leuchtend weißen T-Shirt stach er aus der Menge hervor; er trug eine Reihe flacher Buttons an der Brust und am Gürtel irgendein Gerät, wegen seiner über den Hosenbund quellenden Leibesfülle nicht genau identifizierbar. Dann verschwamm mir seine Gestalt vor den Augen. Um nicht in Tränen auszubrechen, schaute ich wieder Odile an. Sie schüttelte den Kopf.

»Aber das kann nicht sein!« Es brach viel zu laut aus mir heraus. »Wenn für Nick ein Zimmer reserviert ist, muß auch für mich eins da sein. Mein Onkel ist Ehrengast bei diesem Kongreß. Man hat ihm *zugesichert*, für seine Familie würden Zimmer zur Verfügung stehen.«

Der Mann mit dem weißen T-Shirt trat neben mich. »Habt ihr Schwierigkeiten?« fragte er.

Wir zuckten beide zusammen. Es war unheimlich, ihn sowohl greifbar, als auch an der Decke gespiegelt neben meiner kleinen, löwenmähnigen Gestalt stehen zu sehen. Auf einem seiner Buttons stand KOMITEE, und nachdem ich die Brille vor die Augen geschoben hatte, konnte ich den Namen darunter entziffern: Rick Corrie. Auf den übrigen Buttons standen Sprüche wie: WISSEN IST MACHT – NICHTS WISSEN MACHT AUCH NICHTS und LEGASTHENIE IST KO, und das Ding an seiner umfangreichen Taille war ein Handy. Er hatte einen schwarzmelierten Bart und ein rundes, freundliches Gesicht.

»Diese Roboterfrau behauptet, für mich wäre kein Zimmer reserviert!« Ich schämte mich für das unkontrollierte, blökende Schluchzen in meiner Stimme.

»Passiert dauernd«, erklärte Rick Corrie wohlgemut. »Ich bin so eine Art Verbindungsmann. Sehen wir, was ich tun kann.« Er schob mich sanft zur Seite und begann lebhaft, in einer fremden Sprache auf Odile einzureden. Odiles Gesicht verwandelte sich von dem eines sorgenvollen Roboters in das eines menschlichen Wesens, und sie begann, mit ungeahnter Energie ihre Tastatur zu bearbeiten. Rick Corrie wandte sich an Nick. »Wie war noch mal der Name? Wir versuchen, deine Schwester neben dir unterzubringen.«

»Kusine«, berichtigte Nick. »Ich bin Nick Mallory. Sie heißt Maree.«

Ein strahlendes Lächeln breitete sich über Ricks Gesicht, von einem Ohr zum anderen. »Dann seid ihr die Familie des großen Mannes. In dem Fall müssen wir aber wirklich ein wenig mit den Zimmern jonglieren.« Er beugte sich wieder über den Tresen und begann eine erneute Debatte mit Odile. Nach weniger als einer Minute drehte er sich herum und reichte jedem von uns einen Schlüssel. »Hier bitte. Zimmer 534 und 535. Unterschreibt diese Formulare, und dann bringe ich euch nach oben zur Anmeldung für den Con.«

Wir unterschrieben – ich erfüllt von einem überwältigenden Gefühl der Dankbarkeit –, nahmen unsere Taschen und folgten Rick zur Treppe. Ich erhaschte einen letzten Blick auf uns in der verspiegelten Decke: aufgeregt und erleichtert, und ich reduziert auf eilige jeansblaue Beine unter einer zerzausten Haarmähne, an der Seite von Rick Corrie. »Wie haben Sie das hingekriegt?« fragte ich.

»Kein großes Kunststück«, antwortete er. »Ich habe ihr gesagt, sie soll dir das Zimmer von jemandem geben, der noch nicht eingetroffen ist.«

»Aber wird derjenige sich nicht beschweren?« schnaufte ich. Die Treppen waren kurz, aber steil.

Rick zuckte die fleischigen Schultern. »Pech für ihn. Er ist nicht zu der Zeit gekommen, die er angegeben hatte, und die Eröffnungszeremonie beginnt in einer halben Stunde. Viele der Programmpunkte laufen bereits. Er kommt zu spät. Oder er kommt gar nicht und hat sich nicht die Mühe gemacht abzusagen.«

Die hintere Wand des großen Podests oben an der

Treppe war ebenfalls mit Spiegeln verkleidet, in denen wir uns selbst entgegenkamen. Nick fragte: »Was war das für eine Sprache, in der Sie mit der Roboterfrau gesprochen haben?«

»Finnisch, und sie ist mehr eine Androidin. Sie arbeitet hier für wenig Geld, weil sie auf Englisch programmiert werden will.«

»Dann *ist* das hier der Turm zu Babel«, entfuhr es mir.

»Ja«, antwortete er mit Inbrunst. Auf dem Podest drängten sich bereits eine Menge Leute vor einem langen Tisch; wir stellten uns hinten an. Er fuhr fort: »Das hat schon eine Menge Schwierigkeiten verursacht. Den rumänischen Fans ist irgendwo ihr Gepäck abhanden gekommen, die Russen können ihren Dolmetscher nicht finden, und die Deutschen beschweren sich über die sanitären Einrichtungen. Wenigstens sprechen die Amerikaner Englisch, auch wenn es einen Kuddelmuddel mit ihren Zimmern gegeben hat – ihr seid nicht die einzigen.«

Mittlerweile hatten wir uns zu dem Tisch vorgearbeitet, wo ein großes, handgemaltes Schild verkündete: PHANTASMACON – ANMELDUNG. Hinter dem Tisch saßen mehrere Leute, halb verdeckt von Kartons, an denen Teddybären lehnten. Rick Corrie führte uns zu einem blauen Teddy mit einem großen M darunter. Der Teddy hatte ein Schild um den Hals, auf dem stand: ICH BIN SOKRATES. ICH ♥ CONS. Ich schaute in seine traurigen Knopfaugen und wünschte, ich hätte es nicht getan. Vorläufig war mir nicht danach, mich seiner Aussage anzuschließen.

»Mallory«, sagte Rick Corrie zu dem dicken Mädchen hinter dem Karton. Laut Namensschild hieß sie WILLOW, aber Rick nannte sie Wendy. »Der Rest der Familie unseres Ehrengastes, Wendy.«

Wendy schenkte uns ein flüchtiges Lächeln, bei dem ihre Wangen sich unter den Augen zu Tennisbällen zusammenschoben, dann senkte sie die Tennisbälle und sagte mit einer durchdringenden, quengelnden Stimme: »Rick, hoffentlich kommt mich hier bald jemand ablösen. Ich muß die Gewänder für die Zeremonie anlegen.«

»Nicht mein Problem«, meinte Rick heiter. »Sprich mit Magnus oder Parabola.«

Wendy murmelte etwas vor sich hin, während sie Hunderte von Plastiktüten in ihren Kartons durchwühlte. Ihre Suche nahm einige Zeit in Anspruch, weil ihr das lange Haar über die runden Schultern fiel und sie immer wieder innehielt, um es zurückzuwerfen. Als sie endlich die zwei richtigen Tüten entdeckte und sich, Tennisbälle lächelnd, vorbeugte, um sie uns an Sokrates vorbei zu überreichen, stauten sich ihre mächtigen Brüste auf den Kartons zu dicken Kissen. Nick wandte hastig den Blick ab. Ich glaube, er dachte, sie sei irgendwie mißgebildet.

»Hier bitte«, sagte sie. »Programme und Frühstücksbons, Glückszahl und Namensschild. Bitte tragt euer Schild immer angesteckt. Wir haben Ärger mit Leuten, die versuchen, sich einzuschleichen, ohne angemeldet zu sein.«

Nick schnappte sich seine Tüte irgendwie von der Seite, und ich nahm meine. »Sehr schön«, sagte Rick Corrie. »Dann bringe ich euch jetzt nach oben zu ...« Sein Handy piepste. Er hielt es ans Ohr und lauschte mit zunehmender Sorge dem aufgeregten Gequake aus dem Apparat. »Aber wir erwarten keinen Gast aus Kroatien!« sagte er zu dem Anrufer. »Also gut, ich bin in zwei Minuten unten.« Schon auf dem Sprung, winkte er einem blassen Jüngling, der an der Schmalseite des langen Tisches herumlungerte. »He du«, sagte er zu ihm, »du bringst diese beiden zu den Zimmer 534 und 535, sei so gut. Ich muß los«, wandte er sich an uns. »Wir sehen uns bei der Zeremonie.« Und weg war.

Der junge Mann streckte ernsthaft die Hand aus, um mir meine Tasche abzunehmen. »Die Aufzüge sind hier drüben«, sagte er. Sein Haar war so hell, daß es grünlich schimmerte, fast wie sein T-Shirt, das mit Worten einer fremden Sprache bedruckt war. *Finnisch?* dachte ich, während er den Rufknopf des Aufzugs drückte.

Ich wollte ihn fragen, doch plötzlich brach hinter uns ein ungeheurer Tumult los. Eine spitze Tenorstimme heulte: »Ich fordere Genugtuung! Ich bin Gast bei diesem Kongreß!«, und andere Stimmen redeten durcheinander, um den Tenor zu beruhigen.

Zum Glück kam der Aufzug in diesem Moment. Nick und ich flüchteten in die Kabine und spähten mit klopfendem Herzen durch die sich schließende Tür. Tatsächlich, Mervin Thurless beugte sich über den langen Tisch, reckte aggressiv das spitze Bärtchen vor, und sein Gesicht glühte wieder einmal puterrot.

»Wetten, daß ich weiß, was passiert ist?« flüsterte ich Nick zu.

»Nicht deine Schuld«, flüsterte er zurück, während der Aufzug nach oben stieg.

»Ich bin Niederländer«, stellte der junge Mann sich vor. »Oder Holländer, wie es in den allgemeinen Sprachgebrauch eingegangen ist. Mein Name ist Kees. Das schreibt man K-E-E-S, und es hat nichts mit Käse zu tun, sondern ist eine Abkürzung für Kornelius.« Letzteres buchstabierte er ebenfalls.

»Oh«, sagte ich.

»Aha«, sagte Nick.

Auch im Lift war ein Spiegel. Er zeigte uns beide, wie wir mit einer gewissen Zurückhaltung den Holländer Kees musterten.

»Ich bin Maree«, sagte ich. »Das ist Nick.«

»Erfreut, eure Bekanntschaft zu machen«, antwortete Kees. »Du bist nicht Nick-o-laus und ich bin nicht der Fliegende Holländer. Da! Ein Beispiel für holländischen Humor.«

»Aha«, sagte ich.

»Oh«, sagte Nick.

Wir waren beide froh, als der Lift hielt und durch die

auseinandergleitende Tür eine Tafel mit Pfeilen sichtbar wurde.

← ZIMMER 501 – 556 ZIMMER 557 – 501 →

»Ich glaube, wir finden unser – Moment mal.« Nick betrachtete das Schild mit gerunzelten Brauen.

»Exakt«, meinte Kees selbstzufrieden. »So einfach ist es nicht. Außerdem hat ein Mitglied des Komitees mir aufgetragen, euch hinzubringen, und ich muß tun, was er sagt. Ich bin ein Gopher.«

»Gopher?« wiederholten Nick und ich im Chor, während wir links den Flur hinuntergingen. Dann hatte ich eine Erleuchtung. »*Go for*. Du bist ein Laufbursche.«

Aber Kees bestand darauf, es ganz genau zu erklären. Er war eben so. »Man buchstabiert es G-O-P-H-E-R, und gemeint sind Leute, die Botengänge machen und ohne die der Con nicht auskommen kann.« Wir gingen durch eine Schwingtür und einen langen, langen Flur entlang. »Kaffeeholer, sagt man volkstümlich auch«, fuhr er fort. »Ohne Zweifel hat es als lustiges Wortspiel begonnen: ›geh, hol dies‹, ›geh, hol das‹,* aber heutzutage ist es eine Institution. Hier entlang.« Der Flur machte einen Knick nach links. »Und auf dem PhantasmaCon ist es Brauch, daß die Gophers als Hobbits bezeichnet werden.« Wir bogen wieder nach links um eine Ecke. An jeder dieser Ecken gab es Spiegel. Sie bewirkten einen sehr eigenartigen Effekt, eine kurze Sinnestäuschung, in der wir kamen und gingen und uns in verschiedene Richtungen wandten.

An der nächsten Ecke riß ich den Blick von den Spiegeln los und sagte höflich: »Dein Englisch ist sehr gut.«

»Vielen Dank.« Case neigte leicht den Kopf. »Ich bin auch stolz darauf.«

An den Türen las ich die Nummern 523, 524, 525.

*im Originaltext: »›Go for this‹ or ›Go for that‹«

»Müßten wir nach Adam Riese nicht bald da sein?« fragte Nick.

»Nicht unbedingt. Dies ist ein äußerst ungewöhnliches Hotel. Mir kommt es vor wie von Escher. Escher war ein Künstler aus meiner Heimat, bei dem Dinge so aussehen, als führten sie nach oben, dabei führen sie nach unten, und wenn man genau hinschaut, stimmt beides, und man weiß nicht, wo man dran ist.«

»Hm ... ja«, sagte Nick. Wir gingen jetzt an den Zimmern 540 bis 549 vorbei, und ob man es glaubt oder nicht, wir bogen noch einmal um eine Ecke nach links, nach meiner Rechnung zum fünften Mal. Nick meinte unbehaglich: »Müßten wir nicht gleich wieder beim Lift angekommen sein?«

Kees schüttelte den Kopf. »In den meisten anderen Hotels ja. Aber hier geben auch fünf Ecken noch kein Quadrat.«

Und er behielt recht!

Nick brummte etwas von: dieses Gebäude müßte auf einer Art griechischem Schlüsselgrundriß erbaut sein, und das wäre vollkommen unmöglich, aber ich kann bezeugen, es *war* möglich.

Wir bogen noch einmal nach links ab und gelangten fast am Ende eines langen, mit rotem Teppichboden ausgelegten Flurs zu Zimmer 534. Vermutlich konnten wir uns glücklich schätzen, daß 535 daneben lag, in Anbetracht der Umstände hätte es sonstwo sein können. Wie auch immer, wir waren beide ziemlich sicher, daß Kees uns auf einem Umweg hergeführt hatte und daß der Aufzug gleich hinter der nächsten Ecke sein mußte. Wir argwöhnten ein weiteres Beispiel für holländischen Humor und beschlossen jeder für sich, uns davon zu überzeugen, wenn wir uns auf den Weg zu dieser Eröffnungszeremonie machten.

Vorerst versuchte Nick, mit Kees abzurechnen. Während er die Tür zu seinem Zimmer mit dem Fuß offenhielt, beugte er sich in den Flur zurück. »Nimm's mir nicht übel«, sagte er, sehr ernst und sehr höflich, »aber was heißt das da auf deinem T-Shirt?«

Kees schaute selbstzufrieden an seinem schmalen Brustkasten hinunter. »Da steht«, sagte er, »ICH BIN EIN HOBBIT.« Mit einer Verbeugung wandte er sich ab. »Auf Elfisch«, fügte er im Weggehen hinzu.

Eins zu null für Holland.

Wir hielten uns nicht lange in unseren Zimmern auf. Ich nahm mir nur gerade die Zeit, einen Blick auf den Inhalt der Plastiktüte zu werfen, die man mir gegeben hatte. Außen war ein Smiley aufgedruckt und ›PhantasmaCon‹, drinnen war ein Haufen Kram, auch ein Hochglanzmagazin, unter anderem mit einer Geschichte von Onkel Ted, umrahmt von Hilfeaufrufen für Aidskranke und Anzeigen für Sachen wie ›Schwerter & Brünnen‹ und ähnliches. Irgendwo dazwischen fand ich den Anstecker mit meinem Namen und beförderte den Rest in den Papierkorb. Etwas voreilig. Vetter Nick hatte mehr Grips bewiesen und gemerkt, daß der ärmlichste Zettel das Programm für dieses Tollhaus darstellte. Die einzelnen Veranstaltungspunkte waren in Rubriken geordnet, überschrieben ›Paralleluniversum Eins‹, ›Mallory World‹, ›Home Universe‹ und so weiter, und das Ganze ergab für mich so wenig Sinn wie das Schema der Hotelflure. Aber Nick hatte die Nuß geknackt. Behauptete er. Er sagte, die Eröffnungszeremonie fände im Home Universe statt, und das wäre der große Festsaal im ersten Stock. Also versuchten wir, dorthin zu kommen.

Wir nahmen den entgegengesetzten Weg und erwarteten, jeden Moment vor dem Aufzug zu stehen. Irrtum. Ich wußte bald nicht mehr, um wie viele Ecken wir gebogen waren, aber ich erinnere mich, daß Nick sagte, sie wären alle rechtwinklig, woraus folgte, daß wir zweieinhalb Mal im Viereck gegangen waren, und es ergab einfach keinen *Sinn*. Ich sagte, wir müßten uns selbst begegnet sein oder in eine andere Dimension hineingeraten, doch zu guter Letzt gelangten wir doch nur zum Aufzug.

Im ersten Stock hätten wir uns eigentlich mühelos zurechtfinden müssen. Es gab sogar Hinweisschilder mit Pfeilen HOME UNIVERSE, aber ich vermute, das Problem war, daß wir nicht wußten, wonach wir suchten. Auf den Fluren war kein Mensch mehr zu sehen, so daß wir auch nicht fragen konnten. Nun ja, wir irrten herum, bis wir zu einer offiziell aussehenden Tür kamen, die wir zaghaft öffneten.

Dahinter befanden sich in einem kleinen, ziemlich dunklen Raum ungefähr ein Dutzend Leute, um eine Schultafel geschart. Alle waren in bodenlange Gewänder vermummt. Im Schatten der Kapuzen konnte man die Gesichter nicht erkennen, auch nicht das Gesicht dessen, der an die Tafel schrieb und sich jetzt den anderen zuwandte, um ihnen etwas zu erklären. Als ich mir anschaute, was er geschrieben hatte, wurde mir seltsam flau im Magen. Er sagte gerade: »Um die stärkste Wirkung zu erzielen, stellt euch das hier in Flammenschrift vor, dazu einen Hintergrund aus Feuer ...«

Wie auf Befehl traten Nick und ich gemeinsam den Rückzug an. Sobald die Tür zu war, mußte ich wegen des Rumorens in meinem Bauch gewaltig rülpsen. »In was für einem Universum, glaubst du, befinden *die* sich?« fragte ich Nick leise.

»In einem *sehr* anderen«, antwortete er.

Wir setzten unsere Suche fort und öffneten die Tür nebenan. Ich sagte: »Falls Onkel Ted die Absicht hatte, uns zu bestrafen, ist es ihm gelungen«, und Nick meinte: »Aber nicht ganz so, wie er ...« Wir merkten, da wir in einem großen Saal voller Menschen standen, und alle wandten sich uns zu. Ich fühlte mich wie in einem bösen Traum, aber wir waren tatsächlich in die Eröffnungszeremonie hineingeplatzt. Mit vor Verlegenheit heißen Gesichtern schoben wir uns in eine der hinteren Sitzreihen.

Es fing gerade an. Da war Onkel Ted, der auf dem Podium ganz vorn seinen Platz einnahm, zusammen mit zehn oder mehr Leuten, die wir nicht kannten, und

Janine wurde zu einem Stuhl in der ersten Reihe geführt. Ein junger Mann im T-Shirt mit wie glasiertem Gesicht und blonden, krausen Haaren, sprang auf und begann, alle Teilnehmer des PhantasmaCons willkommen zu heißen. Doch er kam nur bis ». . . Freude es ist, als Ehrengast begrüßen zu dürfen . . .«, als die Tür am anderen Ende des Saals aufflog und eine hohe Tenorstimme trompetete: »Tut mir leid, tut mir unglaublich leid! Ich weiß, ihr fangt gerade an, aber ich bleibe nicht lange!«, und Mervin Thurless kam herein und stürmte auf das Podium. »Ich wollte nur sagen, es ist eine Unverschämtheit«, ereiferte er sich. »Ich bin Gast bei diesem Kongreß und man hat mich im Station Hotel einquartiert!«

Die Hälfte der Leute auf dem Podium sprang auf. Rick Corrie verließ seinen Platz im Publikum, ergriff den Störenfried am Arm und zog ihn hastig ein Stück zur Seite, wo er in drängendem Flüsterton auf ihn einredete. Thurless sah nicht aus, als wäre er geneigt, sich beschwichtigen zu lassen. Schließlich führte Rick ihn nach draußen; bevor die Tür ins Schloß fiel, hörte man Thurless aufbegehren: »Das ist mir egal! Ich bestehe auf einem Taxi!«

»Das war Mervin Thurless«, verkündete der blonde Redner ungerührt.

Zu meiner Verwunderung klatschte das Publikum und jubelte. Viele lachten. So waren sie, die Leute bei diesem Kongreß: gut gelaunt und bester Stimmung, als wäre ihnen der Spaß genauso wichtig, wie Autoren über ihre Bücher sprechen zu hören. Den Rest der außerordentlich langweiligen Zeremonie verbrachte ich damit, die Anwesenden zu studieren.

Mein erster Gedanke war, daß die Polizei ein Problem haben würde, falls es ein Verbrechen gäbe und sie die Beschreibung eines Tatverdächtigen brauchten. Etwa neun Zehntel der anwesenden Männer trugen Bart und Brille. Davon abgesehen waren im Publikum alle Altersgruppen vertreten, von dem exzentrisch aussehenden alten Herrn mit Hörgerät bis zu dem Baby der drei langhaarigen Androgynen (das angefangen hatte zu schreien und hinausgebracht werden mußte). Es gab eine große Anzahl deprimierend bezaubernder junger Frauen, zum Ausgleich aber auch überdurchschnittlich viele Wendyförmige Kaliber. Eine ganze Reihe von ihnen saß schräg vor mir, und ich starrte fasziniert auf ihre strammen XXL- Shirts mit den cleveren oder verrückten Sprüchen. Verglichen mit ihnen fühlte ich mich zur Abwechslung rank und schlank. Von den Männern war keiner mein Typ, ob dick oder dünn. Ich habe nichts übrig für Bärte und Brillen. Doch ich fand, ein oder zwei von den geschmeidigen Typen im Kampfanzug könnten mir gefallen, oder der dunkle in schwarzem Leder und mit der verspiegelten Sonnenbrille, der neben Onkel Ted auf dem Podium saß. Aber was mich am meisten wunderte: Der Saal war voll von Menschen, die ich gern kennengelernt hätte. Ein ungewohntes Gefühl für einen einzelgängerischen Stubenhocker wie mich. Dieses Gefühl erstreckte sich zu meinem Erstaunen insbesonders auf die große Anzahl verhuscht wirkender mittelalter Damen. Ich musterte die hagere, grauhaarige, die mir am nächsten saß – sie trug eine leuchtend bunte Patchworkjacke –, und dachte, wetten, sie langweilt sich in ihrem Beruf und kommt nicht mit ihren Kollegen aus, und deshalb führt sie zwischen Büchern ein zweites, geheimes Leben voller Leidenschaft. Ich hätte mich gern mit ihr unterhalten, über einige der Geschichten, die wir beide gelesen hatten.

Gegen Ende der Zeremonie war ich soweit zu glauben, die Bestrafung wäre gar keine Bestrafung. Haha. Das war, bevor Janine angerauscht kam und ihre Ansprüche auf Nick anmeldete: »Komm mit, Schatz. Wir werden mit den anderen Gästen zu Abend essen.« Und schon waren beide verschwunden.

Ich blieb den Rest des Abends mir selbst überlassen.

Es war etwa wie der erste Tag in der Schule oder im College. Ich kannte niemanden und hatte keine Ahnung, was ich tun sollte, während um mich herum alle anderen genau wußten, wohin sie gingen und mit wem. Also schob ich die Brille hoch, straffte die Schultern und ging zum Auto, um meine wertvollsten Besitztümer zu holen und in mein Zimmer zu transportieren. Den ersten Armvoll brachte ich ohne Schwierigkeiten ans Ziel, einmal abgesehen von den verwirrenden Effekten der vielen Ecken und Spiegel. Es waren übrigens fünf. Ecken. Ich zählte sie. Einmal vom Lift zum Zimmer, dann vom Zimmer zum Lift. Dort stand ich, um hinunterzufahren und die nächste Ladung zu holen, als ich zufällig einen Blick zur Seite warf. Und ich erspähte den TOLLSTEN MANN, den ich je in meinem Leben gesehen hatte. Groß und nordisch und schlank, tiefliegende Augen, kein Bart, keine Brille – einfach unglaublich. Zum tot Umfallen, wie Robbies Tusse Davina sagen würde.

Er stand genau am Kreuzungspunkt, so daß ich ihn in den Spiegeln von allen Seiten bewundern konnte, und im ersten Augenblick dachte ich, er käme her, zum Aufzug. Mir wurden die Knie weich bei der Vorstellung, mit ihm zusammen im Lift zu fahren. Doch in Wirklichkeit ging er in eine andere Richtung. Seine vier Reflexionen wandten sich nach rechts – ich *glaube*, es war rechts –, und das Original verschwand aus dem Bereich der Spiegel. Ich war von dieser Lichtgestalt so hingerissen, daß ich zur Ecke lief, um ihm nachzuschauen – er hatte einen irre sexy Gang –, doch er mußte in einem der ersten Zimmer verschwunden sein, denn der Flur war leer. Ich sah nur vielfache Versionen meiner selbst, klein und verloren und allein.

Endlich kam der Aufzug, ich lief zurück und sprang hinein. Noch ein Spiegel und Maree, miesepetrig und enttäuscht. Nicht den Kopf hängen lassen, wir werden uns hier früher oder später wieder über den Weg laufen. Aber ich frage mich, was aus meinen Gefühlen für Robbie geworden ist, wenn ein völlig Fremder es schafft, mich dermaßen umzuhauen. Doch nichts hatte sich geändert. Als ich in mich hineinschaute, war die Wunde, die Robbie mir zugefügt hatte, so frisch wie am ersten Tag. Trotzdem wurde mir ganz heiß bei dem Gedanken an diesen Traummann. Ich glaube, ich bin ein ziemlich sonderbarer Mensch.

Ich ging vollbepackt durch das Foyer zurück zum Aufzug und beobachtete mein kopfunteres Ich an der Decke, behängt mit Taschen und Beuteln, den Monitor vor dem Bauch, als Mijnheer Kees sich auf mich stürzte. »Gib her – ein Gopher ist auch ein Gepäckträger!« ruft er und hat mir prompt die Arzttasche entführt. »Wohin soll's gehen?« Dabei ist er schon auf dem Weg zum Lift.

Ich trabte schnaufend hinter ihm her. Paps hat mir voller Stolz diese Tasche geschenkt –irgendwann werde ich sie vielleicht mal brauchen können –, und ich hätte sie Mijnheer niemals freiwillig überlassen. Am Aufzug angekommen, wollte er mir auch den Monitor entreißen, aber ich hielt ihn fest und er erbeutete nur die Tüte mit den Kabeln.

»Du kannst mir ruhig alles geben, ich bin ein ausgezeichneter Lastesel«, sagte er.

Ich sagte nein, schon in Ordnung, danke, und so ging es hin und her, während wir nach oben fuhren, bis er fragte, ob ich ein Computerfreak sei. Ich antwortete nein, für mich sei der Computer nur ein Gebrauchsgegenstand.

»Aber ich bin ein Freak in des Wortes mannigfacher Bedeutung«, erklärt er, und ich glaube ihm. »Ich kann Viren programmieren«, redet er weiter. »Einmal habe ich sämtliche Computer in Rotterdam dazu gebracht, Punkt zwölf Uhr mittags dasselbe Quatschgedicht anzuzeigen.« Er läßt es sich nicht nehmen, das Gedicht zu rezitieren. Auf Niederländisch. Es ist vier Stockwerke lang.

»Sehr raffiniert«, sagte ich. Wir stiegen aus und begannen den Marsch um die fünf Ecken.

»Wir werden deinen Computer anschließen, und dann ißt du mit mir zu Abend«, informierte er mich.

Und ich: »Nein, danke.«

Und er: »Aber du mußt. Ich verspreche, es wird lustig. Goudamus igitur.« Er lächelte strahlend. »Holländischer Humor.«

Ich sagte: »Kein Geld.«

»Aber ich habe auch kein Geld!« rief er aus. »Drum laß uns die Speisen preisen wie der weise Bettler Schacabac im Hause der Bermeziden, und mitsammen warmes Wasser trinken!«

Eine Klette, der Typ. »Ich habe noch zu arbeiten.«

In meinem Zimmer angekommen, wollte er unbedingt bleiben und den Computer anschließen. Nur über meine Leiche. Dem Scherzkeks war zuzutrauen, daß er meine Software mit seinem holländischen Humor verseuchte. Ihm war überhaupt alles mögliche zuzutrauen, deshalb warf ich ihn mehr oder weniger hinaus. Er steckte noch einmal den Kopf durch die Tür und lächelte schmachtend. »So ein starker Wille!« sagte er. »Ruf mich, wenn er schwach wird. Ich habe Zimmer 301.«

»Hau ab!«

Nachdem ich den Computer ans Laufen gebracht hatte, bekam ich Hunger. Ich nahm die Treppe, für den Fall, daß Mijnheer Merkwürden am Lift auf mich lauerte. Ich weiß nicht, was mit dem Knaben los ist (oder vielleicht weiß ich es), und überhaupt, ich leide an gebrochenem Herzen, und Kees wäre ein ziemlicher Abstieg nach dem skandinavischen Prachtexemplar, also lieber nichts riskieren. Unten suchte ich den Speisesaal. Bei den Preisen auf der Karte am Eingang standen mir die Haare zu Berge. Ich ging weiter zur Bar, in der Hoffnung, daß man dort Sandwiches kaufen konnte. Mein Magen knurrte, und ich hatte Angst, ich müßte hungern bis zum Frühstück.

Auch dort Spiegel, nicht allein hinter dem Tresen, sondern an der ganzen hinteren Wand, so daß der Raum doppelt groß wirkte. Die Schinkenbrötchen waren die teuersten, die ich je gegessen habe. Ich kaufte mir noch ein großes Glas Orangensaft und fand einen freien Platz, um mein Abendbrot zu verzehren.

Beim Essen schwirrten mir die absurdesten Gesprächsfetzen um die Ohren. Eine Gruppe Amerikaner am Nebentisch diskutierte lebhaft über eine »gemeinsam genutzte Welt« (ich hatte immer geglaubt, wir könnten gar nicht anders, als sie gemeinsam nutzen), und jemand dicht hinter mir wiederholte in wachsender Erregung: »Der kommt nicht ungeschoren davon, wenn ich seinen Filk filke!« Ein außerordentlich haariger Mann vor mir klagte: »Es ist sein Tinter, der ihn jedesmal im Stich läßt!« Dann jauchzte am anderen Ende des Raums eine Mädchenstimme: »Hiermit erkläre ich die Orgie der Gopher für eröffnet!«, und ein ganzer Chor antwortete unisono: »Reg dich ab, Tallulah!«

Ich drehte mich nach den Spielverderbern um – und wen sah ich? Ausgerechnet? Diesen Fatzken Venables!

Nicht, daß er gerufen hätte. Nein. Er saß auf einem der hohen Barhocker und plauderte mit dem blonden Redner von vorhin. Die Spiegel zeigten ihn mir von vorn und von hinten, also war kein Irrtum möglich. Von hinten sah ich den langen, glatten Schädel und im Spiegel das lange, glatte Gesicht mit der goldgefaßten Brille – und dieses Gesicht wandte sich eben mit einem Ausdruck des Grauens von mir ab. Gleichfalls! Wenigstens hatte er diesmal keinen Anzug an, aber eine piekfeine Wildlederjacke und ein spießiges Polohemd. Er paßte ins Bild wie die Faust aufs Auge. Ich hätte ein kleines Vermögen gewettet, daß er seine Jeans bügelte.

»Autsch«, sagte ich und schaute hastig zur Seite. Zum Glück, weil ich deshalb im Spiegel Rick Corrie neben mir stehen sah.

»Hallo. Kümmert sich niemand um dich?« fragte er. »Soll ich dir einen Drink holen?«

Ich sagte, ja bitte, einen Wodka. Seine bestürzte Miene verriet mir, daß er wirklich dachte, ich wäre in Nicks Alter. Das geht vielen Leuten so. »Ich bin zwanzig«, klärte ich ihn auf. »Ehrlich. Willst du meine Geburtsurkunde sehen?«

»Mir wäre lieber, du würdest aufhören, deine Brille so energisch hochzuschieben«, meinte er. »Das sieht bedrohlich aus.«

Dann holte er für sich einen Pint und mir einen Wodka, und wir unterhielten uns ein Weilchen. Er ist ebenfalls ein Fan von Onkel Teds Dämonen. Ich erzählte ihm, mein Favorit sei der dreibeinige blaue, der den Kopf durch Schlafzimmerwände schiebt, um zu sehen, was die Leute in ihren Betten treiben. Er fand den am besten, der als Schleimpfütze jedem, der hineintritt, die Haut vom Knöchel frißt. Und beide waren wir der Meinung, der Dämon, der im Klo lauert, käme wirklichen Ängsten etwas zu nahe, um noch vergnüglich zu sein. Dann piepste sein Rufgerät. Er ließ das Bier stehen und eilte davon, um irgendeine Krise beizulegen. Schade. Doch ich könnte mir vorstellen, daß Rick Corrie auch im wirklichen Leben einen Beeper hat, der ihn im strategisch richtigen Moment von dannen ruft. Er gehört zu den Menschen, die es anstrengend finden, sich länger mit jemandem zu unterhalten. Ich glaube, eine Menge Leute hier sind so.

Trotzdem war es schade, weil sein Weggang mich der Gnade einer gräßlichen Frau auslieferte, die zu genau der gegenteiligen Sorte von Menschen gehörte. Schon während ich noch mit Rick sprach, hatte ich bemerkt, wie sie sich bei den Amerikanern am Nebentisch anzubiedern versuchte. Alle sagten: »Hallo, Tansy-Ann«, und wandten ihr dann den Rücken zu. Ich konnte sie verstehen. Kaum war Rick gegangen, als die exotische Kreatur sich auf mich stürzte.

»Erzähl mir deinen Kummer!« trillerte sie. »Ich bin Tansy-Ann, und ich besitze heilende Kräfte.« Als ich sie nur anstarrte, fügte sie hinzu: »Deine Aura ist eine dicke graue Wolke aus seelischem Smog. Was du brauchst, ist eine Rückenmassage, um deine Verspannungen und

Blockaden zu lösen.« Und sie drückte mich nach vorn und begann, meine Schultern zu kneten. Unglaublich! Was gingen diese Scheuche meine Verspannungen und Blockaden an? Wenn schon, war *sie* eine dicke graue Smogwolke. Sie war groß und plump, und ihr Gesicht wurde beherrscht von einer langen, schnüffelnden Nase. Gekleidet war sie in etwas formlos Orangefarbenes, übersät mit baumelndem Klimperkram aus einem gelblichen Material. Ich wand mich unter ihren kalten, stochernden Fingern hervor und sagte, mir wäre im Moment nicht nach einer Rückenmassage, danke.

»Dann eine Handmassage!« rief sie und fuchtelte und klingelte vor mir herum. »Das ist meine Spezialität, Hände massieren. Nichts ist beruhigender und entspannender. Es wird dir gefallen!« Und hol's der Kuckuck! Sie grabschte nach meinen Händen und fing an, sie zu drücken und zu biegen.

Ich zog sie weg und setzte mich drauf. Ich versicherte ihr, es ginge mir gut. Danke, Tansy-Ann.

Tansy-Ann ließ sich nicht entmutigen. »Du mußt dein Liebesleben auf die Reihe bringen!« belehrte sie mich. »Du bist Engländerin, das ist der Haken. Ich weiß Bescheid. Ich werde dich aufklären.« Dann beugte sie sich über mich und redete. Und redete. Nach einer Weile hörte ich nicht mehr zu. Sex tantrisch und Karma und Auras, und plötzlich war sie bei Schwarzen Witwen und was für ein Spaß es für die Ratten ist, wenn sie im Labyrinth herumirren. Ich ließ den Wortschwall an mir ablaufen und kam zu dem Schluß, daß ihre Nase eigentlich gar nicht ungewöhnlich groß war, es kam einem nur so vor, weil man sich von ihr regelrecht sondiert fühlte. Sie schien rattengleich nach etwas zu stöbern, das sie von mir gebrauchen konnte. Vielleicht war sie ein Vampir. Möglicherweise war sie übergeschnappt. Kein Grund, sie zu mögen. Ich unternahm mehrere Versuche, aufzustehen und zu flüchten. Sie drückte mich auf den Stuhl zurück und redete weiter. Auf irgendeiner Stufe der

Bewußtseinserweiterung hatte sie Tarot entdeckt. Sie sagte, sie würde mir die Karten legen und mich auf den rechten Weg führen.

Endlich nahte doch ein rettender Engel in Gestalt einer kleinen rundlichen Frau, brünett, mit einem rosigen, unschuldigen Gesicht. Sie trat einfach hinter Tansy-Ann und sagte etwas zu ihr.

Tansy-Ann schnellte in die Höhe und stieß einen spitzen Schrei aus. »Wirklich?« Dann schoß sie wie ein orangefarbener Kugelblitz durch die Bar, rempelte gegen Tische, brachte Gläser zum Überschwappen und rief: »Entschuldigung! Ich muß mich um meine Ausstellung kümmern!«

Die andere Frau lächelte mir zu und ging weiter. Sie trug ein bodenlanges, purpurrotes Gewand und eine Menge Halsketten, was von Rechts wegen ebenso lächerlich hätte aussehen müssen wie Tansy-Anns Kostüm, aber nein, da war ein himmelweiter Unterschied! Die purpurne Robe wirkte natürlich, als ob die Frau sich das Recht erworben hätte, sie zu tragen, und sie gewöhnlich auch trug. Ich fragte mich, wer sie sein mochte.

(Später: Sie heißt Zinka Fearon, weiß ich jetzt, und jeder, den ich gefragt habe, sagt, sie ist großartig.)

Sobald Tansy-Anns Falsett in der Ferne verklungen war, flüchtete ich in mein Zimmer und fing an, diesen Eintrag zu schreiben. Schwarze Witwen! dachte ich, während ich im Lift nach oben fuhr. Massagen! Und wie kommt sie dazu, sich einzubilden, sie wüßte, daß die Ratten Spaß daran haben, in einem Labyrinth herumzulaufen? Und was hat Tarot mit all dem zu tun?

Gegen Mitternacht klopfte Nick an die Tür und kam herein. Wir sagten gleichzeitig: »Wo zur Hölle bist du gewesen?« und mußten erst einmal lachen. Dann berichtete er, ich hätte mit dem offiziellen Abendessen nicht viel verpaßt – es wäre sterbenslangweilig gewesen, und einer von den Gästen war ein Mann, genannt Irgendwie White, den er noch nie leiden konnte. Er hatte sich frühzeitig verdrückt und auf die Suche nach mir gemacht, weil in Universe Three der Film ›Die Braut des Prinzen‹ gezeigt wurde, den er unbedingt mit mir zusammen sehen wollte.

»Aber du hast den Film schon dreimal gesehen!«

»Na und? Ich wollte ihn eben noch einmal sehen«, sagte er. »Ich bin dann allein reingegangen. Aber deswegen bin ich nicht gekommen. Dieser Fatzke mit dem silbernen Schlitten, der dir das Geld gegeben hat – er ist hier.«

»Nichts Neues.« Ich winkte ab. »Wir sind uns schon begegnet. Ich frage mich, ob wir ihn mit dem Gute-Geister-Tanz herbeibeschworen haben. Es kommt mir so unwahrscheinlich vor, daß er hier auftaucht, *ausgerechnet* hier!«

»Nun«, Nick machte ein merkwürdiges Gesicht, »du könntest recht haben. Als ich eben aus dem Lift kam, habe ich ihn am Ende des Flurs stehen gesehen, wo die Spiegel sind ...«

»Ungefähr zehnmal reflektiert, ich weiß.« Ich dachte an den tollen Nordmann.

Nick schüttelte den Kopf.

»Nein. Nein, das ist ja das Verrückte. Da war nur er. Kein Spiegelbild. Aber dann fingen die Wände und die Spiegel an, sich um ihn zu drehen. Wie ein Rad. Ich meine, ich sah die Kanten der Spiegel, als sie ihn umkreisten. Ehrlich.«

Wir schauten einander voll Unbehagen an. Ich kenne Nick, er sagt so was nicht, wenn es nicht stimmt. Und ich konnte sehen, daß er nicht versuchte, mich auf den Arm zu nehmen. »Erinnere mich daran, nie mehr den Gute-Geister-Tanz zu tanzen«, sagte ich.

»Ich glaube, es liegt an dem Hotel«, meinte Nick. »Irgendwie ist es ein merkwürdiges Haus.«

»Und voller merkwürdiger Leute«, stimmte ich zu.

Das war vor mindestens einer Stunde. Ich bin am Computer geblieben, weil unten eine Disco im Gange ist.

Bemerkenswert, daß man nicht einen Ton von den Leuten hört, die im Haus herumlaufen, aber man hört die Musik laut und deutlich bis in die vierte Etage. Ich glaube, jetzt ist Schluß da unten. Mit etwas Glück werde ich schlafen können.

Kapitel 11

Aus dem Bericht von Rupert Venables

[1]

Scarlattis Cembalogeklimper begleitete uns den ganzen Weg nach Wantchester. Ich ertrug es. Ich wechselte sogar die Kassetten, damit Andrew, der unerschütterlich neben mir saß, nicht merkte, daß wir zu dritt im Auto waren. Andrew hatte bemerkenswert gute Laune. Er betrachtete die winterliche Landschaft und lächelte dabei, als sähe er Sommer unter einem blauen Himmel statt kahler Felder unter tiefhängenden grauen Schneewolken. Er hätte soeben die Pläne für einen perfekten Staubsauger fertiggestellt, erzählte er. Neues Prinzip. Nonplusultra für die nächsten hundert Jahre. Er bat mich, ihn vor der Kathedrale in Wantchester abzusetzen, was ich tat. Nachdem er ausgestiegen war, bückte er sich noch einmal in den Wagen und blickte mich bedeutungsvoll an.

»In diesem Wagen befindet sich ein Astralwesen«, sagte er. »Fühlst du dich davon beunruhigt?«

»Nein.« Ich war wie vom Donner gerührt. »Es ist freundlich gesinnt.«

»Hat man Töne!« sagte Stan, als ich die heute leere Marktstraße hinauffuhr. »Der Mann ist ein Empath!«

»Muß er wohl sein, oder er wäre an dem Abend damals nicht in den Schuppen gekommen.« Ich nahm den Fuß vom Gas und schaltete, um auf den Hotelparkplatz einzubiegen. »Aber es ist unwahrscheinlich, daß ich … Was zum …?«

Eine heruntergekommene Rostlaube blockierte die Einfahrt. Als ich dahinter anhielt, stieß der Fahrer die Tür auf und stürmte fluchend und gestikulierend zu dem Wagen vor dem seinen hin. Neben diesem Auto wippten zwei Köpfe auf und ab, der eine deutlich höher und dunkelhaarig, der andere eine Ebene tiefer und löwenmähnig – aber die Mähne eines Löwen, den man rückwärts durch eine Dornenhecke gezogen hat. Auch ohne die Hände mit den entsprechenden Krallen und das unvergeßliche schnipp, schnipp, schnipp zu sehen, wußte ich, was los war.

»Ich kann's nicht glauben«, sagte ich und setzte in einem jaulenden Halbkreis zurück auf die Straße.

»Was denn nicht? Worum geht's?« wollte Stan wissen.

»Mallory«, stieß ich zwischen zusammengebissenen Zähnen hervor, während ich auf der zweiten Spur weiterrollte. »Führt auf dem Parkplatz wieder ihre Stammestänze auf. Was tut sie hier? Nach dem Unfall mit Andrew habe ich meine Arbeit an den Schicksalsbahnen durch eine Exklusion geschützt, mit einer doppelten Abschirmung gegen Mallory.« Auf der anderen Straßenseite gab es eine viel kleinere Einfahrt, an die ich mich von meinem letzten Besuch her erinnerte, ein Beweis dafür, wie empfehlenswert es ist, den Ort einer geplanten Operation einer vorherigen Inspektion zu unterziehen. Das Schild über dieser Toreinfahrt verkündete: PARKEN NUR FÜR HOTELANGESTELLTE. Ich war hindurch wie ein geölter Blitz. Der kleine Parkplatz dahinter war halb leer. »Tun wir so, als wäre ich der Chef«, sagte ich und lenkte den Wagen in die rechte obere Ecke.

»Langsam, langsam!« sagte Stan, wieder in dem Ton, als redete er mit einem störrischen Gaul. »Dieser Autor auf der Gästeliste – hieß er nicht auch Mallory? Wahrscheinlich ein Verwandter, und in dem Fall steht dieser Termin schon seit Monaten fest und hat überhaupt nichts mit der Beschwörung zu tun.«

Ich stützte das Kinn auf das Lenkrad, um besser fühlen zu können, wie meine Zähne knirschten. »Es gibt keine Zufälle, Stan. Und die Tatsache bleibt bestehen, daß sie nicht hier sein *dürfte*.«

»Meintwegen, aber sie ist nun einmal hier, und du wirst damit leben müssen. Geh ihr aus dem Weg. Übrigens, umgib den Wagen mit einem Tarnfeld, wenn du vorhast, ihn hier stehenzulassen. Ich möchte nicht, daß der echte Hoteldirektor hier herumschnüffelt.«

Ich breitete ein NichtBeachten über den Wagen, nachdem ich mein Gepäck aus dem Kofferraum geholt hatte. Als ich mich beim Weggehen noch einmal umschaute, hätte sogar ich ihn für ein durchschnittliches, vom Zahn der Zeit benagtes Vehikel wie alle anderen daneben gehalten. Ich betrat das Hotel durch den Seiteneingang, um in meinem Zimmer in Sicherheit zu sein, bevor Mallory mit ihrem Fandango fertig war. Es fiel mir immer noch schwer zu glauben, daß sie tatsächlich hier sein sollte. Vielleicht hatte ich mich geirrt, und es war jemand anders gewesen, der auf dem Parkplatz herumkasperte.

Ich trat ins Foyer. In der ruhigen, gediegenen Halle regierte das Chaos. Bärte. Umarmungen. Gepäcktürme. Überschwengliche Begrüßungen. Der einzige Besucher außer mir, der einen Anzug anhatte, trug darüber ein bodenlanges Cape. Während ich darauf wartete, daß die nervtötend langsame Rezeptionistin meinen Schlüssel fand, sah ich, kopfunter in den Spiegeln an der Decke, eine Prozession in Kapuzenumhänge gehüllter Gestalten durch die Menge schreiten. Man wich ihnen aus, schob Gepäckstücke zur Seite, doch vermied es, sie anzusehen. Verständlich. Selbst als Spiegelbilder verströmten sie einen starken Geruch nach – ja, was? – unreiner Macht.

Meinetwegen, sie hatten nichts mit mir zu tun. Ich warf noch einen Blick in den Spiegel, als mir endlich mein Schlüssel ausgehändigt wurde. Mallory und ihr jüngerer Kumpan kamen soeben durch die Glastüren des Portals. Kein Irrtum möglich, sie waren es. Verflucht! dachte ich und beeilte mich, die Treppe hinaufzukommen. Oben gab es wieder einen Aufenthalt – ich mußte die Prozedur der Anmeldung zum Con über mich ergehen lassen.

Die für den Buchstaben V zuständige junge Dame hielt einen Teddybären an die Brust gedrückt und wollte wissen, wie ich auf der Plakette genannt zu werden wünschte. Zwei schwitzende Teenager hinter ihr fungierten als Bändiger der Maschinerie, die die Dinger ausspuckte. Sie schauten mich erwartungsvoll an.

»Ich heiße Rupert ...«, begann ich.

»Rupert der Bär«, unterbrach mich das Mädchen mit dem Teddy. »Der ist *süß*!«

»Er sieht mehr aus wie Rupert vom Rhein«, äußerte einer der munteren Maschinisten. Ein Mädchen, stellte ich fest.

»Aber er ist knuddelig«, verteidigte sich die Teddyfreundin.

»Abenteuerlustig scheint er auch zu sein«, beharrte die Technikerin.

»Rupert der Bär erlebt viele Abenteuer!« Die Teddyfreundin war gekränkt.

So ging es eine Zeitlang hin und her. Ich war es nicht gewöhnt, so ungeniert durchgehechelt zu werden, während ich dabeistand und schaute nur stumm von einem zum anderen, bis hinter mir auf der Treppe die laute Stimme mit dem unverkennbaren Schluchzer ertönte. Ich riß mich zusammen.

»Falsch, alle beide«, sagte ich. »Habt ihr noch nie von Rupert dem Magier gehört?«

Sie schüttelten die Köpfe, natürlich, weil ich ihn eben erst erfunden hatte. »Wer *ist* Rupert der Magier?« fragte Teddy, während sie den Namen auf den Rohling schrieb.

»Der edle Held unter den Zauberern«, improvisierte ich. »Die Bücher wurden in den Zwanzigern geschrieben, deshalb habt ihr sie vielleicht noch nicht entdeckt.«

»Aha. Eine Art zauberkundiger Bertie Wooster!« meinte die Technikerin ächzend. Sie und ihr Kollege stemmten sich mit aller Kraft auf die Maschine, um sie zu zwingen, meine Plakette zu prägen.

Ich dachte an Stan. »Mit einem unsichtbaren Butler«, sagte ich. »Danke.«

Als ich mein Abzeichen entgegennahm, trat Mallory

an den Tisch, um ihres abzuholen. Ich flüchtete zum Lift, und während ich in Gesellschaft eines wunderschön kostümierten Transvestiten in den obersten Stock fuhr, grübelte ich darüber nach, wo genau in meiner Beschwörung ich Mallory in meine Pläne einbezogen haben konnte, statt sie auszuschließen. Diese Wutanfälle jedesmal, wenn ich an sie dachte – sie konnten das Schlupfloch gewesen sein. Jetzt blieb mir nichts anderes übrig, als der Tatsache ins Auge zu sehen, daß ich Mallorys Schicksalsbahn mit der meinen verwoben hatte. Und mit Andrews. Und mit denen meiner Kandidaten. Was für ein Schlamassel!

Oben angekommen, verneigte sich der wunderschön ausstaffierte Junge ernsthaft vor mir. Ich erwiderte die Verbeugung. Er schritt auf seinen Pfennigabsätzen in die eine Richtung davon, ich in die andere. Auf dem Weg zu meinem Zimmer bog ich um eine rechtwinklige, verspiegelte Flurecke nach der anderen. Es waren sieben. Andersherum wäre der Weg also kürzer gewesen. Zu dem Zeitpunkt war ich in Gedanken noch zu sehr bei dem Mißgeschick mit den Schicksalsbahnen, als daß ich gestutzt hätte. Ich warf einfach meine Taschen auf die Ablage, stellte fest, daß es ein schöner, großer Raum war, gut ausgestattet und geschmackvoll eingerichtet für ein Hotelzimmer, suchte die legersten Kleidungsstücke heraus, die ich mitgebracht hatte, und zog mich erst einmal um. In einem Anzug war ich hier fehl am Platze. Ich war ohnehin ziemlich sicher, ich würde mich nicht wohl fühlen in dem närrischen Treiben dieses sogenannten Cons, und nachdem jetzt auch noch Maree Mallory aufgetaucht war, wünschte ich mir nichts sehnlicher, als nach Hause fahren zu können.

Doch ich hatte hier eine Aufgabe zu erfüllen. Ich steckte meine Plakette an, um nicht für einen Einschleicher gehalten zu werden, studierte das Faltblatt mit der Aufforderung »Lies mich« unter dem Portrait eines rehäugigen Drachen und stellte fest, daß ich zur Eröffnungszeremonie in Home Universe bereits zu spät kommen würde.

Offenbar verpaßte ich eine Störung irgendwelcher Art, die es zu Beginn gegeben hatte. Der Vorsitzende, ein Knabe namens Maxim Hough, der sein blondgelocktes Haar in der Form einer altägyptischen Perücke geschnitten trug, entschuldigte sich eben für was immer gewesen sein mochte, als ich mich in dem großen Saal auf einen freien Platz schob. Davon abgesehen war die Veranstaltung außerordentlich langweilig. Ich musterte sowohl die Leute auf dem Podium als auch das Publikum im Saal ohne große Begeisterung. Ted Mallory sah als einziger halbwegs normal aus – eine größere, gesündere Ausgabe des bedauernswerten, vom Krebs zerfressenen Mannes in dem Krankenhaus in Kent, also bestand tatsächlich ein Verwandtschaftsverhältnis, wie Stan vermutet hatte. Als zusätzliche Bestätigung sah ich die Mrs. Mallory, die mir in Bristol die Tür geöffnet hatte, aufmerksam in der ersten Reihe sitzen. Diesmal trug sie einen Pullover mit einer Applikation rosafarbener Satinrosen, die sich von der linken Schulter hinunterrankten. Ich spielte mit dem Gedanken, mich bei Gelegenheit zu ihrem Ohr zu beugen und zu flüstern, sie würde von menschenfressenden Marshmallowmäusen attackiert.

Selbstverständlich hätte ich niemals so etwas ausgesprochen, nicht einmal gegenüber Dritten. Doch auf Cons haben die Leute erstaunlich wenig Skrupel, wie ich mit boshaften Vergnügen feststellte, als eine Amerikanerin beim Abendessen bemerkte, Mrs. Mallory habe scheinbar ein Malheur mit einer Portion Erdbeereis gehabt.

»Nein, nein«, widersprach ihr Mann, »du hast nicht richtig hingesehen. Das sind parasitäre Seeanemonen.«

Wir unterhielten uns bei Tisch überhaupt sehr angeregt, über alle möglichen Dinge. Als wir nach dem Essen in die Bar wechselten, wo ich Rock Corrie nun auch persönlich kennenlernte und durch ihn Maxim Hough, amüsierte ich mich wider Erwarten bestens, allerdings möglicherweise aufgrund einer unbeabsichtigten Vorspiegelung falscher Tatsachen. Maxim schien überzeugt zu sein, daß ich irgendein inkognito zu Gast weilender Prominenter war, und meine Freunde vom Abendessen vermuteten offenbar dasselbe, aber ich glaube, das spielte nicht wirklich eine Rolle. Mein beherrschendes Gefühl zu dem Zeitpunkt war Ärger über mich selbst, daß ich in meinem Einsiedlerdasein fast vergessen hatte, wie wohltuend menschliche Gesellschaft sein kann. Schon richtig, für meine Magid-Arbeit ist Ungestörtheit wichtig, aber das kann man haben, ohne sich ganz zu isolieren.

Rick Corrie, der weggerufen worden war, kam zurück, außer Atem und anscheinend nicht sehr glücklich. »Wieder Thurless«, berichtete er.

»Und was war es diesmal?« fragte Maxim.

»Ich denke, ich konnte es glattbügeln, aber es hat den Con vierzig Pfund gekostet.«

»*Schon*? Wie hat er das geschafft?« verlangte Maxim zu wissen. »Der Irre ist erst seit vier Stunden hier. Das ist ein Stundensatz von zehn Pfund, Rick!«

»Na ja, ich habe Maree Mallory Thurless' Zimmer gegeben«, erklärte Corrie. »Ihre dösige Tante hatte vergessen, für sie zu buchen. Als ich dazukam, sah sie aus, als würde sie jeden Moment in Tränen ausbrechen. Und Thurless kam zu spät, deshalb mußte ich ihn im Station Hotel einquartieren, weil alle reservierten Zimmer hier für Verleger freigehalten werden – von denen bis jetzt übrigens noch keiner aufgetaucht ist –, und ich habe Thurless selbst hingebracht, im Taxi, zusammen mit zwei Russen. Ich habe auch die Zimmer persönlich in Augenschein genommen, und sie sind in Ordnung, absolut nichts auszusetzen. Doch ehe ich mich's versehe, ist Thurless wieder hier, behauptet, daß seine Dusche nicht funktioniert, und verlangt, daß wir sein Taxi bezahlen. Also regle ich die Sache, und er fährt wieder zurück ...«

»Moment mal«, unterbrach ich ihn. »Von hier bis zum Station Hotel sind es nur ungefähr hundert Meter!«

Maxim schüttelte den Kopf. »Wegen der Einbahnstraßen muß man einen Umweg machen. Aber trotzdem, vierzig *Pfund,* Rick! Wie oft ist er denn hin und her gegondelt?«

»Dabei hat er ein eigenes Auto.« Corrie seufzte. »Um die Wahrheit zu sagen, ich hatte ein schlechtes Gewissen wegen des Zimmers und wollte ihn bei Laune halten. Ich weiß nicht mehr, wie oft Thurless sich hat fahren lassen. Zehnmal? Etwas in der Größenordnung. Ich habe dem Fahrer schließlich einen Scheck in die Hand gedrückt. Eben war er da, um zu sagen, er käme zu spät zu Esoterica, und wollte das Taxi eine Stunde vor dem Hotel warten lassen, und ich dachte, ich sollte das unterbinden.«

»Wenn er ein Taxi will, um zurückzufahren, schick ihn zu mir«, knurrte Maxim. »Ich besorge ihm ein Fahrrad.«

Corrie nickte und machte sich wieder auf den Weg. Ich sah ihn im Spiegel hinter der Bar den Raum durchqueren. Und wen sah ich noch? Maree Mallory. Auch sie hatte mich erspäht, Abscheu malte sich auf ihren Zügen. Das Gefühl beruht auf Gegenseitigkeit. Ich wandte betont den Blick ab. Abgesehen davon, daß sie ziemlich verbiestert dreinschaute – ich nehme an, das ist ihr natürlicher Gesichtsausdruck, er paßt ausgezeichnet zu diesem Schluchzer in ihrer Stimme –, hatte sie sich seit unserem Zusammentreffen in Bristol ganz nett herausgemacht. Sie trug eine hübsche Lederjacke und Jeans und hatte sich offenbar um eine Art Frisur bemüht. Die zottelige Mähne war nun von einem modischen Schnitt gebändigt, aber immer noch eine Mähne, und ich glaube, sie trug eine neue Brille. Offenbar hatten meine hundert Mäuse eine wohltuende Veränderung bewirkt. Ich beobachtete, wie Rick Corrie zu ihr trat, ein paar Worte wechselte, verschwand und mit Getränken wiederkam. Offenbar hatte er auf seine zurückhaltende Art etwas für das

Mädchen übrig. Nun ja, über Geschmack läßt sich nicht streiten.

»Ist Thurless immer so eine Nervensäge?« fragte ich Maxim besorgt.

»Kann man sagen. Es liegt daran, daß er nicht ganz der geniale Autor ist, für den er sich hält. So schlimm habe ich ihn allerdings noch nie erlebt; ihm muß irgendeine Laus über die Leber gelaufen sein. Ich werde jemanden holen, der – oh, Zinka! Du kommst gerade richtig! Hast du von Mervin Thurless gehört?«

Zinka ist kein besonders häufiger Name. Ahnungsvoll drehte ich mich um, und da stand sie, ihr Scheitel etwa in Höhe meiner Taille, die wohlbekannte, purpurn gewandete, liebliche, üppig gerundete Gestalt von Zinka Fearon.

Mit-Magid. Einstige Liebe. Letzter Kontakt ihre Anfrage wegen Koryfos vom anderen Ende des Universums. Wie zum Teufel kam sie hierher? Während Maxim eilte, ihr das Glas Cidre zu holen, das sie immer trinkt, beugte ich mich zu ihr nieder und fragte.

»Und ich liebe dich auch, Rupert«, antwortete sie. »Ich bin auf Urlaub hier. Ich verbringe immer meinen Urlaub beim PhantasmaCon. Ich mache den Laden dicht und gönne mir eine Pause. Dein Bruder Si kümmert sich um etwaige Notfälle. Bist du beruflich hier? Aber ja, natürlich, welche Frage. Dies ist nicht gerade dein gewohntes Umfeld.«

»Allmählich finde ich Spaß an der Sache«, bekannte ich.

»Gut. Ich habe nie jemanden gekannt, der es nötiger hatte, etwas lockerer zu werden ... Aber eins wollen wir gleich klarstellen: Glaub nicht, daß ich dir bei irgend etwas helfe. Ich bin in Urlaub, und das meine ich ernst.«

Maxim kam mit dem Cidre, und wir hörten noch einmal die Geschichte von Mervin Thurless' Eskapaden und auch, wie er sich bei der Eröffnungszeremonie zum Esel gemacht hatte.

»Männliche Menopause«, erklärte Zinka entschieden. »Ich werde ihm den Kopf zurechtsetzen.«

Ich konnte nur hoffen, daß es ihr gelang, oder mein erster Kandidat war aus dem Rennen. Mit diesem Gedanken schaute ich in den Spiegel und sah, wie sich Maree Mallory auf ihrem Stuhl nach hinten beugte, um dem Redeschwall einer geiernasigen, offenbar in ein orangefarbenes Zelt gehüllten Frauensperson auszuweichen.

»Wer ist die sonderbare Kreatur in Orange?« erkundigte ich mich.

Zinka folgte meinem Blick im Spiegel und stellte mit einem Ruck ihr Glas auf den Tresen. »Da soll doch ...! Tansy-Ann hat wieder einen Neophyten am Haken. Bin gleich wieder da.«

Und das war sie. Die Frau in Orange flüchtete Zetermordio schreiend, Mallory verschwand ebenfalls, und Zinka kam zurück, heitere Gelassenheit verströmend.

Ich wagte kaum zu fragen. »Tansy-Ann?«

»Fisk. Amerikanerin. Nicht direkt von Übel, nur eine gefürchtete Nervensäge. Kannst du mir zehn Pfund leihen?

»Ich denke schon.« Verdammt und zugenäht, mir war mit meinen Kandidaten kein Glück beschieden. »Warum?«

Sie schaute sich um, ob Maxim anderweitig in ein Gespräch verwickelt war (allerdings: er brüllte in ein Hörgerät), und flüsterte hastig: »Ich habe kaum Erdwährung, bis ich auf dem Basar etwas verkaufe.«

Also gab ich ihr einen Zehner. Nicht in der entsprechenden Währung flüssig zu sein ist ein ziemlich häufiges Problem von uns Magids. Alles in allem war es ein sehr angenehmer Abend, abgesehen von meinen enttäuschten Erwartungen, Thurless und Fisk betreffend. Allein im Lift auf dem Weg nach oben, ließ ich mir alles noch einmal durch den Kopf gehen, und mein Gefühl rebellierte bei der Vorstellung, Fisk als Schülerin zu haben – außer natürlich, es stellte sich heraus, daß sie um hundert Prozent vernünftiger war als sie aussah. Von den beiden Frauen wäre mir fast Mallory lieber gewesen, und das wollte etwas heißen. Was Mervin Thurless anging, so hatte ich noch Hoffnung und war gewillt, mildernde Umstände gelten zu lassen, angesichts der Tatsache, daß die Gaben, die einen Menschen zum Magid prädestinieren, diesen erheblich aus dem Gleichgewicht bringen können, solange er nicht weiß, wie man damit umgeht. Ich selbst war als Schüler ziemlich unerträglich deswegen, ein ›kleines Arschloch‹, wie mein Bruder Will zu sagen beliebt. Wahrscheinlich trifft es zu. Leider bleibt mir, so besehen, nichts anderes übrig, als die mildernden Umstände auch auf Tansy-Ann Fisk auszudehnen.

Ich war auf dem kürzesten Weg zu meinem Zimmer um wenigstens eine dieser Spiegelecken gebogen, bevor ich stutzig wurde und aufblickte, um mich zu orientieren. Das Zimmer war buchstäblich nicht mehr da, wo ich es verlassen hatte. Es hätte ganz in der Nähe des Aufzugs sein müssen, aber den Nummern auf den Türen zufolge, befanden sich die Zimmer 555 – 587 irgendwo hinter der nächsten Ecke. Meine Nummer war 555.

Ich blieb stehen. Ich überlegte. Dann machte ich kehrt und ging zurück bis zu der Ecke gleich neben dem Aufzug. Es war Schwerarbeit, weil ich mich jetzt im Uhrzeigersinn bewegte, und wer immer von dem Machtnodus Gebrauch gemacht hatte, war gegen den Uhrzeigersinn zu Werke gegangen – widerwärts, die Richtung Schwarzer Magie. Beunruhigend. Ich mußte mich um noch eine Ecke kämpfen, bevor ich endlich in den Flur mit dem Aufzug gelangte. Jemand hatte etwas in Gang gebracht und sich nicht die Mühe gemacht, den Prozeß zu beenden. Eine grobe Nachlässigkeit, aus der ein Vortex entstehen konnte. Dieser Nodus war stark. Ich stand an der Ecke und überdachte die Lage.

Das Zentrum des Nodus befand sich in diesem Hotel.

In seiner ganzen Ausdehnung umfaßte er zwar einen großen Teil des Ortskerns, aber der Mittelpunkt lag fast genau dort, wo ich stand. Eigentlich hätte es deshalb hier verhältnismäßig ruhig sein müssen – wie im Auge eines Sturms –, aber vor nicht allzu langer Zeit war jemand gekommen und hatte die stillen Wasser aufgewühlt, gewaltsam. Zwei Jemande, um genau zu sein; ich konnte von meinem Platz aus zwei verschiedene Signaturen wahrnehmen. Und der Nodus hatte heftig auf die Störung reagiert, eben weil er so außerordentlich stark war. Die Obere Kammer war zu Recht besorgt gewesen.

Ich führte alles an den Ursprung zurück und glättete die Wogen so sanft wie möglich. Dann ging ich zu Bett.

[2]

Aus Maree Mallorys
Ordner ›Dornenhexe‹
Datei 24

Wieder von der Dornenhexe geträumt. Bissige, mondnächtliche Kommentare über mein ungeselliges Naturell. Warum träume ich nicht, ich hätte Streichhölzer eingesteckt, um diesen vermaledeiten Busch in Brand zu stecken?

Stand mit schlechter Laune auf und ging, um Nick zu betreuen. Das tue ich an den meisten Tagen, besonders während der Schulzeit, und während sie sonst vor Eifersucht fast platzt, hat Janine keine Schwierigkeiten damit, mir diese Aufgabe zu überlassen. Nick ist für mindestens eine Stunde nach dem Aufstehen ein wirklicher, echter, schlafwandelnder Zombie. Der extremste Fall, den ich kenne. Er findet in seine Kleider, mehr oder weniger, aber damit hört es auch schon auf. Ich frage nicht, ob er sich wäscht oder die Zähne putzt.

Als ich in sein Zimmer kam, marschierte er gegen Wände und hatte den Pullover verkehrt herum an. Vernünftig sprechen kann er in diesem Stadium auch nicht, er nuschelt. Ich zog ihm den Pullover richtig an, nahm seinen Zimmerschlüssel und führte ihn zum Lift. Als wir im Parterre ankamen, hatte er immer noch nicht die Augen geöffnet. Mein Vorteil – ich wußte nicht, wo der Frühstücksraum war, aber Nick hatte damit kein Problem. Er folgte mit geblähten Nasenflügeln dem Duft von Speck und Eiern und zog mich hinter sich her.

Ein quicker junger Kellner empfing uns am Eingang. »Zwei Personen, junge Frau?« erkundigte er sich. »Fast alles besetzt im Moment, fürchte ich. Hier entlang.« Er gab uns beiden eine Speisekarte. Nick ließ seine prompt fallen. Der Kellner stutzte. Er musterte ihn forschend, dann hob er die Karte auf und gab sie mir, dabei schaute er Nick wieder ins Gesicht, auf eine scheue, respektvolle Art, als hielte er ihn für tot und noch nicht ganz wieder auferstanden. Er führte uns an Tischen vorbei, wo die meisten der übergewichtigen Conteilnehmer bereits beim Frühstück saßen und ziemlich viele von den verhuschten, mittelalten Damen ebenfalls – man konnte letzteren anmerken, daß sie ein ganzes Leben darauf gedrillt worden waren, pünktlich ihre Mahlzeiten einzunehmen – und zu einem fast freien Tisch am Fenster. Nur ein Stuhl war besetzt.

Das darf nicht wahr sein! dachte ich.

Der Fatzke Venables saß da, las Zeitung und trank Kaffee. Er nahm eine Hälfte der Zeitung etwas zur Seite, als ich Nick auf einen Stuhl bugsierte, erkannte uns und hob sie vors Gesicht wie einen Schild. Von mir aus. Ich hatte genug damit zu tun, für Nick und mich Frühstück zu ordern.

»Vorweg?«

Der Kellner zückte Block und Stift.

»Gn – oger!« sagte Nick.

»Er meint, keinen Joghurt«, erklärte ich. »Zweimal Cornflakes, bitte. Und danach ...«

»Gn – bo – ber – ajenjik!« verkündete Nick.

»Er will keine Bohnen, aber Eier mit Speck«, dolmetschte ich.

»Dazu vielleicht Würstchen, Tomaten oder Pilze?« erkundigte sich der Kellner zuvorkommend.

Sein Eifer verriet ihn – er wollte erleben, was passierte, wenn Nick versuchte, das auszusprechen. Und er wurde nicht enttäuscht.

»M'za, M'za, M'za«, sagte Nick.

»Pilze, keine Würstchen«, sagte ich. »Er möchte Tomaten. Pfannenbrot, Nick? Oder Toast?«

»Moasch.«

»Also Toast. Zu trinken ...«

Nick hob pendelnd den Kopf. »Waaarf-weeh!«

»Ja, wir möchten die größte Kanne Kaffee, die sie haben«, erklärte ich hastig. »Es ist dringend. Sein Gehirn ist hellwach, aber er kann erst richtig sehen oder sprechen, wenn er mindestens vier Tassen Kaffee getrunken hat.«

Der Kellner warf erneut einen respektvollen Blick auf den interessantesten Gast dieses Morgens. Nicks Augen waren immer noch geschlossen und leicht geschwollen. »Und für Sie, Miss?«

»Das gleiche.«

Er schrieb alles auf und wieselte davon. Nick jammerte: »M' Füerse!«

»O Gott«, sagte ich und hob die Tischdecke, um zu sehen, was mit seinen Füßen los war.

»M'sensinwetsch!«

»Schon gut, Dummkopf«, sagte ich. »Du hast nur die Schuhe wieder an die falschen Füße gezogen, weiter nichts.« Ich kroch unter den Tisch – hörte ich die Zeitung rascheln? – und zog ihm die Schuhe richtig an. Als ich mich zwischen den Stühlen aufrichtete und den Saum der Tischdecke vom Kopf gestreift hatte, bemerkte ich das Aufblitzen eines goldgefaßten Brillenglases, das sich hastig hinter dem *Telegraph* verbarg. Der Fatzke war ebenso fasziniert wie der Kellner, wollte es aber nicht merken lassen. Ich hatte mich gerade wieder hingesetzt, als der Kellner zurückkam. Er brachte eine Kaffeekanne von der Größe eines Gasometers und schenkte uns mit einer Miene ehrerbietiger Erwartung ein. »Milch, Miss?«

»Danke«, sagte ich. »Nein, *er* nimmt die ersten vier Tassen schwarz.«

Der Kellner blieb am Tisch stehen, schenkte nach, wartete und beobachtete, während Nick die notwendigen vier Tassen leerte, immer noch ohne die Augen zu öffnen. Die Zeitung vor dem Gesicht des Fatzken bewegte sich merklich zur Seite, so daß er die Vorgänge ebenfalls verfolgen konnte.

Der Kellner hatte offenbar die Geschichte herumerzählt. Eine Kellnerin erschien mit zweimal Cornflakes. Sie und der Kellner und der Fatzke (eine Ecke der Zeitung zurückgebogen) beobachteten gespannt, wie Nick seine Portion vertilgte und zwei weitere Tassen Kaffee absorbierte, ohne auch nur hinzusehen. Seine Augen waren inzwischen einen Spalt geöffnet, doch er befand sich noch in dem Stadium des blicklosen Starrens ins Leere, als eine zweite Kellnerin mit dem warmen Frühstück herbeigeeilt kam. Und ein zweiter Kellner mit dem Toast. Alle standen erwartungsvoll dabei, als ich Nick das Messer in eine Hand drückte, die Gabel in die andere und ihm befahl: »Iß!«

Nick gehorchte. Das Publikum verfolgte staunend, wie er es irgendwie fertigbrachte, blind einen glitschigen Pilz einzukreisen, aufzuspießen und in den Mund zu transferieren. Dann schauten sie zu, wie der Speck verschwand. Ihre Augen wanderten zu dem Spiegelei. Ich fragte mich, ob sie womöglich gewettet hatten, daß Nick es nicht schaffen würde, sein Spiegelei zu essen, ohne zu kleckern. Wenn ja, verloren sie. Nick steckte das prekär an den Zinken baumelnde Ei auf einmal in den Mund. Nicht ein Tropfen ging daneben.

Hier gab der Fatzke den Versuch auf, Desinteresse zu heucheln. Er faltete die Zeitung zusammen und fragte mich: »Was passiert, wenn Sie ihm eine zweite Portion hinstellen? Würde er einfach weiteressen, ohne es zu merken?«

Die Kellner und Kellnerinnen schauten dankbar zu ihm hin. Offenbar hatte auch ihnen diese Frage auf der Zunge gebrannt.

»Ja, würde er. Ich hab's ausprobiert«, sagte ich.

»Schaffsamma einer bohnert«, begehrte Nick auf.

Die auf mich gerichteten Blicke heischten Übersetzung. »Er sagt, er hätte es gemerkt, als er zum zweiten Mal Bohnen aß«, erklärte ich.

»Magschnisch«, bestätigte Nick.

Bevor ich das übersetzen konnte, wurde ich von Janine und Onkel Ted verdrängt. Buchstäblich verdrängt. Janine rief aus: »Oh, mein armer Schatz!«, und schob mich auf den Stuhl gegenüber dem Fatzken, während Onkel Ted sich mit einem »Morgen, Morgen« neben Nick setzte. Beide Kellnerinnen und ein Kellner entfernten sich, ihr zurückbleibender Kollege nahm sichtlich betrübt Stift und Block zur Hand.

»Bestell du für mich, Ted«, sagte Janine. »Nick ist morgens völlig hilflos.« Fürsorglich bestrich sie einen Toast mit Butter. Sie trug heute einen anderen Pullover. Die mir zugewandte Schulter verunzierte ein großer goldener Klecks, als hätte jemand ein Ei darüber zerschlagen. Schade, daß es nur so aussah.

Der Fatzke schien ebenso enttäuscht zu sein wie das Personal, doch höflich schob er Janine die Marmelade hin, während er mich fragte: »Ist er jetzt nicht soweit, daß er selbst seinen Toast streichen kann?«

»Gewöhnlich lasse ich es ihn versuchen. Manchmal buttert er seinen Teller und versucht, den zu essen.«

»Er sieht aus, als hätte er dieses Stadium erreicht«, meinte der Fatzke. Gut beobachtet. Nick macht seine dümmsten Fehler immer dann, wenn er fast wach ist.

Durch unser kurzes Gespräch wurde Janine auf den Fatzken aufmerksam. Sie beugte sich vor, um auf sein

Namensschild zu schauen. Ich folgte ihrem Beispiel und las RUPERT DER MAGIER.

»Rupert der Magier«, sagte Janine. »Sie müssen zu Gram Whites esoterischem Zirkel in Universe Three gehören.«

»Strikt freischaffend«, antwortete er. »Ich glaube, wir sind uns vor kurzem in Bristol begegnet, Mrs. Mallory.«

Ich hörte nicht, wie sich diese Konversation weiterentwickelte – oder ob sie sich überhaupt entwickelte –, weil Onkel Ted meine Aufmerksamkeit in Beschlag nahm. »Maree!« rief er jammernd über Nicks Kopf hinweg. »Maree! Ich soll heute mittag an einer Podiumsdiskussion teilnehmen und weiß nicht, was ich *sagen* soll.«

»Hängt davon ab, worum es geht. Wie ist denn das Thema?«

»Weiß der Himmel.« Er rollte verzweifelt die Augen. »Versprich mir, daß du ganz vorn sitzt und mir intelligent zunicken wirst.«

»Mohrin da Fans-schluhr«, nuschelte Nick.

»Wie?« Onkel Ted hatte nie gelernt, Nicks morgendliche Laute zu deuten.

»Er meint die Podiumsdiskussion«, erklärte ich. »Er sagt, das Thema ist . . .«

Wir wurden unterbrochen, diesmal von einem baumlangen, mageren Fremden in einer Art Uniform, der an den Tisch kam und sich vor Onkel Ted aufbaute. Seine hohen Wangenknochen warfen düstere Schatten auf seine eingefallenen Wangen, und er sagte: »Mr. Mallory, Sir?«

Seine Zähne blitzten unter einem kriegerischen schwarzen Schnurrbart. Ich glaube, es sollte ein Lächeln sein. Ich *hoffe*, es war ein Lächeln, um Onkel Teds willen. Onkelchen rutschte auf seinem Stuhl nach unten und sah aus, als hegte er die gleiche Hoffnung. »Was kann ich für Sie tun?« fragte er den Mann.

»Ich komme, um Euch zu schließen in die Arme«, antwortete dieser. Onkel Ted zuckte zusammen. »Ich bin …« Der Mann nannte einen ausländischen Namen, den keiner von uns verstand. Weil er so groß war, konnte auch keiner von uns sein Namensschild lesen. Dann fuhr er fort: »Ich komme aus dem Krieg, in dem ich habe gekämpft für mein Land. Kroatien. Ich komme, um zu sagen, daß ich Euch verdanke mein Leben und meinen Verstand, Sir. Die Gewehre hätten meinen Geist getötet. Doch täglich in Eurem wunderbaren Buch zu lesen hat mir geholfen, den Mut zu bewahren und für meine Heimat zu kämpfen.«

»Freut mich zu hören«, sagte mein Onkel. »Äh – welches Buch?«

»Eure großartige Geschichte von König Artus, seinen Reitern und dem Heiligen Gral«, intonierte der Mann.

»Äh«, Onkel Ted leckte sich über die Lippen, »ich glaube, ich bin der falsche Mallory. Der, den Sie meinen, schreibt sich nur mit einem L. Und er ist schon ziemlich lange tot, fürchte ich.«

Er hätte sich den Einwand sparen können. Den Blick in die Ferne gerichtet – ähnlich wie Nick, nur waren die Augen dieses Mannes weit geöffnet und irr –, sprach der Kroate weiter: »Es ist ein Buch, welches das Herz mit dem Verlangen nach Größe erfüllt. Zu dienen. Zu kämpfen gegen eine Übermacht. Den Feind zu zerschmettern. Ihn aufs Haupt zu schlagen mit solcher Kraft, daß das Blut aus Nase und Ohren spritzt. Ich habe bei mir zwei inspirierende Werke der englischen Literatur, während ich kämpfe. Beide trage ich an meiner Brust. Beide fangen auf Kugeln. Ich habe Euer Buch und das des großen Tolkien. Aber man sagt mir, Tolkien nicht hier. Also komme ich zu Euch, um Euch zu sagen Dank. Ich danke Euch, Sir.« Er verneigte sich ruckartig vor Onkel Ted und marschierte hinaus.

»Ich glaube, er steht noch unter Schock. Kriegsneurose«, sagte Onkel Ted reuevoll. »Wie hat er gesagt, heißt er? Für mich hörte es sich an wie balkanesisches Gebabbel.«

»Million Babbelvic«, sagte Nick, fast normal. »Turm von Babel. Holländischer Humor.«

»Wie bitte?« Onkel Ted hat auch Schwierigkeiten, Nicks Scherze zu verstehen.

Etwas veranlaßte mich, den Fatzken anzusehen. Er starrte auf den Rücken des Kroaten, der zum Ausgang schritt. Dabei drückte seine Miene Widerwille und Erbitterung aus, als hätte der Mann ihm eine große Enttäuschung bereitet.

Kapitel 12

Aus Maree Mallorys Ordner ›Dornenhexe‹, Datei 25

[1]

Nick ließ mich irgendwann an diesem Vormittag im Stich, die Ratte, aber erst, nachdem wir zusammen auf Erkundung ausgezogen waren. Wir versuchten, Mallory Universe und Home Universe auseinanderzudividieren. Unmöglich. In einem Hotel Babylon muß Chaos herrschen, insbesondere die Weiterführung der ehrwürdigen Tradition des babylonischen Sprachengewirrs betreffend, der sich wiederum insbesondere die Russen und die Deutschen verpflichtet zu fühlen schienen. Eine vielköpfige Schar aus beiden Ländern befand sich in der ›Ops‹ im zweiten Stock, und man schrie sich in beiden Sprachen gegenseitig nieder, durchsetzt mit halbherzigen Verständigungsversuchen in schlechtem Englisch. Die Ops ist das Krisenzentrum. Hier handelte es sich eindeutig um eine Krise, aber niemand wußte, war es eine gemeinsame oder waren es zwei getrennte Krisen oder überhaupt, worum es ging.

Man war gern bereit, uns Sachverhalte wie diesen zu erklären. Wenn es gerade keine Krise gab, plauderten die Leute mit uns oder lächelten uns freundlich an. Alle schienen uns zu kennen, auch ohne unsere Namensschilder zu lesen. Überhaupt achtet hier kein Mensch auf die Namensschilder. Die drei langhaarigen Androgyne mit dem Baby grinsten uns auf unserer Odyssee durch die Flure jedesmal an, sogar das Kind. Nick äußerte, eine angenehmere Bestrafung hätten seine Eltern sich schwerlich ausdenken können, und ich wiederholte mehrmals, wie nett doch alle wären. Da ahnte ich noch nichts.

Wir stolperten in einen Raum mit dem Schild PRESSEBÜRO an der Tür, wo Leute in noch wortreicheren

T-Shirts als gewöhnlich damit beschäftigt waren, das mehrmals täglich erscheinende Flugblatt mit den neuesten Nachrichten des Cons zu drucken. Sie drückten uns jedem eins in die Hand, und wir gingen nach unten in die Lobby, um es in Ruhe zu lesen.

Alle sitzen in der Lobby. Sie ist ziemlich groß, aber sie wirkt riesig, weil die Spiegel an einer Wand die großen Fenster in der Wand gegenüber reflektieren. Kinder diverser Größen und Altersstufen in Umhängen oder Batman-Kostümen laufen zwischen den Tischen und Sesseln herum, und die Erwachsenen bilden Cliquen. Als wir kamen, war der Raum ziemlich voll, weil eine ganze Ladung Neuankömmlinge sich dort breitgemacht hatte. Die meisten gaben sich schon durch ihre elegante Kleidung als VIPs zu erkennen, und sie waren umgeben von einer wichtigen Bin-bei-der-Arbeit Aura, die sie, wie einige von ihnen anscheinend dachten, um mindestens eine Klasse über uns gewöhnliches Fußvolk erhob. »Verachtet sie nicht«, meinte Wendy, als sie sich plumpsend in den Sessel neben uns fallen ließ. Nick mußte wieder den Blick abwenden. »Das sind die Verleger. Sie werden heute abend allesamt Parties schmeißen.«

Also verachtete ich sie nicht und richtete statt dessen meine Aufmerksamkeit auf das Flugblatt. Nick jedoch konnte jemanden von Wendys Masse und Umfang nicht in seiner Nähe ertragen. Er sprang auf. »Ich muß los, die Spiele fangen gleich an«, sagte er. »Ich werde gegen Mittag hier nach dir suchen oder oben in deinem Zimmer.« Eine unverschämte Lüge. Ich wußte, die Spiele fingen noch nicht an, und ich konnte sehen, wie er sich an der Tür am anderen Ende der Lobby herumdrückte – er hatte mich im Stich gelassen, wieder einmal, gerade als ich zu der Stelle kam, wo es hieß: »Wir möchten die Aufmerksamkeit aller Fans auf Ted Mallorys Nichte Maree Mallory lenken. Die Ärmste leidet an gebrochenem Herzen. Also, wenn ihr Maree begegnet, seid besonders nett zu ihr.«

Vor Wut und Scham schossen mir die Tränen in die Augen. Mein Gesicht fühlte sich irgendwie blauglühend an. Wendy sagte etwas zu mir, aber ich wollte es nicht hören oder antworten, oder sie ansehen. Sie redete wahrscheinlich nur deshalb mit mir, weil das Flugblatt sie dazu aufforderte. Ich stieß einen gepreßten, heulenden Laut aus.

»Ich habe gefragt«, wiederholte Wendy, »steht etwas Interessantes drin? Ich habe das Flugblatt noch nicht gelesen.«

Sofort haßte ich mich dafür, so mimosenhaft gewesen zu sein. Ich hob den Kopf und schob die heruntergerutschte Brille vor die Augen. Und siehe da. Olala! Wunder über WUNDER! Mein Traummann vom Abend vorher durchquerte die Lobby! Er war ganz genau so fabelhaft wie ich ihn in Erinnerung hatte – besser, falls möglich. Diese herrlichen schlanken Hüften. Und dieser *Gang*! Aber schade, er schritt, ohne rechts und links zu schauen, vorbei an Sesseln und an Tischen voller Kaffeetassen, vorbei an den Kindern mit den flatternden Umhängen, an Leuten in Gruppen auf dem Fußboden und an elitären Verlegercliquen, und am anderen Ende hinaus, jeden Zentimeter des Wegs verfolgt von meinen Blicken.

Ich war nicht die Einzige in seinem Bann. Eine schicke Verlegerin verzwirbelte sich korkenzieherartig die Beine, weil sie nicht die Augen von ihm lassen konnte, und wäre fast umgekippt. Neben mir sagte Wendy: »O mein Gott! Siehst du das? Siehst du den? Hast du je einen so supertollen Typ gesehen?« Als es mir gelang, den Blick von der Tür loszureißen, durch die er verschwunden war, merkte ich, daß auch sie ihm hingerissen nachschaute. Sie hatte andächtig die Hände unter den mächtigen Brüsten gefaltet, und ihr Gesicht wurde abwechselnd blaß und rot.

»Fabelhaft«, stimmte ich zu. Meine untere Körperhälfte fühlte sich schwach an.

Dann erblickte ich Tansy-Ann, die, ein Flugblatt schwenkend, auf mich zusteuerte. Mit einem spitzen Schrei sprang ich auf, trotz weicher Knie, und ergriff die Flucht. Leute strömten in den großen Saal, wo Onkel Teds Podiumsdiskussion stattfinden sollte; ich ging mit ihnen hinein, sank auf einen Stuhl neben der Tür und fing an, darüber nachzudenken, daß ich anscheinend wirklich langsam über Robbie hinwegkam. *Er* hatte nie einen vergleichbaren Sturm von Gefühlen in mir ausgelöst.

Dann meldete sich ein Rest Vernunft, und ich erkannte, daß man Empfindungen dieser Art für Popstars hegt oder andere Leute, denen man nie zu begegnen erwartet, und ich beruhigte mich so weit, daß ich anfing, mich zu fragen, wer dieser Mann war. Und Ärger stieg in mir auf, als ich über das Flugblatt nachdachte und darüber, wer mir das angetan haben mochte. Mein erster Verdacht fiel auf Onkel Ted. Nicht, daß er mich blamieren wollte, doch es war ihm zuzutrauen, daß er gestern beim Abendessen die ein oder andere gönnerhafte Bemerkung über seine arme kleine Nichte fallengelassen hatte. Janine kam natürlich auch in Frage. Oder Mijnheer Kees oder Rick Corrie, die glaubten, mir einen Gefallen zu tun. Wer es auch gewesen ist, bei der ersten Gelegenheit werde ich ihm/ihr mit Genuß die Zähne in die Wade schlagen und *zubeißen*.

Nach und nach kehrte ich in die Wirklichkeit zurück und nahm wahr, was um mich herum vorging. Eine attraktive Dame im VIP-Kostüm stellte sich als Diskussionsleiterin vor – ich glaube, sie heißt Gianetti und ist Gastgeberin einer Talkshow im Fernsehen – und erzählte dem geneigten Publikum, Onkel Ted wäre der Meister des Schwarzen Humors und Frau Soundso neben ihm hätte ebenfalls etliche humorige Geschichten verfaßt und Mervin Thurless, der bei ihnen dort oben saß, sei berühmt für seinen Witz (ach ja?), und alle wollten jetzt über das Thema ›Humor in der Fantasyliteratur‹ diskutieren. Man muß es Onkel Ted lassen – niemand wäre auf die Idee gekommen, daß er keine Ahnung gehabt hatte, über was er reden sollte. Er nahm sich einfach das Mikrofon und legte los. »Ein Buch schreiben ist ein Job wie jeder andere.« Nicht schon wieder diese Leier, betete ich, aber mein Flehen wurde nicht erhört. Nicht lange, und er sagte: »Sie müssen sich den Prozeß des Schreibens vorstellen, als ginge es darum, ein Fahrrad zusammenzubauen. Ich brauche einen Rahmen – also den Plot –, dann setze ich die Räder ein – die Personen und ihre Motive –, und dann baue ich die Gänge ein. Das sind die Gags. Größe und Konfiguration müssen genau stimmen, oder man tritt in die Pedale und – Hoppla! – die Kette springt ab.« Er wurde gelacht. »Deshalb plane ich meine humorigen Einschübe im voraus und bis ins kleinste Detail«, dozierte er weiter. »Das ganze Buch ist eine Maschine, genauestens konzipiert und geölt mit einem geschmeidigen Schreibstil.«

Und so weiter und so weiter. Dann meldete Mervin Thurless sich zu Wort und sagte, ja, ganz derselben Meinung, nur wäre für ihn der Humor mehr das Salz in der Suppe. Dann bestätigte auch die Frau, Schreiben wäre ein absolut mechanischer Prozeß, aber sie fügte hinzu (als schämte sie sich, es einzugestehen), manchmal brächten ihre Einfälle sie zum Lachen.

Darauf ergriff Onkel Ted wieder das Mikrofon und sagte, er lachte *niemals*: es wäre fatal.

Und Thurless gab seinen Senf dazu, indem er monierte, es wäre ohnehin schlechter Stil, über seine eigenen Gags zu lachen.

Mittlerweile war ich echt deprimiert. Ich dachte an Onkel Teds magische Fenster und kam zu der Erkenntnis, daß er wirklich und wahrhaftig niemals hindurchgeschaut hatte. Dieser zweite Schock nach der taktvollen Aufforderung im Flugblatt, doch nett zu der armen Maree mit dem gebrochenen Herzen zu sein, war zu viel für mich. Machte denn niemand sich die Mühe, einmal richtig hinzusehen und zu erkennen, daß man nicht alles und jedes danach beurteilen muß, ob es funktioniert oder die gewünschte Wirkung erzielt?

Um der Diskussionsleiterin Gerechtigkeit widerfahren zu lassen – sie wirkte ebenfalls ein wenig frustriert. Endlich sagte sie: »Aber wo bleibt dieses spezielle Element, das Wunder der Phantasie? Kommt niemals der Augenblick, wenn das Schreiben mehr wird als Malen nach Zahlen? Wird keiner von Ihnen je von einem lustigen Einfall überrascht und begeistert? Lassen Sie es mich aussprechen: Was ist mit Inspiration?«

Onkel Ted schüttelte entschieden den Kopf. »Nein. Wenn beim Schreiben etwas Brauchbares herauskommen soll, muß alles strikt im Rahmen bleiben. Man darf sich nicht gehenlassen, oder die Geschichte gerät außer Kontrolle, und das Produkt verkauft sich möglicherweise nicht.«

»Ich möchte noch weitergehen«, warf Mervin Thurless ein. »Wenn es eine Inspiration gibt, ist es Geld.«

»Exakt«, sagt Onkel Ted, natürlich. »Man wird dafür bezahlt, daß man die richtige Formel kennt, das Rezept.«

Ich stand auf und ging, und es war mir egal, ob die Tür hinter mir zuknallte.

Mir reichte es endgültig. Fahrräder. Formeln und REZEPTE. Bah!!

Während ich im Flur stand, Blitz und Donner im Gemüt, klickte leise die Tür, der Fatzke kam heraus und schloß sie behutsam hinter sich. Er sah zu meiner Überraschung genau so aus, wie mir zumute war.

»Geld!« sagte ich zu ihm. »*Fahrräder*!«

Er nickte. »Ja, ich weiß. »Welchen Preis hat Phantasie, ganz zu schweigen von Integrität? Und um Gottes willen, schieb nicht dauernd so energisch die Brille hoch, sonst bekomme ich das Gefühl, ich müßte die drei verteidigen, und dazu habe ich keine Lust. Wie wär's mit einer Tasse Kaffee?«

So kam es, daß ich zu meiner fortgesetzten Überraschung mit ihm in der Ecke eines Korridors irgendwo an einem Glastisch Kaffee trank. Ich glaube, der Fatzke war selbst ziemlich überrascht; seine Augen hatten einen staunenden Blick hinter den goldgefaßten Gläsern. Trotzdem, nur um sicherzugehen, fragte ich ihn, ob er das Flugblatt gelesen hatte. Der staunende Blick verstärkte sich, und er fragte: »Die geben hier auch noch ein Flugblatt heraus? Hier wird ziemlich hart gearbeitet, nicht wahr?« Nun war ich überzeugt, daß er mir nicht aus Mitleid den Kaffee spendierte, und da ich immer noch kochte, erzählte ich ihm von Onkel Teds magischen Fenstern.

»Und alles, was er dazu sagte, war, daß sie den Wert seines Hauses steigern!« schloß ich. »Igitt! Pfui!«

»Vielleicht ist es ihm nur auf diese Art möglich, darüber zu sprechen«, glaubt der Fatzke abwiegeln zu müssen. »Sie müssen irgendeine Wirkung auf ihn haben. Immerhin hat er ›Wert‹ gesagt, selbst wenn er den Ausdruck im Zusammenhang mit Geld gebrauchte. Unter Umständen fällt es ihm schwer, öffentlich über Dinge zu reden, die ihn als seltsam oder wundersam berühren. Er könnte Angst haben, daß die Leute glauben, er wäre ein Spinner oder Träumer.«

»Da sollte er drüber stehen«, meinte ich. »Und Sie haben eben gesagt, Sie wollten ihn nicht verteidigen.«

»Ja, richtig, aber – ich weiß von meiner Arbeit her, alles Planen und Wollen bringt mich nicht sehr weit, außer es kommt dieser Moment blitzartiger Erleuchtung, wenn wie durch ein Wunder plötzlich alles zusammenpaßt. Dann erscheinen mir die Dinge hell und klar, und die Ideen fliegen mir zu. Ihr Onkel und die anderen – sie müssen solche Augenblicke erleben, oder sie könnten nicht tun, was sie tun. Doch es ist furchtbar schwer in Worte zu fassen, und deshalb verkaufen sie sich als reine Handwerker und erzählen, was sie glauben, das die Leute hören wollen.«

»Netter Versuch«, sagte ich, »aber Dinge in Worte zu

fassen ist ihr Job, oder nicht? Das sollten sie können. Was arbeiten *Sie* denn?«

»Ach, ich – hm – ich entwickle Computerspiele.«

»Klasse! Aliens subtrahieren? Zraaap, zraaap? Mir macht es Spaß, Aliens abzuschießen.«

Und er: »Kann ich mir vorstellen. Aber bei meinen Spielen kann man noch ein paar andere Dinge tun; sie sind ziemlich vielschichtig. Eine komische Vorstellung übrigens, daß ziemlich viele von ihnen auf der Grundlage von Büchern entstanden sind, die man hier auf dem Basar kaufen kann, wie ich höre, und ich habe kein einziges davon gelesen.«

»Aber das hätten Sie tun sollen!« Ich war entsetzt. Er sagte, er arbeitete nach den Wünschen der Vertreiberfirmen, und ich belehrte ihn, das sei nicht genug. Sobald wir ausgetrunken hatten, schleppte ich ihn zum Basar, von dem ich mich bisher tunlichst ferngehalten hatte. Wenn ich außer dem im Preis inbegriffenen Frühstück noch ab und zu etwas essen wollte, durfte ich nicht in den Bannkreis all dieser Bücher gelangen. Ich hatte nur einmal an der Tür gestanden und gelechzt. Doch es war in Ordnung, wenn jemand anders sie kaufte, stellvertretend – es befreite mich von dem Drang, mit meinem letzten Geld den Geist, statt den Leib zu nähren. Nun ja, fast. Ich überredete ihn, alles zu kaufen, was man einfach gelesen haben muß (Kaum zu glauben, er kannte nicht einmal *I, Robot* oder den *Herrn der Ringe*!) und ein oder zwei meiner besonderen Favoriten sowie die neuesten Werke von drei oder vier Autoren, die ich wirklich mag. Ich gedenke, sie mir von ihm auszuleihen. Wir sahen uns auch Schmuck und Drachen und Comics an (sie hatten einen alten *Sandman*, der mir noch fehlt, aber zu einem horrenden Preis) und dann die Stände mit Bildern. Zinka Fearon hatte einige schöne Sachen zu verkaufen, aber die gläsernen Aliens am Stand daneben waren *scheußlich*!

»Erinnert mich an den Pullover Ihrer Tante«, sagte der

Fatzke. »Sie ist Ihre Tante, nicht wahr? Die mit dem Vanillepudding auf der Schulter.«

»Ich fand, es sieht aus wie ein Ei. Ja, das ist unsere Janine.« Durch den Pullover wurde ich an das Frühstück erinnert, und ich versuchte, aus ihm herauszubekommen, weshalb er den verrückten Kroaten, der glaubte, Onkel Ted wäre der Malory mit dem Buch über die Ritter der Tafelrunde, so merkwürdig angesehen hatte. Doch er war aalglatt.

Er sagte: »Armer Kerl. Ich sah plötzlich, was der Krieg den Menschen antun kann.«

Ich wußte, er wich mir aus, aber mehr ließ er sich nicht entlocken. Hm. Ich kann nicht anders, als Nicks Beobachtung von gestern nacht mit diesem Blick in Verbindung zu bringen.

Wie auch immer, anschließend besuchten wir zusammen die Kunstausstellung. Wenn mir tags zuvor jemand erzählt hätte, ich würde mit dem Fatzken vor Gemälden stehen und angeregt plaudern, hätte ich dem Betreffenden ein blaues Auge verpaßt und ihn einen Lügner genannt. Es muß an der Atmosphäre bei diesem Con liegen. Wir diskutieren gerade über einige *sehr* gewagte Bilder von Zinka Fearon, als Mijnheer in den Ausstellungsraum geschossen kommt. Sofort stürzt sich der Fatzke auf ihn, hält ihn fest und sagt: »Habe ich Sie endlich gefunden! Wollen Sie mit uns zu Mittag essen?«

Mit *uns*? dachte ich.

Unter keinen Umständen, nicht mit Kees – abgesehen davon, daß der Fatzke betucht ist und bestimmt nur in dem teuren Hotelrestaurant ißt, und das kann ich mir nicht leisten. Also machte ich mich flugs in der entgegengesetzten Richtung davon.

In der Nähe des Aufzugs traf ich Nick. Er strahlte über das ganze Gesicht. »Bristolia hat ihnen gefallen«, jubelte er. »Und auch mein neues Wantchester-Spiel. Ich habe ein paar neue Ideen drin, auf die von ihnen noch keiner gekommen ist. Sie sagen, ich sollte richtige Computerspiele daraus machen lassen. Nur habe ich keine Ahnung, an wen man sich für so was wendet.«

»Aber ich – rede mit dem Fatzken«, sagte ich. Nick starrte mich an. »Er hat mir gerade erzählt, er ist Designer für Spielesoftware und kennt die meisten Hersteller und Vertreiber.«

»Wow!« sagte Vetter Nick. »Stell mich ihm vor!«

[2]

Aus dem Bericht von Rupert Venables

Mir fällt auf, daß in den Notizen, die ich mir während des Cons gemacht habe, die Stunde mit Maree Mallory nur am Rande erwähnt ist. Da steht nur flüchtig hingekritzelt: *Eine unbestimmte Anzahl Bücher gekauft*, gefolgt von *Mallory beunruhigend scharfsinnig*, womit ich bestimmt nicht ihren Onkel gemeint habe. Selten einen solchen Krampf gehört, wie er ihn bei dieser Podiumsdiskussion heute von sich gegeben hat. Worauf ich anspielte, war der unbehagliche Moment, den Maree mir bereitete, als wir vor Zinkas Gemälden standen. Zinka malt exquisite, geschmackvolle Darstellungen von Menschen bei der Kopulation mit verschiedenen Arten fledermausflügliger Lebewesen. Zumeist handelt es sich um Angehörige der Spezies, die man immer häufiger findet, je weiter man sich vom Imperium aus Mehrwärts bewegt. Auch wenn ich selbst den gehörnten Männern nie begegnet bin, kenne ich ziemlich viele der anderen Geflügelten auf den Bildern – wenn auch bestimmt nicht so intim wie Zinka.

Maree sagte voller Bewunderung, und dieser Schluchzer in ihrer Stimme machte sich deutlich bemerkbar: »Man könnte wirklich glauben, sie wären nach dem Leben gemalt!«

Ich bemühte mich, nicht zusammenzuzucken. »Zinka hat eine lebhafte Vorstellungskraft«, sagte ich. Daraufhin schob Maree die Brille nach oben und *schaute* mich an. Sie scheint instinktiv zu wissen, wann ich versuche, etwas zu überspielen. Kurz darauf verschwand sie, als ich mir Kornelius Punt angelte, und ich wußte kaum, ob ich erleichtert war oder es bedauerte.

Punt war mir weder besonders sympathisch noch besonders unsympathisch, aber das ist bei der Auswahl eines neuen Magids ohnehin kein Kriterium. Wonach ich suchte, waren bestimmte Eigenschaften, die vorhanden sein müssen. Kees, wie er genannt werden wollte, verfügte zweifellos über einige davon. Er hatte den nötigen Grips. Das Reisestipendium hatte er für herausragende Leistungen an der Universität erhalten – wie er mir erzählte, war er aus Tausenden Bewerbern aus den ganzen Niederlanden ausgewählt worden. Doch es dauerte eine Weile, bis ich ihn so weit brachte, darüber zu sprechen. Er war unglaublich aufgedreht – ich nehme an, im Kommunikationsrausch durch den Con – und schien nichts anderes im Sinn zu haben, als den Clown zu spielen.

»Wir müssen halbe-halbe machen«, war das erste, was er sagte. »Ich habe kein Geld.«

»Aber das bedeutet, jeder übernimmt die Hälfte.«

»Genau das!« rief er, und seine Stimme schnappte vor Entzücken über. »Sie steuern das Geld bei und ich das Vergnügen meiner Gesellschaft.«

Ich erklärte mich einverstanden, und er machte sich daran, die teuersten Gerichte auf der Karte zu ordern, während ich versuchte, etwas Vernünftiges aus ihm herauszubekommen.

Bei den Scampi des ersten Ganges meinte er kauend: »Ich habe beschlossen, es ist ein feiner Spaß, in Maree Mallory verliebt zu sein. Es heißt, sie hat ein gebrochenes Herz, also besteht keine Gefahr für mich.«

Mir wurde heiß vor Ärger. »Da wäre ich mir nicht so sicher.«

»Oh, ich weiß. Sie wird mich beißen. Oder kratzen.« Er gluckste. »Aber ich bin bekennender Masochist, also geht das in Ordnung.«

Fast wäre mir eine aufgebrachte Bemerkung entschlüpft. Nur merkte ich rechtzeitig, daß Kees mich mit Maree gesehen hatte und versuchte, aus mir eine Reaktion herauszukitzeln. Meine Vermutung wurde Gewißheit, als er hinzufügte und mich dabei aus den Augenwinkeln beobachtete: »Und sie ist ganz der Vater. Wahrscheinlich ist sie einer der Dämonen ihres Onkels in Menschengestalt.«

Ich ging darüber hinweg, aber ich fühlte mich beschämt. Wahrscheinlich ist die Eintragung über diesen Vormittag so kurz und knapp ausgefallen, weil ich zu meiner Bestürzung erkannte, daß ich Maree, von der ich gesagt hatte, nur über meine Leiche würde sie je ein Magid, jedem der anderen Kandidaten vorzog. Wenn nur nicht dieser *Schluchzer* in ihrer Stimme wäre ...

Mittlerweile ging mir Kees Punt mehr und mehr auf die Nerven. In gewisser Weise, dachte ich, wäre es eine gute Tarnung für einen Magid, für einen Spaßvogel gehalten und niemals ernst genommen zu werden, nur lenkte Punt zu sehr die Aufmerksamkeit auf sich – seine Stimme steigerte sich zum schrillen Diskant, wenn er wieder eins seiner unsäglichen Wortspiele vom Stapel ließ –, und das ist für einen Magid kein empfehlenswertes Verhalten. Wenn man erst die Blicke auf sich gezogen hat, bleibt nichts mehr lange verborgen. Aber Kees war jung. Es bestand die Hoffnung, daß er ruhiger wurde. Irgendwo hinter den Albernheiten mußte ein ernsthafter Charakter verborgen sein, dachte ich, während er mir mit gellender Signalpfeifenstimme verkündete, die Schrift auf seinem T-Shirt sei Elfisch.

Und ich denke immer noch darüber nach, ob ich Kees Punt ausreichend geprüft habe, denn während er sich mit Appetit über seine Bécasse Supreme hermachte, wurden wir beide durch einen sich anbahnenden Disput unter den anderen Gästen abgelenkt. An dem Tisch hinter mir sagte Ted Mallory laut: »Und weshalb hätte ich es leugnen sollen, gottverdammich? Er hat es total verbockt. Ich habe den Gag genommen und verbessert, und ich schäme mich nicht, es zuzugeben. Bücher sind Allgemeingut – und er hatte kein Recht, so verdammt unhöflich zu sein!«

Kees' blasses Gesicht bekam Farbe. Er hob die Hand, um meine Aufmerksamkeit auf das Gespräch zu lenken. »Ich liebe Klatsch und Skandale«, bekannte er mit entwaffnender Unverfrorenheit, »das da scheint ein fetter Brocken zu sein.«

An dem Tisch hinter ihm äußerte einer meiner amerikanischen Bekannten: »Also, wenn der Mann glaubt, er wäre beraubt worden, wie will er sich in das Autorenprojekt Gemeinsame Welt einfügen? Da läuft es doch so, daß einer einen guten Einfall hat, ein anderer greift ihn auf, und in null Komma nichts wird er mehr oder weniger variiert in jeder einzelnen Story verbraten. Nichts anderes hat Mallory getan. Thurless ist ein Arschloch.«

Von der anderen Seite des Speisesaals konnte man Thurless keifen hören: »Schamloses Plagiat, nenne ich das! Geistigen Diebstahl! Ich hätte nicht übel Lust, Mallory zu verklagen!«

Ich beobachtete Kees, sein lebhaft gerötetes Gesicht, die erhobene Hand. Er hatte das Zeug zu einem Magid, kein Zweifel. Ich konnte spüren, wie er den Lautstärkepegel aller Stimmen ringsum anhob, so daß auch von dem weit entfernten Thurless jedes Wort zu verstehen war. »Es *ist* ein Skandal!« gluckste er entzückt.

Wie es schien, hatten Maree und ich die Podiumsdiskussion zu früh verlassen, bevor es lustig wurde – Thurless war unvermittelt auf Mallory losgegangen und hatte ihn beschuldigt, die amüsantesten Szenen von *Shadowfall* aus einem im Jahr zuvor veröffentlichten Roman von Thurless gestohlen zu haben. Mallory hatte kein Hehl daraus gemacht. »Wenn ich das Rädchen, das ich brauche, in jemandes verkorkster Maschine herumliegen sehe«, sagte er hinter mir, »erscheint es mir durchaus gerechtfertigt, es zu nehmen und nach den Regeln der Kunst zu benutzen.« Diese Einstellung entsprach seiner privaten Philosophie, aber kein Zweifel, daß es einen handfesten Streit gegeben hatte und nicht zu jedermanns Vergnügen.

Durch Punts Manipulationen hörte ich die Leiterin der Diskussion, Tina Gianetti, tränenerstickt zu Maxim Hough sagen: »Ich konnte sie nicht bändigen! Ich hatte Angst, sie würden sich über mich hinweg an die Gurgel fahren! Und bei einer Fernsehsendung hätte ich eine derartige Ausdrucksweise keinesfalls geduldet!«

Kees' Augen leuchteten auf. »Ausdrucksweise? Was für eine Ausdrucksweise? Klartext, Tacheles, Fraktur, gespickt mit Fäkalinjurien? Jemand möge uns erleuchten!«

Tatsächlich drängte er Gianetti und die Amerikaner, zu wiederholen, was die Kontrahenten sich gegenseitig an den Kopf geworfen hatten. Ich konnte nicht mehr an mich halten. »Kees, tun Sie das immer, Leute manipulieren?«

»Nur, wenn ich etwas erfahren möchte«, gestand er unbefangen. »Für die Gerüchteküche und das Examen und so weiter.«

»Das ist ein Mißbrauch von Macht.«

»Ach, Sie sind ein Paragraphenreiter, ich habe es Ihnen angesehen. Aber was ist so schlimm daran?«

»Beim Examen wäre es zum Beispiel Betrug.«

»*Alle* betrügen«, sagte er, »wenn sie die Gelegenheit haben. Ich würde es nicht tun, wenn es um etwas Wichtiges ginge, eine Parlamentswahl oder so. Und das hier kann man sich doch einfach nicht entgehen lassen.«

Allmählich hegte ich ernsthafte Zweifel an der moralischen Integrität dieses Kandidaten. Vielleicht meinte er es wirklich nicht böse, aber konnte man darauf vertrauen, daß in zehn Jahren aus dem Spaß nicht Ernst geworden sein würde? Ich war ganz froh, als er auf seine Uhr schaute und sagte, er müsse gehen, für die Verleger den Laufburschen machen.

»Sie brauchen kein Dessert zu bestellen«, warf er über die Schulter zurück. »Ich bin süß genug.«

Ich ging ebenfalls, nachdem es mir gelungen war, einen Kellner heranzuwinken und meine Rechnung abzeichnen zu lassen. In jeder Hand zwei Tragetaschen mit Büchern, machte ich mich auf den Weg zum Ausgang. Thurless saß an dem Tisch neben der Tür. Ich hatte gehofft, mir ihn als nächsten vornehmen zu können, doch er war unverkennbar immer noch in Rage, nach der Hingabe zu urteilen, mit der er die Bratkartoffeln auf seinem Teller aufspießte. Man sah ihm an, wie er sich ausmalte, *das* sind Ted Mallorys Nieren, und *das* ist sein Herz, und sein Bart zitterte vor Wut. Trotzdem wäre ich stehengeblieben, um mich mit ihm bekannt zu machen, hätte nicht der andere Mann an seinem Tisch bei meinem Näherkommen den Kopf gehoben und mich angesehen. Es war der feindseligste Blick, den ich je auf mir gefühlt habe, und traf mich aus fahlen Augen, die gelb waren, wo sie hätten weiß sein sollen, dazu teilten sich in einem braungrau melierten Bart wulstige Lippen zu einem Zähnefletschen.

Der Mann war mir vollkommen fremd. Auf seiner Plakette stand GRAM WHITE, und ich glaubte, mich zu erinnern, daß Mrs. Janine Mallory beim Frühstück diesen Namen erwähnt hatte, mehr wußte ich nicht. Doch es konnte keinen Zweifel daran geben, daß er über ein starkes magisches Potential verfügte, dem von Thurless etwa gleichwertig. Und er haßte mich. Und er signalisierte mir, fernzubleiben. Ich ging einfach weiter, als hätte ich nichts bemerkt. In einem der zahllosen Spiegel des Hotels konnte ich sehen, wie ich, beide Hände voll, mit der Schulter die Tür aufdrückte, und niemand hätte mir angemerkt, daß irgend etwas Ungewöhnliches geschehen war. Ich gratulierte mir im stillen zu meiner

Geistesgegenwart und Selbstbeherrschung. Erst draußen, als ich darüber nachgrübelte, was den Unsympathen bewogen haben mochte, mich so grimmig anzustarren, fiel mir ein, daß über seiner Stuhllehne ein grauer Kapuzenumhang gehangen hatte. Aha! Er war der Anführer dieser Prozession mönchischer Gestalten gewesen, denen man tags zuvor im Foyer betont aus dem Weg gegangen war.

Da ich eben die Signatur seiner Magie gespürt hatte, glaubte ich, auch den Grund für seine Animosität zu kennen: Er war einer von den beiden verantwortungslosen Nutzern des Nodus gewesen, und er mußte in mir denjenigen erkannt haben, der hinter ihnen sozusagen aufgeräumt hatte.

Ich ging stracks zum Basar. »Gram White?« fragte ich Zinka.

Sie saß inmitten ihrer Spiegel, Schatullen und geflügelten Figuren und aß ein großes Hot dog. »Schlechte Medizin«, gab sie mit vollen Backen Auskunft. »Ein Hiesiger, Inhaber der Waffenfabrik in Wantchester. Nimmt regelmäßig an diesem Con teil und leitet regelmäßig Esoterica in Universe Three. Am besten nicht einmal mit der Beißzange anfassen!«

»Danke«, sagte ich und überließ sie ihrem Imbiß.

Der nächste Weg führte mich zu meinem Auto. Durch den Küchenausgang trat ich in einen überraschend schneidend kalten Tag hinaus, durchstöbert von silbernem Schneegeflitter. Ich verstaute meine Tüten im Kofferraum, bevor ich in den Wagen stieg.

Scarlattis silbernes Tongeflitter wurde zu einem leisen Zirpen gedämpft. »Zeit wird's!« sagte Stan. »Dein Telefon hat dauernd Laut gegeben, aber wie es scheint, habe ich darüber keine Gewalt, nicht wie über die Kassetten. Ich mußte es läuten lassen.«

»Tut mir leid, ich war beschäftigt. Stan, woher genau hast du diese Liste potentieller Magids bekommen?«

»Von der Großmeisterin. Wurde von Oben an sie weitergegeben, etwa zu der Zeit, als ich wußte, daß ich sterben würde. Warum?«

»Obere Kammer oder noch höher?«

»Nun, auf ihren Tisch kam es auf dem Dienstweg, wie das meiste andere auch. Aber die Angaben waren so ungenau, daß ich den Eindruck hatte, sie könnte von Ganz Weit Oben gekommen sein. Hat mich eine Menge Arbeit gekostet, dir daraus eine brauchbare Liste mit Namen und Adressen zu erstellen, kann ich dir sagen.«

»Dachte ich mir. Wir werden manipuliert, Stan, von Da Oben. Und es gefällt mir nicht. Ich kann nicht erkennen, was dahintersteckt. Kein einziger von diesen Kandidaten ist brauchbar. Punt ist noch der vielversprechendste, und er würde alles tun für einen Lacher. Der Kroate hat nicht alle Tassen im Schrank. Thurless macht Szenen wie eine Primadonna, und ich vermute, er ist der Schwarzen Magie zugeneigt. Fisk ist gräßlich, und du weißt, was ich von Mallory halte. Ich denke, wir zerreißen diese Liste und fangen noch einmal ganz von vorne an.«

»Sachte, sachte«, mahnte Stan. »Ich muß sie aus einem bestimmten *Grund* bekommen haben. Hast du mit jedem von ihnen *ausführlich* gesprochen?«

»Nicht mit Fisk oder Thurless«, mußte ich zugeben. »Und mit Gabrelisovic habe ich noch kein Wort gewechselt.«

»Dann muß einer von ihnen über verborgene Werte verfügen. Urteile nicht, bevor du ...«

Hier meldete sich mein Telefon. Am anderen Ende war Dakros, seine triumphierende Stimme durchdrang das Rauschen und Knistern der schlechten Verbindung. »Endlich erreiche ich Euch, Magid. Entschuldigt die Interferenzen. Ich bin in einem Landcruiser auf dem Weg zum Thalangia-Weltentor. Wir haben Knarros gefunden. Prinzessin Alexandra hat ihn ausfindig gemacht.«

»Wirklich?« Mehr als nur en hübsches Lärvchen, rief ich mir in Erinnerung. »Wie ist ihr das gelungen?«

»Erinnert Ihr Euch, daß ich sie nach Thalangia

geschickt hatte? Auf das Gut, das mein Onkel für mich bewirtschaftet? Nun, sie hat sich mit meinem Onkel und einigen Leuten dort unterhalten, und mein Onkel erwähnte zufällig, es gäbe eine religiöse Kolonie auf einem Berg in der Nähe, und jemand anderer fügte hinzu, sie wären Anbeter der Göttin im Dornbusch, wie seine Kaiserliche Majestät gewesen ist. Also stellte Alexandra behutsame Nachforschungen an. Offenbar leben dort oben Kinder oder wenigstens Jugendliche, doch man warnte sie, das Oberhaupt der Sekte ließe niemanden in die Nähe der Kolonie, außer man kommt als Händler, und auch diese dürfen nicht mit den Kindern sprechen. Also forschte sie weiter. Und heute hat ihr jemand berichtet, das erwähnte Oberhaupt sei ein despotischer Kentaur namens Knarros. Sie hat sich sofort mit mir in Verbindung gesetzt.«

»Knarros ist ein *Kentaur*!« rief ich. Also *hatte* es in den Animationen einen Hinweis gegeben.

Dakros lachte zufrieden. »Ja, kein Wunder, daß alle Menschen Hochstapler waren. Wie gesagt, ich bin in einem Cruiser auf dem Weg nach Thalangia, mit so vielen Männern, wie ich entbehren kann. Morgen abend werden wir vor Ort sein. Könnt Ihr am Fuß dieses Berges zu uns stoßen, Magid?«

»Eigentlich habe ich hier dringende ...«, begann ich, doch: »Wenn er ein Kentaur ist, muß ein Magid dabei sein«, flüsterte Stan mir ins andere Ohr. »Sag zu, und leg die Angelegenheit hier für eine Stunde oder so auf Eis.«

Ich seufzte. »Also gut. Gebt mir Noduspunkte und Koordinaten für den Berg. Welche Zeit?«

Wir einigten uns auf sechs Uhr abends, und ich legte auf. »Was heißt das, ›wenn er ein Kentaur ist, braucht man einen Magid‹?« fragte ich Stan.

»Wenn man sich mit Kentauren auskennt«, erklärte er, »ist es offensichtlich. Dieser Knarros genoß offenbar in hohem Maß das Vertrauen des Kaisers und hat sich nach dessen Tod nicht gemeldet. Daraus folgt, er hat sein Wort gegeben, das Geheimnis zu wahren oder nur unter bestimmten Bedingungen aus der Deckung hervorzukommen. Kentauren wie dieser können ausgesprochen pedantisch sein. Du wirst ihn überzeugen müssen, daß die Bedingungen erfüllt sind. Auf Magids pflegen sie zu hören, wenn auf niemanden sonst. Und er könnte selbst ein Kundiger sein. Das würde erklären, wie ...«

»Schon gut, du hast mich überzeugt. Ich bin kein Kentaur. Morgen gehe ich und verhandle mit Knarros, aber bis dahin habe ich hier noch einiges zu regeln.«

Ich stieg aus dem Auto, eilte im Laufschritt durch das Schneegestöber zum Hotel und begab mich noch einmal zum Basar. Auf keinen Fall würde ich so nachlässig sein wie Gram White und eine komplexe Gramarye auf einem starken Nodus wie Wantchester unbeaufsichtigt lassen.

Ich hatte die Schicksalsbahnen von vier Leuten im Hotel Babylon zusammengeführt, sieben, genaugenommen, wenn man meine hinzurechnete und Andrews und, wie ich annehmen mußte, Maree Mallorys ebenfalls – und unter keinen Umständen konnte ich das alles vor Samstagabend abschließen. Ursprünglich hatte ich vorgehabt, mir die ganze folgende Woche dafür Zeit zu nehmen.

Zinka hatte mittlerweile ihr Hot dog aufgegessen und trank Tee. Zum Glück waren außer uns beiden kaum Leute im Raum. Ich trug ihr atemlos flüsternd mein Anliegen vor.

»Nein«, sagte sie. Sehr liebenswürdig eigentlich, doch es war, als würde man einen Eisberg rammen. »Laß das Imperium sausen, Rupert. Ohnehin ist Bestimmt, daß es untergeht. Ich bin in Urlaub, erinnerst du dich?«

»Aber du hast gesagt, in einem Notfall ...«

»Dies«, Zinka hob den Zeigefinger, »ist kein Notfall. Dies bist nur du, der versucht, einem seit Wochen toten Leichnam Leben einzuhauchen. Ich wiederhole: Nein.«

»Ich kann unmöglich eine mehrfältige Gramarye

unbeaufsichtigt lassen!« appellierte ich in flehendem Ton an ihr kollegiales Verantwortungsgefühl.

»Dann laß es. Oder wende dich an jemand anderen. Wie wär's mit Stan?«

»Stan ist tot. Er ist tot und spukt momentan als Geist zu Cembaloklängen in meinem Auto.«

»Oh, dann will ich nichts gesagt haben. Tut mir leid, das wußte ich nicht.« Die Zeichen standen auf Tauwetter, doch ausgerechnet in diesem Moment fiel im wahrsten Sinne des Wortes der Schatten meines kroatischen Kandidaten über uns. Bevor ich etwas sagen konnte, beugte er sich nieder und schob sein hohlwangiges, fanatisches Gesicht zwischen uns. Zinka und ich zuckten beide instinktiv zurück.

»Ihr zwei habt den falschen Geruch«, sagte Gabrelisovic. Seine große bläulich-rote Hand, höckerig und übersät von weißen Narben, erschien vor unseren Augen und zeichnete eins der virulenteren Symbole gegen Hexerei in die Luft. »Solche wie euch«, zischte er, »habe ich getötet mit meinen bloßen Händen und geworfen in ein Massengrab, viele Male in den Bergen meiner Heimat.« Er richtete sich auf und trat zurück. »Ich bei der Jagd folge der Witterung. Hütet euch. Ihr seid zuwider.« Damit wandte er sich ab und entfernte sich.

»Oha!« Zinka holte tief Atem. »Lange her, seit meiner letzten Begegnung mit einem echten Hexenspürer. Er muß ihrem Krieg eine faszinierende neue Dimension gegeben haben! Abgesehen davon ist er total verrückt, stimmt's?«

Zinka ist eine ausgezeichnete Heilerin, deshalb fragte ich: »Besteht die Möglichkeit, daß du ihn wieder auf die Reihe bringst?«

»Nein«, sie starrte hinter Gabrelisovic her, der den Raum verließ. »Kein Chance. Nicht, nachdem er Menschen mit den bloßen Händen ermordet hat. Außerdem würde er auf mich losgehen, wenn ich es versuchte.« Und als ich den Mund aufmachte, um sie wieder wegen meiner Gramarye anzuflehen, fügte sie hinzu: »Es bleibt bei meinem Nein, Rupert. Ich pflege zu wissen, wann ich gebraucht werde, und jetzt werde ich nicht gebraucht. Hebe dich hinfort!«

Ich ging also und versuchte, mir eine andere Lösung einfallen zu lassen. Als naheliegend bot sich an, meine Arbeit hier soweit wie möglich zu beenden – wenigstens konnte ich mir das Gespräch mit Gabrelisovic sparen –, und dann Will zu bitten, den nächsten anderweltlichen Magid, mich zu vertreten, während ich mit Knarros verhandelte. Will war leichter zu erreichen als jeder andere Magid derzeit auf der Erde. Wie ich es mir ausdachte, schien es ganz einfach zu sein. Ich machte mich ans Werk.

Kapitel 13

Aus Maree Mallorys Ordner ›Dornenhexe‹, Datei 26

Ich schreibe dies hier zu ziemlich später Stunde, gerade zurückgekommen von den Verlegerfeten, und nachdem ich Nick in sein Zimmer verfrachtet habe, bevor er sich zu sehr betrinken konnte. Eine der Parties scheint immer noch im Gange zu sein. Ich höre gedämpftes Grölen, und eben hat es irgendwo mächtig geklirrt. Wahrscheinlich ist jemand an einer Ecke falsch abgebogen und in einen Spiegel gelaufen.

Ich bin nicht länger geblieben, weil a) mein nordischer Traumtyp sich nicht blicken ließ (Wendy war auch auf der Jagd nach ihm), b) Rupert wütend auf mich ist und c) Janine hereinkam, während ich neben Nick und Wendy auf dem Boden saß, und sich darüber mokierte, was für ein Anblick wir wären. Eins muß der Neid ihr lassen: Sie hat eine spitze Zunge. Sie trug etwas Schwarzes mit einer herumgeringelten goldenen Schlange und sah aus wie eine weitergedachte Version von Zinkas Bildern. Die Schlange hatte zwei Köpfe, und ein Kopf war ... Na, ich konnte es nicht mehr aushalten und ging.

Doch eigentlich wollte ich aufschreiben, was heute nachmittag Verrücktes passiert ist.

Nick war scharf darauf, Rupert – dem Fatzken – seine Abenteuerspiele anzudienen. »Scharf« ist gar kein Ausdruck. Er ließ mich nicht entwischen, ich mußte ihm helfen, Rupert Venables zu suchen. Natürlich konnten wir ihn zuerst nicht finden. Dann entdeckten wir ihn in der Bar, aber – wie konnte es anders sein – in exakt demselben Moment, als die Scheuche Tansy-Ann sich seiner bemächtigte und ihn gar nicht mehr hergeben wollte.

Nick drängte darauf, daß wir Rupert aus ihren Klauen befreiten. Er sagte, wir könnten uns der unsterblichen

Dankbarkeit des Mannes sicher sein. Und ich sagte ihm, er hätte keine Ahnung, aus welchem Holz Tansy-Ann geschnitzt war. Wenn wir uns ihr näherten, mußten wir damit rechnen, daß sie uns ebenfalls einfing und in ihrem Bann hielt. Selbst Nick gab zu, daß sie ganz den Eindruck machte. Jemand spendierte mir ein Bier, weil ich angeblich aussah, als ob ich es brauchte – dieses vermaledeite Flugblatt! –, und Nick bekam eine Cola, die er nicht mochte. Derweil schauten wir zu, wie Rupert die Rückenmassage abwendete und statt dessen seine Hände kneten lassen mußte, während Tansy-Ann ihre Geiernase in sein Gesicht schob und eine gute Stunde lang auf ihn einredete. Fast bekam ich Mitleid mit dem Fatzken, als Nick und ich nach kurzem Wegsehen wieder hinschauten und er verschwunden war. Tansy-Ann schien nicht weniger verdutzt zu sein als wir.

»Ich habe dich gewarnt«, sagte Nick. Hatte er nicht. »Er ist genau wie ich. Ich kann mich auch immer verdünnisieren, wenn ich will. Wahrscheinlich ist er auf der Toilette.«

Nein, war er nicht.

Nick ging hinein und schaute nach. Also suchten wir noch einmal das ganze Hotel ab.

Diesmal fanden wir ihn in der Gesellschaft von Mervin Thurless, aber erst nachdem wir sämtliche Räume im Parterre und die meisten der Veranstaltungsräume im ersten Stock abgeklappert hatten und jeden nach ihm gefragt, der uns über den Weg lief. Rick Corrie, wie immer in Eile, schickte uns in den ersten Stock hinauf. Jemand anders schickte uns wieder nach unten, wo wir Wendy trafen, die sagte, sie würden diesen Rupert nicht erkennen, wenn er direkt vor ihr stünde. Ein großer, dicker Mann drängte heran, das Gesicht von einem schwarzen Bart umrahmt und FANGS! auf seinem T-Shirt, stürzte sich auf Wendy und zog sie an die Brust. Eine wahrhaft bärige Umarmung. Über Wendys Schulter hinweg informierte er uns, daß Rupert der Magier in der

Ops wäre und nach Mervin Thurless suchte. Also gingen wir dorthin, und ein Mann im Kampfanzug, der mit einem karottenhaarigen Mädchen anzubandeln versuchte, antwortete auf unsere Frage genervt, seine Schicht hätte gerade erst angefangen und versucht euer Glück im Pressebüro. Dort bekamen wir das zweite Flugblatt des Tages in die Hand gedrückt, aus dem wir entnehmen konnten, daß Onkel Ted Ideen von Mervin Thurless gestohlen hätte und Tina Gianetti sich weigerte, sie noch einmal zusammen zu einer Gesprächsrunde einzuladen.

»Ich wette, es stimmt und er hat von Thurless geklaut«, sagte Nick, der den Artikel las, während wir den Flur hinuntergingen.

»Aber sicher. Er hat mir erzählt, er könnte es nicht leiden, Ideen herumliegen zu sehen, die nicht gebührend verarbeitet worden sind. Und ich würde diesem Thurless nicht zutrauen, eine Idee gebührend zu verwerten, wenn sie ihm auf einem Silbertablett überreicht würde.«

»Hier steht«, sagte Nick, »Thurless wird morgen statt Wendy den Autorenworkshop leiten. Ich denke, sie könnte es besser, du nicht?«

Darüber war es ziemlich spät geworden. Die ersten Leute in Abendgarderobe erschienen – feingemacht für die Parties. Maxim Hough eilte vorüber, er trug eine Patchworkjacke aus Samt und war in Begleitung von zwei beneidenswert grazilen Mädchen. Und uns entgegen kamen zwei atemberaubende Vamps in langen, hautengen, rotgeschnürten schwarzen Lederkleidern. Ich brauchte einen Moment, bis ich erkannte, daß es zwei von den Langhaarigen mit dem Baby waren. Jetzt trugen sie das Haar zu raffinierten Frisuren aufgetürmt, und die falschen Wimpern waren fast drei Zentimeter lang.

Nick erkannte sie sofort. »Wow!« sagte er. Die beiden waren hocherfreut und stellten sich in Pose, um von ihm bewundert zu werden. »Und wo habt ihr das Baby?« fragte er.

»Larry paßt auf den Kleinen auf«, antwortete die linke. »Pardon, Loretta.«

»Seit der Geschlechtsumwandlung entwickelt sie unheimlich starke Muttergefühle«, erklärte die rechte.

Nick verschlug es die Sprache. Ich fragte ohne große Hoffnung, ob sie Rupert gesehen hätten.

»Rupert den Magier?« sagten sie mit ihren herrlichen rauchigen Stimmen. Eine von ihnen fügte hinzu: »Ich liebe diesen Mann – er ist so *normal*!« und die/der andere meinte, er (oder sie) hätte Rupert in den Filk Room gehen sehen, geradeaus den Gang hinunter. Dann stöckelten sie davon – beide trugen glänzende schwarze Stiefel mit zwölf Zentimeter hohen Absätzen. Ich fragte mich, wie sie überhaupt gehen konnten, allein schon in diesen sich nach unten verjüngenden Röcken.

Nick sagte: »Ich weiß, einer von ihnen muß ein Mann sein. Kannst du mir sagen, welcher?«

»Keinen Schimmer. Sie sehen beide fantastisch aus. Aber dieses Baby wird eine echt skurrile Kindheit haben.«

Nick sagte in merkwürdigem Ton: »Jede Kindheit ist skurril.« Er studierte seinen Con-Plan und suchte nach dem Filk Room. »Am Ende dieses Flurs.«

Es war ein mittelgroßer Raum, leer bis auf einige Geräte wie für ein Tonstudio und Kabel, die sich über den Fußboden schlängelten. Rupert Venables und Mervin Thurless saßen auf den einzigen beiden Stühlen und unterhielten sich angeregt. Als wir die Köpfe durch die Tür steckten, drehte Thurless sich herum und stach seinen Bart in unsere Richtung. Er erkannte mich, und seine Miene wurde finster.

»Du glaubst wohl, du kannst mich auch noch aus diesem Zimmer vertreiben?« keifte er. »Geh weg. Geh weg und such dir einen anderen Platz für deine Voodootänze!«

Wir schlossen hastig die Tür und setzten uns an der Wand auf den Fußboden. Nick meinte: »Kein Problem.

Wir können Rupert den Magier abfangen, wenn er herauskommt.«

Mich beschäftigte etwas ganz anderes. »Lieber Himmel! Rick Corrie hat mir tatsächlich *sein* Zimmer gegeben!«

»Dafür kannst du doch nichts.«

Wir warteten. Nick war mit sich und der Welt zufrieden. Er nahm sein Notizbuch und beschäftigte sich damit, sein Wantchester-Spiel zu perfektionieren, es auf Bristolia-Standard zu bringen, wie er sagte. Ich meinerseits war ziemlich unruhig. Es war aber auch eine unruhige Ecke. Kellner und Kellnerinnen eilten durch eine Spiegeltür hin und her, trugen Gläsertabletts oder Kästen voller Flaschen für die Parties der Verleger. Alle schienen sich über Musik zu unterhalten. Die Kellnerin, die Nick seine Cornflakes gebracht hatte, hastete vorbei und sagte: »Ich habe nichts gegen Musik, ich möchte nur gern wissen, woher sie kommt.«

Und der Kellner, der uns beim Frühstück mit dem lebensnotwendigen Kaffee versorgt hatte, stimmte ihr zu: »Ja, ich weiß, es ist irgendwie unheimlich. Musik aus dem Nichts.«

Ein paar Minuten, nachdem sie gegangen waren, hörte ich ebenfalls Musik. Sie drang durch die Türen des Filk Rooms. Unheimlich fand ich sie nicht, aber es war doch ziemlich unwahrscheinlich, daß Rupert Venables und Mervin Thurless plötzlich angefangen hatten, Gitarre zu spielen. »Nick . . .«

Nick blickte auf, lauschte und sagte: »O nein!« Zu den Gitarren hatte sich ein lyrischer Sopran gesellt.

Wir sprangen beide auf, und Nick öffnete die Tür zum Filk Room. Drei Frauen schauten uns überrascht an. »Wir wollen nur etwas proben«, sagte die Sängerin. »Das Filking beginnt erst gegen acht Uhr.«

Nick entdeckte die Tür in der Wand gegenüber, durch die die Frauen den Raum betreten und Rupert und Thurless ihn verlassen haben mußten. »'tschuldigung«, sagte er und sprintete darauf zu. Wir durchquerten den Raum, wie eine Armee die Bühne überquert, angestarrt von dem verblüfften Trio, platzten durch die Tür und standen auf einem Podest der Lieferantentreppe. Nick schien keinerlei Zweifel bezüglich der Richtung zu haben und stürmte die Treppe hinauf; ich folgte ihm keuchend und dachte, selbst *wenn* Rupert diesen Weg genommen hatte, war er jetzt längst sonstwo. Oben befand sich eine Feuertür mit der Aufschrift *2. Etage*. Nick öffnete sie, schaute hindurch und winkte mich aufgeregt heran.

Ich sah einen langen Korridor mit den üblichen Spiegeln an den Ecken und Rupert Venables, der am Ende gerade nach links abbog. Wir nahmen die Verfolgung auf. Inzwischen war ich fast ebenso frustriert wie Nick. Ich hatte einen ganzen Nachmittag vergeudet und war *entschlossen*, ihn einzuholen. Wir sprinteten um die Ecke, ich dicht hinter Nick, und den Flur entlang, in dem Rupert verschwunden war.

Erst nach etlichen Metern zwischen verspiegelten Wänden – das Glas dieser Spiegel war trüb und dunkel, wie die Reflexion von Reflexionen – wurde mir bewußt, daß ich mich an diesen Korridor anders erinnerte. Da war keine Kreuzung gewesen, die gab es nicht an dieser Seite des Gebäudes. Und man konnte immer nur nach rechts gehen. Wer sich nach links wenden wollte, stand vor einer Mauer. Also wie ...?

Eine Sekunde später merkte Nick es ebenfalls. »Wo sind wir?«

»In der Tinte«, antwortete ich. »Lauf. Wir müssen unbedingt an ihm dranbleiben.«

Rupert Venables befand sich immer noch ein Stück vor uns und ging ruhig weiter. Ich war überzeugt, wenn wir ihn aus den Augen verloren, waren wir auch verloren. Wenn ich mich umschaute – und das tat ich, mindestens sechsmal und in wachsender Panik –, dann war da hinter uns, nun ja, *nicht* das Hotel. Gestaltlose Fremdartigkeit. Nick riskierte ebenfalls einen Blick, dann packte er mein

Handgelenk, und wir rannten. Auch das war rätselhaft und beunruhigend: Rupert Venables marschierte ohne Eile vor uns her, mit schwingenden Armen und zielstrebig, als wüßte er, wohin er ging, aber nicht besonders schnell. Wir beide bemühten uns nach Leibeskräften, ihn einzuholen, aber die Entfernung blieb immer gleich.

Ich wollte schreiben: »Es war schwer, nicht in Panik zu geraten«, aber Tatsache ist, wie gerieten in Panik. Laufen und laufen und nicht von der Stelle kommen – das erlebt man in Alpträumen. Und wenig später war es *genau* wie in meinen Alpträumen, weil ich dort, seitlich vor mir, den Strauch sah mit meiner dornigen Freundin darin oder als Teil davon oder was weiß ich. Sie rief mir zu, hämisch: »Was für einen Unfug treibst du jetzt schon wieder?«

»Halt die Klappe!« empfahl ich ihr.

Ich glaube nicht, daß Nick sie hörte oder ihre Anwesenheit bemerkte. Er trampelte durch eine Hälfte ihres Strauchs und schrie mit vor Angst Achterbahn fahrender Stimme: »Rupert! *Venables*!« Die Zweige und Ruten des Strauchs wippten und peitschten durch die Luft, Mann, sie war *wütend*! Aber ich konnte nicht darauf achten, weil Nick an meiner Hand zerrte, und Rupert Venables marschierte einfach weiter, ohne unser Rufen zu hören.

Wir befanden uns jetzt – hatte es den Anschein – draußen unter freiem Himmel, auf einem in Stufen steil abwärts führenden Berghang. Doch es gab ganz schreckliche Stellen, wo alles *un*fest war: auf den Absätzen bewegte sich der Boden wie unterirdisch mahlender Treibsand, gleichzeitig schlug auch der Hang über uns Wellen, und wir mußten uns darunter ducken und über die trügerischen Stellen hinwegspringen wie von Grasbüschel zu Grasbüschel in einem gefährlichen Moor. Die Erleichterung, wieder auf grasbewachsenen Hang zu gelangen, wäre unbeschreiblich gewesen, nur daß wir Rupert einfach nicht näherkamen und rufend, uns duckend und springend versuchen mußten, ihm auf den

Fersen zu bleiben. Über den grasigen Flächen wandelte sich der Himmel von wolkenverhangen zu blau, zu fast dunkel, zu Abendrot und wieder zu blau mit weißen Wolken. Mir wurde schwindelig davon.

Der Alptraum mündete in einen wunderschönen Frühlingsnachmittag. Rupert sprang von einer heckengesäumten Böschung auf einen Feldweg und ging zu einem verwitterten weißen Gatter in der Hecke auf der anderen Seite.

»Halt! Warte!« japste Nick.

»Hilfe!« japste ich.

Die Hand auf dem Gatterriegel, fuhr er herum und starrte uns an. Ich hatte nie einen solchen Ausdruck des Zorns auf seinem Gesicht gesehen, nicht einmal, als er unseren Gute-Geister-Tanz unterbrach. »Wie zur Hölle kommt ihr zwei hierher?« fragte er.

Seine Stimme hatte den kalten Klang von Hammer und Meißel auf Stein.

Nick zog den Kopf zwischen die Schultern. »Ich – äh – ich wollte mit Ihnen sprechen.«

»Es war ein Versehen, daß wir Ihnen gefolgt sind«, versuchte ich zu erklären. »Wir haben gerufen, aber Sie schienen es nicht zu hören. Und wir hatten Angst, wenn wir Sie aus den Augen verlieren, finden wir nicht mehr zurück.«

Rupert sagte nichts. Er nahm, wie er es schon einmal getan hatte, das linke Brillenglas zwischen Daumen und Zeigefinger und fixierte uns damit wie schädliche Bakterien auf einem goldgefaßten Objektträger. Daraufhin wurde ich langsam wütend. Ich erinnere mich, daß ich es *lächerlich* fand– wir demütig und schuldbewußt, während er uns niederstarrte wegen etwas, wofür wir nichts konnten, und das an einem Ort wie diesem. Veilchen und Schlüsselblumen wuchsen auf der Böschung am Tor und an einer Seite des Gatters ein Büschel Osterglocken. In einiger Entfernung blökten Schafe und gackerten Hühner, und in dieser friedlichen Idylle erschien es mir unpassend und dumm von ihm, dazustehen und übelzunehmen. Bei Nick hatte der Brillenglas-Terror die gewünschte demoralisierende Wirkung. Er sagte: »Tut mir leid!« und sah aus wie ein geprügelter Hund.

Das machte mich noch wütender. »Auch mir tut es leid«, sagte ich. »Aber es war ein Versehen. Nick wollte mit Ihnen über Computerspiele reden, deshalb sind wir hinter Ihnen her gelaufen. Kein Grund, uns deshalb unter diesem Brillenglas zu rösten!«

Rupert holte tief Atem. Ich konnte sehen, daß er im Begriff war, mich verbal zu zerschmettern, doch bevor er loslegen konnte, wurde das Gatter unter seiner Hand geöffnet, und ein großer, schmuddeliger, nach Landwirtschaft aussehender Mann in grünen Gummistiefeln schaute zu uns hinaus. »Hallo, Rupe«, sagte er. »Was ist hier los?«

»Oh – hallo, Will.« Das Auftauchen des anderen Mannes hatte Rupert den Wind aus den Segeln genommen. »Du scheinst heute ungeladene Gäste zu haben, das ist los. Nick und Maree haben es irgendwie geschafft, mir hierher zu folgen.«

Will grinste freundlich. Man sah ihm an, daß er wußte, daß Rupert innerlich kochte. »*Du* warst auch nicht eingeladen«, sagte er, »aber trotzdem freue ich mich, dich zu sehen.«

»Das ist nicht dasselbe!« Auch wenn Rupert nicht mit dem Fuß aufstampfte oder die Stimme erhob – die Art, wie er es sagte, beinhaltete beides und verriet mir, daß Will sein älterer Bruder war, mit *jahre*langer Erfahrung darin, den ›Kleinen‹ zu triezen.

»Heißen Sie auch Venables?« fragte ich Will, um festzustellen, ob ich richtig vermutete.

»Stimmt.« Sein Grinsen wurde noch breiter. »Kennt ihr meinen Bruder gut?«

»NEIN«, antworteten Nick, Rupert und ich im Chor.

»Schade. Oft gewinnt er bei näherer Bekanntschaft. Aber weshalb kommt ihr nicht erst einmal alle herein?«

Er hielt das Gatter einladend offen, und wir gingen im Gänsemarsch hindurch.

Dahinter stand ein niedriges weißes Haus vor einem Hang gepflügter Felder. Über den Feldern lugten die Dächer eines ziemlich großen Dorfes hervor. Aber ich schenkte dem Panorama nicht viel Beachtung, denn die Wiese, auf der ich stand, war ein Tummelplatz unterschiedlichen Getiers. In der Hauptsache waren es helle, flaumige Küken, die durcheinanderwimmelten und zirpten wie eine Wagenladung Mobiltelefone. Sie mußten verschiedenen Arten angehören, denn zwischen ihnen umher stelzten Altvögel einer mir unbekannten Hühnerrasse, ungewöhnliche Enten sowie eine Anzahl großer grauer Vögel mit langen rosafarbenen Beinen. Ein vertrauterer Anblick war der Pfau, der kreischend und mit einem Geflatter, bei dem Nick zusammenzuckte und sich an mir festklammerte, auf einen kahlen Baum flog. Von irgendwoher kam ein großer seidiger Hund gelaufen, schob seine Nase liebevoll in Ruperts Hand und tat dann das gleiche rasch bei Will, für den Fall, daß er sich gekränkt fühlte; in seinem Kielwasser erschienen vier Katzen mitsamt der Schar ihrer Sprößlinge. Weiter hinten setzte eine Herde weißfelliger Ziegen – oder waren es Schafe – sich blökend in Galopp. Da sie mit recht ansehnlichen Hörnern ausgestattet waren, ging Nick vorsichtshalber hinter mir in Deckung.

Aber das war nichts, verglichen mit Nicks Bestürzung, als die Tür des Hauses aufsprang und eine Rotte kleiner Mädchen – sechs im ganzen, zählte ich später – herausstürmte, die sich mit gellendem »Onkel Rupert! Onkel Rupert ist da!« auf den Genannten stürzte. Die Kleinste war so in Eile gewesen, das sie nur ein Hemdchen anhatte. Zwei der Rangen konnten mit Haarschöpfen aufwarten, die noch ungebärdiger waren als meiner, väterliches Erbe, wie mir ein Blick bestätigte. Will grinste unverhohlen über unsere Reaktion auf seine Rasselbande und lachte, als Nick beim Ansturm der kleinen Mädchen ein »O Hilfe!« entschlüpfte und er sich in Richtung des Gatters zurückzog.

Ich hätte von Rupert das gleiche erwartet, doch zu meiner Überraschung begrüßte er seine Nichten mit ebenso viel Enthusiasmus wie sie ihn. Er ließ sich bezupfen, erklettern und umhalsen und schließlich mitziehen, um die neue Schaukel und Rutschbahn zu besichtigen, und schien jede Minute zu genießen. Er und seine Eskorte waren erst ein paar Schritte weit gekommen, als eine blendend schöne Frau in Pumphosen und rosa Schlafzimmerpantoffeln in der Haustür erschien und ein kleines rotes Etwas schwenkte.

»Vendelas Hose!« rief sie. »Zieh sie ihr an, Rupert.«

Sie warf das Höschen, und Rupert fing es lachend auf. Dann wurde er weitergezogen, ließ Küken und Kätzchen nach allen Seiten flüchteten und stoppte den Ansturm der schafähnlichen Ziegen, die stehenblieben wie vor einer roten Ampel, um den Querverkehr passieren zu lassen. Die Frau kam lächelnd auf uns zu.

»Mein Frau, Carina«, stellte Will vor. Es klang, wie wenn jemand sagt: »Und hier die Kronjuwelen.«

»Wir sind Nick und Maree Mallory«, erklärte ich, »und wir sind nur aus Versehen hier.«

»Ich mache gerade Abendessen«, sagte Carina. »Ihr bleibt doch und leistet uns Gesellschaft, oder?«

Nichts lieber als das, aber: »Rupert wird es nicht recht sein . . .«

»Rupert hat hier nichts zu sagen«, unterbrach mich Will. »Haben wir genug zu essen, Schatz?«

»Eier satt«, rief Carina auf dem Weg zurück zum Haus über die Schulter. »Sponduley und Cash haben heute angefangen zu legen, und alle Enten waren fleißig.«

»Na, bestens.« Will schlug die Hände zusammen. »Ich hoffe, ihr mögt Eier.«

»Ja, außerdem hatten wir kein Mittagessen«, sagte Nick.

»Um so besser, dann habt ihr anständigen Hunger.«

Dann nahm er uns wie selbstverständlich mit auf einen Rundgang zur Besichtigung seines Viehbestandes, ließ uns dabei erzählen, was genau geschehen war, und gab uns Erklärungen (die wir von Rupert bestimmt nicht bekommen hätten).

Ich wollte schon die ganze Zeit die unbekannten Hühner aus der Nähe betrachten und erst recht die Vögel mit den langen rosa Beinen. Will stapfte mit seinen derben Stiefeln unbekümmert zwischen den wimmelnden, piepsenden Tierchen herum, griff hier eins heraus und dort und hielt sie mir mit dem Bauch nach oben hin. »Ein Entenküken«, sagte er. »Weibchen, siehst du. Die meisten von diesen hier sind Buktarys. Gute Leger und hübsch anzusehen. Siehst du, die hier bekommt schon ihre blauen Schwanzfedern. Bei den erwachsenen Tieren schimmert das Gefieder in einer ganzen Palette von Blauschattierungen. Wir verkaufen die meisten davon, aber die Sollyhühner halten wir als Haustiere. Hier. Das ist ein Sollyhuhn – falls ich nicht ein Hähnchen erwischt habe, in diesem Alter ist das Geschlecht schwer zu bestimmen. Was würdest du sagen?«

Ich starrte auf das hintere Bauchende der geduldigen gelben Handvoll, die er mir hinhielt, und besann mich auf mein unter Mühen erworbenes tierärztliches Wissen. »Ein Hähnchen.«

»Ja, ich glaube, du hast recht.«

Ich merkte, daß ich in seiner Achtung gestiegen war, deshalb wagte ich zu fragen: »Aber ich habe nie von einem Sollyhuhn gehört. Sind das die, die aussehen wie Reiher?«

»Nein, das sind Butes. In eurer Welt gibt es sie nicht, genauso wenig wie die Sollies. Butes schmecken ähnlich wie Perlhühner, aber sie machen weniger Lärm. Sie krakeelen nur, wenn ein Fuchs in der Nähe ist. Wenn sie krakeelen, lassen wir Petra hinaus.« Er strich dem seidigen Hund über den Kopf. »Petra verspeist Füchse zum Frühstück, stimmt's, altes Mädchen? Sollies ähneln Bantams, aber sie haben eine Menge von diesen kleinen, getüpfelten Federn, und der Kamm ist orange. Kommt und seht euch die Ziegen an.«

Er ging voran in den Teil des Gartens, wo die Obstbäume standen, gefolgt von Petra, gefolgt von mir, gefolgt von etlichen Butes, gefolgt von Nick, der gelangweilt aussah und wie traumatisiert. Er hatte keinen Spaß an der gehörnten weißen Schar, folglich hatten sie Spaß an ihm. Schiebend und stoßend kreisten sie uns ein, dann konzentrierten sie sich auf Nick und besabberten seine Jeans.

»Sie sind äußerst intelligent«, bemerkte Will, »und widerspenstig wie der Teufel. Sie machen sich ihren Spaß mit dir, Nick. Tu so, als wärst du begeistert von ihnen, dann lassen sie dich in Ruhe.«

Ich *war* begeistert von diesen Tieren, deshalb ignorierten sie mich natürlich. Sie sahen ganz aus wie Schafe, bis auf die dämonischen Ziegenaugen. Will erzählte, sie würden wegen der Milch und der Wolle gehalten. Wir fingen eine und fuhren mit den Händen durch das seidige, lockige Fell, aus dem sich, sagte er, die schönsten Pullover stricken ließen. Herrlich. Ich fühlte mich gelöst und leicht wie seit Jahren nicht mehr und wußte plötzlich wieder, weshalb ich mich entschlossen hatte, Tierärztin zu werden. Auch die Luft an diesem Ort hatte etwas damit zu tun. Sie war einfach himmlisch – trotz des Geruchs nach Ziege – frisch, lind und prickelnd. Von all den Stunden im Hotel hatte ich Kopfschmerzen bekommen, die mir gar nicht zu Bewußtsein gekommen waren, bis sie von dieser Luft vertrieben wurden. Fast sah es aus, als hätte sie eine ähnlich wohltuende Wirkung auf Nick, aber vielleicht war es eher das schrille Jauchzen und Stimmengewirr irgendwo am anderen Ende des Hains, wo Rupert von sechs ausgelassenen Gören gepiesackt wurde – zu Nicks Freude und auch zu meiner.

Wie auch immer, als wir in den Gemüsegarten weitergingen, wo sich hinter Draht an die hundert Kaninchen tummelten, erzählte ich Will, daß ich Tiermedizin studierte, und er gestand mir, er hätte auch einmal erwogen, Veterinär zu werden. Er sagte, sie lebten hier größtenteils von dem Ertrag ihres Bauernhofs. Dann erzählten Nick und ich ihm von dem Alptraum, durch den wir Rupert hierher gefolgt waren.

»Ihr habt auch ziemlich verwirrt ausgesehen. Der Transit von Welt zu Welt kann einen ziemlich mitnehmen, selbst wenn man weiß, was man tut. Und Rupert konnte euch nicht rufen hören – oder euch sehen, es sei denn, er hätte bewußt nach euch Ausschau gehalten. Er war die ganze Zeit ein Universum vor euch.«

»Soll das heißen«, fragte Nick herausfordernd, »es gibt tatsächlich andere Welten?«

»Ungezählte«, bestätigte Will heiter. »Das hier mag aussehen wie England, aber Irrtum. Das Land heißt Albion und befindet sich auf der Welt – nun, sie nennen sie einfach Die Welt, die Menschen, die hier leben, aber wir Magids nennen sie Thule.«

»Was«, fragte ich, »sind Magids?«

»Hat Rupert nicht mit euch darüber gesprochen?« Will öffnete das Gatter zu einer am Hang gelegenen Koppel. »Ich bin überrascht. Oder vielleicht auch nicht. Die Erde liegt so weit Minderwärts, daß man sich vorsehen muß, was man wem erzählt. Diejenigen, die einem nicht glauben, wollen einen einsperren, und diejenigen, die glauben, versuchen, einen finanziell auszubeuten. Trotzdem hätte ich angenommen, daß er euch gegenüber nicht ganz so zugeknöpft gewesen ist. Aber mein lieber Bruder kann sehr pedantisch sein.«

Eine Eselsfamilie und mehrere Pferde teilten sich die Koppel.

Der Rest der Unterhaltung fand statt, während wir zwischen großen grauen und braunen Leibern umhergingen, an langen Ohren zogen, Hälse klopften oder große weiche Schnobernasen streichelten und von Zeit zu Zeit Petra trösteten, die glaubte, sie sei um vieles interessanter als so ein alter Gaul. Für Nick waren die Pferde zu groß und die Esel zu unberechenbar, er begnügte sich damit, Petra zu streicheln.

»Also gut, sprechen wir über Magids«, sagte Will. »Ich bin ein Magid. Rupert ist ein Magid und unser Bruder Simon ebenfalls. Übrigens ist es ziemlich ungewöhnlich, drei Begabungen in einer Familie zu haben, aber wir besaßen alle die geforderten Fähigkeiten, und Stan, unser Mentor, sagte, er wäre nicht gewillt, sich darüber Gedanken zu machen, als seinerzeit gleich drei Vakanzen zu besetzen waren. Die Anzahl von Magids wird immer konstant gehalten, müßt ihr wissen.«

»Und wie viele sind es?« wollte Nick wissen.

»Gute Frage.« Will grub in den Taschen seines alten grünen Kittels nach Zucker. »Früher glaubte man, sechsunddreißig oder achtunddreißig, aber das war, bevor sich bestätigte, daß die Zahl der Welten unendlich ist. Wir denken, es könnte ebenso viel Magids geben wie es Welten gibt. Aber ich kenne nur um die vierzig. Rupert kennt vielleicht nicht genau dieselben Vierzig. Die Vierzig, die Simon kennt, sind vielleicht ganz andere, weil er nämlich seine Zelte auf einer weit von hier entfernten Welt aufgeschlagen hat.«

»Also gibt es einen von euch auf jeder einzelnen Welt?« fragte ich und wußte nicht recht, ob ich darauf hinweisen sollte, daß die falbe Eselstute lahmte.

»Nein, sie ist nicht lahm, sie markiert nur, um ein zweites Stück Zucker herauszuschinden, stimmt's, Milesia?« Will und Milesia rieben die Stirnen aneinander und einigten sich wahrscheinlich auf telepathischem Wege. Ich bin nämlich überzeugt, daß Telepathie eine der Fähigkeiten von Magids ist. Aber Will unterhielt sich gleichzeitig mit uns. »Nein«, sagte er, »wir leben, wo es uns gefällt, solange wir von dort bequem die Orte erreichen können, wo wir gebraucht werden. Einige Welten haben zehn Magids, die Erde zum Beispiel, weil sie komfortabel ist. Thule hat nur mich. Dann gibt es das Kaiserreich Koryfons. Dort gibt es keinen einzigen – jeder haßt Koryfons, sämtliche elf Welten, aus denen es besteht.«

»Aber was genau *tut* ihr?« fragte Nick.

»Gar nicht leicht zu erklären.« Will verabreichte Milesia ein zweites Stück Zucker. »Nein, Schluß jetzt, Mädel, du hast deine Ration gehabt. Grundsätzlich sind wir Menschen mit der Gabe, die Ströme zu kontrollieren, die durch alle Welten fließen. Zeitströme, Raumströme. Wir können den Lauf der Geschichte beeinflussen oder Menschen oder Dinge, falls notwendig, und deshalb brauchen wir äußerst strikte Regeln, um ...«

»Meinen Sie jetzt Politik?« erkundigte sich Nick skeptisch. »Oder Zauberei?«

»Beides«, antwortete Will nach kurzem Überlegen. »Aber ich glaube nicht, daß wir Politiker in unseren Reihen haben. Es wäre einfach zu schwer, integer zu bleiben. Und wir müssen integer sein. Nein, wir leisten den größten Teil unserer Arbeit mittels Magie, allerdings gibt es so viele Arten davon, daß ich die halbe Zeit nicht weiß, wovon ich eigentlich Gebrauch mache, um mein Ziel zu erreichen. Zum Beispiel kommt es eher selten vor, daß einer von uns aufsteht und ein Unwetter heraufbeschwört. Das würden wir nur dann tun, wenn alle anderen Möglichkeiten ausgeschöpft wären. Meistens gehen wir ganz unauffällig vor. Wenn ihr mir zusehen würdet, wärt ihr vermutlich enttäuscht.«

»Wir haben einen von euch von Welt zu Welt gehen sehen«, meinte Nick. »Das war ziemlich beeindruckend.«

»Und es hätte geheim bleiben sollen«, fügte ich hinzu. »Warum? Und wer kontrolliert euch, oder handelt ihr einfach nach eigenem Ermessen?«

»Die Erde ist eine Minderwärts gelegene Welt, wie wir es nennen«, erklärte Will, »das bedeutet, die Leute sind skeptisch – wie Nick hier –, hassen es, manipuliert zu werden und haben eine *Allergie* gegen alles, was man als Magie bezeichnen könnte. Magids auf der Erde pflegen sich bedeckt zu halten, obwohl viele von uns daher kommen, weil man verdammt stark sein muß, um dort Magie zu praktizieren. Würden wir nicht mit der gebührenden Zurückhaltung vorgehen, ließen sich die Hälfte der Dinge, die wir zu bewirken versuchen, nicht in die Tat umsetzen. Und *was* das für Dinge sind, die wir tun, nun, wir haben ziemlich freie Hand, und wir verlassen uns größtenteils auf unser eigenes Urteilsvermögen, aber es gibt höhere Instanzen. Jede Gruppe von Welten hat einen Großmeister oder eine Großmeisterin, um uns zu leiten, und sie geben an uns weiter, was wir *Bestimmt* nennen. Von Da Oben.«

Er deutete auf den blaßblauen Frühlingshimmel, der sich über uns spannte, und stapfte dann zurück zum Koppelgatter, um Nicks ungläubigem Blick auszuweichen und auch meinem.

Ich beeilte mich, ihm zu folgen, wie auch die Pferde, die auf ein letztes Stück Zucker hofften. »Moment mal«, ich quetschte mich zwischen dem Braunen und dem Grauen hindurch, »meinen Sie das ernst? Und wer ist das, Die Da Oben? Mein Vater hat Krebs bekommen. Aus heiterem Himmel. Von Da Oben. Wenn es sie gibt, ist es ihnen entweder egal, wenn wir leiden, oder sie sind verdammt gemein.«

Will blieb am Gatter stehen und wartete, bis Nick den Mut aufbrachte, sich zwischen die Pferde zu wagen. »Krebs ist auf *unserer* Ebene«, antwortete er, »der menschlichen oder tierischen Ebene. Gehört zum Leben, wie zum Beispiel, daß du dir deine hübsche Jacke zerreißt oder auf eine Maus trittst. Nicht einmal sie können da viel tun, obwohl, wenn man sie bittet, werden sie es versuchen. Sie befassen sich mit den übergeordneten Dingen. Und ihre Ziele sind richtig und gut, auf die Dauer gesehen. Versprochen.«

»Woher *wissen* Sie das?«

»Sie erklären es einem während der Aufnahmezeit als Magid, und von Zeit zu Zeit wird man daran erinnert. Es ist Teil des Wissens, das einem zuteil wird, wenn man den Job übernimmt. Man schwört, dem Wohl der Welt zu dienen, und dafür werden einem Dinge offenbart.«

»Was für Dinge?« Nick hatte den Weg des geringsten Widerstands gewählt und sich an der Hecke entlanggearbeitet.

Will mußte lachen. »Wir nennen es Große Geheimnisse.«

»Also können Sie uns nichts darüber erzählen?« Immer dasselbe, wenn es spannend wird.

»Nicht im Detail. Aber einige kennt ihr längst, ohne es zu ahnen, und ihr würdet lachen – jedenfalls ging es mir so –, wenn ich euch darauf aufmerksam machte, weil viele von den Geheimnissen ganz banal im alltäglichen Leben enthalten sind, zum Beispiel in Abzählversen, wie Kinder sie singen, oder in Märchen. Kein Scherz! Eine unserer Aufgaben besteht darin, für ihre Verbreitung zu sorgen, so daß sie in das Grundwissen eingehen und auf die richtige Art zusammengefügt werden können, wenn die Zeit gekommen ist. Andere Geheimnisse wiederum«, er versetzte dem Gatter einen Stoß, daß es aufschwang, »werden aufgeteilt. Das sind die brisanten Geheimnisse. Ich kenne mindestens siebzig solcher Fragmente auswendig. Wenn ein anderer Magid einen Teil meines Geheimnisses benötigt, kann er oder sie zu mir kommen und mich darum bitten, und wenn die Situation es rechtfertigt, füge ich meinen Teil mit seinem oder ihrem zusammen. Auf diese Weise wird Mißbrauch verhindert. Wir greifen nur im Notfall darauf zurück.«

»Ist Ihr Bruder deshalb hier? Will er Sie um den Teil eines Geheimnisses bitten?« fragte ich.

Will lachte wieder. »Eher um einen Gefallen. Ich werde es herausfinden, wenn die Rangen mit ihm fertig sind. Gehen wir hinein, ich habe Hunger.«

Ich nehme an, Rupert fand irgendwann während der chaotischen Mahlzeit Gelegenheit, mit Will zu sprechen. Ich für meinen Teil war völlig damit ausgelastet, wenigstens ein Ei vor jedes Kind hinzustellen und dann sechs

Unterhaltungen gleichzeitig zu führen, während ich Brot und Tomaten austeilte. Meine Fingernägel sorgten für Gesprächsstoff. Venetia mit der Löwenmähne wollte wissen, weshalb sie so lang wären. Vanessa mit den glatten Haaren fragte, wie kommt es, daß sie so gelb sind. Blondschopf Vanda vermutete, daß es weh tat, wenn ich mich kratzte, und ihr rotschöpfiger Zwilling Viola hätte gern gewußt, weshalb ihre eigenen Nägel immer abbrachen, bevor sie auch nur annähernd so lang waren wie meine. (Ja, sie fingen alle mit V an. Nette Idee, solange sie klein waren, aber weniger praktisch, wenn sie Teenager sind und Briefe von Jungs kriegen.) Klein-Valentina, mit einem ähnlichen Schopf wie Venetia, erhob das durchdringende Stimmchen und verlangte zu erfahren, zu was meine Nägel gut wären.

»Zu allem möglichen«, antwortete ich. »Ich zeig's dir.« Und ich löste große Bewunderung aus, indem ich mit den Fingernägeln die Spitze von ihrem Ei abknipste. Natürlich mußte ich die Prozedur noch fünfmal wiederholen. Nicht genug damit, wurde jedesmal, wenn ich mich hinsetzte, mein Schoß zum Tummelplatz für Katzenkinder. Meine neuen Jeans sind an den Oberschenkeln ganz zerrupft und zerkratzt.

Wir saßen alle um einen vollbesetzten Tisch in einem sonnendurchfluteten niedrigen Raum mit Geranientöpfen auf den Fensterbänken. Ich fand es herrlich, aber Nick, der Ärmste, war alles andere als glücklich. »Streunendes Viehzeug«, beklagte er sich bitterlich bei mir. »Streunende Katzen, streunende Kinder! Ich wünschte, ich wäre in einem Käfig.« Nun, ich wußte, wie ich mich im Haus meiner Tante gefühlt hatte, also konnte ich's ihm nicht verdenken.

Und damit ich nicht auf die Idee kam, Carina und Will führten ein Leben in überirdischer Harmonie, gab es irgendwann während des Essens einen kurzen, aber handfesten Krach. Ich weiß nicht, wie es anfing, aber Carina schrie plötzlich: »Sei nicht so verdammt überheblich, Will. Immer bildest du dir ein, du wüßtest alles besser! Rupert hat ganz recht!«

Und Will brüllte: »Verdammt noch mal, Carey! Er ist *mein* Bruder!«

Rupert am anderen Ende des Tisches bemühte sich auszusehen, als wäre nicht von ihm die Rede. Nick machte ein erschrockenes Gesicht; seine Eltern erheben niemals die Stimme. Aber die sechs Venables-Sprößlinge plapperten unbekümmert weiter, offenbar waren sie an derlei Szenen gewöhnt. Venetia grinste mich an und schrie mir ins Ohr: »Ihr solltet dabei sein, wenn sie sich mit *Eiern* bewerfen! Das ist wirklich lustig. Dann kriechen wir unter den Tisch.«

Der Streit verebbte.

Etwas später stand Rupert auf und verkündete, wir müßten zurück ins Hotel. Ich sagte, es gehörte sich, beim Abwasch zu helfen, woraufhin Rupert mir einen seiner steinernen Blicke schenkte. Nick war ebenfalls nicht begeistert. Geschirrspüler wurden für Leute wie Nick erfunden, aber mir war klar, daß Will und Carina keinen besaßen. Will verkündete großartig, die Reinigung des Geschirrs gehörte in seinen Aufgabenbereich, und setzte dann eine heiligenmäßige Leidensmiene auf, damit jeder merkte, er opferte sich.

Er und Carina gaben sich Mühe, den Eindruck zu erwecken, als wären wir zu einer ganz normalen Stippvisite gekommen, und sagten, sie hätten sich sehr gefreut, uns kennenzulernen. Wir verabschiedeten uns herzlich und gingen im Abendfrieden durch den Garten, wo sich das Geflügel in und unter Büschen für die Nacht einrichtete, zum Gatter hinunter. Doch nichts vermochte die Tatsache zu überdecken, daß Rupert immer noch stinksauer auf Nick und mich war.

Die helle Oberfläche der Chaussee leuchtete weiß in der Dämmerung. Rupert blieb stehen und sah uns an, im Zwielicht wirkte seine starre Miene noch bedrohlicher. Er sagte mit dieser klirrenden, Meißel-auf-Granit Stimme:

»Bildet euch nicht ein, ihr könntet Hinz und Kunz auf dem Con von diesem Ausflug erzählen.«

»Nicht einmal im Traum würden wir daran denken!«

Er richtete seine weiß spiegelnden Brillengläser auf mich; es war schlimmer, als seine Augen zu sehen. »Du hast ganz recht. Ihr werdet nicht einmal im Traum daran denken können. Jetzt, damit ihr nicht auf dem Rückweg doch noch in euer Verderben stolpert, solltet ihr euch aneinander festhalten und an mir.« Er streckte Nick die Hand hin und machte damit deutlich, daß er sich gerade noch überwinden konnte, Nick anzufassen, aber nicht mich.

Artig gehorchten wir. Ich glaube, wir dachten beide, daß er das Recht hatte, wütend zu sein. Immerhin hatten wir ihm nachspioniert, waren in seine Privatsphäre eingedrungen, wenn auch nicht mit Absicht. Er zog uns hinter sich her die Böschung hinauf – nicht an genau derselben Stelle, wo wir auf den Weg hinuntergesprungen waren: Ich sah ein leuchtendes Büschel Schlüsselblumen, das auf dem Hinweg nicht dagewesen war – und weiter zu dem Berghang mit den Treibsandstellen. Es war unglaublich anstrengend, die grasbewachsenen Stufen zwischen den Absätzen hinaufzuklettern. Nick und ich schnauften und schwitzten, und ich leistete mit der freien Hand Hilfestellung, während Rupert weiterging, uns zwei im Schlepptau, als wäre nichts dabei. Und es war auch nicht im mindesten so furchteinflößend wie auf dem Hinweg. Die Simse aus amorpher Materie zwischen Stufe und Stufe waren kaum vorhanden, mit einem Schritt gelangten wir von einer Böschung zur nächsten. Eindeutig hatten Nick und ich allein etwas nicht richtig gemacht, und ich versuchte, während ich kletterte, herauszufinden, was Rupert tat, das wir nicht getan hatten. Ich glaube, ich weiß es.

Es ging nicht einfach darum, einen steilen Hang zu erklimmen oder holterdipolter bergab zu laufen. Wir hatten etwas getan, Nick und ich, das uns ermöglichte, die

Schwellen zwischen den Welten zu überwinden, und auch, wenn ich nicht weiß, wie ich es beschreiben sollte, könnte ich es wieder tun, genau wie man nie verlernt, zu pfeifen oder Fahrrad zu fahren, wenn man es erst einmal kann. Und ich fürchte, ich bin entschlossen, es wieder zu versuchen. Nick hat sich nicht geäußert, aber ich wette, er ist ebenso entschlossen, trotz Ruperts Vorhaltungen und Unkerei. Es ist wie eine Sucht, die einen packt und nicht mehr losläßt.

Ziemlich bald und fast übergangslos gelangten wir von dem Berghang in den Flur mit den trüben Spiegeln. Mir fiel etwas auf, und fast wäre ich stehen geblieben. »O Wunder!« sagte ich. »Die Dornenhexe war nicht da, um ihren Senf dazuzugeben. Was für eine Erleichterung!«

»Nicht stehen bleiben! Nicht loslassen!« schnappte Rupert. »Ihr seid noch lange nicht zu Hause. Das mindeste, was euch zustoßen kann, ist, daß ihr für den Rest eures Lebens irgendwo gestrandet seid. Ihr scheint überhaupt nicht zu begreifen, in welche Gefahr ihr euch gebracht habt!«

Nick muckte auf. »Aber uns ist nichts passiert!« Er kann es nicht leiden, wenn man ihm die Leviten liest.

»Weil ihr mir gefolgt seid. Bodenloser Leichtsinn! Untersteht euch, es noch einmal zu versuchen!«

»Weshalb war es Leichtsinn?« fragte Nick.

»Weil ihr gleich mehrere Welten aus dem Gleichgewicht hättet bringen können und selbst den Tod finden«, fuhr Rupert ihn an. »Wenn ihr auf einer Schwelle stehen geblieben wärt, wärt ihr in zwei Hälften gespalten worden. Ein falscher Schritt beim Übergang, und ihr hättet die Grenzen zwischen den Universen durchlässig gemacht. Alles mögliche hätte passieren können. Was genau, braucht ihr nicht zu wissen, aber ich sage euch: Ihr seid unverdient glimpflich davongekommen.«

»Rätsel. Geheimnisse«, maulte Nick.

Er hatte gerade ausgesprochen, als wir plötzlich in den

wirklichen, echten Hotelkorridor traten. Rupert ließ seine Hand los und drehte sich zu ihm herum. »Sei dankbar, daß es Geheimnisse *gibt*!« sagte er. »Sie sorgen dafür, daß du dich sicher fühlen kannst in deinem albernen, ahnungslosen kleinen Dasein.«

Das machte mich wütend, ich merkte, wie ich automatisch mit dem gestreckten Zeigefinger die Brille hochschob. »Ach ja?« gab ich Kontra. »Und wer sorgt dafür, daß wir alle ahnungslos bleiben? Rupert Venables, der heimliche Herrscher der Welt.«

Ich glaube, damit hatte ich das absolut Unverzeihliche gesagt, und zwar mit voller Absicht. Rupert richtete sich hoch auf. Er fixierte mich nicht einmal durch sein Brillenglas, er stand nur da. Eisig. »Ich weiß nicht genau, was Will euch erzählt hat«, sagte er, »aber ihr hättet es nicht gründlicher mißverstehen können!« Damit ließ er uns stehen und marschierte mit abgehackten Schritten den Flur hinunter.

Die schwere, parfümierte Klimaanlagenluft des Hotels schloß sich um mich, als wollte sie mich ersticken. Ich starrte auf seinen zornig-steifen Rücken und wünschte, ich hätte den Mund gehalten. Jetzt wünsche ich es mir noch mehr.

Ach, zum Teufel damit! Das einzige, was mir wirklich Kummer macht, ist mein kleiner dicker Paps im Krankenhaus. Sogar der Herzschmerz wegen Robbie vergeht allmählich. Ich wünschte nur, ich wäre nicht ich. Das ist alles.

Kapitel 14

Rupert Venables
für das Archiv in Iforion

Zurückschauend wird mir bewußt, daß das, was diese beiden sich geleistet hatten, fast ohne Hilfe und gänzlich ungeschult, mich mehr aufregte als meine Mißerfolge bei der Suche nach einem neuen Magid. Selbst jetzt noch, Monate später, sträuben sich mir die Nackenhaare, wenn ich daran denke. Sie brachen sämtliche Regeln für externe Gramaryen, sie benutzten keine Absicherungen, sie hatten keine Ahnung, *was* sie taten, sie zogen einfach los. Was mich zusätzlich beunruhigte: Ich konnte mich des Gefühls nicht erwehren, daß jemand rund um den Nodus Fallen für sie aufgestellt hatte. Doch sie schienen diese in aller Unschuld umgangen zu haben.

Ich konnte nur hoffen, daß es mir gelungen war, ihnen gehörige Angst einzujagen, so daß sie keine Lust mehr hatten, es wieder zu versuchen. Andererseits machte ich mir Vorwürfe, es möglicherweise übertrieben zu haben. Wenn man Zorn und Ärger vortäuscht, passiert es, daß Gesten und Mimik die entsprechenden Emotionen auslösen, und aus dem Spiel wird Ernst. Ich war schon auf hundert, bevor wir den Hof betraten und durch die Kükenschar wateten. Als mir Will dann beim Abendessen selbstgefällig erzählte, er hätte es für richtig gehalten, die beiden über Magids und deren Arbeit aufzuklären, wäre ich fast an die Decke gegangen. Thule ist *nicht* die Erde. Schön, daß wenigstens Carina mir zustimmte. Ich war so wütend auf Will, daß ich lieber sonstwen gebeten hätte, mich im Hotel zu vertreten, während ich mit Knarros verhandelte. Leider war schon alles mit ihm abgesprochen und ließ sich nicht mehr ändern.

Was ich hätte tun sollen, war, mich in Ruhe hinsetzen und mittels meiner präkognitiven Fähigkeiten erforschen, weshalb ich so aufgebracht und beunruhigt war, aber der Zorn auf Will und die Enttäuschung über Fisk und Thurless machten mich taub für meine innere Stimme. Vielleicht verwirrte ich mit meinen dominanten Emotionen auch Stan, aber Präkognition war nie seine stärkste Seite gewesen.

Ohnehin kam ich vorerst nicht dazu, mit Stan zu sprechen, erst am späten Samstagvormittag. Jedesmal, wenn ich einen Blick auf den Angestelltenparkplatz warf, trieben sich mindestens vier Mitglieder der Belegschaft dort herum und wanderten von einem Auto zum anderen. Sie schienen etwas zu suchen. Da ich nicht den Wunsch hatte, Aufmerksamkeit auf meinen unrechtmäßig dort geparkten Wagen zu lenken, zog ich mich unauffällig zurück.

Aber Samstagvormittag, als ich wieder mein Glück versuchte, waren gut zwanzig Personen da draußen, unter ihnen der Hotelmanager, und ihn hörte ich sagen: »Nein, ich weiß auch nicht, woher zum Teufel das kommt, aber ich weiß, es ist Scarlatti.«

Oha! dachte ich und trat heimlich, still und leise den Rückzug an.

Vor der Küche setzte ich mich in einer unauffälligen Ecke auf einen alten Stahlrohrstuhl und versuchte zwanzig Minuten lang, die Leute dazu zu bewegen, ihre Suche nach dem Ursprung der Musik aufzugeben und wieder an die Arbeit zu gehen. Sie waren überzeugt, daß es auf dem Belegschaftsparkplatz spukte. Und als klassische Bewohner einer Minderwärts-Welt gedachten sie nicht zu ruhen, bis sie eine *rationale* Erklärung für das Phänomen gefunden hatten.

Ich servierte ihnen diese Erklärung auf dem Präsentierteller. Ich hielt sie ihnen vor die Nase. Ich schwenkte sie verlockend. Und immer noch argwöhnten sie ganz richtig einen Geist.

Schließlich konzentrierte ich mich auf den Manager und bewog ihn, frustriert aufzugeben und mit seiner

Mannschaft ins Hotel zurückzukehren. Einer der Köche sagte, als er an mir vorbeiging: »Also wenn es ein Autoradio ist, weshalb spielt es dauernd dieselbe Musik?«

Der Kellner, der bei ihm war, stimmte zu. »Sechsunddreißig Stunden geht das jetzt schon. Jede Autobatterie wäre mittlerweile am Ende.«

Sobald die Luft rein war, ging ich zu meinem als Rostlaube getarnten Wagen, den ein von Sonnenenergie gespeister Scarlatti umperlte. Verständlich, daß die Hotelbelegschaft beunruhigt war, die Klänge schienen von überallher und nirgends zu kommen.

Ich schloß die Tür auf. »Stan?«

»Was ist los? Was haben all diese Leute gesucht?« begrüßte er mich.

»Dich.«

Er war sehr niedergeschlagen, nachdem ich ihm den Sachverhalt berichtet hatte. »Heißt das, ich muß auch auf Musik verzichten?« fragte er kläglich. »Wie soll ich mir sonst die Zeit vertreiben?«

»Kannst du dir nicht geistige Kopfhörer basteln oder so was? Ich habe schon genug zu tun, ohne daß du die Hotelbelegschaft in Angst und Schrecken versetzt.«

»Daran habe ich nicht gedacht. Geistige Kopfhörer, hm ...« Ich wollte ihn mit einiger Schärfe darauf hinweisen, daß er nicht hier war, um sämtliche fünfhundertsoundsoviel Scarlatti-Sonaten auswendig zu lernen, als er sagte: »Dann willst du all meine Kandidaten für ungeeignet erklären?«, und ich merkte, daß er mich verulkte.

»Das haben sie mehr oder weniger selbst besorgt. Fisk hat eine Stunde lang meine Hand geknetet und mir dabei erzählt, meine Aura wäre eine große graue Wolke aus seelischem Smog, aber unglücklicherweise ist sie es, die in dieser grauen Wolke steckt und alles grau in grau sieht. Ich weiß nicht, was sie sich angetan hat, aber sie riecht nach dem üblen Zeug. Thurless ebenfalls. Er ...«

»Moment mal, was meinst du mit ›riechen‹?«

Wenn der verrückte Gabrelisovic diese Ausstrahlung als Geruch beschreiben konnte, dann ich auch. »Du kennst das Gefühl, Stan. Es ist wie seelisches Sodbrennen oder als würde jemand deine Gehirnwindungen mit einem starken Bleichmittel durchspülen. Man hat es, wenn Nigromanten mit einem sprechen. Manchmal auch schon, wenn sie einen nur ansehen.«

»Ach, jetzt verstehe ich. Miasma, habe ich das genannt. Thurless hat es auch?«

»Viel stärker als Fisk. Ich habe mich ziemlich lange mit ihm unterhalten, und er erzählte mir lang und breit von all den Gelegenheiten, wo böswillige Mitmenschen ihn im Stich gelassen oder beleidigt hatten oder seine Ideen gestohlen oder Verleger überredet, sein neues Buch abzulehnen – zu guter Letzt fragte ich ihn geradeheraus, ob es nicht an ihm selbst liegen könnte. Ich fragte ihn, ob er sich je Mühe gegeben hätte, nett zu sein oder der Welt ein freundliches Gesicht zu zeigen. Und, Stan, er verstand nicht, worauf ich hinauswollte. Und inzwischen war dieses – Miasma so stark, daß mir schlecht wurde und ich es nicht mehr in seiner Nähe aushalten konnte. Der nächste war ...«

»Der Kroate?«

Ich nickte. »Verrückt. Mit Prädikat. Dann ...«

»Und was spricht gegen Punt?«

»Noch verantwortungsloser als Mallory. Er sieht sich als eine Art universellen Hofnarren, glaube ich. Aber ich wollte dir von Mallorys neuester Eskapade berichten.« Ich schilderte ihm, wie ich mich auf den Weg gemacht hatte, um Will zu besuchen, und meine Bestürzung, als ich mich an Wills Hofgatter umdrehte und sah, daß Maree und ihr Vetter mir gefolgt waren. »Der Junge, Nick, sagte, er wolle mit mir reden. Ich habe bis jetzt keine Ahnung, worüber, aber was es auch gewesen sein mag, es rechtfertigt keinesfalls die Gefahr, in die sie sich begeben haben! Sie hätten entseelt werden können oder in eine Konjunktion geraten. Will und mir wäre dann nur noch übriggeblieben, ihre Einzelteile aus fünf verschiedenen Universen zusammenzuklauben.«

»Ich nehme an, davon sollten sie nichts erfahren«, bemerkte Stan.

»Sie sollten *überhaupt nichts* erfahren«, antwortete ich säuerlich, »nur daß ihnen mein Bruderherz in seiner unnachahmlichen Art alles über Magids erzählt hat. Alles, was ich noch tun konnte, um die Situation zu retten, war, den großen bösen Wolf zu spielen und sie mit einem Bann daran zu hindern, ihr Abenteuer herumzuerzählen.«

»Den großen bösen Wolf *zu spielen*?« Der ironische Unterton in Stans körperloser Stimme war fast greifbar.

»Gut, ich bin immer noch ziemlich wütend«, gestand ich. »Auch auf Will.«

»Mir scheint«, sagte Stan nachdenklich, »daß unser Will einen Grund gehabt haben muß, sie aufzuklären. Ich gebe zu, er ist nicht mit Taktgefühl gesegnet und hat eine große Klappe, aber bestimmt glaubte er, Potential in ihnen zu erkennen. War es nur das Mädchen, das sie beide transferierte, oder hat der Junge dazu beigetragen?«

»Es waren beide gemeinsam. Der Junge ist auf eine stille Art bemerkenswert begabt. Aber zum einen ist er zu jung, und zum anderen ist er das egozentrischste Kind, das man sich vorstellen kann. Ich glaube, Will hat überhaupt nicht nachgedacht. Und ja, ich werde deine Liste zerreißen und ganz von vorn mit der Suche anfangen, sobald ich diese Gramarye zum Abschluß gebracht habe.«

»Dann solltest du für einen Vorrat an Palestrina und Monteverdi sorgen«, meinte Stan. »Mit ihnen werde ich mich als nächstes beschäftigen. Was ist mit der Gramarye? Wird Will herkommen?«

»Im Lauf des Nachmittags. Mit Dakros bin ich erst gegen sechs verabredet, also hat Will reichlich Zeit, um sich zu integrieren. In der Zwischenzeit – tut mir leid,

Stan, aber könntest du ernsthaft über eine Möglichkeit nachdenken, deinen musikalischen Obsessionen zu frönen, ohne die Hotelbelegschaft damit zu erschrecken?«

»Ich kann's versuchen. Es wird nicht leicht sein, aber ich gebe mir Mühe.«

Ich überließ ihn seinen akustischen Experimenten und kehrte zum Hotel zurück. Für zwölf Uhr war eine Diskussion mit dem Thema: *Woran erkennt man gute Fantasy?* angesetzt, und ich dachte, ich könnte mir die Zeit vertreiben und mich darüber aufklären lassen. Bis es soweit war, leistete ich mir eine Kanne mit dem ausgezeichneten Kaffee des Hotels und begab mich mit dem Tablett in die Lobby, um ihn dort zu genießen.

Wie immer war der Raum voller Menschen, einige in befremdlicher Aufmachung und die meisten unübersehbar verkatert von den Feten am Abend zuvor. Ted Mallory saß in einer Ecke und schien den größten Kater von allen zu haben; seine Frau neben ihm machte einen gelangweilten Eindruck. Sie trug ein neues Stück aus ihrer erstaunlichen Pulloverkollektion, auf den ersten Blick sah es aus, als hätte sich ein Schwall frisch gezapftes Blut über ihre Schulter und Brust ergossen. Was immer das rote Zeug sein mochte, es glänzte wie eine frische Wunde. Ich wandte hastig den Blick ab und entdeckte Maree und Nick Mallory auf einer Bank unter einem der langen Fenster. Auf dem Weg zu ihnen hinüber fiel mir ein, wie merkwürdig es war, daß die älteren Mallorys sich allem Anschein nach kaum mit den jüngeren beschäftigten. Beim Frühstück gestern war mir natürlich aufgefallen, wie gründlich Janine Mallory ihre Nichte verabscheute, andererseits hatte sie meines Wissens, außer ihm eine Scheibe Toast mit Butter zu bestreichen, nie etwas Mütterliches für Nick getan. Vielleicht einfach deshalb, weil Nick es nicht zuließ; Teenager, besonders männlichen Geschlechts, pflegen empfindlich auf übertrieben mütterliche Fürsorge zu reagieren. Stattdessen schien Nick sich Maree als Bezugsperson erkoren zu haben. Mich erstaunte, daß Janine es duldete, Duldsamkeit schien mir nicht eben ihre hervorstechendste Eigenschaft zu sein.

Wahrscheinlich gab ich mich diesen Spekulationen hin, weil ich mir nicht Rechenschaft darüber ablegen wollte, daß ich im Begriff war, den ersten Schritt zur Versöhnung zu tun. Ich stellte mein Tablett auf das Fensterbrett und fragte: »Irgend jemand Kaffee? Ich habe hier eine große Kanne voll.«

Sie ließen beide die Flügel hängen und kein Zweifel, daß hauptsächlich ich schuld war an ihrer Weltuntergangsstimmung. Beide hoben zaghaft den Blick, erleichtert über meinen freundlichen Ton, aber nicht ganz sicher, was sie davon halten sollten. Maree errötete leicht und sagte: »Nick hat noch vom Frühstück genug, aber ich möchte eine Tasse.«

Der Größe der Kanne entsprechend, hatte das Hotel vier Tassen dazugestellt. Nick beäugte sie. »Ich auch. Für wen ist die vierte?«

»Für niemanden.« Wir saßen kameradschaftlich nebeneinander auf der Bank und schauten in die Spiegel an der Wand gegenüber. »Tut mir leid, daß ich die Beherrschung verloren habe«, sagte ich.

»Mir auch.« Bei Gemütsbewegungen machte der Schluchzer in Marees Stimme sich besonders stark bemerkbar. »Ich habe mir Vorwürfe gemacht wegen meiner letzten Bemerkung.«

»Ich wollte erreichen, daß ihr es nicht glaubt – daß wir insgeheim die Welt beherrschen.« Zu meiner eigenen Überraschung merkte ich, daß ich hauptsächlich deshalb mit ihnen hatte sprechen wollen, um diesen Punkt klarzustellen. »Der Vorwurf hat mich getroffen, weil wir tatsächlich lenkend eingreifen, wenn die Lage es erfordert. Manchmal bewegen wir uns auf einem sehr schmalen Grat zwischen Beeinflussen und Herrschen.«

»Das kann ich mir vorstellen«, sagte Nick. »Ihr müßt sehr strenge Regeln haben.«

»Äußerst strenge«, bestätigte ich.

»Daraus ließe sich ein großartiges Computerspiel entwickeln«, meinte er sehnsüchtig. »Aber ich wette, wenn ich es versuchen würde, ich könnte es nicht. Ich habe probiert, mit Dave über Sie zu sprechen, und es ging nicht. Sie haben etwas getan, um uns daran zu hindern, das war nicht nur eine Drohung, stimmt's«

Wie sich herausstellte, waren sie mir nachgelaufen, weil Nick unbedingt Tips für die Vermarktung seiner Computerspiele von mir haben wollte. Mir sind schon von Teenagern entwickelte Spiele zur Beurteilung vorgelegt worden. Alles Mist, offen gesagt, und ich hatte keine Veranlassung, anzunehmen, Nicks Entwicklungen wären besser. Doch ich war immer noch bestrebt, etwas gutzumachen, und nannte ihm ein paar Namen und Adressen, die er begeistert notierte.

Während er beschäftigt war, sagte Maree: »Es muß Fälle geben, wenn ihr nicht eingreifen könnt oder wißt, daß es aus irgendeinem Grund nicht sein darf. Die beiden Weltkriege, zum Beispiel. Wie ist euch dabei zumute?«

»Es kann furchtbar sein.« Ich dachte an meinen derzeitigen Ärger mit Koryfos. »Man muß tatenlos zusehen, manchmal aufgrund der Anweisung, nicht einzugreifen, aber manchmal verbietet einem die eigene Logik, etwas zu unternehmen. Und es gibt Situationen, die erfordern, daß man sogar noch Öl ins Feuer gießt, in dem Wissen, daß Millionen Menschen ...«

Ich verstummte, weil sie mir nicht mehr zuhörte. Mit hochrotem Gesicht, den Zeigefinger gegen den Steg der Brille gestemmt, schaute sie wie gebannt auf etwas in der anderen Hälfte des Raums. Das Stimmengewirr um uns herum war merklich leiser geworden, dafür hörte ich hingerissenes Seufzen und Flüstern. Als ich Marees Blick folgte und sah, was ihre Aufmerksamkeit fesselte, fiel mir die Kinnlade herunter.

Andrew durchquerte die Lobby, auf seine typische Art,

als wandelnde Enklave, und obwohl er nicht rechts noch links schaute, umging er sämtliche Hindernisse auf seinem Weg, seien es Grüppchen, die auf dem Fußboden saßen und zu ihm aufblickten, oder hin und her laufende Kinder.

»O Gott!« ächzte Maree. »Der fabelhafte nordische Typ wieder!«

Es hatte den Anschein, als ob jedes weibliche Wesen im Raum das gleiche dachte oder sagte. Sogar Janine hatte beide Hände an den blutenden Busen gehoben und schaute selbstvergessen. Andrew schien die Luft in Wantchester gut zu bekommen, er sah gesünder aus als bei unserer gemeinsamen Herfahrt vor zwei Tagen, sein Gesicht hatte eine lebhaftere Farbe, und sein Gang war federnd. Doch ich behaupte, nicht zu wissen, wodurch ein Mann für Frauen attraktiv wird. Für mich war er nur mein Nachbar in überraschend guter Stimmung. Er hatte nichts davon erzählt, daß er den Con besuchen wollte, doch er trug eine ordnungsgemäße Besucherplakette und sogar angemessenere Kleidung als ich: eine knielange, bestickte Jacke in Rot und Braun und pludrige braune Hosen, vom Knie zum Fuß mit roten Bändern kreuzweise geschnürt.

»Wundervoll!« sagte Maree atemlos.

Nick stieß mir mit dem Stift gegen den Arm. »In den Spiegeln.«

Ich schaute an Andrew vorbei zu Andrews Spiegelbild, das parallel zu ihm durch die reflektierte Lobby schritt. Nick war etwas aufgefallen, das eigentlich ich hätte bemerken sollen: In den Spiegeln trug Andrew eine Art marineblauen Kampfanzug mit einem breiten weißen Leinengürtel.

»Genauso war es gestern«, sagte Nick leise. »Nur hatte er als Mensch normale Sachen an und als Spiegelbild einen langen Mantel, wie ein Landstreicher.«

Ich fühlte mich wie vor den Kopf geschlagen, aus mehr als einem Grund. Neben mir schmachtete Maree:

»Wenn ich nur wüßte, wer das ist!«, doch während ich es ihr noch vor einer Minute aus blanker Eifersucht nicht verraten hätte, schwieg ich jetzt, weil meinen Nachbarn ein Geheimnis umwitterte, dem ich in meiner Eigenschaft als Magid auf den Grund gehen mußte. Ich blieb also stumm und regungslos sitzen, während Andrew seinen Triumphmarsch fortsetzte und schließlich die Lobby durch die Tür am anderen Ende verließ.

Sofort sprang ich auf und lief ihm nach. Verschwunden. Er war verschwunden, keine Spur mehr von ihm. Nicht einmal seine Aura konnte ich mehr spüren. Ich sollte auch nicht erfahren, an was man denn nun gute Fantasy erkennt, ich war vollauf damit beschäftigt, im ganzen Hotel nach ihm zu suchen und die Erkenntnis meines mehrfachen Versagens zu verarbeiten. Weshalb hatte ich nicht gemerkt, daß der verbissene Eifer, mit dem ich Marees Aura kreuz und quer durch Bristol gefolgt war, über reine Pflichterfüllung eines Magids hinausging? Weil sie mit ihrem absurden Gehabe meine romantischen Erwartungen enttäuscht hatte, wahrscheinlich. Jedenfalls hatte ich mich bei der Suche nach einem neuen Magid von meinen Gefühlen ganz schön aus dem Konzept bringen lassen. Und – Krönung des Ganzen – Andrew war seit zwei Jahren mein Nachbar, und ich hatte nichts Ungewöhnliches an ihm bemerkt. Ein halbwüchsiges Bürschchen mußte mir die Augen öffnen!

Buchstäblich am Rande bekam ich dann doch noch etwas von der Podiumsdiskussion mit, als ich mir einen Weg durch ein Knäuel aufgeregter Menschen bahnte, die sich um Tina Gianetti drängten.

»Ich sage dir, ich habe Migräne!« jammerte Gianetti. Ich erinnere mich, daß sie sehr elend aussah.

»Unsinn, Liebling. In deinem Alter solltest du die Symptome eines Katers erkennen«, sagte ein Mann im Anzug, der neben ihr stand – ihr Agent? Freund? Beides? »Nimm noch ein Aspirin.«

»Ich sage dir, ich bin nicht fähig, eine Diskussion zu leiten!« Sie schloß gequält die Augen. »Ist doch ohnehin alles nur leeres Gerede. Stichelein und Selbstbeweihräucherung!«

»Warum gehen Sie nicht hinein und versuchen, ob Sie nicht doch zurechtkommen, Miss Gianetti?« sagte ein sichtlich der Verzweiflung naher Maxim Hough in beschwörendem Ton, als ich mich vorbeischob.

Später erfuhr ich, daß sie genau das tat. Ich traf Kees Punt in der Sandwichbar. »Das – und kein bißchen mehr«, berichtete er kauend. »Sie setzte sich bequem in ihren Sessel und ließ die Gäste reden. Es war ein großer Spaß, weil jeder von ihnen behauptete, sein Buch wäre das einzig Wahre auf dem Gebiet der Fantasyliteratur – ausgenommen der große Ted Mallory, der sagte, er gedächte nicht, sich zur Benotung zu stellen.«

»Er hatte ebenfalls einen Kater«, bemerkte ich.

Kater oder kein Kater, sowohl Tina Gianetti als auch Ted Mallory hielten sich um die Stunde im Foyer auf, als Will seinen unbeabsichtigt dramatischen Auftritt hatte.

Kapitel 15

Rupert Venables, Fortsetzung

Als ich ins Foyer hinunterging, um Will zu treffen, war ich immer noch damit beschäftigt, meine Entdeckungen vom Vormittag zu verdauen. Ich war alles andere als zufrieden mit mir selbst. Noch immer keine Spur von Andrew, und was Maree betraf – ich merkte, daß ich ihr bewußt aus dem Weg ging. Ich hatte sie mehrmals von weitem gesehen und sofort eine andere Richtung eingeschlagen. Auch jetzt ließ ich von der Treppe aus den Blick suchend durch das Foyer wandern, um ihr nicht unvermutet zu begegnen. Es sah aus, als wäre der Raum menschenleer, bis auf die roboterhafte finnische Rezeptionistin, Odile. Die breite Marktstraße, durch das gläserne Portal gesehen, lag ebenfalls verlassen da. Genau vor diesen Türen erwartete ich jeden Moment, Will auftauchen zu sehen. Ich postierte mich an einem strategisch günstigen Punkt, um für Ablenkung zu sorgen – in dem unwahrscheinlichen Fall, daß Odile an der Art seines Eintreffens etwas befremdlich vorkommen sollte – und suchte sicherheitshalber in den Spiegeln an der Decke nach heimlichen Zeugen.

Und da waren schon zwei. Tina Gianetti kauerte in einem Sessel hinter einer Topfpalme; höchstwahrscheinlich versteckte sie sich vor ihrem geschniegelten Freund. Wenn ich richtig sah, drückte sie sich einen Eisbeutel an die Stirn. Ted Mallory schlummerte an der entgegengesetzten Seite hinter einem Farn. Wegen der Assoziation zuckte ich bei Mallorys Anblick ein wenig zusammen, davon abgesehen war ich beruhigt; die beiden schienen mir zu differenzierten Beobachtungen kaum imstande zu sein. Ich ging auf und ab, die Hände in den Taschen, und spürte nicht die geringste Vorahnung, während ich über Andrews seltsame Verwandlung nachdachte und meine

Gefühlsverwirrung wegen Maree. Plötzlich kam der leidgeprüfte Maxim Hough die Treppe ins Foyer hinunter und sagte laut: »Okay, okay, wir werden das jetzt und hier besprechen, Wendy. Ich will nicht, daß gleich wieder der nächste Aufstand losbricht.«

Ihm folgte eine walkürenhafte junge Dame mit einer durchdringenden, quengelnden Stimme. »Da gibt es nichts zu besprechen, Maxim. Es stand von Anfang an fest, daß ich um diese Uhrzeit in Universe Three meinen Autoren-Workshop abhalte.«

Hinter ihr kam Mervin Thurless. »Mir ist egal, was ihr beschließt!« giftete er. »Sagen Sie dieser fetten Kuh, sie soll sich von meinem Workshop fernhalten!«

»Ich habe es nicht nötig, mich von dem beleidigen zu lassen!« beschwerte sich Wendy schrill.

Ted Mallory richtete sich auf und runzelte unwillig die Stirn. Tina Gianetti rutschte tiefer in den Sessel. Maxim fuhr mit beiden Händen durch seine blonden ägyptischen Locken und manövrierte sich mit beschwichtigender Miene und Gebärde zwischen Thurless und Wendy die Walküre. »Ein klarer Fall von Doppelbelegung«, sagte er.

Plötzlich draußen ein gellendes Quietschen von Autoreifen. Im nächsten Augenblick stürmte etwas Großes und Vierbeiniges durch die gläserne Eingangstür, durchquerte das Foyer zu schnell, als daß ich es deutlich hätte erkennen können, und verschwand, Blutstropfen versprühend, die Treppe hinauf. Die Rezeptionistin erwachte zu roboterhaftem Leben. Sie fuhr herum, zeigte mit starr ausgestrecktem Arm zur Treppe und rief: »Kein Zutritt für Pferde in diesem Hotel! Kein Zutritt für Pferde!«

»Mein Gott!« sagte Thurless. »Jemand ist mit einem Pferd hier durchgeritten!«

In den Deckenspiegeln bot sich mit das Bild von Tina Gianetti, kerzengerade im Sessel sitzend und mit weit aufgerissenen, glasigen Augen. Im selben Moment legte sich von hinten eine zitternde Hand auf meine Schulter. Als ich mich herumdrehte, fand ich mich Auge in Auge mit Ted Mallory wieder, der den gleichen starren Blick hatte wie Gianetti.

»Sagen Sie mir, das ist kein Anfall von Delirium tremens«, ächzte er. »Bitte sagen Sie mir, das war kein Kentaur, den ich vorbeilaufen gesehen habe!«

Ein *Kentaur*! dachte ich. O mein Gott! Gleichzeitig registrierte ich, daß Wendy in Ohnmacht gefallen war; Maxim und Thurless beugten sich über sie. Von Panik beflügelt, erinnerte ich mich an Dinge, von denen mir nicht bewußt war, daß ich sie im Veranstaltungsprogramm gelesen hatte. »Der Maskenball heute abend«, versuchte ich Ted Mallory zu beruhigen. »Jemand hat sich schon in sein Kostüm geworfen.«

»Aber das Blut! Ich habe doch gesehen, daß er geblutet hat wie angestochen!«

»Tomatenketchup. Für den dramatischen Effekt ...«

Hinter ihm schwangen erneut die Flügel des gläsernen Portals auseinander; Will kam hereingetaumelt, weiß wie ein Laken, und schaute mich beschwörend an. Draußen sah ich seinen Pseudo-Landrover abenteuerlich schräg auf den flachen Stufen der Eingangstreppe stehen. Für einen scheußlichen Moment dachte ich, Will wäre ebenfalls verletzt.

»Schon gut«, sagte ich zu Ted Mallory, »ich erledige das. Ich werde mich darum kümmern, wollte ich sagen. Übernehmen Sie Gianetti und die andere junge Dame.« Ich schob ihn in Richtung der Rezeption. Gianetti hatte angefangen, schrill zu lachen, es klang hysterisch, und Odile war grün.

Er schlurfte davon. Ich lief zu Will hinüber.

»Ein Kentaur!« sagte er. »Ich habe einen Kentauren angefahren, Rupert. Wir sind beide im selben Moment am selben Punkt herausgekommen, und ich habe ihn *angefahren*, Rupert!«

»Bleib ganz ruhig. Ich werde ihn suchen und nachsehen, wie schwer seine Verletzungen sind. Du schaffst dein Vehikel da draußen weg und auf den Belegschaftsparkplatz und kommst dann zu mir in mein Zimmer – Nummer 555.«

Will nickte stumm und ging wieder zur Tür. Ich wich Maxim, Thurless und Mallory aus, die Erklärungen von mir verlangten, die ich nicht geben konnte, und jagte die Treppe hinauf.

Dem Kentauren zu folgen war kein Kunststück, er blutete stark. Der Teppich trug in kleinen, säuberlichen roten Halbmonden die Spur eines panikerfüllten Galopps, begleitet von dicken roten Tropfen, die glänzten wie die Applikationen auf Janines Pullover. Die Hufabdrücke führten mich den Flur hinunter, vorbei an einem Kellner, der neben seinem Servierwagen stand wie zur Salzsäule erstarrt und mich verstört anschaute.

»Maskenball! Tomatenketchup«, rief ich ihm zu, bog um die Ecke – und fand mich in dem großen Veranstaltungssaal wieder, wo der Kentaur Teilnehmer und Publikum der nachmittäglichen Diskussionsrunde aufgescheucht hatte. Nur gut, daß diese Leute, wie es sich für Fantasyfans geziemte, eher mit Erstaunen als mit Panik reagierten. »Maskenball!« informierte ich einen schwergewichtigen Mann mit FANGS! auf dem T-Shirt, der mich mit Fragen bestürmte. »Kleines Mißgeschick. Ihnen ist sozusagen der Gaul durchgegangen.«

»Was für ein fantastisches Kostüm!« begeisterte sich eine zierliche Dame mit dem Aufdruck OOOKAY. »Es gewinnt bestimmt den ersten Preis!«

In Ascot vielleicht! Anscheinend war niemand so unvernünftig gewesen,den Kentauren aufhalten zu wollen – er hätte sich einen Huftritt einhandeln können. Die Blutspur führte zum hinteren Ausgang – hier ein kleiner roter Handabdruck an der Tür – und in den Flur dahinter. Ich folgte ihr nach links, nach rechts, ein Stück geradeaus, nach rechts und wieder nach rechts. Ich fluchte beim Laufen, jemand hatte sich wieder mit dem Nodus zu schaffen gemacht. Zu guter Letzt und atemlos gelangte ich in den Bereich über dem Foyer, wo sich die Aufzüge befanden. An dem mir zunächst befindlichen entdeckte ich Blutspuren. Die Türen waren geschlossen und der grüne Pfeil zeigte an, der Lift war besetzt und fuhr nach oben. Der verletzte Kentaur schien in der Kabine Zuflucht gesucht zu haben. Verständlich, aber jemand, der solche Mengen Blut verlor, brauchte medizinische Hilfe. Ich stemmte den Finger auf den Rufknopf und wollte den Aufzug nach unten.

Der Widerstand war erheblich. Vor Anstrengung brach mir der Schweiß aus, aber die Kabine bewegte sich nur zentimeterweise, als Will angekeucht kam. Er sah elend aus.

»Ist er da drin?« fragte er schnaufend. Ich nickte. »Dann mußt du ihn herausholen. Sie verkriechen sich, um zu sterben, wenn sie schwer verletzt sind.«

»Dann *hilf* mir, verdammt noch mal!«

»Tut mir leid.« Will legte seine etwas zittrige Hand über die meine, und wir vereinten unser Wollen. Der Kentaur war ein immens starker Kundiger; eine Zeitlang mußten wir alle Kraft aufwenden, dann aber kam der Lift mit Schwung herunter. Die Türhälften glitten auseinander. Wir rissen die Augen auf.

Maree und Nick Mallory standen links und rechts neben dem Kentauren und stützten ihn. Ich habe nie viel mit Kentauren zu tun gehabt und bin nicht an ihren Anblick gewöhnt, deshalb spielte meine Wahrnehmung mir einen Streich. Im ersten Moment stand da für mich, diagonal in die enge Kabine gezwängt, ein kleines braunes Pferd, das den Kopf hängen ließ. Der schwarze Schweif fegte mir fast durchs Gesicht, während der Reiter auf dem Rücken des Braunen die Arme um Marees und Nicks Schultern gelegt hatte. Sein Kopf mit langem, schwarzem Haar lag an Nicks Brust: milchkaffeefarbener Teint, exquisit modelliertes Profil und ein großes dunkles Auge, mandelförmig und eingerahmt von langen dunklen Wimpern, das zur Seite gerollt angstvoll zu uns aufsah. Obwohl das Gesicht insgesamt größer war als das eines Menschen, dachte ich spontan: wie wunderschön er ist! Und Nick, stellte ich fest, brauchte den Vergleich nicht zu scheuen; obwohl sein Teint heller war, besaß er die gleiche dunkle Attraktivität.

Dann klärte sich das Bild. Pferd und Reiter verschmolzen zu einem Wesen, unter dem sich auf dem Boden des Aufzugs eine Blutlache gebildet hatte. Maree stemmte den Zeigefinger gegen den Brillensteg und reckte das Kinn über den gebeugten Nacken des Kentauren. »Ich bin Studentin der Tiermedizin«, verkündete sie. »Wir waren auf dem Weg in mein Zimmer, um erste Hilfe zu leisten, bis ihr zwei Idioten euch eingemischt habt.«

»Bringen wir ihn in mein Zimmer«, schlug ich vor. »Es liegt näher beim Aufzug.« Will und ich drängten uns neben dem Kentauren in die Kabine, Will drückte den Knopf mit der 5, und wir schossen mit unheiliger Geschwindigkeit nach oben. »Will hat ihn mit dem Wagen angefahren«, erklärte ich.

»Dann wird er auch noch ausgedehnte Prellungen haben«, sagte Maree. »Scheiße.«

Der Kopf des Kentauren hob sich ein wenig. »Knarros schickt mich«, sagte er mit einer angenehm rauhen Stimme. »Weil der Kaiser tot ist.«

Ich nickte ihm zu. »In Ordnung. Ich bin der zuständige Magid. Du bist hier richtig.«

Statt daß meine Worte ihn beruhigten, wurde der Kentaur aufgeregt; ein Hinterhuf schlug dumpf gegen die Aufzugtür, und die rauchige Stimme überschlug sich jungenhaft, als er sagte: »Ihr versteht nicht! Ich muß die richtige Person abholen! Knarros darf mit niemandem außer der richtigen Person sprechen!«

»Ruhig, ruhig!« Maree hörte sich an wie Stan, wenn er mich besänftigen will.

Ich sagte: »Kein Sorge deswegen. Ich bin für heute abend zu einem Gespräch mit Knarros verabredet.«

Der Ruck, mit dem der Aufzug in der 5. Etage zum Halten kam, beendete die Konversation. Im Einklang mit unserer momentanen Pechsträhne wartete zum erstenmal in den drei Tagen eine Menschentraube darauf, nach unten zu fahren. Etwa die Hälfte der Leute war bereits für den Maskenball zurechtgemacht. Ich sah vor mir einen bestimmt zwei Meter großen Alien aus Papiermaché und Plastik, einen Gentleman im Tudor-Kostüm, zwei junge Männer in kaum mehr als Stiefeln, hautengem Wams und Schurz, eine Grazie in etwas, das aussah wie ein Perlenvorhang, und dazwischen Menschen in Alltagskleidung.

Als erst Will und ich den Lift verließen und dann der Kentaur, nachdem er sich mit Marees und Nicks Hilfe vorsichtig herumgedreht hatte, begannen die Wartenden zu jubeln und in die Hände zu klatschen.

»Wunderbar!« riefen sie. »Fantastisches Kostüm! Mal was Neues – ein Pferd zu mieten!«

Vielleicht lag es daran, daß der Kentaur, nachdem er sich gedreht hatte, ihnen die unverletzte Seite zuwandte. Dafür war mir der Anblick seiner Wunde vergönnt, zerrissenes Fleisch und Fellfetzen. Wenigstens schien die Blutung aufgehört zu haben, aber der Boden des Aufzugs schwamm förmlich. Ich befahl der Tür, sich zu schließen, belegte sie mit einem Siegel und sorgte dafür, daß die Kabine sich nicht von der Stelle rühren würde, bis ich Zeit fand, sie wieder in einen ordentlichen Zustand zu versetzen. Will beeilte sich, als Ersatz den zweiten Aufzug nach oben zu holen. Der Kentaur war inzwischen kurz davor, die Besinnung zu verlieren, er bewegte sich mit stolpernden Hufen, und seine Beine drohten einzuknicken. Während sie in den anderen Lift drängten, schauten die Leute ihm nach, und Will erklärte mit verschwörerischem Grinsen: »Er muß sich erst einen Platz suchen, wo er unbeobachtet üben kann.«

»Reife Leistung, Nick!« äußerte der Alien, der sich in der Kabine bücken mußte. Er schien den Kentauren und

Nick für eins zu halten, ungeachtet der Tatsache, daß die beiden nebeneinander standen. Während ich Maree meinen Schlüssel gab und ihren Platz an der linken Seite des Kentauren einnahm, dachte ich, das war der eindeutigste Fall von jemandem, der seinen Augen nicht traute, den ich je erlebt hatte.

Nick jedoch war empört. Er sagte aufgebracht: »Bis eben habe ich geglaubt, die Leute hier wären *anders*, daß sie das Wunderbare erkennen, wenn sie es sehen, aber sie sind genauso blind und dumm wie alle anderen.«

Will schaute Nick mit einer hochgezogenen Augenbraue an und kam zu dem Schluß, daß der Junge noch verstörter war als er selbst. Er zog sich den rechten Arm des Kentauren um die Schultern. »Jeder hat seine Grenzen«, sagte er.

»Nicht alle können solche Superhirne sein wie du!« Maree schaute den Flur entlang und suchte vergeblich nach meiner Zimmernummer. Mir fielen die überzähligen Ecken ein, um die ich gebogen war. Ich biß die Zähne zusammen und rückte alles wieder an seinen Platz.

»Was ist los?« erkundigte sich Will.

»Irgend jemand macht sich an dem Nodus hier zu schaffen«, erklärte ich.

Maree enthielt sich eines Kommentars, aber sie nickte mir anerkennend zu, als die Tür mit der Nummer 555 vor ihr haltmachte, schloß auf und übernahm das Kommando. »Bestens«, sagte sie, »jede Menge Platz. Nick, du läufst in mein Zimmer und holst die lederne Arzttasche. Rupert, du holst meinen Wasserkocher und so viele andere, wie du finden kannst, und machst Wasser heiß – aber vor allem brauchen wir etwas, um ihn aufrechtzuhalten. Er sieht nämlich aus, als ob er gleich umfällt, und ich kann ihn nicht behandeln, wenn er es tut.«

In null Komma nichts waren wir alle damit beschäftigt, Marees Anweisungen auszuführen. Will und ich montierten den Hosenbügler an der Wand auseinander und improvisierten daraus unter Zuhilfenahme von Magie ein hohes, regalähnliches Gestell, auf das der Kentaur dankbar die Unterarme stützte. Seine feingezeichneten bräunlichen Züge waren vor Schmerz verzerrt, und er zitterte am ganzen Leib. Während Will und ich die Beine des gepolsterten Hockers vor dem Frisiertisch wachsen ließen, trat Maree vor den Kentauren hin und legte ihm die Hände auf die Arme. »Ich habe deinen Namen nicht verstanden.«

»Robbios«, antwortete er. »Genannt Rob.«

»Heiliger Strohsack, nicht noch ein Robbie!«

»Rob«, berichtigte der Kentaur. »Nicht Robbie.«

»Okay. Also, Rob, ich muß jetzt die Verletzung untersuchen. Ich werde mir Mühe geben, dir nicht weh zu tun, aber versprechen kann ich nichts. Nein, das reicht nicht«, sagte sie zu Will und mir, als wir Anstalten machten, den inzwischen höher gewordenen Hocker unter den Pferdebauch zu schieben. »Ich will nicht, daß er in die Knie geht, wenn er zwischendurch einen Schwächeanfall erleidet.«

Ich überließ Will den Hocker und machte mich im Laufschritt auf die Suche nach Wasserkochern. Einige der Zimmertüren standen offen, und eine müde aussehende Angestellte war mit Aufräumungsarbeiten beschäftigt. Kaltblütig entführte ich die Kocher aus den Räumen, in denen sie sich gerade nicht befand. Nick und ich kehrten gleichzeitig von unserer jeweiligen Mission zurück und fanden Maree bei einer – wie es mir vorkam – fachmännischen und gründlichen Untersuchung der Blessur an Robs Flanke. Nick warf einen Blick darauf, wurde kreidebleich und stürzte in mein Badezimmer, derweil ich auf dem Boden herumkroch und nach Steckern für die Wasserkocher suchte. Will hatte Rob den passend gemachten Hocker unter den Bauch geschoben und trat den Rückzug an. Er war mindestens ebenso bleich wie Nick. Nach all den Jahren begriff ich auf einmal, weshalb mein Bruder damals seinen Jugendtraum, Tierarzt zu werden, so plötzlich aufgegeben hatte.

Maree andererseits schien ganz in ihrem Element zu sein, beendete ihre Untersuchung und ging nach vorn, um Rob die Diagnose mitzuteilen. Er hatte den schwarzmähnigen Kopf auf die verschränkten Arme gelegt, drehte ihn jetzt zur Seite und schaute sie an.

»Erst die guten Nachrichten«, begann sie. »Es ist nicht so schlimm, wie es aussieht. Die Verletzungen sind zum größten Teil oberflächlich, Fell, Hautschichten, einige zerrissene Muskelstränge. Du hast viel Blut verloren, aber da keine der wirklich großen Adern verletzt ist und die Blutung zum Stillstand gekommen ist, brauchen wir deswegen keine Sorge mehr zu haben. Die schlechte Nachricht ist, daß ich nähen muß. Ich habe kein Betäubungsmittel zur Verfügung, deshalb wird es weh tun.«

Rob stieß einen Jammerlaut aus und schluckte. »Ich kann's aushalten.«

»Wir könnten ihn betrunken machen. »Ich zeigte auf die Zimmerbar. »Wir haben Whisky, Brandy und Wodka.«

»Hm.« Maree musterte ihren Patienten über die Brille hinweg. »Rob, wie benimmst du dich unter Alkoholeinfluß?«

Robs Stimme wurde von Armen und Haaren gedämpft. »Nein, ich will das nicht. Wenn ich trinke, muß ich weinen.«

»Dagegen habe ich nichts. Ich will nur nicht, daß du anfängst, um dich zu schlagen. Okay, Rupert.« Sie betrachtete den Pferdeleib, schätzte sein Gewicht – vermutlich doppelt so viel, wie ich auf die Waage brachte, obwohl Rob, soweit ich es beurteilen konnte, relativ klein war für einen Kentauren. »Versuch's mit zwei doppelten Whiskys für den Anfang.« Dann ging sie, die blutigen Hände erhoben, zur Badezimmertür und stieß mehrmals mit dem Fuß dagegen. »Nick, komm raus da! Ich muß mir das Blut abwaschen und dann meine Hände desinfizieren.«

Will hatte den Kühlschrank geöffnet, und ich nahm

ihm die Fläschchen ab, die er mir reichte, als Nick aus dem Bad kam, Marees Fingernägel mit den blutigen Spitzen sah und sich stöhnend an den Türpfosten lehnte.

»Sei nicht so ein *Weichei*!« Maree gab ihm einen Stoß mit dem Ellenbogen. »Komm mit rein und montier diese Seifenschalen ab; ich brauche sie, um die Instrumente zu sterilisieren.«

Rob schnupperte an der aufgeschraubten Flasche, die ich ihm unter die Nase hielt, und schauderte. »Ich – ich kann nicht!«

»Doch, du kannst!« schallte es im Kommandoton aus dem Badezimmer.

»Du hast die Chefin gehört«, sagte Will. »Komm schon. Trink aus.«

Gemeinsam flößten wir ihm den Inhalt von anderthalb Fläschchen ein. Maree erschien, öffnete ihre Arzttasche und sagte: »Verdammt! Ich habe antibiotischen Puder, aber kein Antiseptikum. Rupert ...«

»Schon unterwegs.«

Ich erwischte die Angestellte mit ihrem Servicewagen, als sie eben die Etage verlassen wollte. »Wozu brauchen Sie die Sachen?« wollte sie verständlicherweise wissen.

»Dem Sohn des Ehrengastes ist ein wenig übel gewesen«, erklärte ich wahrheitsgemäß.

»Da ist er nicht der einzige!« sagte sie. »Die meisten der Gäste hier oben müssen gestern ordentlich zugelangt haben. Deshalb bin ich erst so spät hier fertig, und weil Maureen mich im Stich gelassen hat. Sie ist gegangen, wegen dem Geist, der auf dem Parkplatz Musik macht.«

»Lieber Himmel, doch nicht immer noch!« entfuhr es mir, und ich fügte rasch hinzu: »Ich habe gesehen, daß die halbe Belegschaft heute morgen danach gesucht hat.«

»Aber man hört die Musik immer noch. Ich meine, wenn es Pop wäre, dann wüßte man, sie kommt aus einem Autoradio. Aber ist was Klassisches, irgend so ein Geklimper.«

Ich nickte verständnisvoll, während ich fieberhaft

überlegte, wie ich Stan dazu bringen konnte, seine Musikleidenschaft zu zügeln. »Dann muß es wohl ein Geist sein, da haben Sie recht. Kein Wunder, daß Maureen es nicht mehr ausgehalten hat.«

Mit einem Armvoll diverser Desinfektionsmittel kehrte ich in mein Zimmer zurück, an dessen Tür mir Dampfschwaden und der Geruch nach Blut und Pferd entgegenschlugen. Will und Nick verteilten geschäftig Operationsbesteck und Nahtmaterial in Seifenschalen, Tassen, Untertassen und den Deckel meine silbernen Rasierdose. Vor Rob standen jetzt drei leere Fläschchen, und sein bräunliches Gesicht schien von innen heraus zu glühen. Inmitten all dessen stand Maree, eine Schere in der Hand.

Sie nickte mir beifällig zu. »Gut. Danke.« *Schnipp*, machte die Schere. *Schnipp, schnipp*. Lange gelbe Krallen flogen durchs Zimmer. »Bring das Zeug ins Badezimmer, und ich zeige dir, wie man sich steril wäscht. In dieser Welt muß es alle möglichen Krankheitskeime geben, für die Robs Immunsystem nicht gerüstet ist, und ich will kein Risiko eingehen.«

Offensichtlich war ich ungefragt als Sanitäter rekrutiert worden, notgedrungen, in Anbetracht des Zustands, in dem Will und Nick sich befanden, aber ich hielt mich nur deshalb noch senkrecht, weil ich es bisher sorgsam vermieden hatte, mehr als einen flüchtigen Blick auf Robs linke Seite zu werfen, und ich wußte nicht, wie es mir ergehen würde, wenn ich die Bescherung aus der Nähe betrachten mußte.

»Komm schon!« blaffte Maree und entledigte sich des letzten Fingernagels. *Schnipp*!

»Zu Befehl.«

Sie fing meinen Blick auf und grinste. »Sorry.« Im Badezimmer vertraute sie mir flüsternd an: »Das ist meine erste Operation, und ich habe unheimliches Lampenfieber.«

»Wäre mir nicht aufgefallen«, sagte ich. Sie schob die

Brille hoch und belohnte mich mit einem echten Lächeln. Mir wurde so warm wie Rob nach den drei Fläschchen Malt. Ich wollte liebend gern die Schrecken einer blutigen Operation ertragen, wenn ich dadurch in Marees Wertschätzung stieg.

Kurz darauf waren wir alle bereit anzufangen. Maree trug den einzigen Mundschutz, der sich in ihrer Arzttasche befunden hatte. Ihr Haar in ein Handtuch eingebunden, und die frisch manikürten Hände steckten in Gummihandschuhen. Ich hatte ein Seidentuch vor Mund und Nase befestigt, trug ein zweites turbanartig um den Kopf geschlungen und natürlich ebenfalls Handschuhe.

Als wir zu Rob hinübergingen, klopfte es an der Tür.

»Nicht aufmachen«, nuschelte ich hinter meinem provisorischen Mundschutz.

Aber die Tür öffnete sich, trotz des umgedrehten Schlüssels, und Zinka steckte den Kopf durch den Spalt. »Aha«, sagte sie, »dachte ich mir doch gleich, das ist kein Kostüm. *Hallo,* Will! Rupert, gehe ich recht in der Annahme, daß dies ein Notfall ist?«

»Wir haben die Situation mehr oder weniger unter Kontrolle. Aber ich wäre dankbar, wenn du dich um den Aufzug kümmern könntest. Er ist voller Blut, und ich mußte ihn vorläufig auf dieser Etage fixieren.«

»Ist mir ein Vergnügen. Ich tue es gleich – die Leute fangen nämlich an zu murren. Was hast du benutzt, um ihn hier festzuhalten?«

»Nur eine ziemlich starke Stasis.«

»Betrachte die Sache als erledigt.« Zinkas Kopf verschwand.

Das Schloß rastete klickend ein, und Maree machte sich ans Werk. Rob zuckte, stieß einen Schmerzenslaut aus und umklammerte den ehemaligen Hosenbügler so fest, daß seine Finger weiß wurden. Will und Nick zuckten ebenfalls zusammen und setzten sich auf mein Bett, von wo sie nicht so genau sehen konnten, was Maree tat. Sie blieben fast die ganze Zeit dort sitzen und rührten sicn nur widerstrebend, wenn Maree einen von ihnen aufforderte, mir die Untertasse mit dem Nähgut zu reichen oder die Instrumente in den Tassen. Als Will sich nach dem ersten Mal wieder hinsetzte, sprang er sofort wieder auf. »Heiliger Strohsack«, sagte er, »die habe ich glatt vergessen!« Vorsichtig grub er in den Taschen seiner weiten, derben Jacke. Er brachte zwei gelbe, leise zirpende Flaumbällchen zum Vorschein. »Verwaiste Entenküken«, erklärte er. »Ich wollte sie eigentlich zu Hause lassen.«

»Kekse sind drüben neben dem Kocher.« Ich hielt Maree die Untertasse hin.

Nick und Will fütterten die Küken auf meiner Tagesdecke mit Kekskrümeln – für Rob ein Schauspiel, um sich abzulenken. Ich verstand nicht, wie er die Prozedur aushalten konnte, ohne zu schreien. Zu Maree sagte ich: »Das da sieht schlimmer aus als der Pullover deiner Tante.« Irgendwann während der ganzen Aufregung waren wir vom Sie zum Du übergegangen.

Sie antwortete zwischen Stich und Knoten: »Ja, ich dachte erst, sie hätte sich die Brust abgeschnitten.« Dann stutzten wir beide und sagten gleichzeitig: »Sorry, Nick.«

»Wieso?« meinte er. »Ich fand ihn auch scheußlich. Ich muß doch ihre Pullover nicht mögen, nur weil sie meine Mutter ist, oder?«

Rob stieß einen unterdrückten Schrei aus.

»Nick, hol ihm noch etwas Whisky«, kommandierte Maree. »Und du, Rob, versuch, dich abzulenken, erzähl was. Erzähl von diesem Kaiser, der gestorben ist; ich würde die Geschichte gern hören.«

Also fing Rob an zu erzählen. Auf den Hosenbügler gestützt, redete er und redete und verzog nur manchmal das Gesicht, wenn der Schmerz zu arg wurde. Natürlich trug der Whisky dazu bei, ihm die Zunge zu lösen, aber ich denke, er war von Natur aus redselig. Ich konnte ihn mir ohne weiteres an unbeschwerten Tagen vorstellen, wie er mit seinen Freunden umherstreifte und schwatzte, bis diese Freunde sagten: »Rob, halt die Klappe!« Doch es hatte Atmosphäre: das Auf und Ab der jungen, rauhen Stimme, während Maree mit ihrer Flickarbeit fortfuhr, gelegentlich unterbrochen von einem spitzen Schmerzenslaut, wenn sie den nächsten Hautlappen an die passende Stelle zog.

Das meiste von dem, was Rob erzählte, war mir bekannt und nur für seine drei anderen Zuhörer neu, aber längst nicht alles. »Der Kaiser hat Gemahlinnen dreier Klassen. Ursprünglich waren es nur zwei, Gemahlinnen zur Rechten Hand und Gemahlinnen zur Linken Hand, und sie alle wohnten im kaiserlichen Palast, aber dieser Kaiser – oh, ich vergesse immer, daß er ja tot ist – Timos IX. also, hatte noch eine dritte Klasse, seine Erwählten Gespielinnen, und diese erachtete er nicht für bedeutend genug, um sie im Palast einzuquartieren. Knarros sagt, Kaiser Timos hat – hatte – die Manie, alles zu klassifizieren. Er klassifizierte die Gemahlinnen zur Linken Hand und ließ vorsorglich Plätze frei, für den Fall, daß neue hinzukamen, die höher rangierten als andere, die er bereits hatte. Zum Beispiel hat er Platz Acht nie besetzt, aber er hatte eine Neun und eine Zehn. Natürlich wurden auch die Kinder, die er von ihnen hatte, nach ihrer Bedeutung eingestuft. Knarros führte die entsprechende Liste, aber die Kinder niederer Grade hatte er nicht in seiner Obhut. Unter seiner Aufsicht, sagt er, wäre es nie so weit gekommen, daß einer hingerichtet werden mußte, weil er seiner Mutter geschrieben hatte. Aber die Kinder seiner Erwählten Gespielinnen wurden durchweg zu Zieheltern in bescheidenen Lebensumständen gegeben, weit weg von Iforion ...«

Aha, dachte ich, deshalb hatte es den Kaiser keinerlei Überwindung gekostet, den jungen Timotheo zu exekutieren. Er war nur der Sohn einer Gespielin. Entbehrlich. Außerdem hätte er später zum Ärgernis werden können, denn statistisch war er der Älteste. Die Erinnerung an den tristen Verhandlungsraum mit dem Geruch nach

Holzlasur stieg in mir auf, an die ungläubige Miene des jungen Mannes, als man sein Todesurteil verkündete. Ich verpaßte einiges von Robs Bericht und bin nicht sicher, wie er auf das Thema der Kolonie in Thalangia kam.

»Knarros ist mein Oheim«, sagte er, als ich wieder zuhörte, »deshalb bin ich hier – ich und Kris, wir sind beide seine Schwestersöhne. Wir dürfen als einzige die Kolonie verlassen. Die Sicherheitsvorkehrungen dort oben sind streng. Kris und ich verbringen die eine Hälfte des Jahres dort und die andere Hälfte bei unseren Familien, und es ist uns untersagt, draußen über Knarros zu reden. Ich dürfte das alles nicht erzählen – au! –, aber der Kaiser ist tot, deshalb nehme ich an, es ist nicht mehr so wichtig. Wie schon gesagt, Knarros hat die Kinder der Gemahlinnen zur Linken Hand in seiner Obhut und weiß, wie sie eingestuft sind und wie ihre richtigen Namen lauten und wie ihre Identität bewiesen werden kann, wenn die Zeit gekommen ist. Die Kinder selbst ahnen natürlich nicht, wer sie sind.«

An diesem Punkt versuchte ich, etwas einzuwerfen. Wenn Rob wußte, welcher Sproß der kaiserlichen Lenden welchem Namen auf der Liste zuzuordnen war – und es hörte sich an, als ob er es wußte –, konnte er mir meine Aufgabe beträchtlich erleichtern. Doch er redete über meinen Versuch, seine Aufmerksamkeit zu erregen hinweg, und Maree war es, die seinen Wortschwall unterbrach.

»Was für eine bescheuerte Idee!« sagte sie stirnrunzelnd und nahm eine weitere eingefädelte Nadel von mir entgegen. »Ein Junge soll Kaiser werden und hat keine Ahnung von irgendwas, nicht einmal von der Welt außerhalb dieser – Kolonie. Das ist doch Schwachsinn. Wird der Thronfolger wenigstens von deinem ›Oheim‹ in Staatsführung unterwiesen?«

»Nein, selbstverständlich nicht«, antwortete Rob. »Das wäre zu gefährlich. Solange er nichts weiß, ist er sicher. Und der Kaiser ist sicher vor Söhnen, die versuchen, den

Vater zu stürzen, oder skrupellosen Verschwörern, die die Söhne benutzen, um …«

»Blödsinn!« schnitt Maree ihm das Wort ab. »Dummes Zeug und Propaganda. Nick, hat das bei uns nicht auch einer probiert? Die Osmanen oder welche aus der Gegend?«

»Stimmt«, bestätigte Nick von meinem Bett her; er vermied es angestrengt, in Marees Richtung zu schauen. »Bei denen hat es auch nicht funktioniert. Ich kann mich auch nicht erinnern, welches Reich es gewesen ist, aber ich weiß, daß die Söhne des Herrschers in einem Palast wie Gefangene eingesperrt waren, und wenn man den neuen Sultan herausholte, war er menschenscheu und hatte keine Ahnung, was man von ihm erwartete. Sie waren furchtbar schwache Herrscher.«

Ich seufzte. So also lief der Hase. Der neue Kaiser, mit meiner Hilfe auf den Thron gehievt, sollte der Anfang vom Ende des koryfonischen Imperiums sein. Wie es bestimmt war. Maree und Nick hatten ganz recht mit ihrer Parallele zu einer Dynastie auf der Erde, ich glaubte, mich an etwas Ähnliches erinnern zu können.

»Knarros hat sie alle in der rechten Ethik unterwiesen«, verteidigte Rob seinen Onkel und das System. »Und das Blut läßt sich nicht verleugnen. Der neue Kaiser ist kein Feigling und kein Narr, ihr werdet sehen!«

»Weißt du, wer es ist?« konnte ich endlich fragen.

»Nein. Das weiß nur Knarros. Ischabe – habe allemein 'schprochn.« Sein Kopf sank auf die verschränkten Arme. »Dauersch noch lange?«

»Fast fertig«, sagte Maree.

Robs plötzlicher Zusammenbruch war verständlich und bestimmt echt, aber ich hätte wetten mögen, daß er sich auch gar nicht dagegen wehrte, weil er vermeiden wollte, noch mehr auszuplaudern. Ich drang nicht weiter in ihn. Schließlich würde ich bald mit Knarros persönlich sprechen.

Rob verharrte mit dem Kopf auf den Armen, bis Maree

den letzten Faden verknotete und sagte: »Voilà. Fertig.« Dann wurde offenkundig, daß Robs Schwäche nicht vorgetäuscht war. Mit vereinten Kräften schafften wir ihn hinüber zu meinem Bett, wo wir ihn behutsam auf die gesunde Seite legten. Glücklicherweise war es ein großes Bett, gerade groß genug für ihn.

Maree beugte sich über ihren Patienten.

»Was ist mit deinem Oberkörper? Ich vermute, du hast eine angeknackste Rippe, aber dafür kann ich nicht viel tun.«

Rob murmelte, daß er sich ohne sein Hemd wohler fühlen würde. Es war ein ärmelloses Wams ohne Knöpfe, und wir zogen es ihm vorsichtig über den Kopf. Wieder sagte er murmelnd etwas, es klang besorgt.

»Keine Angst«, sagte Maree. »Ich konnte alles ganz ordentlich zusammenflicken. Mit Glück wird es so verheilen, daß man kaum etwas davon sieht.«

»Hoffentlich«, meinte Will. »Wäre schade drum, so ein hübscher Kerl.«

Will hatte recht. Mit bloßem Oberkörper, eine Kette mit dem Wappenmedaillon des Kaiserreichs golden schimmernd um den braunen Hals geschmiegt, war dieser junge Kentaur ein Meisterwerk der Schöpfung. Selbst mit dunklen Schatten unter dem einen Auge, das wir sehen konnten, selbst mit dem puderbestäubten Zickzackmuster aus verknoteten Fäden an der Seite des Pferdeleibs, war er wunderschön. Der Jünglingstorso ging anmutig fließend in den harmonisch geformten Pferdeleib über.

»Er kann dich hören«, sagte Maree, »und ich wette, das geht ihm runter wie Öl.«

Selbstverständlich hatte Rob jedes Wort gehört. Ein schwaches, zufriedenes Lächeln spielte über sein Gesicht. Er wußte um seine Schönheit, kein Zweifel, und vielleicht war das sogar seine größte Angst gewesen: er könnte für immer entstellt sein. Dieser Sorge ledig, schlief er nun beruhigt ein.

Wir deckten ihn zu und machten uns müde ans Aufräumen.

Maree reckte sich. »Lieber Himmel, ich bin erledigt! Ich werde mich etwas hinlegen. Nick, kommt mit, du kannst uns einen Kaffee aufgießen.«

Die beiden gingen und nahmen ihren Wasserkocher mit. Es wirkte sehr überzeugend, und ich hatte den Kopf voll mit anderen Dingen. Mir kam nicht entfernt der Gedanke, Will ebenso wenig, daß wir hinters Licht geführt wurden.

Kapitel 16 — Rupert Venables, Fortsetzung

Will und ich machten uns jeder einen nach Pappkarton schmeckenden Becher Earl Grey und zogen uns ans andere Ende des Zimmers zurück, um Rob nicht zu stören. Hier verfütterte Will die restlichen Kekse an die Küken, bis auf einen, der ihm als Rohmaterial für eine Conplakette nach dem Muster der meinen diente, und während er mit dieser Magid-Bastelei beschäftigt war, setzte ich ihn über den aktuellen Stand der Schicksalsbahnen ins Bild.

Da ich mich definitiv entschieden hatte, die Liste zu verwerfen, brauchte man die Linien nur stabil zu halten, bis ich Gelegenheit fand, mich näher mit Andrews eigenartigem Verhalten zu befassen.

»Eigenartig stimmt«, sinnierte Will. »Hört sich für mich fast an, als wäre er entseelt worden.«

»Der Gedanke kam mir auch, nur daß entseelte Menschen meistens tot sind.«

»Nicht unbedingt. In Thule gab es einen Magier, der ist jahrelang als zwei Personen herumgelaufen.«

»Meinetwegen, aber wenn Nick recht hat, ist Andrew mindestens *vier* Personen. Zwei Variationen habe ich mit eigenen Augen gesehen. Nein, Entseelen ist nicht die Lösung des Rätsels, obwohl ich auch keine andere Erklärung zu bieten habe. Wie auch immer, halt seine Bahn stabil, und wenn du merkst, daß sich wieder jemand an dem Nodus zu schaffen gemacht hat, mach die Turbationen stillschweigend rückgängig. Ich glaube, derjenige welcher ist ein unangenehmer Patron namens Gram White. Wenn es sich ergibt, werde ich ihm morgen einen Dämpfer aufsetzen.«

»Je eher, desto besser. Ein Amateurmagier? Wahrscheinlich hat er keine Ahnung, was er da tut. Was meinen denn die Leute bei diesem Con dazu, wenn sie ihre Zimmer nicht mehr an der alten Stelle wiederfinden?«

»Sie sagen, das Hotel wäre sehr verwirrend, aber in Wirklichkeit glauben sie, daß sie sich einfach den Weg nicht merken können.«

»Da hast du wieder einen Grund, weshalb ich nicht auf der Erde wohne. Dieses krampfhafte Suchen nach einer rationalen, wissenschaftlichen Erklärung für etwas Ungewöhnliches, selbst wenn ein Blinder mit dem Krückstock sehen kann, daß sie an den Haaren herbeigezogen ist.«

Rob lag noch immer in tiefem Schlaf, als wir aufstanden, um zu gehen. Er war ein weiteres Problem, mit dem ich mich später würde befassen müssen. Um zu verhindern, daß jemand vom Hotel oder ein Con-Teilnehmer hereinplatzte, sicherte ich den Raum mit dem stärksten Hermetikon aus meinem Repertoire. Den guten Leuten würde es schwerfallen, eine rationale, wissenschaftliche Erklärung für einen atmenden, realen Kentauren zu finden, wenn sie sich ihm Auge in Auge gegenübersahen, auch wenn sie sich vorhin große Mühe gegeben hatten. Will versprach, zwischendurch nach ihm zu sehen. Er ließ die Entenküken im Zimmer laufen und erklärte mit Unschuldsmiene, sie wären sein Knoten im Taschentuch, um es nicht zu vergessen. Typisch Will. Ich glaube, er sagt solche Dinge, weil er mich für pingelig hält. Nun ja, wenn er sich schon wieder dazu aufraffen konnte, mich zu nerven, mußte er sich von dem Schock des Unfalls erholt haben.

Wir fuhren mit demselben Lift nach unten, in dem wir mit Rob nach oben gekommen waren. Zinka, Gott segne sie, hatte das Blut entfernt, aber die Kabine schien sich nur noch mit halber Geschwindigkeit zu bewegen. Der nächste Punkt auf meiner Liste zu erledigender Dinge. Endlich im Parterre angekommen, schlenderte Will mit seinem gefälschten Abzeichen zum großen Veranstaltungssaal, und ich begab mich zum Parkplatz. Scarlatti tönte mir entgegen, sobald ich die Hoteltür öffnete, vielleicht um eine Winzigkeit gedämpft, aber dafür allgegenwärtig. Ich sah rot.

Die Sonate brach mit einem schuldbewußten *Pling* ab, als ich die Wagentür aufriß. »Stan!«

»Was?« fragte er keck.

»Das weißt du ganz genau.« Ich warf mich auf den Sitz und drehte den Zündschlüssel. »Das ist der Tropfen, der das Faß zum Überlaufen bringt. Sei still. Spar dir deine Entschuldigungen. Sag am besten gar nichts. Ich mußte gerade dabei assistieren, einen übel zugerichteten Kentauren zusammenzuflicken, und bin mit meinen Nerven am Ende. Ich möchte mich übergeben. Ich möchte schreien. Aber weil Will und Nick sich diesen Luxus geleistet haben – mehr oder weniger –, muß ich einen kühlen Kopf bewahren. Die Geschichte meines Lebens! Nein, sag nichts!« Wir schossen mit aufheulendem Motor durch den engen Torbogen.

»Ich wollte nur fragen, wohin wir fahren«, meinte Stan kleinlaut.

»Thalangia, im koryfonischen Reich«, warf ich über die Schulter. Der Transit erschien diesmal, weil wir mit dem Auto fuhren, als eine holprige, ungeteerte Straße, die steil bergab führte.

»He, das kannst du nicht tun!« rief Stan. »Die Obere Kammer hat nur Wantchester genehmigt, von Ausflügen war nicht die Rede!«

»Die Hohe Kammer kann mich mal!« entgegnete ich. »Und alle Da Oben ebenfalls! Sie haben mich in letzter Zeit nach allen Regeln der Kunst gepeinigt. Wenn sie dich nicht in Thalangia haben wollen, sollen sie sich hinbemühen und dich persönlich von dort entfernen. Auch ein wirksames Mittel, um dich daran zu hindern, das Hotelpersonal zu terrorisieren.«

»Deshalb nimmst du den Wagen für den Transit? Ich wußte nicht, daß das möglich ist.«

»Will macht es immer so. Doch um deine Frage zu

beantworten: Ich nehme den Wagen, weil man letztesmal bei meiner Ankunft in Koryfos auf mich geschossen hat. Mit etwas Glück treffen sie diesmal das Auto, und ich habe einen erstklassigen Grund, dich zurückzulassen!«

Inzwischen hatten wir Thalangia erreicht – motorisiert geht der Transit um einiges schneller vonstatten. Wir fuhren in ein weit gespanntes Abendrot hinein, und ich stellte fest, daß ich mich mit der Route ein wenig verschätzt hatte – ich war nicht daran gewöhnt, in solchem Tempo zu navigieren. Ein paar Meilen vor uns sah ich einen bewaldeten Hügel oder mittleren Berg aufragen, gekrönt von einem Mauerring. Links davon, das metallische Blinken von mehr als einem koryfonischen Orlog, das war der vermutlich bereits wartende Dakros. Die Entfernung betrug schätzungsweise drei Meilen, aber zwischen hier und dort erstreckte sich eine von einem Flickenteppich aus Weingärten überzogene Ebene. Auf direktem Weg hinzugelangen war unmöglich, aber zwischen den einzelnen Wingerten führten Feldwege entlang, und ich nahm an, früher oder später würde ich ankommen, wenn ich Zickzack fuhr und dabei ungefähr die Großrichtung beibehielt. Vorsichtig, im zweiten Gang, holperte ich einen vielversprechend aussehenden Pfad entlang und zog trotzdem eine solche Fahne aus goldenem Lößstaub hinter mir her, daß ich im Rückspiegel so gut wie nichts mehr sehen konnte.

»Nun komm schon, Rupert!« flötete Stan versöhnlich. »Schießereien und Kentauren und so weiter – davon weiß ich ja noch gar nichts. Sei nicht grausam, erzähl mir, was passiert ist. Immerhin habe ich seit unserer Ankunft nichts anderes gesehen als diesen öden Hotelparkplatz.«

Ich bog in einen anderen Feldweg ein und gab keine Antwort.

»Okay, okay«, sagte er, »tut mir leid wegen der Musik. Zufrieden? Ich habe versucht, die Lautstärke zu dämpfen, aber es war lustig, die Leutchen herumlaufen zu sehen wie aufgescheuchte Hühner, und ich konnte der

Versuchung nicht widerstehen, sie noch ein bißchen mehr zu verwirren. Ich weiß, das war nicht richtig. Vergeben?«

»Schon besser«, sagte ich. »Ich dachte, dein Gewissen wäre mit dir gestorben. Und?«

»Ich werde es nicht wieder tun.«

»Akzeptiert.« Und während wir, eingehüllt in eine immer größere Staubwolke, von einem Feldweg in den anderen einbogen, berichtete ich von den Vorgängen im Hotel.

»Ich wüßte gern, weshalb Knarros es für nötig hielt, diesen Kentauren zu schicken«, überlegte Stan. »Er muß gewußt haben, daß derjenige, der es sich zur Aufgabe gemacht hat, den Thronfolger zu finden, ohnehin nach einem Magid schreien würde. Vielleicht war es der Anblick dieser Orlogs am Fuß seines Hügels. Sie jagen sogar mir Angst ein. Wie viele mögen es sein?«

Wir hatten uns dem Treffpunkt ein gutes Stück genähert und konnten erkennen, daß es wenigstens sechs Truppentransporter waren. Das mag sich für unsere Begriffe nicht bemerkenswert anhören, aber nur deshalb, weil wir nichts Vergleichbares besitzen. Ein Flugzeugträger käme ihnen noch am nächsten, was Größe und Feuerkraft angeht – wenn man sich einen Flugzeugträger an Land vorstellen kann. Die koryfonischen Orlogs sind allerdings noch beeindruckender und erheblich vielseitiger bewaffnet. Außerdem kosten sie einen Batzen! Normalerweise kommen nur zwei oder drei auf einer Welt zum Einsatz; Dakros hatte sechs mitgebracht, um zu zeigen, daß er es ernst meinte. Doch er hatte sich natürlich nicht den taktischen Schnitzer erlaubt, den Hügel zu umzingeln; die Orlogs waren an einem Platz westlich aufgefahren, gewaltige Kolosse, und die Abendsonne vergoldete eine Panzerung, die dazu bestimmt war, Salven aus Strahlenkanonen standzuhalten. Rundherum wimmelten zahlreiche kleine Gestalten, und ich sah ein oder zwei kleinere Fahrzeuge, nur ungefähr viermal so groß wie mein eigenes Auto. Eins dieser Fahrzeuge setzte sich in Bewegung und kam, eine ungleich größere Staubwolke aufwirbelnd, auf mich zu, was ich mit einem flauen Gefühl in der Magengegend zur Kenntnis nahm. Ich befand mich innerhalb der Reichweite selbst der kleinsten Waffen dieser Orlogs, und mein Wagen besaß als Schutzvorrichtung nur zwei Airbags. Um Mißverständnissen vorzubeugen, hielt ich an und stieg aus. Das Fahrzeug signalisierte mir durch Blinkzeichen seiner diversen ungewöhnlich angeordneten Scheinwerfer, daß man mich erkannt hatte, und kam mit röhrendem Motor näher.

»Laß die Tür offen«, sagte Stan. »Ich möchte zuhören.«

Also lehnte ich mich auf die geöffnete Fahrertür und schaute dem Ungetüm entgegen, das angewalzt kam wie das Gestalt gewordene Verhängnis, dann aber ein Stück vor mir haltmachte. Dakros sprang heraus, nach ihm Prinzessin Alexandra, die in ihrem Kampfanzug atemberaubend schön aussah. Dakros war zu beneiden. Sie lächelte, als beide auf mich zukamen, und ich mußte daran denken, daß sie Robs Angaben zufolge nur eine Gemahlin zur Linken gewesen war (auf welcher Rangstufe wohl?). Wenn diese Traumfrau nur zweite Klasse war, wie unglaublich schön mußte eine Frau sein, um Gemahlin zur Rechten zu werden? Oder vielleicht wurden diese nach politischen Erwägungen ausgewählt, während der Kaiser sich bei der Wahl der nachgeordneten Damen die Freiheit genommen hatte, nur an sein Vergnügen zu denken.

Hinter ihnen sprang Jeffros der Magier zu Boden. Er sah furchtbar aus, krank und bleich, als hätte er seit dem Tag, an dem der Palast eingestürzt war, noch keine Gelegenheit gehabt, die Verletzung an seinem Arm auszukurieren – ein Indiz dafür, wie schlimm es um das Reich stand. Doch er schenkte mir ein Lächeln, wenn es auch ein wenig schief ausfiel. Ihm folgten Soldaten, jeder mit einem dicken Handstrahler feuerbereit am Gürtel und verschlossenen, wachsamen Gesichtern. »Wir konnten nicht genau ausmachen, ob Ihr das wart in dieser Staubwolke«, begrüßte Dakros mich. Ich nahm es als Entschuldigung für die bewaffnete Eskorte. »Seid Ihr allein?«

Ich hätte mir zu gern den Spaß gemacht zu antworten: »Nein, ich bin in Begleitung eines körperlosen Mentors mit einer Vorliebe für Scarlatti den Jüngeren«, nur um ihre Gesichter zu sehen, aber natürlich sagte ich: »Ja, ich bin allein. Ich habe den Wagen genommen, falls mir wieder ein Scharfschütze auflauert, wie beim letzten Mal.«

Aller Augen richteten sich auf mein Auto und musterten es mit einer verwunderten Geringschätzung, die ich ausgesprochen kränkend fand, doch ich hielt es für besser, ohne Kommentar darüber hinwegzugehen. »Und wie ist die Lage hier? Knarros hat mir heute nachmittag einen Boten geschickt – als Folge von Verhandlungen zwischen Euch und ihm?«

Dakros nahm seinen militärisch aussehenden Hut ab und fuhr sich mit den gespreizten Fingern durch das krause Haar. »Dem Himmel sei Dank, daß er sich überhaupt gerührt hat! Bis jetzt herrschte hier absoluter Stillstand. Er hält uns auf Distanz, kaum, daß er sich herabläßt, mit uns zu reden.«

Ich sah ihn kummervoll in seinem Haar wühlen, und auf einmal wußte ich, weshalb ich nicht anders konnte, als immer wieder zu versuchen, ihm zu helfen. Nicht nur, weil er sich gegen alle Widrigkeiten bemühte zu tun, was er für seine Pflicht hielt, sondern weil er mich an Will erinnerte. Sie hatten die gleiche Art Haar. Bei Dakros war es schwarz und wollig, bei Will hellbraun und wollig, aber die Ähnlichkeit war nicht zu übersehen. Will war ähnlich überfordert gewesen, als er seinerzeit in den Zirkel aufgenommen wurde. Während er sich im Lauf der Zeit mit den Anforderungen arrangiert hatte, trug Dakros eine Bürde, die wohl für jeden normalen Menschen zu schwer gewesen wäre.

»Knarros sagt, er wird nur mit einem Magid sprechen«, erklärte Prinzessin Alexandra. »Also hat Panthendres ihm berichtet, daß Ihr kommt, aber Knarros meinte nur, daß Ihr zu ihm auf den Berg steigen müßt und es beweisen.«

Panthendres? dachte ich. Wer? Oha, Dakros, natürlich. Dakros war sein Familienname.

Jeffros sagte: »Der Starrkopf von einem Kentauren scheint andeuten zu wollen, daß nur ein Magid die Schutzwehren überwinden kann, mit denen er diesen Hügel gesichert hat. Mir ist es nicht gelungen. Ich habe es versucht, aber wen immer Seine Majestät mit der Aufgabe betraut hatte, er war zu gut für mich.« Müde und deprimiert fügte er hinzu: »Die Barrieren halten sogar Strahlenattacken stand. Wir haben es ausprobiert, denn offen gesagt, wir wurden ziemlich ungehalten.«

»*Ich* wurde ungehalten«, berichtigte Dakros. »Ich sagte ihm, Prinzessin Alexandra wäre hier und würde dem Thronfolger beratend zur Seite stehen. Und er antwortete, eine Gemahlin zur Linken wäre nicht gut genug.«

»Der arrogante Bastard!« entfuhr es mir.

Prinzessin Alexandra war errötet und machte ein unglückliches Gesicht. Ich sagte zu ihr: »Wenn ich der Thronfolger wäre, könnte ich mir keinen bezaubenderen Instruktor vorstellen.«

Sie schaute mit einem halben Lächeln zu mir auf. »Vielen Dank, Magid. Ich werde mein Bestes versuchen.« Bekümmert fügte sie hinzu: »Außerdem bin ich die einzige, die es noch kann.«

»Ihr werdet Eure Aufgabe bestimmt ausgezeichnet erfüllen. Nun aber, wie geht es mit Knarros weiter? Ich begreife nicht, was er sich denkt. Er hat selbst nach mir geschickt.«

»Vermutlich will er sichergehen, daß Ihr der seid, für den Ihr Euch ausgebt«, meinte Dakros. »Hat Anweisungen, mit größter Umsicht vorzugehen und so weiter. Jeffros wird Euch ins Bild setzen.«

Ein Pfad führte durch den Wald auf den Berg. Jeffros hatte versucht, ihm zu folgen, aber die inhärente Magie hatte ihn abgewehrt. Nun setzte man alle Hoffnung auf mich, daß ich es besser konnte. Zwar hieß es, *falls* es mir gelang, den Berg zu ersteigen, und *falls* es mir gelang, in die Festung einzudringen, und *falls* es mir dann gelang, Knarros zur Kooperation zu überreden, sollte ich ihnen ein Zeichen geben, und sie würden alles Übrige übernehmen, aber ich sah ihnen an, daß sie nicht an meinem Erfolg zweifelten. Ich fühlte mich weniger zuversichtlich, mir kam Knarros' Benehmen eigenartig vor. Doch ich schrieb meinen Mangel an Zuversicht dem Erfolgsdruck zu und schöpfte meinerseits Vertrauen aus der Tatsache, daß Knarros schließlich Rob geschickt hatte, um mich zu holen.

Dakros sagte: »Wenn sich herausstellt, daß sich der Thronfolger auf einer anderen Welt befindet ...«

Ich schüttelte den Kopf. »Das ist, glaube ich, nicht zu befürchten. Wie der Bote erzählt, hat Knarros sämtliche Kinder der Gemahlinnen zur Rechten in seiner Obhut. Was soll übrigens mit den Geschwistern des Thronfolgers geschehen?«

Der Punkt bereitete mir Sorgen. Womöglich erforderte die koryfonische Paranoia, daß man sie hinrichtete, um spätere Machtkämpfe von vornherein auszuschließen, doch Prinzessin Alexandra sagte lebhaft: »Ihnen ein Leben ermöglichen, wie es ihnen zusteht, natürlich! Sie sind da oben aufgewachsen wie die Barbaren. Empörend!«

Zu meiner Erleichterung nickten Dakros und Jeffros bestätigend zu ihren Worten. Ich schaute in ihre Gesichter, prüfte ihre Aura und stellte fest, daß sie es ernst meinten. »Großartig«, sagte ich dankbar. »Also auf in den Kampf!«

Man gab mir eine der umfänglichen Strahlenpistolen, die darauf eingestellt war, ein Lichtsignal abzufeuern, und zeigte mir, wie ich damit umgehen mußte. Ich sollte einmal feuern, wenn alles unter Dach und Fach war, zweimal, wenn Knarros sich weigerte, mit mir zu verhandeln. Und sollte es wider Erwarten ernsthafte Schwierigkeiten geben, sollte ich dreimal feuern, und man würde versuchen, die Barrieren zu durchbrechen und mir mit einer bewaffneten Eingreiftruppe zur Hilfe zu kommen. Wieder schaute ich von einem Gesicht zum anderen. Ihr Vertrauen in mich war niederschmetternd.

Ich fuhr in ihrem Monstrum das Stück bis zum Fuß des Hügels, während mein Wagen auf dem Pfad stehenblieb. Mit offener Fahrertür, Stan zuliebe. Auch war es unwahrscheinlich, daß jemand Lust verspürte, ein fremdartiges Vehikel zu stehlen, das nicht einmal mit einheimischem Treibstoff betankt werden konnte. Prinzessin Alexandra saß während der kurzen, staubigen Fahrt neben mir und erzählte von ihren Plänen für die kaiserlichen Sprößlinge. »Ich freue mich, daß Mädchen dabei sind. Es wird Spaß machen, ihnen schöne Kleider zu geben und andere hübsche Sachen. Aber was ich ihnen am dringendsten geben möchte, *allen*, sind Spielgefährten. Sie sollen zur Abwechslung Spaß und Leben um sich haben – obwohl ich befürchte, daß ihnen nach der langen Zeit der Isolation die Welt da draußen zu groß und zu erschreckend vorkommt. Ich werde behutsam vorgehen müssen und sie in kleinen Schritten an das höfische Leben gewöhnen.«

Sie schien mir genau die richtigen Ideen zu haben.

Ich wurde am Anfang des Pfades abgesetzt, während Dakros und seine Männer auf der Chaussee weiterfuhren, um bei den Orlogs auf mein Zeichen zu warten. Ich stand im Abendsonnenschein und studierte nach Magid-Art den Karrenweg, der durch den Wald zu der Festung nach oben führte. Das Betreten Verboten, das ihn sperrte, ließ keinen Zweifel daran, daß es ernst gemeint war. Ich setzte einen Fuß darauf und zog ihn hastig wieder zurück. Selten sind mir derart aggressive Maledikten begegnet, und ich konnte nicht anders, als die Raffinesse der Gramarye zu bewundern. Aus dem Aufbau und den Räderspuren konnte ich schließen, daß die Barriere jederzeit angehoben oder gesenkt werden konnte, auch von jemandem ohne Kenntnisse der Magie. Eine solche Gramarye erfordert Geschick. Doch leider mußte die Freigabe aus dem Innern der Enklave erfolgen, von hier unten konnte ich nichts bewirken. Während ich dastand und die Gramarye durchdachte, gewann ich den Eindruck, daß die Hinderungen zwischen den Bäumen des Waldes weniger dicht waren. Nur zehn Schritte neben dem Pfad war bereits alles viel ruhiger. Ich umgab mich mit der dichtesten Abschirmung, die ich zustande bringen konnte, und machte mich an den Aufstieg.

Der Hang war steil, trotzdem machte das Gehen anfangs Spaß, auch wenn ich bei jedem Schritt eine neue Hinderung beiseite schieben mußte. Der Wald bestand aus grünschwarzen Stechpalmen und verschiedenen Kiefernarten, und die Abendsonne reckte Goldstaubfinger hinein, die nach Weihrauch und Rosmarin dufteten. Erholsam. Mir wurde bewußt, daß ich nach dem ereignisreichen Nachmittag ziemlich müde war. Jetzt noch diese Kletterpartie und anschließend eine wahrscheinlich ermüdende Diskussion mit diesem Knarros – es war ein Kreuz.

Ich wollte nach Hause. Ich wollte nach Hause und ausruhen und Koryfos *vergessen*. Als der Hang steiler wurde und ich mich unter immer dickeren Ästen hinwegducken mußte, drohte mich die Erschöpfung zu übermannen. Ich schnaufte wie eine Dampflok. Die Strahlenpistole hing wie Blei in meiner Tasche, und meine Schutzhülle fühlte sich an wie ein Plattenpanzer. Weil die Sonne unterging, wurde es abscheulich kalt. Statt vor Anstrengung zu schwitzen, begann ich zu frösteln.

Die Kälte ließ mich stutzig werden. Eine starke, dauerhafte Gramarye muß ihre Energie von irgendwoher beziehen, und dieses, anders als die Barriere über dem Pfad, *war* ein dauerhaftes Konstrukt und besonders heimtückisch: Es setzte Eindringlinge außer Gefecht, indem es ihnen die Kraft entzog, von der es sich wiederum nährte. Ich blieb stehen und hatte Mühe, mich aufrechtzuhalten, weil meine Beine einknicken wollten. Meine Zähne klapperten. Als ich mich bewußt umschaute, merkte ich, daß ich nicht, wie ich glaubte, auf dem kürzesten Weg zum Gipfel gegangen war, sondern quer zum Hang schräg bergauf. Stan hätte sich kaputtgelacht. Er hatte mich alles über solche Tricks gelehrt. Mein Gesicht brannte vor Scham, als ich sah, daß ich weit von der Richtung abgekommen war und das Tor in dem Mauerring sich irgendwo rechts über mir befand.

Ich sagte laut: »Schluß mit diesem dämlichen Verwirrspiel für Soldaten! Knarros, du hast mich *herbestellt*!«, und trieb einen Pfad durch diesen ganzen Unfug, und die Wut, die ich im Bauch hatte, trug mich wie auf Flügeln das letzte Stück Wegs bis zum Tor. Wut kann unter Umständen durchaus nützlich sein. Der Hügel war eigentlich gar nicht besonders steil und der Wald weniger dicht, als ich geglaubt hatte. In kaum einer Minute stand ich vor einem Tor aus rohen Brettern in einer vielleicht drei Meter hohen Feldsteinmauer. Ich nahm die Faust, um anzuklopfen.

»Aufmachen! Hier ist der Magid!«

Auf der anderen Seite schlurfende Schritte. Die Stimme, die mir antwortete, erinnerte mich an Rob, aber sie klang jünger und überschlug sich beim letzten Wort: »Was wollt Ihr?«

»Mit Knarros sprechen, natürlich! Dringend, in Staatsgeschäften!«

Eine zweite Stimme sagte: »Beweist uns, daß Ihr ein Magid seid.«

Was nicht noch alles! »Dann tretet vom Tor zurück«, raunzte ich. Wieder Schlurfen und Scharren. »Und? Ist das Tor frei?«

»Nein«, antworteten wenigstens drei Stimmen im

Chor und die heisere tat kund: »Knarros hat befohlen, niemanden einzulassen.«

Weshalb zum Teufel hatte er dann Rob geschickt, um mich zu holen? Die Geräusche verrieten mir, daß sich die drei Knaben von innen gegen das Tor stemmten, deshalb verzichtete ich darauf, es mittels Magid-Magie zu öffnen, und nahm den Luftweg. Fast hätte ich mich bis auf die Knochen blamiert. Ich hasse Levitation (meine am wenigsten verläßliche Gabe), und zudem gab es über der Enklave eine unsichtbare, schützende magische Kuppel, an der wahrscheinlich Dakros' Energiestrahlen abgeprallt waren. Mir erging es nicht besser. Um ein Haar wäre ich abgestürzt, ich konnte mich gerade noch irgendwie festkrallen. Da hing ich nun über der Mauer in der Luft und mußte mich zerrend und reißend und zappelnd durch die Hülle hindurcharbeiten, während unten die drei Bengel standen und mit offenen Mund zu mir hinaufschauten.

Ich landete wenig elegant und wandte mich ihnen zu. Einer war ein junger Kentaur, nicht so hübsch wie Rob, aber die Familienähnlichkeit machte sich in dem schwarzen Haar und der aristokratischen Nase bemerkbar. Die beiden anderen waren Menschen, Jungen, ungefähr zwölf und elf Jahre alt, unscheinbar, aber schließlich hatte auch Timos IX. rein optisch nicht viel zu bieten gehabt. Beiden hing das Haar in einem unordentlich geflochtenen Zopf über den Rücken. Sie trugen graue Kittel aus Wollstoff und formlose, selbstgemacht aussehende Schuhe.

»Wie habt Ihr das gemacht?« fragte der Älteste. Er war derjenige mit der rauhen Stimme.

Ich grüßte ihn mit einer leichten Verneigung. Immerhin hatte ich in ihm mit fast an Sicherheit grenzender Wahrscheinlichkeit den nächsten Kaiser vor mir. »Levitation. Ihr habt verlangt, ich soll Euch beweisen, daß ich ein Magid bin. Wird einer von euch mich nun zu Knarros führen?«

»Kris wird ihn holen.« Der Jüngste hatte noch eine helle Kinderstimme. »Wir müssen auf Wache bleiben.«

»Entsprechend dem Motto: Das Gatter schließen, nachdem der Gaul vom Hof ist! Aber wie's beliebt.«

Der junge Kentaur warf mir einen verdrossenen Blick zu, als er vorbeitrabte. Ich meinerseits dachte nicht daran, geduldig am Tor zu warten, bis Knarros sich herbequemte, mein Geduldsfaden war ohnehin zum Zerreißen gespannt. Also folgte ich ihm, aber langsamer. Die magische Hülle, durch die ich mich hindurchgearbeitet hatte, erwies sich als äußerst anhänglich und haftete an meinen Schuhen. Wenn ich später die Signalpistole abfeuerte, prallte der Flammenstrahl womöglich von der Kuppel zurück in mein Gesicht, deshalb beschloß ich, dieses Hindernis zu entfernen, indem ich das Gespinst beim Gehen losriß und in den Armen bündelte.

Der Mauerring umschloß die Hügelkuppe, eine kahle, steinige, gewölbte Fläche. In der Mitte, am höchsten Punkt, erblickte ich einen stachligen, blattlosen Busch und einen Altar. Natürlich verehrte man hier die moralinsaure Göttin im Dornbusch, deren Kult sich auch Timos IX. verschrieben hatte. Im übrigen wirkte die Anlage trostlos und primitiv. Ein paar kleine Steinhäuser waren an die Mauer angebaut, kaum mehr als Hütten, außerdem gab es noch einen Brunnen und eine Wäscheleine, über die ich mein dicker werdendes Bündel Schutzmagie hängte, und das war auch schon alles. Der verblichene Timos sank in meiner Wertschätzung noch um einiges tiefer – falls möglich.

Ich ging am Brunnen vorbei, als aus einer der Hütten drei Mädchen herauskamen und mich angafften. Sie trugen das Haar zu zwei Zöpfen geflochten, ansonsten waren sie genauso ausstaffiert wie die Jungen.

»Was machst du da?« fragte die Jüngste.

»Ich nehme eure Schutzhülle ab, ihr braucht sie nicht mehr«, gab ich Auskunft und hievte das Bündel über ihre Köpfe. Es war mittlerweile ziemlich schwer geworden, in etwa vergleichbar einer Teppichrolle, nur lang, geschmeidig und biegsam. Beim Anblick der drei mußte ich denken, daß Prinzessin Alexanda nicht viel Freude an ihnen haben würde. Die beiden Älteren mochten in ordentlichen Kleidern recht hübsch aussehen, aber sie waren strohdumm, wie es meine energische Großmutter unverblümt ausgedrückt hätte. Die Jüngste, ein blondes, zartes Geschöpf von ungefähr zehn, schien sich geistig auf dem Stand einer Fünfjährigen zu befinden, und ihre Nase lief. Vielleicht waren sie nur das logische Produkt ihrer augenscheinlich spartanischen Erziehung, aber ich bezweifelte es. »Ihr werdet bald von hier weggehen«, sagte ich zu ihnen.

»Weggehen? Knarros hat nie etwas von Weggehen gesagt!« rief eine der beiden älteren Mädchen. Und als hätte meine Eröffnung mich zu einer unerwünschten Person gemacht, scheuchte sie die beiden anderen zurück in die Hütte.

Ich zuckte die Schultern, ging weiter und bündelte den magischen Stoff vor der Brust zusammen, bis ich den Altar erreichte. Es war nur ein kleiner, schmuckloser Steinblock mit einer von Flecken und Obstkernen übersäten Oberfläche, die von als Opfer dargebrachten Früchten kündete. Das Abstoßende an dieser Stätte der Verehrung war der Strauch. Ich haßte ihn. Er war grau und stachlig und kahl, und er knisterte und raschelte zornig bei meinem Näherkommen – einer der Aspekte einer geringeren Göttin, ohne große Macht, aber dafür um so gehässiger. Ich bemühte mich, dem Gestrüpp keine Beachtung zu schenken, und fand es bedauerlich, daß ausgerechnet so etwas Unerfreuliches das Bindeglied zwischen dem Kaiser und Knarros sein sollte.

Letzterer war im Anmarsch. Ich hörte das scharrende Klappern von Hufen auf Stein. Die Sonne stand schon ziemlich tief. Als ich in die Richtung der Geräusche schaute, sah ich die blauen Funken stieben, die die Eisen des Kentauren aus den Steinen schlugen. Zu den Handwerkern und Kaufleuten, denen der Zugang gestattet wurde, mußte also auch ein Schmied gehören. Auch Rob und Kris waren gut beschlagen; ihre Fußbekleidung war besser als die der kaiserlichen Sprößlinge.

Dann tauchte Knarros auf, und ich gebe zu, daß ich erst einmal schlucken mußte. Er war gewaltig. Er ragte über mir auf wie ein berittener Polizist bei Straßenunruhen. Ich hievte das Magiebündel über den Altar und den Busch und ließ es fallen; weil der Boden abschüssig war, rollte und rutschte es noch ein Stück weiter. Die Zweige des Strauchs peitschten wild durch die Luft, als fühlte die Göttin sich gekränkt, doch ich hatte mich schon abgewandt und richtete meine Aufmerksamkeit auf Knarros. Schon beim ersten Blick sprang mir etwas ins Auge, das ich bisher über Kentauren nicht gewußt oder einfach nicht bedacht hatte: Die Farbe der Haut ihres menschlichen Torsos ist dieselbe wie unter dem Pferdefell. Es war mir nicht bewußt geworden, weil Rob und Kris beide Hellbraune waren, Knarros' Rumpf jedoch war dunkel eisengrau, ebenso sein Gesicht, sein Bart, sein Haar und seine Arme. Er trug eine graue, ärmellose Weste. Man hatte den Eindruck, einem zum Leben erwachten Kolossalstandbild aus Granit gegenüberzustehen. Seine Miene paßte dazu; abweisender und unzugänglicher konnte ein Gesicht nicht sein.

»Man hat mir gemeldet, Ihr seid der Magid«, sagte er. Seine Stimme war ein barscher, grollender Baß.

»Das stimmt. Und Ihr seid Knarros?« Das granitene Haupt nickte eine kurze Bestätigung. »Gut. Dann werdet Ihr wissen, daß ich als Beauftragter der Übergangsregierung in Koryfos hier bin. Nach den Informationen, die der verstorbene Kaiser in Iforion hinterlassen hat, habt Ihr die leiblichen Nachkommen des Kaisers in Eurer Obhut – jene der Gemahlinnen zur Rechten jedenfalls. Ihr werdet erfahren haben, daß Timos IX. vor sechs Wochen einem Attentat zum Opfer gefallen ist, deshalb muß ich Euch auffordern, mir den Thronerben zu übergeben sowie Beweise für seine rechtmäßige Geburt, und darüber hinaus alle anderen Nachkommen des Kaisers, ob von Gemahlinnen zur Linken oder Erwählten Gespielinnen, samt ebensolchen Nachweisen, damit ich sie zu den Leuten bringen kann, die vorübergehend die Regierungsgewalt im Reich innehaben.«

Knarros regte sich nicht.

»Nun kommt schon«, sagte ich. »Aus den Aufzeichnungen des Kaisers geht zweifelsfrei hervor, daß Ihr Daten über sämtliche Erben besitzt, eingeschlossen jener auf der Welt mit dem Codenamen Babylon.«

Das Wort »Babylon« entlockte dem Granitblock eine Regung, eine Flanke zuckte wie unter dem Stich einer Bremse. Die barsche Stimme grollte: »Es tut mir leid. Ich kann Euch nichts sagen, bis ich nicht überzeugt bin, daß Ihr in der Tat ein Magid seid. Euer Wort allein genügt nicht. Ich muß darauf bestehen, daß Ihr mir Euren Status beweist.«

Keine unbillige Forderung. Aus dem Blickwinkel des Kentauren konnte ich ein verbrecherischer Magid sein, der es auf seine Schützlinge abgesehen hatte. Ich besann mich auf eine selten gebrauchte Fähigkeit und ließ die goldene Lemniskate zwischen uns erscheinen; schimmernd rotierte sie in der exakten Sequenz um die zwei Achsen ihrer Achtgestalt. Sie war sehr schön und schimmerte in der niedersinkenden Dämmerung.

Knarros betrachtete sie ungerührt, nur daß sich der goldene Schein in seinen großen dunklen Augen spiegelte. »Ein einfacher Magier könnte das tun«, knurrte er. »Zeigt mehr, falls Ihr ein Magid seid.«

»Ihr besteht auf der kompletten Prozedur?«

»Allerdings.«

Es erschien mir ein wenig übertrieben. *Mir* ist nie ein Magus begegnet, einfach oder nicht, der es fertiggebracht hätte, das Symbol der Unendlichkeit in der richtigen Weise zu beschwören, andererseits, so weit bin ich noch nicht herumgekommen, und Knarros trug eine große Verantwortung. Seufzend ließ ich die Lemniskate über meinem Kopf schweben und arbeitete mich anschließend langsam und sorgfältig durch ein Ritual, das ich zum letztenmal durchgeführt hatte, als Stan mich der Oberen Kammer als Aspirant vorstellte. Das war drei Jahre her, und ich mußte mich konzentrieren. Hinzu kam die Ablenkung durch das giftige Rascheln des deifizierten Strauchs und ein Raunen meiner inneren Stimme, dieses Theater wäre nicht nur übertrieben und einigermaßen lächerlich, sondern irgendwie *falsch*. Etwas war falsch, stimmte nicht, paßte nicht zusammen.

Knarros stand nur da und schaute zu. Das einzige Lebenszeichen, das er erkennen ließ, war ein ungeduldiges Scharren mit dem rechten Hinterhuf, bis ich fertig war und mich verneigte. Dann nickte er wieder kurz. »Ich akzeptiere Euch als einen Magid«, grollte er. »Was ist Euer Begehr?«

Zähneknirschend, aber mit formvollendeter Höflichkeit trug ich ihm ein zweites Mal mein Anliegen vor: die Thronerben, ihre Namen, Geburtsdaten, Identitätsnachweise, und das gleiche für die Kinder auf der Welt mit dem Codenamen ›Babylon‹.

»Ich habe all das«, sagte er und dämpfte meine Erleichterung gleich wieder, indem er hinzufügte: »Aber man hat Euch in einer Hinsicht falsch informiert. Der Thronerbe ist eine Menschenfrau, des Kaisers älteste Tochter. Sie ist noch nicht hier.«

»Und wann ist mit ihr zu rechnen?«

»Bei Sonnenuntergang.« Wir richteten beide den Blick über den Strauch hinweg nach Nordwesten. Der Himmel dort erschien rot und golden gestreift, und es war nur noch ein hauchfeiner, feuriger Streifen von Thalangias Sonne zu sehen. »Die künftige Kaiserin wird jeden Moment eintreffen«, äußerte Knarros. »Wenn Ihr hier wartet, werde ich gehen und die Beweise holen, die Ihr verlangt.«

»Vielen Dank«, sagte ich und dachte: Zeit wird's!

Knarros wandte sich ab und trabte klirrend in Richtung eines Gebäudes im hinteren Teil des Mauerrings. Er beeilte sich nicht, deshalb hatte ich Muße zu erkennen, daß mein Bündel Schutzzauber als wahrscheinlich undurchdringliche Barriere in seinem Weg lag. Ich hätte es liegen lassen sollen, aber ich wollte nicht tatenlos herumstehen, also lief ich hin, wuchtete mir das größte Knäuel auf die Schulter und stemmte den Rest in die Höhe, so daß Knarros darunter hindurchgehen konnte. Dann schleuderte ich es hangabwärts und über das Dach des Gebäudes, auf das er zusteuerte. Mir war, als ob die Dornbuschgöttin mich zu hindern versuchte, all das zu tun, aber ich scherte mich nicht darum. Und als ich das Knäuel auf die Schulter hob, hätte ich schwören können, daß etwas das Bündel traf – mit solcher Wucht, daß ich taumelte. Ich nahm an, es wäre ein Stein gewesen, der unter Knarros' Huf hervorflog, und dachte auch darüber nicht weiter nach.

Ebenso ignorierte ich Knarros' Anweisung, bei dem Altar auf seine Rückkehr zu warten – alles aus schierer Aufmüpfigkeit. Ich machte mich auf den Weg zum Tor, um die Jungen dort zu fragen, wer das war, nach dem sie Ausschau halten sollten.

Es sollte nicht sein. Kaum über die Hügelkuppe hinweg, hörte ich ein dumpfes Krachen hinter mir. Ich warf mich herum und lief den Weg zurück, vorbei an dem Altar und dem wie von einem Sturmwind geschüttelten Strauch und hangab in Richtung des Gebäudes, zu dem Knarros gegangen war. In der plötzlich eingetretenen Stille ringsum hörte ich überlaut meinen jagenden Atem und das Knirschen und Kollern der Steine unter meinen Füßen. Ich konnte mir nicht vorstellen, was das für ein Geräusch gewesen sein sollte, aber es hatte sich erschreckend nach einer Sprengung in einem Steinbruch angehört, und ich erinnere mich an mein Erstaunen, Gebäude und Mauer unbeschädigt zu sehen. Mein Gedanke war, falls ich überhaupt dachte, daß ich die

Schutzhülle genau in dem Moment entfernt hatte, als Dakros die Geduld verlor und zu feuern befahl.

Es war ein größeres und etwas besseres Haus als die anderen, mit einer extra breiten, hohen Türöffnung, den Körpermaßen eines Kentauren angemessen. Drinnen war es stockfinster, und als ich blindlings hineinstürmte, stolperte ich über ein Hindernis, das quer gleich hinter der Schwelle lag. Meine haltsuchend ausgestreckte Hand streifte granniges, warmes Haar. Entsetzt sprang ich zurück und stieß gegen den seitlichen Türholm, wo ich wie gelähmt stehenblieb und tief Atem holte. Was ich sogleich bereute, als mir ein klebriger, schaler Geruch nach Pulver und Schlachthaus in die Nase stieg. Sofort rief ich Licht – noch eine meiner eher schwachen Gaben –, und als die Kerzenflamme auf meiner Handfläche endlich hoch genug gewachsen war, um in dem dunklen Raum etwas erkennen zu können, bot sich mir ein grauenhafter Anblick: Knarros lag vor mir auf dem Boden, ein Bein – wahrscheinlich gebrochen, als er stürzte – unter den Leib geknickt. Die Illusion granitener Unbezwingbarkeit war zerstört, er hatte kein Gesicht mehr, und ein dampfender roter Blutstrom quoll pulsierend aus seinem Hals. Letzteres war kein Grund zur Hoffnung, sondern erklärt sich daraus, daß Kentauren zwei Herzen haben.

Nein, Knarros war eindeutig tot; eine große graue Hand umfaßte den Revolver, mit dem er sich erschossen hatte. Hinten im Raum entdeckte ich den primitiven Wandsafe, der wahrscheinlich die Informationen enthielt, die ich brauchte.

Während ich auf den Safe starrte, die Hand mit dem tanzenden Flämmchen ins Dunkel gereckt, schwang die dicke Tür langsam auf. Er war leer. Ich senkte den Blick wieder auf Knarros' sterbliche Überreste. Er hat einen Revolver benutzt! dachte ich benommen. Es schien eine Ewigkeit zu dauern, bis sich in meinem Kopf die Tatsachen zusammenfügten, aber ich glaube, es war eine von den Situationen, wenn es einem nur so vorkommt, als liefe alles in Zeitlupe ab.

Schließlich stürzte ich nach draußen, zog dabei die Strahlenpistole aus der Tasche und schoß in die Luft, ein-, zwei-, dreimal. Dann lief ich los, der Biegung der Mauer folgend, hoffte und hoffte, es möge nicht zu spät sein. Auf halbem Weg stieß der junge Kentaur Kris zu mir, der aus einem weiteren Gebäude mit übergroßer Tür herauskam und wissen wollte, was los wäre.

Ich schätzte ihn auf ungefähr fünfzehn Jahre. Theoretisch bestand die Möglichkeit, daß er Knarros erschossen hatte, aber ausgerechnet mit einer Waffe von der Erde? Höchst unwahrscheinlich. »Hast du jemanden vorbeilaufen gehört?« fragte ich ihn keuchend.

Er trabte neben mir her. »Nicht auf dieser Seite. Aber drüben waren Leute.«

»Könnte ich das gewesen sein?«

»Nein, Euch habe ich zur gleichen Zeit von oben herunterlaufen gehört. Aber was ist denn passiert?«

»Jemand hat deinen Onkel erschossen.« Ich japste nach Luft. »Knarros *war* dein Onkel, oder nicht?«

»Ich bin sein Schwestersohn, ja. Aber was ... Wie ...«

»Nicht jetzt.« Verbissen lief ich weiter. Um nichts in der Welt wollte ich ihn allein zum Tor hinunterschicken, und wahrhaftig, als es in Sicht kam, sah ich meine schlimmsten Befürchtungen bestätigt: im vagen Zwielicht der Abenddämmerung ein schwarzes Rechteck in der Mauer, wo die Torflügel offenstanden, seitlich daneben zwei längliche, helle Erhebungen auf dem dunklen Boden. In einem Geprassel von Steingrus kam ich zum Stehen und drehte das vorderste Bündel um. Der ältere Junge. Sein Zopf schmiegte sich klebrig in den langen, klaffenden Schnitt quer über seinen Hals, die Blutpfütze unter ihm schmatzte, als ich ihn bewegte, und verbreitete einen flauen Gestank. Er war noch warm. Ich ließ das andere Häuflein Elend liegen und wandte mich an Kris. »Jemand ist durch dieses Tor hereingekommen«, fuhr ich ihn an, »jemand, den du kennst, und man hat dir gesagt, du sollst solange von der Bildfläche verschwinden, richtig?«

Er hatte die Hände unter dem Mund gefaltet und trat mit den Hufen aufgeregt hin und her; es war noch hell genug, um zu sehen, wie ihm die Tränen über das Gesicht strömten. »Ja, aber ...«, sagte er. »Ja, aber ...«

»Nichts aber. Wer war es? *Wer*?«

Sein Schweif fegte von einer Seite zur anderen. Er schaute auf die schmächtigen toten Körper und wieder auf mich. Die Tränen liefen über seinen Mund. »Ich – ich kann es nicht sagen«, stieß er hervor. »Ehrlich, ich kann es nicht sagen!« Und während ich noch dachte, daß alles, was Stan mir über die Loyalität von Kentauren erzählt hatte, tatsächlich stimmte, setzte er über die Toten hinweg und verschwand mit trommelnden Hufen in der Dunkelheit.

Ich lief weiter, zu dem Haus, in dem die drei Mädchen wohnten. Drinnen war es ebenfalls dunkel und totenstill. Ich sprang durch die Tür und rief gleichzeitig Licht. Die Hütte bestand nur aus einem kleinen, trostlosen Raum mit drei schmalen Betten. Das jüngste Mädchen lag zusammengekrümmt in dem Gang dazwischen, und der lange Strom ihres Blutes sammelte sich in den Vertiefungen des Lehmbodens zu schimmernden Tümpeln. Ich schaute auf die arme Kleine nieder und fluchte und war erstaunt, als bei dem Klang meiner Stimme eines der älteren Mädchen den Kopf unter dem Bett daneben hervorschob, die zweite tauchte unter dem nächsten auf.

»Wer hat das getan?« fragte ich sie. »Habt ihr etwas gesehen?«

Sie starrten mich an wie verstörte Tiere, bestimmt standen sie unter Schock. Während ich überlegte, wie ich es anstellen sollte, etwas aus ihnen herauszukriegen, fiel grellweißes Licht in den Raum, begleitet von einem rhythmischen Wummern. Überlassen wir die beiden Mädchen Prinzessin Alexandra! dachte ich erleichtert und stürmte wieder ins Freie. Ein kleiner Hover landete soeben innerhalb des Mauerrings und zu meinem besonderen Ergötzen akkurat auf dem widerwärtigen Gesträuch. Zufall, möglicherweise, aber ich persönlich hätte gewettet, daß der Pilot eine andere Gottheit verehrte. Weitere Hover stiegen ringsum über der Mauer auf. Dakros sprang aus dem zuerst gelandeten und lief auf mich zu.

»Es tut mir leid«, rief ich ihm entgegen. Meine Stimme klang schrill und heiser vor Reue, Trauer und Grauen. »Es tut mir so leid! Die einzigen Überlebenden sind zwei Mädchen, und sie stehen unter Schock.«

»Was ist passiert?« schnappte er.

Es war hart, sehen zu müssen, wie bei meinem Bericht seine Schultern herabsanken – als ob die Last von sieben oder mehr Welten sich darauf legte. Doch er war Berufssoldat und verstand sein Geschäft. Er bellte Befehle, und einige der Hover schwärmten aus, um nach dem jungen Kentaur zu suchen. Die übrigen landeten, uniformierte Männer und Frauen sprangen heraus und begannen flugs, eine Feldbeleuchtung zu installieren. Dakros und ich unternahmen im Licht der grellen, nackten Lampen einen Rundgang zur Bestandsaufnahme der Katastrophe, von der die Militärs eifrig Fotos machten. Prinzessin Alexandra war nicht mitgekommen, doch einige Soldatinnen nahmen sich der Mädchen an, setzten sich mit ihnen am Brunnen hin und versuchten, ihnen behutsam zu entlocken, was sie beobachtet hatten. Dakros schritt mitten durch die Betriebsamkeit und nahm von allen Seiten Meldungen entgegen. Ich rechnete ihm hoch an, daß er angesichts dieser fast völligen Vernichtung all seiner Hoffnungen nicht ein einziges Mal Anstalten machte, mir die Schuld zu geben. Ich an seiner Stelle hätte es getan. Angesichts solcher Großmut fühlte ich mich wie ein Schuft und Versager, zumal ich ihn, auch wenn es feige war und gemein, erneut im Stich lassen mußte. Die Leute, die dieses Blutbad angerichtet hatten, kamen von der Erde. Abgesehen von allem anderen, dem moralischen Aspekt und dem Aspekt der Verantwortung als Magid von der Erde, plagte mich die unwürdige Befürchtung, die Mörder könnten in diesem Augenblick mein Auto stehlen.

Ungefähr eine Viertelstunde später hielt ich den Zeitpunkt für gekommen, Dakros behutsam darauf vorzubereiten. Wir standen draußen vor der Hütte, in der immer noch der tote Knarros lag, und soeben hatte man jedem von uns einen Pappbecher mit starkem koryfonischen Kaffee gebracht. »Wer immer Knarros ermordet hat, tat es mit einer Waffe von der Erde«, sagte ich, »und ich nehme an, sie sind dorthin zurückgekehrt, unter Mitnahme von allem, was sie in diesem Safe gefunden haben ...«

»Entschuldigung, Herr General!« Eine Soldatin trat zu uns. »Wir haben dies hier in der Hand des Toten gefunden. Es wurden Aufnahmen davon gemacht, aber der Hauptmann dachte, Ihr solltet es sofort sehen.«

Es war die grob abgerissene Ecke eines offiziellen Schriftstücks aus dickem Papier, deutlich zu sehen die Eindrücke von Knarros' starken Fingern. Dakros nahm es und richtete den Strahl seiner Stablampe darauf. Das Dokument war von Hand beschrieben gewesen, in der eleganten, leicht geneigten Schrift koryfonischer Amtsstuben, aber die Zahlen und Buchstabengruppen sagten mir nichts. Das einzige, was ich entziffern konnte, war ein Name oder der Teil eines Namens: *Sempronia Marina Timosa Th*, der am breiteren Ende erhalten geblieben war.

Dakros konnte mehr damit anfangen. »DNA, Blutgruppe und Augenscan«, sagte er. »Vielleicht reicht das Material, um eins der Mädchen zu identifizieren. Gut gemacht.« Er nickte der Soldatin zu und machte Miene, unser Gespräch fortzusetzen, wurde jedoch im selben Moment von einer Nachricht von einem der Orlogs unterbrochen. »Wann sind sie durchgeschlüpft?« fragte er in sein Com. »Ja, verstehe. Nein, ist in Ordnung. Dann waren es Schaulustige.« Er wandte sich mir zu. »Tut mir leid. Die Bevölkerung aus der Gegend kommt, um zu gaffen. Man ist in Thalangia nicht an den Anblick von Orlogs gewöhnt. Einen freudigen Moment lang hoffte ich, wir könnten die Mörder gefaßt haben. Schade. Wie auch immer, Knarros muß dieses Dokument eisern festgehalten haben, als er merkte, daß er getäuscht worden war. Seht Ihr es genauso, Magid? Vielleicht mußten sie ihn erschießen, um es zu bekommen. Sie werden ihm vorgemacht haben, sie würden den rechtmäßigen Thronerben bringen – ein Mädchen, habt Ihr gesagt? Merkwürdig, daß Knarros nicht mißtrauisch geworden ist, wo er zwei männliche Nachkommen in seiner Obhut hatte; in Koryfos stehen immer die Knaben an erster Stelle der Erbfolge. Und sie müssen zu Fuß gekommen sein, bei Sonnenuntergang, so daß wir sie nicht orten konnten, und Knarros irgendwie dazu gebracht haben, die Dinge bis dahin hinauszuzögern. Dann rauben sie die Dokumente, um einen falschen Erben präsentieren zu können, und schaffen jede Konkurrenz kurzerhand aus der Welt. Ungefähr so muß es gewesen sein, oder?«

Ich stand auf dem hell erleuchteten Platz, trank meinen Kaffee und überlegte. Nein, ich war nicht der Ansicht, daß es ungefähr so gewesen sein mußte. Eine Sache, die mich zum Beispiel ganz besonders störte, war der Schlag, den ich gespürt hatte, als ich das magische Bündel zusammenraffte, um Knarros den Weg freizumachen. Das war ein Schuß gewesen. Ein Schuß aus demselben Revolver, der Knarros getötet hatte, dessen war ich hundertprozentig sicher. Sofort fiel mir der Hinterhalt in Iforion ein, wo dieser Heckenschütze mich nur um Haaresbreite verfehlt hatte. Wie dumm von mir, nicht zu bemerken, daß es sich dabei ebenfalls um eine Projektile verschießende Waffe gehandelt hatte, wie auf der Erde gebräuchlich. Wie *dumm*! Und wenn man diese Spur der Gewalt weiter zurückverfolgte, machte man sich zwangsläufig Gedanken über das Attentat, dem der

Kaiser zum Opfer gefallen war. Das war geplant! dachte ich, angefangen mit der Bombe im Palast. Wer immer dahintersteckte, nahm an, daß ich Dinge wußte, die Knarros ebenfalls wußte. Und Knarros hatte mich hingehalten – mich *belogen*. Hieß es nicht, daß Kentauren niemals lügen? Stan würde mir das erklären müssen. Für mich stellte sich die Abfolge der Ereignisse so dar, daß Knarros sich Dakros vom Leib gehalten hatte, bis ich eintraf, um dann die magische Sperre über dem Pfad aufzuheben, so daß die Mörder ihn benutzen konnten. Der Unfug mit der Lemniskate sollte ihnen Gelegenheit geben, ihre Positionen einzunehmen und mich beschäftigen, damit ich von den Vorgängen um mich herum nichts wahrnahm. Dann sorgte er dafür, daß ich neben dem Altar stehenblieb, wo sich meine Gestalt deutlich vor dem Hintergrund des Himmels abzeichnete – die perfekte Zielscheibe. Zu meinem Glück hatte der Schütze sich Zeit gelassen, um auch wirklich ganz genau zu treffen, und ahnungslos hatte ich ihm den Blattschuß vermasselt, indem ich meinen Standort verließ und ein Bündel undurchdringlichen Schutzzauber zwischen mich und die Kugel brachte. Zu einem zweiten Versuch kam er nicht mehr, weil ich in die entgegengesetzte Richtung lief, woraufhin der Mörder sich schadlos hielt, indem er Knarros erschoß. Ich wußte nicht, ob das von Anfang an Teil des Plans gewesen war, aber eins wußte ich genau: Ich hatte Glück gehabt; sehr, sehr großes Glück.

Meine Hände zitterten, als ich dem wartenden Soldaten meinen Becher reichte. Und nicht nur die Hände, das Zittern lief durch meinen ganzen Körper, bis hinunter zu den Knien. »Ja, ich bin überzeugt, daß Knarros getäuscht wurde«, sagte ich zu Dakros. Auch meine Stimme zitterte. »Aber der wichtigste Fakt ist, daß die Mörder von der Erde kommen, und vermutlich sind sie inzwischen dorthin zurückgekehrt. Mein Vorschlag ist, daß ich ihnen folge und versuche, sie ausfindig zu machen. Könnte einer der Hover mich zu meinem Wagen bringen?«

Dakros war einverstanden, und wir einigten uns darauf, wie üblich Kontakt zu halten. Doch in einem Punkt war er eisern. Er verlangte, daß die Mörder der koryfonischen Gerichtsbarkeit überstellt wurden, um nach koryfonischem Recht verurteilt und hingerichtet zu werden. Das war auch mein Wunsch. Auf der Erde wären sie ungeschoren davongekommen – wessen hätte man sie anklagen sollen? »Und es wird uns nichts anderes übrigbleiben, als die Kaiserin von ihren Gnaden zu akzeptieren«, meinte er niedergeschlagen, »außer es gelingt uns zu beweisen, daß eins von diesen Mädchen einen Anspruch auf den Thron hat. Ich hoffe, Ihr könnt den Rest des fraglichen Dokuments finden, Magid.«

Was das anging, hatte ich keine große Hoffnung, aber ich versprach, mein Bestes zu tun, und kletterte in den Hover. Im Inneren herrschte ein neutraler Geruch nach Metall, der eine Atmosphäre nüchterner Effizienz erzeugte und meine Flugangst linderte. Mir wurde klar, daß ich einen echten und triftigen Grund hatte zurückzukehren. In der unbarmherzigen Helligkeit der Tatortbeleuchtung war meine Argumentation mir vorgekommen wie eine faule Ausrede. Während der Hover sich in die Höhe schraubte und Kurs auf die Ebene nahm, begann ich über meine Todesangst und das Entsetzen hinauszudenken. Ich blickte nach unten auf die Baumwipfel und erkannte, daß es meine Pflicht als Magid war, diese Verbrecher zu finden. Erstens wußten sie mehr über mich, als gut war, zweitens vermuteten sie, daß ich mehr über sie wußte, als ihnen lieb sein konnte. Das größte Gewicht aber hatte die Tatsache, daß sie eine Minderwärts gelegene Welt als Basis benutzten, um eine Mehrwärts gelegene anzugreifen, und dem mußte ein Riegel vorgeschoben werden.

Kapitel 17

Rupert Venables, Fortsetzung

Als der Hover den Hügel hinter sich ließ und das kurze Stück über die Ebene brummte, merkte ich überrascht, wieviel Tageslicht sich hier draußen noch gehalten hatte. Der goldene, von Staubschleiern überlagerte Boden mit dem Gitternetz der helleren Wege war deutlich zu erkennen, und die ordentlichen schwarzen Reihen der Rebstöcke auf dem gelben Löß. Die Scheinwerfer der Hover in der Ferne, die nach dem jungen Kentauren ausspähten, sahen aus wie vom gelben Himmel gestohlene Irrlichter. Ich fürchtete, daß sie Kris nicht finden würden; die Attentäter, die sich als akribische Planer erwiesen hatten, waren ihnen sicher zuvorgekommen. Er kannte die Mörder – ohnehin ein Rätsel, daß sie ihn geschont hatten. Und fast sicher wußte Rob ebenfalls zu viel. Plötzlich hatte ich namenlose Angst, auch um Will, falls Will versuchte, Rob zu verteidigen. Und um mein Auto. Sie konnten ohne weiteres mein Auto gestohlen haben. Mitsamt Stan. Das bedeutete Probleme, über die ich lieber nicht nachdenken wollte.

Aber das Auto war da, genau an dem Fleck, wo ich es zurückgelassen hatte. Ich war so erleichtert, es zu sehen, daß ich nach kurzem Dank an den Piloten zu Boden sprang, in den Kreisel aus schmirgelndem Staub, den der Hover aufwirbelte, und auf mein silbernes Prachtstück zurannte.

Die Tür, die ich offengelassen hatte, war geschlossen. Fast wäre ich stehengeblieben, doch als der Hover in die Höhe stieg und sich entfernte – und mit ihm das Motorengeräusch –, hörte ich Scarlatti klimpern. Ein beruhigendes Zeichen, aber zur Vorsicht hielt ich eine massive Stasis in Bereitschaft, während ich weiterlief, als wäre mir nichts aufgefallen.

Dann sah ich, daß die Fahrertür sich bewegte, und ich schleuderte die Stasis mit aller Kraft dagegen. Die Tür verharrte halb offen, jemandes Hand war zu sehen, die von innen um den Rand griff, und jemandes Fuß dicht über dem Boden. Der Scarlatti verstummte mitten im *Pling*, doch ich konnte Stan rufen hören, als ich die letzten paar Meter zurücklegte und die Tür aufriß, zu rigorosen Maßnahmen bereit.

Nick Mallory kippte mir entgegen und fiel auf die Erde, erstarrt in der gebückten, vorgebeugten Haltung eines Menschen, der aus dem Auto steigen will. Staub wölkte um ihn auf, weiß im schwachen Schein der Innenbeleuchtung, legte sich auf seine bereits staubige Kleidung und zeichnete die Tränenspuren in seinem Gesicht nach, was mich erstaunte. Nick Mallory war mir nicht vorgekommen wie ein Junge, der weint.

Endlich drang Stans angestrengtes Krächzen zu mir durch. »Mann-o-Mann, das war ein echter Hammer! Keine Gefahr, Rupert! Keine Gefahr, ehrlich. Laß ihn aufstehen und laß ihn reden. Es sind üble Dinge im Gange, aber er ist nicht dafür verantwortlich.«

»Woher weißt du das?«

»Auch ich höre und sehe einiges. Komm schon, gib ihn frei.«

Unter normalen Umständen hätte Stans Wort mir genügt, aber dies waren keine normalen Umstände. Ich dachte nicht daran, meinen Vorteil aufzugeben. »Erst will ich wissen, was du gesehen und gehört hast.«

»Wenn du deinen Dickkopf aufsetzen mußt ... Also gut, ich *glaube*, ich habe unseren jungen Freund hier ankommen gesehen – muß in dem anderen Auto gewesen sein –, aber ich habe nicht besonders darauf geachtet; es war eine Staubfahne am Horizont, jemand, der auf seinem Feld arbeitet, nahm ich an. Das erste Mal, daß ich wirklich aufschreckte, war gegen Sonnenuntergang. Blutigroter Himmel und so weiter. Von da oben, der Hügelkuppe. Zwei Schüsse.«

»*Zwei* Schüsse?« fragte ich. »Für diese Beobachtung bin ich dir zu Dank verpflichtet.« Endlich die Bestätigung, daß ich nicht an Verfolgungswahn litt.

»Ja, zwei«, bestätigte Stan. »Deutlich zu unterscheiden. Ungefähr eine halbe Minute später gefolgt von drei roten Lichtblitzen – sah aus wie eine Signalpistole.«

»Das war ich.«

»Dachte ich mir. Die Soldaten bei den Orlogs wimmelten plötzlich durcheinander wie Ameisen, die Riesendinger spuckten Hover aus, Lichter überall, Chaos. Dauerte ewig, bis alle Mann an Bord waren und die Dinger endlich abheben konnten und Kurs auf den Hügel nahmen. Dein Notsignal scheint sie kalt erwischt zu haben.«

»Ja, ich glaube, sie hielten mich für allmächtig. Und weiter?«

»Eine ganze Weile passierte gar nichts. Dann diese Feuerwand ...«

»Feuerwand?«

»Richtig, aber nur ein kurzes Aufflammen, ganz dicht bei diesem Wald da rechts. Von den Orlogs möglicherweise nicht zu sehen; ich habe es nur bemerkt, weil es in meinem Zustand so ist, als hätte man Augen überall. Außerdem war ich ohnehin wachsam, weil ich fürchtete, du könntest in Schwierigkeiten stecken.« Die körperlose Stimme drückte sehr lebendigen Verdruß aus. »Frustrierend, auf das Innere dieses Wagens beschränkt zu sein. Ich überlegte, ob ich irgend etwas tun könnte, aber erst einmal passierte gar nichts und dann vieles auf einmal. Erst kommt unser Freund wie ein Verrückter durch den Wingert gelaufen und stürmt auf diesen Wagen zu, als wäre er ein rettender Hafen. Doch im selben Moment, als er hier ankommt, schwärmen die Hover von der Hügelkuppe aus wie Hornissen ...«

»Das dürfte gewesen sein, als ich Dakros von Kris erzählte, dem jungen Kentauren. Hast du ...«

»Ihn gesehen? Ja, habe ich. Und ich werde dir davon erzählen, sobald du diesen bedauernswerten Knaben aus der Stasis entlassen hast. Er wird sich reichlich blaue Flecken geholt haben, als er aus der Tür gefallen ist, unnötig, daß er mit Krämpfen aufwacht, wenn es dir irgendwann beliebt, ihn zu erlösen. Mein Ehrenwort, er hat nichts mit all dem zu tun. Er ist auf das Auto zugelaufen, weil er hoffte, *Hilfe* zu finden. Wie heißt er übrigens?«

»Nick.« Ich blickte auf die verkrümmte Gestalt hinunter. Stan hatte recht, er würde Krämpfe bekommen, also entschloß ich mich zu einem Kompromiß. Ich lockerte die Stasis ein wenig und levitierte den Jungen zurück auf den Fahrersitz. Durch die Anstrengung begannen meine Beine wieder zu zittern. »Zu mehr bin ich vorläufig nicht bereit«, sagte ich zu Stan. »Jetzt erzähl mir von dem Kentauren.«

»Dann laß mich der Reihe nach berichten, du solltest die ganze Geschichte kennen. Unser Freund Nick möchte aus irgendeinem Grund nicht von den Hovern entdeckt werden. Dieser Wagen steht hier mit offener Fahrertür und eingeschalteter Innenbeleuchtung, wie jetzt, aber statt hineinzuhechten, wirft er sich auf den Boden und kriecht darunter. Aha, denkt sich meiner einer, er glaubt wohl, sie suchen nach ihm und benutzt den warmen Motor als Tarnung für die Wärmeabstrahlung seines Körpers, falls sie Detektoren einsetzen. Schlau gedacht, aber ich glaube nicht, daß sie mit Detektoren ausgerüstet sind, oder sie hätten den jungen Kentauren inzwischen gefunden, und ich kann sehen, daß sie immer noch suchen.«

Ich blickte über die Schulter. Die sehr fernen Lichter schwebten über einem konturlosen Abendschattenblau. Auch der Himmel war dunkelblau, mit nur einigen helleren Streifen im Westen. »Verflucht. Nein, sie haben ihn nicht gefunden. Wie ging es weiter?«

»Nun«, fuhr Stan fort, »eingedenk der Tatsache, daß man in Koryfon wenig Skrupel hat, jemanden kurzerhand zu exekutieren, hielt ich es für richtig, einzugreifen, und umgab den Wagen mit einem starken Nicht-Beachten-Feld. Zum Glück auch für dich, mir hast du zu verdanken, daß man dir nicht die Reifen zerschossen hat. Nick war kaum unter dem Wagen verschwunden, als dieser Kentaur wie von Furien gehetzt angaloppiert kommt. Und verflucht, diese Kentauren können laufen! Zwei Herzen, doppelte Lunge – dagegen sieht jeder Vollblüter alt aus. Und dieser spezielle Kentaur hatte guten Grund, sich zu beeilen. Erst trommelt er an mir vorbei, und ehe ich mich besinne, kommt dahinten ein Auto, ein ganz normales von der Erde, in einer Staubwolke um die Ecke geschlingert und braust ohne Rücksicht auf Verluste hinter ihm her. Drinnen sitzen ein Mann und eine Frau, die Frau am Steuer. Sie sieht den Kentauren, erfaßt ihn mit den Scheinwerfern, der Mann lehnt sich aus dem Fenster und schießt. Peng, Peng, Peng. Der Kentaur springt mit allen vieren zur Seite wie eine Ziege und setzt dann über die Hecke in den Wingert auf der anderen Seite. Der Mann hat ihn verfehlt, glaube ich. Hoffe ich. Schwebte über die Hecke wie ein Vogel, dieser Kentaur.«

»Hast du die Leute in dem Wagen erkannt?« fragte ich begierig.

»Nein, zu dunkel, und sie hatten das Fernlicht eingeschaltet.« Die Stimme meines ehemaligen Mentors klang bedauernd. »Der Mann saß auf der anderen Seite, also konnte ich nur einen Blick auf ihn werfen, nachdem sie vorbei waren. Kopf, Ellenbogen, Mündungsfeuer, Peng – du weißt schon. Die Frau war nur eine Silhouette.«

»Trug sie eine Brille?« Nicks Anwesenheit legte die Schlußfolgerung nahe, daß es sich bei dem Auto um das von Maree handelte.

»Glaube ich nicht«, antwortete Stan. »Wie auch immer, sie sind lange weg. Sie hielten an der Stelle, wo der Kentaur über die Hecke gesprungen war, Bremslichter, Quietschen, mehr Staub, und der Mann will aussteigen. Jedenfalls öffnet sich die Tür an seiner Seite, und ich weiß, daß er unser Auto gesehen hat. Sie waren beide Kundige, also mußten sie es früher oder später bemerken. Was kann ich tun, um ihn daran zu hindern, herzukommen und deine Nobelkarosse zu demolieren und am Ende auch noch den Jungen zu entdecken? Nicht viel, offen gesagt. Zum Glück sichtet sie einer dieser Hover und dröhnt diesen Weg entlang, genau über mich hinweg. Ich schreie sie an, ich brülle, so gut ich kann, sie sollen ihnen die Reifen zerstrahlen, aber sie haben keinen entsprechenden Befehl, also hängen sie nur über dem anderen Wagen in der Luft. Der Mann steigt wieder ein. Die Frau gibt Gas, und sie beginnen sofort mit dem Transit. Hokuspokus, weg sind sie. Der Hover kreist ein bißchen, und entweder sehen sie dieses Auto nicht oder sie wissen, es gehört dem Magid, und überhaupt sollen sie den jungen Kentauren suchen, aber der ist inzwischen über alle Berge. Also brummeln sie davon. Etwas später, nachdem alles wieder ruhig geworden ist, wagt Nick sich hervor, steigt ein und weint sich mehr oder weniger die Augen aus. Er war so verstört, daß ich schon mit dem Gedanken spielte, ihn anzusprechen.«

»Warum hast du nicht?«

»Er glaubte, er sei allein.«

»Verstehe.« Ich schaute Nick an, der wie ein Stück moderne Kunst auf dem Fahrersitz hockte, und schämte mich ein wenig meines Argwohns. »Die Leute in dem anderen Auto«, erklärte ich, »haben oben auf dem Hügel ein kleines Mädchen, zwei halbwüchsige Jungen und einen anderen Kentauren ermordet. Der erste Schuß, den du gehört hast, galt mir.«

»Wenn das so ist, verstehe ich, weshalb du dich so neurotisch aufführst. Aber ich bin überzeugt, er hier hat damit nichts zu tun.«

Ich nickte und hob die Stasis auf.

Wegen der Schwere der Stasis wußte Nick nicht, daß er eine Zeitlang außer Gefecht gewesen war. Er führte zu Ende, was er vorgehabt hatte zu tun, und sprang aus dem Auto. »Gott sei Dank, daß Sie kommen«, sagte er. Seine Stimme überschlug sich vor Aufregung und angstvoller Sorge. »Bitte, Sie müssen mitkommen und helfen! Meine Mutter hat Maree entseelt!«

»Was? Sie hat durch sie hindurch ein Weltentor geöffnet? Bist du sicher? Und wo?« Von den hundert Fragen, die mir auf die Zunge drängten, erschienen mir diese am wichtigsten.

»Ja, ich *bin* sicher! Ich war dabei!« Er schluchzte auf. »Da drüben bei dem Hügel mit dem Wald, auf der Landstraße. Oh, bitte, können Sie mich hinfahren, schnell?«

»Steig ein«, befahl ich, »avanti! Sag mir, wie ich fahren muß.«

Ich jagte los, bevor Nick Zeit gehabt hatte, die Beifahrertür zu schließen. Wenn jemand entseelt wird, weil sich exakt an dem Punkt, wo er sich befindet, ein Durchgang zwischen den Welten öffnet, muß man schnell handeln, bevor die Verbindung zwischen den beiden Hälften abreißt. Bei Maree mußte es ungefähr eine halbe Stunde her sein. Während ich die Scheinwerfer einschaltete und mich von Nick zwischen den Weingärten hindurchlotsen ließ, verfluchte ich mein Mißtrauen, das wertvolle Zeit gekostet hatte. »War deine Mutter allein?« fragte ich.

»Nein, ein Mann, der Gram White heißt, war bei ihr. Sie haben mich nicht gesehen, ich hielt mich versteckt. Aber ich konnte überhaupt nichts tun, um zu helfen. Dann kam ein junger Kentaur aus dem Wald und schrie, sie wären Mörder, und mir ist nichts anderes eingefallen, als zu Ihrem Auto zu laufen, während sie sich alle gegenseitig anbrüllten. Ich rannte durch die Weingärten und hoffte, Sie wären inzwischen wieder zurück. Hier rechts abbiegen.«

Ich wendete in einer Staubwolke und brauste die Chaussee am Fuß des Hügels entlang, zwischen einem düster-grün bewaldetem Hang und einer kahlen schwarzen Hecke. Die Scheinwerfer schoben die Dunkelheit vor uns her, zeigten uns Radfurchen, Schlaglöcher, das hohe Gras längs der seitlichen Gräben – und die kleine weiße Gestalt auf dem hellen Weg.

»Da! Da ist sie!« rief Nick.

Ich bremste. In einem Hagelschauer aus Steinen und Erdbrocken kam der Wagen zum Stehen, und wir sprangen hinaus. »Bleib zurück!« warnte ich Nick. »Ich muß genau wissen, wo das Tor geöffnet wurde.«

Er gehorchte ohne Widerrede und folgte mir fast auf Zehenspitzen, als ich auf der Seite, wo der bewaldete Hang über der Chaussee aufragte, vorsichtig zu Maree ging. Sie lag mit den Füßen zu unseren brennenden Scheinwerfern, den Kopf auf einen Arm gebettet, fast, als wäre sie auf der Straße eingeschlafen. Ich nahm an, sie hatte den Arm schützend hochgeworfen, als das Tor sich öffnete.

»Beschreib mir ganz genau, wo sie gestanden haben, deine Mutter und dieser Gram White«, forderte ich Nick auf. »Oder besser noch, geh vorsichtig zu der Stelle, wo deine Mutter war, und dann zeig mir, an welcher Position White sich befunden hat.«

Der Junge nickte, ein klägliches kleines Bibbern des Kinns, und bewegte sich mit seitlichen Schritten auf den Weg hinaus, fast bis zu der kahlen Hecke auf der anderen Seite. Etwas weniger als einen halben Meter vor Marees bewegungslosen weißen Schuhsohlen blieb er stehen, und etwa anderthalb Meter seitlich von ihr. »Der Mann stand ziemlich genau gegenüber«, sagte er, »im gleichen Abstand.«

»Bist du sicher?«

»Ja. Ich weiß es genau, weil ich die Reifenspuren von Marees Auto sehen kann, das wir hier stehengelassen hatten, am Waldrand, da neben Ihnen. Maree wollte die Tür aufschließen, und die beiden kamen um das Heck des Wagens herum.«

»Wo warst du?«

»Ziemlich genau, wo Ihr Wagen steht, nur in der Hecke. Ich mußte mal.«

»Okay.« Seine Angaben erschienen mir glaubhaft, und wir hatten Glück, daß es jetzt dunkel war. Im Licht der Autoscheinwerfer zeichneten Schatten alle Konturen nach, die geringsten Unebenheiten in der Oberfläche des Wegs traten deutlich hervor, sogar die sehr schwache Rille im Staub, ungefähr einen Meter lang, unterhalb von Marees Füßen. Ich kniete nieder und vertiefte die Linie mit dem Fingernagel von einem Ende zum anderen. Erst dann wagte ich es, Maree zu bewegen – oder was von ihr übrig war.

Sie atmete noch, flach und unregelmäßig, doch als ich sie herumdrehte, um den linken Arm unter ihre Schultern schieben zu können, stellte ich fest, daß ihr Körper sehr kalt war. Ich hoffte inbrünstig, es käme daher, daß sie in der Abendkühle auf dem Boden gelegen hatte. Bei Sonnenuntergang waren die Temperaturen stark zurückgegangen, Frost lag in der Luft. Und Maree, wie bei Entseelten üblich, sah aus, als hätte der Frost sie schon berührt. Ihr zottiges Haar, eigentlich ein undefinierbares Mittelbraun, war jetzt silbrig blond. Ihr Gesicht hatte alle Farbe verloren. Ihre schwarze Lederjacke war zu einem hellen Grau verblaßt, und ihre einst blaue Jeans, das sah ich, als ich den anderen Arm unter ihre Knie schob, war fast weiß.

Es war nicht schwer, sie hochzuheben, sie wog genau noch halb so viel wie die vollständige Maree. Ich stand mühelos mit ihr auf und mußte zu meiner Betroffenheit feststellen, sie so auf den Armen zu halten, federleicht, schlaff und schneeköniginnenkalt, löste eine der intensivsten Empfindungen aus, die ich je verspürt hatte. Außerdem mußte ich gegen die aufsteigenden Tränen ankämpfen.

Bevor ich sie dort niederlegen konnte, wo die Beschwörung es erforderte, dröhnte Dakros' Hover dicht über den Baumwipfeln am Hang, erfaßte mich mit seinen Scheinwerfern und landete mit Karacho auf der anderen Seite der Hecke. Ich hörte Rebstöcke krachen und splittern und fragte mich, wieviel er dem Eigentümer als Entschädigung würde zahlen müssen. Oder vielleicht gehörten die Weingärten ihm selbst. Das Licht seines Suchscheinwerfers sickerte durch die Hecke, warf ein Netz aus den Schatten kahler, verschlungener Zweige über mich und Nick und machte meine sorgfältig eingekerbte Linie unsichtbar.

»Gibt es noch ein Problem, Magid?« dröhnte Dakros' Stimme durch den Verstärker.

Ach, laß mich in Ruhe! dachte ich. Auch ohne Stans beschwörendes »Sag's ihm nicht!« aus dem Auto hätte ich ihn nicht eingeweiht.

»Ja, aber es sind Probleme im Zusammenhang mit meiner eigenen Welt!« rief ich zurück. »Ich habe soweit alles unter Kontrolle.«

Ich hätte mir den Atem sparen können. Man hörte Dakros durch die niedergebrochenen Reben stapfen, dann beugte er sich dort, wo Nick stand, über die Hecke. Im Grunde genommen konnte man es ihm nicht verdenken. »Was ist es diesmal?« wollte er wissen.

Wohl oder übel mußte ich ihm Auskunft geben. »Dieselben Verbrecher, die für die Morde oben in der Festung verantwortlich sind, haben diese junge Frau hier entseelt, um ihren Wagen zu stehlen. Wenn Ihr bitte Euren Suchscheinwerfer ausschalten würdet; ich kann meine Markierung nicht erkennen.«

Dakros sprach einen Befehl in sein Com. Dabei hielt er den Blick auf Nick gerichtet und musterte ihn prüfend. Als der große Scheinwerfer erlosch, sagte er: »Du bist einer von den zwei Schaulustigen, die Jeffros entwischt sind, nicht wahr?«

Nick hatte ebenso wenig wie ich den Wunsch, Dakros mehr zu erzählen als nötig. Während ich Maree behutsam auf den richtigen Platz parallel zu der nun wieder sichtbaren Rille im Boden legte, antwortete Nick: »Ja, es tut mir leid. Wir hatten keine Ahnung, daß es sich um eine militärische Operation handelte. Aus Jux sind wir

Mr. Venables hierher gefolgt, nur so eine dumme Idee. Das haben wir Jeffros erklärt. Als der Trubel anfing, wollten wir verschwinden. Aber – aber es ist schiefgegangen.«

»Das kann man wohl sagen«, stimmte Dakros ihm zu. »Euch war befohlen worden, bei den Orlogs zu warten; der Magid hatte schon genügend Probleme, auch ohne euch.« Statt sich nun, wo er Bescheid wußte, seinen eigenen Geschäften zuzuwenden, verfolgte er über die Hecke hinweg, wie ich von Maree zurücktrat und die Formel sprach, die nur einen Spalt in den Mauern zwischen den Welten öffnet.

Die Stelle war ohnehin geschwächt. White – oder Janine – hatten den geschaffenen Durchgang nur notdürftig versiegelt. Jetzt brach er auf, und ein brüllender roter Feuersturm schlug uns entgegen. Dakros und Nick schrien auf und duckten sich, sogar Marees entseelter Körper zuckte zusammen. Ich hielt mir schützend einen Arm vor das Gesicht und arbeitete wie ein Verrückter, um dieses Tor wieder zu schließen. Es schien eine Ewigkeit zu dauern. Die Hecke begann zu knistern, und ich hörte ein blechernes Knispeln von meinem Auto, als der Lack anfing, Blasen zu werfen, bevor es mir gelang, die geborstenen Ränder der Unendlichkeit wieder zusammenzufügen und zu verschmelzen. Ich fügte ein zusätzliches Siegel hinzu, für alle Fälle, und wankte dann zur Hecke, um mich einen Moment anzulehnen.

»Puh!« stöhnte Dakros. »Was war das?«

Rauchschwaden hingen in der Luft, beißender Brandgeruch und Schwefelgestank. Ich schlug auf eine brennende Stelle an meinem Hosenbein und erklärte es ihm. »Das Innere eines Vulkans. Dumme Amateure machen solche Fehler.« Doch ich glaubte nicht an einen Fehler. Vielmehr wollte mir scheinen, als ob die Umgebung der Stelle, wo Maree gelegen hatte, gründlich erforscht worden wäre.

»Aber«, sagte Nick, »Marees andere Hälfte ...«

»Existiert nicht mehr«, sagte ich. Nick, den Arm ausgestreckt, um auf Marees leblosen Körper zu deuten, sah dermaßen fassungslos aus, daß ich hinzufügte: »Wir müssen uns eine andere Möglichkeit überlegen, Nick.« Es gab keine andere Möglichkeit, außer einer, die so ungewöhnlich und riskant war, daß ich hoffte, er würde das Geschehene als unabänderlich akzeptieren und nicht weiter fragen. »Wir sollten sie nach Hause bringen.«

Wortlos drehte Nick sich um, trottete zu meinem Wagen und öffnete die hintere Seitentür.

Dakros sagte: »Ich werde mich bald mit Euch in Verbindung setzen, wegen der neuen Kaiserin. Da gibt es einiges zu besprechen. Und ich bestehe nach wie vor darauf, daß die Mörder an Koryfos ausgeliefert werden.«

»Ihr werdet sie bekommen«, versicherte ich ihm. »Und wenn es das letzte ist, was ich tue.«

Ich bückte mich nach Marees entseelter Hülle und nahm sie wieder auf die Arme. Diesmal empfand ich nur eine überwältigende Traurigkeit. Noch war ein Funken Leben in ihr, aber nicht mehr lange. Wenn das Band zwischen ihnen zerrissen ist, schwinden die Schattenhälften einer Person rasch dahin. Was ich aufhob und zu meinem Auto trug, war im Grunde genommen ein lebender Leichnam. Die Vorsicht, mit der Nick mir Maree abnahm, um sie behutsam auf die Rückbank zu betten, ließ mich befürchten, daß er noch nicht begriffen hatte, wie es um seine Kusine stand.

Armer Junge, dachte ich, und dabei fiel mir auch Rob wieder ein, der möglicherweise in größter Gefahr schwebte. Es wurde höchste Zeit, nach Wantchester zurückzukehren.

Nick beeilte sich, neben mir einzusteigen. Ich winkte Dakros zu, und wir fuhren los, geradeaus die Chaussee entlang, ungefähr im selben Moment, als auch der Hover zum Rückflug startete.

Ich vermasselte es.

Natürlich ließen sich Gründe und Entschuldigungen

anführen. Der Ausgangspunkt war ein anderer, wir fuhren in eine andere Richtung. Nach allem, was sich ereignet hatte, befand ich mich in einer Art Schockzustand, und ich war erschöpft. Schließlich sind Magids auch nur Menschen. Und Marees Angreifer hatten Wantchester ebenso gründlich ausgekundschaftet wie die Gegend um ihr Auto. Ich denke mir, nachdem es ihnen nicht gelungen war, mich zu erschießen, wollten sie sichergehen, daß ich nicht zurückkehrte, um ihre Kreise zu stören. Doch Magids werden unter anderem nach ihrem Durchhaltevermögen ausgewählt, mentalen, körperlichen und magischen Schwierigkeiten zum Trotz. Und es kam tatsächlich nur darauf an, Kurs auf den Punkt zu nehmen, von dem ich aufgebrochen war. Ich könnte mich immer noch in den – Arm beißen.

Wie dem auch sei, wir röhrten bergauf, gen Minderwärts, das Licht der Scheinwerfer spielte über Barrieren aus silbrigem Dunst zwischen den Welten, als plötzlich Dornenbüsche auftauchten, vereinzelt erst, dann immer zahlreicher und allgegenwärtig. Den letzten Hang überzogen sie wie undurchdringlich. Ich schaltete zurück und ließ den Wagen im ersten Gang hindurchpflügen, dabei versuchte ich nicht an die Reifen zu denken, denen ein tückischer Dorn den Garaus machen konnte. Zweige wurden knackend und prasselnd niedergewalzt, strichen quietschend an den Türen entlang. Die Räder schütterten auf dem federnden Strauchwerk; vielleicht brachte mich das den entscheidenden Fingerbreit aus der Richtung. Zwar gelangten wir heil nach Wantchester, ich fühlte die Aura, und der sichere Beweis war das matte Orange ferner Neonlampen – diese Art der Beleuchtung hat sich nur in sehr wenigen Welten durchsetzen können –, doch unsere Ankunft erfolgte mit einem tönenden, metallischen *Dong* auf beiden Seiten. Das orangefarbene Licht über uns zerfloß zu trüben Wellen, während mein teures, zuverlässiges, sorgsamst gepflegtes Auto noch einmal aufheulend nach vorn ruckte, dann hustete der Motor und erstarb. Was Wunder, es steckte wie in den Backen einer Schraubzwinge zwischen zwei starken Eisengeländern fest, deren Abstand fast genau der Fahrzeugbreite entsprach. Die Geländer bildeten einen Gang, der noch ein gutes Stück weiterführte, darüber wölbte sich ein Dach aus gewelltem Kunststoff. Ich fluchte mit all dem Erfindungsreichtum ohnmächtiger Wut.

Nick meinte ehrfürchtig: »*Den* Ausdruck habe ich noch nie gehört.«

»Was ist passiert?« fragte Stan aus dem Fond. »Wo in drei Teufels Namen sind wir?«

»Auf dem Whinmore Busbahnhof, denke ich«, antwortete Nick höflich. »Wir stecken in einer dieser langen Arkaden, wo die Leute sich anstellen sollen.«

Natürlich hatte er recht. Wir klemmten ungefähr in der Mitte einer solchen Arkade und konnten uns nur insofern glücklich schätzen, als der Busbahnhof menschenleer war. Ungefähr acht Uhr am Samstagabend vor Ostern – in einem Städtchen wie Wantchester bedeutete das wahrscheinlich, der letzte Bus war vor einer halben Stunde abgefahren. Trotzdem, ich war erst einmal bedient und ließ den Kopf auf das Lenkrad sinken.

»Na, dann glaube ich nicht, daß wir so schnell hier wegkommen«, hörte ich Stan sagen. »Kein Platz, um die Türen zu öffnen, oder?«

Nick antwortete. »Nein. Und kein Mensch weit und breit. Ob es Zweck hat zu rufen?«

»Lieber nicht. Man würde sich wundern, wie wir in diese Lage geraten sind. Außerdem braucht man eine Flex, um uns herauszuschneiden. In Anbetracht der Tatsache, daß am Montag ein Feiertag ist, sollte mich nicht wundern, wenn wir bis Dienstag hier feststecken.«

»Aber ...« Nick war nichts an Stans makabren Humor gewöhnt. »Könnte Mr. Venables nicht einfach in eine andere Welt ausweichen und dann an einer anderen Stelle auf die Erde zurückkehren?«

»Kann er nicht, Söhnchen.« Stans Tonfall verriet, daß

er glücklich war, jemanden gefunden zu haben, den er belehren konnte. »Ein Transit ist an Bewegung gebunden. Versucht man es im Stillstand, wird man entseelt.«

Denkbar, daß unsere Attentäter genau darauf spekulierten. Ich richtete mich auf. »Also bleibt mir nichts anderes übrig, als den Abstand zwischen diesen Geländern zu vergrößern und das Dach entsprechend zu verbreitern, bis wir Platz haben, um wegzufahren.«

»Aha«, sagte Nick. »Äh, Mr.Venables – wer ist die unsichtbare Person hier drin?«

»Das ist Stan«, machte ich bekannt. »Stanley Churning, Nick Mallory. Stan war zu Lebzeiten ein erstklassiger Jockey und ein Magid, bevor er in diesen körperlosen Zustand überging.«

»Äh«, machte Nick wieder. Ich konnte spüren, wie er beschloß, es sei unhöflich zu fragen, ob Stan also ein Geist sei. Er zog sich mit einem »Erfreut, Sie kennenzulernen«, aus der Affäre.

»Ebenso«, sagte Stan. »Sei in unserm Bunde der Dritte!«

»Haltet die Klappe, alle beide«, blaffte ich. »Ich habe zu arbeiten.«

Augenblicklich herrschte respektvolles Schweigen. Ich ging ans Werk. Ein schweres Stück Arbeit, und ich war müde. Ich pfropfte dem Metall das Gesetz des Werdens und Wachsens auf. Ich zeigte ihm, wie das Leben begann, zwischen Mineralen gar nicht so verschieden von den hier vorhandenen Stoffen, wie es aus kleinen Anfängen entstehend, Dynamik und Richtung entwickelte, und deutete an, welche Richtung das Wachstum in diesem gegebenen Fall nehmen könnte. Dann beeinflußte ich das gewellte Plastikdach auf die gleiche Weise. Und über diesen Manipulationen, wegen der Versenkung in die Wunder von Evolution und Energie und Leben, hatte ich einen jener lichten Momente, von denen Ted Mallory und Konsorten behaupteten, sie nie zu erleben. Ideen, Geistesblitze, Erklärungen, Vorstellungen brachen über mich herein und überschwemmten mein Gehirn wie die Gischt sturmgepeitschter Brandung. Ich wurde umgeworfen, mit ihnen herumgeschleudert, ging unter, stieg dann empor und ließ mich mit zunehmender Euphorie von der Welle tragen. Alles, was ich über die Ereignisse des heutigen Tages wußte, fügte sich vor meinen Blicken zusammen, als hätten die einzelnen Teile nur darauf gewartet, daß ich sie wahrnahm und an ihren Platz legte. Ich glaubte zu begreifen, was im Gange war, die Hintergründe und die Absicht. Als ich die anorganischen Chemikalien des Kunststoffdachs an die bescheidenen Anfänge des Lebens erinnerte, war ich überzeugt, es zu wissen.

Absolutes Schweigen von Stan und Nick, während ich arbeitete und überlegte, überlegte und arbeitete, doch zu meiner Überraschung vernahm ich, als ich dem Plastikdach die Vorstellung eines Baldachins aus Laub suggerierte, den Hauch eines Wisperns von Maree und das leise Rascheln einer Bewegung. Entweder brannte der Lebensfunke noch stärker in ihr, als ich gespürt zu haben glaubte, oder – und das kam mir wahrscheinlicher vor – es war mir gelungen, die Gesetze von der Erneuerung des Lebens auch auf sie zu übertragen.

Endlich fertig, ich lehnte mich zurück. »Bis wir ein Ergebnis sehen, dauert es schätzungsweise eine halbe Stunde«, erklärte ich. »Zeit zum Reden, Freunde.«

Kapitel 18

Rupert Venables, Fortsetzung

»Stan zuerst«, sagte ich.

»Ich?« Der Klang seiner Geisterstimme erinnerte mich an das damit einhergehende Mienenspiel zu seinen Lebzeiten. »Heiliger Strohsack, warum ich?«

»Weil du der Experte für Kentauren bist und ich einige Fragen an dich habe. Zum Beispiel hat man mir gesagt, Kentauren seien unglaublich loyal. Wenn sie einer anderen Person Freundschaft gelobt oder mit jemandem einen Vertrag geschlossen haben, werden sie unverbrüchlich dazu stehen.«

»Ja – a«, sagte Stan. »Ja, so ist es. Im großen und ganzen.«

»Und was geschieht, wenn sie einem Kentauren und einem Menschen gleichermaßen verpflichtet sind?«

»Der Kentaur kommt immer zuerst. Eingefleischte Rassisten, das sind sie. Sie werden jederzeit einen Menschen zugunsten eines andern Kentauren fallenlassen. Wohlgemerkt, wir würden im umgekehrten Fall das gleiche tun.«

»Okay. Wie sieht es mit ihrer Loyalität untereinander aus?«

»Familie über alles«, erklärte Stan entschieden. »Sie haben nichts übrig für Häuptlinge und Könige und so weiter. Gibt es bei ihnen nicht im eigentlichen Sinne. Aber für einen Verwandten tun sie alles, und je enger die Verwandtschaft, desto mehr sind sie bereit zu tun. Schwierig wird es, weil sie im allgemeinen keine lebenslangen Bindungen eingehen wie bei uns Menschen üblich, deshalb müssen sie ständig aufpassen, wessen Sohn ein Kind von wessen Tochter hat, und ausklamüsern, ob irgendwelche verwandtschaftlichen Verpflichtungen gegenüber dem Kind bestehen, wenn ja, bezeichnen sie sich als Vettern. Viele verbringen ihr halbes Leben mit Ahnenforschung. Langweilen einen zu Tode damit. ›Ich bin sein Vetter, aber nicht ihrer.‹ Gräßlich.«

»Welches ist die engste familiäre Bindung?«

»Die zwischen Mutter und Kind«, antwortete Stan prompt. »Danach kommt die Bindung eines männlichen Kentauren zu den Kindern seiner Schwester, dann die einer Kentaurin zu den Kindern, von denen sie überzeugt sein kann, daß sie ihres Bruders Fleisch und Blut sind – gar nicht so einfach, sich dessen immer sicher zu sein –, und dann kommen Schwestern und Brüder und auf der nächstunteren Stufe das, was nach unserem Verständnis echte Vettern und Kusinen wären. Die Bindung zwischen dem Vater und den Früchten seiner Lenden kommt erst an sechster Stelle; vor seinen eigenen, wird er stets die Kinder seiner Schwester versorgen.«

»Richtig.« So weit deckte sich alles mit meinen bisherigen Überlegungen. »Nächste Frage: Ich habe gehört, daß Kentauren niemals lügen. Stimmt das?«

»Hm. Das ist die offizielle Lesart. Man wird einen Kentauren niemals dabei ertappen, daß er eine *direkte* Unwahrheit sagt, wie zum Beispiel Schwarz ist Weiß oder etwas in der Art. Aber sie sind durchaus fähig, die Wahrheit ein wenig zu *verdrehen*, falls sich die Notwendigkeit ergibt. Zum Beispiel stellen sie zwei Dinge, die nicht zusammenpassen, so dar, als täten sie es doch, oder sie schieben ein kleines Wort ein, das man nicht besonders beachtet, welches aber die Bedeutung dessen, was sie sagen, ins Gegenteil verkehrt. Ich bin selbst ein paarmal darauf hereingefallen. Schlaues Völkchen, diese Kentauren. Man darf nie vergessen, daß selbst ein dummer Kentaur mehr Grips hat als die meisten Menschen.«

»Werde ich mir merken«, sagte ich. »Ich werde daran denken, wenn ich mit Rob spreche, das heißt, falls er wieder einigermaßen bei Kräften ist.«

»Bestimmt ist er das und auch imstande, dich hinters Licht zu führen. Das ist noch ein Fakt, den du im Auge behalten solltest: Kentauren sind zäh. Was dich und Nick zwei Wochen ans Bett fesseln würde, durchlaufen sie im Schnellgang und sind im Nu wieder auf den Beinen.«

»Nach allem, was du erzählst, fange ich an, mich zu wundern, daß nicht Kentauren die Herrscher des Multiversums sind!« sagte ich.

»Nun, zum einen können sie in einer Hälfte davon nicht auf Dauer existieren«, gab Stan zu bedenken. »Sie brauchen Magie zum Überleben. Aber der Hauptgrund ist, das Konzept des Herrschens sagt ihnen nichts. Es erscheint ihnen nicht als vernünftig.«

»Das war auch mein Gedankengang. Aber merkwürdig – das sollte meine nächste Frage sein: Würde ein Kentaur nach dem Kaiserthron streben? Das koryfonische Gesetz enthält keinen Passus, der dagegen spricht, soweit ich es beurteilen kann.«

»Nur wenn der betreffende Kentaur sich mit der Vorstellung anfreunden könnte, allein zu sein, isoliert von allen anderen seinesgleichen«, erklärte Stan. »Die Konservativen würden ihn ablehnen, die anderen würden lachen und sich an die Stirn tippen. Gehorchen würden sie ihm nur, wenn sie aus Gründen der Verwandtschaft zur Loyalität verpflichtet wären.«

Ich dachte an Knarros, der in der Tat isoliert gewesen zu sein schien und der unzweifelhaft im Gespräch mit mir die Wahrheit verdreht hatte, und fragte mich ... Aber Knarros war tot. Und ich war ziemlich sicher, daß Knarros' Loyalität gegenüber dem Kaiser und dann gegenüber den Mördern des Kaisers andere Gründe als die für einen Menschen offensichtlichen gehabt hatte. Ein Grund mochte sein, daß sie alle die gleiche Göttin im Dornbusch verehrten. Ich mußte Stan danach fragen. Später. Etwas anderes war wichtiger.

»Stan, können Kentauren sich mit Menschen paaren?«

Ich glaubte, ein unterdrücktes Stöhnen von Nick zu hören – oder vielleicht war es wieder ein Flüstern von Maree.

»Dieses Thema ist mit dem Odium des Unziemlichen behaftet«, meinte Stan, »aber doch, es kommt vor. Natürlich gibt es physische Probleme. Die meisten Mischlinge werden tot geboren, und eine Menschenmutter, die von einem Kentauren schwanger ist, hätte ziemlich früh eine Fehlgeburt. Würden sie es austragen, wäre das Fohlen zu groß. Aber umgekehrt, Menschenvater und Kentaurenmutter, das klappt gelegentlich. Ein oder zwei solcher Ausnahmen von der Regel sind mir begegnet. Meistens sind sie ziemlich klein. Und die vollblütigen Kentauren sind krampfhaft nett zu ihnen. Überschlagen sich fast, um deutlich zu machen, daß das *Fohlen* schließlich nichts dafür kann – du weißt schon.«

Aha, dachte ich, das ist es. Wir haben es hier mit Schwestersöhnen zu tun. Und mit deren Vettern und Kusinen natürlich. »Danke, Stan«, sagte ich. »Nick.« Nick zuckte schuldbewußt zusammen. »Nick, wie lautet dein voller Name?«

»Nicholas«, antwortete er. »Mallory.«

»Ach ja? Nicht zum Beispiel Nickledes Timos und so weiter?«

»Nichothodes«, verbesserte Nick gereizt. »Wenn schon.«

Fast hätte ich aufgelacht. Niemand kann es leiden, wenn man seinen Namen verballhornt. Stan gönnte sich ein verhaltenes Kichern, während ich die hochnotpeinliche Befragung fortsetzte. »Und Marees?«

»Sie wollte ihn mir nie verraten«, gestand Nick mürrisch, bedrückt. »Aber ich weiß, daß Maree eine Abkürzung für Marina ist.«

Sempronia Marina Timosa, dachte ich, auf einem blutgetränkten Fetzen Papier in der Hand eines toten Kentauren. *Ich* hätte Sempronia auch verschwiegen. »Und weiter?« bohrte ich.

»Was meinen Sie mit *und weiter*? Nichts weiter.«

»Nun, zum Beispiel würde mich interessieren, woher du weißt, was Entseelen bedeutet. Du hast mir vorhin berichtet, daß Maree entseelt worden wäre, aber das Wort kennst du nicht von mir. Ich kann mich genau erinnern, was ich über den Transit zwischen den Welten gesagt habe, als ich versuchte, euch beiden die Gefahren vor Augen zu führen, und ich weiß, daß ich diesen Ausdruck nicht benutzt habe.«

Keine Antwort. Nick saß vornübergebeugt neben mir und starrte in die trübe Neonhelligkeit, dorthin, wo die Eisenstäbe unmerklich dünner wurden und sich nach außen wölbten.

»Ich würde auch sehr gern wissen, ob du wirklich in der Hecke warst, oder ob du bei dem Entseelen geholfen hast.«

Das saß! Er fuhr herum, und seine Stimme überschlug sich, als er mir entgegenschleuderte: »Das habe ich *nicht*! Ich *war* in der Hecke! Und ich wüßte gar nicht, wie man das macht, jemanden entseelen. Es tut mir entsetzlich leid, was Maree passiert ist, aber es ging alles so *schnell*!« Unvermeidlich, daß diese letzte Wort gicksend herauskam. Sein Gesichtsausdruck verriet mir, daß er es hörte und sich schämte, und ich sah, wie er versuchte, sich zu beherrschen. Er hatte meine Sympathie, auch ich hasse es, mich lächerlich zu machen. »Wenn Sie es genau wissen wollen«, fuhr er mit angestrengt monotoner Stimme fort, »ich war auf der anderen Seite der Hecke, wie vorhin dieser Soldat, der gekommen ist, um mit Ihnen zu reden. Wir haben gestritten. Ich wollte nicht weg. Alles war so interessant – diese Landcruiser oder wie sie heißen, und Jeffros hatte einen Assisstenten, der uns herumführte, und der hatte *Flügel*. Ehrlich. Und ich wollte mehr wissen. Ich versuchte, Maree zum Bleiben zu überreden, den ganzen Weg bis zum Auto. Maree sagte, wir wären schon einmal festgenommen worden, und auf den Hügel würden wir nicht kommen, weil man auf dem Pfad von einer unsichtbaren Barriere am Weitergehen gehindert wird. Außerdem meinte sie, wir sollten besser verduften, bevor jemand *Ihnen* von unserer Anwesenheit erzählte. Und ich wandte ein, Jeffros und seine Leute wären sehr nett zu uns gewesen … Na ja, ich war sauer und zwängte mich durch die Hecke und sagte von der anderen Seite, ich würde nicht mit ihr nach Hause fahren. Und Maree sagte, dann würde ich eben *Sie* bitten müssen, mich mitzunehmen, und bestimmt würden Sie mich zur Schnecke machen, und recht geschähe mir. Dann lief sie das letzte Stück zu ihrem Auto und schwenkte die Schlüssel. Ich ging auf der anderen Seite der Hecke weiter, sagte nichts und hoffte, sie würde ihre Meinung doch noch ändern. Aber dann – dann kamen Mum und Gram White plötzlich um das Auto herum, und Mum sagte etwas wie: ›Da bist du ja endlich, Maree!‹ und sie – sie schauten nicht ein einziges Mal zu mir her. Ich glaube, sie wußten nicht einmal, daß ich da war, ehrlich.«

Ich nickte.

»Ja, ich glaube dir. Sich in die Büsche schlagen, um zu schmollen, das ist eine von diesen blöden Sachen, die man tut, wenn man Streit mit Erwachsenen hat. Aber was ist mit dem Rest?«

Nick zuckte die Schultern. »Der Staub war unser Glück. Wir sind wie die Verrückten zum Auto gerannt, als wir Sie zum Parkplatz gehen sahen. Maree sagte, Sie hätten uns garantiert bemerkt, wenn nicht diese riesige Staubfahne gewesen wäre. Als Sie zu den Transportern abgebogen sind, haben wir uns einfach in einen anderen Feldweg verdrückt.«

»Und der Rest?«

»Nachdem wir es nicht geschafft hatten, auf den Hügel zu kommen, gingen wir zu den Transportern, und Soldaten kamen heraus und nahmen uns fest und …«

»Nein«, unterbrach ich ihn, »ich meine den ganzen Rest.«

»Was für einen Rest? Ach, dieser Kentaur …«

Ich fiel ihm wieder ins Wort. »Nette Ablenkungsversuche. Nein, ich meine nicht den Kentaur. Ich meine den ganzen Rest deines jungen Lebens. Ich will wissen, mit was für Geschichten deine Mutter dich in all den Jahren gefüttert hat.«

»Ich ... In den letzten zwei Jahren hat sie es bleiben lassen«, bekannte er widerwillig. »Seit ich ihr gesagt habe, daß ich kein Wort davon glaube. Ich meine, es war so krauses Zeug, daß ich eine Menge davon für mein Bristolia-Spiel verwendet habe.«

Er beendete den Satz mit fragend erhobener Stimme und schaute mich hoffnungsvoll an. War er, fragte ich mich, ein Egoist par excellence oder einfach nur jung? Was immer zutraf, eine kleine Bestechung konnte nicht schaden. »Also gut.« Ich seufzte im stillen. »Wenn du mir sagst, was man dir erzählt hat, werde ich einen Blick auf dein Bristolia-Spiel werfen und sehen, ob es Möglichkeiten hat. Mehr kann ich nicht versprechen.«

Nick wurde glühend rot, erkennbar daran, daß sich sein Gesicht in dem orangefarbenen Neonlicht zu einem blassen Indigo verfärbte. »Ich wollte nicht ... Es ist nur ... Ach, Scheiße. Danke. Also gut, aber es ist eigentlich nicht viel. Seit ich denken kann, betet meine Mutter mir vor, Ted Mallory wäre nicht mein Vater, bis vor ungefähr zwei Jahren, da hatte ich die Nase voll und beschloß, Dad trotzdem zu adoptieren, weil ich ihn eigentlich ganz gut leiden kann und Mutter mir ohnehin nicht verraten wollte, *wer* denn nun mein richtiger Vater ist. Sie sagte nur, er wäre ein unheimlich bedeutender Mann, und ich würde eines Tages auch bedeutend sein, wenn für mich die Zeit gekommen wäre, mein Erbe anzutreten. Das ist kein schönes Gefühl. Ich meine, er könnte jeder sein, und man malt sich wer weiß was aus, und andererseits denkt man, weshalb kriege ich einen geistigen Höhenflug wegen eines Kerls, der vielleicht ein Brechmittel ist oder sowieso nur ein Hirngespinst. Aber man kann es irgendwie nicht abschütteln. Ich würde lieber mit Ihnen tauschen. Sie haben richtige Geheimnisse, mit denen Sie sich dicke tun können.«

Stan unterdrückte ein Kichern. Ich sagte: »Sie muß dir mehr erzählt haben als das.«

»Das meiste hatte zu tun mit Entseelen und daß es Hunderte von anderen Welten gibt und in der Hälfte davon jede Menge Magie.« Nick stieß ein geringschätziges Schnauben aus. »Alles, was mit Magie zu tun hat, macht sie wild. Sie war total aus dem Häuschen wegen irgendwelcher Neuigkeiten, die sie von Gram White erfahren hatte und wollte mir unbedingt davon erzählen, aber ich sagte, es wäre alles langweiliger Mist und ging weg.«

Kaltherzige Jugend. Fast hatte ich Mitleid mit Janine, auch wenn sie eine Mörderin war. Andererseits, ich kann mich erinnern, daß ich in Nicks Alter genauso gewesen bin, und meine eigene Mutter hat es überlebt. »Kennt sie Gram White schon lange?«

Nick runzelte die Stirn. »Ich *glaube*. Seltsam – als wir am Freitagabend alle zum Essen gingen, war ich der Meinung, ich hätte ihn vorher noch nie gesehen, doch später am Tisch sagte er etwas und neigte den Kopf zur Seite, und da wurde mir bewußt, *daß* ich ihn gesehen hatte, oft sogar, früher. Damals hatte er keinen Bart. Er kam uns häufig besuchen, aber ich glaube, Dad mochte ihn nicht, und nach einer Weile blieb er weg.«

»Hat er – Gram White – dir die gleichen oder ähnliche Dinge erzählt wie deine Mutter?« Ich hielt gespannt den Atem an; je nachdem wie seine Antwort ausfiel, konnte Nick das gesamte Gebäude meiner Vermutungen zum Einsturz bringen.

Wieder runzelte Nick die Stirn. »Ich – ich kann mich nicht erinnern. Ich weiß nur noch, daß Mum in seiner Gegenwart über den ganzen Kram redete – ich wäre zu Großem bestimmt und Zauberei und so weiter –, und er lachte sie nicht aus oder sagte, daß sie spinnt, wie es die meisten Leute wohl tun würden. Aber ich war damals noch klein.«

»Und Maree? Wieviel davon hat Maree …?«

Stan fiel mir ins Wort. »Rupert, ich glaube, mit dem Mädel ist noch zu rechnen. Sie bewegt sich. Und wenn ich nicht irre, versucht sie sogar, etwas zu sagen.«

Sofort hatte ich Nicks Aufmerksamkeit verloren. Mit der Gelenkigkeit der Jugend hatte er sich herumgedreht, kniete auf dem Sitz und schaute angstvoll über die Rückenlehne auf Maree. Ich verstellte den Innenspiegel, so daß ich sie gleichfalls sehen konnte. Die Kehle wurde mir eng bei dem Anblick. Meine Gramarye eben hatte sie unübersehbar beeinflußt. Der stärker gewordene Lebensfunke manifestierte sich in kleinen, ziellosen Bewegungen ihrer Hände, von Kopf und Hüften. Hinter den spiegelnden Kreisen der Brillengläser schienen ihre Augen halb geöffnet zu sein, blaß wie der Rest von ihr, und von den farblosen Lippen kam ein leises Murmeln. Ich fragte mich beklommen, um wieviel ich ihr Halbleben verlängert hatte. Ein paar Stunden? Einen Tag? Mehr?

»Sag das noch mal.« Nick beugte sich zu ihr hinunter.

Nicht eben rücksichtsvoll von mir, aber während seine Aufmerksamkeit abgelenkt war, überrumpelte ich ihn mit einer anderen Frage, die mir wichtig zu sein schien. Wer mit seinen Gedanken und Gefühlen woanders ist, gibt oft geistesabwesend etwas preis, was er andernfalls nicht verraten würde. »Nick, hat deine Mutter dir je erzählt, weshalb die Erde den Codenamen Babylon hat?«

»Jemand namens Chorus oder so ähnlich ist hier entseelt worden. Sie lacht darüber. Sie sagt, er hätte versucht, die Erde zu erobern, und statt dessen den Turm von Babel erschaffen.« Nick hatte geantwortet wie um sich einer lästigen Pflicht zu entledigen, damit er sich wieder um Maree kümmern konnte. Er beugte sich noch tiefer über die Lehne und sagte langsam und deutlich: »Nein, schon gut. Er hält sie erst morgen Nachmittag. Du hast sie nicht verpaßt.«

Das war also geklärt, der Codename berührte kein Großes Geheimnis. Es war nur eine der Versionen, die über den Tod von Koryfos kursierten. Wenn ich mich recht erinnere, gab es Hinweise darauf, daß er zum Zeitpunkt seines Todes damit beschäftigt gewesen war, unsere Erde der Liste seiner Eroberungen hinzuzufügen. »Was sagt sie?« fragte ich Nick.

»Sie sagt, sie hätte versprochen, dabei zu sein, wenn Dad seine Rede als Ehrengast hält.« Er turnte auf dem Sitz zu mir herum, seine Augen leuchteten hoffnungsvoll. »Sie wird wieder gesund, nicht wahr? Ihre andere Hälfte wird nachwachsen?«

Ich schaute ihn an und fragte mich, wie ich es ihm beibringen sollte. Und ich staunte über meinen eigenen Schmerz. Empfindungen, die ich sorgfältig vor mir selbst verheimlicht hatte, brannten mir in der Kehle und zerrissen mir die Brust, als hätte mich jemand gezwungen, Glassplitter zu schlucken. Ich bezweifelte, daß ich überhaupt ein Wort herausbringen konnte.

Dankbar hörte ich Stan an meiner Stelle antworten. »Nein, Söhnchen, machen wir uns nichts vor. Hin und wieder passiert es, daß die Starken, diejenigen mit einer wirklichen Persönlichkeit, etwas länger Widerstand leisten. Deine Schwester ist eine von den Starken, weiter nichts.«

»Nicht Schwester – Kusine«, verbesserte Nick. »*Wie* lange?«

»Jahre. Manchmal.«

Nick warf sich herum und starrte mir ins Gesicht. Das orangefarbene Licht des verlassenen Busbahnhofs spiegelte sich in seinen Augen, so daß sie sich in meine brannten wie Funken glutroter Verzweiflung. Es war, als würde mein eigener Schmerz mir entgegenlodern. »Sie haben gesagt, es gäbe noch eine Möglichkeit«, schrie er mich an, und wieder überschlug sich seine Stimme. »Worauf warten Sie noch. Tun Sie's, jetzt sofort!«

»Ich weiß nicht, ob ... Es ist ein Großes Geheimnis«, wehrte ich unglücklich ab.

»Ich werde kein Wort verraten. Nur tun Sie's!«

»Darum geht es nicht. Es ist eine langwierige Gramarye. Vielleicht funktioniert sie nicht; ich habe es noch nie ausprobiert. Wir brauchen mindestens noch einen weiteren Magid und jemanden, der sie begleitet, und ich bin nicht sicher, ob wir ...«

»Sie *verstehen* nicht!« brauste er auf. »Ich war nicht richtig *lebendig*, bevor Maree bei uns eingezogen ist. Sie ist so jemand, der alles verändert.«

»Ich weiß, daß sie etwas Besonderes ist. Aber möglicherweise haben wir nicht ...«

»Rupert«, mischte Stan sich ein, »der Junge hat recht. Nutze das Babylon-Geheimnis. Du mußt dieses Mädchen zurückholen, denn je mehr ich sehe, desto überzeugter bin ich, daß sie Bestimmt ist, dein neuer Magid zu werden.«

Wie sollte ich ihm sagen, daß ich hauptsächlich deshalb zögerte, weil mein eigener Wunsch es zu tun, so groß war? Ein großer Teil meiner Schmerzen kam daher, daß ich nichts lieber wollte, als von Babylon Gebrauch zu machen. Doch man darf nicht auf ein Großes Geheimnis zurückgreifen, wenn man glaubt, daß man es nur tut, weil man es möchte. Und die Vorstellung, es erfolglos zu versuchen, war unerträglich, fast so schlimm wie der Gedanke, ich könnte etwas Falsches tun, weil ich mir so sehr wünschte, Maree wiederzubekommen, so, wie sie gewesen war. Etwas von diesem Gefühlsaufruhr reagierte ich ab, indem ich Stan anschrie: »Es ist *Bestimmt*! Wozu dann dieses ganze Theater, wenn es das ist, was sie ohnehin wollten? Weshalb mich da hineinziehen?«

»Du weißt, daß sie nicht direkt Einfluß nehmen können«, wies Stan mich zurecht, »es ist nicht gestattet. Du kannst meine Strophe haben, wenn du willst. Sie wird anders lauten als deine.«

»Ich hoffe, euch ist bewußt, was ihr verlangt«, sagte ich, und ich glaube, meine Stimme brach wie die von Nick. »Ihr verlangt von mir, eine große, riskante Gramarye zu inszenieren, eine Gramarye, die *töten* kann, an einem Ort, der sich als höchst instabil erwiesen hat, ganz zu schweigen davon, daß wir einen verwundeten Kentauren am Hals haben, der sich vor zwei Mördern versteckt, von denen einer mit dem Nodus Schindluder treibt. Und der Nodus ist so stark, daß ich selbst mit Wills Hilfe nicht sicher bin, ob ich das alles organisieren kann, den Weg offenhalten, auf Maree aufpassen ...«

»Ich werde auf Maree aufpassen«, warf Nick ein. »Ich übernehme das.«

»... und dann wäre da auch noch das Rätsel um Andrew!« schloß ich. »Ja, ich fürchte, ich werde Maree in deine Obhut geben müssen, Nick. Anders ist es nicht zu schaffen.«

»Du vergißt, was ich dir seit eh und je gepredigt habe«, sagte Stan. »Erledige die Dinge hübsch der Reihe nach, wie sie kommen. Wenn du dir den ganzen Batzen aufbürdest, verhebst du dich nur.«

»Ich werde alles tun, was ich kann, um zu helfen«, beteuerte Nick. »Alles, ich versprech's!«

»In Ordnung«, sagte ich, »überredet.« Mir fiel ein Stein vom Herzen. »Sobald wir uns aus dieser vermaledeiten Arkade befreien können.«

Wir warteten.

Objektiv betrachtet, dauerte es nicht lange. Sobald das Wachstum einmal begonnen hat, geht die Entwicklung mit Riesenschritten vonstatten. Die Metallstreben hatten das segmentierte Aussehen von Bambus angenommen, wuchsen anmutig in die Höhe und hoben das blattähnlich gerippte Dach aus Wellplastik mit empor. Der Kunststoff hatte sich dunkler gefärbt und war durchsetzt mit Knospen, aus denen lange, halb durchsichtige Blätter sprossen; sie raschelten im leichten Wind. Die Passage nahm sehr schnell das Aussehen eines dicht berankten Spaliergangs an. Meine Hände umfaßten vor Ungeduld zitternd das Lenkrad, während ich darauf wartete, daß der Prozeß seinen Abschluß fand. Nick konnte unmöglich eine Vorstellung davon haben, was er verlangte, von sich selbst oder von mir. Aber Stan wußte es. Die Tatsache, daß ich von ihm gebeten worden war, Babylon zu benutzen, vergrößerte meine Nervosität.

»Können wir?« meinte Stan endlich.

Ich drehte den Zündschlüssel und schaltete das Abblendlicht ein. Farben erwachten, die Passage war plötzlich grün und nicht nur über uns: durchscheinende Plastikblätter begannen, aus den Verbindungsstellen der Verstrebungen zu wachsen, und all das junge Grün links und rechts raschelte und knarrte und wogte, als der Wagen langsam hindurchrollte. Ich war beeindruckt. Das Zwitterding aus Allee und Dschungelpfad war so bezaubernd, daß ich, nachdem wir ins Freie gelangt waren, nur mit einem Gefühl des Bedauerns anhielt, um der Arkade zu suggerieren, daß sie nun wieder ihre ursprüngliche Gestalt annehmen solle. Die Suggestion mußte präzise und konzentriert erfolgen, damit Marees Schicksalsstrang nicht mit dieser Gramarye verwoben wurde.

»Schade«, meinte auch Stan, als das grüne Laub zu welken begann. »Es wäre ein Spaß gewesen, ihre Gesichter zu sehen, wenn sie es entdeckt hätten.«

»Fangen Sie jetzt mit der Gramarye an?« fragte Nick.

»Im Hotel, in meinem Zimmer. Ich muß mich erst mit Will besprechen.«

Wir fuhren zum Hotel, so schnell das System der Einbahnstraßen es zuließ. Das malträtierte Auto klapperte und eierte, und ich nahm besorgt ein Scheppern irgendwo unter dem Chassis wahr. Als wir in die Market Street einbogen, sagte Nick: »Hinter der Rezeption steht ein Rollstuhl. Soll ich ihn holen?«

Wir hielten vor dem Haupteingang, um ihn aussteigen zu lassen. Seine Tür ging nicht auf. Ich mußte mit einer kleinen Magie das Schloß knacken, und danach funktionierte es nicht mehr, so daß wir mit hin- und herschwingender Beifahrertür auf den Parkplatz rollten. Wir hielten neben Wills individuellem Geländewagen, dessen Anblick mir diesmal das Herz wärmte. Ich brauchte Will. Nicht einmal Stan gegenüber konnte ich ausdrücken, wie sehr. Ich sandte meinem Bruder einen dringenden Ruf, mich beim Aufzug zu treffen, und tat dann das Nötige, um die anderen Türen zu öffnen.

»Brauchst du meine Strophe?« erkundigte sich Stan.

»Allerdings.« Ich stemmte einen Fuß gegen die Fahrertür. Erst nach einem kräftigen Tritt sprang sie auf.

»Also gut, hier ist sie.« Stans Geisterstimme deklamierte:

Wie komme ich hin nach Babylon?
Jenseits von hier und dort.
Geht's über Berg oder Brücke hinweg?
Beides, dann bist du dort.
Geh nicht bei Nacht und bei Tage nicht,
sondern folge dem Weg bei Kerzenlicht.

»Bitte«, schloß er. »Ergibt das einen Sinn zusammen mit deinem Teil?«

»Definitiv. Meine Text sagt etwas ganz Ähnliches, aber zwischen den Zeilen ist eine Warnung enthalten. Ich hoffe, Wills Strophe erweist sich als das Bindeglied.«

Im selben Moment, als es mir gelang, die hintere, eingebeulte, verzogene und zerkratzte Tür zu öffnen, erschien Nick mit dem Rollstuhl. Gemeinsam hoben wir Maree aus dem Auto und setzten sie hinein. Man konnte sehen, daß meine Gramarye von vorhin bei ihr immer noch wirkte. Zum Beispiel kam es mir vor, als sei sie schwerer geworden. Sie saß zusammengesunken in dem Stuhl, sehr klein und ätherisch, webte mit den Händen und sprach murmelnd vor sich hin. Ich ließ Nick vorausgehen, er sollte aufpassen, daß sie nicht hinausfiel, winkte Stan zu und schob Maree behutsam und vorsichtig ins Hotel.

Die Lampen und die allgegenwärtigen Spiegel zeigten mir, was für ein gespenstisches Trio wir waren. Nick war mit goldenem Staub überpudert und hatte in jedem Knie seiner Jeans ein ausgefranstes, blutiges Loch. Ich sah nicht viel besser aus, dazu noch leicht angesengt, besonders meine gute Wildlederjacke war vorn schwarz und verkohlt, die Hose übersät von kleinen Funkenlöchern. Meine Stirnhaare waren abgeflämmt, das Gesicht krebsrot, bis auf weiße Ringe um die Augen, wo die Brillengläser die Hitze abgehalten hatten. Maree sah aus wie eine verhutzelte alte Erbtante, über die jemand eine Tüte Mehl verstäubt hatte.

Dann stieß Nick die Flügeltür zur Lobby auf, und – siehe da! – wir waren gar nicht so fehl am Platz. Ich hatte den Maskenball vergessen. Die merkwürdigsten Gestalten flanierten durch den Saal, sogar eine große bunte Raupe mit mindestens fünf Paar Menschenbeinen. Da waren Wikinger, Aliens aller Couleur, der Sensenmann gleich in mehrfacher Ausführung, Leute in Umhängen, etliche bluttriefende Kadaver und Dutzende atemberaubender Grazien in Gewändern mit strategisch plazierten Gucklöchern. Einige trugen so gut wie gar nichts. Eine Amazone, deren Kostüm aus zwei Lederriemchen und schenkelhohen roten Stiefeln bestand, fesselte Nicks und meinen Blick. So sehr, daß uns um ein Haar Maree abhanden gekommen wäre.

Die bunte, vergnügte Menge schien Marees Lebensgeister anzuregen. Sie rutschte auf dem Sitz herum und machte einige Male Anstalten aufzustehen. Während Nick und ich von den Riemen und den roten Stiefeln abgelenkt waren, gelang es ihr. Nick lief sofort hinterher, drängte sich zwischen Aliens hindurch und stolperte über die Schleppe einer Königin. Bei der Raupe fing er sie wieder ein.

Wir hatten sie gerade unter gutem Zureden wieder in den Stuhl gesetzt und wollten unseren Weg fortsetzen, als wir uns Rick Corrie gegenüber sahen – als er selbst –, in Begleitung von zwei Jünglingen in bunten seidenen Reifröcken und mit rüschenverzierten Sonnenschirmchen.

»Originelle Kostüme«, flötete der eine. Und der andere

fragte mit dunkler Altstimme: »In welcher Kategorie tretet ihr an?«

Nick, der sie zu kennen schien, antwortete fidel: »Außerirdische, natürlich. Wir sind Opfer der Minenkatastrophe draußen auf Tau Centauri.«

»Aha«, sagte Rick Corrie, »vielleicht erklärt das die seltsamen Gerüchte. Ich hörte, du wärst als Kentaur aufgetreten, Nick.«

»Das wollte ich, aber das mit den Beinen hat nicht geklappt, also haben wir das hier improvisiert.«

Nick schwitzte, als wir uns endlich zum Korridor hinter der Lobby durchgeschlagen hatten. Er schmierte sich mit dem Ärmel den Staub durchs Gesicht und äußerte den Wunsch, möglichst nicht noch jemandem zu begegnen, dem wir Rede und Antwort stehen mußten. Prompt stießen wir hinter der nächsten Ecke mit Ted Mallory und Tina Gianetti zusammen, die beide große Augen machten.

»Kreativ, aber miserabel umgesetzt«, urteilte Ted Mallory. »Ihr seht einer wie der andere schrecklich aus. Maree, was hast du denn mit dir angestellt?«

Maree erkannte ihn, sie murmelte und bewegte sich unruhig. Ich sagte hastig: »Sie ist die Mondgräfin aus dieser Kurzgeschichte von H. C. Blands.«

Natürlich konnte Mallory die Geschichte nicht kennen, aber wie ich gehofft hatte, mochte er es nicht zugeben. Er hakte seine Begleiterin unter und sagte im Weitergehen: »Also stürzen wir uns ins Vergnügen, Tina.« Doch ganz schien er nicht beruhigt zu sein. Jedenfalls schaute er noch einmal zurück und bemerkte mit einem irritierten Stirnrunzeln: »Dieses Kostüm gefällt mir sogar noch weniger als die Sache mit dem Kentauren, Nick. Rechne nicht damit, daß du von mir einen Preis bekommst.«

Ziemlich am Ende mit unserer Nervenkraft, erreichten wie die Aufzüge. Beide waren unterwegs. Nick stocherte mit dem Daumen abwechselnd auf die Rufknöpfe. »Das ist fast schlimmer als alles andere«, sagte er, als beide

Aufzüge gleichzeitig herunterkamen, und: »Hoffentlich treffen wir nicht noch jemand Bekannten.«

Die rechte Kabine spie eine Clique von Leuten aus, die sich um einen Engel mit Harfe scharten.

Die linke Kabine bescherte uns Janine.

Kapitel 19
Rupert Venables, Fortsetzung

Falls Janine bestürzt war, verbarg sie es meisterhaft. Sie stand in der offenen Tür und schaute liebenswürdig auf Maree hinunter. »Liebe Güte«, meinte sie, »was kann denn wohl meiner Nichte zugestoßen sein?«

Sie trug immer noch diesen blutbefleckten Pullover. Gerade in Situationen von besonderer Dramatik neigt man dazu, Nebensächlichkeiten besonders deutlich wahrzunehmen. Von nahem betrachtet, entpuppten sich die Blutspritzer als eine Traube satinglänzender Erdbeeren. Ich riß den Blick davon los und richtete ihn auf Janine. »Ich weiß auch nicht genau, was Maree zugestoßen ist«, sagte ich. »Erzählen Sie's mir.«

Ein teuflisches kleines Lächeln huschte über Janines Züge, hämisch und voller geheimer Schadenfreude. Es galt sowohl meinem verbrannten Gesicht als auch Marees ausgeblichener kleiner Gestalt. »Ich habe keine Ahnung«, antwortete sie, »aber ich finde, sie sollte in ihr Zimmer gehen und sich hinlegen.«

Janine fühlte sich absolut sicher, natürlich, sie wußte nicht, daß ich auf Thalangia gewesen war. Aber daß Nick bei mir war, mußte ihr zu ... Hier begann ich mich zu fragen, was in Nick vorgehen mochte. Wenn die Begegnung mit Janine für mich unangenehm war, für Nick war sie zehnmal schlimmer. Ich schaute mich nach ihm um, doch er war nirgends zu sehen. Verschwunden, als hätte er sich in Luft aufgelöst. Dafür stand Will nur ein paar Schritte von uns entfernt und starrte voller Entsetzen auf Maree. Und Maree erkannte Janine. Ihre bleichen Hände fuchtelten ziellos, sie bewegte stumm die Lippen.

Immer noch lächelnd neigte Janine leicht den Kopf zur Seite und beugte sich nieder. »Was versucht die arme Kleine zu sagen?«

Will dort stehen zu sehen gab mir Auftrieb. Es drängte mich, dieser Frau mein Wissen entgegenzuschleudern, ihre Pose arroganter Unangreifbarkeit ins Wanken zu bringen. Doch was hätte es genützt? Sie wußte so gut wie ich, daß es auf Erden keinerlei plausible Beweise gab, um sie mit Marees Zustand in Verbindung zu bringen. Statt dessen beugte ich mich ebenfalls vor, ihr entgegen. »Sie versucht, Sie darauf aufmerksam zu machen«, sagte ich, »daß jemand sechs Kaninchenhoden an ihre rechte Brust geheftet hat.«

Janines Kopf flog hoch. Sie starrte mich an und überlegte offensichtlich, ob ich wirklich das gesagt hatte, was sie verstanden zu haben glaubte. Dann verschanzte sie sich hinter einer vornehm pikierten Miene, drehte sich um und schritt graziös davon.

Will stürzte auf mich zu. »Lieber Himmel, Rupert! Was zum Teufel ...!«

»Komm mit nach oben, und ich erklär's dir.« Ich schaute mich ein letztes Mal nach Nick um, doch er war noch immer nirgends zu entdecken. Der reinste Houdini. Nun ja, irgendwann würde er schon wieder auftauchen. Will und ich zwängten uns neben dem Rollstuhl in die Kabine, und während sie leise summend in die Höhe stieg, gab ich Will einen Überblick über die jüngsten Ereignisse.

»Heiliger Strohsack!« stöhnte er. »Das erklärt, weshalb du so mitgenommen aussiehst! Und auch die Szene gerade eben. Ich habe noch nie erlebt, daß du einer Dame gegenüber dermaßen ausfallend geworden bist. Ich konnte mir nicht erklären, was in dich ... Und was wird nun mit unserem Kentauren, Rob?«

»Wir werden ihn irgendwie zum Sprechen bringen. Daß er von dir angefahren wurde, hat ihm wahrscheinlich das Leben gerettet. Bestimmt sollte er mit den beiden nach Thalangia zurückkehren, und dann ...«

»Aber was willst du nun gegen Janine und diesen Gram White unternehmen? Es gibt keinen Beweis gegen sie, außer Nicks Aussage, und diese Person ist seine *Mutter*!«

»Ist mir bewußt. Außerdem werde ich Nick – falls er sich denn blicken läßt – mit Maree nach Babylon schicken müssen, also geht uns seine Aussage ebenfalls verloren.« Ich schaute auf die Anzeige und sah, daß wir die vierte Etage passierten. »Will, ich brauche deine Strophe.«

»Das will ich meinen, sie ist die wichtigste.« Er rasselte sie herunter:

Wie schwer ist der Weg nach Babylon?
So schwer wie Gram und Tod.
Sag, worum bitten, bin ich dort?
Nur, um was dir not.
Wenn's dir im Leid nicht an Mut gebricht,
gelangst du hin bei Kerzenlicht.

Kaum hatte er ausgesprochen, als wie aufs Stichwort der Lift hielt und die Tür aufging. Ich schob Maree hinaus und sagte: »Danke dir. Ja, das hört sich wichtig an.« Gleichzeitig hielt auch der zweite Aufzug, und Nick trat heraus. Nach einem Blick in sein verschlossenes, bemüht ausdrucksloses Gesicht enthielt ich mich jeglichen Kommentars und sagte nur: »Da bist du ja. Komm mit in mein Zimmer, und ich bestelle beim Zimmerservice etwas zu essen für uns alle.«

»Ich bin nicht sehr hungrig.«

»Du vielleicht nicht«, konterte Will vergnügt, »aber ich. Betrachte mich als dankbaren Abnehmer für alles, das du nicht schaffst.« Er hatte offenbar den richtigen Ton getroffen. Nick ging neben uns um die erste verspiegelte Ecke und den Flur dahinter entlang. Der Nodus war erneut manipuliert worden. Wir bogen um noch eine Ecke, und meine Zimmernummer war immer noch nicht in Sicht. Passierte das jedesmal, wenn Gram White nach Thalangia ging oder wiederkam? Ich fragte Will.

»Nicht nur das«, lautete die Antwort. »Noch irgend jemand macht sich an dem Nodus zu schaffen. Jedesmal, wenn ich hier oben nach dem Rechten sehen wollte, war dein Zimmer ein Stück weiter weg.«

Diesmal war es so weit entfernt, daß wir erst Nicks Zimmer erreichten. Nick sagte, er wolle sich einen Pullover holen und käme nach, aber: »Wir warten auf dich«, sagten Will und ich fast im Chor. Wir wollten nicht, daß er uns wieder entwischte. »Und wo ist Marees Zimmer?« fragte ich, während Nick seine Tür aufschloß.

Er zeigte auf die Tür nebenan. »Da. Warum?«

Ich fand, es war besser, ihm nicht zu sagen, daß Janine vorgeschlagen hatte, Maree in ihr Zimmer zu bringen. »Nur etwas nachsehen. Weißt du, wo Maree ihren Schlüssel hat?«

»Rechte obere Jackentasche.« Seine Miene verriet mir, daß er ahnte, es hatte etwas mit seiner Mutter zu tun.

Schlechten Gewissens zog ich den Schlüssel aus Marees ausgeblichener Tasche und trat in ein Hotelzimmer, viel kleiner als meins und vollgestopft mit einer erstaunlichen Menge Habseligkeiten. Offenbar barg es Marees gesamten weltlichen Besitz. Auf dem Bett saß ein grauer, fast kahler Teddybär, der aussah, als wäre er jahrelang am Genick herumgetragen worden. Der Arztkoffer krönte einen Stapel Allerlei auf dem Fußboden; den Frisiertisch teilten sich ein Computer und mehrere Kartons mit oft gelesenen Büchern. Und, wie ich vermutet hatte, irgend etwas war faul. Irgend etwas war oberfaul, aber ich konnte den Ursprung nicht lokalisieren. Das Gefühl einer Bedrohung war aber so stark, daß ich Will, der ahnungslos Maree hinter mir ins Zimmer schieben wollte, ein Zeichen gab, mit ihr unbedingt draußen zu bleiben. Will spürte die Bedrohung ebenfalls, er nickte und machte kehrt. Ich schlängelte mich zwischen den Stapeln hindurch und suchte, ohne Erfolg.

»Schauen Sie in den Computer.« Nick stand in der Tür, eingemummt in einen voluminösen flauschigen blauen

Pullover und trotzdem fröstelnd, als hätte die Reaktion auf die Erlebnisse des Tages bei ihm erst jetzt eingesetzt. »Sie arbeitet viel am Computer.«

Ich stieg über einen Bücherkarton hinweg, schaltete den Computer ein, und sobald der Schirm hell wurde, tat ich, ohne nachzudenken, das, was ich gewohnheitsmäßig bei jedem meiner Computer tue: Ich startete einen Virusscan à la Magid. Mit überraschendem Ergebnis. VIRUS AKTIV, meldete der Schirm. Die Fläche hinter der Schrift füllte sich mit dürren, knorrigen Zweigen, mehr und mehr, bis der Schirm zugewuchert war und ich das Gefühl bekam, daß mich aus dem Gewirr heraus etwas anschaute. Aus den Zweigen wuchsen Dornen, lang und nadelspitz, und wie Stiche spürte ich jede Enttäuschung, Zurückweisung, Niederlage und Demütigung, die ich je erlebt hatte – und noch einige mehr, speziell Demütigungen.

Ich stand da und starrte wie hypnotisiert auf das Zweiggewirr, in mir wie Säure ein Gefühl bodenloser Minderwertigkeit. Meine Existenz war sinnlos. Alles war sinnlos. Weshalb sich wehren? Alles, was ich anfing, war ohnehin zum Scheitern verurteilt, ich konnte ebensogut aufgeben und sterben ...

Ein Ausruf von Nick riß mich aus dieser selbstzerstörerischen Trance. Er deutete zum Bett, auf dem ein schattenhafter Dornbusch zu wachsen schien. Gehässig spießte er seine Triebe in das Kissen, stach durch die Tagesdecke, und mehrere Sprossendolche durchbohrten sogar den grauen Teddybären. Ungeheurer Zorn löschte Resignation und Selbsthaß aus. Deshalb also hatte Janine gewollt, daß Maree sich hinlegte! Zweifellos hatte der ursprüngliche Plan vorgesehen, Maree entseelt auf der Chaussee liegen zu lassen, wo Dakros sie finden sollte – seine letzte vernichtete Hoffnung. Janine mußte sich sehr geärgert haben, als sie Maree in meiner Obhut sah und feststellte, daß sie um diese elegante Lösung betrogen worden war. Daraufhin hatte sie dies hier inszeniert, wohl wissend, daß Maree in ihrem geschwächten Zustand den Phantomdornen keinen Widerstand entgegensetzen konnte. Besonders ärgerte es mich zu sehen, wie sie den offensichtlich heißgeliebten Teddybären attackierten.

»Die Dornenhexe«, sagte Nick. »Maree hatte Alpträume von ihr. Deshalb haben wir in Bristol den Alle-Guten-Geister-Tanz aufgeführt – um sie loszuwerden.«

»Das hättet ihr nicht geschafft, sie ist eine vermaledeite Göttin. Der Computer ist verseucht, so daß jedesmal, wenn Maree ihn einschaltete, die Manifestationen mächtiger wurden.« Mein Respekt vor Maree wuchs, seit ich wußte, wogegen sie die ganze Zeit hatte ankämpfen müssen.

»Können *Sie* sie vertreiben?«

»Ja, aber das wird eine langwierige Prozedur«, antwortete ich. Alle Spielarten von Theurgie und Gramaryen, die mit Gottheiten zu tun haben, lassen sich nur in langen, mühsamen Stunden rückgängig machen. Manchmal muß man die Unterstützung eines anderen Gottes erbitten. Ich seufzte. Noch ein Posten auf der länger werdenden Liste der Dinge, die ich morgen erledigen mußte. »Wir werden vorläufig einfach abschließen und uns von diesem Zimmer fernhalten.«

Das taten wir. Ich fühlte mich ausgelaugt, diese Dornen hatten auch auf mich ihre Wirkung gehabt. Wir gingen den Flur hinunter und bogen um eine weitere Ecke, und ich hatte keinen anderen Wunsch, als endlich in mein Zimmer zu kommen, zu duschen und etwas auszuruhen, bevor ich mich an die Bewältigung der nächsten Aufgabe machte. Als wir dann vor der richtigen Tür standen, sahen wir in Augenhöhe etwas daran kleben, dicht unterhalb der Nummer.

»Igitt!« sagte Will. »Das war beim letztenmal noch nicht da.«

Es war eins der schwärzesten der schwarzen Symbole. Mir wurde übel. Die widerwärtige Aura war so stark, daß Nick und sogar Maree sie spürten. Nicks Frösteln steigerte sich zu Schüttelfrost; Maree stieß einen angstvollen Laut aus und machte eine Gebärde, als wollte sie die Hände vor das Gesicht schlagen. Unter Garantie hatte Janine das Maledikt hier angebracht, bevor sie im Lift nach unten gefahren war. Ich biß die Zähne zusammen und schickte mich an, es zu entfernen.

»Nein, du nicht!« Will schob mich zur Seite. »Es ist gegen dich persönlich gerichtet, Dummkopf!« Mit den schüsselförmig zusammengelegten Händen – Händen, die es gewohnt waren, Mist zu forken und in der Erde zu wühlen – löste er das Maledikt von der Tür, schleuderte es auf den Boden, stampfte darauf und zermalmte es unter seinem derben Stiefel. Für einen Moment hing ein Gestank wie von faulen Eiern in der Luft. »Wie schon gesagt – igitt!« bemerkte Will und wischte sich angeekelt die Hände an der Jacke ab.

Meine Tür hatte nun eine glatte, kreisförmige Delle, aber wenigstens war es eine exorzierte Delle. Ich schloß auf, und wir gingen hinein. Will hatte das Licht angelassen. Von Rob war nur eine gefächerte schwarze Haarsträhne auf meinem Kissen zu sehen, der Rest von ihm zeichnete sich als großer Hügel unter meiner Decke ab, und offenbar lag er in tiefem Schlummer. Nachdem ich mich vergewissert hatte, daß er atmete und durch das Maledikt an meiner Tür keinen Schaden genommen hatte, verzichtete ich darauf, ihn zu wecken. Ich schob nur Maree in ihrem Rollstuhl an einen Platz, wo er sie sehen mußte, wenn er sich bequemte, ein Auge zu öffnen, und ging zum Telefon.

»Hamburger und Chips für alle?« fragte ich Will.

»Zwei Cheeseburger für mich«, antwortete mein Bruder. Unser beider jahrelange Übung darin, Simon aufzuziehen, machte sich bezahlt. Ich brauchte ihm nicht einmal zuzuzwinkern. Er fuhr mit Unschuldsmiene fort: »Was essen eigentlich Kentauren? Ich nehme an, sie sind Vegetarier, was meinst du?«

»Keine Ahnung«, antwortete ich wahrheitsgemäß. »Vielleicht bestelle ich für ihn lieber einen Vegeburger und Salat.«

»Vegeburger sind voller Zusätze, das könnte seinen Magen und Stoffwechsel durcheinanderbringen. Andererseits, das Fleisch in den Hamburgern könnte Pferd sein.«

An dieser Stelle ging Nick ein Licht auf, fast hätte er losgeprustet und alles verdorben. Will und ich bändigten ihn mit einem strengen Blick. Ich sagte mit gespielter Nachdenklichkeit: »Also hat er die Wahl zwischen zwei Dingen, die für ihn unbekömmlich sind. Am besten bestelle ich für ihn gar nichts. Außerdem scheint er ja zu schlafen.«

Will krönte unsere Komödie mit: »Wahrscheinlich gibt es auf der Erde gar nichts, was er essen darf. Kaffee – na, ich weiß nicht, und Milch ist bestimmt nicht gut für ihn. Sogar Wasser ist verseucht mit gesundheitsschädlichen Chemikalien.«

Hier konnte Rob es nicht mehr aushalten. Er richtete sich auf und sah überraschend gesund aus in Anbetracht dessen, was er mitgemacht hatte. »Ach, bitte«, sagte er, »ich habe furchtbaren Hunger. Gibt es wirklich nichts für mich zu essen oder zu trinken?«

»Hängt davon ab.« Ich wiegte bedenklich den Kopf. »*Ißt* du denn Fleisch?«

»Und ob.« Robs Miene erhellte sich. »Und Käse und Brot, und ich würde sogar Salat essen. Und ich trinke gern Milch.«

»Also gut«, sagte ich. »Cheeseburger, Chips und Kaffee für alle.«

Ich nahm den Hörer auf, während Rob nun wohl oder übel Maree anschauen mußte und seinerseits von Nick unverwandt gemustert wurde. Damit sie Gelegenheit hatten, ein wenig im eigenen Saft zu schmoren, ließ ich mir Zeit bei der Bestellung, darin unterstützt von dem Zimmerkellner, der Anzeichen einer nervlichen Überlastung zeigte und mich ständig bat, Dinge zu wiederholen. »Und kann ich mich darauf verlassen«, sagte er, »daß der Kollege, der Ihnen diese Bestellung bringt, von dem Anblick – äh – exzentrischer Kostüme verschont bleiben wird?« Ich schaute zu Rob, der sich krampfhaft bemühte, Maree nicht anzusehen, aber dafür ständig Nicks ernstem, fragendem Blick begegnete, und versicherte dem Mann, jede der in meinem Zimmer anwesenden Personen sei völlig normal. »Und können Sie mir erklären, wo genau Zimmer 555 sich befindet?« forschte der geplagte Mann weiter. »Es ist im Lauf des Abends mehrmals vorgekommen, daß Angestellte sich verlaufen haben – unerklärlicherweise –, und wir bemühen uns, weitere – äh – Beschwerden zu vermeiden.«

Hier versuchte Rob, sein Problem zu lösen, indem er sich wieder hinlegte und die Decke über den Kopf zog. Da ich ihn in einem Zustand der Verunsicherung halten wollte, wandte ich mich vom Telefon ab und fragte: »Rob, magst du Heu?«

»Heu?« Er fuhr entgeistert in die Höhe.

»Einen Ballen oder zwei?«

»*Wie bitte?*« riefen Rob und der Zimmerkellner fast gleichzeitig.

»Tut mir leid«, sagte ich in den Apparat, »wir Fantasyfans haben eine seltsame Art von Humor. Sagen Sie dem Kollegen, als wir eben gekommen sind, lag Nummer 555 vom Lift aus um drei Ecken.«

Ich legte auf, zog einen Stuhl heran und setzte mich neben Maree, Rob gegenüber. »Okay«, sagte ich. »Es wird eine Weile dauern, bis das Essen kommt. Also kannst du mir ein paar Fragen beantworten, während wir warten.«

»Dazu bin ich gern bereit«, antwortete Rob wohlerzogen, aber zurückhaltend.

»Wird sich zeigen. Ich will, daß du jede Frage mit nur einem Wort beantwortest. Wer hat dich hergeschickt?«

»Knarros«, sagte Rob mit großen Augen und im Brustton gekränkter Aufrichtigkeit.

»Und wer hat Knarros befohlen, dich herzuschicken?«

»Knarros würde von niemandem Befehle ...«

»Rob«, mahnte ich. »In einem Wort. Wer?«

»Ich – ich kann es nicht sagen.« Er wurde blaß und sah dermaßen elend aus, daß ich mir trotz allem, was Stan gesagt hatte, wie ein Folterknecht vorkam.

»Na gut. Wen solltest du holen? Ein Wort.«

»Ich ...«

»Nicht mich?«

»Nein.« Er ließ sich auf das Kissen zurücksinken und machte die Augen zu.

»Vielleicht möchtest du es uns verraten, Nick.«

Nick lag bäuchlings auf dem Teppich. Er blickte reuevoll zu mir auf. »Maree«, sagte er. »Rob sagte, sein Oheim wolle mit ihr sprechen.«

»Nicht auch mit dir?«

Nick schüttelte den Kopf. »Aber ich hätte mir das auf keinen Fall entgehen lassen.«

Janine, dachte ich, konnte ihren Sohn nicht besonders gut kennen, wenn sie sich einbildete, ihn von der Party fernhalten zu können, indem sie ihn einfach nicht einlud. Diese Art Blindheit auf einem Auge scheint allen Müttern eigen zu sein. Meine eigene Mutter weigert sich konsequent, die merkwürdigen Dinge zur Kenntnis zu nehmen, die ich als Magid tue – die merkwürdigen Dinge, die alle ihre drei Söhne tun.

»Maree und du, ihr scheint im Lift ein interessantes Gespräch mit Rob geführt zu haben«, meinte ich.

Nick und Rob schauten sich an, mit einem Blick, der sowohl Betroffenheit als auch Komplizenschaft ausdrückte. »Ich dachte, es wäre Ihnen nicht aufgefallen«, sagte Nick schließlich.

»Würdet ihr mir erzählen, worum es dabei gegangen ist?«

Es entstand ein ziemlich langes Schweigen, unterbrochen nur durch Marees Flüstern. Ich glaubte »sag's ihm« zu verstehen, nur wußte ich nicht, ob sie Nick aufforderte zu beichten oder ob ich mich verhört hatte und es hieß in Wirklichkeit »sag's ihm nicht«. Wie auch immer, es bewies, daß sie der Unterhaltung folgte, und das war beeindruckend. Auch wenn man die improvisierte Gramarye am Busbahnhof in Betracht zog, zeigte sie eine um vieles größere Widerstandskraft, als man erwarten konnte.

Endlich schaute Rob mich an und erklärte: »Ich habe Nick gesagt, daß wir Vettern sind. Aber ich dachte, ich würde die Besinnung verlieren ...«

»Und mehr konnten wir nicht reden, bevor Sie beide den Lift nach unten geholt haben«, warf Nick rasch ein.

»Hat Rob erwähnt, wie es sein kann, daß ein Kentaur und ein Mensch Vettern sind? Kommt mir ziemlich unwahrscheinlich vor.«

»Durch Adoption natürlich.« Auf Robs schönem Gesicht lag das Leuchten reiner Unschuld. »Mein Oheim Knarros hat Nicks Mutter als seine Schwester angenommen.«

»Wann war das?« Ich hätte auch gern gefragt *Warum*, aber ich wußte, darüber würde Rob mir keine Auskunft geben.

»Vor fünfzehn Jahren, bevor sie das Imperium verließ.«

»Dann ist Janine also tatsächlich eine Bürgerin von Koryfos?«

Rob nickte eifrig. »Gebürtig aus Thalangia.«

Dies aus dem Mund eines Kentauren mußte die Wahrheit sein. Etwas hatten wir also erreicht. Doch Nick war auch weiterhin verschlossen wie eine Auster, keine vielversprechenden Aussichten für unsere bevorstehende Zusammenarbeit. Will signalisierte mir mit den Augen, daß er der gleichen Ansicht war. Ganz plötzlich fühlte ich mich todmüde. Ich bedeutete Will mit einem Kopfnicken, er solle die Befragung fortsetzen, nahm frische Wäsche aus der Schublade und flüchtete ins Badezimmer, um zu duschen und mich umzuziehen. Danach fühlte ich mich erheblich besser, auch wenn ich meinen abgesengten Stirnhaaren nachtrauerte. Ich strich Salbe auf meine Verbrennungen und kehrte ins Zimmer zurück.

Will hatte nichts ausrichten können, das sah ich auf den ersten Blick. Rob schaute seelenvoll drein und Nick verdrossen. Ich ging zum Kühlschrank und suchte mir aus dem Sortiment ein Fläschchen Brandy heraus. »Auch einen Schluck, Will?«

Will trinkt so gut wie nie Alkohol. »Nicht vor einer großen Gramarye«, sagte er, »aber du siehst aus, als könntest du einen gebrauchen.«

Nach dem ersten himmlischen, glutvollen, wärmenden Schluck drehte ich mich um und wünschte mir, ich könnte Rob mit der Nachricht von Knarros' Tod aufrütteln – er mußte es ohnehin irgendwann erfahren –, aber wegen Nicks Anwesenheit hielt ich es für besser, ihn statt dessen mit Maree zu konfrontieren.

»Weißt du, was mit ihr passiert ist?« fragte ich und deutete auf den Rollstuhl.

Robs Blick richtete sich widerstrebend auf die kleine, gebeugte, ausgeblichene Gestalt. »Ist sie entseelt worden? Ich habe gehört, sie verlieren dann alle Farbe.«

»Richtig. Maree wurde entseelt. Überdies öffnete das Tor sich in das Herz eines Vulkans, und das nicht etwa aus Versehen. Ihre andere Hälfte wurde zerstört.« Während ich einen zweiten Schluck nahm, schaute ich über die kleine Flasche hinweg auf Rob und hoffte, daß es mir gelungen war, seine Fassade aus geheuchelter Unschuld zu erschüttern. Er sah wieder blaß und elend aus, aber diesmal wirkte es echt.

Leider brachte genau in diesem Moment der Zimmerservice ein Riesentablett mit Cheeseburgern, einer extragroßen Schüssel Chips sowie eine imposante Kanne mit dem ausgezeichneten Kaffee des Hauses. Ich gab dem Jungen ein großzügiges Trinkgeld; nach all den Sperenzchen des Nodus hatte er es verdient, obwohl mir bei dem

Gedanken, was dieses verlängerte Wocnenende mich kostete, ein kalter Schauer über den Rücken lief. Als ich das Tablett hinstellte und Rob anschaute, hatten seine braunen Wangen wieder eine gesunde Farbe, und er trug die selbstgefällige Miene von jemandem zur Schau, der glaubt, sich erfolgreich aus einer unangenehmen Situation herausgewunden zu haben.

Warte nur, mein Lieber, ich bin noch nicht fertig mit dir! dachte ich.

Doch fürs erste waren wir alle vollauf damit beschäftigt, unseren Hunger zu stillen, sogar Nick, der – wie ich erwartet hatte – dem Duft nicht widerstehen konnte und sich über die Chips hermachte. Maree hingegen mochte zu unser aller Kummer nichts essen. Nick brachte sie dazu, wenigstens etwas stark gesüßten Kaffee zu trinken und bewies dabei überraschende Geduld, ermunterte sie, redete ihr gut zu, während Will und Rob mit gesundem Appetit ihre Portion verputzten. Es war schon ein besonderer Anblick, einen Kentauren auf mein Bett hingelagert zu sehen, halb bedeckt vom malerischen Faltenwurf meiner Decke, wie er genüßlich mit vollen Backen kaute. Kentauren genesen nicht nur schnell, sie müssen auch viel Nahrung zu sich nehmen.

Entenküken anscheinend ebenfalls. Ich hatte sie glatt vergessen und war im ersten Moment völlig verdutzt, als zwei gelbe Flaumbällchen aufgeregt zirpend unter meinem Bett hervorkamen. Will fütterte sie mit Brotstückchen und Chips. Auf Maree übten sie eine erstaunliche Wirkung aus. Sie richtete sich auf, beugte sich vor und folgte dem lebhaften Trippeln der Vögelchen mit den Augen. Sogar ein schwaches Lächeln trat auf ihr eingefallenes, wachsbleiches Gesicht. Natürlich, fiel mir ein, sie wollte Tierärztin werden. Unübersehbar hatte eine Liebe zu kleinen Geschöpfen sie dazu bewogen.

Bevor sie wieder in ihren Dämmerzustand zurücksinken konnte, räumte ich das Tablett beiseite und schüttete jeden übriggebliebenen Krümel vor dem Rollstuhl auf den Boden. Die Küken wetzten zu dem Festmahl hin, und Maree beugte sich vor, um sie zu beobachten.

»Also«, sagte ich, »die Pause ist zu Ende, und der Ernst des Lebens beginnt wieder. Rob, wir werden eine von den großen Gramaryen durchführen, und du wirst zwangsläufig Augenzeuge sein. Ich muß dich auffordern zu schwören, mit niemandem darüber zu sprechen.«

»Du könntest ihm ein *geis* auferlegen«, schlug Will vor.

Rob schüttelte vehement den Kopf. »Bitte nicht. Ich verrate bestimmt kein Sterbenswörtchen. Ich versetze mich in Schlaf, wenn ihr wollt.«

»Dein Schwur wird genügen«, sagte ich.

Also gelobte er Stillschweigen, ernsthaft und andächtig, im Namen von Koryfos dem Großen. Will zwinkerte mir zu. »Hast du genug Kerzen, Bruderherz? Meine sind alle unten im Groundraker. Soll ich sie holen?«

Genau wie Maree überallhin ihren Arztkoffer mitnahm, trete ich keine Reise an, ohne eine Tasche mit allen Utensilien für eine Gramarye bei mir zu haben. Ich holte sie vom Kofferständer und schaute nach. Achtzehn einfache weiße Kerzen und die entsprechende Anzahl Leuchter aus Draht. »Das reicht«, sagte ich zu Will. »Mir ist lieber, niemand verläßt das Zimmer, bevor wir fertig sind – mindestens zwei mächtige Antagonisten lauern da draußen. Will, umgib uns mit den stärksten Barrieren in deinem Repertoire. Ich werde die Straße lokalisieren und Nick erklären, was ihn erwartet.«

Wir standen beide mit dem Rücken zur Tür und konzentrierten uns. Will ließ einen Schutzwall von solcher Massivität entstehen, daß ich mich fühlte wie in einem Banktresor. Er ging mit größter Sorgfalt vor, isolierte uns gegen den Nodus und installierte diese Abschirmung auf Dauer. Ich war ihm dankbar. Seine Arbeit ermöglichte mir, ungestört in Gedanken meine *Babylon*-Strophe zu repetieren, mein Stück von dem Großen Geheimnis.

Wo beginnt der Weg nach Babylon?
Nirgends und ringsumher.
Kann ich ihn gehen wann immer ich mag?
Nein, dreimal und dann nimmermehr ...

Nick und Rob beobachteten uns mit nahezu identischen Mienen ehrfürchtigen Respekts. Nick sagte plötzlich mit kehliger Stimme: »Ich muß aufs Klo. Darf ich?«

Ich nickte ihm zu. »Geh. Rob auch. Avanti!«

Nick rannte ins Badezimmer. Rob ließ vorsichtig alle vier Hufe zu Boden gleiten, warf die Decke zur Seite und stellte sich hin. »Au!« sagte er. Seine Hand zuckte zu der Naht an seiner Flanke. Marees Augen folgten der Bewegung mit vagem beruflichen Interesse. Sie war definitiv lebendiger als noch vor kurzem und schaute ihm nach, als er steifbeinig über die Küken hinwegstakste und im Badezimmer verschwand. Viel Platz hatte er wahrscheinlich nicht darin. Sollte Nick ihm helfen. Ich konzentrierte mich wieder auf die Verse.

Die Straße war bei uns im Zimmer, selbstverständlich, mehr oder weniger genau vor meinen Füßen. Sie würde immer dort sein, für mich oder jedermann, denn sie war, in gewissem Sinne, das Leben selbst. Diese Babylon-Gramarye war alte, uralte, grundlegende Magie. Nick kam zurück, dann Rob; ich ignorierte beide und schritt den Teil ab, der quer durchs Zimmer lief. Ich mußte Maree in ihrem Rollstuhl ans Bett schieben, um ihn bis zu Ende zu gehen. Danach kehrte ich zur Tür zurück und stellte rechter Hand alle paar Schritte einen Leuchter mit Kerze auf den Boden. Der Abstand zwischen den ersten beiden betrug nur einen Schritt, die folgenden standen weiter auseinander, die nächsten noch weiter, bis neun Kerzen in einer Reihe standen.

Dann kehrte ich wiederum zum Anfang zurück und stellte ihnen linker Hand je eine Kerze gegenüber, bis es auch auf dieser Seite neun waren und beide Reihen einen ungefähr dreißig Zentimeter breiten Pfad säumten. Ich ging wieder zur Tür und betrachtete mein Werk, um zu sehen, ob es gut war.

Es war. Obwohl ich die Kerzen parallel zueinander aufgestellt hatte, sah es von meinem Standpunkt aus, als ob sie am entgegengesetzten Ende aufeinander zuliefen. Durch die perspektivische Täuschung wirkte das Zimmer plötzlich doppelt so groß.

Ich winkte Nick heran.

»Hör mir jetzt gut zu«, sagte ich zu ihm. »Du und Maree, ihr geht auf eine Reise. Ihr müßt zu Fuß gehen, und der Weg ist weit, deshalb mußt du sie begleiten und ihr helfen. Ich kann dir nicht viel dazu sagen, weil niemand den Weg genau kennt, aber ich weiß, leicht wird es nicht. Deine Aufgabe besteht darin, sie an das Ziel des Weges zu bringen – und wieder zurück. Es ist genauso wichtig, sie wieder *zurück*zubringen wie *hin*. Verstehst du?« Er nickte. »Wenn ihr ans Ziel gelangt«, fuhr ich fort, »sieht es vielleicht aus wie eine Stadt oder ein Turm oder auch etwas ganz anderes. Wir wissen es nicht. Aber ihr werdet wissen, wenn ihr angekommen seid. Gut. Jeder von euch hat einen Wunsch frei, nur *einen*, und das, worum ihr bittet, muß etwas sein, das euch sehr am Herzen liegt. Du sorgst dafür, daß Maree sich wünscht, ihre andere Hälfte zurückzuerhalten. Erinnere sie daran. Du selbst kannst dir wünschen, was du willst, aber Maree muß um ihre verlorene Hälfte bitten, oder die Gramarye war vergebens. Okay?«

Er nickte wieder, tiefernst. »Und das ist der Weg?« Er zeigte auf die Doppelreihe weißer Kerzen. Man hörte ihm an, daß er sich große Mühe gab, nicht ungläubig zu klingen.

»Sobald die Kerzen brennen«, erklärte ich, »sollte es dir möglich sein, die Straße zu sehen. Ich hoffe es, aber sicher bin ich nicht. Dies ist auch für uns Magids etwas nicht Alltägliches. Noch ein wichtiger Punkt: Ihr müßt die Reise vollendet haben – hin *und* zurück –, bevor die Kerzen erloschen sind.«

Nick machte ein zweifelndes Gesicht. »Das sind nur ein paar Stunden, nicht wahr?«

»Ich werde dafür sorgen, daß sie so langsam brennen wie möglich. Aber es stimmt schon, trödeln dürft ihr nicht. Versucht, in Bewegung zu bleiben, was immer passiert. Hast du alles verstanden? Bist du bereit?«

Er nickte. Ich half Maree, aus dem Rollstuhl aufzustehen, sie fühlte sich unter meinen Händen so leicht und zerbrechlich an wie ein Vögelchen. Sie konnte stehen, und als ich sie am Arm zog, setzte sie sich gehorsam in Bewegung, aber ihr Gang war ein langsames, kraftloses Schlurfen. Dabei hielt sie den Kopf zur Seite geneigt und ließ die Küken nicht aus den Augen. Nick umfaßte energisch ihren anderen Arm.

»Komm schon, Maree«, drängte er. »Du mußt gehen. Du mußt *kämpfen*. Du weißt, wie stark du sein kannst, wenn du richtig fuchsteufelswild wirst. Komm schon, pump dich auf!«

Seine Worte zeigten Wirkung. Maree wandte den Kopf, um ihn anzusehen, und ihre Lippen formten das Wort »fuchsteufelswild«. Eine Hand machte eine kleine, ziellose Bewegung, als wolle sie die Brille hochschieben.

»Ganz genau.« Nick führte sie zur Tür, zum Anfang der Doppelreihe aus Kerzen, dann schaute er mich an. »Und was nun?«

»Will und ich zünden die Kerzen an, und dabei sagen wir die Beschwörungsformel. Du sprichst mit, soweit du die Worte kennst. Und sobald du den Rest der Straße sehen kannst, geh los. Alles klar?«

Nick zwang sich zu einem Lächeln. »Alles klar.«

Will und ich eilten zum entgegengesetzten Ende der Kerzenreihen. Wir waren beide mit Benzinfeuerzeugen bewaffnet; sie eignen sich nicht besonders zum Kerzenanzünden, aber bei allen archaischen Gramaryen hält man darauf, mit Stahl und Feuerstein Funken zu schlagen. Sobald die ersten beiden Kerzen brannten, gingen wir weiter zum nächsten Paar und begannen den volkstümlichen Teil des Geheimnisses aufzusagen. Wie bei allen urtümlichen Zaubern erhalten die Worte Hinweise darauf, was zu tun ist.

Wie weit ist der Weg nach Babylon?
Meilen zwanzig mal drei und zehn mehr.
Komme ich hin bei Kerzenschein?
Ja, und auch wieder her.
Gehst du geschwind und säumest nicht
gelangst du hin bei Kerzenlicht.

Rob sprach die Worte mit, hörte ich. Interessant. Maree bewegte die Lippen, Nick deklamierte den Text mit lauter, fester Stimme, bis ihm plötzlich klar wurde, daß er mit Maree eine Strecke von siebzig Meilen zurücklegen mußte – nein, einhundertvierzig Meilen, bevor diese Kerzen ausbrannten. Seine Stimme schwankte ein wenig, und er sah mich erschrocken an, doch er sprach bis zum Ende mit.

Als nächstes kam meine eigene Strophe. Ein Gefühl sagte mir, daß dies der Platz war, an den sie gehörte.

Wo beginnt der Weg nach Babylon?
Nirgends und ringsumher.
Kann ich ihn gehen, wann immer ich mag?
Nein, dreimal und dann nimmermehr.
Folgst du getreulich dem Weg und irrest nicht,
gelangst du hin bei Kerzenlicht.

Nach der Hälfte konnte ich sehen, wie Nicks Augen groß wurden; er richtete den Blick auf etwas jenseits der Wände des Zimmers. Er zog Maree am Arm, und sie machten zaghaft den ersten Schritt auf dem von Kerzen gesäumten Pfad. Wir bewegten uns auf sie zu, zündeten mit immer heißer werdenden Feuerzeugen eine Kerze an, die nächste und die übernächste. Dabei sagte ich die Strophe auf, die Stan anvertraut worden war.

Wie gelange ich hin nach Babylon?
Jenseits von hier und dort.
Geht's über Berg oder Brücke hinweg?
Beides, zu jenem Ort.
Geh nicht bei Nacht und bei Tage nicht
sondern folge dem Weg bei Kerzenlicht.

Inzwischen waren wir bei den letzten beiden Kerzen angelangt. Trotz Marees schleppenden Schritten hatten sie und Nick fast den Raum durchmessen. Will drehte am Zündrad, verbrannte sich und zog eine schmerzliche Grimasse.

Wie schwer ist der Weg nach Babylon?
So schwer wie Gram und Tod.
Sag, worum bitten, bin ich dort?
Nur, um was dir not.
Wenn's dir im Leid nicht an Mut gebricht,
gelangst du hin bei Kerzenlicht.

In der Ecke neben der Tür kauernd, entlockten wir mit wunder Daumenfläche und Blasen am Zeigefinger den Feuerzeugen noch einmal eine Flamme und entzündeten die letzten beiden Kerzen. Von dort aus konnten wir die Straße sehen, und der Anblick erfüllte auch mich mit Ehrfurcht und Staunen. Sie schlängelte sich als perlgrau schimmerndes Band über die beiden letzten Kerzen hinaus in eine dunkle Ferne. Man ahnte die Umrisse einer Landschaft, gespenstisch, weil zu einer anderen Wirklichkeit gehörend als Teppichboden und Vorhänge, die sie umrahmten. Gemäß dem Text von Stans Strophe befand sie sich außerhalb von hier und jetzt. Ich war erleichtert, weil die alte Magie gewirkt hatte, und das – dank Will –, ohne den Nodus zu tangieren, und weil es erheblich leichter ist, einen Weg offenzuhalten, den man wirklich sehen kann. Und auf welcher Ebene er sich auch befinden mochte, das da draußen war real. Unmittelbar hinter den beiden letzten Kerzen führte die Straße von einem Hügelkamm steil abwärts. Nick und Maree gingen den Hang hinunter, mit jedem Schritt wurden sie ein Stück kleiner. Nach meiner Schätzung befanden sie sich außer Hörweite – gut so, denn es gab noch eine letzte Strophe, und ich war froh, daß sie davon nichts wußten. Wieder fiel Rob ein, als Will und ich die Worte sagten:

Wie lang ist der Weg nach Babylon?
Jahre zwanzig mal drei und noch zehn.
Sind viele gegangen nach Babylon,
manch einer ward nimmer gesehn.
Ist leicht dein Schritt und zaudert nicht,
kehrst du zurück bei Kerzenlicht.

Nichts konnte weniger leicht und behende sein als Marees strauchelnde Schritte. Es schien eine Ewigkeit zu dauern, bis das ungleiche Paar auf den nun ansteigenden Windungen der Straße wieder in Sicht kam, eine große dunkle Gestalt und eine kleine blasse; man konnte erkennen, wie sich die erstere fürsorglich der letzteren zuwandte und sie stützte.

»Puh!« Will leckte seine verbrannten Finger. »Wie kommt es«, fragte er Rob, »daß du auch diese letzte Strophe kennst?«

»Es ist ein Kinderlied. Jeder in Thalangia kennt diese zwei Strophen.«

»Aber du bist ein Kundiger, stimmt's?«

Rob nickte.

Das mußte er schon sein, dachte ich, sonst hätte Knarros ihn nicht hergeschickt. Und ich war froh, daß wir auf der Erde nur die eine Strophe kannten, sonst hätte Nick vielleicht nicht so schnell eingewilligt, nach Babylon zu gehen.

Kapitel 20 Rupert Venables, Fortsetzung

Ich schob den Rollstuhl in die Ecke neben der Tür, um es halbwegs bequem zu haben, während ich mich zunächst darauf konzentrierte, die Straße stabil und sichtbar zu erhalten und dann die Kerzenflammen zu achtzehn glosenden Flämmchen verkleinerte. Anschließend überprüfte ich den Nodus – nach wie vor unberührt – und Wills Schutzwall, der uns felsenfest abschirmte. Das alles dauerte eine Weile. Nick und Maree hatten den nächsten Hang erstiegen und waren zu klein, als daß man sie in dem ungewissen Zwielicht dort draußen noch ausmachen konnte, und ich entschied, wenigstens einen Teil meiner Aufmerksamkeit erübrigen zu können. Als ich aufblickte, sah ich Will auf dem Frisierhocker sitzen, den wir an die Badezimmertür geschoben hatten, und darunter hatten sich die beiden Entenküken aneinander gekuschelt. Rob stellte sich mit Begeisterung schlafend.

»Rob«, sagte ich. »*Rob*!«

Er simulierte Erwachen nach allen Regeln der Kunst. »Ja?«

»Rob, es gibt ein oder zwei Dinge, über die ich nicht sprechen konnte, solange Nick zuhörte. Erstens, ich fürchte, Knarros, dein Oheim, ist tot ...«

Ich sprach nicht weiter. Rob weinte. Er weinte, wie der Kentaur Kris geweint hatte; Tränen stürzten aus seinen Augen, strömten über die braunen Wangen und den schön geschwungenen Mund, während er kläglich von mir zu Will schaute. Der Schmerz raubte ihm die Stimme, und wir respektierten seine Trauer. Schließlich wischte er sich mit den Händen durchs Gesicht und fragte: »Wie?«

»Jemand hat ihn mit einer Waffe von der Erde erschossen«, antwortete ich. »Es tut mir leid. Ich hätte es verhindern müssen, aber ich war mit Blindheit geschlagen. Ich hatte keine Ahnung, was im Gange war.« Mir war elend zumute, weil Rob dieses granitene Standbild von einem Kentauren offenbar geliebt hatte. Und mir war nicht der geringste Verdacht gekommen, daß Knarros ein falsches Spiel treiben könnte, auch wenn ich geahnt hatte, daß die jungen Wächter am Tor nicht auf mich warteten. Ich hatte in letzter Zeit alles vermasselt, was ich anfing, beginnend mit der Gerichtsverhandlung gegen Timotheo, und es bedurfte der Tränen eines Kentauren, um mir die Augen zu öffnen.

»Wie alt bist du, mein Junge?« fragte Will mitfühlend.

»Achtzehn«, antwortete Rob mit einem tiefen, rauhen Aufschluchzen.

Damit war er alt genug, um sich selbst durchzuschlagen, dachte ich, vorausgesetzt, die rigide Erziehung in dieser Kolonie hatte nicht alle Fähigkeiten, die man zum Überleben in der weiten Welt braucht, verkümmern lassen.

»Du hast gesagt, du hättest noch Familie, zu der du gehen kannst?«

Rob nickte. Er fühlte sich zu Will hingezogen, das konnte man sehen. Mein älterer Bruder war der Typ bodenständiger Landmann mit rauher Schale und weichem Kern, der bei Kentauren große Wertschätzung genießt. »Mein Mutter lebt noch«, sagte er schniefend. »Aber seit meiner Geburt ist sie kränklich.«

Sein Gesichtsausdruck verriet, daß er sich deswegen schuldig fühlte. Ich seufzte – zum einen, weil dieses Schuldgefühl absolut sinnlos war, und andererseits, weil mir klar wurde, daß ich bei diesem Gespräch die Rolle des harten Mannes spielen mußte. Ich machte den Mund auf, um etwas zu sagen, aber Will kam mir zuvor. »Und dein Vater? Ist er noch am Leben?«

Rob hob den Kopf und reckte das Kinn vor. Die Hand auf dem goldenen Medaillon auf seiner Brust, erwiderte er aus tränenumflorten Augen stolz Wills teilnahmsvollen Blick. »Mein Vater ist tot«, antwortete er. »Timos IX. war mein Vater.«

O nein! Ich hatte das Gebäude meiner Schlußfolgerun gen auf einem anderen Fundament errichtet, und nun stürzte alles zusammen. Will sah genauso verdutzt aus, wie ich mich fühlte. »Dann«, meinte er vorsichtig, »müssen deine Mutter und Knarros aus sehr gutem Haus gewesen sein.«

»Aus vornehmstem Geschlecht«, bestätigte Rob feierlich.

Einen Moment lang musterten wir schweigend diesen jungen Kentaurenprinzen im Exil, dann sagte ich: »Rob, im Zusammenhang mit dem Tod deines Oheims gibt es noch einige andere Dinge, die du ...«

Ein lautes Klopfen draußen im Flur ließ mich innehalten. Wer immer es war, konnte Wills Abschirmung nicht durchdringen und klopfte deshalb nicht an die Tür, sondern hämmerte oder stampfte davor auf den Boden. Wir hörten jemanden rufen, erst gedämpft und wie aus weiter Ferne, dann lauter und deutlicher, als der Mann im Korridor eine Möglichkeit fand, seine Stimme durch die Schichten des Schutzwalls zu projizieren.

»Venables! Venables, hören Sie mich?«

Ja, ich hörte ihn, und das war beunruhigend. Er schien es zu bewerkstelligen, indem er seine Stimme, bildlich gesprochen, unter Wills Gramarye hindurchschob und meine dahinterliegende, einfacher konstruierte Barriere als Schallverstärker benutzte. Das erforderte großes Können und sehr große Macht. Mein erster Impuls war, mich taub zu stellen. Als Ausführender weiß man oft erst dann, ob ein Zauber funktioniert hat, wenn jemand darauf reagiert. Ich bedeutete Will und Rob mit Blicken, sich still zu verhalten, dabei sah ich, daß Rob die Stimme erkannt hatte. Er schaute mit erhobenem Kopf zur Tür, und ich glaubte einen Moment, er wolle antworten, dann aber besann er sich anders.

»*Venables*!« Laut wie eine Kampfansage.

»Wer ist das?« fragte Will Rob im Flüsterton.

»Gramos.« Rob war die Überraschung und Verwirrung am Gesicht abzulesen. »Er lebt in Thalangia. Wie kommt er hierher?«

»Weil er auch hier Interessen hat«, sagte ich. »Und hier kennt man ihn als Gram White.«

»Venables! Ich weiß, Sie sind da drin! Geben Sie Antwort!« schrie White. »Ich gehe nicht weg, bis Sie sich melden.«

»Antworte ihm, damit wir ihn loswerden«, riet Will leise.

Ich verlieh meiner Stimme einen schlaftrunkenen Klang. »Ja? Was ist los?«

»Sie haben Nick Mallory da drin, nicht wahr?«

»Nein, habe ich nicht«, antwortete ich mit ziemlich reinem Gewissen. »Warum?«

»Seine Mutter macht sich Sorgen um ihn.«

»Und wie kommen Sie darauf, daß ausgerechnet ich weiß, wo er steckt? Bestellen Sie Janine, falls ich Nick sehe, werde ich ihm ausrichten, daß er sich bei ihr melden soll.«

White glaubte mir nicht. Mit gesenkter Stimme sprach er eine Drohung aus, was er tun würde, falls sich herausstellte, daß ich gelogen hatte. Danach blieb er noch eine Zeitlang im Flur stehen und murmelte vor sich hin, endlich schien er sich zu entfernen. Ich forschte durch die Barriere nach ihm und hatte den Eindruck, daß er tatsächlich den Flur hinunterging, zu den Aufzügen, aber ich wartete ab, bis ich ganz sicher war.

Dann wandte ich mich an Rob.

»War es Gram White, mit dem dein Onkel heute nachmittag eine Verabredung hatte? Deine Kameraden am Tor sollten nur jemand Bestimmtes hereinlassen, und Knarros selbst kam erst, um mit mir zu reden, nachdem er reichlich Zeit gehabt hatte, den Zauber vom Pfad zu nehmen.«

»Ja.« Rob sah beunruhigt aus, als rückte ich ihm mit

meinen Fragen zu dicnt auf den Pelz. »Gramos hatte sich angekündigt.«

»Und auch Janine? Nicks Mutter?«

Er schenkte mir einen seiner seelenvollen, aufrichtigen Blicke. »Ihre Majestät Kaiserin Jaleila wurde erwartet«, erklärte er. »Sie ist meine Tante und Schwester von Gramos.«

»Aber diese Kaiserin ist Nicks Mutter.«

»Ja.«

»Moment mal«, Will hob einhaltgebietend die Hand, »da komme ich nicht mit. Das koryfonische Imperium hat nie eine Kaiserin gehabt.«

»Wenn der Kaiser stirbt und der Thron verwaist ist, wird die edelste der überlebenden kaiserlichen Gemahlinnen als Herrscherin eingesetzt«, deklamierte Rob offenbar eine Passage aus einem Gesetzestext.

»Dann müßte der Titel an die Gemahlin zur Linken Prinzessin Alexandra fallen«, wandte ich ein. »Janine – Jaleila – ist lediglich eine Erwählte Gespielin, oder nicht?«

»Ich wußte nicht, daß die Gemahlin zur Linken das Attentat überlebt hatte«, versuchte Rob zu lavieren.

Ich ließ nicht locker.

»Ist sie's? Jaleila, Nicks Mutter, eine Erwählte Gespielin?«

»Ja, aber ...«

»Warte, hör dir erst den Rest an. Diese beiden kamen in eure Festung, und einer von ihnen schnitt ohne Federlesens deinen Freunden und dem kleinen Mädchen die Kehle durch, während der andere erst auf mich schoß und dann Knarros tötete. Dann ...«

»Ist Kris etwas passiert?« fiel Rob mir aufgeregt ins Wort.

»Sie hatten ihn weggeschickt.« Rob atmete sichtlich auf. Ich fuhr fort: »Wir fanden die Toten, und er floh in den Wald, wo er, Berichten zufolge, auf White und Janine gestoßen ist, kurz nachdem sie Maree entseelt hatten. Er muß ein großes Geschrei angestimmt und sie des Mordes bezichtigt haben ...«

Fast mußte Rob trotz allem lächeln. »Kris ist so anständig und ehrlich. Keiner hat ihm etwas ...« Er verschluckte, was er hatte sagen wollen, und schaute mir angstvoll ins Gesicht. »Wie ist es weitergegangen?«

»Kris wurde das nächstemal gesehen, als er um sein Leben rannte, verfolgt von Janine in Marees Auto, während Gram aus dem Seitenfenster auf ihn schoß.«

»*Nein*!« Robs Vorderhufe schlugen dumpf auf den Boden, und er hatte sich halb aufgerichtet, bevor der Schmerz in seiner Seite ihn innehalten ließ. »*Nein*!« Wieder stürzten Tränen aus seinen Augen. »Aber Gramos ist sein Vater! Gramos hat auf Kris geschossen?«

»Keine Aufregung. Wir sind ziemlich sicher, daß Kris entkommen konnte. Stan – der Zeuge – sagte, Kris wäre wie ein Vogel über die Hecke in den nächsten Weingarten gesprungen.«

Rob ließ sich langsam wieder auf das Bett sinken. »Allen Göttern sei Dank dafür!«

»Halt mal, hier komme ich wieder nicht mit«, mischte Will sich ein. »Weshalb regst du dich wegen diesem Kris so auf? Du hast nicht mit der Wimper gezuckt, als Rupert dir sagte, man hätte den Kindern, mit denen du immerhin aufgewachsen bist, die Kehle durchgeschnitten.«

»Und Marees Schicksal scheint dich auch nicht sonderlich berührt zu haben«, schlug ich in die gleiche Kerbe. »Obwohl sie dich zusammengeflickt hat.« Es kam viel anklagender und bitterer heraus, als ich gewollt hatte, und ich mußte ein Schluchzen hinunterwürgen. Ich war über mich selbst erstaunt.

Auch Rob war überrascht. »Aber weshalb sollte ich um sie trauern? Keiner von ihnen war vom selben Blut.«

Die Antwort brachte Will in Rage. Er sprang auf, versetzte dem Frisierhocker einen Tritt, streifte Rob mit einem vernichtenden Blick und wandte ihm dann den Rücken zu. Die kleinen Enten spürten die geladene

Atmosphäre und suchten Zuflucht unter dem Rollstuhl. »Von allen ... allen ... Verdammt, mir fällt kein Ausdruck ein, der schlimm genug wäre!«

Rob starrte auf Wills Rücken, sein erst verblüffter Gesichtsausdruck wandelte sich zu ratloser Bestürzung. Er hatte tatsächlich eine Zuneigung für Will entwickelt. »Ihr meint«, fragte er kleinlaut, »Ihr meint, ich *müßte* es mir zu Herzen nehmen?«

Will fuhr herum. »Selbstverständlich müßtest du es dir verdammt noch mal zu Herzen nehmen!« brüllte er. Die geschrumpften Kerzenflämmchen flackerten. »Was bist du denn für ein gefühlloser Klotz? Drei von deinen Altersgenossen und eine junge Frau werden ermordet, und dein Kommentar lautet, sie waren nicht vom selben Blut! Und zum Donnerwetter, das *stimmt* nicht einmal! Ihr hatte denselben Vater! Sie waren deine *Brüder* und *Schwestern*!«

Rob zuckte zusammen und senkte den Blick auf die Bettdecke. Nach einer längeren Pause sagte: »Ja, ich nehme an, das waren sie.«

»Hör dir das an«, sagte Will zu mir. »Er nimmt an, das waren sie! Das ist ja fast schon verbale Beihilfe zum Mord!«

Ein kramphaftes Schluchzen schüttelte Robs ganzen Körper.

»Tu nicht so!« ging Will wieder auf ihn los. »Wir wissen, du hast nah am Wasser gebaut ...«

»Laß ihn zur Besinnung kommen«, bremste ich ihn. Wir schienen die Rollen getauscht zu haben; ich hatte jetzt das Zuckerbrot und Will die Peitsche. »Wie ich das sehe, ist er traditionsgemäß dazu erzogen worden, ausschließlich die Nachkommen von Knarros' zwei Schwestern als Familie zu betrachten. Und Janine, als Whites Schwester, doppelt verbunden durch Timos IX. Stimmt das, Rob? Du betrachtest Nick als den nächsten Kaiser, nicht wahr?«

Rob nickte. Er konnte nicht sprechen.

»Bah!« machte Will. »Tradition! Erzogen! Papperlapapp! Er hat einen eigenen Verstand. Er hat eine Ausbildung als Magier erhalten, das bedeutet, er kann selbständig denken. Übrigens, warum sieht er sich nicht selbst als den nächsten Kaiser? Er ist Timos' ältester noch lebender Sohn, stimmt's?«

Rob hob mit ungeheuchelter Verblüffung den Kopf. »Aber ich bin ein Kentaur!«

»Ach ja?« Will zog mokant die Augenbrauen in die Höhe. »Sind wir auch noch ein kleiner Rassist, außer einem Mordkomplizen?«

»Ich ...« Rob schluckte hart, der goldene Anhänger an seiner glatten braunen Kehle hüpfte. »So habe ich das nie betrachtet. Ich schwöre.«

Er meinte es ehrlich. Ich konnte sehen, daß er bisher wirklich nicht über seinen Anteil an den Schrecknissen des heutigen Tages nachgedacht hatte. Nun, ich ebensowenig. Auf meine unnachahmliche Art hatte ich es geschafft, Dakros lange genug von der Kolonie fernzuhalten, damit White in aller Ruhe sein schmutziges Werk vollbringen konnte. Weder Rob noch ich hatten gemerkt, daß wir manipuliert wurden. »Du könntest uns«, sagte ich zu ihm, »ruhig erzählen, was du im Aufzug wirklich zu Nick und Maree gesagt hast.«

Rob zuckte die Schultern. »Ich sagte, wir wären alle die leiblichen Nachkommen von Seiner Majestät dem Kaiser. Ich erkannte Nick, weil er aussieht wie ich, nur heller. Und er trug sein Medaillon unter dem Hemd, zum Beweis. Maree sagte, ihres wäre irgendwo zwischen dem Kram in ihrem Zimmer. Sie ...« Er lebte sichtlich auf, während sein Redestrom munter um die eigentliche Nachricht, die zu überbringen man ihn geschickt hatte, herumplätscherte. Ich hustete mahnend, und er warf mir einen Blick zu, der, muß zu seiner Ehre gesagt werden, aufrichtiges Schuldbewußtsein ausdrückte. »Ich – ich sollte Maree bestellen, daß Knarros mit ihr zu sprechen wünschte«, sagte er, »weil sie der älteste Sproß des Kaisers ist und seiner rechtmäßige Nachfolgerin auf dem Thron.«

»Und was hat sie geantwortet?« fragte ich neugierig.

»Sie sagte, von ihr aus könnte dieser Knarros sich seinen Thron hinters Knie nageln.«

Das konnte ich mir vorstellen. »Aus welchem Grund? Nein, sag's mir nicht. Weil sie Tierärztin werden will.«

Rob grinste mit der Miene eines verschmitzten Cherubs. »Nein. Sie sagte, sie wolle ein Magid werden.« Will und ich starrten ihn an. »Ehrlich«, beteuerte er. »Als Ihr uns im Lift nach unten geholt habt, stritten wir noch deswegen. Ich sagte, sie könnte ein Magid sein und gleichzeitig . . .«

Er verstummte abrupt und schaute zum jenseitigen Ende der Kerzenreihe.

Geräusche drangen aus der Richtung der Schattenlandschaft, von dort, wo die Straße hinter der Hügelkuppe steil abwärts führte, so daß man nicht sehen konnte, wer oder was sie verursachte. Will und ich tauschten einen angespannten, ungläubigen Blick. So bald? Wir hörten das Klappern und Rollen von Steinen, keuchendes Atmen und eilige Schritte, die sich näherten. Jemand kam den Hang hinaufgelaufen. Wir warteten und schauten gebannt auf den Punkt, wo, glaubten wir, der Kopf der Person auftauchen mußte. Keiner von uns hatte in der vergangenen halben Stunde auf die Straße geachtet, aber wenn ich mich nicht täuschte, war mir schon bei Wills Wutausbruch eine vage Bewegung dort draußen aufgefallen.

Alle drei starrten wir auf die falsche Stelle und waren völlig überrumpelt, als Nick mit einem Satz über die Kante sprang, zwischen den Kerzen stehenblieb und vornübergebeugt nach Atem rang.

»Was ist los?«

»Ist was passiert?«

»Wo ist Maree?«

Ich glaube, wir bestürmten ihn alle auf einmal, aber

Nick antwortete mir. »Wartet – wartet bei der Brücke. Sie ist okay. Lebendiger.« Er japste nach Luft, und es dauerte eine Minute, bevor er weitersprechen konnte. »Da ist diese Brücke, und davor stehen ein paar echt unheimliche Wächter. Sie wollen uns nicht hinüberlassen, weil wir irgend etwas nicht mitgebracht haben. Wir sollen umkehren und nach der fehlenden Strophe suchen. Also, hier bin ich.«

»Verflucht!« sagte Will. »Die fehlende Strophe? Wer ...«

»Zinka!« Ich sprang auf und erschreckte die Entenküken. »Ich werde versuchen, sie zu finden.«

»Und die Kerzen?« fragte Rob.

»Ja, die Kerzen«, wiederholte Nick, der auf dem Pfad kniete wie ein ausgepumpter Marathonläufer.

Sie hatten recht. Mit jeder Minute, die verging, während wir nach der fehlenden Strophe forschten, brannten die Kerzen weiter herunter. Und wir konnten nicht wagen, sie auszulöschen, solange Maree sich noch da draußen befand. »Angenommen«, meinte ich, »wir würden alle auslöschen, bis auf die beiden an der Schwelle der Straße? Will, was meinst du? Wäre das genug, um die Straße zu erhalten?«

»Könnte funktionieren. Ich übernehme das, und du suchst Zinka.«

Kaum hatte er ausgesprochen, war ich schon auf halbem Weg zum Lift, den Whites Aktivitäten um noch vier Ecken weiter weg verschoben hatten. Die Fahrt nach unten war eine Geduldsprobe, die Kabine senkte sich ruckelnd und stockend, und im zweiten Stock war Endstation. Ich spürte Zinkas Aura im Parterre, aber die Zeit war zu kostbar, um mit dem Aufzug herumzumurksen. Ich nahm die Treppe.

Auf dem ersten Absatz hörte ich schon lautes Stimmengewirr und Gesang; als ich die Feuertür aufriß, um ins Parterre hinunterzulaufen, bot sich das dazugehörige Szenario meinen Blicken dar. Der Maskenball war in vollem Gange, die Stimmungswogen gingen hoch. Die Treppe war in ihrer gesamten horizontalen und vertikalen Ausdehnung von den Feiernden in Beschlag genommen, die sich begeistert, trunken, ausgelassen und stellenweise ausschweifend dem Vergnügen hingaben. Es sah aus, als hätten sie alle viel Spaß.

Auf der obersten Stufe der Treppe, erhaben über die menschliche Komödie, thronte einsam Kornelius Punt. Als ich neben ihn trat, prostete er mir ernsthaft mit einem Zahnputzglas zu. »Ich versuche«, erklärte er, »zu erkennen, wo auf diesen Stufen die einen Körper anfangen und die anderen aufhören, jedoch ohne Erfolg.«

»Ein ziemliches Gewühl«, stimmte ich zu. Ich schaute auf das ausschweifende Treiben hinunter und dann auf ihn. Einer der Gründe, weshalb ich geglaubt hatte, Punt könnte sich zum Magid eignen, war gewesen, daß er den Eindruck vermittelte, Welt und Menschen aus einer gewissen Distanz zu beobachten. In Wirklichkeit war er nur ein Voyeur. Ich war derjenige, der sich distanzierte, und weder war es notwendig für einen Magid, noch war es richtig. Im Gegenteil, deshalb hatte ich vielleicht so viel falsch gemacht. »Warum stürzen Sie sich nicht ins Vergnügen?« fragte ich Punt.

»Ich ziehe es vor, mich von der Menge abzusondern«, erwiderte er. »Sehen Sie in mir einen Anwärter auf den ›Absonderung des Jahres‹-Preis.«

Zinka befand sich irgendwo weiter unten auf der Treppe. »Sie werden ihn wahrscheinlich gewinnen«, sagte ich zu Punt. Dann machte ich mich an den diffizilen Abstieg. Mit einer Hand tastete ich mich an der Wand entlang, während ich die Füße zwischen Schenkel und Arme setzte oder unter Hände und Schultern zwängte. Hie und da entlockte ich jemandem einen Schmerzensschrei. Ich stieß etliche Gläser um und eine Flasche mit dem hochprozentigsten Rachenputzer, der mir je untergekommen war. Die Dämpfe trieben mir die Tränen in die Augen, aber die sechs Leute, die sich daneben zusammengeknäuelt hatten, zeigten keinerlei allergische Reaktionen. Ich entschuldigte mich, doch der einzige Kommentar von ihrer Seite bestand darin, daß einer sagte: »Verdammt, ich glaube, der Teppich löst sich auf!«, und alle lachten. Eine Hand reckte sich aus dem Gewoge von Leibern und reichte mir ein randvolles Glas Rum. Als ich es höflich entgegennahm, erkannte ich die narbige Pranke des Hexenhassers Gabrelisovic. Nein, danke, lieber nicht. Zwei Stufen tiefer drückte ich das Glas in eine andere Hand, die aus einem Nest verknoteter Beine zum Vorschein kam. Vielleicht gehörte sie Tansy-Ann Fisk. Etwas darunter lag ein beeindruckend langer und wohlgestalter Jüngling über wenigstens acht Stufen hingestreckt; er war nur mit einem Lendenschurz bekleidet und schien zu schlafen. Mehrere weibliche Wesen hatten ihn in Abschnitte aufgeteilt und ließen es sich angelegen sein, mit Filzstiften bewaffnet an ihm Körperkunst zu üben. Zwei malten eine strahlende Sonne in Rot und Gelb auf seine Brust, seine Arme erhielten links Herzen und Anker und rechts geometrische Muster. Zinka verzierte seinen Oberschenkel mit liebevoll gezeichneten Weinranken. Sie trug ein Gewand aus schlüpfrigem Seidensatin in fließenden Rosétönen, das die Neigung hatte, äußerst verführerisch von ihrer weichgerundeten Schulter zu gleiten, und war völlig in ihr Tun vertieft. Während die anderen Mädchen nur spielten, war Zinkas Ranke dazu bestimmt, ihr diesen jungen Adonis zu späterer Stunde in die Arme zu führen.

Es tat mir leid, ihr den Spaß zu verderben, aber die Kerzen brannten nicht ewig. Ich bückte mich und legte die Hand auf ihre warme, nackte Schulter. »Zinka, tut mir leid, aber ...«

Sie zuckte zusammen und hob den Blick. »O Gott, ein Notfall, richtig? Kannst du mir noch einmal verzeihen? Ich hatte mir vorgenommen nachzufragen, ob alles in Ordnung ist, bevor ich ... Ich wußte, es ist etwas im Busch. Komm mit.«

Sie stand auf, nahm meine Hand und zog mich hinter sich her die Treppe hinunter. Ich wäre lieber nach oben gegangen, aber unten war näher und einfacher. Wir arbeiteten uns an einer recht extremen Orgie vorbei und zwängten uns dann durch eine Reihe von zehn Leuten, die auf der untersten Stufe schunkelten und sangen. Zu guter Letzt suchten wir uns zwischen Gläsern und Flaschen einen Weg zu einer freien Stelle bei der Feuertür.

»Laß hören«, forderte Zinka mich auf.

Ich konnte spüren, daß Kornelius Punt da oben auf den Zinnen seines Elfenbeinturms wieder den Trick der selektiven Stimmenverstärkung anwandte. Zinka merkte es ebenfalls. Sie schaute zu ihm hinauf, dann mit gerunzelter Stirn mich an, und beide schickten wir ihm die Illusion einer anderen Unterhaltung – zweier anderer Unterhaltungen. Wir waren zu sehr in Eile, um sie zu koordinieren. Die Da Oben allein wissen, was für ein sinnloses Gerede bei Punt ankam.

»So ungefähr sieht es aus«, sagte ich und gab Zinka einen kurz zusammengefaßten Überblick über die bisherigen Ereignisse.

»Babylon!« Sie schüttelte den Kopf. »Liebe Güte, Rupert! Du hättest mich schon vor *Stunden* rufen sollen. Hier erst einmal meine Strophe ...«

Neben uns wurde die Tür aufgerissen, Mervin Thurless trat hindurch und richtete einen Blick unsäglichen Abscheus auf die wogende Treppe. »Was für ein unwürdiges Spektakel«, bemerkte er an uns gewandt, als glaubte er, wir wären dafür verantwortlich. »Und die Aufzüge streiken. Wie zum Teufel soll ich nach oben kommen?«

»Schrecklich«, stimmte ich pflichtschuldigst zu, weil mir einfiel, daß ich ja angeblich ein Fan von ihm war.

»Nur Mut«, meinte Zinka, »Sie müssen sich durchkämpfen. Ellenbogen, Fußtritte – die Leute sind alle viel zu betrunken, um es zu merken.« Während sie mich in die entgegengesetzte Richtung schob, durch die Tür ins

Treppenhaus, fügte sie hinzu: »Manche wenigstens. Mit etwas Glück treten andere zurück!«

Vor den Aufzügen, wo einigermaßen Ruhe herrschte, blieben wir stehen. »Schon gut«, beruhigte sie mich, als ich besorgt zurückschaute. »Ich habe Thurless den Befehl gegeben, die Treppe hinaufzusteigen, und wir haben ohnehin hier unten zu tun. Meine Strophe schickt uns in die Küche:

Was nehme ich mit nach Babylon?
Salz und Korn, wie's gebührt,
Wasser, dann Wolle, die wärmt unterwegs,
und eine Kerze, die dich führt.
Drei Gaben nutze und vergeude sie nicht,
dann gelangst du hin bei Kerzenlicht.«

»Aber *natürlich*!« Ich hätte mir ein Monogramm in den Bauch beißen können. »Die Elemente des Lebens! Daß ich daran nicht gedacht habe!«

»Also suchen wir die Küche.« Im Laufen sagte Zinka atemlos: »Kerzen habe ich reichlich. Wolle ist kein Problem. Wasser auch nicht. Schwierig wird es mit dem Getreide.«

Nach einigem Herumirren in den hinteren Regionen des Hotels gelangten wir durch Flügeltüren aus Edelstahl in ein Panorama von Edelstahlgeräten, die nach unterhalb der Siedegrenze gehaltenem Fett rochen. Ich überließ Zinka die Führung. Jeder Magid hat ein spezielles Gespür für seine oder ihre eigenen Geheimnisse, und außerdem war das einzige menschliche Wesen weit und breit ein müde aussehender Bursche mit hoher weißer Mütze. Er würde eher Zinka einen Gefallen tun als mir.

Sie sprach ihn sofort an.

»Wir brauchen sehr dringend etwas mit ganzen Körnern«, sagte sie. »Haben Sie vielleicht irgendwelches ungemahlenes Getreide?«

»Müsli?« schlug der verdutzte Koch vor.

»Zu viele Beimischungen. Weizen oder Hafer oder Gerste als ganzes Korn – so etwas suchen wir.«

Er tat sein Bestes, der Ärmste. Seine erste Auswahl umfaßte ein Päckchen Tiefkühlmais, eine Tüte Vollkornmehl und einen Karton Haferflocken. Zinka lächelte zu ihm auf, betörend und satinumschmeichelt, und bat ihn, es noch einmal zu versuchen. Er präsentierte ungeschälten Reis. »Im äußersten Notfall könnten wir damit zurechtkommen«, meinte Zinka, »aber wir brauchen *europäisches* Getreide, wenn irgend möglich.« Er brachte Sesamkörner und Kreuzkraut, Mehrkornbrot und Pumpernickel. Zinka nahm ihn freundlich bei der Hand und sie entschwanden zu einer Inspektion der Schränke.

Während sie beschäftigt waren, fand ich in einer Schublade Plastiktüten. Auf einem Regal neben der Tür standen reihenweise Menagen, und ich leerte unverfroren die kleinen Salzstreuer, bis ein Beutel voll war. Dann, nahezu in Panik wegen der Kerzen, die in meinem Zimmer unaufhaltsam niederbrannten, suchte ich mir ein großes Sieb und machte mich daran, die Haferflocken auszulesen. Die meisten Körner waren zerquetscht, doch ich hatte ein paar Gramm unversehrten Hafer gesammelt, als Zinka mit einer Blechdose wiederkam, drinnen ein spärliches Gerappel von Weizenkörnern, die, wie der Maitre brummig bemerkte, von der Außenseite von irgendwas stammen mußten.

»Oh, gut«, lobte sie meine Eigeninitiative. »Wenn wir deine und meine Ausbeute zusammenschütten und mit Kreuzkraut und Sesam und etwas Reis auffüllen, müßte es knapp für zwei Handvoll reichen. Danke, Maitre, ich liebe Sie. Komm, Rupert.«

Wir hasteten mit unseren Plastiktüten zurück ins Treppenhaus.

»Ich weiß nicht genau, was mit dem ersten Aufzug los ist«, japste Zinka, »aber ich fürchte, die Macken von dem hinteren sind meine Schuld – und deine. Wenn du eine Stasis aufbaust, machst du keine halben Sachen, das muß man sagen. Ich konnte sie nur teilweise rückgängig machen.«

»Das ist alles?« Mir fiel ein Stein vom Herzen. Die Aussicht, mich noch einmal durch das Festgetümmel kämpfen zu müssen, hatte mich nur mit mäßiger Begeisterung erfüllt. Hingegen war es eine Kleinigkeit, die Reste meiner Stasis aufzuheben, und schon trug uns der Lift nach oben. Im dritten Stock wartete ich in der Kabine, während Zinka die rosigen Röcke raffte und zu ihrem Zimmer lief, um die Kerzen zu holen.

Das Warten war eine Zerreißprobe für meine Nerven. Meine Uhr behauptete, daß erst eine halbe Stunde vergangen war, aber ich traute ihr nicht. In mir verstärkte sich die Ahnung eines Unheils, doch ob sie sich auf etwas bezog, das in meinem Zimmer zwei Etagen höher passiert war, oder auf Maree, die allein und schutzlos in einem Reich der Schatten auf Nicks Rückkehr wartete, konnte ich nicht sagen. Ich wünschte mir nur, Zinka möge sich beeilen.

Um ihr Gerechtigkeit widerfahren zu lassen, sie tat es. Kaum zwei Minuten später kam sie von der anderen Seite zurückgelaufen, die Arme voller Kerzen – echtes Bienenwachs, man roch den Honig –, und berichtete mir außer Atem, der Nodus spielte jetzt völlig verrückt, und ihr Zimmer läge nun gleich hinter *dieser* Ecke. Ich drückte die 5, und wir schossen nach oben.

Zunehmende Nodusaktivität, dachte ich. Gram Whites Spuren. Mir fiel etwas ein.

»Übrigens«, sagte ich, als wir die vierte Etage passierten, »wer von ihnen hat nach deiner Meinung welchen Mord begangen? Sie waren beide beteiligt, da bin ich sicher. Für einen allein wäre die Zeit zu knapp gewesen.«

»Leuten die Kehle durchschneiden ist nicht die Art, wie Frauen morden«, antwortete Zinka entschieden. »Sie hat geschossen.«

Das paßte ins Bild. Wer immer geschossen hatte, hatte sich Zeit gelassen, als wäre er/sie nicht sonderlich geübt im Umgang mit der Waffe, wohingegen Gram White, Inhaber einer Fabrik für Handfeuerwaffen, bestimmt ein Experte war. »Danke. Dann ist er der Gefährlichere von den beiden.«

»Laß dich nicht täuschen. Meiner Meinung nach ist sie das reine Gift.«

Die Tür glitt auf. Wir stürmten hinaus und liefen den Flur entlang. Bogen um eine Ecke. Und noch eine und noch eine.

Endlich der richtige Flur, meine Zimmertür halb offen und Will, der gebückt und mit wedelnden Armen Jagd auf ein wild hin und her wetzendes Entenküken machte. Dahinter, fast am Ende des Flurs und sich entfernend, Gram White und Janine, die Nick zwischen sich führten.

Kapitel 21

Rupert Venables, Fortsetzung

Zinka und ich blieben stehen und schauten uns an. »Jemand hat hier draußen einen Bann gewirkt«, sagte sie. »Ich kann es spüren.«

Allerdings, ich fühlte es jetzt auch. Das also hatte White getan, als ich ihn nach unserem Wortwechsel durch die geschlossene Tür draußen murmeln hörte. Ich hätte den Bann spüren müssen, als ich aus dem Zimmer lief, aber ich war zu sehr in Eile gewesen. Wieder gepatzt. Ich fluchte. Der Zauber hatte darauf abgezielt, Nick aus meinem Zimmer zu locken, sobald die Tür sich das nächstemal öffnete. Will berichtete uns, was passiert war, nachdem er das Küken zurück ins Zimmer gescheucht hatte und sich aufrichtete, mit rotem Gesicht und verständnislos.

»Ich dachte, die verdammte Tür wäre zu«, sagte er, »aber du mußt sie einen Spalt offen gelassen haben.«

»Nein, habe ich nicht. Gram White hat sie mit einem Zauber belegt.«

»Verstehe.« Will fuhr sich nach Dakros' Manier mit beiden Händen durch das wollige Haar. »Ich konnte es mir nicht anders erklären. Alle beide Küken sind entwischt. Nick und ich waren hier draußen, um sie einzufangen, als diese beiden anmarschiert kamen. Und sie sagte: »Komm mit, Nick, ich brauche dich«, und ihm ist scheinbar keine plausible Ausrede eingefallen. Er hat nicht einmal palavert, sondern ist einfach mitgegangen.«

Am Ende des Flurs bogen Gram, Nick und Janine um eine Ecke und entzogen sich damit unseren Blicken.

»Da kann man nicht viel tun«, meinte Zinka. »Leider *ist* sie nun mal seine Mutter. Also, was nun? Du hast da drin eine erst halb zu Ende gebrachte Gramarye – das darf nicht so bleiben.«

Mir fiel nur eine Lösung ein. »Ich werde gehen. Wenn ihr die Straße offenhalten könnt.«

Das hatte ich von Anfang an tun wollen. Ich konnte es kaum fassen, als Will und Zinka beide streng den Kopf schüttelten. »Es war *deine* Gramarye, Rupert«, sagte Zinka und Will fügte hinzu: »Du kannst nicht von außen einen Zauber wirken und dann von innen erfüllen. Bestimmt erinnerst du dich: Das ist eine der ersten Grundregeln, die Stan uns beigebracht hat.«

Zinka nickte ernst. »Auf diese Weise sind Magids verlorengegangen.«

»Aber Rob hat sich angeboten«, verkündete mein Bruder, als wäre es ein Trost. »Er wollte ohnehin Nick begleiten, wenn er zurückgeht. Ich malte ihm gerade aus, ihm auszumalen, wie gefährlich es ist, in eine Gramarye mittendrin neue Elemente einzubringen, als diese verflixten Küken ausgebüxt sind.«

»Mittlerweile steht sowieso alles auf dem Kopf!« schnappte ich und stürmte ins Zimmer.

Drinnen warteten neue Schwierigkeiten.

Auf dem bißchen freien Platz zwischen der kerzengesäumten Straße und meinem Bett stand Rob und stützte sich schmerzerfüllt mit einer Hand auf den Nachttisch. Mit der anderen Hand zeigte er auf die Straße. »Ich konnte sie nicht aufhalten! Ich war zu langsam!« sagte er.

Ich folgte der Richtung seines Fingers und sah die beiden Entenküken zwischen den beiden einzigen brennenden Kerzen hindurchwatscheln, über die magische Schwelle hinweg und den Abhang hinunter. Ich gestehe, mein erster Gedanke war: »Die sind wir los!« Gleich danach kam die Sorge, was diese Störung für die Gramarye bedeuten mochte. Will und Zinka, die hinter mir hereinkamen, sahen gerade noch die beiden Tierchen über die Kuppe trippeln und verschwinden.

»O nein!« seufzte Will.

Zinkas Blick wanderte über die düstere Landschaft, die sich in einem absurden Winkel an mein ganz gewöhnliches Hotelzimmer anschloß. Ich konnte sehen, daß sie beeindruckt war, doch sie äußerte lediglich: »Unser Mr. White hat uns sogar mehr Schwierigkeiten gemacht als geplant, nicht wahr? Ich glaube nicht, daß du sie jetzt noch zurückholen solltest, Rupert. Was hast du vor?«

»Wir machen trotz allem weiter«, sagte ich. »Maree wartet da draußen.«

»Das heißt dann wohl«, meinte Rob, »ich muß für Nick einspringen.«

Will und Zinka schoben sich neben den Frisierhocker vor dem Badezimmer. Ich schloß die Tür, und wir alle schauten Rob an, Zinka mit unverhohlenem lasziven Wohlgefallen. Kein Wunder. Selbst krank und blaß, mit struppigem glanzlosen Fell, bot Rob einen prachtvollen Anblick. Er belastete vorsichtig alle vier Hufe. »Ich schulde Maree etwas. Sie kann sich nicht allein helfen. Und ich habe nachgedacht. Ich begreife, daß ich großen Schaden angerichtet habe, und ich will versuchen, etwas davon wieder gutzumachen.«

»Er ist als Magier ausgebildet«, meinte Will.

»Aber du bist krank!« wandte ich ein. Ich hoffte immer noch auf eine günstige Fügung, die es mir ermöglichte, selbst zu gehen.

»So schlimm ist es nicht.« Ein Ausdruck heldenmütigen Leidens verklärte die edlen Züge. »Wenn ich Schmerzen habe, geschieht es mir wahrscheinlich recht, nicht wahr?«

»Ich denke, er ist der Richtige«, sagte Zinka entschieden. »Er fügt sich in das Muster ein.«

Danach konnte ich keine Einwände mehr erheben. Die beiden Kerzen am Rand der dunklen Landschaft waren fast zu einem Drittel heruntergebrannt; wir hatten genug Zeit vergeudet. »Was muß er mitnehmen?« fragte ich Zinka.

»Wasser. Ich sehe da vier leere Fläschchen, die man füllen kann. Was die Wolle angeht . . .«

»Ich habe einen Kaschmirpullover.«

»Dann solltest du ihn aufrebbeln.«

»Ich soll *was*?«

»Der Text vermittelt den Eindruck, daß unverarbeitete Wolle gemeint ist«, erklärte sie. »Eine Docke, ein Strang, du weißt schon.«

Will stand in der Badezimmertür, die Fläschchen in der Hand, und lachte über den Ausdruck auf meinem Gesicht. »Keine Sorge.« Er kramte in seiner Jackentasche und zog eine Faust voll flaumiger weißer Ziegenwolle heraus. »Brauchbar?« fragte er Zinka.

»Perfekt.«

Der Rest unserer hastigen Vorbereitungen mußte in den Flur verlegt werden, bei geschlossener Tür war am Beginn der Straße für Rob nicht genug Platz. Er mußte mit einem abgezirkelten Sprung über das erste Kerzenpaar hinwegsetzen und wäre beim Aufkommen fast mit der linken Vorderhand eingeknickt, weil der Schmerz wohl stärker war als erwartet. Dann stakte er durch die Tür und hinaus in den Korridor, wo er kehrtmachte und am Beginn der Straße Aufstellung nahm. Zinka reichte ihm eine Kerze und Wills Gürteltasche, in der die wassergefüllten Fläschchen klapperten, obwohl sie in die Ziegenwolle eingepackt waren.

»Deine Ausrüstung«, sagte sie und legte ihm den Gürtel liebevoll um die Taille, während ich ungeduldig mit dem Feuerzeug und Salz und Korn bereitstand. »So, fertig. Komm gesund wieder, Rob. Du bist ein zu attraktiver Bursche, um dich zu verlieren.«

Rob hatte nach vorn geschaut, äußerst angespannt und entschlossen, aber bei diesen Worten warf er seine schwarze Haarmähne zurück und wandte Zinka das Gesicht zu. »Findest du?« fragte er. Seine ganze Haltung wurde amourös. Zinkas ebenfalls.

Ich knirschte heimlich mit den Zähnen, doch bevor ich etwas sagen konnte, hörte ich Schritte; jemand kam den Flur entlanggelaufen, auf uns zu. Es war Nick, der in vollem Lauf gegen mich prallte und sich an mir festhielt. »Großartig!« schnaufte er. »Rob kommt mit.«

Wir alle starrten ihn an. »Ich dachte, deine Mutter ...« sagte Zinka.

»Ich habe ihr gesagt, ich würde mich ins Bett legen und schlafen«, erklärte Nick. »Das war alles, was sie von mir wollte. Okay, Rob. Von mir aus kann's losgehen.«

Will und ich schauten uns an und grienten bei der Erinnerung, wie raffiniert Nick seiner Mutter schon einmal ausgewichen war.

Ich hatte Nick Korn und Salz in die Hand geschüttet, während Zinka ihm eine Kerze in die andere drückte, und wandte mich Rob zu, als ich glaubte, wieder Schritte zu hören. Ich drehte mich um. Gram White bog um die Ecke, höchstwahrscheinlich war er Nick gefolgt. Ich sah ihn zuerst als Spiegelbild, wie er unter seinem Gewand zur Achsel griff – eine Bewegung, die nur bedeuten konnte, daß er eine Waffe zog.

Plötzlich schien alles in Zeitlupe abzulaufen. Ich hatte Muße, um zu überlegen, daß wir auch für ihn sichtbar waren, wenn ich ihn in den Spiegeln sehen konnte. Und Rob würde derjenige sein, auf den er zuerst schoß. Ohne jede Hast stellte ich die Plastiktüten ab und errichtete eine starke Barriere quer durch den Korridor. Dann schaute ich zum entgegengesetzten Ende, für den Fall, daß von dort Janine auftauchte. Aber Gram White war allein.

Er kam um die Ecke und feuerte. Gezielt hatte er, nehme ich an, auf Robs Kopf. Der Knall des Schusses und das Krachen des Rückpralls erschütterten Fußboden, Mauern, Luft, alles. Wenigstens etwas hatte ich richtig gemacht! Ein großer Fladen Verputz löste sich aus der Decke und brach auf dem Fußboden in Stücke.

»Schnelle Arbeit«, bemerkte Will, etwas blaß um die Nase.

Bevor White Gelegenheit hatte, ein zweites Mal zu feuern, marschierte Zinka den Flur hinunter auf ihn zu und zermalmte den heruntergefallenen Verputz unter ihren Füßen zu Staub. »Gram White!« sagte sie. Ihre Stimme hallte ebenso laut wie der Schuß. Statt kleiner zu werden, als sie sich von uns entfernte, schien ihre rosige Gestalt zu wachsen. White wich unwillkürlich Schritt für Schritt zurück. »Gram White!« wiederholte sie. »Noch ein solcher Streich, und ich werde dafür sorgen, daß du bedauerst, je geboren worden zu sein!«

Sie war großartig, aber wir mußten uns den Genuß, Zeugen des Duells zu sein, versagen. In aller Eile füllte ich Robs ausgestreckte Hand mit Korn und Salz und verstaute den Rest in der Gürteltasche, dazu eine Kerze für Maree und mein Reservefeuerzeug. Will zündete derweil Nicks Kerze an und die von Rob. Anschließend eilten wir in mein Zimmer, zu der Wand, wo die Straße begann, um ein zweites Mal die Doppelreihe der Kerzen zu entzünden und die Strophen aufzusagen. Weil die Magie bereits wirkte, brauchten Nick und Rob nicht warten, sondern machten sich sofort auf den Weg. Ich erinnere mich, daß ich zwischen dem dritten und vierten Kerzenpaar den Kopf hob und sie vorbeigehen sah, beide im Profil und sich wahrhaftig ähnlich wie Brüder, nicht allein in dem klassischen Schnitt ihrer Züge, sondern auch, was den Ausdruck anging. Auf beiden Gesichtern zeigte sich feste Entschlossenheit, und bei beiden fragte man sich, wie lange sie vorhalten mochte. Robs Wille ließ sich vielleicht von Schmerzen nicht erschüttern, doch er war jemand, der stets und überall versuchte, den Weg des geringsten Widerstandes zu gehen. In bezug auf Nick hatte ich meine Zweifel, wenn es darum ging, daß man von ihm forderte zu verzichten, die Interessen eines anderen über die eigenen Wünsche zu stellen. Und eine sichere Vorahnung sagte mir, daß beide dort draußen an ihren persönlichen Scheideweg gelangen würden, um entweder ihre Schwäche oder ihre Stärke zu beweisen.

Wir hatten Wills Strophe beendet, als zu meiner Erleichterung Zinka wiederkam, triumphierend und gerade rechtzeitig, um ihre Strophe aufzusagen. Sie schloß die Tür und lehnte sich dagegen, während wir gemeinsam deklamierten. Mittlerweile waren Nick und Rob am Fuß des Abhangs zu sehen, zwei dunkle Gestalten und zwei Lichtpunkte auf dem Weg durch die Senke zum nächsten Hang. Sie kamen gut voran. Wir folgten ihnen mit den Augen diese Steigung hinauf und spähten weiter nach ihnen aus, bis deutlich wurde, daß der Schein ihrer Kerzen nicht mehr bis zu uns reichte. Es war dunkel dort draußen.

»Also gut«, meinte Zinka. »Ich habe uns White für den Moment vom Hals geschafft, aber bestimmt nicht auf Dauer, deshalb werde ich Folgendes tun: Irgendwo auf dieser Etage steigt eine Party. Ich wollte nicht hingehen, weil Thurless mich eingeladen hat, aber ich denke, nun gehe ich doch. Ich werde bis zum Morgen bleiben und Wache halten. Falls White wieder auftaucht oder sonst etwas passiert, braucht einer von euch mich nur zu holen, oder ruft Zimmer 509 an. Okay?«

»Bevor du dich ins Vergnügen stürzt«, sagte ich, »würde es dir etwas ausmachen, Nicks Zimmer für uns zu überprüfen? Mir gefällt nicht, daß seine Mutter ihn hinschicken wollte.«

»Gute Idee.« Zinka ging, und ich sagte zu Will: »Wir sollten riskieren, die Kerzen wieder auszulöschen und wie vorhin nur die beiden letzten brennen zu lassen. Sobald diese ausgehen, zünden wir die nächsten an. Auf diese Weise haben wir neunmal so lange davon.«

Will rieb sich das Gesicht, während er überlegte. »Der einzige Haken dabei ist, daß jemand sie im Auge behalten muß, um rechtzeitig das nächste Paar anzuzünden.«

»Ich wollte ohnehin wachbleiben und aufpassen.«

»Wenn das so ist, können wir uns darauf einigen, daß ich eine Mütze voll Schlaf nehme? Ich bin bei Tagesanbruch aufgestanden, um die Ziegen zu melken.«

»Keine Einwände.«

Also kroch Will gewaltig gähnend, unter meine stellenweise blutige Decke und war fast augenblicklich eingeschlafen. Er rührte sich nicht einmal, als Zinka wieder hereinkam.

»Du hattest recht«, berichtete sie. »Und ich dachte schon, du würdest wieder überall Gespenster sehen. Nichts für ungut. In dem Zimmer hing ein wirklich starker Hörigkeitsbann. Und ich meine *stark*, selbst ein kleiner Egoist wie dein Freund Nick würde nach fünf Minuten in diesem Zimmer alles tun, was die beiden von ihm verlangen. Ich habe ihn unschädlich gemacht, aber äußerlich so belassen, daß man glaubt, er wäre immer noch aktiv. Ist das in deinem Sinne?«

»Ja. Danke dir, Zinka. Außer – hat er einen Computer?«

»Einen niedlichen kleinen Laptop. Aber mit Computern kenne ich mich nicht aus.«

»Ich werde morgen einen Blick darauf werfen.« Ich seufzte. Nach meiner Erfahrung mit Marees Computer konnte man davon ausgehen, daß auch mit dem von Nick etwas nicht stimmte. Die Liste der Dinge, die ich morgen zu erledigen hatte, wurde länger und länger, wie der Kassenzettel in einem Supermarkt.

Nachdem Zinka sich zu ihrer Roomparty begeben hatte, drehte ich den Frisierhocker mit der Lehne zur Tür und klappte den Rollstuhl zusammen, denn mir war eingefallen, daß der – bequemere – Rollstuhl nach vorn geschoben werden konnte, zwischen die Kerzenreihen, sollte jemand wie Zinka, für den Schlösser kein Hindernis darstellten, plötzlich hinter mir ins Zimmer kommen. In so einem Fall wurde ich ohne eigenes Wollen oder Zutun mitten in eine Gramarye hineinbefördert, die ich von außen steuern sollte. Zinka und Will hatten nicht übertrieben, was die damit verbundenen Gefahren anging. Wäre es nicht um Maree gegangen, hätte ich nicht im Traum daran gedacht, selbst in das Schattenland zu gehen.

Ich knipste das Licht aus und ließ mich auf dem Frisierhocker nieder. Aus der Dunkelheit ins Dunkel schauend – die beiden Kerzen brannten nur mit einem schwachen Glimmen –, konnte man die Szenerie da draußen etwas deutlicher erkennen. Es sah aus, als hätte jemand mit grausilbernem Airbrush die Andeutung einer hügeligen Hochmoorlandschaft auf schwarzes Papier gestäubt, durchzogen von dem schimmernden Band eines vielfach gewundenen Weges. Weit, weit entfernt, in der Tiefe des Bildes, eine Ahnung von irgendwas, aber ich konnte nichts wirklich erfassen. Ich konnte nicht hingehen. Sinnlos zu spekulieren, wie es den drei Reisenden dort draußen erging. Ich mußte mich darauf beschränken, die Straße zu erhalten und die Kerzen zu hüten.

Nach einer Weile machte die Party sich akustisch bemerkbar, wenn auch gedämpft durch die Schutzwälle um mein Zimmer. Ich war froh darüber. Ganz unmerklich war ich in den Sog genau der Gedanken geraten, die ich mir vorgenommen hatte, nicht zu denken, und der ausgelassene Radau half. Er erinnerte mich daran, daß es außerhalb dieses Zimmers Leben gab. Ich dachte an Rob, leichtblütiger, labiler junger Kentaur mit einem zur Gewohnheit gewordenen ›Ich bin klein, mein Herz ist rein‹-Gehabe. Rob erwartete, daß Erwachsene mit ihm schimpften. Nach meiner Einschätzung war ihm das lieber, als einen Fehler einzusehen und sich selbst die Schuld geben zu müssen, doch falls irgend möglich, würde er sich natürlich vor beidem drücken. Unschuldig lächelnd, selbstverständlich. Vielleicht lag es an der Erziehung durch dieses grimmige, granitene Standbild Knarros. Wills Vorhaltungen hatten Rob beschämt und zu einer großen Geste verführt, doch Knarros hatte Will gegenüber einen Vorsprung von vielen Jahren. Falls die Reise tatsächlich mit Schwierigkeiten gespickt war, wie das Gedicht vermuten ließ, stand für mich fest, daß Rob als erster aufgeben würde.

Anschließend versuchte ich mir über Nick klarzuwerden. Nicks Persönlichkeit schien mir tiefer, stärker und komplexer zu sein als Robs. Wenn Nick sich aus dem Staub machen wollte, kündigte er es nicht vorher an, wie Rob es tat. Er verschwand einfach. Darin war er, nahm ich an, ziemlich radikal, wie überhaupt in der Durchsetzung dessen, was er wollte. *Was* Nick wollte, wirklich wollte, entzog sich meiner Kenntnis – ganz sicher war es nicht die Krone eines Kaiserreichs –, denn Nick besaß tief innen einen dunklen, geheimen Kern. Gut möglich, daß er momentan selbst noch nicht genau wußte, was sich darin befand, doch seinem Instinkt folgend setzte er sich ab, wann immer dieser Kern bedroht wurde. Er würde es auch diesmal tun, dessen war ich sicher. Rob und Nick hatten beide ihres Vaters Egozentrik geerbt, dieselbe Egozentrik, die Timos dazu veranlaßt hatte, dieses ganze Tohuwabohu zu inszenieren.

Maree schien mir von diesem Charakterzug verschont geblieben zu sein – eins der Dinge, die ich an ihr zu lieben gelernt hatte. Ich wünschte mir sehr, hoffen zu dürfen, daß es Eigenschaften gab, die sie an mir sympathisch fand, doch bei einem spontanen *Erkenne dich selbst* fiel mir keine ein.

Lieber versuchte ich eine Analyse von Maree, rigorose, unglückliche kleine Kämpferin, die sie war. Sie konnte den Dingen auf den Grund sehen, ich fragte mich nur, ob sie auch jemals auf den Grund ihrer Seele schaute. Es konnte sein, daß sie in dieser Hinsicht zu wenig selbstsüchtig war. Menschen, die ihre eigene Person als sakrosankt betrachten – wie Nick und sein Vater, Timos IX. –, wissen, wann es sich lohnt zu kämpfen und wann nicht. Ich bezweifelte, daß Maree es wußte. Ihr war zuzutrauen, daß sie sich da draußen für eine Nichtigkeit opferte. Oder daß sie unterlag, weil sie sich nicht verteidigte, wo es angebracht war. Nachdem sie schon durch den Verlust einer Hälfte ihres Selbst geschwächt war, konnte jede weitere Beanspruchung verhängnisvoll sein …

Wie gesagt, ich war froh, daß das Grölen und die ferne

Musik sich in mein Bewußtsein drängten. Ich unternahm eine energische Anstrengung, meine Gedanken in eine andere Richtung zu lenken.

Janine und ihr Bruder Gram White und ihre Umsturzpläne ... Vor langer Zeit mußte Janine Timos IX. irgendwie überredet haben, sie mit ihrem eigenen Sohn und Maree ins Exil gehen zu lassen, in eine fremde Welt, wo Janine offenbar sehr bald Ted Mallory heiratete und es so einzurichten wußte, daß Maree von dem Bruder ihres Mannes, Derek, adoptiert wurde. Der Kaiser ließ sie gehen. Sie war nur eine Gespielin, und jemand wie Timos, der hinter jeder Ecke eine Verschwörung witterte, mußte gewußt haben, daß sie gewisse Ambitionen hegte. Davon abgesehen, konnte die Tatsache, daß sowohl Janines Sohn als auch Maree (ebenfalls auf der falschen Seite des Bettes geboren?) älter waren als die legitimen Nachkommen, in der Zukunft peinliche Konflikte heraufbeschwören. Der Kaiser hatte sie wahrscheinlich liebend gern nach Minderwärts verschifft und die Akte geschlossen. Wie sollte er ahnen, daß, als er aus politischem Kalkül eine Schwester von Knarros zur Gemahlin nahm und sich dadurch der Loyalität des Kentauren versicherte, drei Jahre später Gram White das gleiche tat? Die Geburt des Kentauren Kris verstrickte Knarros in eine kleine Dynastie und in weitere Familienbande, diesmal mit Janine.

Nein, der Kaiser konnte nichts davon geahnt haben, oder er hätte Knarros niemals zum Instruktor seiner anderen Sprößlinge eingesetzt.

Wie ging es weiter? Janine schien sich in Geduld gefaßt zu haben, bis Nick alt genug war, um einen glaubwürdigen Kaiser abzugeben (jedoch nicht alt genug, um sich gegen sie aufzulehnen), während White lernte, Schußwaffen herzustellen und damit umzugehen. Davor mußte er eine Ausbildung als Magier erhalten haben. Beide standen wahrscheinlich in ständiger Verbindung mit Sympathisanten in Koryfos und warteten auf den richtigen Zeitpunkt für das Attentat auf den Kaiser. Als der Augenblick kam …

An diesem Punkt meiner Überlegungen durchfuhr mich wie ein Blitz eine furchtbare Erkenntnis. *Ich* hatte den Augenblick bestimmt. *Ich* hatte im übertragenen Sinn den Zünder betätigt. Ich hatte angefangen, nach Maree zu suchen. Ich hatte Janines beiden Schwägerinnen vorgemacht, ich wolle Maree in einer Erbschaftsangelegenheit sprechen; die eine mit den vielen Kindern hatte vor meinen Augen Janine angerufen und es ihr erzählt! Zusätzlich hatte ich Maree geschrieben und es Janine persönlich gesagt. Natürlich hatte sie auf den ersten Blick gewußt, daß ein Magid vor ihr stand, Bewohner von Mehrwärts haben einen sechsten Sinn dafür. Ich konnte mir vorstellen, was sie gedacht hatte. Statt »Erbschaft« nehme man »Geburtsrecht«. Da war ein Magid, der nach Maree suchte, weil Maree von den noch lebenden Nachkommen des Kaisers die älteste war. Ich hatte die Explosion ausgelöst und den Tod dieser drei Kinder verursacht, nicht zu reden von den zahllosen hingerichteten Hochstaplern im gesamten Kaiserreich!

Meine Verzweiflung machte sich in einem lauten Aufheulen Luft, so daß Will sich grunzend auf die andere Seite wälzte, ohne jedoch aufzuwachen.

Ich wollte mich verfluchen, mir die Haare raufen und an die Brust schlagen, doch ein rettender Gedanke hielt mich zurück: Die ganze Affäre Koryfos hatte von Anfang an gerochen, als wäre sie bestimmt. Mit anderen Worten, dachte ich bitter, diese skrupellosen Bastarde in der Oberen Kammer wollten, daß sich in Koryfos die Dinge in eine bestimmte Richtung entwickelten. Also initiierten sie zwei verschiedene Handlungsstränge und sorgten dafür, daß der verantwortliche Magid ein selbstgefälliger kleiner Pfuscher war. Auftritt R. Venables. Von jedermann an der Nase herumgeführt. Versagen garantiert. Bah!

Frage: Wie genau sahen die Pläne der Oberen Kammer

aus? Wollten sie wirklich und wahrhaftig Gram White als nächsten Kaiser auf dem Thron sehen? Denn darauf lief es hinaus. Janine würde eine gewisse Zeitlang als Regentin herrschen und White ihr getreu zur Seite stehen, bis er als Institution akzeptiert war. Dann brauchte nicht einmal Janine einen Unfall zu haben, es genügte, wenn Nick etwas zustieß. Bingo! Gramos I. Oder erwartete man von mir, das zu verhindern?

Langsam fühlte ich mich nicht mehr ganz so erbärmlich, weil ich so unbekümmert – mit der Hilfe von zwei lebenden Magids und dem Geist eines solchen – alle drei noch übrigen Thronerben nach Babylon geschickt hatte. Es mußten die einzigen sein – White hätte die älteren Mädchen nicht verschont, wenn sie eine Bedrohung gewesen wären. Er wußte stets, was er tat, der fabelhafte Mr. White. Nachdem er Maree entseelt hatte, leitete er die Beseitigung von Rob in die Wege. Indem er Nick aus meinem Zimmer lockte, hatte er zwei Fliegen mit einer Klappe geschlagen, denn er konnte sich ausrechnen, daß nun auch Rob früher oder später herauskommen würde und sich ihm als Zielscheibe darbot. Die nötigen Informationen bekam er von Janine. Ted Mallory hatte ihr bestimmt vom Auftauchen eines ›Kentauren‹ berichtet, wahrscheinlich hatte ihr der halbe Con von dem Ereignis erzählt. Ein guter Stratege, dieser Gram White. Um Längen besser als R. Venables auf der anderen Seite.

Trotzdem, ich hatte – ob nun aus Verzweiflung oder überlegt oder weil es bestimmt war – Maree, Nick und Rob zu dem sichersten Platz geschickt, den es für sie gab. *Wenn* man die Möglichkeit außer acht ließ, daß sie dort verlorengingen. Durch die Unterbrechung und Veränderung der Gramarye hatten sich ihre Chancen auf eine Rückkehr halbiert. Weiß der Himmel, was diese zwei Enten angerichtet hatten!

Selbst wenn alles gutging ... Hier sah ich die winzigen Kerzenflämmchen, kaum mehr als ein bläuliches Wabern um den Docht, noch einmal aufzucken, bevor sie erstarben. Gerade noch rechtzeitig gelang es mir, die nächsten beiden Kerzen anzuzünden. Da ich nicht auf den Pfad treten durfte, mußte ich im Dunkeln an der einen Seite bis zum Ende laufen, um Nummer eins anzuzünden, dann zurück, auf Zehenspitzen seitlich zwischen dem Hocker und dem Beginn des Pfades hindurch, und an der anderen Seite entlang zu Nummer zwei. Eine kleine Parabel meiner Aktivitäten bisher, dachte ich und sah zu meiner großen Erleichterung, daß sich da draußen nichts verändert hatte. Oder doch, mit dem Erlöschen der Kerzen an der magischen Schwelle schien die Schattenlandschaft nähergerückt zu sein. Der steinige Pfad und der Kamm des steilen Abhangs hatten sich weiter ins Zimmer geschoben.

Hm, dachte ich. Ich tastete mich zum Wasserkocher und machte Kaffee mehr oder weniger nach Gefühl.

Während das zweite Paar Kerzen niederbrannte, dachte ich hauptsächlich darüber nach, was zum Teufel ich Dakros sagen sollte, wenn er mich am Sonntagmorgen auf meinem Autotelefon anrief. Dakros zu enttäuschen wurde allmählich meine Spezialität. Mir war immer noch keine plausible Geschichte eingefallen, als ich das dritte Kerzenpaar entzündete und noch einen Becher Kaffee aufgoß.

Das Entzünden des vierten Paares fiel zusammen mit einem neuen Höhepunkt der Party weiter unten im Flur. Aus einem Zimmer irgendwo nebenan kam jemand heraus und forderte schimpfend Ruhe, aber wer hätte ihn bei dem Lärm hören sollen? Der Pfad erstreckte sich mittlerweile bis in die Hälfte des Zimmers, nachtdunkel und schwach fluoreszierend, und ich war froh über jede Erinnerung an die reale Welt. Ich hatte über meine Fehler nachgedacht. Nicht besonders erbaulich. Im Sitzungsprotokoll eines Therapeuten würde vermutlich stehen, daß ich ein gerüttelt Maß an Eigenliebe und Stolz auf meine Fähigkeiten als Magid mit einer kläglichen Tendenz, mich auf andere zu stützen, verbinde – Will und

Stan, zum Beispiel. Schwer zu beurteilen, ob ich die schlimmeren Fehler machte, wenn ich einen Rat befolgte oder wenn ich frisch und frei aus eigenem Ermessen handelte. Marees Ex-Mutter, Mrs. Nuttall, hatte mich wahrscheinlich ganz richtig beurteilt, auch wenn sie mich für jemand anderen hielt.

Ich wünschte, es fiele mir leichter, Beziehungen zu anderen Menschen anzuknüpfen, aber wenn ich mich auf etwas einließ, endete es damit, daß ich sie enttäuschte, und das verabscheute ich an mir.

Das fünfte Paar Kerzen zündete ich eher zu früh an, als könnte ich den Selbstzweifeln, Selbstvorwürfen entfliehen, indem ich mich bewegte, Beschäftigung suchte.

Ich setzte mich hin, und schon überfiel mich wieder der Gedanke an die drei ermordeten Kinder. Ich hätte es verhindern können. Zugegeben, ich war abgelenkt gewesen von antagonistischen Zaubern, die zu überwinden waren, und Zaubern, die ich wirken mußte, aber ich hätte nicht abgelenkt sein *dürfen*. Und falls es tatsächlich bestimmt gewesen war, hatte die Obere Kammer sich meine Achtung verscherzt. Ich sah die primitiven Sandalen der Kinder vor mir, ihr langes, nicht sonderlich gepflegtes Haar so streng in Zöpfen gefangen. Ich sah ihre angespannten, verwirrten, unwissenden Gesichter. Hinter diesen Gesichtern gab es Gehirne, die nie ermutigt worden waren zu arbeiten. Man hatte ihnen angesehen, daß ihre Gedanken in ebenso engen Grenzen gehalten wurden wie sie selbst innerhalb dieses trostlosen Mauerrings mitten in der Einsamkeit. Ein Gefängnis in zweifacher Hinsicht, für Körper und Geist, wo man jede Regung von Phantasie im Keim erstickte und ihnen die Fähigkeit nahm, sich eine größere, wärmere, buntere Welt auch nur zu denken. Es war dieselbe Geschichte wie mit Marees Onkel Ted und seinen Fensterscheiben – ich lächelte bei der Erinnerung, wie sie mir aufgebracht davon erzählt hatte, während wir die Bücherstände durchstöberten – außer, daß diese Kinder nicht bewußt den Entschluß gefaßt hatten, nur das fehlerhafte alte Glas zu sehen und nicht die Wunder dahinter. Das Glas war alles, was man ihnen gegeben hatte. Und gerade, als sich für sie eine hellere Zukunft abzeichnete, ein Weg hinaus aus dem Getto, hatte man ihrem Leben brutal ein Ende gesetzt.

Ich gebe es zu, eine Weile saß ich da und weinte stumm, wie Rob um seinen Oheim und Lehrer Knarros.

Dann dachte ich, daß wenigstens Maree nicht zu einem solchen Dasein verurteilt gewesen war. Ich war froh darüber. Es tröstete mich, an sie zu denken, und ich hoffte, sie würde mir vergeben. Wenn sie zurückkehrte – wenn, wenn, wenn –, würde sich etwas ändern, weil Maree über die Mauern hinausgesehen hatte. Sie war so ein Mensch. Wenn man sie einsperrte, würde sie sich mit zornigen Fingernageldolchen den Weg in die Freiheit ertrotzen. Auch sie war gefangen gewesen, bedrückt von der Tyrannei derselben Dornbuschgöttin, aber sie hatte sich nicht unterkriegen lassen. Ich hoffte, ihr Leben würde von nun an leichter sein, daß ich helfen konnte, es leichter, besser, schöner zu machen. Ich wünschte mir, daß sie zurückkam, mehr als alles andere in meinem Leben.

Aber die Stunden vergingen. Das fünfte Paar Kerzen erlosch knisternd, und niemand kam wieder.

Ich war im Sitzen eingeschlafen, als mich ein Geräusch weckte.

Kapitel 22 Rupert Venables, Fortsetzung

Ein Geräusch bei mir im Zimmer: leises Tappen, helles Klappern und Steinerollen. Ich war schlagartig hellwach.

Das sechste Kerzenpaar war ein gutes Stück kürzer geworden, aber noch bestand keine Gefahr, daß sie erloschen. In ihrem Schein sah ich den Pfad, der ins Zimmer reichte, die Kante des Abhangs und dahinter die stille dunkle Landschaft. Vorgebeugt, die Hände um die Ränder des Stuhls geklammert, starrte ich gespannt auf die Stelle, wo der Pfad scheinbar abbrach, weil er steil hangabwärts führte.

Wieder tappende Geräusche, langsam und gemessen, dann spazierten zu meinem fassungslosen Erstaunen zwei Vögel über die magische Schwelle, wo sie stehenblieben und sich mit glänzenden Saphiraugen umschauten. Beim Anblick des Zimmers wandten sie sich mit offensichtlicher Befriedigung einander zu und beknabberten sich gegenseitig die breiten blauen Schnäbel. Dann watschelten sie gravitätisch ins Zimmer hinein. Sie waren so groß wie Gänse und hatten Schwimmfüße, also handelte es sich um Wasservögel, aber keine mir bekannte Art. Ihr Auftauchen stellte mich vor ein Rätsel, bis der Lichtschein der Kerzen sie erreichte und die volle Pracht des blauschattierten Gefieders sichtbar wurde, von dem satten Indigo der Flügel bis zu dem zarten Himmelblau der Brust. Es waren Buktarys aus Thule, übergroße Buktarys. Nie zuvor hatte ich Enten gesehen, die so groß waren oder so gesund oder so eindeutig intelligent.

Sie kamen geradewegs auf mich zu, wetzten zum Zeichen der Freundschaft die Schnäbel an meinem Hosenbein. Dann schauten sie aus glänzenden runden Augen verschmitzt zu mir auf.

Was sagst du *dazu*? schienen sie zu fragen.

»Guter Gott!« rief ich laut. »Was sagt man dazu?«

Will wachte sofort auf. Wahrscheinlich war jetzt ohnehin Zeit zum Melken bei ihm zu Hause. »Wasn?« nuschelte er schlaftrunken. »Hat Vendela wieder Bauchweh gehabt?«

»Nein.« Ich lachte. »Deine Entenküken sind wieder da, wundersam verwandelt. Schau sie dir an.«

Will setzte sich auf, schaute, rieb sich die Augen, raspelte mit den Händen über das stoppelbärtige Gesicht und schaute wieder. »Ich kann's nicht glauben«, sagte er. »Wie sind sie so groß geworden?« Er stand auf und kam zu uns. Die Enten drehten sich um und senkten die Köpfe vor ihm, fast, als ob sie sich verneigten. »Und wie sie glänzen! Richtige Schönheiten. Und sie sehen klug aus. Ich glaube, ich werde die beiden in den engeren Familienkreis aufnehmen müssen; wer könnte es übers Herz bringen, sie zu verkaufen?«

»Ich will sie haben. Bitte, Will, ist das möglich?« Die Rückkehr der Tiere und ihre Metamorphose erschienen mir wie ein gutes Omen, deshalb wollte ich sie haben, und weil sie mich als Freund betrachteten. Und falls sich herausstellte, daß sie nicht als Glücksboten geschickt worden waren – nun, ich wollte sie trotzdem haben. Sie waren wunderschön.

»Tja, die Spezies ist auf der Erde nicht heimisch«, meinte Will zweifelnd. »Aber was soll's, sie sind ein Pärchen. Und es scheint, daß sie dich mögen. Weshalb also nicht?« Er warf einen Blick in das dunkle Land. »Sonst rührt sich nichts da draußen?«

»Nein.«

Er betrachtete mich und die restlichen Kerzen. »Leg dich hin, du siehst völlig erledigt aus. Wir haben noch gut sechs Stunden Brenndauer Frist – oder sollten sie haben. Du hast die Flammen zu groß werden lassen.«

Ich wollte nicht schlafen. Ich wollte nicht zugeben, daß ich aus Aberglauben die Kerzen hatte höher brennen lassen, um mit ihrem Schein den Reisenden im Schattenland Kraft und Trost zu spenden. Ich wollte gar nichts. Mir war hundeelend vor Angst und Übermüdung.

»Leg dich hin«, befahl Will. »Ich halte Wache.«

Widerstrebend stand ich auf und nahm den von Will angewärmten Platz im Bett ein. Die Enten folgten mir und ließen sich auf der Bettdecke nieder.

Will nickte beifällig. »Recht so. Was dagegen, wenn ich mir den letzten Teebeutel nehme?«

Das waren die letzten Worte, die ich für lange Zeit hörte.

Als ich aufwachte, wurde es draußen langsam hell, aber Will hatte die Vorhänge nicht aufgezogen, weil im Halbdunkel die Straße und die Schattenlandschaft deutlicher zu sehen waren. Das Zimmer wirkte schäbig und seltsam fremd, erfüllt von zweierlei Helligkeit – nüchternes Morgengrau, das in Bahnen durch die Vorhänge fiel, und der mystische Schimmer der Kerzen und des Pfades, der mit dem Erlöschen eines jeden Kerzenpaares weiter vorgedrungen war. Das Tageslicht zeigte uns die Landschaft nicht weniger dunkel, aber grotesk aus dem Lot geraten; sie schwebte im Hintergrund meines Zimmers. Die Enten hatten den Kopf unter den Flügel gesteckt und schliefen.

»Ich habe dich geweckt, weil ich glaube, daß sich da draußen etwas bewegt«, sagte Will ohne den Blick von der Landschaft abzuwenden.

Ich sprang auf und stellte mich neben ihn. Von hier aus wirkte die Schattenlandschaft natürlicher und realer, aber ich konnte nichts Lebendes entdecken.

»Da.« Will streckte den Arm aus. »Es kommt den Hügel hinunter.«

Ein Lichtschimmer! Bei Gott, ein Lichtschimmer, der sich stetig in diese Richtung bewegte! Ich verfolgte, wie er um eine Biegung des Pfades wanderte, dann flitzte ich ins Bad und danach zum Wasserkocher, wo ich feststellte, daß Will auch den letzten Beutel Kaffee verbraucht hatte. Man konnte es ihm nicht verdenken. Als ich zu dem Hocker zurückkehrte, war der Lichtschimmer nicht mehr zu sehen.

»Kommt schnell näher«, berichtete Will. »Dürfte nicht mehr lange dauern.«

Wir warteten. Aus fünf Minuten wurden zehn. Wurden fünfzehn. Endlich hörten wir das Knirschen langsamer Schritte den Hang heraufkommen. Ich mußte mich an Wills Schulter festhalten, um nicht zur Kante hinzulaufen und hinüberzuschauen. Eine weitere Minute verging, das Geräusch der Schritte wurde überdeckt von keuchenden Atemzügen und dem Klickern von Steinen. Endlich erschien ein dunkler Kopf über der Kante, wuchs zu einem schlaksigen Körper und wurde zu Nick, grau vor Erschöpfung, der in schleppendem Dauerlauf dem Pfad zwischen den erloschenen Kerzen folgte. Er hielt den Blick starr auf den brennenden Stummel seiner eigenen Kerze gerichtet und merkte offenbar nicht, wo er sich befand.

Als Will und ich brüllten: »Nick!«, zuckte er zusammen und schaute sich verwirrt um.

Hinter ihm kam niemand mehr, auch keine Schritte waren zu hören. »Nick«, fragte ich, »was ist passiert?«

Seine Schultern sanken herab. »Kann ich das jetzt ausblasen?« Er hob den Kerzenstumpf hoch.

»Komm erst bis hierher zum Stuhl«, meinte Will. »Wunderbar. Willst du dich setzen? Nein? Na gut.« Er bugsierte Nick auf den freien Platz neben dem Bett und warf mir einen Blick zu, der sagte, daß der Junge stehend k.o. war. »Jetzt laß hören – was ist passiert?«

Ich hätte nichts sagen oder tun können, ich war am Boden zerstört.

»Wir sind hingekommen«, sagte Nick. »Maree und ich jedenfalls. Rob haben wir verloren. Auf dem letzten Stück. Ich weiß nicht, was passiert ist. Ihm. Oh, davor haben wir Ihren Freund getroffen, Mr. Venables. Den Typ, von dem Maree sagt, er ist umwerfend und nordisch. Er hat mir aufgetragen, Ihnen zu sagen, daß er sich meldet.«

Nick verstummte, als wäre ein Uhrwerk in seinem Innern abgelaufen und starrte blicklos vor sich auf den Teppich. Will fragte: »Und weiter?«

»Wir sind hingekommen«, wiederholte Nick. Dann, in einem plötzlichen Aufwallen von Energie, sprudelte er hervor: »Und ihr ratet nie, was Maree getan hat! Als wir in – bei – jedenfalls am richtigen Ort waren und man seinen Wunsch aussprechen durfte, aber nur einen. Ich konnte es nicht fassen! Sie hat sich gewünscht, daß ihr Vater wieder gesund wird!«

Ich konnte Will nicht ansehen, obwohl ich spürte, daß er mich anstarrte. »Und was dann?«

»Wie? Ach so, ich mußte natürlich ihren Wunsch auf mich nehmen«, antwortete Nick grantig. »Ich mußte meinen Wunsch aufbrauchen, und nun werde ich nie ...« Er schloß den Mund und schluckte es hinunter – was sein Wunsch gewesen war und, vermutete ich, auch die Tränen der Enttäuschung. »Ich habe den Wunsch genauso ausgesprochen, wie Sie es uns gesagt haben. Wort für Wort.«

»Gut gemacht«, lobte Will. »Und hat es funktioniert?«

Nick machte ein überraschtes Gesicht. »Ja, selbstverständlich hat es funktioniert.«

Auch wenn ich die Antwort fürchtete, mußte ich die Frage stellen. »Wo ist Maree?«

Nick zog die Schultern hoch. »Woher soll ich das wissen? Kommt sie nicht?«

»Nichts von ihr zu sehen.«

»Dann kann ich es nicht sagen. Ich hatte Angst, mich nach ihr umzuschauen. Ich dachte an diese Geschichte, Sie wissen schon, von dem Mann, der in die Hölle hinuntersteigt, um das Mädchen zurückzuholen, und ich dachte, ich hörte ihre Schritte hinter mir, aber ich habe mich nicht getraut, mich umzudrehen, falls ...«

»Gut überlegt«, sagte ich rasch. »Vielleicht gibt es

sogar eine Strophe dazu, die wir nicht kennen. Ich bin überzeugt, sie wird bald kommen.«

»Darf ich mich jetzt hinlegen?« Nick schaute uns aus verquollenen Augen an. »Ich bin furchtbar müde.«

»Natürlich«, sagten wir und packten ihn ins Bett. Er war groß für sein Alter und ein schwerer Brocken, so daß es regelrecht in Arbeit ausartete, ihn hinzulegen und zuzudecken, und ich schwöre, er schlief schon, bevor sein Kopf das Kissen berührte.

»Was hältst du von der Geschichte?« fragte Will halblaut.

»Typisch Maree. Aber keineswegs typisch Nick. Ich hätte das nicht von ihm erwartet.«

»Genau mein Gedanke.« Will nickte. »Man sollte meinen, mit so einer Mutter – na ja ...« Er sah, wie ich hoffnungsvoll in die immer mehr verschwimmende Landschaft hinausschaute. Trotz der Vorhänge wurde es hell im Zimmer, und ich hoffte, das wäre der Grund für den grauen Schleier dort draußen, aber ich fürchtete, in Wahrheit begann die Straße zu verblassen. »Sie wird kommen«, sagte Will. »Er hat den richtigen Wunsch ausgesprochen, und er hat sich nicht umgeschaut, obwohl er ihre Schritte hörte. Er hat sie *gehört*, Bruder. Und es war klug von ihm, sich nicht umzusehen. Würde mich nicht wundern, wenn du recht hättest, und es gäbe noch eine weitere Strophe, die Si kennt oder jemand anders oder irgendein Magid, von dem wir gar nichts wissen. Außerdem mußt du bedenken, der Weg ist lang, und sie ist klein. Kurze Beine. Sie wird kommen, glaub mir. Warum gehst du nicht inzwischen und holst uns frischen Kaffee? Ich bleibe und passe auf die Kerzen auf. Es ist ein Trick dabei, sie auf ganz kleiner Flamme schmurgeln zu lassen.«

Guter alter Will! Da hielt er einen langen Sermon zu meinem Trost und meiner Erbauung. Er sah mir an, daß ich es in der Enge des Zimmers nicht mehr aushalten konnte. Ich war sicher, daß Nick gelogen hatte, und Will war es ebenfalls. Gelogen nicht in bezug auf das, was Maree sich gewünscht hatte – das konnte man ihm ohne weiteres glauben –, sondern was seinen eigenen Wunsch anging. Ich konnte mir nicht vorstellen, daß Nick auf etwas verzichtete, nicht einmal für Maree, nie und nimmer. Bevor ich hinausging, lächelte ich Will zu, aber es war mehr ein Zähnezeigen. Dafür hörte es sich fast normal an, als ich sagte: »Kaffee, geht in Ordnung. Und wenn ich schon einmal unten bin, werde ich auch gleich Stan ins Bild setzen und mit Dakros sprechen. In ungefähr einer halben Stunde bin ich wieder da. Alles klar?«

Dann wurde es höchste Zeit, daß ich aus dem Zimmer kam. Ich lief den Flur entlang und nahm die Treppe nach unten, im Aufzug wäre es mir zu eng geworden. *Rob verschwunden, Maree vermißt; Rob verschwunden, Maree vermißt* – eine Stufe nach der anderen, mit bleischweren Füßen. Meine Schläfen hämmerten. Im Mund ein scheußlicher Geschmack. Kaffee war lebenswichtig. *Rob verschwunden, Maree vermißt* ... Sonst war mein Kopf leer, bis auf ein gelindes Erstaunen, als ich zu der breiten Treppe kam, wo die Party stattgefunden hatte, und kaum noch etwas auf die nächtlichen Ausschweifungen hindeutete: ein bißchen Flitter, ein paar Zigarettenstummel und ein schaler Geruch ...

Frische Luft. Ich brauchte frische Luft, sofort. Noch dringender als Kaffee. Ich trat durch die Feuertür – *Rob verschwunden, Maree vermißt* – in den Geruch nach Bohnerwachs und die Geräusche sonntagmorgendlich gedämpfter Raumpflege. Business as usual. Hotels sind erstaunliche Einrichtungen. Das Ende der Welt steht bevor, und man serviert Frühstück von acht bis zehn. Ich roch Toast, und mir wurde übel. Bloß nicht noch mehr Essensgerüche, sondern auf kürzestem Weg durch das Foyer und von dort um das Gebäude herum zum Parkplatz. Statt mich also in Richtung Frühstückszimmer zu wenden, eilte ich die Treppe hinunter auf das gläserne Portal zu.

Gram White, in seiner Kutte und den Stab in der Hand, stand mitten im Foyer und wartete auf mich.

Es war wieder eine dieser Situationen, wenn alles in Zeitlupe abzulaufen scheint. Ich weiß noch, meine erste Reaktion war ein stummer innerer Aufschrei: *O nein, nicht vor dem Frühstück!*, der mir im selben Moment verriet, daß ich mit meinem Entschluß, erst frische Luft zu schnappen, einem fremden Willen gehorcht hatte. R. Venables in seiner Paraderolle als dummer August ... Doch ich hatte auch Zeit, mich in dem stillen, palmendekorierten Foyer umzuschauen, und entdeckte, daß ich in den Spiegeln an der Decke außer der verkürzten Gestalt von Gram White auch die ausländische Rezeptionistin Odile sehen konnte, die hinter dem Tresen am Computer tätig war. Am heiligen Sonntag! Das Mädchen *wurde* ausgebeutet. Aber das nur nebenbei, hauptsächlich verrieten mir ihre Anwesenheit und der Ort der Konfrontation, daß White eine Blitzaktion plante, ruckzuck und für den Uneingeweihten kaum wahrzunehmen. Etwas, worin er geübt war, seine Spezialität. Damit wußte ich, *was* er vorhatte.

Ich zögerte nicht, keine Sekunde. Ich sprang die letzten Stufen hinunter und stürmte auf ihn zu.

Meine Attacke brachte ihn aus dem Konzept. Als er begriff, daß es keine Präliminarien geben würde, und das Tor öffnen wollte, war ich schon über ihm, packte die Ränder der sich weitenden Öffnung mit beiden Händen und zog sie zusammen. Er brüllte voll wütender Verachtung und setzte mir seine Kraft entgegen. Feuer brauste zwischen uns, Qualm schwärzte die Spiegel an der Decke. Meine Vermutung war richtig gewesen, er hatte tun wollen, was er schon einmal getan hatte, das Tor in das Herz eines Vulkans öffnen. Endlose Sekunden verharrten wir so, vollkommen ausbalanciert, ein von Flammen umzüngeltes Tableau.

Derweil spielte der Nodus um uns verrückt.

Während ich drei Dinge auf einmal zu bewerkstelligen

versuchte, nämlich nicht zu verbrennen, das Tor zu schließen und White außer Gefecht zu setzen, sah ich aus den Augenwinkeln das Foyer um uns Karussell fahren – Topfpalmen, Glastüren und Rezeption (dahinter Odile, stumm vor Entsetzen) flogen in einem wild kreisenden Strudel vorbei. Doch all das nahm ich nur am Rande wahr, ich konzentrierte mich auf White mit seinen vorstehenden Augen und seinem aufgedunsenen, bärtigen Gesicht, wie er vor mir sein Bakulum schwenkte und Haß und Verachtung aus jeder Pore schwitzte. Er haßte die gesamte Zunft der Magids, aber darüber hinaus auch mich persönlich, ganz speziell, nicht nur, weil ich ihm im Weg stand, sondern physisch, weil ich ich war. Und ich haßte ihn auf die gleiche Weise. Ich verabscheute ihn, dieses billige Klischee mit der albernen Kutte und dem Stab und seine melodramatische Taktstockmagie.

Und ich war wütend, wütender als je zuvor in meinem Leben. Dieser niederträchtige Wicht mit seinem hemmungslosen Machthunger hatte vielleicht Maree auf dem Gewissen. Er hatte auf seinen eigenen Sohn geschossen. Er hatte drei unschuldige Kinder ermordet und versucht, Rob zu töten. Ich wollte ihn vernichten, aber einem Magid war es nicht erlaubt, mit seinen Kräften zu zerstören. Ich hätte schreien können vor Frustration! Und ihm war keinerlei Beschränkung auferlegt. Er zog sich in dem wirbelnden Foyer ein Stück von mir zurück und schleuderte mir aus seinem Stab einen Schwall Noxen entgegen, die bei mir Krebs auslösen sollten. Ich wischte ihn beiseite und dabei stellte ich fest, daß er auch dieses Mittel erst vor kurzem eingesetzt hatte. Ich dachte: Das hast du Derek Mallory angetan, nicht wahr? Und mein Zorn steigerte sich ins Unermeßliche.

Ich schlug ihn mit einer Peitsche aus gleißendem Schmerz – wenigstens das war erlaubt –, und als er sich winselnd krümmte und taumelte, sandte ich eine extreme Stasis hinterher.

Das Karussell hielt an; alle Dinge befanden sich wieder

an dem Platz, wo sie gewesen waren, mehr oder weniger, und Gram White, starr und steif und etwas windschief, stand in der Mitte. Warum hatte ich das nicht gleich getan? Meine Stasis hatte den Nodus zur Ruhe gebracht, aber das Tor stand noch offen, ein schmaler, wabernder, rauchender Spalt. Ich schloß und versiegelte es. Ich reinigte die rußgeschwärzten Spiegel. Ich ersetzte die in der Hitze gesprungenen Marmorfliesen. Eine der Topfpalmen war umgekippt, ich stellte sie hin. Dann wandte ich mich Odile zu, die ebenfalls von der Stasis betroffen war. Ich nahm sie von ihr, sie rührte sich und schaute mich an, als hielte sie mich für einen entsprungenen Irren.

»Haben Sie noch etwas Geduld«, sagte ich. »Ich muß diesem Mann ein *geis* auferlegen. Dann ist es vorbei.«

»Sie müssen sich mit Ihrer Beschwerde an den Manager wenden«, erwiderte sie.

Ein hoffnungsloser Fall.

Das Problem bei einem *geis* besteht darin, daß man es laut aussprechen muß, in Hörweite dessen, gegen den der Bann gerichtet ist. Nicht anzunehmen, daß Gram White auf Abruf bereitstehen würde, bis ich mir Ort und Zeit ausgesucht hatte; es hieß: jetzt oder nie. Nun gut. Während ich mich fragte, was Odile wohl über das Folgende denken würde, ging ich zur Treppe zurück und ein paar Stufen hinauf, bevor ich mich White zuwandte und den lähmenden Bann etwas lockerte, damit er aufrecht stehen konnte und anhören, was über ihn verhängt wurde. Von meiner Kanzel hinab sagte ich:

»Gram White, hiermit sei dir das *geis* auferlegt, daß du weder jetzt noch künftig Magie gleich welcher Art gegen Dinge oder Geschöpfe gebrauchen sollst, seien sie lebendig oder tot, unbelebt, körperlos oder in einem Stadium des Übergangs begriffen. Von diesem Augenblick an sei der Gebrauch und die Ausübung von Magie dir so fern, wie die Sonne fern ist von der Erde, und jeder Versuch, diesem Gebot zuwiderzuhandeln, wird deinen Tod zur Folge haben. Solltest du die Magie oder anderen Kräfte deiner Göttin im Dornbusch anrufen oder irgendeiner anderen Gottheit, wirst du sterben. Als Folge des Mißbrauchs der Kräfte, die dir gegeben waren, sei dir dieses *geis* auferlegt, und es soll dich binden, und so du dagegen verstößt, wird es dein Tod sein.«

Nachdem ich ausgesprochen hatte, nahm ich die Stasis ganz von ihm. Aus Whites Augen sprang mich der blanke Haß an. »Du hältst dich wohl für sehr schlau, nicht wahr?« zischte er, wandte sich ab und schritt durch das Portal nach draußen.

Hinter mir sagte jemand lachend: »Das hat sich sehr beeindruckend angehört!«

Auf dem oberen Podest standen Leute, ein ganzer Trupp, vermutlich auf dem Weg zum Frühstück. Da war Wendy, sie hob die fleischigen Hände zu angedeutetem Beifallklatschen, während Kornelius neben ihr sich grinsend über das neuste Stück in seiner Sammlung belauschter Kuriositäten freute; und Tansy-Ann Fisk, die mich teilnahmsvoll musterte; ohne Zweifel vergab sie mir mein stures Festhalten an meinen grauen Neurosen. Hinter ihr standen eine ängstlich aussehende Tina Gianetti und ihr geschniegelter Galan, der offenbar glaubte, das alles gehöre zum Programm, und daneben Rick Corrie mit Maxim Hough, beide sichtlich besorgt, der Auftritt eben könne Probleme für das Komitee bedeuten. Außer diesen standen noch viele andere Leute da, die ich nicht mit Namen kannte. Einer von ihnen fragte mich: »Geht es hier um den Magician's Battle? Vielleicht eine Probe für Sword & Sorcery heute abend?«

»Sollte es sein«, antwortete ich müde. »Aber ich bin nicht sicher, ob Gram White mitspielen möchte.«

Daraufhin äußerte man Ermutigung und Enthusiasmus und begab sich durch den oberen Flur zum Frühstücksraum. Zurück blieb Ted Mallory, der ganz im Hintergrund gestanden haben mußte.

»Ich sehe, Sie haben die Bekanntschaft meines geschätzten Herrn Schwagers gemacht«, sagte er. »Ein unangenehmer Patron, nicht wahr?« Ich nickte. In sachlichem Ton fuhr er fort: »Ihr Spruch eben hat mir gefallen. Würden Sie mir eine Kopie überlassen? Er paßt ausgezeichnet in die Geschichte, an der ich zur Zeit schreibe.«

Ich dachte an Maree und das wellige Fensterglas, und ich fand, ich war es ihr schuldig zu sagen: »Dieser ›Spruch‹ war ein sehr mächtiges *geis* – aber das glauben Sie mir nicht, oder?«

Er stieß ein lautes, joviales Lachen aus. »Mein lieber Freund! Ich bin ein rational denkender Mensch! Ich mag ziemlich merkwürdiges Zeug schreiben, aber damit hört es auf. Das hat nichts mit mir persönlich zu tun!«

»Ein *geis*«, sagte ich, »ist ein magisches Tabu.«

Mallory schaute mich eine Sekunde erwartungsvoll an. »Das weiß ich. Ich kenne mein Metier. Nun, wenn sie mir keine Abschrift überlassen wollen, dann bekomme ich den Text bestimmt auch aus dem Gedächtnis zusammen.«

Ich gab auf und schaute ihm nach, wie er zum Frühstücksraum schlenderte. Ein noch hoffnungsloserer Fall als Odile.

Mir war nun wirklich der Appetit vergangen. Ich entdeckte die Personaltür hinter einem der Spiegel und ging durch die Flure im Servicebereich hinaus zum Parkplatz. Die Adrenalinschwemme machte sich bemerkbar, ich fühlte mich miserabel. Bei meinem armen, mißhandelten Auto angelangt, zitterte ich am ganzen Leib und brachte kaum den Schlüssel ins Schloß, um die Tür zu öffnen.

Das gestelzte Klimpern von Scarlatti verklang. Stan fragte: »Was hast du, Söhnchen?«

»Kater. Eine Art von.« Ich ließ mich auf den Fahrersitz fallen und erzählte ihm alles.

»Lieber Himmel«, sagte er. »Lieber Himmel, ein Happy-End ist nicht in Sicht, wie's scheint? Tut mir leid um das Mädel. Und um den jungen Kentauren. Doch auf der positiven Seite, falls die Obere Kammer tatsächlich diesen Gram White zum nächsten Herrscher von Koryfos bestimmt hat, hast du wenigstens verhindert, daß er als Magier den Kaiserthron besteigt. Diese Mischung ist immer von Übel. Obwohl es sich anhört, als wäre er als schlichter Herr Kaiser schon übel genug. Da wir gerade davon sprechen, dein Telefon piept dauernd. Ich würde sagen, Dakros versucht, dich zu erreichen.«

»Das glaube ich auch. Ich sollte es wohl hinter mich bringen.«

Gesagt, getan. »Venables hier«, sagte ich, als Dakros sich meldete. Darüber hinaus hatte ich immer noch keine Ahnung, was ich ihm erzählen sollte.

»Aha, Magid. Sehr gut. Ich wollte gerade noch einmal versuchen, Euch zu erreichen. Einen Moment, während ich meine Kabine sichere.« Anscheinend befand er sich wieder an Bord eines der Orlogs; ich hörte es an dem Maschinenlärm und den militärisch geblafften Dialogen im Hintergrund. Beides verstummte wie abgeschnitten. »So«, meinte er. »Habt Ihr ebenfalls die erforderlichen Sicherheitsmaßnahmen für Gespräche vertraulichen Inhalts getroffen?«

»Ja. Ich muß Euch ...«

»Gut. Hört mir zu, Magid. Wir haben endlich diesen jungen Kentauren gefunden. Ein netter, naiver Bursche von fünfzehn Jahren, Kristefos mit Namen. Hatte sich halb verrückt vor Angst in einem Stapel Rebstecken verkrochen. Alexandra, Jeffros und ich hatten eine lange Unterhaltung mit ihm.«

»Ich bin sehr erleichtert, das zu hören. Ist er verletzt?«

»Nein«, antwortete Dakros, »und Ihr habt Grund, erleichtert zu sein, Magid. Wäre nicht die Aussage dieses jungen Kentauren, hätte ich keinen Beweis dafür, daß Ihr nicht ganz allein dort oben gewesen seid.«

»Wie bitte? Das kann nicht Euer Ernst sein.«

»Wie die Dinge stehen«, fuhr Dakros ungerührt fort, »hat Kristefos ausgesagt, daß die Gespielin Jaleila – welche allgemein für tot gehalten wurde – und Gramos

Albeck sich ebenfalls dort oben befanden. Außerdem gibt es die Meldung einer Hoverbesatzung, daß Kristefos von diesen beiden in einem Vehikel von der Erde verfolgt worden ist. Die Zeitangaben bestätigen, daß es sich um diese beiden handelt und nicht um den Knaben und das Mädchen, die ich bei Euch auf der Chaussee angetroffen habe. Deshalb beschränkt sich meine Anklage gegen Euch, Magid, auf den einen Punkt, daß Ihr mir Informationen vorenthalten habt.«

»Aber ...«

»Ihr habt mir Informationen vorenthalten«, wiederholte Dakros. »Nun respektiere ich Magids und Magid-Gesetze, und ich bin mir im klaren darüber, daß ein Magid nur wenig tun kann, wenn eine Entwicklung bestimmt ist, aber ich habe ein Kaiserreich zu befrieden, Magid, und ich schere mich keinen Deut darum, ob etwas bestimmt ist oder nicht.«

»Ich kann Euch nicht folgen ...«

»O doch, wenn ich Euch sage, daß Jeffros, der nicht so leicht hinters Licht zu führen ist, fast eine Stunde mit den jungen Leuten verbracht hat, die mit Euch nach Thalangia gekommen sind.«

»Sie sind nicht mit mir gekommen!« protestierte ich. »Ich hatte keine Ahnung von ihrer Anwesenheit. Knarros hatte sie rufen lassen, oder genaugenommen Maree ...«

»Aha! Davon habt Ihr gestern nichts gesagt, Magid. Ihr habt mich in dem Glauben gelassen, sie wären in Eurer Begleitung. Übrigens, die zwei überlebenden Mädchen – nun, man kann sie außer acht lassen. Bluttests und so weiter haben ergeben, daß sie nicht mit dem Kaiser verwandt sein können, und Kristefos behauptet, sie wären nur Dienerinnen des kleineren Mädchens gewesen.«

»Habe ich mir fast gedacht«, sagte ich mehr zu mir selbst als zu ihm.

»Das habt ihr wohl.« Dakros' Tonfall war sarkastisch. »Denn im Gegensatz zu mir wußtet Ihr, daß der Knabe, auf den ich niederblickte, als ich über die Hecke hinweg mit Euch sprach, Nichothodes war, unser zukünftiger Kaiser.«

Jetzt war die Katze aus dem Sack. »Wissen ist zuviel gesagt«, versuchte ich abzuwiegeln. »Ich habe es nur vermutet.«

»Und nicht daran gedacht, mich an dieser Vermutung teilhaben zu lassen. Nun, Magid, ich habe die Spielchen satt. Ich stelle zwei Forderungen an Euch und erwarte, daß Ihr sie erfüllt. Heute noch. Erstens, Ihr werdet mir Nichothodes übergeben, unversehrt, auf daß er zum Kaiser gekrönt werde. Zweitens, Ihr übergebt mit Jaleila und Gramos Albeck, ebenfalls unversehrt, auf daß wir über sie zu Gericht sitzen. Zur Haupttafel heute übergebt Ihr mir die drei genannten Personen, ganz egal, was bestimmt ist, oder ich werde entsprechende Maßnahmen ergreifen. Haben wir uns verstanden, Magid?«

»Ja«, sagte ich benommen. Er legte auf. Ich starrte das Telefon an und dachte, wahrscheinlich mußte ich noch dankbar sein, daß Dakros mich nicht des Mordes beschuldigte. Gespielt hatte er mit dem Gedanken. Schließlich sagte ich: »Stan, um welche Tageszeit setzt man sich in Koryfos zur ›Haupttafel‹?«

»*Haupttafel*?« fragte Stan. »Nun, wahrscheinlich gegen Abend, wie jeder anständige Mensch. Gegen sechs, würde ich sagen.«

»Sechs Uhr also. Hm, dann habe ich ungefähr zehn Stunden, um mir etwas auszudenken. Danke, Stan. Man sieht sich.«

Wie ein Schlafwandler stieg ich aus und schloß ab. Ich wußte einfach nicht, was ich tun sollte. Oder, um ehrlich zu sein, was ich tun sollte, um Nick aus der Sache herauszuhalten. Janine und White würde ich mit Vergnügen ausliefern, nur über das *Wie* mußte ich mir noch klar werden. Aber Nick ... Er stand keineswegs ganz oben auf meiner Beliebtheitsskala, seit er Maree in Babylon zurückgelassen hatte. In seine neue Rolle würde er sich erheblich leichter einfinden, als seine armen, ermordeten

Halbgeschwister es gekonnt hätten, die aus bitterster Armut und Unwissenheit plötzlich auf den Gipfel von Reichtum und Macht versetzt worden wären. Nick hingegen besaß einen komplexen kulturellen Hintergrund und mußte sich nur an steifes Hofzeremoniell gewöhnen. Jungen in seinem Alter sind anpassungsfähig, auch wenn er nach meiner Einschätzung keinen Spaß daran hätte. Um so besser! In meiner momentanen Gemütsverfassung erfüllte mich diese Vorstellung eher mit Genugtuung.

Nur – war es einem Vierzehnjährigen zu gönnen, mochte er auch noch so egoistisch und egozentrisch sein, daß er in eine Situation hineingestoßen wurde, über der Dakros sein Haar verlor und Jeffros sich in einen Schatten seiner selbst verwandelte?

Die entscheidende Frage lautete, war Nick bestimmt, der nächste Herrscher des koryfonischen Imperiums zu sein? Normalerweise spürt man, sehr deutlich, wenn etwas bestimmt ist, und ebenso deutlich, wenn nicht.

Ach, zum Henker! dachte ich, als ich in den Lift stieg. Maree liebte Nick. Man brauchte nur zu sehen, wie sie ihn beim Frühstück bemutterte, um zu erkennen, wie sehr sie ihn ins Herz geschlossen hatte. Sie mochten nicht gewußt haben, daß sie Bruder und Schwester waren, aber sie waren trotzdem Freunde geworden. Maree wäre fassungslos, wenn sie wüßte, daß Nick mit der Kaiserkrone zugleich sein Todesurteil empfing, denn er würde den Zusammenbruch des Reichs nicht überleben. Damit stand mein Entschluß fest. Ob bestimmt oder nicht, ich würde Marees Wünsche respektieren. Zu dumm, daß ich keine Ahnung hatte, wie ich es anstellen sollte, dachte ich, als sich im fünften Stock die Aufzugtüren öffneten.

Erst jetzt merkte ich, wo ich war, aber ich hatte keine Lust, noch einmal nach unten zu fahren. Wir konnten das Frühstück auch beim Zimmerservice bestellen. Mein jüngstes Ringen mit dem Nodus schien die Dinge mehr oder weniger dorthin zurückgeführt zu haben, wo sie am Donnerstag gewesen waren. Nummer 555 lag nun lediglich ein paar Schritte den Flur hinunter.

Beim Öffnen der Tür stieg mir aromatischer Kaffeeduft in die Nase. Das achte Paar Kerzen brannte; die Landschaft hinter dem Hügelkamm war grau und wie nebelverhangen, aber noch zu erkennen. Will und Zinka saßen vor dem Badezimmer auf dem Boden und machten sich über ein üppiges Frühstück her.

»Zinka bringt den Zimmerservice auf Trab, daß es eine Wonne ist«, erklärte Will, den Mund voll Croissant. »Sie hat den Leuten Dinge abgeschmeichelt, die auf keiner Speisekarte stehen.«

»Für dich habe ich Pfannkuchen und Speck bestellt«, sagte Zinka zu mir. »Setz dich und iß und erzähl. Jemand hat wieder den Nodus manipuliert, und wir möchten wissen, was dahintersteckt.«

Ich setzte mich und begann, heißhungrig zu essen, nebenbei erstattete ich Bericht. Meine Enten wachten auf. Sie zogen den stahlblau schillernden Kopf unter dem Flügel hervor, erblickten mich, erblickten Futter, breiteten die Schwingen aus und glitten anmutig zu Boden. Dann wanderten sie mit Bedacht an der Außenseite der Straße entlang, zwischen Kerzen und Tür, gesellten sich zu uns und baten höflich um ihren Anteil von den Croissants.

»Diese Vögel sind intelligente Geschöpfe«, bemerkte Zinka respektvoll, »sie sind in Babylon gewesen. Rupert, ich weiß nicht, was ich in bezug auf Nick sagen soll.« Hier warfen wir alle einen von vielen wachsamen Blicken zum Bett, aber Nick schlief weiter, auf dem Rücken liegend und leise schnarchend.

»Keine Chance, daß er Koryfos zusammenhalten könnte?« murmelte ich.

Erneut wanderten unsere Blicke zu Nick, musterten ihn abwägend. Zinka und Will schüttelten beide leicht den Kopf. Ihnen wenigstens schien eine zuverlässige Vorahnung zu sagen, daß mit einem guten Ausgang nicht zu rechnen war. Zinka strich stirnrunzelnd Marmelade auf eine Scheibe Toast. »Ich weiß nicht, wie es euch beiden geht«, sagte sie, »aber nach meinem Gefühl steht für Nick etwas ganz anderes in den Sternen.«

»Damit sind wir schon einer«, bemerkte ich niedergeschlagen.

Zinka verfütterte den Toast an die Enten, die die Gabe ernsthaft, aber mit Appetit entgegennahmen. Will sagte: »Du könntest Dakros hinhalten, indem du Nick ein *geis* auferlegst.«

»Blödsinn!« tadelte Zinka. »Das wäre der sicherste Weg, um bei der Oberen Kammer in Ungnade zu fallen.«

Insgeheim fand ich Wills Idee gar nicht so übel, aber ich sagte: »Dakros muß irgend jemanden vorweisen können.«

»Warum nicht sich selbst?« meinte Will. »Er hat mittlerweile jede Menge Übung. Wenn man ihm keine Alternative bietet ...«

»Er würde nie wieder mit mir zu tun haben wollen!«

Zinka lachte. »Oh, diese heimliche Erleichterung auf deinem Gesicht, als du das gesagt hast! Armer Rupert. Niemand will Koryfos. Aber Koryfos will Janine und Gramos, und ich bin dafür, daß wir sie ausliefern. Halten wir Kriegsrat.«

Im Lauf der nächsten halben Stunde arbeiteten wir einen, wie uns schien, perfekten und narrensicheren Plan aus, um die beiden heute abend an Dakros auszuliefern. Dann äußerte Zinka, sie sei müde und wolle sich hinlegen. Will ging nach unten zu seinem Landrover, um Carina anzurufen und ihr zu sagen, er werde zum Abendessen nicht zu Hause sein. Alleingelassen, saß ich auf dem Hocker, beide Füße mit Beschlag belegt von je einer friedlich dösenden Ente, und wartete. Ich kann mich nicht erinnern, daß ich über irgend etwas nachgedacht hätte. An Hoffnung bewahrte ich nur einen unbestimmten Rest. Ich starrte nur auf diese immer mehr verschwimmende Landschaft am Ende der Doppelreihe aus niedergebrannten Kerzen. Und wartete.

Will ließ sich Zeit. Wie er später erzählte, verspürte er plötzlich ein unwiderstehliches Bedürfnis nach etwas Bewegung und unternahm einen Spaziergang am Fluß entlang. Er war noch nicht wiedergekommen, als das achte Paar Kerzen sich dem Ende näherte. Ich beobachtete sie besorgt. Durch den schwachen Luftzug von der Tür brannte die eine schneller herunter als die andere, folglich würde ich die siebzehnte Kerze lang vor der letzten anzünden müssen, und Gott weiß, was für Auswirkungen das haben konnte! Ich beugte mich vor, legte die Hände um das zitternde Flämmchen und versuchte mit allen mir bekannten Mitteln, es zu bewahren. Ich war so davon in Anspruch genommen, daß ich keine Schritte hörte. Und auch nichts anderes. Ich hob rein zufällig den Kopf und sah Maree über den Kamm des Hügels wandern.

Sie war die alte Maree, in jeder Beziehung. Maree, frisch und lebendig, allerdings blaß, und ihr Haar hatte wieder seine undefinierbare braune Farbe und war, wenn möglich, noch ungebärdiger als zuvor. Jedenfalls umrahmte es mit einer Masse plusteriger Locken ihr kleines, herzförmiges Gesicht, das sich ernst über den brennenden Kerzenstummel in ihren Händen neigte.

Und auch in allem anderen war sie die alte Maree. Aus einem unerfindlichen Grund trug sie wieder den sackähnlichen Rock und Pullover von unserer ersten Begegnung, dazu große weiche Schuhe, die mich an die Kinder auf dem Berg erinnerten. Sogar ihre Fingernägel waren wieder lang und spitz, bestens geeignet, um die bis auf einen kleinen Rest heruntergebrannte Kerze festzuhalten.

Doch seltsam, trotz all der vertrauten Attribute war sie auch eine ganz neue Maree. Schwer zu beschreiben, doch ich wußte sofort, daß die gleiche Veränderung, die wir an den Enten bemerkt hatten, auch mit Maree vorgegangen war. Nicht, daß sie älter geworden wäre. Oder größer. Es war, als hätte sie vorher ihre Umrisse nicht richtig ausgefüllt. Jetzt tat sie es. Ein kleiner, geringer Teil der Veränderung manifestierte sich darin, daß sie plötzlich gut aussah in den trostlosen alten Klamotten. Sie sah erstaunlich gut aus.

Während ich all das registrierte, hob Maree den Blick und entdeckte mich.

Ein Ausdruck, den ich noch nie bei ihr wahrgenommen hatte – ungemischte Freude –, erschien auf ihrem Gesicht. Ich glaube, sie war nie in ihrem Leben wirklich glücklich gewesen. Jetzt war sie glücklich – weil sie mich gesehen hatte.

Zum Teufel mit Besonnenheit, zum Teufel mit dem Risiko des Einbrechens in die eigene Gramarye. Die Enten taumelten flatternd und mit entrüstetem Quaken von meinen Füßen herunter, als ich aufsprang und die Kerzenstraße entlangsprintete. Ich umfing Maree mit beiden Armen, riß sie an mich und schwenkte sie im Kreis herum, wieder und wieder. Ihre Kerze ging aus und flog irgendwohin. Ich hörte sie lachen. Nichts war mehr wichtig. Die dunkle Landschaft verschwand zwischen einer Drehung und der nächsten. Als ich Maree wieder hinstellte, war nichts mehr zu sehen als zwei Reihen wachsgefüllter Leuchter. Die Kerzen bei der Tür waren ebenfalls erloschen.

Marees Gesicht leuchtete vor Glück. Sie blickte zu mir auf und fragte: »Wirklich?«

»Ja«, sagte ich. »Wirklich.«

Sie trat einen Schritt zurück und schob mit der für sie typischen kämpferischen Geste die Brille hoch. »Ich bin keine sehr gute Investition«, erklärte sie, mit diesem Schluchzer in der Stimme. Gott, wie hatte ich diesen Schluchzer vermißt! »Ich warne dich.«

»Ich auch nicht. Warte, bis du mich besser kennst.«

»Dann ist es gut. Aber du mußt warten. Ich bin total erledigt, ich muß schlafen.« Schon knickten ihre Beine ein, im letzten Moment fing ich sie auf. »Schlafen«, murmelte sie.

»Hier.« Ich führte sie zum Bett, auf dem sich Nick breitgemacht hatte.

Maree ließ sich daneben fallen und boxte ihn gegen die Schulter. »Rutsch rüber, du Klotz!« Ohne aufzuwachen, gehorchte Nick sofort; Maree war eben unwiderstehlich. Ich glaubte, daß sie genau wie Nick eingeschlafen wäre, noch bevor ihr Kopf das Kissen berührte, doch als ich mich abwandte, erfüllt von einem Gefühl der Seligkeit und Zuversicht, stieß Maree die Hand in die Höhe, am Daumen baumelte die Brille. »Leg sie irgendwohin«, sagte sie. »Und bitte rechtzeitig wecken für Onkel Teds Rede. Ich hab's ihm versprochen.«

Kapitel 23

Rupert Venables, Fortsetzung

Wir weckten Nick und Maree kurz vor vierzehn Uhr. Maree schien nach einem Blick auf Nicks noch fest geschlossene Augen zu befürchten, daß wir zu lange gewartet hatten. »Niemals ist er bis drei Uhr lebendig – und ich muß gehen und mich umziehen; diese Klamotten sind entsetzlich«, sagte sie.

Zinka reagierte schnell und bot an, Maree frische Sachen zu bringen. Wir wollten vorläufig vermeiden, daß sie in ihr Zimmer ging. Ich hatte den Rest des Vormittags versucht, ihren Computer zu entlausen und auch den von Nick. Mit dem Laptop war ich schnell fertig gewesen – es brauchte nur ein Tyrannisprogramm entfernt zu werden –, Marees Rechner aber war durch und durch verseucht mit dornigen, sterilen Trieben dieser Göttin der Tristesse. Das einfachste wäre gewesen, ihn *en bloc* zu entsorgen und Maree einen von meinen Computern als Ersatz anzubieten, doch spontan fiel mir nicht ein, wie ich das hinkriegen sollte, ohne daß sie erfuhr, daß ich mir ihre Dateien angesehen hatte. In den aktuellsten stand eine ganze Menge über mich, nichts davon schmeichelhaft.

Nick bereitete Maree eine Überraschung, indem er beide Augen aufschlug und den Imbiß verspeiste, den wir ihm gebracht hatten. Dann wollte auch er sich umziehen. Ich betrachtete ihn zum erstenmal genau und sah, daß seine Kleidung ebenso zerlumpt war wie Marees, überall zu kurz und zu eng, wie ausgewachsen, und aus seinen Schuhen lugten die Zehen hervor. Auch das hing offenbar mit Babylon zusammen, doch weder Nick noch Maree schienen geneigt, sich dazu zu äußern. Im Gegenteil, beide benahmen sich, als wäre ihnen verboten, über ihre Erlebnisse in der Schattenlandschaft zu sprechen. Als ich herauszubekommen versuchte, weshalb Maree so weit hinter Nick zurückgeblieben war, tauschten beide einen Blick geheimen Einverständnisses und schwiegen sich aus.

Will, Zinka und ich schauten uns gegenseitig an und verzichteten auf weitere Fragen.

Bevor wir losgingen, um Ted Mallorys Rede zu hören, fragte Maree, ob sie mein Telefon benutzen dürfe, um sich nach dem Befinden von Derek Mallory zu erkundigen. Sie nannte ihn ihren ›kleinen dicken Paps‹ und der ganze Ton, in dem sie von ihm sprach, weckte in mir Zweifel, ob sie überhaupt wußte, daß er nicht ihr Vater war, geschweige denn, daß sie etwas von ihrer wirklichen Herkunft ahnte und in welcher Gefahr sie sich deswegen befunden hatte. Glückstrahlend ließ sie den Hörer sinken und schaute Nick bedeutungsvoll an.

»Er hat sich schon fast ganz zurückgebildet!« verkündete sie.

Nick sah keinen Grund, deswegen in einen Freudentaumel zu geraten. Er hatte sich etwas vom Herzen gerissen, und was immer es gewesen war, die Wunde schmerzte noch. Mir tat es leid für ihn. Fast wünschte ich, er wäre egoistisch genug gewesen, seinen Wunsch zu äußern – unter Garantie etwas, das sich nicht mit Dakros' Plänen vereinbaren ließ. So aber lag es bei mir, etwas zu unternehmen. Während der Arbeit an den Computern war ich zu dem Schluß gekommen, daß Wills Vorschlag, Nick ein *geis* aufzuerlegen, vermutlich die einzige Möglichkeit darstellte, Dakros aufzuhalten. Doch nur in der allergrößten Not, dachte ich. Es mußte noch einen anderen Weg geben.

Kurz vor drei waren wir alle dem Anlaß entsprechend aufgebrezelt, ausgenommen Will, der sich nur in seinen ältesten Kleidern wohl fühlt. Ich war endlich dazu gekommen, mich zu rasieren. Zinka hatte, als sie Marees Sachen holte, die Gelegenheit genutzt, in ein fließendes grünes Samtgewand zu schlüpfen und war das bei weitem atemberaubendste Mitglied der Gruppe. Wir verließen geschlossen mein Zimmer. Rückblickend betrachtet, war das der letzte Moment, in dem ich die Ereignisse noch in irgendeiner Weise unter Kontrolle hatte.

Im Flur vor meinem Zimmer hatte sich eine große Menge Leute versammelt, allesamt beunruhigt und aufgeregt; im Mittelpunkt standen Mr. Alfred Douglas, der Hotelmanager, und Rick Corrie. Bei den anderen schien es sich um die übrigen Mitglieder des Kongreßkomitees zu handeln, mit der Ausnahme von Maxim Hough. Als wir aus meinem Zimmer traten, zeigte Mr. Douglas gerade zur Decke, auf eine große braune Stelle, wo Gram Whites Querschläger den Verputz abgesprengt hatte. Eins der Komiteemitglieder sagte grämlich: »Ja, selbstverständlich werden wir dafür aufkommen, vorausgesetzt, Sie können beweisen, daß der Schaden von einem Conteilnehmer verursacht wurde. Offen gesagt, ich kann mir nicht vorstellen, wie ...«

»Aha!« Ihr Tonfall verriet, daß Zinka sich – bildlich gesprochen – die Ärmel hochkrempelte. »Überlaßt das mir. Ihr geht vor, ich komme nach.« Sie schob sich zu Rick Corrie vor, und im Vorbeigehen hörten wir sie sagen: »Sie sollten die Rechnung dafür an Gram White schicken. Er hat mit einem Revolver herumgefuchtelt, ich habe es gesehen. Soll ich für Sie mit dem Hotelmanager sprechen?«

»Um Himmels willen!« Corrie dämpfte erschrocken die Stimme. »Sagen Sie ihm bloß nichts davon! Er wird uns nie wieder einen Con hier abhalten lassen!«

»Vertrauen Sie mir.« Zinka ging zielstrebig auf Mr. Douglas zu. Weiß der Teufel, was sie ihm für eine Moritat aufzutischen gedachte, doch wie ich sie kannte, würde es etwas Überzeugendes sein. Wir gingen weiter zum Lift.

Zinka war noch nicht wieder zu uns gestoßen, als wir in den Konferenzsaal traten. Der große Raum war schon fast gefüllt. In den Reihen auf der gegenüberliegenden

Seite des Mittelgangs saßen die Menschen dicht an dicht. Ich erspähte Wendy und noch ein oder zwei Gesichter, die mir bekannt vorkamen, doch überraschend viele von den Leuten da drüben waren entweder in graue Kapuzenumhänge gehüllt oder trugen Rüstungen. Kettenhemden und gehörnte Helme beherrschten das Bild, aber auch Plattenpanzer waren vertreten – ein Potpourri aus allen Kulturen und Zeitaltern. Ich hörte, wie Nick Will darüber aufklärte – beide beäugten sehnsüchtig die Kostüme –, daß ziemlich viele Fans extra für das Turnier am Sonntag anreisten. Veteranen der erste Stunde und Neuankömmlinge, alle hatten ihren Spaß. Die meisten von ihnen waren mit Humpen oder Flaschen ausgerüstet, und von Zeit zu Zeit lief eine scheppernde La ola durch die Reihen, unter lautem Gebrüll und vehementem Schwenken einer langen weißen Fahne mit der Aufschrift SWORD & SORCERY.

Meine Seite war ebenfalls fast vollbesetzt, hauptsächlich mit Leuten, die mir während der Tage schon über den Weg gelaufen waren. Ich sah die Dame mit dem OOOKAY auf der Brust, meine amerikanischen Freunde vom Gemeinsame-Welt-Projekt, die Sängerinnen, die mein Gespräch mit Thurless unterbrochen hatten, und die drei wandelbaren Leute mit dem Baby, diesmal ganz normal in Jeans. Fast die einzigen freien Sitze befanden sich in der ersten Reihe. Komisch, daß niemand gern ganz vorne sitzen möchte. Nur Tina Gianetti und ihr Begleiter hatten dort Platz genommen, dicht am Mittelgang. Wie es schien, hielt Gianetti sich an ihren Schwur, niemals mehr die Gastgeberin für Ted Mallory zu spielen.

Kornelius Punt erhob sich von seinem Platz irgendwo in der Mitte und schaute starr zu uns her, als wir uns in die erste Reihe fädelten, aber das war ganz seine Art, deshalb dachte ich mir nichts dabei. Ich spürte auch, daß von der Gruppe der Gewappneten eine gewisse bedrohliche Macht ausging, aber das ist bei einer erregten

Menge normal. Immer noch ahnte ich nichts Böses, ich überprüfte nur, ob wir die üblichen Schutzvorkehrungen getroffen hatten. Zu neunundneunzig Prozent war meine Aufmerksamkeit von dem launigen Wortgefecht mit Maree in Anspruch genommen. Beide genossen wir das Gefühl, daß hinter dem Geplänkel so viel mehr zwischen uns im Gange war.

Wir setzten uns hin, und die Männer mit den gehörnten Helmen begannen mit einem leisen, rhythmischen Singsang. Einer der drei Damen-und-Herren mit dem Baby bemerkte: »Das machen sie dauernd, wahrscheinlich trägt es zu ihrem seelischen Gleichgewicht bei.«

Ich grinste ihn oder sie an und sagte zu Maree: »Aber ich habe einen großen Hinterhof, da können sie nach Herzenslust herumlaufen.«

»Sie brauchen Wasser«, gab Maree zu bedenken. »Für Wasservögel ist es schlecht, wenn sie keine Gelegenheit haben zu schwimmen.«

»Kein Problem. Andrew, mein Nachbar die Straße hinunter, hat im Garten einen Teich. Ich bin sicher, daß er ihn den Enten zur Verfügung stellen wird.«

»Sie würden ihn wahrscheinlich okkupieren, ohne lange zu fragen. Ist er sauber?«

»Hm. Angesichts der Tatsache, daß Andrew Erfinder ist und zerstreuter als jeder Professor, wahrscheinlich nicht. Ich werde ihm sagen, er soll ihn reinigen lassen. Oder vielleicht sollten wir die Häuser tauschen.«

»Ich finde immer noch, du solltest dir in der Küche einen Teich anlegen. Wenn man Haustiere hält, muß man Opfer bringen.«

»Würde es nicht genügen, wenn ich einfach hinginge und mich in Andrews Teich stellte? Tag und Nacht, selbstverständlich.«

»O ja.« Sie nickte begeistert. »In deinem vornehmen Anzug und mit Wills Gummistiefeln.«

Wir lachten über dieses Bild, als plötzlich Janine vor uns stand, in einem neuen Pullover, der aussah, als befände sie sich in der Gewalt eines dämonischen Kopfsalats. Kleine grüne Perlen wibbelten wie Raupen auf ihrer linken Schulter. »Wie bist du hierhergekommen?« fragte sie Maree.

Maree schaute zu ihr auf und schob mit dem gestreckten Zeigefinger die Brille hoch. Ihre Miene wurde ausdruckslos. »Ich bin«, antwortete sie in ruhigem, sachlichem Ton, »nach Babylon gegangen. Und glaub nicht, du könntest so etwas noch einmal mit mir versuchen.«

»Pah«, sagte Janine, »es gibt andere Mittel und Wege. Und glaub nicht, du könntest Nick schaden! Das werde ich nicht dulden.«

»Ich hatte nie die Absicht, ihm zu schaden. Ich will nur dafür sorgen, daß *du* es nicht tust.«

Während Will und ich die beiden Frauen anstarrten, bestürzt über die unverhohlene Feindseligkeit, wandte Janine sich von Maree an ihren Sohn. »Komm mit, Schatz. Mutter möchte dich wenigstens einmal neben sich sitzen haben. Und wir wollen doch deinem Vater bei seinem großen Auftritt Ehre machen, nicht wahr?«

»Gleich«, sagte Nick gelassen, »ich will nur erst Mr. Venables wegen meiner Computerspiele fragen.«

Janines Augen glitten über mich hin wie eine Sense. »Bleib nicht zu lange, Schatz«, sagte sie und schritt in königlicher Haltung zu der ersten Reihe auf der anderen Seite des Mittelgangs; die Perlen auf ihrer Schulter verursachten ein Geräusch wie leises Zähneklappern.

Nick beugte sich an Maree vorbei zu mir hin. »Sie haben sich die Spiele angesehen, oder?« Ich nickte. Sie waren die Nummer eins in den Dateien gewesen, die ich am Vormittag gesäubert hatte. »Und was halten Sie davon?«

»Nun, um ehrlich zu sein, sie haben Möglichkeiten. Was mir an dem Bristolia-Spiel gefallen hat ...«

In diesem Moment stieg Maxim Hough auf das Podium, gefolgt von Ted Mallory. Der Skaldengesang, der mir allmählich auf die Nerven ging, verstummte, und alle klatschten. Nick lehnte sich zufrieden zurück. Es war ihm gelungen, seine Mutter auszutricksen, und er wußte, ich hätte seine Spiele nicht gelobt, wenn ich es nicht ernst meinte. Ich sah, wie er und Ted Mallory einen Blick tauschten und sich gegenseitig angrinsten.

Ted Mallory machte einen leutseligen und gelassenen Eindruck. Ich hätte nicht geglaubt, daß er so nervös war, wie Maree behauptete, dann aber merkte ich, wie seine Augen suchend über die Gesichter im Publikum wanderten. Maree beugte sich vor, bis er sie entdeckte, und nickte ihm zu. Mallory schien erleichtert aufzuseufzen. Er lächelte und raschelte zufrieden mit den Blättern seiner Rede. Alles war jetzt bestens.

Und war auch noch bestens, als Maxim Hough seine blonde, ägyptische Pagenfrisur hinter die Ohren strich, sich ins Mikrofon räusperte und den Ehrengast vorstellte: » ... der als der beste lebende Autor von ernsthafter komischer Horrorliteratur eigentlich keiner Vorstellung bedarf ...«

Alles *schien* in Ordnung zu sein, aber ich spürte ein Anwachsen feindseliger Magie. Sie brandete in kalten Wellen gegen mich, stieg höher und höher, drückte mein Herz zusammen und meine Lungen und verwandelte meine Nieren zu Eis. Anfangs fragte ich mich, ob es an einem übersteigerten Ego lag, wenn ich glaubte, diese Attacken wären hauptsächlich gegen mich gerichtet. Es wurde so schlimm, daß ich Mühe hatte zu atmen. Ich schaute zu Will und ertappte ihn dabei, daß er mir einen besorgten Blick zuwarf. Nein, es lag nicht an meinem Ego: Ich war das ausersehene Ziel.

Ich stemmte mich gegen die Flut und wünschte, Zinka würde sich beeilen und herkommen. Dies waren keine zufälligen Emanationen.

Der Böse Wille, oder was es war, ging von der Fraktion in Kapuzenumhängen aus. Als ich sie mir jetzt genauer anschaute, konnte ich sehen, wie sie sich im Rhythmus der Wellen sacht hin- und herwiegten. Aber sie gebrauchten Macht, die unwissentlich von den gewappneten Typen aufgebaut worden war – wenigstens hoffte ich, es war unwissentlich. Verflucht noch mal! Die ganze Aktion wurde dirigiert! Ich schaute mich suchend um. Gram White lehnte selbstzufrieden an der zweiten Tür, hinter den vermummten Gestalten. Er spürte meinen Blick. Als Ted Mallory sich erhob, um seine Ansprache zu beginnen, breitete White demonstrativ beide Hände aus – seht her, ich bin unschuldig. Er hatte einfach an die hundert Leute rekrutiert, um seine schmutzige Arbeit zu tun.

Ich fürchte, ich bekam kaum etwas von dem mit, was Ted Mallory sagte. Ich kämpfte gegen eine immer stärkere, eisige Brandung und bemühte mich, logisch zu denken. White konnte nicht der Organisator sein! Den Bedingungen des *geis* entsprechend, müßte er tot umfallen, wenn er eine solche Aktion auch nur in Gang setzte. *Was geht hier vor?* Vage hörte ich Mallory seine Lieblingsphrase anbringen, ein Buch zu schreiben sei ein Job wie jeder andere, was Maree mit einem ärgerlichen Zungenschnalzen quittierte, und einige seiner einleitenden Bemerkungen mußten lustig gewesen sein, weil in den Reihen hinter mir gelacht und geklatscht wurde. Doch in der anderen Hälfte lachte niemand, nicht einmal die Gewappneten. Die Vermummten wiegten sich wie in Trance – auch unsere Freundin Wendy, zu meinem Kummer –, und Wogen lähmenden, erstickenden Übelwollens spülten über mich hinweg. Ich bekam Unterstützung von Will, was mir etwas Luft verschaffte, so daß ich überlegen konnte, was ich tun sollte.

White *delegierte,* anders konnte es nicht sein. Er hatte irgend jemandem Lügen über mich erzählt und die Person dazu gebracht, dieses Ritual für ihn zu inszenieren. Also schleunigst herausfinden, wer diese Person war. Ich versuchte, eine massive Stasis in die angenommene Richtung zu lenken.

Es war erschreckend. Die Stasis wurde aufgesogen wie

nichts. Sie hatte nicht die geringste Wirkung. Schlimmer noch, je mehr ich sie verstärkte, desto schneller verschwand sie und mit ihr meine Kraft. Wie Wasser durch den Abfluß. Das machte mir angst, Stasis ist eine meiner stärksten magischen Fähigkeiten. Von Panik ergriffen und kein Stan in der Nähe, um Besonnenheit zu predigen, fühlte ich mich von einer Strömung ergriffen und mitgezogen. Will legte mir die Hand auf den Arm, und die Berührung half, mich so weit zu beruhigen, daß mir der Einfall kam, den Sog als Wegweiser zu benutzen, um herauszufinden, wer ...

Es war Tansy-Ann Fisk. Oder vielmehr, es war der graue seelische Smog, unter dem zu leben sie jedermann beschuldigte. Nun entpuppte er sich als eine große Wolke negativer Energie, die munter alles schlucken würde, womit ich sie fütterte. Weil ich sie jetzt im Visier hatte, konnte ich sogar erkennen, was Fisk zu tun glaubte. Jemand hatte ihr eingeredet, ich wolle mir heimlich die Welt untertan machen. Auch Maree hatte mich zu Beginn unserer Bekanntschaft dessen verdächtigt, und wirklich kann leicht der Eindruck entstehen, wir Magids hätten derartige Ambitionen, solange man nicht genug weiß, um es besser zu wissen.

»Hilf mir, eine Mauer zu bauen«, sagte ich ächzend zu Will.

Darin lag Wills besonderes Talent, aber die anderen waren so zahlreich und so stark, daß wir Schwerarbeit leisten mußten. Wir kamen beide ins Schwitzen, aber die feindseligen Wellen zogen sich ein wenig zurück.

Zu einer Atempause reichte es nicht, denn zu unserem größten Verdruß sprang Kornelius Punt in den Mittelgang und betätigte sich vor den Reihen der Vermummten heftig gestikulierend als Einpeitscher. Ted Mallory schaute von ihm zu ihnen und runzelte die Stirn, während er in seiner Rede fortfuhr. Kornelius drehte sich schwungvoll herum und spornte wie ein Dirigent nun Will und mich zu größeren Anstrengungen an.

»Ich drehe dem Kerl den Hals um!« knirschte Will. »Das ist doch kein *Spiel*!«

Doch für Kornelius Punt war das ganze Leben ein Spiel. Ich verwarf den Gedanken, er könnte Whites Handlanger sein, und forschte zwischen den grauen Umhängen nach dem wirklichen Hintermann. Er mußte sich dort verstecken.

Mittlerweile waren Maree und Nick aufmerksam geworden und hatten gemerkt, daß sich etwas zusammenbraute. »Können wir irgendwie helfen?« fragte Maree leise, ohne den Blick von ihrem Onkel abzuwenden.

»Nimm meine Hand und die von Nick und denkt beide Kraft«, stieß ich zwischen zusammengebissenen Zähnen hervor.

Sofort schloß ihre kleine feste Hand sich um die meine. Ich hörte sie flüstern: »Komm schon, Nick!« und spürte dankbar das Ergebnis als einen Zustrom von Energie und, von Maree, Freude darüber, etwas tun zu können. Nicks Anteil war regelrecht aufgeladen mit Erregung. Er wußte, er befand sich in einem echten magischen Zwist, und auf seine ruhigere Art war er davon fast ebenso berauscht wie unser holländischer Animateur.

Eben dieser merkte, daß wir Helfer verpflichtet hatten, und munterte wieder die andere Partei auf. Gram White lachte, er amüsierte sich prächtig. Sein Leutnant fand es weniger lustig. Mit dem Beistand von Nick und Maree waren wir stark genug, um eine der felsenfesten schützenden Kuppeln zu errichten, die Wills Spezialität sind. Der Leutnant sah sich gezwungen aufzustehen, er gab in scharfem Ton ein Kommando. Die Gewappneten fingen an, sich auf ihren Stühlen zu wiegen, und ein tiefes, an- und abschwellendes Summen stieg aus ihren Kehlen, düster untermalt vom dumpfen Klappern und Knarren der Rüstungen.

Verdammt! dachte ich. Das ist eine Anrufung von Macht.

Ted Mallory unterbrach sich und hustete in sein Mikrofon. »*Darf* ich vielleicht um Ruhe bitten?«

Danach eskalierte die Situation. Während Ted Mallory seine Fantasie um Orion weiterspann – Will und ich wünschten beide, er würde es bleibenlassen; seine Spekulationen tangierten ein Großes Geheimnis der Magids und lenkten uns ab –, schleuderte der Leutnant uns alles entgegen, was ihm zu Gebote stand. Durch das Summen und Klappern steigerte sich der Druck des Antagonismus derart, daß ich nichts weiter tun konnte, als meinen Teil der schützenden Kuppel aufrechtzuerhalten und aus dieser Deckung kurze Schläge gegen die von Kopf bis Fuß verhüllte Gestalt des Leutnants zu führen, um herauszufinden, wer er war und wo seine Schwächen lagen. Seine Vasallen, größtenteils Amateure, hatten Schwierigkeiten, die gestiegene Machtintensität zu beherrschen, Energie wurde frei und manifestierte sich auf physischer Ebene. Erst waren es faulige Gerüche, dann leuchtender giftgrüner Rauch. Als endlich halbtransparente Erscheinungen wie chinesische Drachen über unseren Köpfen schwebten, fing hinter mir das Baby an zu schreien und mußte hinausgetragen werden. Weitere Leute aus dem Publikum, ziemlich viele, wählten diesen Zeitpunkt, um den Saal zu verlassen, und wer wollte es ihnen verübeln. Bald tanzten blaue Funken knisternd über die Metallteile der Rüstungen. Behelmte Gestalten sprangen von ihren Sitzen auf und schlugen sich auf Brust und Schenkel. Der Aufbau der Macht wurde unterbrochen, Gelegenheit für mich, den Leutnant hart zu treffen. Seine Kapuze fiel zurück. Es war Thurless.

Eigentlich hätte ich es mir denken können.

Kornelius Punt war entzückt über die Manifestationen. Er geriet schier aus dem Häuschen, sprang auf und ab und feuerte beide Parteien an. Sein Gehampel war für Ted Mallory der Tropfen, der das Faß zum Überlaufen brachte. Die Gerüche und die Erscheinungen ließen sich zur Not ignorieren, nicht aber eine hopsende menschliche Gestalt. »Setzen Sie sich hin, verdammt!« schnauzte er.

Punt, nicht sonderlich eingeschüchtert, ging zu seinem Platz zurück, wo er aber keineswegs ruhig sitzenblieb, sondern übermütig auf seinem Stuhl herumkasperte.

Inzwischen war mir klargeworden, daß unser Heil in der Flucht lag. Thurless besaß magische Kräfte, die denen eines Magids gleichkamen, und war offensichtlich von White ausgebildet worden. Für Fisk galt das gleiche. Wir hätten es mit ihnen aufnehmen können, aber nicht, solange sie von einer mehr als hundertköpfigen Hilfstruppe unterstützt wurden, und nicht, solange Fisk einfach jede Stasis aufsaugte, die wir zu bewirken versuchten. Ich setzte flüsternd die anderen von dem bevorstehenden geordneten Rückzug in Kenntnis. Nick und Will waren sofort einverstanden, aber Maree sagte: »Armer Onkel Ted! Ich habe ihm versprochen, seine Rede bis zum Ende anzuhören!«

Unmöglich konnte ich weggehen und sie allein hier lassen, White und Janine ausgeliefert. Ich zuckte ratlos die Schultern. Vielleicht konnten wir durchhalten.

»Herrgott, sei kein Idiot, Rupert!« sagte Will. »Schnapp sie dir und trag sie nach draußen. Oder ich tu's!« Schon war er aufgesprungen, hatte ihr die Arme unter Rücken und Knie geschoben und schwenkte sie von ihrem Stuhl in die Höhe. Sie quietschte überrascht.

Ted Mallorys verärgertes Gesicht wandte sich in Wills Richtung, dann flog sein Blick zur anderen Seite, wo seine Frau sich von ihrem Platz in der ersten Reihe erhoben hatte. Janine war nicht gesonnen, Maree davonkommen zu lassen. Sie warf den Kopf in den Nacken und stieß einen langen, heulenden Ruf aus:

»*Aglaia-Ualaia*!«

Ich erkannte den Namen ihrer dornenreichen Göttin. Thurless ebenfalls. Er fuhr herum, nickte Janine zu und wandte sich wieder an seine Helfer, um ihnen ein Zeichen zu geben. Einstimmig stießen sie das gleiche

Geheul aus: »Aglaia-Ualaia!« Wie Hofhunde bei Vollmond. Ein starker Ozongeruch hing plötzlich in der Luft, Indiz dafür, daß der Pegel der Macht um eine weitere Stufe angehoben worden war.

»Aber Janine, was soll das!« sagte Ted Mallory tadelnd, mit erhobener Stimme, um sich über den Lärm hinweg verständlich zu machen.

»Halt den Mund, Ted!« antwortete Janine kalt. »Begreifst du nicht, daß es hier um Wichtigeres geht als deine alberne Rede?«

Sie kam an der Plattform vorbei auf uns zu, mit langsamen Schritten und siegesgewiß. Sie kam, und mit ihr ein sprießendes, aufrankendes, sich rapide ausbreitendes Gewirr aus grauen, dornigen Zweigen. Wir befanden uns ebenfalls in dem freien Raum vor dem Podium und wichen zurück, aber auch hinter uns wuchs die Dornenhecke in die Höhe und wucherte durch die Stühle, von denen wir eben aufgesprungen waren. Will und ich konnten nichts anderes tun, als die Stellung zu halten und alle Energie darauf zu verwenden, die Stärke unserer Schutzhülle zu verdoppeln. Der beschwörende Gesang von Whites Vasallen hatte diesen Aspekt der Göttin in die Wirklichkeit herübergeholt. Das Gezweig breitete sich raschelnd und knisternd aus, schob sich den Gang entlang – wo Tina Gianetti in panischer Angst die Flucht ergriff und ihren ungläubig dreinschauenden Freund am Kragen seines Anzugs hinter sich her zerrte – und hatte in Blitzesschnelle den Rednertisch überzogen, als Janine daran vorbeiging. Maxim, der nach dem Mikrofon griff, um den Versuch zu machen, die Ordnung wiederherzustellen, mußte erleben, daß die Zweige sich an seiner Hand festkrallten und Wurzeltriebe sich in sein Fleisch bohrten. Er riß die Hand zurück und schlug nach den daran haftenden, dornenstarrenden Ranken. Auf seinem Gesicht mit dem weit offenen, stummen Mund malten sich Grauen und Schmerz. Ted Mallory war zur Seite gewichen und entfernte sich jetzt rückwärtsgehend

Schritt für Schritt; er konnte den Blick nicht von Hough losreißen, und sein Gesicht war käsebleich.

Grauen und Schmerz waren die Gaben der Göttin an ihre Anhänger, Janine hatte den gleichen Gesichtsausdruck wie Maxim. Sie war selbst fast vollständig ein Dornenstrauch geworden, als sie unsere geschützte Enklave erreichte.

Maree sagte: »Den Alle-Guten-Geister-Tanz, Nick, schnell!« und wand sich aus Wills Armen. »Ihr zwei macht auch mit, los!« Sie schnippte mit den Fingern, stellte sich in Positur und begann mit dem lächerlichen Tanz, der mich zweimal zuvor so gewaltig auf die Palme gebracht hatte. Nick, obwohl käsebleich wie Ted Mallory und am ganzen Leib zitternd, folgte sofort ihrem Beispiel.

Und es wirkte. Bei dem ersten idiotischen *schnipp, schnipp, schnipp* hörte das Gestrüpp auf zu wachsen. Wir standen auf einer kleinen, kreisrunden Lichtung, gerade groß genug für uns vier, und graue, blattlose Dornenranken wanden sich über die unsichtbare Mauer. Will und ich beeilten uns, Marees Anordnung zu befolgen. »Glück, Glück, Glück!« skandierten wir. *Schnipp, schnipp, schnipp*. Albern wie es war, es machte auch Spaß.

Beim zweiten Durchgang jedoch konnte ich durch den Dornenverhau hindurch die gewappneten Männer von ihren Plätzen aufstehen sehen und wie sie ihre Schwerter zogen, allen voran Gabrelisovic, zähnefletschend und angetan mit einer Rüstung, die mindestens eine Nummer zu klein für ihn war. Er übernahm die Führung, und die anderen folgten ihm. Sie taten es verwirrt und zögernd, aber sie taten es, zückten ihre Waffen und marschierten auf uns zu. Thurless hatte sie als Unterstützung für Janine auf uns losgelassen. Ich sah meine Hoffnungslosigkeit in Wills Augen widergespiegelt, als unsere Blicke sich trafen. Diese ganze Aktion zielte darauf ab, mich und Maree zu eliminieren. Ohne uns hatte Dakros nichts gegen Janine oder White in der Hand und würde nöchstwahrscheinlich aus reiner Verzweiflung Janine als Kaiserin akzeptieren.

Wir tanzten weiter, standhaft, wenn auch ohne Hoffnung. Unmöglich konnten Will und ich allein die Dornengöttin und ihre Anhänger und auch noch das Schock Männer mit Schwertern zurückschlagen. Vorläufig waren letztere noch keine unmittelbare Bedrohung, doch jedesmal, wenn sie nach einer Drehung und dem *schnipp, schnipp, schnipp* wieder in mein Blickfeld kamen, waren sie nähergerückt und entsprachen mehr dem Bild einer wilden Horde mit ihren Rüstungen, Helmen und Schwertern – klobige, schwere, unangenehm brauchbare Schwerter. An der Spitze schritt Gabrelisovic, ein hünenhafter Recke. Jedesmal, wenn ich ihn sah, schwang er seinen Flamberg mit größerer Wildheit und steigerte sich mehr und mehr in eine berserkerhafte Wut hinein. Der Ausdruck auf seinem Gesicht jagte mir kalte Schauer über den Rücken. Und jedesmal, wenn ich nach einer Drehung den Teil der Dornenhecke vor mir sah, der Janine war, hatte sie sich weiter verwandelt. Die riesenhaften Umrisse einer sardonischen alten Frau manifestierten sich um und über der menschlichen Gestalt inmitten der Dornenhecke. Sie schmiegte sich an unsere Schutzhülle und wartete geduldig, bis sie real genug war, um ihre Schößlinge hindurchzubohren und uns den Garaus zu machen.

Und ihr Plan ging auf. Graue Zweigspitzen schnellten durch die Hülle und reckten sich nach uns, als das ganze Dickicht in einer prasselnden Feuerwalze aufloderte und verging. Flammen brandeten über unsere schützende Kuppel hinweg und ein Hitzeschwall. Wir hörten auf zu tanzen und mußten husten.

Als ich wieder Augen und Ohren für meine Umgebung hatte, war von dem Dornengestrüpp nur noch eine breite schwarze Bahn zu sehen, die sich über das weiße Tuch des Rednertisches zog, den Mittelgang hinunter und an der vordersten Stuhlreihe entlang. Janines Leichnam lag genau in der Mitte der schwarzen Fläche. Sie hatte kein Haar mehr, und in ihrem verkohlten Gesicht klafften tiefe rote Schrunden.

Komisch! dachte ich. Sie sieht aus wie jemand, der von einem koryfonischen Strahlengewehr getötet wurde.

Kapitel 24

Rupert Venables
Zum guten Schluß

Im Saal wimmelte es von Soldaten in Grau und Blau. Einige trieben Männer in Rüstungen und vermummte Gestalten aus dem Gewirr der Stühle hinaus und zu kleinen Gruppen zusammen, die von je zwei Soldaten bewacht wurden. Andere hielten Wache bei den Türen. Ich spürte, daß der Nodus sich in wildem Aufruhr befand, und fragte mich, um wie viele Ecken man wohl zur Zeit laufen mußte, um hierherzukommen. Meine erste Handlung war, ihn zu beruhigen, dann schaute ich mich nach Dakros um. Er stand ganz in der Nähe und steckte eben den Handstrahler zurück ins Holster, der uns wahrscheinlich das Leben gerettet hatte.

»O Gott!« sagte ich wie ein Idiot. »Ihr habt Eure Hauptmahlzeit mitten am Tag!«

Der Blick, den er mir zuwarf, kam an Sarkasmus dem der Dornengöttin gleich. »Selbstverständlich. Wann denn sonst? Wo ist Gramos Albeck?«

Ich deutete in die andere Saalhälfte. »Da hinten. Wenigstens habe ich ihn da zuletzt gesehen.« Jetzt war White nirgends zu entdecken.

Dakros sprach ein paar kurze Worte in sein Com, dabei hielt er den sarkastischen Blick mit einer hochgezogenen Augenbraue auf mich gerichtet. Hinter den Sitzreihen signalisierte ein Offizier *Verstanden!*, und ein Trupp Soldaten, das Gewehr im Anschlag, rückte zwischen den Stühlen vor. Dakros wandte sich an mich. »Nun, Magid, ich habe angekündigt, daß ich Maßnahmen ergreifen werde, und Ihr seht, es war keine leere Drohung. Als ich zur verabredeten Zeit nichts von Euch hörte, brachte ich einen Orlog nach Minderwärts, sobald es Jeffros gelungen war, ein Tor zu öffnen. Und verschont mich damit, dies wäre nicht bestimmt. Ich will es nicht hören.«

»Ich bin sehr froh, daß Ihr gekommen seid«, sagte ich demütig.

»Ja, das ist anzunehmen«, stimmte er zu. Sein Blick streifte Will, identifizierte ihn als Magid und wanderte weiter zu Nick und Maree. Nick musterte er mit sichtlichem Wohlgefallen. Man sah ihm an, wie er dachte, daß Nick einen stattlichen, vorzeigbaren Thronerben abgab. »Die Kaiserlichen Hoheiten Nichothodes und Sempronia, vermute ich?«

Nick gab keine Antwort. Er nickte nur und schaute stumm auf seine tote Mutter. Sein Gesicht war völlig ausdruckslos, nur in seinen Augenwinkeln hatten sich Falten gebildet wie bei einem alten Mann. Maree war vor Verlegenheit glühendrot angelaufen. »Bitte«, sagte sie, »nennt mich wenigstens Marina.«

»Wie Euer Hoheit wünschen.« Dakros neigte den Kopf. »Ich bin sehr froh, Euch wiederhergestellt zu sehen. Ein Orlog wartet darauf, die Kaiserlichen Hoheiten in ihr Reich zu bringen. Prinz Nichothodes, Euch ist bewußt, nicht wahr, daß man Euch in Kürze zum Kaiser von Koryfos krönen wird?«

»Meinetwegen. Wenn's sein muß«, sagte Nick.

Tja, dachte ich, es mußte wohl so kommen ... Oha! Für einen Moment war es Nick gelungen, mich zu täuschen. Dann aber fiel mir ein, wie aalglatt er sich Ansprüchen auf seine Person zu entziehen verstand, und mir wurde klar, daß er auch diesmal vorhatte, sich unauffällig davonzustehlen. Sein schnelles Nachgeben hatte ihn verraten. Wahrscheinlich wußte er selbst noch nicht, wie er seine Flucht bewerkstelligen sollte, aber garantiert: wenn der Augenblick kam, dem neuen Kaiser die Krone aufs Haupt zu setzen, würde Nick verschwunden sein. Daß Maree zu mir trat und mir warnend die Hand auf den Arm legte, bestätigte meinen Verdacht. Maree kannte Nick noch viel besser als ich.

Vielleicht bekamen wir seinetwegen jetzt unseren ersten Krach.

Ich schüttelte ihre Hand ab. »Das kannst du nicht *tun*!« sagte ich zu Nick.

Dakros kam ihm mit der Antwort zuvor. »Ihr mögt denken, er ist nicht bestimmt, unser Kaiser zu sein« – er hatte mich mißverstanden –, »aber er ist der einzige männliche Erbe, den ich habe, und ich werde verdammt noch mal dafür sorgen, daß er den Thron besteigt!«

»Das hat mein Bruder nicht gemeint«, sagte Will. »Oder, Nick?«

»Hat er nicht?« Nick schaute ihn treuherzig an.

Will schüttelte den Kopf. »Gleich und gleich erkennt sich. Als Rupert in deinem Alter war, nannten wir ihn Houdini.«

»Ich verstehe nicht ...«, begann Dakros gereizt, doch bevor er weitersprechen konnte, geschahen fast gleichzeitig zwei Dinge. In der anderen Saalhälfte ertönten das Jaulen und Fauchen einer Strahlenwaffe – ein in die Luft gezielter Warnschuß, nehme ich an – und aufgeregte Stimmen. Soldaten zerrten eine sich sträubende, vermummte Gestalt unter aufgetürmten Stühlen hervor. Dakros hatte kaum Zeit für ein zufriedenes »Aha!«, als er sich mit Ted Mallory konfrontiert sah.

»Sie!« fuhr Mallory ihn an. Er war immer noch blaß, aber gefaßt und wütend. »Ja, Sie meine ich! Wie kommen Sie dazu, meine Frau zu ermorden?«

»Es war notwendig.«

»Sie geben es zu? Einfach so?«

»Diese Frau war eine Mörderin«, erklärte Dakros, »und eine Hexe.«

»Das kann ich bezeugen«, bestätigte ich.

Ted Mallory starrte uns beide fassungslos an. Ich zerbrach mir den Kopf, was man noch sagen könnte, als Maree ihren Onkel in die Seite knuffte. »Du *weißt* es!« sagte sie. »Komm schon, Onkel Ted. Du *mochtest* sie nicht einmal! Gib zu, was du gesehen hast. Gib es zu, wenigstens einmal in deinem Leben! Na los.«

Mallory schaute zu ihr hinunter. »Zugeben, daß ...« Er

holte tief Atem. »Also gut. Ich gebe zu, ich dachte, ich hätte Janine als einen höchst unangenehmen – sie war scheinbar Teil eines höchst unangenehmen Dornenstrauchs.«

»Bravo!« sagte Maree. »Gut gemacht, Onkel Ted. Nick, du wirst von jetzt an gut auf ihn aufpassen müssen.«

Nick zuckte verdrossen die Schultern. »Das werde ich nicht können, wenn ich Kaiser sein muß, oder?«

»Du mußt ihn mitnehmen.«

»Das wäre zu viel für ihn.«

Ich war geneigt, Nick recht zu geben, und wieder fragte ich mich, was man Passendes sagen könnte, als die Soldaten ihren sich heftig sträubenden Gefangenen angeschleppt brachten. Sein Gewand war über die Schultern herabgezogen und diente als Fessel für die Arme. Er reckte entrüstet das Kinn mit dem bebenden Spitzbart in die Luft und keifte: »Wenn ich's euch doch sage, ich bin *nicht* Gram White! Ihr habt kein Recht, mich festzuhalten! Laßt mich augenblicklich los! Ich bin ein bedeutender Schriftsteller!« Ich gebe zu, es erfreute mein Herz, Mervin Thurless in der Klemme zu sehen, obwohl man annehmen mußte, daß Gram White ihn vorgeschoben hatte, um selber unterzutauchen.

Will und ich wechselten einen Blick. Die Türen waren bewacht, also mußte White sich noch in der Halle befinden. Wahrscheinlich hatte er sich nach klassischem Vorbild zwischen den Leuten verborgen, die genauso gekleidet waren wie er. Wie auf Verabredung nahmen wir beide Kurs auf das zunächststehende Häufchen grau Vermummter. Thurless schrie hinter uns her: »Haltet sie! Haltet sie auf! Sie wollen sich die Welt untertan machen!«

Der ganze Saal war ein Hindernisparcours aus kreuz und quer stehenden oder umgekippten Stühlen, dazwischen Soldaten und verängstigt umherirrende Con-Teilnehmer. Will und ich hatten uns kaum bis zum Mittelgang durchgearbeitet, als hinter uns ein Fanfarenstoß ertönte, unglaublich laut und triumphierend und feierlich. Er war ein Signal, er kündigte ein Ereignis an. Wir drehten uns um, alle, jeder Anwesende im Saal, ob Einheimische oder Soldaten aus Koryfos. Und alle machten wir große Augen.

Der Herold war Rob.

Also war er lebendig, sogar mehr als lebendig: strotzend vor Kraft und Gesundheit. Seine Augen und sein Fell hatten den gleichen Glanz wie meine beiden Enten, als sie aus dem Schattenland zurückkehrten. Und, was mir auch bei Maree und Nick aufgefallen war, man hatte den Eindruck, daß er nun seine wirklichen Umrisse ausfüllte. Robs Umrisse waren unverkennbar die eines Prinzen. Der lange schwarze Haarschopf war nach höfischer Mode zurückgebunden, dazu trug er die königsblaue Jacke einer Galauniform mit goldenen Tressen, wahrscheinlich von einem Offizier der Elitetruppen ausgeborgt, und sie kleidete ihn wie ein königliches Gewand. Soweit ich feststellen konnte, war von der Verletzung an seiner Seite nicht einmal mehr eine Narbe zu sehen.

Er setzte die Fanfare schwungvoll ab und stemmte sie gegen die rechte Flanke. »Silentium!« rief er gebieterisch. »Begrüßt Koryfos den Großen, Imperator von Koryfos!«

Man vergißt leicht, was Kentauren für Lungen haben. Robs Stimme ließ schlagartig völlige Ruhe einkehren, nur der unverbesserliche Kornelius Punt war zu hören, der sich stillvergnügt selbst umarmte und kicherte: »Ein Kentaur! Ein echter Kentaur! Das ist wirklich das Tüpfelchen auf dem i!«

Hinter Rob kam ein Trupp Soldaten hereinmarschiert. Sie trugen die Uniform, die ich stets mit einer kaiserlichen Ehrengarde assoziiert hatte, also das Königsblau und Gold der Jacke, die auch Rob anhatte, und wirkten sehr fesch und sehr zackig. Ich hörte einen der Männer, die Thurless festhielten, leise sagen: »Die sind von der Neunundzwanzigsten! Ich dachte, die hätten wir in Iforion gelassen, um dort für Ruhe zu sorgen.«

Der militärischen Vorhut folgten vier prachtvoll ausstaffierte Personen, eine davon Zinka in ihrem grünen Samtgewand. Ihr zur Seite ging Prinzessin Alexandra in vollem Hofstaat, Schleppe, Fächer, Diadem, neben ihr erkannte ich Jeffros im Galaanzug eines Magiers des Reiches, darüber den kurzen Umhang mit der Lemniskate in Gold. Bei der vierten Person handelte es sich um einen Magid im Festgewand seines Amtes: weißer Seidendamast, flatternde purpurne Bänder, alles Drum und Dran. Will und ich mußten zweimal hinsehen, bevor wir unseren Bruder Simon erkannten.

Nach ihnen betrat der Kaiser den Saal.

Kein Zweifel, daß es sich um Koryfos den Großen handelte, unverkennbar die Ähnlichkeit mit all den Statuen, die ich im Palast und überall in Iforion gesehen hatte. Doch ebenso unzweifelhaft und unverkennbar war er mein Nachbar Andrew Connick. Sein Haar war vielleicht eine Nuance blonder und sein Gesicht eine Spur brauner, trotzdem konnte ich kaum glauben, daß mir die Ähnlichkeit nicht früher aufgefallen war. Seine stille, unaufdringliche Art mußte mich blind gemacht haben. Doch als er jetzt hereinkam, wußte man sofort, daß er der Imperator sein mußte, obgleich er wie Rob eine geborgte Uniform trug, und auch seine Miene war die gleiche wie immer, zerstreut und geistesabwesend. Man begriff, daß man nie zuvor den Hauch wahrer Majestät gespürt hatte. Besonders wir auf der Erde sind nicht mehr an echte Monarchen gewöhnt, aber dies war ein so wirklicher und wahrhaftiger Monarch, daß einem vor Ehrfurcht der Atem stockte.

Wenigstens dreiviertel der Anwesenden erwiesen dem Kaiser von Koryfos ihre Ehrerbietung, indem sie sich verneigten. Wendy versuchte sich an einem Hofknicks und plumpste hin. Vor Scham wurde sie rot bis zu den Haarwurzeln.

Mein ehemaliger Nachbar blieb stehen und ließ den Blick über das Durcheinander der Stühle und die Brandspuren wandern. »Wir wünschen den kommandierenden General Dakros zu sprechen«, sagte er.

Dakros eilte zwischen zwei krummen Stuhlreihen hindurch, und als er in den von Rob und der Ehrengarde gebildeten Halbkreis trat, beugte er das Knie. Es wirkte völlig selbstverständlich. »Hier bin ich, Sire«, sagte er. »Vergebt mir. Nie hätte ich Euch gezwungen, nach Minderwärts zu kommen, wenn ich ...«

»Wir kennen die Fakten. Ihr mußtet eingreifen«, unterbrach ihn Koryfos. »Wir sind gekommen, um Eure Aktionen zu legitimieren und Euch als Marschall des Reichs zu bestätigen. Aber diese Angelegenheit muß zu einem raschen Ende gebracht werden. Die Tatsachen erfordern, daß Wir ein zweites Mal gekrönt werden. Und dieser Kentaur ist Unser Erbe, auch sein Status muß ratifiziert werden. Also erhebt Euch und berichtet Uns dann, ob es Euch gelungen ist, die Verbrecher zu fangen, deretwegen Ihr hergekommen seid.«

Dakros stand auf. »Jaleila wurde gefunden und zu Tode gebracht«, sagte er, »Gramos Albeck hingegen hält sich verborgen ...«

Der alte/neue Kaiser unterbrach ihn mit einer kleinen Handbewegung. »Wir danken Euch. Wo ist Gramos Albeck?«

Er schaute über die verstreuten Trüppchen staunender Menschen hin, und die Macht seines Auges zerrte Gram White buchstäblich aus seinem Versteck. Ich hatte so etwas noch nie erlebt. Ich wünschte, ich wäre als Magid nur halb so stark. Gram White kam hervorgekrochen, auf allen vieren, Stühle buckelnd, sichtlich gegen seinen Willen, doch er kam. Er schlurfte zwischen den Sitzreihen entlang und zwischen Leuten hindurch, die alle vor ihm zurückwichen, den Kopf gesenkt und Widerstreben in jeder Bewegung, doch er konnte nicht anders, als dem Ruf seines Herrschers Folge leisten. Ungefähr auf halbem Weg brachte er es fertig, in sein Gewand zu greifen und nach der Pistole. Koryfos schüttelte nur leicht den

Kopf. Whites Gesicht verzerrte sich vor Wut, doch er zog die Hand zurück und setzte weiter marionettengleich Fuß vor Fuß, bis er sich auf gleicher Höhe mit mir befand. Dort blieb er stehen – die Willensanstrengung war so gewaltig, daß die Adern neben seinen Augen anschwollen – und schaute mich an.

Ich konnte in seinem Gesicht lesen, was er dachte. Ich sagte: »Sei kein Narr!«

Doch White hatte nichts zu verlieren. Obwohl er fast seine gesamte Kraft aufwenden mußte, um entgegen Koryfos' Befehl stehenzubleiben, und am ganzen Leib zitterte, versuchte er noch einmal, ein Tor zu öffnen und mich zu entseelen. Das *geis* wirkte augenblicklich. Für mich sah es aus wie ein Herzinfarkt. Das Gesicht des Mannes färbte sich blaurot, seine Arme zuckten, dann krallte er die Hand in die Brust, als wäre der Schmerz so furchtbar, daß er nicht anders konnte. Er krümmte sich ein wenig zusammen. Bei all dem hielt er den Blick auf mich gerichtet und starrte mich herausfordernd an. »Siehst du?« sagte sein Blick. »Siehst du, was du mir angetan hast?« Er hoffte, ich würde mich für den Rest meines Lebens schuldig fühlen an seinem Tod. Manchmal kämpfe ich tatsächlich gegen ein Schuldgefühl an, aber im Grunde genommen hat er es sich selbst angetan. Davon abgesehen, Koryfos hatte nichts unternommen, um ihn zurückzuhalten. In gewisser Weise war es eine Exekution.

White brach vor meinen Füßen zusammen. Während ich auf ihn hinunterschaute und dachte, wie wenig – aber Grundsätzliches! – einen lebenden Menschen von einem toten unterscheidet, hörte ich, wie Koryfos anordnete: »Die beiden Toten sollen zu dem hinteren Orlog gebracht und eingeäschert werden. Wir werden in dem vorderen Orlog die befaßten Personen in Audienz empfangen. Rupert.«

Als ich den Blick hob, sah ich, daß mein ehemaliger Nachbar mich anschaute, und seine Miene war ebenso höflich wie sonst, wenn er kam, um sich eine Tasse Zucker zu borgen, und doch hätte der Unterschied nicht größer sein können. Diese Höflichkeit wirkte wie ein Rammstoß.

»Wir werden Euch in Kürze rufen lassen«, sagte er. »Zunächst sagen Wir Euch nur Dank.«

Er drehte sich um und schritt hinaus. Der Saal wirkte dunkler ohne ihn. Als die anderen, unter ihnen Dakros, sich ihm anschlossen, legte Rob mir die Hand auf den Arm und sagte leise: »Auch ich danke Euch.«

Ich konnte mir nicht vorstellen, wofür um alles in der Welt – den Welten – der eine oder der andere von ihnen mir danken sollte. Ich hatte nichts weiter getan, als herumzustolpern wie ein Elefant im Porzellanladen. Zu guter Letzt kam ich zu dem Schluß, das Koryfos meine Dienste als Chauffeur gemeint haben mußte, die er ausgiebig in Anspruch zu nehmen pflegte.

Die Aura der Macht, die Koryfos begleitete, war auch zwei Stunden später noch spürbar. Der Con ging vermutlich weiter seinen Gang, jedenfalls waren die Männer mit den Schwertern und auch Fisk und Thurless verschwunden, um an diversen Veranstaltungen teilzunehmen, zu meiner beträchtlichen Erleichterung. Doch wie von einer geheimnisvollen Kraft wurden all jene, die irgendwie mit dem Imperium zu tun haben könnten, in Richtung Hoteleingang gezogen, wo Odile pflichtgetreu hinter der Rezeption ihre Arbeit tat und, den weißblonden Kopf gesenkt, all die merkwürdigen Aktivitäten ringsum entschlossen ignorierte.

Weil der massige Rumpf eines Orlogs draußen das Tageslicht abhielt, war es im Foyer weniger hell als sonst. Hinter diesem sah man ein Stück des zweiten Orlogs, in dem Koryfos gekommen war. Doch Koryfos hielt jetzt in dem ersteren Hof, und das Foyer war zu seinem Vorzimmer geworden. Wir alle hatten uns dort eingefunden, saßen oder standen herum. Prinzessin Alexandra fungierte als eine Art Adjutantin, beschwichtige jene, die fanden, sie hätten nun lange genug gewartet, und setzte ihnen die Gründe auseinander, oder sie plauderte mit Tina Gianetti. Nach dem, das ich mithören konnte, tauschten die beiden Erfahrungen darüber aus, begeistert und rückhaltlos, was es wirklich bedeutete, eine Person des öffentlichen Interesses zu sein. Derweil geleiteten Jeffros, Zinka und Simon, ebenfalls dienstverpflichtet, die zur Audienz Gebetenen in den Orlog und wieder hinaus.

Zinka fand einen Moment Zeit, um sich zu Will und mir hinunterzubeugen. »Entschuldigt, daß ich nicht gekommen bin, um Euch zu helfen«, sagte sie. »Ich hatte mich gerade von dem Manager losgeeist, als Si mich auf meinem Handy anrief und erzählte, er hätte da einen Kentauren und jemanden, bei dem es sich ziemlich sicher um Koryfos handelte und der ihn um Unterstützung bat. Und wenn ich nicht auf der Stelle nach Iforion käme, um ihm zu helfen, aus all dem schlau zu werden, würde er anfangen zu schreien. Natürlich machte ich mich sofort auf den Weg. Danach ging alles blitzschnell.«

»Wie sind Sie nach Iforion geraten?« fragte Will.

»Wenn ich das wüßte!« Zinka eilte wieder davon.

Das Warten ging weiter. Immer wieder kamen Hotelangestellte, um durch die Glastüren den Orlog anzustaunen. »Ist das ein UFO?« fragten mich die meisten unweigerlich.

»Ja, könnte man sagen«, gab ich zur Antwort. Es schien sie glücklich zu machen. »Wie kommt es«, fragte ich Will nach dem siebten oder achten Mal, »daß sie etwas sehen und nicht wissen, was es ist, und ich sage ihnen, es ist ein unidentifiziertes Flugobjekt, und sie sind zufrieden?«

Nick lachte. »*Jeder* weiß, was ein UFO ist!«

Ted Mallory war aus dem Orlog gekommen, ziemlich verwirrt, und er sagte: »Ich fasse es nicht! Gerade hat man mir angeboten, in diesem Kaiserreich zu leben, wo immer das sein mag. Natürlich habe ich gesagt, das geht nicht. Schließlich muß ich mich um Nick kümmern, nachdem – nachdem die Dinge nun einmal sind, wie sie sind.«

Ich sah, daß Nick bei seinen Worten ein Stein vom Herzen fiel. Er war bei den ersten gewesen, die Koryfos rufen ließ, gleich nach Maree, und ich schloß aus seinem Gesichtsausdruck, daß auch er das Angebot, in Koryfos zu leben, abgelehnt und sich dann gefragt hatte, was er tun sollte, falls Ted Mallory ihn nicht bei sich behalten wollte. Maree, die zwischen mir und Will saß, verhielt sich sehr still. Sie schwieg und hatte die Unterlippe trotzig hochgeschoben.

Bald danach kam Maxim Hough heraus, und Will wurde hereingerufen. Hough – man hatte seinen Arm verbunden – setzte sich neben mich. »Menschen!« stöhnte er. »Ist es zu glauben? Das Southampton-Convention-Komitee wollte wissen, wo ich die Soldaten und die Truppentransporter gemietet hätte. Sie wollen so was auch für ihren Con haben! Und dieser Idiot Punt ist schon ein paarmal aus beiden Transportern hinausgeworfen worden und gibt trotzdem nicht auf. Ich nehme an, er ist harmlos, aber der neugierigste Mensch, den man sich vorstellen kann. Sei's drum! Möge er eingehen in die Erinnerungen an einen Con, der mir auf ewig unvergeßlich bleiben wird.«

»Schlechte Erinnerungen?« Ich fühlte mich verantwortlich, besonders für seinen Arm.

»Nun ...« Er überlegte. »Ich habe noch nie einen Menschen sterben sehen. Vielleicht ist das eine Erfahrung, die man gemacht haben sollte; immerhin gehört der Tod zum Leben dazu. Doch wenn Sie mir vor einer Woche erzählt hätten, etwas wie heute könnte bei einem Con passieren, hätte ich Ihnen ins Gesicht gelacht.«

»Ich habe selber nichts davon geahnt«, verteidigte ich mich.

Hier trat mein Bruder Simon zu uns und sagte, ich würde zur Audienz gebeten. Ich stand auf und ging neben ihm durch das Portal und über die Metallrampe zur Eingangsluke des Orlogs hinauf. Drinnen sah es aus wie in einem Unterseeboot: viele enge, stählerne Gänge, an jeder Biegung gekennzeichnet mit nüchternen Buchstabengruppen und Zahlen in verschiedenen Farben, ein Code, nahm ich an. Simon und ich folgten Code Rot tief in das dumpf murmelnde Herz des gewaltigen Fahrzeugs hinein, bis zu eine kleinen Kabine in einem Gang. Wir setzten uns auf einer schmale Metallbank, die eigens zu dem Zweck konstruiert worden war, einen Wachposten am Eindösen zu hindern; jedenfalls war sie verdammt unbequem.

»Wartezimmer?« fragte ich.

»In gewisser Weise.« Mein Bruder streckte unter dem langen Gewand die Beine aus. Simon ist der ruheloseste Mensch, den ich kenne. Er sieht Will ähnlicher als mir, weil er groß und untersetzt ist, aber heller als wir beide, mit hervortretenden Wangenknochen. »Ich wollte erst unter vier Augen mit dir sprechen, weil es aussieht, als wäre ich in eine Angelegenheit hineingestoßen worden, die von Rechts wegen in dein Ressort gehört.«

»Mich würde allerdings interessieren, *wie* du da hineingeraten bist.«

»Zinka hat mich gestern mitten in der Nacht angerufen. Ich hatte ohnehin so ein Gefühl, als ob entweder dir oder Will etwas Unangenehmes bervorstehen könnte. Deshalb, nachdem sie mich schon aus dem Schlaf gerissen hatte, dachte ich, ich könnte auch gleich herkommen und nach dem Rechten sehen. Und ich war im Transit und ganz in der Nähe des Imperiums, als mir ein Kentaur über den Weg lief und jemand, der eigentlich nur Koryfos der Große sein konnte. Sie irrten auf einem Hügel herum und wußten nicht genau, wohin sie sich wenden mußten, um nach Iforion zu kommen. Die Dinge hatten sich verändert seit Koryfos' goldenem Zeitalter. Also nahm ich sie ins Schlepptau und führte sie nach Iforion, und dort stellte ich fest, daß ich die Wiedereinsetzung von Koryfos als Kaiser würde organisieren müssen.«

»Wie es bestimmt war«, warf ich ein.

»Ich fürchte, so ist es.« Simon fuhrwerkte mit Beinen und Gewand herum, während er redete. »Deswegen wollte ich unbedingt mit dir sprechen. Die Betreuung des koryfonischen Reiches, die eigentlich deine Aufgabe war, scheint jetzt an mich gefallen zu sein. Tut mir leid. Seine Majestät wird dir erklären, wie es dazu gekommen ist, doch es gibt keinen Zweifel, daß auch diese Entwicklung bestimmt war. Die Obere Kammer hat Kontakt aufgenommen, und du kannst damit rechnen, in Kürze von der Großmeisterin die Bestätigung zu erhalten, erstens dafür und zweitens für deine Entscheidung, Maree Mallory als neuen Magid zu berufen.«

»Eigentlich habe ich nicht ...«

»Die Obere Kammer ist überzeugt, daß du hast. Sie erlauben, daß du sie protegierst, doch ihre Lehrzeit soll sie in Koryfos absolvieren, wo ich sie unterrichten werde.«

Ich fühlte mich wie vor den Kopf geschlagen. »In anderen Worten, ich bin von allen Pflichten entbunden und habe einen offiziellen Verweis zu erwarten. Werde ich wegen Inkompetenz suspendiert, oder was ist der Grund?«

»Die Dinge liegen etwas anders.« Simon hielt es nicht mehr auf der Bank. Zu seiner Ehre sei gesagt, daß er schon länger stillgesessen hatte als für ihn üblich. »Sprich mit ihnen«, sagte er und wanderte vor mir auf und ab, »und du wirst sehen. Ich könnte mir vorstellen, daß ihnen ihre eigenen Machenschaften etwas peinlich sind, aber wie auch immer, es war davon die Rede, dir im Anschluß an diese Affäre einen weniger problematischen Wirkungskreis zuzuweisen.«

»Wie eine gnadenlos wissenschaftsbesessene Welt Minderwärts von hier«, äußerte ich verbittert.

Simon unterbrach seine Wanderung und versuchte, ein Stück von der Einfassung rund um die Türöffnung der Kabine zu lösen, aber sie war fest angebracht. Also ließ er es bleiben und marschierte wieder auf und ab. Wenn es ihm gelungen wäre, sie loszubekommen, hätte er eine Stunde damit gespielt und sich dann den Spaß gemacht, sie in das Deckengitter einzuweben. Trotz meiner Niedergeschlagenheit mußte ich schmunzeln; es tat gut, Si wiederzusehen.

»Nein, red keinen Unsinn«, sagte er. »Faktisch verhält es sich so, daß sie bestimmt haben, das Reich zu dem Punkt zu bringen, an dem alle Prophezeiungen übereinstimmend die Wiederkehr von Koryfos verkündeten, und nach ihrem Wissen mußte es dazu erst einmal mehr oder weniger zerstört werden. Koryfos behauptet, da wären sie im Irrtum gewesen, aber was soll's. Die Obere Kammer ist eben von Amts wegen unfehlbar. Jedenfalls, Will sagt, und Rob auch, du hättest angenommen, es sei bestimmt, einen unbedarften Jungen auf den Kaiserthron zu bugsieren, und los geht die sausende Talfahrt. Rob ist überzeugt, du wärst damit nicht einverstanden gewesen und hättest deshalb versucht, Nick gegen Dakros abzuschirmen. Doch in Wirklichkeit, Rupert, warst du selbst der Simplicissimus der Oberen Kammer. *Du* warst derjenige, um den alles in Trümmer fallen sollte.«

»Danke *viel*mals.«

»Nun, schließlich bist du erst seit zwei Jahren Magid. Ich finde, du hast dich verdammt achtbar geschlagen, wenn man bedenkt, daß die Obere Kammer fast die ganze Zeit gegen dich gearbeitet hat. Nur weil du Dakros unterstützt hast, ist überhaupt noch ein Reich vorhanden, in dem Koryfos Kaiser sein kann.«

»Ich habe mich keineswegs achtbar geschlagen«, entgegnete ich düster. »Ich höre förmlich, wie in Zukunft jede Welt, die mich als Betreuer bekommen soll, aufschreit: ›Nein! Nicht *R. Venables*! Jeden anderen, aber nicht R. Venables! Er hat all diese Menschen sterben lassen. Er tut nichts, wenn man vor seinen Augen Kindern die Kehle durchneidet!‹«

»Auch das war bestimmt. Du weißt, wie skrupellos sie sein können. Sie werden es dir nicht zur Last legen oder erlauben, daß dein Ruf dadurch geschädigt wird. Sie sind skrupellos, aber auch gerecht. Alles in allem glaube ich, sie sind recht zufrieden mit dir.«

»Und weshalb läßt man mich dann nicht Maree unterweisen?«

»Ach, das hat andere Gründe.« Simon ließ sich wieder neben mir auf die Bank fallen. »Sie haben auch nicht erlaubt, daß ich Zinka unterrichte – Zinka meinte ohnehin, ich würde sie mit meinen ellenlangen Erklärungen nur durcheinanderbringen. Seit jeher gibt es die Regel, man darf nicht jemandes Mentor sein, mit dem man verheiratet ist, und sie scheinen überzeugt zu sein, daß du Maree heiraten wirst ...«

»Moment mal!« Dies war der Tag der überraschenden Enthüllungen. »Du und Zinka, ihr seid *verheiratet*?«

»Seit drei Jahren.« Si grinste fröhlich. »Nicht übel.«

»Aber ...«

»Ich weiß, was du denkst. Auch wenn sie delikate Bilder vom Liebesleben fremder Lebensformen malt – ich sorge schon dafür, daß es nur Kunst ist.«

»Aha«, sagte ich und verschwieg, daß ich eigentlich etwas anderes im Sinn gehabt hatte.

Glücklicherweise kam in genau diesem Moment Will den Gang hinunter und sank wie am Ende seiner Kräfte gegen den Türrahmen der Kabine.

»Familientreffen?« meinte er. »Puh, das war eine hochnotpeinliche Befragung, wenn auch mit Samthandschuhen. Koryfos scheint zu glauben, ich hätte bei Rob über Nacht eine wundersame moralische Läuterung bewirkt.«

»Nun, du hast gehörig Tacheles mit ihm geredet, und Rob brauchte jemanden, der ihm die Augen öffnet.« Nervös stand ich auf. »Bin ich der nächste?«

Will nickte. »Bring du ihn hin, Si. Ich warte hier auf dich.«

Simon führte mich das letzte Stück des Korridors entlang zu einer mit besonders vielen roten Buchstaben und Zahlen gekennzeichneten Tür. Sie glitt zur Seite, um mich eintreten zu lassen, und als sie sich hinter mir wieder schloß, befand ich mich in einem großen Metallkasten allein in der ziemlich überwältigenden Gegenwart meines ehemaligen Nachbarn.

Er saß auf einer Bank wie die, von der ich gerade aufgestanden war, doch bei meinem Eintritt erhob er sich. »Verzeiht, daß ich Euch warten ließ, Rupert. Ich wollte mich erst aller anderen Verpflichtungen entledigt haben, damit wir uns ausführlich unterhalten können.«

Irgendwie hatte er seine Majestät um sich konzentriert, auf ein faßlicheres Maß reduziert, doch er war trotzdem kein gewöhnlicher Mensch.

Ich fühlte mich aus mancherlei Gründen klein und nichtig und sagte nur: »Danke.«

Er lächelte mich an, auf diese Art, die mich schon erstaunt hatte, als er noch Andrew war. Diesmal hatte sein Lächeln die Wirkung, daß ich mich plötzlich wieder wie ein brauchbares menschliches Wesen fühlte. »Ich habe *Euch* zu danken«, sagte er.

»Ich wüßte nicht, wofür. Ein bißchen Taxi fahren. Eine Dose Bohnen und eine Tüte Zucker oder so . . .«

»Es mögen Kleinigkeiten sein, aber Ihr habt diese Freundlichkeiten einer Person erwiesen, die, grob geschätzt, nur ein Zwanzigstel von mir darstellte. Die meisten Leute hätten mich für komplett verrückt gehalten und wären mir aus dem Weg gegangen. Laßt mich erklären.

Gegen Ende meiner Regierungszeit hielt ich mich in Eurer Welt auf, in einer Stadt mit Namen Babylon, die nicht länger existiert, um mit dem dortigen Machthaber über die Möglichkeit einer Allianz zu verhandeln. Den Gesprächen war kein Erfolg beschieden, und ich wollte abreisen, doch im Moment des Aufbruchs griffen die Babylonier an, und der Magid in meinem Gefolge versuchte, rasch ein Tor für uns zu öffnen. In seiner Hast öffnete er es durch mich.«

Gut zu wissen, daß auch anderen Magids Fehler unterliefen, nicht nur mir. »Ihr wurdet entseelt?«

Koryfos nickte. »Und auf beiden Seiten des Tores für tot gehalten und begraben. Wie Ihr wißt, ist das Gebiet dort eine Anhäufung von Noden. Das Tor wurde in einem Nodus geöffnet. Die Entseelung erfolgte mit großer Gewalt, und ich brauchte viele Jahre, um wieder ein Bewußtsein zu erlangen. Als es soweit war, stellte ich fest, daß ich das Privileg hatte, praktische Erfahrungen über einen Aspekt des Babylon-Geheimnisses der Magids zu sammeln. Auf beiden Seiten hatten Veränderungen stattgefunden, Welten hatten sich geteilt und vervielfacht, und ich, der ich am Ausgangspunkt begraben lag, mit ihnen.« Er lachte verhalten, und die Luft im Raum knisterte wie elektrisch aufgeladen. »Zehn Versionen von mir existierten in der normalen Unendlichkeit und zehn weitere in Form von Antimaterie. Ich habe diese ganze lange Zeit damit verbracht, mich zu sammeln.«

»Aber ich verstehe nicht, wie Ihr ...« Ich schwieg, als Koryfos leicht den Kopf schüttelte.

»An diesem Punkt kommt Ihr ins Spiel«, fuhr er fort. »Ich habe immer, ohne zu begreifen weshalb, die Nähe eines Magids gesucht. Ein Gefühl sagte mir, Magids besäßen Kenntnisse über die Wirkungsweise von Noden, die ich nicht hatte, und daß ich einen Nodus brauchte, um mir bei irgend etwas zu helfen. Ihr würdet kaum glauben, wie oft, in dieser Welt und auch anderen, ich mich in der Nähe eines Magids ansiedeln konnte, nur um zu erleben, daß der Betreffende etwas Ungewöhnliches an mir witterte und eilends den Wohnort wechselte.«

»Ich bin nach Euch in Weaver's End eingezogen«,

sagte ich. »Ihr habt schon sechs Monate dort gewohnt, als ich mein Haus kaufte. Das war reiner Zufall.«

»Mag sein, aber es war kein Zufall, daß Ihr Euch als stets freundlich und hilfsbereit erwiesen habt. Ihr habt mich zu einem Nodus nach dem anderen gefahren, obwohl keiner von uns ahnte, warum und wieso, und durch Euch bin ich zu diesem außerordentlich starken Nodus hier in Wantchester gekommen. Auch hätte ich nicht gewußt, wie ich diesen Nodus gebrauchen soll, ebenso wenig wie all die anderen, wenn Ihr mich nicht unabsichtlich in Eure Schicksalsbahnen-Gramarye einbezogen hättet.«

»Wie ist *das* passiert?«

»Ich spürte die magischen Emanationen. Ich hatte immer einen sechsten Sinn für Magie und folgte der Witterung wie ein hungriges Tier, ohne zu wissen, was ich suchte. Jeder Magid vor Euch hat mich prompt davongejagt. Ihr habt mich bleiben lassen, und instinktiv fügte ich meine Schicksalslinie in Euer Geflecht ein. Glaubt mir, es war wie eine Erleuchtung, schlagartig fühlte und wußte ich viermal so viel wie vorher. Ich wußte, dieser Nodus war der Ort, an dem die notwendigen Veränderungen geschehen würden, und ich wußte, was zu tun war. Fast drei Tage lang habe ich die anderen Teile meiner Selbst zusammengesucht. Ich fürchte, dabei ist der Nodus ziemlich heftig in Unruhe geraten.«

»Das kann man sagen. Aber nicht nur durch Eure Schuld. Und habt Ihr alle Teile gefunden?«

»Nein.« Er schüttelte den Kopf. »Einige waren tot und andere, zu Antimaterie geworden, ließen sich von dieser Ebene aus nicht erreichen. Um Vollständigkeit zu erlangen, mußte ich die materiellen Ebenen ganz verlassen und mich zu dem Ort begeben, der ein weiterer Aspekt Eures Babylon-Geheimnisses ist. Unzweifelhaft war es so bestimmt, denn auf dem Weg dorthin begegnete ich drei Anwärtern für den Thron des Reiches und erfuhr einiges von den Vorgängen dort. Rob schloß sich mir an. Er bat mich um sein Geburtsrecht. Er sagte, Ihr und Euer Bruder hätten ihm vor Augen geführt, daß es beschämend sei, sich davor zu drücken. Auf dem Rückweg hat er mir noch eine ganze Menge erzählt.«

Ich mußte unwillkürlich grinsen. »Unser Rob hört sich gern reden. Also wird Eure Krone auf ein Geschlecht von Kentauren übergehen? Gute Idee. Kentauren sind bisher in keiner Welt die Macht gewesen, die sie sein sollten.«

»Ich bin froh, daß Ihr mit mir übereinstimmt«, sagte Koryfos. »Aber mir schlägt das Gewissen, weil ich glaube, durch mich seid Ihr Eures Amtes beraubt worden. Rob und ich verirrten uns auf dem Weg zurück. Wir versuchten, zwei nicht miteinander vereinbare Dinge zu tun: nach Hause zu gelangen und Euch zu finden. Stattdessen trafen wir Euren Bruder. Die Mächte Da Oben setzten prompt Euren Bruder als Ratgeber ein, an Eurer statt.«

»Si ist erheblich kompetenter als ich«, meinte ich niedergeschlagen. »Er hat es im Handumdrehen erreicht, daß man Euch wieder als Herrscher anerkennt.«

»Er wußte, was zu tun war, gewiß. Und wie er mir sagte, ist er von nun an zum Magid des Reiches bestimmt. Ihr wärt mir lieber gewesen. Die Angewohnheit Eures Bruders, ständig auf und ab zu wandern und mit Dingen zu spielen, empfinde ich als überaus störend.«

»Soll das heißen, selbst Ihr bringt ihn nicht dazu stillzusitzen?«

»Ich bezweifle, daß irgend jemand dazu in der Lage wäre. Es ist ein Wesenszug Eures Bruders, der zu seinem Charakter gehört.«

Wieder konnte ich ein Lächeln nicht unterdrücken. Niemand ist perfekt. Koryfos war sicherlich ein außergewöhnlicher Mann, aber dennoch ... Dennoch, etwas an Koryfos konnte einfach nicht möglich sein. »Wie kommt es«, fragte ich ihn, »daß Ihr so oft entseelt werden konntet und doch zweitausend Jahre überdauert habt?«

Er schaute mich an, den goldenen Kopf zur Seite geneigt und ein Lächeln in einem Mundwinkel. In dieser Pose sah er genauso aus wie all die Statuen seiner selbst. Er antwortete mit einer Gegenfrage, die mich bis ins Mark erschütterte. »Wie viele Mitglieder hat die Obere Kammer?«

»Ihr wißt, ich kann Euch das nicht sagen. Ihr dürftet nicht einmal wissen, daß es eine Obere Kammer gibt!«

»Ganz recht. Dann werde ich es Euch sagen. Es sind präzise einundsiebzig. Es sollten zweiundsiebzig sein, aber das sind sie nicht, weil einer fehlt.«

»Aha!« Mir fiel es wie Schuppen von den Augen. Nur ein Archont konnte über eine so außerordentliche Lebenskraft verfügen, wie Koryfos sie besaß – oder würde einen Kentauren als seinen Nachfolger einsetzen. »Dann seid gegrüßt, edler Archont.«

»Und ich grüße Euch, Magid«, erwiderte er. »Ich mußte herkommen, um dafür zu sorgen, daß die Unendlichkeit sich nicht noch weiter Minderwärts verlagert. Das Imperium sollte das bewirken, doch es war noch nicht fest etabliert, als ich entseelt wurde. Jetzt muß ich zu Ende bringen, was ich angefangen habe. Weil dem so ist, darf ich Euch bitten, zwei Dinge für mich zu tun?«

»Nur zu. In meiner Eigenschaft als Nachbar oder als Magid?«

»Beides. Leider muß ich mein Haus aufgeben und meine Erfindungen. Würdet Ihr, Magid, Euch bereitfinden, mein Haus zu übernehmen, um es zu verwalten oder zu veräußern, wie es Euch beliebt?«

Ich dachte an meine Enten und Marees Vorstellung von mir als Standbild in Andrews Teich, und mir hüpfte das Herz. Sein Haus ist zudem größer als meins. »Mit Freuden. Was ist das andere?«

»Ich hätte gern«, sagte er, »falls es nicht zu schwierig ist, daß Ihr, wenn Ihr Euren Bericht für die Obere Kammer anfertigt, mir eine Kopie überlaßt, für das Archiv, das ich in Iforion gründen möchte.«

Ich überlegte. Dieses Anliegen hatte seine Tücken, und ich erkannte an seinem zur Seite geneigten Kopf und hoffnungsvollen Blick, daß er sich dessen vollauf bewußt war. Nicht nur, daß die Obere Kammer entschieden etwas dagegen hat, daß Berichte von Magids in andere Hände gelangen als die ihren, sie unternimmt auch Schritte, um dafür zu sorgen, daß es nicht geschieht. Ich würde mir etwas einfallen lassen müssen, um ihre üblichen Stolperdrähte zu umgehen. Und ich würde ein paar erklärende Worte für den uneingeweihten Leser hinzufügen müssen. Dennoch, es war zu bewerkstelligen. Eine echte Herausforderung. »Ja, in Ordnung«, sagte ich, »aber seid nicht allzu sehr enttäuscht, wenn es nicht gelingt.«

»Ich habe volles Vertrauen zu Euch«, sagte er.

Damit war unser Gespräch beendet. Er gab mir zum Abschied einen kräftigen, elektrisierenden Händedruck, und ich wanderte durch den hallenden Korridor zurück. Will und Simon waren nicht mehr in der Kabine. Ich ging weiter zur Eingangsluke und die breite Rampe hinunter. Mir war nicht danach, ins Hotel zurückzukehren, stattdessen schlug ich den Weg zum Angestelltenparkplatz ein, um Stan zu erzählen, was sich zugetragen hatte.

Ich schloß die verbeulte Fahrertür auf, begrüßt von perlendem Scarlatti. »Stan?«

Keine Antwort. Nichts. Mein Kassettenrecorder lief noch, aber niemand hörte mehr zu. Stan war fort. Die Obere Kammer hatte in gewohnt selbstherrlicher Manier beschlossen, daß Stans Arbeit getan war und ihn abberufen. Ich lehnte die Stirn gegen das Autodach und kämpfte gegen die Tränen an.

»Ich weiß nicht, ob dein Auto schlimmer aussieht oder meins«, sagte Maree mit einem sehr ausgeprägten Schluchzer in der Stimme. »Wenn du glaubst, das hier ist ein Wrack, solltest du dir ansehen, was Janine aus meinem gemacht hat.«

Ich blickte auf, und sie stand mir gegenüber, das Kinn

auf die andere Seite des Autodachs gestützt. »Ich dachte, du wärst abgereist, nach Koryfos!«

»Noch nicht. Und nicht für immer. Ich habe ausgehandelt, daß ich zweimal die Woche zum Unterricht hingehe, und diesen deinen anderen Bruder sehe ich erst am Samstag wieder. Außerdem habe ich darauf bestanden, daß niemand mich daran hindert, meinen Dr. med. vet. zu machen. Unter keinen Umständen. Sonst ...«

»Sonst?« fragte ich.

»Hätten wir da fürs erste diese ganze Woche und dann noch eine Menge Zeit drumherum«, antwortete sie.

»Ja, allerdings.« Ich schaute sie an, und mir war plötzlich sehr viel leichter ums Herz.

Kapitel 25

Nick Mallory
Obere Kammer .doc
Ausdruck f. R. Venables

[1]

Rupert wollte, daß ich alles aufschreibe. Er sagte, es wäre für etwas mit der Bezeichnung »Obere Kammer«. Er sagte, da oben brauchen sie einen ausführlichen Bericht, und er muß auch einen anfertigen, und ob es mir viel ausmachen würde? Nicht mal die wissen so viel über Babylon wie ich. Sie wollen es für ihre Unterlagen haben. Eine Art Rechenschaftsbericht, hat er gesagt.

Ich hatte nicht viel Lust. Ich schreibe nicht gern Aufsätze oder so was, und wenn ich versuche, an Babylon zu denken, ist mir irgendwie, als wüßte ich nicht mehr, was passiert ist. Erst versuchte ich, Rupert so weit zu bringen, daß er mir eine Belohnung verspricht, damit ich es tue. Er ist mit einem neuen Projekt in einer anderen Gruppe von Welten betraut worden, und das scheint unheimlich interessant zu sein, also sagte ich, ich schreibe den Bericht, wenn er mir erzählt, was genau er jetzt tut, aber er hat nicht angebissen. Pech, aber einen Versuch war's wert. Er sagte nur, ich soll es einfach so tun, aus Spaß an der Freud'.

Irgendwann habe ich dann angefangen. Anfangs war es mühsam, aber dann gab es so eine Art Durchbruch, und das Schreiben ging wie von selbst. Das alles ist auf dem Rest der Diskette gespeichert, dieser Teil hier ist ein Anhang, den ich auf die Diskette für Rupert schreibe und auf die andere kopieren werde, die Maree Koryfos bringen soll. Koryfos scheint wirklich Wert darauf zu legen.

Als ich mit dem Bericht fertig war, kopierte ich ihn auf alle Disketten, die ich hatte. Ziemlich viele. Ich kann mich nicht daran gewöhnen, so viel *Geld* zu haben. Ich mache Blödsinn, wie zum Beispiel, daß ich mir hundert formatierte Disketten kaufe und vergesse, was ich wirklich brauche: ein Modem. Das Geld kommt daher, daß meine Mutter kein Testament gemacht hat, und ich gelte als ihr nächster Verwandter, und Gramos Albeck *hat* ein Testament gemacht und alles Mutter hinterlassen. Also gehören mir jetzt die Boutique und die Waffenfabrik. Na ja, die Fabrik nicht so richtig, weil Rupert und Dad meinen, das wäre zu viel des Guten. Sie haben in die Wege geleitet, daß das Unternehmen in einen Trust umgewandelt wird, aber den Kleiderladen haben sie an Mrs. Fear verkauft, die sowieso die eigentliche Chefin gewesen ist, und jetzt habe ich ein Guthaben bei der Post und einen Berg Anteile an einer Baufirma und reichlich Bargeld. Ich fand eigentlich, es wäre nicht fair Dad und Maree gegenüber, aber Dad meinte, er hätte seinen Stolz, und schließlich bringen seine Bücher ordentlich was ein. Maree sagt, sie würde nichts, was den beiden gehört hat, auch nur mit der Feuerzange anfassen. Außerdem steht Maree auch gar nicht so übel da: Koryfos hat ihr da drüben irgendwelchen Landbesitz geschenkt. Sie erzählt, Rupert und sie hätten viel Spaß dabei, Geld zu waschen, damit sie auf der Erde etwas damit anfangen können.

Wir überredeten Dad, wo wir jetzt doch reich genug sind, jemanden einzustellen, der für uns kocht. Maree kann's nicht, Dad hat keine Lust, es zu lernen, und ich kann nur Spaghetti. Also geht Dad hin und heuert die Schwester von Mrs. Fear an, Yvonne, weil sie die letzte Verkäuferin ist, die Mum gefeuert hat. Doch das heißt, die Wohltätigkeit zu übertreiben! Yvonne kocht schlechter als Maree. Ich gebe hundert Pfund die Woche aus, um mir Sachen zu kaufen, die *eßbar* sind. Was ich eigentlich sagen wollte, ich habe Geld für alles mögliche. Ich habe mir den Packen formatierte Disketten gekauft und den Bericht kopiert, und dann habe ich die Disketten an allen möglichen Stellen versteckt, bevor ich mit Maree in ihrem neuen Auto zu Rupert hinausgefahren bin.

Ruperts Haus ist ziemlich klein, aber drinnen nicht

übel. Ein ganzer Raum steht voller Computer und in seinem Wohnzimmer hat er eine tolle Musikanlage. Sie versuchen, meinen Onkel Derek (Maree nennt ihn neuerding ihren quasi-Paps) zu überreden, daß er dort einzieht. Maree und Rupert wollen in dem größeren Haus weiter unten an der Straße wohnen, das mit dem Teich im Garten, sobald Maree ihre Ausbildung beendet hat – aber das wird noch eine Zeitlang dauern, und sie will, daß Rupert auf meinen quasi-Onkel aufpaßt. Ich glaube aber, Onkel Derek ist zu unabhängig, um sich darauf einzulassen. Falls er in London bleiben will, werde *ich* Ruperts Haus kaufen. Es gefällt mir wirklich.

Als wir hinkamen, war das letzte Gelege Entenküken gerade geschlüpft. Man konnte nicht in die Küche, aus Angst, auf sie zu treten. Frau Buktary baut ihr Nest immer unter der Spüle. Herr Buktary kommt durch die Katzenklappe herein, die Rupert für seine Hausgenossen eingebaut hat, und ergreift sofort wieder die Flucht, wenn seine Abkömmlinge sich auf ihn stürzen. Er leistete uns im Wohnzimmer beim Mittagessen Gesellschaft. Rupert ist ein wirklich guter Koch; ich wünschte, er würde Yvonne ein paar Unterrichtsstunden geben.

Als wir fertig waren mit Essen, fragte Rupert: »Bereit, ihr zwei?« und als wir ja sagten, forderte er mich auf, meinen Ausdruck zu holen und bereitzuhalten. Dann sagte er: »Egal, wie es aussieht oder euch vorkommt, denkt immer daran, daß wir in Wirklichkeit diesen Raum nicht verlassen werden.«

Ich überlege immer noch, weshalb er das gesagt hat, wahrscheinlich ist es der vorgeschriebene Standardspruch für Außenstehende (also mich). Außerdem war es gelogen, hundertprozentig. Magids scheinen ziemlich oft lügen zu müssen – mir persönlich gefällt das. Ich weiß ganz genau, nachher war es Stunden später, und meine Füße taten weh vom Stehen. Doch am Anfang saßen wir auf unseren Stühlen und schauten auf die Bücherschränke und die Stereoanlage.

Nach einer Weile, obwohl ich keine Veränderung bemerkt hatte, sagte Rupert: »Los geht's.« Er stand auf, ging zum mittleren Bücherschrank und schwang eine Hälfte davon zurück wie eine Tür. Im Halbdunkel dahinter führte eine Wendeltreppe in die Höhe. »Kommt mit«, sagte er und stieg als erster hinauf. Die Stufen waren aus Holz und knarrten. Maree folgte ihm. Sie war sehr nervös. Man sieht ihr gut an, wenn sie nervös ist, weil sie dann eine besonders kämpferische Miene aufsetzt und dauernd ihre Brille hochschiebt und blinzelt. Ich ging als letzter, und zu dem Zeitpunkt war ich noch überhaupt nicht nervös.

Die Treppe führte in einer Spirale immer weiter nach oben. Nach einiger Zeit wurde mir bewußt, daß wir längst schon viel höher gestiegen waren als Ruperts Haus überhaupt ist. Außerordentlich interessant. Und je höher wir stiegen, desto dunstiger wurde es in dem Treppenschacht, bis alles irgendwie milchig wirkte oder ein bißchen wie ein Filmnegativ, aber die Stufen waren unverändert aus Holz. Sie knarrten immer noch. Ich roch den staubigen Holzgeruch, und ich weiß, sie waren so wirklich wie ich. Es war außerdem ziemlich warm, und dadurch wurde der Geruch noch deutlicher.

Als wir nach meiner Schätzung mindestens so hoch gestiegen waren wie die Spitze des Kirchturms im Nachbardorf oder vielleicht sogar höher, standen wir plötzlich in einem offenen Türbogen auf einem Fußboden aus sehr breiten Dielen, die schlimmer knarrten als die Stufen. Und ich sah, wir waren in der Oberen Kammer. Sie war sehr groß, aber ich konnte nicht erkennen wie groß genau, obwohl ich die Wände sah, kahl und weiß gestrichen, aber über allem lag so ein milchiger Schleier wie schon auf der Treppe. Auch die Leute konnte man deshalb nicht richtig erkennen. Es waren viele, die meisten saßen an den Wänden auf Bänken, die aussahen wie angebaut, und die anderen auf Stühlen an einem riesigen Tisch, der den größten Teil des Raums einnahm. Ich konnte sehen, wie die am hinteren, weit entfernten Ende sich vorbeugten oder zurücklehnten, um uns zu mustern.

Es war merkwürdig mit diesen Leuten. Man hatte das Gefühl, als stammten sie aus allen möglichen Epochen und von allen möglichen Orten, obwohl sie alle gleich gekleidet waren. Einige von ihnen hatte die Art Gesichter, die man auf sehr alten Gemälden sieht. Und es gab zwei Sorten von ihnen. Ich kann nicht beschreiben, woher ich das weiß. Es hatte nichts damit zu tun, auf welchen Plätzen sie saßen oder wie sie aussahen. Ich wußte einfach nur, daß einige von ihnen früher lebendig gewesen waren und einige nie.

Der einzige, der nicht saß, war ein kleiner Mann mit Halbglatze und O-Beinen, der auf Rupert zugelaufen kam und über das ganze Gesicht grinste. Er war so wirklich wie alles andere. Rupert bückte sich und umarmte ihn, und dann küßte er ihn auf beide Wangen wie ein europäischer Politiker. Ich dachte, der kleine Mann müßte Franzose sein oder Russe oder so was. Dann fing er an zu reden, und ich erkannte die heisere Stimme. Er war der Geist aus Ruperts Auto. Selbst dann war ich noch nicht nervös, aber mit Maree wurde es immer schlimmer. Es war sehr warm und still hier oben.

»Ich habe meine Aussage bereits gemacht, Söhnchen«, krächzte der kleine Mann. »Ich bleibe noch, um deine zu verifizieren.«

»Großartig«, sagte Rupert. Ich hatte den Eindruck, er war auch ein wenig nervös. »Ich befürchtete, dich nie mehr wiederzusehen. Du erinnerst dich an Nick und Maree? Dies ist Stan.«

Wir schüttelten uns die Hände, alles ganz normal, nur daß Stan sagte: »Erfreut, euch leibhaftig kennenzulernen, wenn ihr versteht, was ich meine.«

Dann schob Rupert uns mehr oder weniger zum Tisch hin. An unserem Ende saß niemand, und wir hatten Platz, um nebeneinander zu stehen. Trotz der milchigen

Schleier konnte ich erkennen, daß der Tisch aus dickem schwarzen Eichenholz gemacht war, und dort, wo wir standen, hatten die Dielenbretter tiefe Mulden, ausgetreten von Leuten vor uns.

Und dann *war* ich auf einmal nervös. Es waren die vielen Gesichter, die vielen Blicke. Ich konnte spüren, wie Maree bibberte. Stan klopfte mir beruhigend auf den Arm. Ich schaute von oben auf seinen Kopf hinunter, halb kahl, halb lockiges graues Haar, und der Anblick war so normal und alltäglich, daß ich mich besser fühlte. Aber diese Gesichter. Einige von ihnen waren – na ja, wie Koryfos. Selbst die menschlicheren sahen aus wie Richter ohne ihre Perücke im Fernsehen, mit diesen Mündern, die irgendwie nicht lächeln können wie die Münder anderer Leute. Daß man sie hinter den milchigen Schleiern nicht richtig erkennen konnte, machte es noch schlimmer.

Rupert sagte: »Magids und Archonten der Oberen Kammer, als Pate stelle ich hiermit Marina Timosa Euranivai Koryfoides zur Examination vor, für die Aufnahme in der Zirkel der Magids.«

Jetzt begriff ich den Grund für Marees Nervosität. Mir war aufgefallen, daß sie ihre besten Kleider trug, aber ich hatte mir nichts dabei gedacht, weil sie sich ja mit Rupert treffen wollte. Sie wirft sich immer in Schale für ihn. Ich hatte nicht gewußt, daß dies der Tag ihres Examens war.

Jemand ungefähr eine halbe Tischlänge von uns entfernt, ein Mann mit einer nüchternen, geschäftsmäßigen Stimme, fragte sie, ob sie bereit sei, in den Zirkel der Magids aufgenommen zu werden, und sie schob mit dem Zeigefinger die Brille hoch und antwortete kiebig: »So bereit, wie man nur sein kann.«

Dann fingen alle an, ihr Fragen zu stellen, ganz wie bei einer mündlichen Prüfung. Was es für Fragen waren, weiß ich nicht. Ich hörte sie ganz deutlich, aber ich glaube, man hat es so eingerichtet, daß sie in meinem Kopf verschwimmen, wenn ich mich zu erinnern versuche – genau wie ich glaubte, daß es auch mit Babylon passiert wäre. Aber Maree schlug sich gut. Alle stellten Fragen, aber die meisten kamen aus der Mitte der Stuhlreihen zu beiden Seiten des Tisches. Ich nehme an, dort saßen die wichtigen Leute.

Und ich kann auch über den nächsten Teil der Prüfung nichts erzählen, weil Maree droht, sie bringt mich um, wenn ich es tue. Ich weiß, sie *könnte* es, aber sie sagt, wie man das macht, ist ein Großes Geheimnis. Ich darf nur so viel verraten: Was sie als nächstes tun mußte, war eine Art magisches Ritual, ähnlich wie die Teezeremonie in Japan, und damit hat es sich. Der Grund ist, daß sie in der Mitte gepatzt hat. Sie mußte drei Stufen zurückgehen und von da weitermachen. Trotzdem war ich beeindruckt von dem, was sie tun konnte. Und ich war neidisch. Ich kriege es nicht hin, ein Licht in der Form des Symbols der Unendlichkeit über meinem Kopf schweben zu lassen. Ich hab's probiert.

Sie bestand aber trotzdem. Einer von den Leuten auf den Bänken kam und reichte ihr ein Gewand, wie sie es alle trugen, und sie zog es an, und gleichzeitig schien sich auch so ein feiner weißer Schleier über sie zu legen wie über die anderen. Das machte mir angst. Sie sah fast aus wie damals, als sie entseelt war. Stan merkte es und klopfte mir wieder auf den Arm. Dann verkündeten sie ihr unter Aufsagung all ihrer Namen, daß sie jetzt ein Magid sei. Sie sah nicht mehr nervös aus, sondern strahlte, ganz weiß und nebulös.

Danach war Rupert an der Reihe, und mittlerweile war *er* um so nervöser. Sein Gesicht wirkte ganz hager. Einer von denen in der Mitte fragte, ob er einen vollständigen Bericht über Koryfos angefertigt hätte, auch über die Erben von Koryfos und damit in Zusammenhang stehende Belange? Er sagte ja, das habe er. Und er legte einen dicken Stoß Blätter vor sich auf den Tisch. Ich konnte mir nicht verkneifen, auf die erste Seite zu schielen, aber alles, was ich in der diffusen Helligkeit entziffern konnte, war der erste Satz: »Vor ungefähr einem Jahr wurde ich in die Reichshauptstadt Iforion gerufen, um einer Gerichtsverhandlung beizuwohnen.« Ich denke, er hat das gleiche getan wie ich und später mehr angefügt.

Alle Gesichter wandten sich dem Papierstapel zu. Eine lange, gedankenvolle Pause entstand. Es war ziemlich schrecklich. Rupert zog ein Taschentuch heraus und wischte sich über das Gesicht.

Dann, ganz plötzlich, schienen alle genau zu wissen, was er geschrieben hatte, und fingen an, ihm darüber Fragen zu stellen. Wirklich harte Fragen. Wußte er, daß der Kaiser Timotheo umgehend exekutieren würde? Hatte er es geahnt? Weshalb seine eher desinteressierte Haltung gegenüber dem Imperium und seinen Angelegenheiten? War er vertraut mit der Natur der Göttin im Dornbusch? Hatte er in der Magid-Datenbank nach Informationen über sie gesucht? Und so weiter und so fort.

Jedesmal erklärte Rupert ausführlich, was er getan hatte und warum. Manchmal verteidigte er sich auch, aber nicht halb so gut, wie ich es gekonnt hätte. Ich dachte mir Ausreden aus, die er hätte vorbringen können. Zweimal konnte ich zu seinen Gunsten aussagen. Maree und ich sprangen ihm bei, als gefragt wurde, weshalb er zugelassen hatte, daß wir ihm nach Thule und dann nach Thalangia folgten. Maree wurde beim zweitenmal fuchsteufelswild.

»Wir haben aufgepaßt, daß er nichts merkt«, sagte sie. »Wir sind ihm nur gefolgt, weil Rob verletzt war und uns nicht führen konnte. Verdammt, wie hätten wir sonst hinfinden sollen? Ihr könnt nicht einfach hier sitzen und ihn für etwas beschuldigen, das *wir* getan haben!«

Ich erwartete, daß man sich ihren Ton verbitten würde, aber sie waren ganz höflich. Jemand ziemlich am Ende des Tisches, den ich nur schemenhaft erkennen konnte, sagte: »Meine Liebe, es besteht kein Grund, sich derart zu echauffieren. Wir *beschuldigen* den Magid keineswegs. Wir sind lediglich ernsthaft bemüht herauszufinden, wie und warum diese Dinge geschehen sind.«

»Da hätte ich mich ja fast täuschen lassen«, erwiderte Maree spitz. Ein paar von ihnen lachten sogar.

Aber die Befragung ging weiter.

Nach einer Weile merkte ich, weshalb Rupert keine Ausflüchte machte. Jedesmal, wenn er etwas der Wahrheit entsprechend erklärt und aufgeklärt hatte, wurden die entsprechenden Seiten irgendwie aus dem Stapel heraussortiert und waren verschwunden. Zum erstenmal fiel es mir auf, als Stan einige der Ratschläge wiederholte, die er Rupert gegeben hatte. Der Papierstapel war danach ein ganzes Stück kleiner. Doch wenn die Fragesteller nicht zufrieden waren, blieben die Seiten liegen. Manchmal breiteten sie sich sogar am Ende des Tisches in einer Reihe aus. Das geschah, als sie von Rupert wissen wollten, weshalb er die Morde oben auf dem Hügel nicht verhindert hatte. Und mir wurde klar, wenn man diesen Leuten nicht erzählte, was geschehen war und warum, und zwar haargenau, mußte man tagelang dort stehenbleiben – wochenlang, vielleicht –, bis man sich bequemte, es zu tun. Für mich ein Anlaß, mich zu fragen, ob es wirklich so lustig war, Magid zu sein.

Ein zweites Mal breiteten die Blätter sich aus, als Babylon zur Sprache kam. Darüber wollten sie einfach alles wissen. Die ersten Fragen drehten sich, wie nicht anders zu erwarten, um die schwerwiegenden Dinge. Weshalb hatte Rupert alle drei Thronerben von Koryfos nach Babylon geschickt? (Das war mir gar nicht bewußt gewesen!) Und hatte er das Für und Wider einer solchen Aktion gründlich erwogen? Wußte er, wie wenige nur von dort zurückkamen? Hatte ihm die Zeile in der fünften Strophe, in der darauf hingewiesen wurde, nicht zu denken gegeben?

Plötzlich verlor Rupert die Beherrschung. »Nein, ich habe nichts *erwogen*!« sagte er. Eigentlich brüllte er fast.

»Es war die einzige Möglichkeit, die ich kannte, Maree zurückzubekommen! Mir war zumute, als wäre ich selbst entseelt worden, ist das so schwer zu verstehen?«

Niemand sagte etwas. Die Blätter schoben sich einfach zurück in den Stapel, und man ging zu anderen Fragen über, sachlichen, ins Detail gehenden Fragen. Was sie nicht alles wissen wollten! War der Bausch Ziegenwolle verschwunden? Rupert hatte sich wieder beruhigt und sagte ja, genau wie die Wasserfläschchen und unsere Kleider. Konnte er die Landschaft vielleicht genauer beschreiben? Er sagte nein. Dann fragten sie nach den Enten. Sie waren fasziniert von ihnen. Etwas Ähnliches sei noch nie zuvor geschehen, sagten sie und wußte Rupert eine Erklärung, weshalb die Enten als ausgewachsene Vögel zurückgekehrt waren? Rupert antwortete, er könne es nicht erklären, aber sie wären nicht nur ausgewachsen, sondern auch klug. Enten sind normalerweise ziemlich dumme Vögel, sagte er. Und Maree mischte sich ein und sagte, nach ihrer Meinung wäre den Enten bewußt gewesen, daß es ihnen an Verstand mangelte, und sie hätten sich auf den Weg nach Babylon gemacht, um das zu ändern.

Aber wie hätten sie als Enten ihren Wunsch äußern sollen? wollte irgendwer auf den hinteren Bänken wissen.

Maree antwortete: »Wir haben nicht die geringste Ahnung. Sie waren lange vor uns da, und das kann ich ebensowenig erklären, wie ich einen Grund dafür weiß, weshalb ich für den Rückweg viel länger gebraucht habe als Nick.«

Danach wurde der Stapel wieder ein paar Zentimeter niedriger, aber zögernd, als bedauerten die Leute, nicht mehr erfahren zu können, und sie wandten sich dem letzten Teil zu und informierten sich über Dakros' Rolle in der ganzen Angelegenheit. Ich hatte nicht gewußt, daß Rupert meinetwegen so besorgt gewesen war. Wenn ich es gewußt hätte, hätte ich ihm gesagt, daß er sich das sparen könne. Ich komme meistens ganz gut zurecht. Dann war der ganze Stapel Blätter verschwunden, und Rupert sah wieder nervös aus. Eine Dame ziemlich nah an unserem Ende des Tisches wandte sich ihm zu: »Sie wußten nicht, daß Charles Dodgson ein Magid ist? Ich dachte, das wäre allgemein bekannt.«

Rupert wollte ihr antworten, als ein Mann weiter oben am Tisch ihm winkte und mit erhobener Stimme sagte: »Was die römischen Auguren angeht, haben Sie nicht ganz recht gehabt, müssen Sie wissen. Die meisten waren sture Ignoranten. Ich bin damals Leiter des Vermessungstrupps gewesen, und oft hatte ich erhebliche Schwierigkeiten, die gepriesenen Auguren zu überreden, das Lager auf dem optimalen Nodus aufzuschlagen. An wenigstens drei Punkten haben sie mich gezwungen, einen anderen Platz zu wählen. Das ärgert mich heute noch. Ich möchte, daß Sie wissen, es war nicht meine Schuld.«

Rupert lachte und sagte: »Danke.«

Anschließend entstand eine Pause, angefüllt mit dem Knarren von Holz und dem Rascheln von Gewändern. Dann beugte sich der Mann mit der nüchternen Stimme etwas vor und fragte: »Wie beurteilt Ihr selbst Eure Leistungen bei dieser Mission, Magid?«

»Als miserabel«, antwortete Rupert. »Wo es möglich war, einen Fehler zu machen, habe ich ihn gemacht. Manchmal glaube ich, ich habe neue Fehler erfunden. Und den Tod dieser drei Kinder werde ich mir mein Leben lang nicht verzeihen können.«

Langes Schweigen.

Dann ließ sich der Mann vernehmen, den ich am Ende des Tisches nicht sehen konnte. Er hatte aber eine Stimme, die man nicht vergißt. Er sagte: »Ihr seht Euch in einem allzu schlechten Licht, Magid. Bis heute seid Ihr der jüngste Magid in unseren Reihen gewesen und wir haben Euch ohne Skrupel benutzt, um eine unserer riskanteren und komplexeren Intentionen zum Abschluß zu bringen. Um die Wahrheit zu sagen, wir hatten nicht viel Hoffnung für Euch. Der größte Vorwurf, den wir Euch machen können, ist der, daß Ihr oft zu stolz auf Eure Fähigkeit, kunstvolle Gramaryen zu erschaffen, gewesen seid und Euch darüber entfallen ist, *weshalb* Ihr sie erschaffen habt. Uns allen ist es zu unserer Zeit nicht anders ergangen; Archont oder Sterblicher, einst kannten wir alle dieses Hochgefühl unserer neuerworbenen Fähigkeiten. Wir hoffen nun, Ihr akzeptiert für ein Jahr einige weniger beschwerliche Aufträge und betrachtet es als eine Gelegenheit, die Erfahrungen dieser Mission zu verarbeiten und daran zu reifen.«

»Das hoffe ich auch«, sagte Rupert, und man hörte ihm an, daß er es ernst meinte.

Dann war ich an der Reihe. Rupert hatte mir erklärt, daß ich, weil ich kein Magid war, meinen Bericht laut vorlesen mußte. Ich verstehe immer noch nicht so ganz, warum. Offenbar geht es darum, daß die Obere Kammer Wert darauf legt, meine integrale Autonomie zu respektieren. Oder so was. Wie auch immer, all die vielen Gesichter wandten sich mir zu. Ich nahm meine Blätter und wollte anfangen, aber meine Stimme war weg. Was herauskam, war ein Gekrächze schlimmer als das von Stan, und schon dafür mußte ich mich anstrengen. Ich hustete. Mir wurden die Knie weich. Die Ränder der Blätter flatterten wie verstörte Motten.

»Na, na, es wird dich schon keiner fressen, Söhnchen«, meinte Stan.

»Keine Gefahr«, fügte Maree hinzu. »Sie haben sich gerade an Rupert gütlich getan, jetzt sind sie satt und friedlich.«

»Ä-*hem*!« machte ich. Ich kam mir vor wie ein Idiot. Dann fing ich an zu lesen.

[2]

»Das erste Wegstück war ganz bequem. Wir hätten gut vorankommen können, wäre Maree nicht so schwach gewesen. Sie ging sehr langsam, und ich mußte sie stützen. Man konnte den Weg deutlich sehen. Er war sehr steinig, und sämtliche Steine waren von einer Seite schwach angeleuchtet, wie vom Mond beschienen, aber als ich mich umschaute, war da kein Mond, auch kein anderes Licht, nur grauschwarzer Himmel. Was links und rechts war, konnte man nicht sehen. Aber hören. Ein ständiges Rascheln, manchmal lauter, manchmal leiser, wie totes Gras, über das ein böiger Wind streicht, nur wehte gar kein Wind. Die Luft war still und stickig und warm, so drückend, daß man furchtbar viel schwitzte. Und bei dem Geruch, der vom Boden aufstieg, dachte ich, daß sich da draußen endlose Flächen Torfmoor erstrecken mußten.

Als ich den Weg vom Hotelzimmer aus betrachtet hatte, hatte er ganz gemütlich ausgesehen. Aber das war ein Irrtum; in Wirklichkeit führte er ständig bergauf und bergab. Es war ein hartes Stück Arbeit, Maree dazu zu bringen, daß sie Schritt hielt. Als wir über den ersten großen Hügel hinweg waren und ins Tal hinuntergingen, wurde mir langsam mulmig. Daß man nichts sehen konnte, außer der Straße, die sich immer weiterschlängelte, und dauernd dieses Rascheln ohne Wind – unheimlich. Dann, unten im Tal, war der Weg plötzlich verschwunden, unter großen Steinen und Felsklötzen mit scharfen Kanten und Graten. Ich glaube, es war ein alter Flußlauf. Er führte kein Wasser, aber ich sah das ausgetrocknete Bett, das sich zu beiden Seiten durch das Tal wand, verschüttet von dieser Gerölllawine. Links von uns gab es rechteckige Steinquader und den Rest eines steinernen Bogens, offenbar die Trümmer einer alten Brücke. Etwas – jemand? – hatte sie zerstört. Wir mußten daneben über die Felsen klettern.

Während wir da herumkraxelten, wurde Maree plötzlich sehr aufgeregt und hektisch, und ich wußte nicht, was ich mit ihr machen sollte. Ich vermutete, daß sie es eilig hatte, weiterzukommen, aber genau wußte ich es nicht, und plötzlich war mir alles zuviel, und ich hätte am liebsten geschrien. Sie führte sich auf wie eine Geistesgestörte. Mir kam der Gedanke, daß der Weg vor uns noch an vielen anderen Stellen zerstört sein könnte, und ob vielleicht das, was ihn zerstört hatte, irgendwo auf *uns* lauerte, und da war nur ich, um Maree zu beschützen, und ich fühlte mich einfach nicht stark genug dazu. Ich hatte noch nie so viel Verantwortung für jemanden gehabt. Und wir beide waren vollkommen allein. Mir war echt zum Heulen zumute.

Aber ich hatte versprochen, Maree nach Babylon zu bringen, also riß ich mich irgendwie zusammen und schleppte sie weiter, und wir schafften es durch das Flußbett und den nächsten Hügel hinauf.

Danach wurde es besser, hauptsächlich, weil Maree wieder Ähnlichkeit mit einem richtigen Menschen bekam. Sie sprach immer noch langsam und leise, aber während es abwechselnd bergauf und bergab ging, sang sie vor sich hin: ›Her und hin und hin und her, auf und ab, das ist nicht schwer; linker Hand und rechter Hand, wer will nach Ägypterland?‹ Und als ich sie fragte, was das zu bedeuten hätte, antwortete sie: ›Seilhüpfen. Kennst du das nicht? Ägypterland, da sind wir schon, wir fahren jetzt nach Babylon!‹ Ich wußte nicht, was das sollte. Dann fragte sie: ›Gibt es so etwas wie hier auch in deinem Bristolia?‹

Ich sagte: ›Es hat Ähnlichkeit mit den Niemandslanden.‹

Sie sagte: ›Erzähl.‹

Also erzählte ich während der nächsten Etappe von Bristolia und fühlte mich sehr viel besser, und dann sahen wir, nachdem wir den nächsten Hügel hinaufgestiegen waren, vor uns wieder einen Fluß.

Dieser führte Wasser, ich sah es glitzern. Davon abgesehen war er tiefschwarz. Er war sehr, sehr breit, und danach zu urteilen, wie das Glitzern vorüberjagte, hatte er eine starke Strömung. Eine unglaublich lange Brücke führte hinüber; ihr anderes Ende war nicht zu erkennen. Ich sah den Bogen, schwach angeleuchtet wie die Straße, aufsteigen und in der Ferne verschwimmen. An diesem Ende standen hohe Torpfeiler, je einer links und rechts, nach den Umrissen zu urteilen waren es Skulpturen. Beim Näherkommen konnte ich erkennen, daß sie Geschöpfe mit Flügeln darstellten.

Deutlicher sah ich sie nie, auch nicht, als wir dicht davor standen, denn das Tor und der Aufgang zur Brücke lagen in tiefem Schatten.

Wir hatten gerade den Schattenbereich betreten – es war kalt da drin –, als die Statue links zu sprechen begann. Ich bekam einen solchen Schreck, daß ich einen Moment dachte, ich falle um. Sie hatte eine laute, hohle Stimme, so ähnlich wie das Geräusch, wenn man über die Öffnung einer leeren Milchflasche bläst, und sie sagte: ›Halt! Im Namen des Schöpfers der Gestalt!‹

Dann sprach auch die rechte Statue und sagte: ›Halt! Im Namen des Schöpfers der Macht!‹

Erst glaubte ich, daß jede einen Flügel ausbreitete, um den Weg zur Brücke zu versperren, aber als ich richtig hinschaute, war es mehr ein Gitter wie ein ganz feines Spinnennetz. Ich drückte dagegen, und es fühlte sich eiskalt an – und es ließ sich nicht aufstoßen.

Dann kam jemand und musterte uns durch das Gitter hindurch. Auch wenn ich sein Gesicht nicht erkennen konnte, war er ziemlich furchteinflößend. Mit einer scharfen, kalten Stimme fragte er: ›Was ist euer Begehr?‹

Meine Zähne wollten anfangen, vor Angst zu klappern. Ich biß sie zusammen und antwortete: ›Wir sind auf dem Weg nach Babylon.‹ Und dann trat ich vorsichtshalber ein paar Schritte zurück.

Er sagte: ›Ihr könnt nicht nach Babylon gehen, so wie ihr seid. Kehrt um.‹

›Nein‹, sagte ich. ›Ich kann nicht umkehren, wegen Maree. Was brauchen wir denn, damit Sie uns passieren lassen?‹

»Ich schwöre, daß er lächelte. Er schien sich zu amüsieren, als er sagte: ›Viel weniger, als ihr habt, oder ein Quentchen mehr.‹

Also, viel *weniger* ging nicht, deshalb fragte ich: ›Was für ein *Quentchen* mehr?‹

›Kehrt um und stellt denen, die euch geschickt haben, diese Frage.‹

›Lieber Gott!‹ sagte ich. ›Bitte, ist es nicht möglich, daß Sie uns einfach so durchlassen?‹

›Nein‹, antwortete er. ›Kehrt um und fragt nach der fehlenden Strophe.‹

›Na gut.‹ Ich war wütend und in Panik, weil ich immer daran denken mußte, wie die Kerzen niederbrannten und Maree ging so furchtbar *langsam*. ›Aber Maree muß hierbleiben, während ich zurücklaufe, sonst brauchen wir die ganze Nacht. Sie werden ihr doch nichts tun, während ich weg bin, oder?‹

Es machte ihn zornig, daß ich glaubte, er könne Maree etwas antun – ich spürte es durch das Gitter wie einen kalten Wind. ›Kein Leid wird ihr geschehen‹, sagte er verächtlich. ›Mach dich davon.‹

Also brachte ich Maree dazu, sich hinzusetzen, außerhalb des Schattens, weil es da wärmer war, und ich vergeudete eine Menge Zeit damit, ihr einzuhämmern, daß sie da sitzenbleiben sollte und auf mich warten, und ich ließ mir von ihr *versprechen*, daß sie sich nicht von der Stelle rühren würde. Schließlich sagte sie: ›Geh nur. Mach dir keine Sorgen um mich‹, als hätte sie wirklich alles richtig verstanden.

Dann machte ich mich auf den Rückweg. Dieser Teil, der Rückweg, das war schrecklich. Ich war ganz allein, und ich wurde die Angst nicht los, Maree könnte verschwunden sein, wenn ich wiederkam, und ich sah immer die Kerzen vor mir, wie sie Stück um Stück weiter herunterbrannten. Und wenn ich nun das Hotelzimmer nicht fand und wer weiß wo landete ... Ich lief, so schnell ich konnte, aber in dem ausgetrockneten Flußbett knickte ich mir den Fuß um und mußte langsamer machen. Einerseits erschien mir der Weg endlos, und doch brauchte ich gar nicht lange, um wieder dort zu sein, von wo ich aufgebrochen war. Nach ein paar Minuten schon bemerkte ich auf der Kuppe des Hügels vor mir einen hellen, flackernden Lichtschein, und am Fuß des Hanges angekommen, sah ich, daß das Licht von zwei brennenden Kerzen stammte. Von da unten wirkten sie erstaunlich groß.

Ich keuchte den Hang hinauf, und oben stand ich wieder in Ruperts Hotelzimmer.

Er und Will waren ziemlich bestürzt, mich zu sehen. Ich merkte Rupert an, daß er dachte, wir wären schon in Babylon gewesen und Maree wäre nicht mit zurückgekommen. Also erzählte ich ihnen, daß man uns nicht über die Brücke lassen wollte ohne *ein Quentchen mehr*. Rupert ging regelrecht in die Knie vor Erleichterung, daß es nichts Schlimmeres war.

Er will, daß ich erzähle, was passiert ist, während er Zinka holen ging.

Zuerst nicht viel. Ich ging zu der dreieckigen freien Stelle neben dem Bett, weil ich mich hinsetzen wollte, aber vor Ungeduld lief ich nur auf und ab und spielte mit den leeren Fläschchen auf dem Kühlschrank und so weiter. Rob stützte sich auf einen Ellenbogen und beobachtete mich besorgt. Will sagte, setz dich, du machst die Enten verrückt, aber ich konnte nicht. Deshalb fingen die kleinen Viecher an herumzulaufen und zu piepsen, und ich glaube, Rob wurde von der Unruhe angesteckt, weil er sich aufrichtete und die Hufe zu Boden gleiten ließ und wissen wollte, wie es da draußen sei.

Rob ist jemand, mit dem ich reden kann. Es gibt nicht viele Menschen, von Maree abgesehen, denen ich wirklich etwas erzählen kann, aber Rob wird immer dazugehören. Seit das alles passiert ist, bin ich ziemlich oft drüben bei ihm gewesen, und wir haben echt über alles mögliche gequatscht. (Rob möchte nach Bristol kommen, um mich zu besuchen, aber wir wissen, er würde einen ziemlichen Aufruhr verursachen.) Diesmal erzählte ich ihm einiges von dem, was ich hier aufgeschrieben habe, und am meisten von der Kletterei zwischen den Felsen im Flußbett, weil das am furchtbarsten gewesen war. Ich wußte, Will dachte nur bei sich: ›Oha, scheint ziemlich hart da draußen zu sein‹, aber Rob verstand, was für ein Gefühl es war, ganz allein zu sein mit Maree, die sich benahm, als wäre sie nicht ganz richtig im Kopf, und ohne daß man sehen konnte, wo man sich überhaupt *befand*.

Mit einem Satz war er aus dem Bett.

Er sagte: ›*Autsch!*‹, weil seine Wunde schmerzte und tänzelte und schnitt Grimassen. Sein Gesicht wurde ganz weiß. Dann nahm er sein Hemd und zog es an.

Will fragte: ›Was zum Teufel hast du vor?‹

Und Rob antwortete: ›Ich mache mich fertig, um Nick nach Babylon zu begleiten. Sie brauche meine Hilfe.‹

›Red kein dummes Zeug!‹ sagte Will. ›Deine ganze Seite ist gerade erst zusammengeflickt worden. Der Weg ist rauh, die Wunde wird aufbrechen. Und es drohen auch noch andere Gefahren.‹

Rob warf stolz den Kopf in den Nacken, daß die Haare flogen, und sagte: ›Was schert mich die Gefahr!‹ Er sagte, er wäre es Maree schuldig, sie hätte ihn verarztet, und er hätte sie zum Dank in eine Falle gelockt. Und Will darauf, ziemlich höhnisch, fand ich , o ja, Rob wäre vom Wurm zum Helden mutiert, und warum hörte er nicht auf, den starken Mann zu spielen, und legte sich wieder hin? Und Rob brüllte: ›Ich *spiele* nicht!‹ Und danach schrien sie sich gegenseitig an, und die kleinen Enten bekamen Angst.

Ich hielt mich raus. Ich wollte, daß Rob mitkam. Bei der Aussicht, Gesellschaft zu haben, wurde mir viel leichter ums Herz, vorausgesetzt, Rob hielt durch. Seine Wunde schien ihn fast gar nicht mehr zu behindern, während er herumstampfte und schrie. Mittendrin wirbelte er zu mir herum und fragte, ob ich ein Stück Bindfaden hätte. Ich fand ein Gummiband in meiner Hosentasche. Rob nahm es und bündelte sein Haar am Hinterkopf zusammen. Für einen Moment sah es genauso aus wie eine Pferdemähne, dann riß das Gummi und das Haar fiel ihm wieder ins Gesicht. Grimmig zwirbelte er das zerrissene Gummiband zwischen den Fingern. ›Kentauren binden sich das Haar zurück, wenn sie in den Kampf ziehen‹, sagte er.

Will lachte. Darüber wurde Rob so wütend, daß er sich abwandte und wieder ins Bett legte. Ich fühlte mich echt deprimiert und hatte Lust, Will eins auf die Nase zu geben – nur ist er leider viel größer und stärker als ich –, als Will plötzlich merkte, daß die Tür aufgegangen war und die Küken sich davongemacht hatten. Er lief hinterher, fluchte wie ein Droschkenkutscher und brüllte mir zu, daß ich kommen sollte und ihm helfen. Also stieg ich über die Kerzen weg und ging nach draußen in den Flur.

Die Küken waren total verängstigt, sie trippelten hierhin und dorthin, und mir kam es vor, als wären es mindestens zwanzig und nicht nur die zwei. Sie liefen weg, und ich lief hinterher, in dieser idiotischen Haltung, vornübergebeugt und mit ausgebreiteten Armen wie ein Pavian, und ich sah nichts, außer diesen kleinen Viechern, und rannte – *Tilt!* – genau in Gram White hinein. Ich schaute hoch und sah, daß Mum bei ihm war.

Ich weiß noch, wie ich dachte, ich wünschte, sie würde nicht mit ihm herumziehen. Sie waren kein schönes Paar.

Mum sagte: ›Da bist du ja endlich, Nick. Ich möchte, daß du jetzt mit uns kommst.‹

Ich scheuchte eines der Küken um die halboffene Tür herum zurück ins Zimmer und sagte: ›Okay.‹ Dabei versuchte ich, Will unter meinem Arm hindurch einen Blick zuzuwerfen, daß ich gleich wiederkäme, aber gut möglich, daß er es nicht bemerkt hat. Er war vollauf mit der Entenjagd beschäftigt. Dann ging ich mit Mum und Gram White den Flur hinunter zu den Aufzügen.

Die Sache ist so: Nachdem Maree mit ihren Eltern von damals nach London gezogen war, hatte ich keinen Freund mehr und mußte eine Methode finden, mit Mum auszukommen. Ich weiß, das hört sich gefühllos an, aber es ging nicht anders. Die erste Zeit machte ich mir jede Menge Gewissensbisse, aber dann setzte ich mich hin und arbeitete ganz nüchtern einen Plan aus. Schon in der ersten Woche, nachdem Maree weggegangen war, wurde mir bewußt, daß ich nie ich selbst sein würde, wenn ich mich nicht wehrte. Mum wollte, daß ich nur mit ihr etwas unternahm – nicht, was *mir* Spaß gemacht hätte, sondern nur, was *ihr* Spaß machte – und daß ich ihr alles erzählte, was mir durch den Kopf ging. Und sie durchsuchte meine Taschen und las meine Computerdateien und meine sämtlichen Schulhefte. Dazu kommt, daß Mum es genießt, wenn man versucht, mit ihr zu streiten. Maree hat das immer falsch gemacht, sich von ihr provozieren zu lassen. Es ist für Mum ein innerer Vorbeimarsch, wenn sie jemanden fertigmachen kann, aber sie langweilt sich – nein, ich meine *war* und *langweilte*, ich vergesse immer, daß sie ja tot ist –, also sie langweilte sich, wenn man zu allem ja und amen sagte, und erst recht, wenn man ihr lang und breit von irgendwelchen Sachen erzählte, die für sie keine Bedeutung hatten.

Meine allererste nüchterne Erkenntnis war: Mum ist nicht interessiert an *mir*, sie will mich nur *beherrschen*. Deshalb erfand ich Bristolia. Sie wollte bald nichts mehr davon wissen, obwohl ich immer mehr Spaß daran fand. Verrückt, eigentlich. Es hatte nur eine Tarnung sein sollen, um von anderen Sachen abzulenken, mit denen ich mich beschäftigen wollte. Ich packte meinen Computer voll mit Bristolia, und sehr bald hörte sie auf, darin herumzuschnüffeln. Dann entwickelte ich eine Strategie, um nicht mit ihr zu streiten. Ich sagte einfach nur Okay, wenn sie etwas von mir wollte, und wartete in aller Ruhe, bis sie mich nicht mehr wahrnahm, und dann verdrückte ich mich. Sie machte sich fast nie die Mühe nachzusehen, was ich tat. Es interessierte sie null.

Auch an dem Abend wollte ich mich an meine Strategie halten, nur marschierten sie links und rechts neben mir her wie Polizisten, und die Kerzen brannten, und Maree wartete da draußen, und ich hatte immer noch Angst, daß sie weglief und sich verirrte. Also dachte ich, es wäre gut, den Prozeß zu beschleunigen. Ich fragte: ›Weshalb sollte ich denn mitkommen?‹

Ich hoffe nicht, daß Gram White mir deshalb später gefolgt ist; ihm könnte aufgefallen sein, daß es ungewöhnlich für mich war zu fragen. Normalerweise wartete ich geduldig darauf, daß Mum ihre Wünsche äußerte, nachdem sie mich gefunden hatte. Rupert denkt, Gram hätte es in Wirklichkeit auf Rob abgesehen gehabt. Möglich. Nach dem Tumult und den Blutspuren, die Rob im ganzen Hotel hinterlassen hat, wußte *jeder*, daß sich ein Kentaur im Haus befand, auch wenn die meisten scheinbar glaubten, ich wäre es, in einem besonders tollen Kostüm.

Ich merkte, daß Mum keine speziellen Wünsche hatte, sie wollte mich nur im Auge behalten. Gram White sagte: ›Wir möchten nicht, daß du dich mit den Leuten in diesem Zimmer herumtreibst. Sie sind kein guter Umgang.‹

Ich sagte, sie wären harmlos, aber ziemlich langweilig. Dann gähnte ich ein paarmal.

Mum sagte: ›Geh zu Bett, mein Schatz, du hast Schlaf nachzuholen. Gestern bist du viel zu lange aufgeblieben.‹

Na bestens. Ich versprach ihnen brav, ich würde mich ins Bett legen (und das habe ich zu guter Letzt ja auch getan, oder nicht?) und trottete davon. Es fiel mir nicht besonders schwer, müde auszusehen nach dem anstrengenden Hinmarsch mit Maree im Schlepptau und der Lauferei zurück. Sie blieben stehen und schauten mir nach. Ich mußte um sämtliche – sieben – Ecken der oberen Etage biegen. Sobald sie mich nicht mehr sehen konnten, fing ich an zu laufen, aber trotzdem kam ich nur eine Minute, bevor sie Rob ohne mich losgeschickt hätten, zurück in Ruperts Zimmer. Rupert sagt, ich muß einen ziemlich starken Hörigkeitsbann durchbrochen haben, um überhaupt wiederzukommen, aber ich habe nichts davon gemerkt. Vielleicht war ich daran gewöhnt, mich Dingen zu entziehen, die man mir aufzwingen will.

Ich erschrak furchtbar, als Gram White plötzlich um die Ecke kam und auf Rob feuerte. Rob auch. Keiner von uns beiden hatte je so etwas erlebt. Wir konnten nicht schnell genug unsere Vorbereitungen beenden – jeder bekam eine Handvoll Getreide und eine brennende Kerze –, dann gingen wir sofort los. Ich wußte, daß die Zimmertür hinter uns offenstand, und jeden Moment rechnete ich damit, daß Gram White wieder auftauchte und schoß. Erst unten, am Fuß des Abhangs, wurde mir wohler.

Die brennenden Kerzen machten einen großen Unterschied, denn jetzt war der Weg viel deutlicher zu erkennen, sogar schemenhaft zitterndes Gras zu beiden Seiten. Und egal, wie schnell wir gingen, die Kerzen flackerten nicht, weil auch unsere Bewegungen in der bleiernen Schwüle keinen Luftzug verursachten. Rob war in einen schnellen Schritt gefallen, und ich trabte nebenher. Im Nu hatten wir das trockene Flußbett durchquert und sahen vor uns schon die Brücke, wo man Maree und mich abgewiesen hatte. Als ich Rob fragte, meinte er, auch ihm wäre der Weg nicht lang vorgekommen. Er lahmte etwas, aber nicht schlimm. Nur die Stiche ziepten, meinte er.

Als wir uns der Brücke näherten, veranstaltete mein Herz merkwürdige Bocksprünge, weil ich Maree nicht entdecken konnte. Aber sie war da. Sie stand in dem schwarzen Schatten am Tor, hatte die Finger in das Gitter gehakt und redete mit dem Wächter auf der anderen Seite.

›Die Frustration ist das Schlimmste‹, hörte ich sie sagen. ›In letzter Zeit ist einfach alles schiefgegangen.‹ Dann hörte sie Robs Hufschlag und drehte sich langsam um, als könnte sie es nicht glauben. ›Rob!‹ sagte sie. ›Und Kerzen! *So weit die kleine Kerze Schimmer wirft, so scheint die gute Tat in arger Welt* ... Sind sie wichtig?‹ Von da an redete sie fast normal, nur daß alles, was sie sagte, sich irgendwie spinnert anhörte.

›Kerzen, Wasser und eine Handvoll Getreide vermischt mit Salz‹, zählte Rob auf.

›Und Luft?‹

›Unser eigener Atem.‹ Als geschulter Magier begriff Rob wahrscheinlich besser als ich, was Maree im Sinn hatte.

Bevor sie sich ihre Kerze und ihre Handvoll Getreide geben ließ, bestand sie darauf, Robs Flanke zu untersuchen. Sie sagte, daß er sie hoffentlich unterwegs nicht zu stark belasten mußte. Schließlich brachten wir sie dazu, ein Fläschchen Wasser in ihre Jackentasche zu stecken – ich tat das gleiche – und die Kerze und das Korn zu nehmen. Es sah unheimlich aus, als wir ihre Kerze anzündeten. Sie wurde noch blasser, ihre Kleider und ihre Haut, und verströmte ein schwaches Leuchten, als ob die Kerze sie von innen anstrahlte, statt von außen.

Als wir den Blick von Maree abwendeten, versperrte kein Gitter mehr die Brücke, und kein Wächter stand da. Auch die beiden Statuen waren verschwunden. Wir schauten uns schulterzuckend an und setzten unseren Weg fort. Robs Hufe verursachten auf der Brücke fast kein Geräusch. Überhaupt war es totenstill, sogar der breite, reißende Fluß unter uns strömte vollkommen lautlos dahin. Die Brücke war so breit wie eine Hauptstraße und alles schien in bester Ordnung zu sein, bis wir den Scheitelpunkt des Bogens erreicht hatten und auf der anderen Seite hinuntergingen.

Dann wurde es richtig wild.

Die Brücke schien zunächst nur vorhanden zu sein, so

weit der Kerzenschein reichte, und so blieb es auch den Rest des Wegs. Nach einer Weile kam es uns normal vor, daß wir unseren eigenen kleinen, begrenzten Ausschnitt der Wirklichkeit mit uns führten, es war eben so; aber anfangs, bevor wir uns daran gewöhnt hatten, fanden wir es gar nicht komisch. Man schaute nach vorn und sah schwarzes Nichts hinter ein paar Metern fester Straße. Besser, man hielt den Blick innerhalb des Lichtkreises, aber man durfte auch nicht genau nach unten schauen. Die Kerzen breiteten einen Ring aus Schatten rund um die Füße, und der Schatten war ebenfalls schwarzes Nichts. Am unheimlichsten war es unter Robs Körper, er schien sich auf einem Rechteck aus Nichts zu bewegen. Als er es merkte, spreizte er entsetzt alle vier Hufe und erstarrte, nur sein Schweif peitschte aufgeregt hin und her. Maree und mir ging es auch nicht besser.

›Wir – wir müssen weitergehen‹, sagte Rob schließlich.

Wer nicht losgeht, kommt nicht ans Ziel‹, sagte Maree.

Also setzten wir uns in Bewegung, aber mit weichen Knien, und bei jedem Schritt hatten wir Angst, ins Leere zu treten und in die Tiefe zu stürzen.

Und als wäre das nicht genug, hatte man selbst dort, wo man im Kerzenlicht den Boden erkennen konnte, das Gefühl, als ob darunter die grenzenlose Leere darauf wartete, daß wir hinunterstürzten. Sie war lebendig. Ich kann es nicht beschreiben. Ich fühlte nur, daß sie schwarz war und wie ein Rachen voller spitzer, scharfer Zähne – schlimmer als jeder von Dads Dämonen. Wir alle wußten, daß sie lebte. Wir hörten, wie sie sich regte, und fühlten ihren kalten Atem aus der Tiefe heraufwehen. Sie wanderte unter unseren Füßen mit.

Rob sagte zwischen zusammengebissenen Zähnen hindurch, während er sich mit steifen Beinen zentimeterweise vorwärtstastete: ›Ich glaube, ich habe noch nie in meinem Leben solche Angst gehabt.‹

›Prima‹, sagte Maree. ›Du nimmst mir das Wort aus dem Mund.‹

Dann wurde es noch schrecklicher, denn je näher wir dem anderen Ufer kamen, desto schadhafter wurde die Brücke. Sie bestand nur noch aus Bruchstücken, flachen Platten wie Eisschollen, und zwischen den Schollen wartete die Leere auf uns. Die jeweils nächste Scholle sahen wir erst, wenn der Lichtschein unserer Kerzen sie erreichte. An manchen Stellen war es schlimmer für Maree und mich, zum Beispiel, wenn der Abstand von einer Scholle zur nächsten besonders groß war und wir hatten beide Hände voll und konnten uns nicht aneinander festhalten oder uns stützen. Man schloß mehr oder weniger die Augen, machte einen großen Schritt und hoffte das Beste. Rob hatte Schwierigkeiten, wenn die Platten klein waren und die Abstände unregelmäßig. Er mußte sozusagen auf Zehenspitzen gehen und genau überlegen, wohin er die Hufe setzte. Ein- oder zweimal rollte er wild mit den Augen, und ich hatte Angst, daß er in Panik geriet, doch wir arbeiteten uns voran, Stück um Stück, und nach endlosen Meilen – so kam es uns vor – sahen wir die beiden Pfeiler am Ende der Brücke. Wir stürmten zwischen ihnen hindurch und atmeten auf, als wir wieder festen Boden unter uns spürten.

Es wurde aber nicht besser, nur anders.

Der Weg, den wir mit unseren Kerzen beleuchteten, wurde hier zu einem Pfad, halb überwachsen von Stechginster und wilden Brombeeren oder irgendwelchen anderen Büschen mit Ranken und Dornen, und einige davon waren sogar größer als Rob. Die Dornen waren gemein. Rob hatte einiges auszustehen, denn er konnte sich nicht seitlich dazwischen hindurchschieben wie Maree und ich. Durch die Lücken zwischen den Büschen fuhr nun ein heftiger Wind. Die Kerzenflammen wurden fast waagerecht zur Seite geweht, trotzdem verloschen sie nicht, und nach einige Zeit bemühten wir uns nicht mehr, die Flammen abzuschirmen; es war ohnehin sehr mühselig zu bewerkstelligen mit einer um Getreidekörner zur Faust geballten Hand. Davon abgesehen, wir brauchten diese Faust, um die dornigen Ranken beiseite zu schieben.

Ich kann mich nicht erinnern, wann unsere Kleider verschwanden, aber an irgendeinem Punkt waren sie weg, Schuhe und alles andere. Zuerst fühlte ich nur schneidende Kälte, dann ratschte ein widerlicher Dornenzweig quer über meinen Bauch, und ich merkte, ich war splitterfasernackt. Auch Maree, die vor mir ging, war nackt und schien noch stärker von innen heraus zu leuchten als vorher, und als ich über die Schulter blickte, sah ich, daß Rob sein Hemd verloren hatte. Maree sang vor sich hin: ›Das ist ja so peinlich, das ist ja so *peinlich*!‹, aber ich fand, barfuß zu sein war schlimmer. Die Steine auf dem Pfad waren schärfer und spitzer als die Dornen, und abgestorbene Dornenzweige lagen auch noch dazwischen. Es war so schrecklich, daß ich am liebsten kehrtgemacht hätte, aber ich erinnerte mich an die Brücke.

Nach einer Ewigkeit führte der Pfad durch eine Art Lichtung in den Büschen, wo der Wind noch heftiger tobte, und da, nur ein kleines Stück vor uns, war etwas Helles, das sich bewegte, huschte und flatterte. Wir sahen es alle gleichzeitig. Ich schrie auf. Maree blieb stehen. Rob fragte zähneklappernd: ›Was ist *das*?‹ Es sah gespenstisch aus.

›Sieht aus, als wäre die große Wäsche gekommen, um uns zu ermorden!‹ sagte Maree. ›*Oh!*‹ Und dann lief sie auf die Gespenster zu und rief: ›Wunder über Wunder!‹

›Was *ist* es denn nun?‹ Rob zitterte am ganzen Leib.

›Nachtmahre, böse Geister, Hexenspuk!‹ rief Maree zurück. ›Kommt schon, ihr Feiglinge, es sind *Kleider*!‹

Wir folgten ihr, und – na ja, ich weiß, wir waren nicht in der normalen Welt, aber trotzdem konnte ich es fast nicht glauben – die Kleider, die an den Büschen hingen, waren Marees alter Rock und Pullover und meine Jeans und das Sweatshirt, die ich ihr für die Kleiderkammer mitgegeben hatte. Das gibt einem zu denken. Auf dem

Boden standen eine ganze Menge alte Schuhe. Keiner von uns hatte Zeit oder Lust, sich den Kopf darüber zu zerbrechen, wie sie hergekommen waren. Wir steckten die Kerzen in den Boden und wurstelten uns einhändig in die Sachen hinein. Ich suchte mir die größten Turnschuhe heraus und versuchte mit einem scharfen Stein in die Spitzen ein Loch zu schneiden. Das war ein solches Gewürge, daß ich beschloß, mir sämtliche Reime und Zaubersprüche schnuppe sein zu lassen. Ich stopfte die Körner in die Hosentasche, damit ich beide Hände für die Schuhe frei hatte. Da erst fiel mir auf, daß mit meinen Kleidern auch das Wasserfläschchen verschwunden war. Ich schaute mich um, weil ich es Rob sagen wollte, und sah ihn frierend dastehen, die Arme um den Oberkörper geschlungen und keine Kleider für ihn in den Büschen.

›Hast du nie alte Kleider weitervererbt?‹ fragte Maree.

›Nein.‹ Er fröstelte. ›Knarros hat uns jedes Stück tragen lassen, bis es auseinanderfiel.‹

›Hast du wenigstens deine Gürteltasche noch?‹ erkundigte ich mich. ›Oder vielmehr Wills Gürteltasche.‹

Ich wollte hinzufügen, wenn nicht, dann hätten wir all unser Wasser verloren, doch er schaute mich an, als hätte ich soeben den Geistesblitz des Jahrhunderts gehabt. ›Aber *natürlich*! Danke!‹ Er machte die Tasche auf, ließ seine Handvoll Getreide hineinrieseln und nahm den Bausch Ziegenwolle heraus. Dann gab er mir seine wild flackernde Kerze zum Halten und nahm sich einen Teil von der Wolle, den er anschließend sorgsam immer mehr auseinanderzupfte. Das Stück wuchs und wuchs, und bald war es so groß, daß der Wind es packte und hin- und herwehte, aber Rob klemmte die Ecken fest und zupfte weiter.

›Aha, eine Pferdedecke‹, sagte Maree.

Zum Schluß war es sogar größer als eine Pferdedecke, ein leichtes, flauschiges Gespinst wie Mohair. Rob knotete sich die Zipfel um den Hals, und Marees Anweisungen folgend, zog ich es über seinen Rücken bis zum

Schweif. Dort blieb es haften. Ich war begeistert von der Idee, nahm die Hälfte von dem Rest der Wolle und zupfte daraus eine Art Schal. Maree behauptete, ihr wäre nicht kalt, doch als ich ihre Haut anfühlte, war sie eisig. Deshalb machte ich für sie ebenfalls einen Schal. Jeder wickelte sich seinen um, dann gingen wir weiter. Ich fühlte mich erheblich besser, aber Rob und Maree bewegten sich, als würden ihnen die Beine immer schwerer.

Der Dornenpfad nahm kein Ende. Ich glaube, es ging die ganze Zeit bergauf, aber das ist schwer zu beurteilen, wenn man nichts weiter sehen kann als den kleinen Lichtkreis, in dem man sich bewegt. Doch als wir die Dornen endlich hinter uns hatten, wurde der Weg *richtig* steil und führte über nackten Fels, verwittert zu spitzen Zacken, Graten und Kanten, wie ein Hügel aus Messern. Zu meiner Überraschung hatte Rob keine Mühe, hinaufzusteigen. Er meinte, es gäbe reichlich Halt. Maree war diejenige, die sich quälen mußte. Schließlich blieb Rob stehen und sagte, auf diese Weise kämen wir nie bis nach oben, und Maree sollte lieber auf seinen Rücken steigen.

›Aber das wird weh tun!‹ sagten wir beide.

Rob wußte, daß es weh tun würde. Er antwortete so gereizt, wie man es tut, wenn man weiß, daß einem etwas Unangenehmes bevorsteht, und man will es hinter sich bringen: ›Hilf ihr aufzusteigen und keine Diskussion!‹

Er hielt alle drei Kerzen, während ich Maree auf seinen Rücken stemmte. Ein Glück, daß sie nur noch die Hälfte wog, sonst hätte ich es nie geschafft. Und Rob hatte tatsächlich Schmerzen auszustehen. Er stampfte mit den Hufen und zuckte und wurde immer gereizter. Maree legte sich flach auf seinen Rücken, weil es für ihn so am wenigsten unangenehm zu sein schien. Während ich beide Hände frei hatte, zog ich das letzte Wasserfläschchen aus Robs Gürteltasche und nahm es an mich. Später war ich froh, daß ich es getan hatte.

Dann setzten wir unsere Marsch fort, bis Rob plötzlich

einen Schrei ausstieß und abrupt stehenblieb. Im ersten Moment dachte ich, seine Wunde wäre aufgebrochen, aber er hatte etwas gesehen, das ihn erschreckte. Auf seiner von mir abgewandten Seite standen drei Kinder am Rand des Lichtkreises. Außer ihren spitzen weißen Gesichtern konnte ich nicht viel von ihnen sehen. Sie standen einfach da und schauten, zwei Jungen, einer vielleicht so alt wie ich, der andere jünger, und ein kleines Mädchen. Sie taten nichts, aber Rob geriet in eine heftige Erregung.

›O bitte, bitte nicht!‹ sagte er. ›Wir haben uns doch immer gut vertragen!‹

Wir alle schauten auf die Kinder, als die Vögel sich aus dem Dunkel auf uns stürzten. Man stellt sich nicht vor, wie furchteinflößend das ist – große Vögel, die einem aus dem Nichts kommend um den Kopf fliegen und flattern. Es waren schwarze Vögel und weiße. Erst stießen sie auf uns nieder. Wir schrien und schlugen nach ihnen, deshalb ließen sie uns in Frieden und pickten nach den drei Kindern. Die drei schienen nicht zu wissen, was sie dagegen tun sollten.

Maree rief: ›Schnell, schnell! Die Körner, die Körner!‹ Und sie beugte sich von Rob hinunter und streute etwas von ihrer Handvoll Getreide vor die Füße der Kinder.

Die Vögel machten sich sofort darüber her und stritten um jedes Korn, als stünden sie tatsächlich kurz vor dem Verhungern.

Ich wühlte in der Hosentasche nach meiner Ration, als Rob die Plastiktüte mit der Reserve aus der Tasche nahm und vor sich auf den Boden ausleerte. Die Vögel stürzten sich auch darauf. Die schwarzen – im Licht der Kerzen sah man, daß sie eigentlich braungefleckt waren – warfen die Körner beiseite und pickten das Salz, aber die weißen verschlangen die Körner.

›Lauft weg, jetzt, während sie beschäftigt sind!‹ forderte Maree die Kinder auf. Alle drei schauten sie verständnislos an, aber nach kurzem Zögern wichen sie in die Dunkelheit zurück. Sie schienen überhaupt nicht zu begreifen, was los war.

Wir gingen weiter, bevor die Vögel sich an uns erinnerten. Maree sagte: ›Eigentlich müßten wir bleiben und den armen Kindern helfen!‹

Rob schüttelte den Kopf. ›Wir können nichts für sie tun.‹ Es klang so jämmerlich, daß Maree schwieg.

Danach folgte eine mühsame Kletterpartie, die Jahre zu dauern schien. Der Wind hatte etwas nachgelassen, aber er wehte immer noch in kalten, plötzlichen Böen. Keiner von uns geriet ins Schwitzen. Endlich gelangten wir auf eine Art Plateau, und einen herrlichen Moment lang dachten wir, wir hätten es geschafft. Ringsum erhoben sich Ruinen von Gebäuden, oder wenigstens sah es so aus. Dann hielt Rob seine Kerze an die uns am nächsten befindliche Ruine, und wir sahen im Lichtschein, daß es eine Art Pfeiler aus tiefschwarzem Gestein war. Der Weg führte in die Tiefe, bis er nur noch so breit war wie ein Kaninchenpfad, und schlängelte sich hierhin und dorthin zwischen Hunderten dieser Pfeiler hindurch. Einige davon waren klein – kniehoch –, und andere ragten auf wie Kirchtürme, und jeder hatte eine andere skurrile Form. Immer wieder sah es so aus, als ginge es nicht mehr weiter, und wir dachten, wir wären endlich am Ziel, doch jedesmal schimmerte im Licht einer unserer Kerzen ein weiteres Stück Weg hell zwischen den schwarzen Felszacken.

Rob hatte Mühe, sich hindurchzuzwängen. Maree stieg ab, damit es leichter für ihn war. Sie behauptete, sie hätte sich ausgeruht, aber ich fand, sie sah ziemlich elend aus. Trotzdem marschierte sie vorweg und hielt die Kerze hoch erhoben, der Schein der vom Wind hin- und hergerissenen Flamme zeigte uns zu beiden Seiten immer neue Pfeiler. Der Wind verursachte sonderbare Geräusche zwischen den Felsen. Dachten wir anfangs, aber dann wurden die Geräusche eindeutig zu Stimmen.

Hauptsächlich war es ein Raunen und Flüstern. Das

war gruselig genug. Manches hörte sich nach einer fremden Sprache an, aber mich traf fast der Schlag, als dicht an meinem Ohr jemand sagte: ›Du entkommst mir nicht. Ich warte nach der Schule draußen auf dich.‹ Es klang wie eine ernstgemeinte Drohung, aber da war niemand.

Wir alle hörten Stimmen, aber wir hörten nicht dieselben. Was immer sie zu Rob sagten, er versuchte, sich die Ohren zuzuhalten. Kerzenwachs tropfte in sein Haar, und manchmal zischelte es, aber ganz offensichtlich war ihm das lieber, als sich anhören zu müssen, was ihm die Stimmen erzählten. Maree liefen beim Gehen Tränen unter der Brille hervor. Ich selbst wurde nach dem ersten Schreck immer wütender. Da war eine Stimme, die in gelangweiltem Ton ständig wiederholte: ›Kein Grund zur Sorge. Ist schon so gut wie erledigt.‹ Das ging mir echt auf den Keks. Das Schlimme war, sie hörte sich an wie meine eigene Stimme. Ein- oder zweimal konnte ich einfach nicht anders, und ich schrie zurück: ›Verdammt, halt die Klappe! Manchmal sage ich auch was Nettes!‹ Aber sie wollte nicht schweigen. Endlich hatte ich es dermaßen satt, daß ich Rob anbrüllte, ich wüßte gern, was die Stimmen *ihm* erzählten.

Er drehte sich um, als wäre ich sein Retter in der Not, und schrie zurück, sie drohten ihm, seine Schönheit wäre futsch, wenn er weiterginge. ›Sie sagen, ich brauche mich nur durch den nächsten Spalt an dieser Seite schieben, und ich wäre zu Hause‹, erklärte er. Wenigstens glaubte ich, das zu verstehen, aber meine Stimmen übertönten ihn und zerschwätzten jedes andere Geräusch.

Und es ging weiter, das reinste Irrenhaus, bis wir uns zwischen den beiden letzten Felspfeilern hindurchzwängten und die Stimmen und der Wind verstummten wie abgeschnitten.

Das nächste Stück Weg war lang, gerade und eben. Rob und Maree wurden wieder putzmunter, gingen nebeneinander her und redeten. Kaum zu glauben, aber Rob wußte nicht, was er sich in Babylon wünschen sollte.

Er sagte, Will hätte ihm klargemacht, daß er dringend um etwas bitten müßte, aber er könnte sich einfach nicht vorstellen, was. Er erzählte Maree einige von den Dingen, die Will ihm an den Kopf geworfen hatte.

Während sie sich unterhielten, wurde mir immer beklommener zumute. Es schlug mir aufs Gemüt, daß vor uns und hinter uns nur Dunkelheit war und an beiden Seiten auch. Besonders an beiden Seiten. Ich fühlte mich wie auf Messers Schneide mitten im Nichts, dem kalten, hungrigen Nichts mit scharfen Zacken darin, das uns unter der Brücke begleitet hatte. Während Maree zu Rob sagte: ›Das hört sich an, als solltest du um eine neue Seele bitten‹, hatte ich nichts Besseres zu tun, als zum Rand des Weges zu gehen und die Hand mit der Kerze auszustrecken, um zu sehen, was es dort gab.

Nichts. Da war nichts, absolut nichts. Nur ein bodenloser Abgrund. Wie ein Idiot rannte ich zur anderen Seite. Genau das gleiche. Noch ein Abgrund. Wir spazierten tatsächlich über einen Steg mitten im Nichts.

Ich hörte kein Wort mehr von dem, was Rob und Maree redeten. Sie gingen unbekümmert weiter und diskutierten über Robs Seele. Ich tappte hinter ihnen her, wagte kaum die Füße zu heben, und das kalte Grauen schüttelte mich wie die Katze die Maus. Ich hatte solche Angst, daß ich am liebsten auf Händen und Knien weitergekrochen wäre – auf dem Rückweg tat ich es –, aber ich wollte mich nicht vor den beiden anderen blamieren, denen das alles gar nichts auszumachen schien. Ich fühlte mich erst wieder besser, als wir die hängenden Gärten erreichten.

Der Name fiel uns spontan ein, und er paßte, aber das Ganze war etwas anders, als man es sich vorstellt. Am Anfang merkten wir nur, daß wir jetzt über einen federnden, höckerigen Untergrund gingen, der einen zitronigen Duft verströmte und unter unseren Füßen ein wenig zu schwanken schien.

Maree sagte: ›Zitronenverbenen! Wunderbar!‹

Der Weg führte ziemlich steil bergauf, und der Boden schwankte immer stärker, je weiter wir gingen, und bald fiel der Schein unserer Kerzen auf einen Turm, halb unter wuchernden Pflanzen begraben. Er sah aus wie der Turm aus einem Schachspiel, nur groß wie ein Haus. Ein Stück weiter noch ein Turm, auf der anderen Seite, dieser hatte Ähnlichkeit mit einer Pagode aus Porzellan. Überall üppige Vegetation, im Kerzenschein entdeckten wir Blumen, und die Luft roch aufdringlich süß, schlimmer als in einer Parfümerie. Dann wieder ein Turm, diesmal eine Pyramide mit zu vielen Stufen. Danach führte der Pfad fast senkrecht in die Höhe, und der blumenbewachsene, duftende Untergrund schwankte nicht nur, er begann zu schaukeln. Inzwischen war uns allen klar, daß wir nur die Spitzen von gewaltigen Türmen sahen, die aus einem tiefen, tiefen Abgrund aufragten, und daß die Gärten an den Türmen himmelhoch über uns aufgehängt waren. Sobald einem das klar wurde, fühlte sich der schaukelnde Boden so dünn an wie Seidenpapier.

Maree geriet in Panik und erstarrte zur Salzsäule, ich mußte sie am Arm mitziehen. Rob konnte mir nicht helfen. Wenn er nicht Hände gehabt hätte, um sich hochzuziehen, wäre er wirklich in der Klemme gewesen. Auch so hatte er zu kämpfen: Manchmal war er mit den Vorderhufen zu weit geklettert, wußte die Hinterhand nicht nachzubringen und wurde immer länger. Schließlich mußte ich nicht nur Maree helfen, sondern auch Rob. Ich nahm meinen Schal ab und band ihn mir um die Taille. Daran schleppte ich Maree so weit nach oben, wie sie es aushalten konnte, bevor sie anfing zu weinen und mich anflehte stehenzubleiben. Meistens versuchte ich, sie dicht bei einem der Türme zu parken, wo der Boden weniger schwankte, und dann ging ich zurück, um Rob zu holen. So pendelte ich hin und her, einhändig, die Kerze hoch erhoben, um zu sehen, wohin wir traten. Die Blumendüfte wechselten, von süß, zu würzig, zu krautig, nach einiger Zeit fing ich an, sie zu hassen. Ich zertrampelte Blumen, um den Fuß einstemmen zu können, wenn ich Rob über eine schwierige Stelle hinweghalf, und ich verlor den Überblick über die ständig auftauchenden Türme und die vielen verschiedenen sonderbaren Formen. Irgendwann war ich mit meinen Kräften ziemlich am Ende.

Wir kamen in einen Bereich, der offener wirkte, weil der Boden aus tausenden Moospolstern zusammengesetzt war. Weil das Moos sehr hell war, konnte man sehen, wie es sich vor uns und zu beiden Seiten scheinbar ins Endlose erstreckte. Hier war das Schaukeln schlimmer als auf dem ganzen Stück vorher. Trotzdem lebte Maree wieder auf – dafür fühlte Rob sich alles andere als wohl in seiner Haut, unter anderem, weil er hier besser sehen konnte und also auch sah, wie seine Hufe jedes Mal unaufhaltsam auseinanderglitten. Doch am meisten setzte ihm das Schaukeln zu.

Er machte ungewollt einen wirklich schlimmen Spagat – die Vorderhufe fast unter meinem Kinn, während ich seine Hand umklammerte, die Hinterhufe senkrecht darunter und den Bauch im Moos –, als der ganze Hang heftig in Schwanken geriet.

›Was ist das?‹ keuchte er.

Wahrscheinlich hätte ich es ihm nicht sagen sollen, aber ich war auch in Panik. Ich blickte an Rob vorbei nach unten und sah, wie das Licht einer Kerze die Blätter zu dem leuchtenden, unechten Grün verfärbte, das man bekommt, wenn am Fernseher die Farben zu grell eingestellt sind. Wer immer das da unten war, er arbeitete sich mit kraftvollen Rucken nach oben und hangelte sich dabei an den Pflanzen weiter, und das verursachte das Schwanken. ›Da kommt jemand‹, sagte ich zu Rob.

Rob fluchte und strengte sich noch mehr an. Aus irgendeinem Grund waren wir beide überzeugt, daß es sich um einen Feind handelte. Er warf über die Schulter einen Blick nach unten und sah die Kerze ebenfalls. ›Auf diese Weise bin ich keine Hilfe für euch‹, sagte er und versuchte, sich mit der Hinterhand abzustoßen und nach oben zu schnellen, aber durch die Wunde war er steif und ungelenk und streckte sich nur immer länger, und in der nächsten Sekunde brachen seine Hufe durch die Moosdecke und der halbe Rumpf hinterher, und er baumelte über dem Nichts. Er ließ die Kerze fallen und krallte die freigewordene Hand in einen Mooshügel. Ich sah die Flamme immer kleiner werden, bis sie schließlich vom Dunkel verschluckt wurde, und mir wurde klar, daß ich um keinen Preis seine Hand loslassen durfte, oder es war um Rob geschehen. Ich setzte mich auf seine Vorderhufe, damit sie nicht wegrutschen konnten, auch wenn es ihm weh tat, und umklammerte mit aller Kraft seine Hand.

Ein Alptraum! Und ich war schon so erschöpft, daß meine Arme sich anfühlten wie Gummi.

Maree befand sich haushoch über uns. Sie schrie auf und kletterte nach unten. Wie als Antwort rief eine Männerstimme laut von unten herauf: ›Was ist los?‹

›Er fällt!‹ schrie Maree. ›Hilfe!‹

›Haltet durch!‹ rief der Mann, und er kam im Eilzugtempo näher. Mittlerweile war es mir egal, ob er Freund war oder Feind oder sonst was. Im Licht der Kerze, die ich ins Moos gesteckt hatte, um mit beiden Händen zugreifen zu können, starrten Rob und ich uns an, und ich betete nur, er möge sich *beeilen*.

Dann war er bei uns, und ich erkannte den seltsamen Fremden, der im Spiegel immer andere Kleidung getragen hatte. Selbst das war mir egal, Hauptsache, er war stark. Er warf einen Blick auf Rob, steckte seine Kerze neben meine, kniete sich hin und packte Rob unter den Achseln. ›Auf mein Kommando‹, sagte er zu mir. ›Eins, zwei, *drei*!‹ Ich hatte kaum noch Kraft, der Fremde mußte die ganze Arbeit allein tun, hievte und beugte sich so weit nach hinten, bis er fast rücklings auf dem Hang lag, während Rob langsam, langsam durch die Moosschicht nach oben kam, dann mit einem Hinterhuf irgendwo

Halt fand und mithelfen konnte und endlich aus dem Loch heraus war.

Eine Weile lagen wir neben den Kerzen, völlig geschafft und am Ende. Über Robs Gesicht strömten Tränen, und Maree, die über uns hockte, wiederholte immer wieder: ›Vielen Dank! Vielen, vielen Dank.

›Wenn ich sagen würde, nicht der Rede wert, wäre das gelogen‹, meinte der Fremde, als sein Atem wieder ruhiger ging, ›das war ein schweres Stück Arbeit, aber ich bin froh, daß ich rechtzeitig gekommen bin; dies ist kein guter Ort für einen Kentauren.‹

›Könnte kaum schlechter sein‹, stimmte Rob ihm zu. Er nahm die Reservekerze, die Zinka uns gegeben hatte, und zündete sie mit Ruperts Reservefeuerzeug an.

Ich sagte: ›Ich habe Sie gesehen. Im Hotel Babylon.‹

Maree sagte: ›Ich auch.‹ Mir fiel ein, daß sie in den höchsten Tönen von ihm geschwärmt hatte, und ich schaute sie an, um zu sehen, ob sie vielleicht gerade dabei war, in Ohnmacht zu fallen oder so ähnlich. Nein, sie musterte den Mann verwirrt, aber gleichzeitig auf eine Art, als wäre ihr etwas klar geworden. ›Wer sind Sie?‹ fragte sie ihn. ›Rupert Venables kennt Sie.‹

›Ich weiß noch nicht so genau, wer ich bin‹, antwortete er verlegen. ›Aber früher war ich der Nachbar von Rupert Venables. Sind Sie ihm bekannt?‹

›Ich habe ihn vor sechs Wochen das erstemal getroffen und fand ihn schrecklich. Das zweitemal bin ich ihm in dem Hotel begegnet, und es kommt mir vor, als würde ich ihn schon ewig kennen.‹

›Wenn das so ist und Sie treffen ihn vor mir, richten Sie ihm aus, daß ich mich melde.‹ Er stand auf und schaute bekümmert in seine rechte Handfläche. ›Drei Körner sind noch übrig‹, meinte er. ›Die anderen sind den Weg gegangen, den auch du fast gegangen wärst, Kentaur.‹ Er ließ die Körner vorsichtig wieder in die Tasche gleiten.

›Wir können Euch ein paar abgeben‹, sagte Rob.

›Drei müßten genügen.‹ Der Mann streckte Rob die

Hand hin. ›Komm mit. Ich helfe dir nach oben, und diese beiden helfen sich gegenseitig.‹

In zwei Gruppen setzten wir unseren Weg fort. Rob kam viel besser voran mit jemandem, der zu ihm sagte: ›Die Hufe dichter zusammen. Nimm dieses Büschel, es ist größer. Jetzt ein Sprung nach oben, immer mit der Ruhe.‹ Maree aber war wirklich der völligen Erschöpfung nahe, und ich fühlte mich schwach wie ein neugeborenes Kätzchen. Rob und der Fremde gewannen einen immer größeren Vorsprung. Endlich, als ihre Kerzen nur noch ein Blinzeln hoch über uns waren, riefen sie zurück, sie würden oben auf uns warten.

Das war das letzte, was wir von ihnen sahen oder hörten. Damals waren wir ziemlich beunruhigt, aber Koryfos erklärte mir später bei der Privataudienz in dem Truppentransporter, daß sie wirklich versucht hatten zu warten, aber der Ort da oben ließ es nicht zu. Ob sie stillstanden oder sich bewegten, sie mußten gehen, wohin sie gingen, und wenn sie umkehrten, stellten sie fest, daß sie wieder in eine andere Richtung geführt worden waren. ›Und glaub mir‹, sagte er, ›es war viel schlimmer als der Weg, auf dem wir gekommen sind. Rob kann sich glücklich schätzen, daß er es überlebt hat.‹

Die Erklärung dafür ist, daß da oben, über den Hängenden Gärten, wirklich Babylon war. Wir wußten es sofort, Maree und ich, im selben Moment, als wir oben abkamen. Doch ich glaube nicht, daß ich es beschreiben kann, unter anderem, weil es so viele Dinge gleichzeitig war. In meiner Erinnerung ist es gespeichert als der dunkle, flache Gipfel des Berges oder als ein unvorstellbar hoher Turm – und wir waren gleichzeitig drinnen und draußen – oder als ein unvorstellbar helles Licht, in dem ich stand. Doch wenn ich an das Licht denke, kommt es mir vor, als wäre es farbig gewesen, und Farben wie diese gibt es nirgendwo sonst und auch keinen Namen dafür. Sie schlugen Wellen wie Nordlichter oder sahen aus wie Signalzeichen, dann wieder denke ich:

Nein, es waren keine Wellen, es waren Säulen. Und die Richtungen waren auch nicht wie normal. Ich meine, wenn ich mir Babylon als den Turm vorstelle, weiß ich, er spiegelt sich durch zehn oder zwanzig rechte Winkel nach oben und unten und um die Längsachse, genau wie das Hotel, nur in diesem Turm konnte ich die verschiedenen Richtungen *sehen,* und das war ziemlich verwirrend. Und es gab noch andere Wunder.

Maree erinnert sich nicht einmal an das. Alles, was sie noch weiß, ist das Ende, als wir beide glaubten, wir wären zu einer Art von Steintrog gekommen – nur war er so seltsam wie alles andere, weil er auch in den vielen anderen Richtungen existierte und deshalb eine merkwürdige Form hatte für einen Trog. Eine Weile standen wir da und überlegten. Ich sagte: ›Wir können nicht einfach so unseren Wunsch aussprechen. Man muß uns dazu auffordern.‹

Maree sagte: ›Gib mir das Wasser.‹ Ich hatte nur das eine Fläschchen, aber ich gab es ihr, und sie goß ungefähr die Hälfte des Inhalts vorsichtig in den Trog – man mußte vorsichtig sein, weil auch das Wasser in sämtliche Richtungen floß und nicht unbedingt dahin, wo man es haben wollte. Sie gab mir das Fläschchen zurück und befahl: ›Jetzt du. Dann streu das Korn aus.‹

Mit dem Getreide war es noch schwieriger. Es wanderte überallhin und um alle Ecken, und nur ein paar Körner gelangten in den Trog. Doch sobald die Körner in das Wasser gefallen waren, begann es zu schäumen und zu steigen, bis es wie ein Fluß gegen die Rändern des Trogs schwappte.

Dann glaube ich, daß eine Stimme zu uns sprach, aber sicher bin ich nicht, denn falls es eine Stimme war, klang sie mehr wie Gesang oder Glockenläuten. Aber mir kam es so vor, als gäbe sie uns zu verstehen, Maree dürfe als erste ihren Wunsch äußern, vorausgesetzt, sie wäre in großer Not.

Ich gab Maree einen Schubs. Sie zuckte zusammen. Ich

flüsterte ihr zu, was sie sagen sollte. Sie nickte lebhaft, und ich dachte, sie hätte verstanden. Sie schob die Brille hoch und sagte: ›Ich wünsche mir, daß mein kleiner dicker Paps von seinem Krebs geheilt wird.‹

Ich konnte es nicht *fassen*! Die totale Verschwendung! Jetzt mußte ich Maree ihre andere Hälfte zurückwünschen, statt etwas für mich, und ich hätte schreien können. Es gab sonst keine Möglichkeit, sie zurückzubekommen, wenn ich es nicht wünschte, und dann waren die Mühe und Arbeit, die alle sich gemacht hatten, umsonst gewesen, nur weil ich auf meinem Wunsch beharrte. Ich glaube, ich habe geweint über die Verschwendung, aber es wäre einfach sinnlos gewesen, diesen weiten Weg gekommen zu sein und dann den entscheidenden Wunsch *nicht* auszusprechen. Also wünschte ich für sie.

Eine Art Glockenschlag ertönte. Maree hatte plötzlich wieder ihre richtige, gesunde Farbe, und sie sah handfester aus, nicht mehr so vergeistigt. Sie schien auch wieder ganz bei klarem Verstand zu sein, und ihr Gesicht hatte wieder die richtige Form. Und ich nehme an, ich war froh. Ach, was soll's – ich war froh.

Dann ertönte die Glocke noch einmal, und das bedeutete, wir waren entlassen. Mir schien es darüber hinaus ein Hinweis zu sein, eine Warnung, denn ich mußte an die Geschichten denken, Orpheus und so weiter, und ich schaute Maree nicht mehr an. Ich drehte mich einfach um und machte mich auf den Rückweg.

Ich habe keine Ahnung, wie es gekommen ist, daß ich sie so weit hinter mir gelassen habe. Maree kann es auch nicht erklären. Sie glaubt, sie hätte fast den ganzen Weg meine Kerze vor sich gehabt, und ich hörte ihre Schritte. Ich hörte und fühlte sie hinter mir den Mooshang hinunterklettern. Ich hörte wieder ihre Schritte, während ich auf Händen und Knien über das Felsband mit dem Abgrund auf beiden Seiten kroch. Ich begreife es einfach nicht.

Der Rückweg war eine Qual. Man wußte genau, was

einem bevorstand. Nur die Kinder und die Vögel waren nicht da, als ich den Messerhang hinunterstieg, aber alles andere wartete auf mich. Wenn ich jetzt darüber nachdenke, war noch etwas anders: Als ich zu den Dornenhecken kam, rechnete ich damit, daß meine Kleider wieder verschwinden würden, aber das taten sie nicht, nur der Schal aus Ziegenwolle. Und als ich zu der Brücke kam, war nichts am anderen Ende, kein Tor und keine Statuen, aber da war ich schon so müde, daß ich es fast nicht bemerkte. Ich war einfach nur froh, daß niemand mich aufhielt und trottete weiter. So müde war ich, daß ich, in Ruperts Zimmer angekommen, kaum begriff, daß ich stehenbleiben durfte, weil ich die Reise beendet hatte, nach Babylon und wieder zurück.«

[3]

Sie saßen vorgebeugt auf ihren Plätzen und lauschten aufmerksam meinem Bericht, die Angehörigen der Oberen Kammer. Weil ich mich auf das Vorlesen konzentrierte, fiel mir erst nach einer Weile auf, daß Blatt für Blatt weggezaubert wurde, sobald ich mit einem fertig war. Jedesmal, wenn ich eine Seite unter den Stapel schob, verschwand sie. Am Ende hielt ich noch drei Blätter in der Hand. Ich richtete den Blick darauf. Auf dem obersten stand das Erlebnis mit den Kindern und den Vögeln.

Jemand ziemlich weit unten am Tisch fragte: »Weißt du, wer diese drei Kinder waren?«

Ich sagte: »Ja. Es müssen die Tochter und die zwei Söhne des Kaisers gewesen sein, die ermordet wurden.«

»Und was, glaubst du, hatte es mit den Vögeln auf sich?« erkundigte sich eine andere ferne Stimme.

»Ich weiß es nicht. Ich dachte, hier wüßte man über solche Dinge Bescheid.«

»Ich wünschte, es wäre so«, sagte der Mann rechts

neben mir an meinem Ende des Tisches. »Diese Sache ist für uns so rätselhaft wie für dich und deine Gefährten.«

Dann waren es nur noch zwei Blätter. Auf dem obersten war beschrieben, wie wir im Flur die Entenküken jagten, nachdem ich das erste Mal zurückgekommen war. Mir wurde flau in der Magengegend.

Die Frage, vor der ich mich fürchtete, kam von der Bank an der Wand und wurde gestellt von einer sehr, sehr alten Dame mit eingefallenen Wangen. »Welche Gefühle hast du heute in bezug auf deine Mutter?«

Ich konnte darauf nicht antworten. Ich wußte einfach nicht, wie ich es sagen sollte, dabei hatte ich die ganze Zeit, seit Dad und Maree und ich nach Bristol zurückgefahren waren, darüber nachgedacht.

Die alte Dame sagte: »Versuch zu antworten. Vielleicht hilft es.«

Die einzige Möglichkeit einer Antwort bestand für mich darin, über etwas anderes zu sprechen. Ich sagte: »Vergangenes Jahr hatte ich einen Furunkel am Hals. Er war ziemlich imposant. Während er wuchs, war er wunderbar glatt und rund, etwas spitz und ebenmäßig, mit einer komischen, winzigen Kuhle in der Mitte oben. Wenn ich ihn betrachtete, sah er so *richtig* aus, daß man fast glauben konnte, er wäre ein normaler Teil meines Körpers und gehörte dahin. Doch er tat immer mehr weh und zwang mich, den Kopf schiefzuhalten. Schließlich ging Dad mit mir zum Arzt. Der Arzt warf nur einen kurzen Blick auf den Furunkel, dann schnitt er ihn auf. Es war eine fiese Bescherung und der Schmerz zehnmal schlimmer. Als ich nach Hause kam, sah die Stelle noch ekliger aus, näßte, und ich fühlte mich scheußlich, aber der Schmerz war ein viel besserer Schmerz, obwohl die Stelle noch lange weh getan hat und mir eine ziemliche Narbe geblieben ist.«

Die alte Dame nickte. »Eine gute Antwort.«

Dann hatte ich nur noch ein Blatt übrig. Ich schaute es an, und mein ganzer Körper verkrampfte sich. Es war das letzte Blatt, und ich würde den Teufel tun und ihnen auf die Nase binden, was ich mir hatte wünschen wollen, nur wußte ich nicht, wie ich sie daran hindern sollte, mich zu zwingen, es ihnen zu verraten.

Jemand irgendwo am Tisch stellte die Frage. Er sagte: »Du hast dein Motiv nicht genannt. Du erwähnst nirgends, weshalb du bis zum Ende durchgehalten hast.«

»Wie meinen Sie das?« versuchte ich zu lavieren.

»Ich meine«, sagte er, »du erklärst, weshalb du dem Kentauren geholfen und gewünscht hast, daß deine Schwester ihre zweite Hälfte zurückbekommt, aber bei wenigstens einer Gelegenheit wolltest du umkehren, und aus deinem Bericht geht hervor, daß du die Möglichkeit gehabt hättest. Weshalb bist du weitergegangen?«

»Ach so.« Ich bemühte mich, sie nicht merken zu lassen, wie erleichtert ich war. »Ich bin weitergegangen, weil ich neugierig war, natürlich. Ich wollte wissen, wie die Geschichte ausgeht.«

Das schienen alle lustig zu finden. Am Tisch und auf den Bänken wurde gelacht, und danach waren alle meine Blätter verschwunden. Rupert schien zu glauben, wir dürften jetzt gehen, aber sie waren noch nicht fertig. Einer von den Ehrfurchtgebietenden auf den mittleren Plätzen sagte zu mir: »Einen Augenblick. Dieser Bericht über Babylon enthält wesentliche Teile des Großen Geheimnisses der Magids, das denselben Namen trägt. Aus diesem Grund sehen wir uns gezwungen, alle Erinnerungen daran aus deinem Gedächtnis zu tilgen. Wir bitten um Verständnis und hoffen, daß du wegen dieser Maßnahme keinen Groll gegen uns hegen wirst. Es ist unumgänglich.«

Nun ja, sie taten ihr Bestes, nehme ich an. Ich erinnerte mich wirklich an gar nichts mehr – zum Beispiel wunderte ich mich, daß Maree wieder ganz gesund und lebendig aussah und konnte mir nicht erklären wieso –, bis ich nach Hause kam und die Notiz fand, die ich für mich selbst hinterlassen hatte. *Nach Disketten suchen.* Also suchte ich überall und fand ungefähr zwanzig von den hundert Stück, die ich versteckt hatte. Die anderen waren verschwunden, wie auch die Datei von meiner Festplatte. Aber ich glaube nicht, daß die Obere Kammer gemerkt hat, wie clever ich gewesen bin.

Nachdem Rupert mir nämlich gesagt hatte, daß die Leute in der Computerfirma mein Bristolia-Spiel nun doch nicht haben wollten – es wäre ihnen zu kompliziert! –, beschloß ich, statt dessen ein Babylon-Spiel zu entwickeln. Zum Teufel mit Großen Geheimnissen! Sagen Rupert und Maree nicht immer, die vornehmste Pflicht eines Magids wäre es, für die Verbreitung all des magischen Wissens zu sorgen, damit es im rechten Augenblick zur Hand ist? Und außerdem, ich *will* mich erinnern. Nach meiner Ansicht ist es ein ausgezeichnetes Druckmittel, um die Obere Kammer zu bewegen, mich ebenfalls als Magid aufzunehmen. Das war mein Wunsch für Babylon gewesen, ein Magid zu werden, bevor ich statt dessen meinen Wunsch Maree geben mußte. Was soll's, werde ich es eben auf einem anderen Weg versuchen.

ENDE

Diana Wynne Jones ist eine bedeutende Jugendbuchautorin und wurde bereits mit zahlreichen Auszeichnungen überhäuft. Dies hier ist nun ihr erster Fantasy-Roman für Erwachsene, überraschend originell, humorvoll und ernst zugleich, eine Satire und ein spannendes Abenteuer.

Der RING, eine Vereinigung wohlwollender Hexen und Zauberer, schützt unsere Welt seit Äonen vor den Magiern von Arth, einem Paralleluniversum, das nur eins im Sinn hat: Katastrophen auf der Erde herbeizuführen und der Menschheit zu stehlen, was nicht niet- und nagelfest ist. Nun hat der RING eine Verschwörung nie gekannten Ausmaßes entdeckt, die den Untergang der Erde herbeiführen könnte. Ein Schlachtplan muß her. Doch das ›Arsenal‹, das den Verteidigern zur Verfügung steht, ist äußerst begrenzt – es bleiben kaum mehr als psychologische Sabotageakte, das Herbeiführen interner Meinungsverschiedenheiten (beim Feind) und Kamikaze-Sex ...

ISBN 3-404-20368-2

BASTEI
LÜBBE

Ausgezeichnet als bester Roman des Jahres 1998 (Gewinner des renommierten Kurd-Laßwitz-Preises)

Stephen Foxx, Mitglied der New Yorker Explorer's Society, findet bei archäologischen Ausgrabungen in Israel in einem 2000 Jahre alten Grab die Bedienungsanleitung einer Videokamera, einer Kamera, die erst in einigen Jahren auf den Markt kommen soll. Es gibt nur eine Erklärung: Jemand muß versucht haben, Videoaufnahmen von Jesus Christus zu machen! Der Tote im Grab wäre demnach ein Mann aus der Zukunft, der in die Vergangenheit reiste – und irgendwo in Israel wartet seine Kamera samt Aufnahmen in einem sicheren Versteck darauf, gefunden zu werden. Oder ist alles nur ein großangelegter Schwindel? Eine turbulente Jagd zwischen Archäologen, Vatikan, den Medien und Geheimdiensten beginnt.

ISBN 3-404-14294-2

BASTEI
LÜBBE